COMMON MASTER PRESS+

-6-

CHAPTERHOUSE: DUNE

聖殿

法蘭克·赫伯特—著 老光／甄春雨—譯

FRANK HERBERT

1

唯有控制了歷史的教誨，才能讓昨日重現。

——貝尼．潔瑟睿德終章

．．．

甦亡人幼體從貝尼．潔瑟睿德的第一個再生箱中誕生後，統御大聖母達爾維．歐德雷迪在中樞頂層她的私人餐廳舉辦了一場低調的慶祝會。晨曦將明未明，儘管歐德雷迪令其私人大廚備齊了早餐，她的兩個顧問團成員——塔瑪拉尼和貝隆達——還是對傳召顯出了不耐煩。

「不是每個女人都有機會主持自己父親的新生慶祝會。」聽到兩人抱怨說太忙了，不想浪費時間在這種「無聊的事」上之後，歐德雷迪打趣道。

只有年事已高的塔瑪拉尼不置可否地笑了笑。

貝隆達肥滿的臉龐上沒有表情，通常這是她用來替代皺眉的方式。

貝隆達是在對大聖母四周相對奢侈的裝飾表示不滿嗎？歐德雷迪暗自揣測。儘管這間宅邸凸顯了她獨特的地位，但地位帶給她的是更多的責任，而不是凌駕於其他女修會成員之上。就像這間小小的餐廳，主要目的是讓她在用餐時也能聽取助理們意見。

貝隆達的目光左右游移，顯然急於離去。花了這麼多心思，也未能打破她冷漠的心防。

「懷抱著這孩子，想著『他是我父親』，感覺真是太奇怪了。」歐德雷迪說道。

「妳已經說過一遍了！」貝隆達從肚子深處發出了一聲男中音般的悶哼，彷彿每說出一個字都會讓她消化不良。

但她聽懂了歐德雷迪話中的戲謔。老霸夏邁爾斯・特格的確是大聖母的父親。歐德雷迪本人親自採集細胞（用指甲刮下了小碎屑），培養了這個新甦亡人。它一直是某個長期「應變計畫」中的一部分，關鍵在於她們是否能成功複製忒萊素人的再生箱。然而，貝隆達寧願被趕出貝尼・潔瑟睿德，也不想贊同歐德雷迪的看法，認為這個設備對女修會來說至關重要。

「我覺得這一切都太過兒戲了，」貝隆達說道，「那些瘋女人正在獵殺消滅我們，妳卻想要一場慶祝會！」

歐德雷迪盡量放緩語氣：「如果尊母找到我們時，我們仍未準備好，可能就是因為我們已喪失了鬥志。」

貝隆達默默地盯著歐德雷迪的眼睛，目光中滿是憤懣的指責：那些可怕的女人已經毀滅了屬於我們的十六顆行星！

歐德雷迪並不認為貝尼・潔瑟睿德擁有這些行星。經歷了大饑荒和大離散之後，各行星政府成立了鬆散的聯邦，儘管它大幅仰仗女修會提供關鍵的服務和可靠的通訊，但古老的派系依舊存在——鉅貿聯會、宇航公會、忒萊素人、分裂之神教會的殘餘勢力，甚至還有魚言士的輔助人員及分裂衍生的團體。分裂之神留給了人類一個分裂的帝國，然而，帝國中的各種派系突然間都變得有名無實，原因就是遭受從大離散歸來的尊母猛烈攻擊。貝尼・潔瑟睿德依舊維持絕大多數傳承至今的古老做法，自然成為進攻的主要目標。

貝隆達的思考三句不離尊母的威脅。歐德雷迪察覺到了她的這項弱點。有時，歐德雷迪會權衡是否要撤換貝隆達，但如今連貝尼．潔瑟睿德內部都出現了派系，而且貝隆達的組織能力之佳已獲全體公認，在她的指導之下，檔案部門達到了前所未有的高效率。

如同往常一樣，貝隆達無須明言，就已成功地將統御大聖母的注意力轉移到了咬著她們不放的獵手上。這破壞了歐德雷迪今早想要低調慶祝的興致。

她強迫自己想著新甦亡人。特格！如果能喚醒他的初始記憶，那麼女修會將再次擁有一個最棒的霸夏。一個晶算師霸夏！一個軍事天才，他的英勇已成為舊帝國的傳說。

但是，特格真的能對付這些從大離散歸來的女人嗎？

以無論哪個神的名義，不能讓尊母找到我們！還不到時候！

特格代表了太多令人不安的未知及可能。他死於沙丘星毀滅前的那段經歷一直籠罩於神祕之中。他肯定在伽穆上做了什麼事，才點燃了尊母無邊的怒火。他在沙丘上自殺式的行徑尚不至於招來如此狂暴的回應。沙丘星末日之前，關於他在伽穆上的日子，只有些零星的傳言。他能飛速移動，人眼都無法捕捉！他真的能做到嗎？又一個因為亞崔迪基因而顯露的超能力、變異，或只是另一則特格的傳說？女修會必須盡快了解清楚。

一位侍祭端來了三份早餐，聖母們飛快地吃著，彷彿早餐是個不必要的插曲，必須盡快了結。浪費時間是危險的。

甚至在兩人都離開後，貝隆達未言明的恐懼仍在震懾著歐德雷迪。

那也是我的恐懼。

她起身，走向寬大的窗戶，目光越過外面低矮的房頂，看著圍繞著中樞的環狀果園和草地。才到春末時節，卻已能看到一些剛成形的果實。重生。新的特格在今天誕生了！她的思緒中並沒有歡欣。通常眼前的景致讓她振奮，今早卻不同。

我真正的優勢是什麼？我有什麼牌？

統御大聖母掌握的資源令人生畏：忠心耿耿的部下、由特格訓練出的霸夏所率領的軍隊（目前大部分士兵都駐紮在遠方，守衛著學院行星蘭帕達斯）、工匠和技工、遍布舊帝國的間諜和特務、無數依賴女修會保護免於尊母侵害的勞動者，再加上所有的聖母，她們的他者記憶能溯及生命之初。

歐德雷迪知道自己已達到了聖母能力所能發揮的巔峰，這並不是自大傲慢。如果她個人的記憶無法提供所需的資訊，她能依靠其他人的來補充。還有機器儲存的資料，不過，她對此有種天生的不信任感。

此刻，歐德雷迪產生了一種欲望，想要挖掘她體內具備的次要記憶，這種屬於他人的記憶一層層埋於意識深處。或許，她能在他者的經驗中找到應對眼前困境的妙方。但這趟探索之旅很危險！會讓人迷失自我好幾個小時，沉醉於人類的多樣性之中。還是讓他者記憶在體內維持平衡吧，只在必要的時候才去提取。自我意識才是她人生的支點，她能藉此掌握自我身分。

鄧肯・艾德侯那奇特的晶算師式暗喻可以幫助理解。

自我意識：你面對穿行於宇宙中的鏡子，鏡子裡一路上倒映出新的影像——連綿不絕的自我映射於影像之中。宇宙雖無涯，鏡中卻有限，就好比意識只承載了無涯現實中感知到的幾個片段。

要描述她內心那種不可言說的自我意識，沒有比這更精準的描繪了。艾德侯描述道：「這是特殊化的複雜。我們收集、組合並映射我們的秩序體系。」

的確，貝尼・潔瑟睿德的世界觀就是演化形塑了人類，進而創造了秩序。

這套觀點能幫助我們對抗那些毫無秩序可言而且還在獵殺我們的女人嗎？她們又處於演化樹上的哪一支？演化是神的另一個名字嗎？

其他聖母會對這種「無端猜測」嗤之以鼻。

不過他者記憶裡仍然可能會有答案。

啊，多麼誘人！

她多麼想將困境中的自我投射到過去的身分上，去感覺一下過去的生活。誘惑的危險讓她顫慄。她感覺到他者記憶簇擁在意識的邊緣。「就像這樣！」「不對！更像這樣！」她們真是太貪婪了。必須學會挑選，讓過去成為不連貫的畫面。這才是意識的意義，代表人仍活著的精髓。

從過去挑選，與現實比對：研判後果。

這就是貝尼·潔瑟睿德的歷史觀。遠古時期桑塔亞那的聲音仍然在她們生命中迴響：「不能銘記過去的人注定要重蹈覆轍。」

中樞是貝尼·潔瑟睿德所有建築中的權力中心，無論從哪個方向來觀察，都反映了這一歷史觀。設計的最高原則就是保持傳統。貝尼·潔瑟睿德辦公的據點之中，幾乎沒有不具功能性，單純為了懷舊而保存的建築。女修會不需要考古學家。聖母就是歷史的化身。

雖然比往常多花了點時間，憑窗遠眺仍讓她漸漸平靜了下來。她的目力所及之處，皆為貝尼·潔瑟睿德的秩序。

然而，尊母可能會在下一瞬間終結它。女修會的處境比在暴君時期經歷的磨難還要糟得多。如今，很多她被迫做出的決定令人憎惡。她工作的空間也因此變得不太宜人。

放棄帕爾馬的貝尼·潔瑟睿德主堡？

工作檯上，貝隆達今早提交的報告中提出了這份建議。歐德雷迪標上了准許的戳記：「同意。」放棄是因為尊母的進攻近在眼前，我們既無法保衛她們，也無法將她們撤離。

一千一百名聖母，再加上只有命運才能掌握確切數字的侍祭、學員等，都死了，或比死亡還糟糕。都因為這個詞。更別提那些在貝尼．潔瑟睿德影子下生活的「一般人命」了。

做出這種決定的壓力讓歐德雷迪產生了新的疲倦。是我的靈魂疲倦了？真的有靈魂存在嗎？她感覺累極了，她的意識無法探觸勞累的根源。疲倦、疲倦、疲倦。

甚至連貝隆達看起來都壓力過重，要知道貝隆達可是享受暴力的人。只有塔瑪拉尼表現得較為超脫，但這騙不了歐德雷迪。塔瑪拉尼已經進入了袖手旁觀的年紀，每個活得夠久的女修最終都會抵達這個階段。到了這時候，除了觀察和判斷，其他都無關緊要。而且，多數的判斷都不會說出口，只是顯露在滿是皺紋的臉上。近來，塔瑪拉尼說得更少了，她的意見是如此簡要，以至於都顯得有些荒唐：

「多買些無現星艦。」

「通知什阿娜。」

「看一下艾德侯的紀錄。」

「問一下默貝拉。」

有時，她只會發出哼哼聲，彷彿說出的詞語會背叛她似的。

別忘了獵手一直在附近巡邏，掃蕩各個空間，尋找能定位聖殿星球的線索。

歐德雷迪在心中偷偷把尊母的無現星艦看成是航行在恆星間無際之海中的海盜船。它們沒有懸掛黑色的骷髏旗，但你能在心裡看到旗幟。她們可不是什麼浪漫的傳說。殺戮和掠奪！在他人的鮮血裡累積自己的財富。汲取他人的能量，打造自己的殺手無現星艦，行駛在由鮮血潤滑的航道上。

而且，她們並未意識到如果沿著這條路徑持續航行，自己會淹死在豔紅的潤滑劑之中。在尊母應運而生的大離散時期，肯定生活著很多憤怒的人。他們活著的唯一目的，就是幹掉別人！

允許這種理念自由傳播的宇宙是危險的。好的文明不會讓暴戾之念燎原，甚至不會允許星火產生。一旦真的產生了，不管出於什麼原因，一定要盡快處理，因為它天生就極具吸引力。

歐德雷迪覺得很驚訝，尊母竟沒看出這個道理，或者是明明看出了，竟然還選擇忽視。

「一夥沒救的瘋子。」塔瑪拉尼這麼稱呼她們。

「仇外者。」貝隆達不同意塔瑪拉尼的觀點，每次都要出言糾正，彷彿掌管檔案部讓她對現實有了更深的理解。

她們倆都對，歐德雷迪想著。尊母的行為像是瘋子。「外面的人」全是敵人。她們唯一還算信任的人是她們的男性性奴隸，但也有一定的限度。據默貝拉（我們唯一的尊母俘虜）所述，她們會不斷施予考驗，來檢測她們的控制是否穩固。

「有時，只是因為一點小事，她們就會處決某個人，好讓其他人警惕。」默貝拉說。她們又追問道：尊母也想用女修會來警惕別人嗎？「看到了沒！這就是想反抗我們的下場！」

默貝拉說：「妳們惹到尊母了。一旦被惹到，她們就不會罷手，直到消滅妳們為止。」

除去異己！

直接得不可思議。歐德雷迪想，如果我們能好好利用，這種習性會成為她們的弱點。

仇外到了荒謬的極致？

很可能。

歐德雷迪捶了一下工作檯，意識到這個動作會被那些始終在記錄統御大聖母行為的女修看到。於是，她對著無所不在的攝影機和在它們後面的監察員大聲說道：

「我們不應該坐以待斃！我們已經變得像貝隆達一樣臃腫（讓她不高興去吧！），誤以為我們創造了牢固的社會和持久不朽的結構。」

歐德雷迪用目光掃視熟悉的房間。

「這地方就是我們的弱點之一！」

她坐在工作檯後的椅子上，想起了（偏偏想起這個！）建築設計和社區規畫。怎麼說呢，這是統御大聖母的權利！

女修會很少會任社區自然擴展。甚至，在她們接手了現有的建築之後（如同她們接手了伽穆上的歷史悠久的哈肯能主堡時一樣），她們依然會制訂重建計畫。她們需要氣動管道來轉送小包裹和訊息，也需要光纜和硬射線投影機來傳輸加密資訊。她們把自己當作保護通訊內容的大師。侍祭和聖母信使（她們發誓寧願自殺也不會背叛上級）則用來傳遞更重要的訊息。

她想像著窗戶外、甚至是這顆行星之外的情景——她的網路組織嚴密、人員整齊，每個貝尼·潔瑟睿德都是其他人的延伸。女修會的存續核心是堅不可摧的忠誠。可能會有人產生動搖，有時還會鬧出挺大的風波（如同暴君的祖母潔西嘉女士），但動搖從未深入內心。多數的不滿都是暫時的。

這些都是貝尼·潔瑟睿德的行為模式。一個弱點。

歐德雷迪承認自己認同貝隆達的恐懼。但是，我才不會讓這些東西剝奪了生命的樂趣呢！這就等同於向瘋狂的尊母繳械。

「獵手想要的是我們的力量，」歐德雷迪看著天花板上的攝影機說道，就像古時的野人會吃掉敵人的心臟。好吧……我們會給她們吃的！她們發現無法消化時已經太晚了！

除了為侍祭和學員量身訂做的初期課程，女修會不常用上警世箴言，但是，歐德雷迪有她自己的格言：「總有人要去耕地。」她笑了笑，彎腰開始處理手頭的工作，感覺輕鬆多了。這個房間，這個女修會，這些是她的花園，有需要鋤去的野草，有需要播下的種子。還有施肥。千萬不能忘了施肥。

2

當我帶領人類走上黃金之路，我保證會給他們一個深入骨髓的教訓。我知道人類最大的特點就是言行不一。他們說自己追求和平，也就是安穩寧靜的生活；然而，他們嘴上這麼說，卻播下了動盪和暴力的種子。

——神帝雷托二世

• • •

原來她稱我為蜘蛛女王！

大尊母半躺在一張高臺上的大椅子裡，乾癟的胸部隨著暗笑晃動。一旦我把她逮進網裡，她知道會發生些什麼！把她吸乾抹淨，這就是我想幹的。

大尊母身材瘦小，長著一張平凡的臉，肌肉會因為緊張而微微抽動。她往下俯看，天窗透下的光線照亮了會客廳地板上鋪著的黃色地磚。一個貝尼·潔瑟睿德聖母趴倒在地，身上綁著魆迦藤。如果希望俘虜乖乖就範，魆迦藤是最好的選擇，而眼前的女子也確實不打算掙扎。畢竟這藤能切斷她的手臂！

大尊母所處的這間客廳與她的地位十分相稱，不光是因為面積足足有三百平方公尺之廣，更因為它是從別人手裡搶來的，宇航的領航員曾用於在交叉點召開集會，每位領航員都待在巨大的氣體槽裡。現在，黃色地板上的俘虜看上去就像是大地上的一粒塵埃。

這個鼠輩，在告訴我她所謂的統御大聖母是如何稱呼我時，似乎很享受嘛！

不過，大尊母心裡想著，這仍然是個美妙的早晨。美中不足的是，在這些女巫身上無法施展酷刑或精神刑訊。你要怎麼折磨一個有能力在過程中隨時自殺的人呢？真有人就這麼死了！她們還有壓抑痛感的方法。真狡猾，這些未開化的人。

她還吞下了大量的謝爾！一旦身體裡充滿這種該死的藥物，死後很快就會開始敗壞，不會給刑訊留下足夠的時間。

大尊母朝手下示意。那人用腳頂了頂趴著的聖母，又在她的示意下放鬆鯎迦藤，好讓俘虜能做些輕微的動作。

「妳叫什麼，孩子？」大尊母問道。她的聲音因年齡和強裝的溫柔而有些刺耳。

「我叫薩班達。」聲音年輕又清脆，尚未受到刑訊之苦的影響。

「妳想看我們抓個弱男人並征服他嗎？」大尊母問道。

薩班達知道該如何應對。她們受過警告。「我會先死去。」她平靜地說道，抬頭盯著那張蒼老的臉孔。大尊母的臉色如同在太陽下曬得太久的乾枯根莖，一雙老眼裡有奇怪的橙色斑塊——代表她在發怒，督察曾告訴過她。

老婦身披一襲鬆垮的紅金色長袍，前襟繡著數條黑龍，長袍下是紅色的緊身衣，在在凸顯了那具瘦弱的身軀。

大尊母表面上不動聲色，心中卻暗暗詛咒這些女巫：都該去死！「在我們抓到妳之前，妳在那顆骯髒的行星上是做什麼的？」

「教導年輕學員的老師。」

「恐怕我們連一個年輕人都沒留下。」嗯？她為什麼在笑？為了觸怒我！就是這樣！

「妳教導學生去膜拜女巫什阿娜嗎？」大尊母問道。

「我為什麼要教導她們去膜拜一位女修呢？什阿娜不會樂見這種事。」

「不會……說得好像她又活過來了，而且妳還認識她一樣。」

「我們只認識活著的人嗎？」

年輕女巫的聲音既清脆又無畏。她們擁有驚人的自控力，不過，這也挽救不了她們的命運。奇怪，什阿娜的邪教竟這麼具有生命力。必須剷除，像消滅那群女巫那樣把它一起消滅。

大尊母舉起了右手的小指。早已守候一旁的手下立刻給俘虜打了一針。或許這種新藥物能撬開女巫的嘴，或許還是不行。都無所謂。

薩班達在針頭刺進脖子時皺了下眉。沒過幾秒鐘便死去了。僕人抬走了她的屍體，準備用來餵給關押著的混合人。混合人並沒有什麼用處，在囚禁期間牠們不會繁殖，連最簡單的命令也不會服從。只是心存怨恨地等待著。

「馴獸師在哪裡？」牠們會問。或是從牠們人形的嘴裡冒出一些無意義的詞語。不過，混合人還是能帶來些娛樂。囚禁也揭示了牠們其實很脆弱，跟這些原始的女巫一樣。我們會找到女巫的藏身地點。早晚會找到。

3

能以新觀點闡釋平凡陳腐事物的人足以讓人驚怕。我們不想改變想法，若有人要求改變，會讓我們感覺遭受威脅。我們聲稱：「重要的事，我都已經了解了！」然而，顛覆者到來，硬將我們的舊想法扔到一邊。

——禪蘇非大師

• • •

邁爾斯·特格喜歡在圍繞著中樞的果園裡玩耍。他還在蹣跚學步時，歐德雷迪第一次帶他來到此地。他最早的一個記憶，是在剛滿兩歲，當時他就知道自己是個甦亡人了，儘管還不清楚這個詞的全部含意。

「你是個特別的孩子，」歐德雷迪說道，「我們拿一個年邁男人的細胞造出了你。」

儘管他是個早熟的孩子，而且她的話有點令人心神不寧的音色，但他當時對奔跑在夏日樹下的高草叢中比較感興趣。

在那首次果園之行以後，他又多次造訪果園，對歐德雷迪及其他教導他的人的印象也不斷累積。他很早就意識到，歐德雷迪和他一樣喜歡散步。

在他四歲時的一個午後，他告訴她：「我最喜歡春天。」

「我也是。」

在七歲時，他已經表現出了卓越的心智能力，足以與全像式記憶比肩。那種卓越的精神力量，正是女修會對他的前世賦予重任的原因。他開始將果園視為一個能讓他探究內心深處的場所。

這是他第一次意識到，自己擁有一些想不起來的記憶。他深感不安，轉身看著午後陽光下歐德雷迪的身影輪廓，說道：「有些東西我想不起來！」

「總有一天你會想起來的。」她說道。

明亮的陽光讓他無法逆光看清她的臉。她的聲音來自一個模糊的地方，彷彿是她發出的，又彷彿是來自自己的體內。

那年，他開始學習邁爾斯．特格霸夏的生平。那個人的細胞給了他生命。歐德雷迪舉起手指，跟他解釋了部分情況：「我從他脖子的皮膚上取下一小片細胞，它們已足夠賦予你生命。」

那年的果園生長得更加茂盛，果實也更大更沉，蜜蜂似乎都發了狂。

「因為南方的沙漠在變大。」歐德雷迪說道。在清晨的露水中，她牽著他的手，走在茂密的蘋果樹下。

特格的目光穿過樹叢，注視著南方，卻很快又對點綴在葉子間的陽光著了迷。他學習過沙漠的知識，覺得自己能感覺沙漠對此地的壓力。

「樹木能感覺到它們的末日在接近，」歐德雷迪說道，「在受到威脅時，生命的繁殖力會更加旺盛。」

「空氣很乾燥，」他說道，「肯定是因為沙漠。」

「看到了嗎？有些葉子變黃了，邊也捲了起來。今年，我們需要加強灌溉。」

她很少會以上對下的態度跟他對話，他喜歡這樣，就像只是一個人在對另一個人說話一樣。他看到了黃葉上的捲邊，是沙漠造成的。

在果園深處，他們花了點時間安靜聆聽小鳥與昆蟲的叫聲。在附近草地上苜蓿叢中工作的蜜蜂前來探查，不過他和其他能在聖殿自由行走的人一樣，帶有費洛蒙標記。牠們嗡嗡飛過他身邊，感覺到了身分標誌，隨後又飛走了，繼續在鮮花叢中辛勤勞作。

蘋果。歐德雷迪指向了西面。桃子。他的注意力跟隨著她指引的方向。是的，在他們東面草地的盡頭還有櫻桃。他看到了枝幹間垂掛著樹脂。

她說，大約一千五百年以前，第一艘無現星艦帶來了種子和嫩芽，人們滿懷著愛意播種於此。特格想像一雙手挖著土，溫柔地拍打嫩芽的周圍，盡心地灌溉，立起圍欄，將牲畜圈養在聖殿星球最初的農園和建築物四周的草場中。

現在，他已開始學習女修會從拉科斯運來的那條巨型沙蟲的歷史。牠死後產生了稱為沙鱒的生物，沙鱒就是沙漠出現與擴張的推手。這段歷史的某些場面與他的前世有關聯——一個她們稱為「霸夏」的男人。他是個偉大的戰士，在一群叫作尊母的可怕女人摧毀拉科斯時犧牲了。

特格發現學習這些知識既有趣又令他苦惱。他感覺到自己體內有空缺，缺了那些本該存在的記憶。有時，空缺會在夢中呼喚他；有時，當他進入冥想，眼前會出現一張張臉，他幾乎能聽到他們在說話；還有時，他知道一些東西的名字，儘管還沒人教過他——尤其是武器的名字。

他意識到一些極為重大的事情將要發生，整個行星將變成沙漠，起因就是尊母想消滅養育了他的貝尼．潔瑟睿德。

掌控他生活的那些聖母讓他感到敬畏，她們身著黑袍，性格嚴厲，眼睛是徹底的藍色，沒有一點眼白，她們說是因為香料。

在他看來，只有歐德雷迪向他展現了真實情感，而且她還是個大人物。每個人都稱她為統御大聖母，她也要求他用同樣的稱謂稱呼她，不過，他們倆單獨待在果園裡時可以除外，在那裡，他可以叫她母親。

他九歲那年，臨近收穫季節的一個早晨，漫步於中樞北面蘋果園裡的第三個緩坡上時，他們走到了一個淺淺的窪地，裡面沒有種樹，卻長滿了各式植物。綠草和小花間有條小徑，歐德雷迪一隻手摟在他肩上，穩住他的身體，看著蜿蜒小徑上的黑色墊腳石。她的情緒有點微妙，他能從她的語氣裡聽出來。

「『擁有』是一個有趣的問題，」她說道，「我們擁有這顆星球嗎？還是它擁有我們？」

「我喜歡這裡的味道。」他說。

她放開他，和藹地鼓吹他走到她前方：「我們在這裡種的東西就是給鼻子享用的，邁爾斯。芳香草藥。仔細觀察一下，等回圖書館後再到書裡查找它們。哦，你可以踩上去！」他剛想避開腳下的一棵植物。

他把右腳使勁踏在了綠色的捲鬚上，聞到了刺鼻的氣味。

「它們天生禁得起踩踏，還會釋放出氣味，」歐德雷迪說道，「督察應該教過你怎麼應對思鄉病了。她們有沒有跟你說過，思鄉病通常是由氣味引起的？」

「是的，聖母。」他轉頭看著他踩過的地方，說：「這是迷迭香。」

「你怎麼知道？」她口吻緊繃。

他聳了聳肩：「我就是知道。」

「這可能是個初始記憶。」她聽上去很欣慰。

他們繼續行走在芳香窪地中，歐德雷迪的語氣再次變得深沉：「每顆星球都有自己的特點，我們能從中描繪古早以前的地球的某種特徵。有時，我們只能創造出一幅粗糙的素描。但是，在這裡，我們成功了。」

她俯身從一株螢光綠色的植物上掐下一截嫩枝，用手指揉碎，舉到他鼻子底下：「鼠尾草。」

她說對了，但他說不出他是怎麼知道的。

「我在食物裡聞過這個味道。它和美藍極一樣嗎？」

「鼠尾草能給食物調味，但無法改變意識。」她挺直了身體低頭看著他，「記住這個地方，邁爾斯。我們先祖的世界已經消失了，但是，這地方重現了我們部分的根源。」

他感覺她在教他一些重要的知識。他問歐德雷迪：「妳怎麼會覺得，也可能是這個星球擁有我們？」

「我的女修會相信我們是大地的管家。你知道什麼是管家嗎？」

「就像羅提洛，我朋友尤該的父親。尤該說，他的大姊將來也會成為他們家農園的管家。」

「對。在有些星球上，我們居住的時間比任何已知的人類都要久，但我們只是管家。」

「如果妳們不擁有聖殿，那它是誰的呢？」

「可能不屬於任何人。我的問題是：女修會和這顆星球，我們將互相留下什麼印記？」

他抬頭看了看她的臉，又低頭看著自己的手。聖殿正在給他留下印記嗎？

「多數印記深埋在我們體內，」她牽起他的手，「走吧。」他們離開了芳香窪地，爬上了羅提洛的管轄地，歐德雷迪邊走邊說話。

「女修會很少會建造花園，」她說道，「園子的產物，功能必須不限於供眼睛和鼻子享用。」

「拿來吃？」

「是的，必須優先用來維持我們的生命。園子生產食物。剛才那個窪地的收穫可用於我們的廚房。」

他感覺她的話流入了他體內，在體內的空缺處徘徊。他感知到了好幾個世紀前定下的計畫：樹幹用來替換建築物的柱子，樹林當作集水區，植物能防止湖泊與河流的堤岸崩塌，防止表層水土的流失，以及維持海岸的形狀，水下的植物甚至能給魚類創造繁殖的場所。貝尼．潔瑟睿德還想到了用樹林製造蔭涼和休憩所，或是在草地上投下有趣的影子。

「樹林及其他植物與我們是共生關係。」她說道。

「共生？」這是個新詞。

她用了他已有的經歷來解釋，他曾和別人一起去採蘑菇：

「真菌只有在友好的植物底下才能生長。每種真菌都與某種特別的植物有共生關係。每個生長的生命都會從其他生命那裡獲取有用的東西。」

她說了一大段，他覺得有些無聊，便踢了下腳邊的一團草，卻看到她正用冷冷的目光注視著他。他做了什麼冒犯她的事了。為什麼有的植物可以踩，有的卻不行呢？

「邁爾斯！草能防止風把表層土吹到不該去的地方，比如河底。」

他熟悉這個語氣。譴責。他低頭看著被他輕忽對待的草叢。

「這些草餵飽了我們的牲畜，有些還能提供撒在麵包或其他食物上的種子，還有些蘆竹能防風。」

他懂！為了轉移她的注意力，他說道：「防風？」還故意將音發得奇怪。

她沒有笑。他意識到自己還以為能騙到她，實在是太天真。於是，他乖順地傾聽她的講課。

她告訴他，當沙漠蔓延到此處，由於葡萄的主根能扎入地下好幾百公尺，可能是最後一種死去的植物。果樹則會率先凋亡。

「它們為什麼要死？」

「為了給更重要的生命讓出空間。」

「沙蟲和美藍極。」

特格看出歐德雷迪的欣慰，是因為自己知道沙蟲與貝尼．潔瑟睿德生存所需的香料之間的關係。他不太確定這關係是怎麼運作的，但他想像了一個循環：從沙蟲到沙鱒再到美藍極，然後再重新開始。貝尼．潔瑟睿德從循環中獲取所需的東西。

然而，他還是覺得這些教導無聊，便問道：「如果這些東西都會死，為什麼我還要去圖書館學習它們的名字？」

「因為你是人類，人類會本能地想去分類，給所有的東西貼上標籤。」

「為什麼我們要給東西命名？」

「因為我們聲稱對自己命名的東西擁有所有權。但擁有是危險的，會將我們引入歧途。」

她又回到了「擁有」這個話題上。

「我的街道，我的湖泊，我的行星，」她說道，「什麼都是我的、我的。然而，你給一個地方或一件東西貼上的標籤，可能都不如你本人活得長久，除非有哪個征服者願意展現他的大度……或是為了讓人想起這個名字就覺得恐怖。」

「沙丘星。」他說道。

「你的反應很快！」

「尊母焚毀了沙丘星。」

「要是她們找到了我們，也會對我們這麼做。」

「只要我是妳們的霸夏，她們就休想得逞！」這句話脫口而出，並沒有經過他的思考，但一旦說出口之後，他覺得還是有道理在其中的。圖書館裡的紀錄說，霸夏只要一出現在戰場上，就會讓敵人顫抖。

歐德雷迪彷彿知道他在想什麼，她說道：「特格霸夏避免不必要的戰爭，這方面的成就和他的戰績一樣聞名。」

「但是，他確實和妳的敵人打過仗啊。」

「千萬不要忘了沙丘星，邁爾斯。他死在那裡。」

「我知道。」

「督察開始讓你學習卡樂丹的知識了嗎？」

「是的。在我的歷史課裡，它叫丹星。」

「標籤，邁爾斯。名字是有趣的提示，但多數人不會注意到潛藏其後的關聯。很無聊的歷史是嗎？名字是個方便的指標，但只有在自己人面前才派得上用場嗎？」

「妳是我的自己人嗎？」這個問題在他腦海裡琢磨了很久，直到這一刻他才找到合適的詞語來表達。

「我們都是亞崔迪家的人，你和我。在你回到學習卡樂丹的課程時，別忘了。」

他們往回穿過了果園，走上草地中一個隆起的小土丘，從這裡能透過樹枝看到中樞的一側。特格看著這棟掌控了女修會的建物和周邊環繞的農園，心中產生新的感悟。在他們沿著圍欄旁的小路走向第一街的拱門時，他將感悟埋在了心底。

「一顆有生命的珠寶。」歐德雷迪給中樞的稱呼。

當他們穿過拱門，他抬頭看著蝕刻在拱門上的街名。優雅的凱拉赫文字，配上流暢的線條，典型的貝尼・潔瑟睿德裝飾。所有的街道和建築都標上了同樣的字體。

看著他身旁的中樞、前方廣場上靈動的噴泉，還有四處精美的細節，他感覺到了一種深刻的人類體驗。貝尼・潔瑟睿德讓這地方展現了某種支持力，他還無法理解其力量的源泉。那些平時課程及果園散步中學到的簡單抑或複雜的知識，他又有了新的理解。這是種潛在的晶算師反應，但他還不懂，只是感覺自己可靠的記憶力把一些關係挪移了幾下，重新排列。他突然停了下來，看著他們的來時路——在覆蓋著頂棚的街道上，透過拱門能看到遠處的果園。萬物彼此間都有聯繫。中樞的廢水能產出甲烷和化肥（他和督察一起參觀過工廠）。甲烷為各種泵及冷藏系統提供動力。

「你在看什麼，邁爾斯？」

他不知道該怎麼回答。但是，他記起了一個秋日的下午，歐德雷迪帶著他乘坐一架撲翼機飛到了中樞的上空，跟他講解了所有的聯繫，給了他一個「概論」。當時他聽進耳裡的只是一些詞，但現在那些詞有了意義。

「這是我們所能創造出最接近封閉的生態系統，」歐德雷迪在撲翼機內說道，「氣象管理部門的軌道監視器監視著它，安排氣流的去向。」

「你為什麼站著不動，一直盯著果園，邁爾斯？」她的語氣裡充滿了命令含意，他無法不服從。

「在撲翼機內，妳說它既美麗又危險。」

他們只一起乘坐過一次撲翼機，她立刻明白他的意思。「生態圈。」

他轉身抬頭看著她，等待著後話。

「封閉，」她說道，「壘起高牆，阻隔變化，這做法多誘人啊。在自我滿足的舒適中腐爛。」

她的話讓他覺得很不舒服。他感覺以前曾聽過……在另一個地方，一個不同的女人同樣抓著他的手。

「任何形式的封閉都是滋生仇外的沃土，」她說道，「它只會帶來苦澀的收穫。」

不是每個詞都一樣，但說的是同一個教訓。

他跟在歐德雷迪身旁慢慢走著，手在她掌心裡微微冒汗。

「你怎麼這麼安靜，邁爾斯？」

「妳們是農夫，」他說道，「這才是妳們貝尼·潔瑟睿德真正所做的事。」

她立刻明白發生了什麼，這是晶算師訓練在他身上的體現，他本人還不知道。最好先別提，時機還沒到。「我們關心所有能生長的東西，邁爾斯。你能看出來，說明你有很強的觀察力。」

他們道別後，她要回到她的高樓，他要回到學校內他的住所，歐德雷迪說道：「我會告訴你的督察，讓她們把教學重點放在如何更巧妙地使用力量上。」

他誤解了：「我已經開始練習使用雷射槍了。她們說我很棒。」

「我也聽說了。但是，有些武器是無法靠手操控的，只能靠你的心靈。」

規則造就了堡壘，小人則躲在堡壘後分封領地。天下太平時，此舉孕育風險；危機降臨時，則化為災難。

——貝尼・潔瑟睿德終章

・・・

大尊母的寢宮內黑得如地獄一般。樞機勞格諾身為這位至高無上者的高級助理，在接到命令後從未開燈的走廊裡走了進來。在看到黑暗之後，她打了個冷顫。這些沒有亮光的對談讓她恐懼，她知道大尊母樂於見到她戰慄，但這不可能是維持黑暗的唯一原因。大尊母是在害怕遭受攻擊嗎？曾經有幾位至高無上者死在了床上。不……不會這麼簡單，這可能只是部分的原因。

黑暗中傳來哼哼聲和呻吟聲。

有些尊母私底下打趣說，大尊母敢和混合人上床，勞格諾覺得很有可能。這位大尊母敢幹很多事情，她不是在大離散的災難中收集了很多特別的武器嗎？不過，混合人？尊母們知道混合人無法被性束縛。至少人類無法用性束縛牠們。不過，多面人之敵或許可以做到。誰知道呢？

寢宮內有股毛皮的味道。勞格諾關上了身後的門。無論大尊母在屏障般的黑暗中幹些什麼，她都不喜歡被打擾。但是，她允許我稱她為達瑪。

又一聲呻吟，隨後一句：「坐在地上，勞格諾。是的，就坐在門邊。」

她真的能看到我嗎，還是靠猜的？

勞格諾沒有勇氣去證實。毒藥。總有一天我要用藥物弄死她。她很謹慎，但也會分心。雖然可能為姊妹們所不齒，但若是為了換代，即使是用毒藥也沒問題……只要繼任者能用其他手段來維持她的地位就好。

「勞格諾，妳今天和那幾個伊克斯人談過了。關於那件武器，他們說了什麼嗎？」

「他們不清楚它的功能，達瑪。我沒告訴他們它是什麼。」

「當然不能。」

「您想再次提議讓武器與彈藥結合嗎？」

「妳在嘲諷我嗎，勞格諾？」

「絕對不是！達瑪。」

「希望如此。」

陷入一片寂靜。勞格諾知道她們兩人都在思考同一個問題。大災難發生後，只殘留了三百件同型的武器，每件只能用一次，而且還有個前提，需要顧問團同意裝彈（她們掌握了彈藥）。因此，儘管大尊母本人控制著武器，但她只掌握了那巨大殺傷力的一半。沒有彈藥的武器，只是拿在手裡的一根黑管子罷了。裝了彈藥之後，它才會在飛行弧線所及之處切割出一道不見血的死亡之線。

「多面人。」大尊母喃喃自語道。

勞格諾朝著黑暗中話音傳來的地方點了點頭。

或許她能看到我。我不知道她還收藏了什麼，或是伊克斯人提供給她了什麼。

那些多面人，願他們生生世世都受詛咒。是他們製造了災難，他們和他們的混合人！除了少數的幾把，幾乎所有這種武器都被沒收了。那力量太驚人了。在回到那場戰鬥之前，我們必須加強武裝。達瑪是對的。

「那顆行星──巴塞爾，」大尊母說道，「妳確定沒人防衛它？」

「我們沒有偵測到守軍。走私販說它不設防。」

「這星球上可是有數量驚人的蘇石！」

「在舊帝國內，人們通常不敢招惹女巫。」

「我不相信那顆行星上只有幾個她們的人！應該是某種陷阱！」

「這種可能性總是存在的，達瑪。」

「我不信任走私販，勞格諾。再去綁幾個來，拷問他們巴塞爾的事。女巫的實力可能不行，但她們不是笨蛋。」

「是，達瑪。」

「告訴伊克斯人，如果他們無法複製那種武器，我們會很不高興。」

「但是，沒有彈藥的話，達瑪……」

「等到必要的時候，我們再來處理這個問題。現在，退下吧。」

離開時，勞格諾聽到了一聲喘息，「啊……」。跟寢宮相比，走廊即便黑暗，也讓人覺得舒適。她快步向光亮處走去。

5

我們往往會染上敵人最糟糕的特質。

——貝尼・潔瑟睿德終章

•••

又是水的影像！

我們正在把這顆該死的行星變成沙漠，我卻見到了水的影像！

歐德雷迪坐在工作室裡，在早晨一如往常的嘈雜聲包圍中，感覺到了海之子浮在水面上，隨著波浪起伏。波浪是血的顏色。她屬於海之子的自我期待著流血的時刻。

她知道這些影像的源頭：很早以前，聖母尚未支配她的人生，她在伽穆海邊那棟漂亮的房子度過童年。儘管眼前有那麼多煩惱，她還是沒能忍住微笑。爸爸準備的牡蠣，她仍然喜歡這道菜。

在海中漂浮是她對童年最深的記憶。漂浮能讓她感覺到自我。海浪的起伏，望不到邊的地平線，在這個水世界蜿蜒的界限外還有奇怪的新世界。海浪、地平線、新世界，到處都有危險，她漂浮在危險的邊緣，並沒有沉淪。所有的一切都表明了她就是海之子。

在那裡，爸爸顯得更平靜。西比亞媽媽也更快樂，臉迎著風，黑髮飄揚。當時的日子有種平衡感，那是一種古老的語言，甚至比歐德雷迪所擁有最古老的他者記憶還要古老，說著讓人寬慰的話語。「我屬於這個地方，我的自然環境。我是海之子。」

她健康的心智來自那些時光。在陌生的海洋裡保持平衡的能力，讓妳即使面臨突發的巨浪也能保持最深刻的自我。

早在聖母來接走她們「隱藏的亞崔迪血脈」之前，西比亞媽媽就給了歐德雷迪這個能力。西比亞媽媽，雖然只是個養母，卻教會了歐德雷迪要愛自己。

在貝尼．潔瑟睿德社會裡，任何形式的愛都會受到質疑。因此，這成了歐德雷迪最深沉的祕密。從根本上說，我對自己很滿意。我不在乎獨自待著。但在經歷了香料之痛，灌入了他者記憶之後，聖母都不再是真正意義上的獨自一人了。

西比亞媽媽，是的，還有爸爸，作為貝尼．潔瑟睿德委派的監護人，在她那些躲藏的年月裡，賦予她強大的力量。於是聖母們便被降格，成為只負責加強那種力量的角色。

督察會嘗試抹除歐德雷迪體內「對親密情感的渴望」，但最後還是失敗了，或者說不是很確定她們是否成功了，總是心存懷疑。後來，她們派她去了阿爾－達納布，一個有意仿造了薩魯撒．塞康達斯最糟之處的地方，一顆能不斷對人進行考驗的行星。從某些方面來說，那裡比沙丘星更糟糕，有著高聳的懸崖、乾枯的峽谷、炙熱的風和冰冷的風，以及要不太少、要不就太多的水分。女修會把它看作是試煉之地，考驗那些注定要前往沙丘星的人。但是，這一切都沒能觸及歐德雷迪體內的祕密核心。海之子依然完好如初。

現在，海之子對我發出了警告。

是預知力發出的警告嗎？

她一直具備預見的天賦，小小的悸動代表女修會即將面臨危險。亞崔迪基因提醒她有威脅存在。

是針對聖殿嗎？不……她無法觸及的悸動告訴她，是別的對象。和聖殿同樣重要的對象。

蘭帕達斯？她的天賦沒有明示。

育種女修曾嘗試從亞崔迪的血脈中清除危險的預知力，但效果有限。「我們無法承受再出現一個奎薩茲．哈德拉赫！」她們知道統御大聖母體內也擁有這種奇異特質，不過已逝的前任統御大聖母塔拉札仍建議「謹慎地利用她的天賦」。塔拉札認為歐德雷迪只會用預知力來警告貝尼．潔瑟睿德即將面臨的威脅。

歐德雷迪贊同。在某些不由自主的時刻，她瞥見過威脅，僅是瞥見。現在，她卻開始做夢。

那是個反覆出現的逼真夢境，夢中所有的感覺都和她頭腦揮之不去的陰影一致。她走在一根橫跨峽谷的繩索上，有人（她不敢回頭看是誰）從她身後趕來，手裡拿著斧頭，要砍斷繩索。她感覺光著的腳底踩在粗糙的纖維上，凜冽的寒風在呼嘯，風中有燒焦的味道。她知道拿斧頭的人已經很接近了！

每踏出一步都面臨危險，每踏出一步都消耗了她全部的能量。一步！再一步！繩索在搖晃，她朝兩側伸展雙臂，竭力保持平衡。

如果我墜落了，女修會也會一起墜落！

貝尼．潔瑟睿德將終結於繩索下的深谷中。和任何有生命的東西一樣，女修會總有一天也會消亡，連聖母都無法拒絕承認這一點。

但不是這裡，不該墜落於斷繩之下。我們不能讓繩索被砍斷！我必須在揮斧者到來之前越過山谷。「必須！必須！」

夢總是結束於此處。在臥房內醒來時，她自己的聲音猶在耳邊迴響。顫慄，但沒有出汗，即使在夢魘中掙扎，貝尼．潔瑟睿德的控制力也不允許她有過度激烈的反應。

身體不需要出汗？還是身體無法出汗？

歐德雷迪坐在工作室裡回味著夢境，明白脆弱繩索的意象代表了深刻的現實：我正帶領女修會行走在鋼絲上。海之子察覺厄運逼近，以血水的景象預警。這不是簡單的警告，而是噩兆。她想起身高呼：「小雞們，快躲進草叢裡！快跑！快跑！」

這會嚇壞那些監察員的！

統御大聖母的職責要求她必須隱藏自己的恐懼，要表現出除了眼前那份掌握全局的工作，其他事都無關緊要的樣子。必須避免恐慌！倒不是說她當下立即的決定在這個時局裡就不算重要，但關鍵是她需要表現出平靜的態度。

有些小雞已經跑了，跑到未知世界，在他者記憶中分享生命。剩下的在聖殿裡的小雞知道什麼時候該跑。當我們被發現的時候。屆時，她們的行為將由當下的需求來決定。重要的是她們接受過的超凡訓練，那才是她們最可靠的準備。

貝尼．潔瑟睿德成員的每個新細胞，不管最終它會去向何方，都跟聖殿一樣做好了最終的準備：徹底的毀滅，而不是投降。呼嘯之火將吞沒珍貴的肉體和文件，征服者只會得到一片毫無意義的廢墟，殘垣裡點綴著零星的灰燼。

有些聖殿的女修可能會逃走。但是，在受到攻擊時逃離，這實在太沒出息了！

為了預做準備，位居要職的女修會成員都分享了他者記憶。但統御大聖母還沒這麼做。為了鼓舞士氣！

逃到哪裡、誰能成功出逃、誰會被抓？這些是關鍵的問題。什阿娜正在新沙漠的邊緣等待或許永遠都不會出現的沙蟲，要是尊母抓住了她呢？什阿娜加上沙蟲，是一股強大的宗教力量，尊母可能知道該如何利用。要是尊母抓住了艾德侯的甦亡人或是特格的甦亡人呢？無論是哪種情況出現，我們再也沒有藏身之所了。

要是？要是？

她內心的焦慮在呼喊：「應該在抓到艾德侯的時候就殺了他！我們不應該製造特格的甦亡人。」

只有她的顧問團成員、高級助理和幾位監察員跟她有相同的疑慮。她們擱置這個疑慮未提，但心中總持保留態度。她們無法對這兩個甦亡人百分百放心，甚至在破壞了那艘無現星艦，讓它對呼嘯的火焰毫無招架之力之後都未能改變心意。

特格在英勇犧牲前的最後時刻，看到了理當無法被看見的東西嗎（包括無現星艦）？他怎麼知道要去沙丘星的那座沙漠跟我們會合？

如果特格能做到，那麼鄧肯・艾德侯憑藉可怕的天分，再加上他累積了無數代的亞崔迪（以及未知的）基因，可能也會獲得這個能力。

我自己動手吧！

突然間，她有所感悟。她第一次意識到，塔瑪拉尼和貝隆達在看著她們的統御大聖母時，心中的恐懼和歐德雷迪看著兩個甦亡人時是一樣的。

光是知道人類有辦法察覺到無現星艦和其他類似的屏蔽手段，就會造成她們的宇宙失衡。這個情形肯定會讓尊母加速行動。宇宙裡遊蕩著無數的艾德侯後代。他總是在抱怨自己不是「女修會該死的種馬」，但還是執行了多次她們的任務。

我始終感覺他會參與育種是為了他自己。可能他就是這麼想的。

顧問團懷疑，特格展現出的這種天賦，可能存在於任何一個亞崔迪家族的直系後代中。

那麼多的年月都去哪裡了？時間都去哪裡了？又到了收穫的季節，但女修會仍處於不安定的狀態。歐德雷迪注意到早晨已過半了，中樞那熟悉的聲音和氣味包裹著她。外面的走廊上有人在走動，公共食堂內煮著雞肉和包心菜，一切都正常。

什麼是正常？工作時間中卻沉浸在水的意象裡，正常嗎？海之子忘不了伽穆，包括那裡的氣味，如微風吹拂而搖曳的海草，臭氧讓每一口呼吸都飽含氧氣，還有她身邊的人，他們說話和走路的樣子是那麼自由自在。海上的對話以一種她未能察覺的方式深植於她內心。甚至連日常的閒聊都有深意，就像是海洋深處的洋流在朗誦。

歐德雷迪感覺自己必須記起身體徜徉在兒時的海洋裡的體驗，她需要再次掌握那片海擁有的力量，她需要吸納她在純真年代就已學會用來強化自己的力量。

俯臥在鹹水裡，盡可能長時間地屏住呼吸，漂浮在海浪沖刷的時光裡，所有的煩惱都被洗淨了。這才是壓力管理的精髓，她全身都放鬆了。

我漂浮，故我在。

海之子預警，海之子撫慰。她亟須撫慰，儘管從未承認過。

昨晚，歐德雷迪在工作室的窗玻璃上看見自己的倒影，凹陷的臉頰和下垂的嘴角讓她震驚。年紀和責任，再加上疲倦，使得她豐滿的嘴唇變薄，臉上曾經柔和的線條也拉長了。只有全藍的眼睛依然如炬，挺拔的身材依舊有力。

衝動之下，歐德雷迪拍打一個按鈕，眼睛盯著桌子上升起的投影：那是停泊在聖殿地面航太站上的無現星艦，神祕的機器堆砌而成的龐然大物，時間流動彷彿與它無關。在半休眠的年月裡，它把著陸平臺壓出一大片下陷，看上去就像卡住了似的。處於怠速的引擎，剛好只夠它對擁有預知力的搜索者隱藏起自己龐大的身軀，特別是那些宇航公會的領航員，他們可是會迫不及待地出賣貝尼・潔瑟睿德。

為什麼她要調出這個畫面呢？

是因為三個幽禁其中的人，包括司凱特利，最後一位在世的忒萊素尊主；默貝拉和鄧肯・艾德侯，因性關係而被綁在一起的一對，他們無法掙脫彼此的羈絆，就如同無現星艦將他們困住了一樣。

不簡單，統統都不簡單。

大多數貝尼・潔瑟睿德的重大決定背後都有異常複雜的原因。無現星艦和它艙內的凡人只能籠統地說是一項嘗試。耗費不菲，能源的耗費驚人，即使處於怠速模式也一樣。

針對各種耗費都斤斤計較地測量，足以說明能源危機已降臨。那是貝隆達的擔憂之一。甚至在她最客觀的時候，你都能從她的語氣中聽出來：「已經到底了，沒地方再砍了！」近年來每一位貝尼・潔瑟睿德都知道會計們警惕的眼睛在盯著她們，計算著她們消耗的能量。

貝隆達闖進工作室，左臂下夾著一個利讀聯晶紙卷軸。她走路的樣子彷彿和地板有仇，重重的步伐像是在說：「看啊，吃我一腳！再吃一腳！」地板僅僅因為在她腳下就成了一種罪過。

歐德雷迪注意到貝隆達眼中的神色，心突然抽緊了。貝隆達將利讀聯晶紙甩在桌子上，發出啪的一聲。

「蘭帕達斯！」貝隆達說道，語氣中含著悲憤。

歐德雷迪無須打開卷軸。海之子的血水已成為現實。

「有倖存者嗎？」她語氣緊繃。

「沒有。」貝隆達坐倒在歐德雷迪桌子旁屬於她的犬椅裡。

塔瑪拉尼也走了進來，坐在貝隆達身後，兩人都流露出受打擊的神情。

沒有倖存者。

歐德雷迪允許自己體內發出了一陣顫慄，從她的胸口一路傳到腳跟。她不在乎其他人看到自己的失態，這間工作室見識過女修們更糟的行為。

「誰報告的？」歐德雷迪問道。

貝隆達說道：「我們在鉅貿聯會的間諜提供的報告，上面有特殊的標記。毫無疑問是拉比提供了消息。」

歐德雷迪不知道該如何回應。她瞥了眼同伴身後那扇寬闊的拱形窗，看到輕柔的雪花在飛舞。是的，這個消息值得冬天展示它的威力。

聖殿的成員們不喜歡突然就進入冬季，然而她們的處境迫使氣象控制中心讓溫度猛降。沒有時間去平緩地入冬，對生長的作物也沒有展現仁慈。每個晚上都會降溫三到四度。整個過程要在一週內結束，將一切都置於冗長的寒冷之下。

寒冷，和來自蘭帕達斯的消息正匹配。

天氣變化其中的一個結果就是起霧。她能看到，隨著陣雪停息，霧在逐漸消散。非常令人疑惑的天氣。氣象控制中心讓氣溫降到接近露點，霧氣收聚成了地面殘存的一塊塊水漬，再化為薄霧，如同薄紗般籠罩著枝頭無葉的果園，像是一團毒氣。

一個倖存者都沒有？

貝隆達搖搖頭，以回應歐德雷迪探詢的眼神。

蘭帕達斯——女修會行星網路中的明珠，上面有她們最珍貴的學院，也成了一團毫無生機的灰燼和熔毀的金屬。還有埃利夫·伯茲馬利霸夏和他親手挑選的衛隊。都死了？

「都死了。」貝隆達說道。

伯茲馬利，老霸夏特格最鍾愛的學生，死了，死得毫無價值。蘭帕達斯——宏偉的圖書館、優秀的教師、一流的學生……都死了。

「連盧西拉也……？」歐德雷迪問道。聖母盧西拉是蘭帕達斯的副統領，曾受命一旦見到危險的跡象就須逃離，把犧牲者的記憶盡可能存留在他者記憶中並帶走。

「間諜說她們都死了。」貝隆達堅持道。

這次襲擊給剩下的貝尼·潔瑟睿德傳遞了冰冷的信號：「妳或許就是下一個！」

什麼樣的人類社會能冷酷到犯下這種暴行？歐德雷迪不知道。她想像著尊母在基地內的早餐會上討論著這個消息：「我們又摧毀了一顆貝尼·潔瑟睿德的行星，她們說死了一百億人。這個月已經有六顆行星了，不是嗎？麻煩遞一下鮮奶油，可以嗎，親愛的？」

歐德雷迪的目光因恐懼而幾乎呆滯。她拿起了報告，迅速瀏覽起來。來自拉比，確認無疑。她放下文件，看著她的顧問們。

貝隆達上了年紀，體態肥胖，臉色紅潤。這位晶算師檔案員還戴上了老花眼鏡，不在乎此舉暴露了她的年齡。她不悅地齜牙咧嘴，不必說什麼就表達了她的想法。她看到了歐德雷迪對報告的反應，她可能會再次主張要用相同方式以牙還牙。對於一個以天生刻薄而聞名的人來說，這個想法再自然不過了。她需要進入晶算師模式才會變得有分析力。

貝隆達的反應也沒什麼錯，歐德雷迪想著。但是，她不會喜歡我的想法。我必須小心選擇現在該說的話。以免太早暴露我的計畫。

「以暴制暴在某些情況下有其功用，」歐德雷迪說道，「我們必須謹慎從事。」

行了！這樣就能先發制人，讓貝爾不爆發。

塔瑪拉尼在椅子上稍稍挪動了身子。歐德雷迪看著這位年紀更老的女人。塔瑪拉尼戴著耐心的面具，表現鎮靜。雪白的頭髮覆蓋在瘦長的臉頰上，她的外貌顯露出歲月淬鍊的智慧。

然而，透過塔瑪的面具，歐德雷迪看到了極端嚴峻冷冽的態度，表明她厭惡所見所聞的一切。

貝隆達肥滿的身材讓人感覺柔軟，塔瑪拉尼與她相反，骨架突出，顯得剛毅。她依然注重身材，肌肉也達到了協調的最高級。然而，眼睛洩漏了她的心思：她放棄了，已將自己抽離於生命之外。雖然她仍然在觀察，但內心已開始了最後的撤退。塔瑪拉尼廣為人知的智慧已成了某種小聰明，多數時候都憑藉過去的經驗和決定，而不是仰賴對當下的觀察。

我們必須做好撤換她的準備。什阿娜可能是合適的人選。對我們來說，什阿娜有其危險性，但她有很大的潛力。而且，什阿娜是在沙丘星上出生的。

歐德雷迪注視著塔瑪拉尼稀疏的眉毛。它們掛在眼瞼上的樣子就像是用雜亂無章掩飾著什麼。沒錯，要安排什阿娜替代塔瑪拉尼。

塔瑪拉尼知道她們正面臨棘手的局面，她應該會同意這個決定。歐德雷迪知道，在宣布決定的時候，只須讓塔瑪的注意力集中到她們所面臨的巨大困境上就行了。

該死，我會想她的！

6

你必須先理解領袖如何順應歷史洪流，才有可能理解歷史。每一位領袖都需要有外人的配合才能無限期延續他的統治。看看我的一生，我是個領袖，也是個外人。不要以為我只是創造了一個教會國家，那是我作為領袖的工作，而且我只是複製了歷史上的先例。我統治的時代中，那些野蠻的藝術展現出我就是個與群體背離的外人。人們最喜愛的詩，是英雄史詩；最受歡迎的戲劇主題，是英雄主義。舞蹈已廣遭遺棄。這些刺激使人民察覺到我剝奪了他們某樣事物。我剝奪了他們什麼？就是選擇在歷史中成為何種角色的權利。

——雷托二世（暴君），維舍爾・別布翻譯

• • •

我要死了！盧西拉想著。

求妳們了，親愛的女修姊妹，不要讓我現在死去，我必須將頭腦裡那些珍貴的重擔傳遞出去！女修姊妹！

貝尼・潔瑟睿德很少會表現出家庭觀念，但它依然存在。從基因上來說，她們之間都有聯繫。而且有了他者記憶的協助，她們通常知道聯繫在哪裡。因此她們並不需要一些特別的稱呼，像是「有共同曾祖父母的堂表姊妹」或是「姨婆、姑婆」。她們看著彼此的聯繫，就像是織工看著織布，她們知道經緯線是如何紡成織布的。織布，一個比家庭更合適的詞。正是貝尼．潔瑟睿德這塊大織布組成了女修會，古早的家庭概念則提供了經緯線。

現在，盧西拉只想把女修姊妹們當成家人。她的家庭需要她攜帶的東西。

我真是個笨蛋，怎麼會想到來伽穆避難！

但是，她受損的無現星艦已無法前行。尊母的殘忍實在是令人髮指！這背後代表的仇恨也讓她恐懼。

蘭帕達斯周圍的逃生路線上布滿了死亡陷阱。摺疊空間的邊界上散落著小型的球狀無現空間，每座無現空間都配備了力場投影儀和觸發式雷射槍。當雷射觸發，擊中球狀無現空間內的霍茲曼效應產生器時，產生的連鎖反應會釋放出核能。闖進陷阱區，致命的爆炸就會無聲地襲來。昂貴，但是有效！足夠多的爆炸甚至能將宇航公會的巨艦變成虛空中的廢鐵。她艦上的防禦系統辨識出陷阱，但已經太晚了。好在，她猜自己的運氣還算可以。

當她從這幢孤獨的伽穆農舍的二樓窗戶往外看時，卻感覺不到好運。窗戶開著，午後的微風帶來的肯定是油的味道，遠處有火光和渾濁的黑煙。哈肯能家族在這顆星球上留下了油膩的印記，如此之深，難以消除。

她在此處的接應人是個退休的蘇克醫生，但是，她知道他的身分遠不止於此。這個祕密隱藏得很深，貝尼．潔瑟睿德中只有少數幾位姊妹知道。它屬於一個特殊的分類：甚至在自己人之間，也不會談論這些祕密，因為這麼做會傷害我們。我們不會在分享的生命中將這些祕密從一個女修傳遞到另一個女修，因為沒有路徑。只有在必要的時候，我們才敢去了解它。某一次，因為歐德雷迪模糊不清的評論，盧西拉才誤打誤撞得知祕密。

「妳知道伽穆上有什麼有意思的事嗎？嗯……那裡有一個團體，他們維繫族群的方式是只吃祝聖後的食物。一個由從未被同化過的移民帶來的傳統。他們自我封閉，禁止跟外族通婚之類的事情。當然，他們會引發猜忌，耳語、謠言不絕，但這有助於他們與別人更疏離。這正是他們想要的。」

盧西拉知道有個古老的社會能完全符合這個描述。她有些好奇，她印象中的那個群體應該在第二次跨空間移民之後不久就消亡了。徹底查詢檔案之後她的好奇心更加旺盛，她得知他們的生活方式、他們宗教儀式那些充滿道聽塗說的描繪（尤其是燭臺）、持守特殊聖日的習慣（嚴禁在這些日子裡工作）。而且，他們不只存在於伽穆！

一天早晨，趁著少有的空閒，盧西拉走進工作室來驗證她的「投射推斷」，一種不如晶算師的結論可靠，但比純猜測要更進一步的東西。

「我感覺妳有新的任務要派給我。」

「我看到妳花了不少時間在檔案部。」

「只是覺得現在這麼做會有意義。」

「看出什麼聯繫了嗎？」

「我有個推斷。」那個伽穆上的祕密團體——他們是猶太人，對嗎？

「妳可能會需要掌握些特別的資訊，因為我們將派妳去一個新的駐地。」歐德雷迪輕描淡寫地說。

沒等人開口邀請，盧西拉就直接坐進了貝隆達的犬椅裡。

歐德雷迪拿起尖筆，在一張拋棄式紙張上寫了些東西，並以攝影機看不到的方式遞給盧西拉。

盧西拉明白她的意思，她彎腰用腦袋遮擋住它。

「妳的推斷是正確的。妳必須以死捍衛這個祕密，這是換取他們合作的代價，不能辜負他們的信任。」盧西拉撕碎了紙條。

歐德雷迪用眼睛和手掌的識別標誌打開了身後牆上的一道暗門，拿出一小片利讀聯晶紙遞給盧西拉。這紙摸起來溫暖，盧西拉卻感覺到了寒意。什麼祕密隱藏得這麼深？歐德雷迪從工作檯底下拉出解讀訊息的頭罩，轉到正確的位置。

盧西拉顫抖著手將晶紙放入接收口，並將解讀罩拉近蓋住了自己的頭。她頭腦中立即出現了資訊，一段口語，帶有異常古老的口音，一字一頓地便於聽者能夠聽清：「引起了你注意的那些人被稱為猶太人。在很多個世代以前，他們就決定退求自保。有一個辦法可以躲避一再上演的大屠殺，那就是從公眾的視野中消失。太空旅行不但讓這辦法有機會成真，而且還變得有吸引力。他們躲藏在無數的行星上，而且有些行星上可能只有他們存在。那是他們自己的大離散。然而，這並不意謂他們放棄了從多次逃生中養成的古老習俗。古老的宗教仍然存在，只是有些改變。在妳這個時代，或許一個來自古代的拉比依然可以站在猶太家庭的安息日燭臺後面，不敢到隔閡。他們對於自己的身分嚴格保密，妳可能會跟一個猶太人共事一輩子卻不會起疑。他們稱之為『完全偽裝』，雖然他們也知道這麼做的危險。」

盧西拉毫不猶豫就信了這段話。埋藏如此之深的祕密，會被其他任何懷疑其存在的人視為威脅。

「否則他們為什麼要保密，嗯？回答我！」

晶紙仍在向她的意識傾吐著祕密：「在面臨曝光的危機時，他們有一個標準的回應，『我們追尋的事物，是我們的先祖信奉的教義。它是一種復興，帶給我們過去時光中最美好的東西』。」

盧西拉知道這種回應的用意。世上總有「瘋狂的復興主義者」，這種回答保證能澆滅絕大多數的好奇心。「他們？哦，只是一幫子復興主義者而已。」

「但是，這套託辭對我們無效（晶紙繼續說）。我們有保存完好的猶太歷史，還有大量的他者記憶告訴我們他們需要保密的原因。我們沒有去攪亂這個現狀，直到我在柯瑞諾戰役期間和之後擔任統御大聖母（真的是很古老了！），看到了我們女修會需要一個祕密組織，一個能對我們的請求做出回應的團體。」

盧西拉不禁感到一陣疑惑。請求？

久遠之前的那位統御大聖母預料到聽者會疑惑。「偶爾，我們會提出些他們無法拒絕的要求。但是，他們也會對我們提出要求。」

盧西拉沉浸在這個地下團體的神祕事蹟之中。它隱藏得比絕密更深。她在檔案部查詢時提出的簡單問題多數都遭到了忽視：「猶太人？那是什麼？哦，是的，一個古老的教派。妳自己去查吧，我們沒時間浪費在宗教研究。」

晶紙還有更多的事可說：「猶太人認為我們在某些方面學了他們，對此他們有時得意，有時又沮喪。我們的配種是由女性的血統來控制配對模式，這套方法也被視為是猶太人的方式。只有當你的母親是猶太人時，你才能是個猶太人。」

晶紙開始做出結語：「永世不忘大流散。保守這個祕密事關我們最高的榮譽。」

盧西拉從頭上摘下了解讀罩。

「妳是執行蘭帕達斯上某個棘手任務的合適人選。」歐德雷迪說道，並把晶紙放回了藏匿處。

那些都是過去的事，猶太人搞不好還消滅了。看歐德雷迪的「棘手任務」把我搞成什麼樣了！

從伽穆農舍的高處望出去，盧西拉注意到有輛大貨運車開進了空地。她下方立刻喧鬧起來，工人從各個方向擁來，帶著裝滿蔬菜的拖拉桶在車前會合。她聞到了西葫蘆斷莖發出的刺鼻氣味。

盧西拉沒有離開窗邊。她的東道主給了她本地人的衣著——一件土灰色的舊長袍，還用淺藍色的頭巾蓋住了她的淺金髮。關鍵是不要做任何會引起別人注意的事。她看過其他女人駐足觀察農田裡的工作，因此她在此地現身，可能也會被視作只是出於好奇。

貨運車體型巨大，懸浮器支撐著鉸接的車斗，斗裡的貨物已堆成了小山一般。司機站在車頭透明的駕駛室裡，雙手放在操縱桿上，眼睛瞪著正前方。他的雙腿岔開，身子倚靠著斜支的支撐網，左側臀部貼住了油門。他是個大個子男人，黝黑的臉龐上滿是深深的皺紋，頭髮也有幾縷花白。他的身體是機器的延伸，引導著身後那龐然大物的動作。他經過盧西拉時，朝她瞥了一眼，然後目光又回到了她下方建築物圍成的寬敞裝卸區上。

和他的機器合而為一了，她想著，說明人類可以適應他們所從事的工作。盧西拉感覺這想法裡有一種無奈。如果你過度適應某種東西，其他方面的能力就會萎縮。我們的所做所為限制了我們自己。

她將自己想像成某種大機器的操作員，跟那個貨車裡的人沒什麼區別。

大貨車重重地從她身邊經過，駛離場地，司機沒有再看她一眼。他已經看過她一次了，為什麼還要再看一次呢？

她覺得東道主對於躲藏地的選擇十分明智。這裡人煙稀少，附近只有值得信任的工人，繁重的工作消磨了他們的好奇心，於是經過時都不會感到好奇。在她剛被帶到此地時，她就注意到了這地方的特點。當時是傍晚，人們已經往家裡走去。你能透過人們停止一天工作的時間來衡量一個地區的人口密度。早早上床，意謂你處於一個密度較小的區域。要是夜生活豐富的話，人們會躁動不安，因為周遭其他人的活動也會讓你的意識處於敏感狀態。

是什麼引發我進入了內省的狀態？

在女修會第一次撤退時，尊母的殺戮尚未白熱化，盧西拉很難讓自己相信「外面有人在追捕我們，想把我們都殺光」。

大屠殺！那天早晨，拉比在離開「去看看我能為妳做什麼」之前，用了這個詞來形容。

她知道拉比從久遠且苦澀的記憶中選擇了這個詞。但是自從她首次在伽穆生活的日子以來，直到大屠殺發生之間，這是她第一次體會到了受困於周遭無法控制的環境是什麼感覺。

我也是個逃犯。

女修會現在的情形和她們在暴君治下的遭遇有些類似。但是，神帝顯然（現在看來）沒打算根除貝尼．潔瑟睿德，只是想統治它。他顯然做到了！

那個該死的拉比去哪裡了？

他是個高大、熱情的男人，戴著老式的眼鏡。寬闊的臉龐被太陽曬成了棕色。儘管嗓音和動作都能證明他的年紀不小，臉上卻沒幾道皺紋。眼鏡讓人的目光無法不集中到他那雙深嵌在眼窩的棕眼，而他的眼光正熱情地注視著她。

「尊母嗎，」在她向他解釋自己的困境時，他說（就在樓上這間光禿禿的屋子裡），「哦，老天！這不好辦。」

盧西拉料到了這個回應，而且她還看出他其實已經知道了。

「有個宇航公會的領航員在幫她們搜索妳，」他說道，「據說他是一個艾德瑞克，很厲害的。」

「我有希歐娜的血脈，他『看』不到我的。」

「也看不到我，或是我們的人，同樣的原因。我們猶太人會因應需求而改變，妳懂的。」

「這位艾德瑞克只是在裝裝樣子，」她說道，「他能做的有限。」

「但是，她們把他帶來了。恐怕我們沒有辦法把妳安全地送離這個星球。」

「那我們該怎麼辦？」

「慢慢想辦法吧。我的人民並非完全無用，妳明白嗎？」

她聽出了真誠和關心。他還安靜地說起了如何抗拒尊母的性誘惑：「表現得低調些，不要引起她們的興趣。」

「我要去聯絡幾個人。」他說。

她竟然覺得寬慰。當人落入醫生的手裡，時常會發生些不近人情甚至是殘酷的事情。然而，她現在讓自己安心，蘇克學校畢業的醫生受過制約，對他人的需求很敏感，他們富有同情心且懂得關愛。

她竭力讓自己平靜下來，將注意力集中在「單人死亡教育」中學到的真言。

如果我將要死去，我必須把卓越的教誨傳下去，我必須在寧靜中離去。

（當然，在緊急情況下，這一切都會被拋棄在一旁。）

真言起了點作用，但她還是覺得有些發抖。拉比離開太久了，肯定是出了什麼問題。

相信他是錯誤的決定嗎？

隨著愈來愈不祥的感覺，盧西拉迫使自己運用起貝尼．潔瑟睿德的歸真術，重新審視她與拉比的會面。她的督察稱此狀態為「缺乏經驗時會自然表現出的純真，經常被誤解為無知，實際上不同」。「妳所有的事情開始返璞歸真，依序到位，就如同晶算師的心智運算。資訊重新輸入，不受成見妨礙。「妳是面鏡子，照著宇宙。鏡中影像就是妳所有的經驗，感官感應著鏡中影像，猜想由此產生。即便是錯的猜想也很重要，因為在某些例外情況中，多個錯誤猜想也能衍生出可靠的決定。」

「我們是妳忠實的僕人。」拉比說過。

這話絕對會讓聖母產生警覺。

突然間，歐德雷迪的晶紙提出的解釋顯得不再充分。事事幾乎總和利益相關。她認為，這種說法雖然有些憤世嫉俗，卻非常實在。想把利益從人類行為中清除出去的嘗試，總是會在過程中的動盪裡失敗。不同的社會制度只是改變了計量利益的刻度而已。例如龐大的官僚管理體系，其籌碼就是權力。

盧西拉提醒自己，利益的表現總是相同的。看看這位拉比的大農場！像是蘇克醫師的退休養老之所嗎？她看過這類地方都有什麼，有僕人、富麗堂皇的廳堂，肯定還有更多。不管在什麼制度下，利益的表現形式總是一致的：精美的飲食、美麗的愛人、豪華的旅行、輝煌的假日居所。

當你對這種事見得足夠多時，甚至會覺得無聊。

她知道自己心思紊亂，但無力阻止。生存。一個體系最基本的需求永遠是生存。我威脅到了拉比和他人民的生存。

他討好過她。永遠要小心那些討好我們的人，他們只不過是在討好我們手中的權力。多麼愜意啊，大群的僕人伺候在旁，焦急地等待著我們的召喚。多麼讓人衰弱。

尊母犯下的錯誤。

是什麼耽擱了拉比？

他是在算計聖母盧西拉能賣多少錢嗎？

樓下的一扇門被使勁摔上，震動了她腳下的地板。她聽到樓梯上傳來匆忙的腳步聲。這些人是多麼原始啊。樓梯！門打開時，盧西拉轉過了身。拉比走進來，身上帶著濃郁的美藍極氣味。他站在門口觀察著她的情緒。

「請原諒我這麼晚才來，女士。我被宇航公會的領航員艾德瑞克召去盤查了。」

這解釋了香料的氣味。領航員永遠都浸泡在美藍極橘色的氣體中，他們的五官通常在蒸汽裡模糊不清。盧西拉能想像領航員那小小的V形嘴巴和醜陋的鼻翼，嘴巴和鼻子在領航員那張太陽穴搏動的巨大臉龐上顯得渺小。她能感受拉比的內心當時該有多麼緊張，同時聽著領航員如歌唱般的啼叫聲，以及即時翻譯出的冷冰冰的凱拉赫語音。

「他想要什麼？」

「你。」

「他知不知道……」

「他不確定，但是，我敢說他在懷疑我們。話說回來，他懷疑所有的人。」

「他們跟蹤你了嗎？」

「沒必要。他們隨時都能找到我。」

「我們該怎麼辦？」她知道自己說得太快，聲音也太大了。

「親愛的女士……」他往前走了三步，她看到了他前額和鼻子上的汗珠。是恐懼，她能聞到。

「嗯，怎麼樣？」

「尊母行為背後的經濟觀……我們覺得很有意思。」

他的話應驗了她的恐懼。我就知道！他要出賣我！

「正如妳們聖母所熟知的，經濟體系裡總是存在著漏洞。」

「怎麼說？」她心中充滿警惕。

「對任何商品的貿易進行不徹底的壓制，總是會提高貿易商的利潤，尤其是高級批發商的利潤。」

他的聲音裡有種令人不安的猶豫，「覺得能在邊境擋住妳不樂見的毒品，這是種錯誤的想法。」

他想說什麼？這話解釋的基本道理甚至連侍祭都懂。提高的利潤總是會被用來買下繞過邊境警衛的安全通道，通常是買通警衛本人。

他買通了尊母的僕人？當然不會，他不相信這麼做是安全的。

她等著他整理想法。顯然，他在組織一套最有可能讓她接受的措辭。

為什麼他要把她的注意力引向邊境警衛？他的目的肯定是這樣。當然，警衛都有充分的理由來背叛他們的上司。他們會說：「如果我不做，其他人也會做的。」

她不敢抱有期望。

拉比清了清嗓子。顯然，他已經找到了合適的措辭，也組織好了句子。

「我不認為有什麼辦法能讓妳活著離開伽穆。」

她沒有料到他會這麼直接。「但是……」

「妳帶著的資訊，則是另外一回事。」他說道。

這才是提起邊境和警衛的原因！

「你不理解，拉比。我的資訊不只是些話語和警告。」她用手指輕點前額，「這裡面有很多珍貴的生命，大量無法取代的經驗，這些知識如此重要，以至於——」

「啊，我確實明白，親愛的女士。問題是『妳』不理解。」

怎麼總是在理解還是不理解的問題上糾纏！

「此刻，我需要仰仗妳的榮譽。」他說道。

哈，傳說中的貝尼．潔瑟睿德言出必行！

「你知道我死也不會出賣你的。」她說道。

他攤開了雙手，做了個無可奈何的動作：「我完全相信，親愛的女士。但問題和背叛無關，而是和某些我們從未向女修會透露過的事有關。」

「你想跟我說什麼？」她的口氣強硬，幾乎用上了魅音（她曾受過警告，不要對猶太人使用這招）。

「我必須得到妳的承諾。妳必須親口保證，不會用我將要透露的祕密對付我們。妳必須保證接受我提出的辦法，去解決目前的困境。」

「在還沒了解是什麼辦法之前？」

「我要求妳相信我，我保證我們會履行對女修會的承諾。」

她盯著他，想要看穿他設置在雙方之間的屏障。她可以理解他表面上的反應，但是無法解讀他出乎意料行為下的神祕事物。

拉比等著這個有些可怕的女人做出決定。聖母總是讓他覺得不安。他知道她的選擇，而且覺得她可憐。他知道她能看到自己臉上露出了憐憫的表情。她們知道得那麼多，同時又是那麼少。她們的力量那麼強大，她們對祕密以色列的知識又是那麼危險！

但是，我們欠她們的債。她不是上帝的選民，但債就是債。榮譽就是榮譽，真理就是真理。

貝尼．潔瑟睿德已多次在緊急關頭解救了祕密以色列。大屠殺是他的人民熟知的詞語，深深地刻在了祕密以色列的精神中。因為那「難以說出口」的浩劫，上帝的選民永遠不會忘卻，也永遠不會原諒。

在日常儀式（還有定期的集體分享）當中不斷加深的記憶，在拉比必須做出的選擇上打上了光圈。這個可憐的女人！她同樣也被困在記憶和周遭環境之中。

一起入甕吧！我們一起！

「我向你保證。」盧西拉說道。

拉比退回屋子唯一的那扇門前，打開了門。一位穿著棕色長袍的老嫗站在門外。在拉比的示意下，她走進了屋子。漂流木色的頭髮整齊地在腦後綁成了一個髻，她臉上滿是皺紋，面色如同乾杏仁般暗沉。但是，那雙眼睛！徹底的一片藍！還有那凜冽的目光……

「這位是利百加，我們自己人，」拉比說道，「而且，我相信妳能看出來，她做過一件危險的事。」

「香料之痛。」盧西拉輕聲說道。

「她很早以前就通過試驗了，一直以來幫了我們很多。現在，她來幫妳了。」

盧西拉必須確認：「妳能分享嗎？」

「我從未試過，女士，但是我知道怎麼做。」她邊回答邊走向盧西拉，直到她倆幾乎要撞上了才停下腳步。

她們向對方彎身，直到額頭觸碰在一起。她們各自伸出雙手，撐住對方的肩膀。

在她們的意識聯通時，盧西拉勉力拋出了一個意念：「必須把這些送到我的女修姊妹手裡！」

「我保證，親愛的女士。」

在完全融合的意識中，不可能存在欺騙。有毒的美藍極精華，立即且必然的死亡——古代弗瑞曼人傳神地稱為「小死亡」，確保她們雙方對彼此徹底坦誠。盧西拉接受了利百加的承諾，這位體制外的猶太聖母用生命做出了保證。還有別的！盧西拉看到之後倒吸了一口氣。拉比打算把她出賣給尊母。貨車司機是她們派來的，來確認農舍裡是否真的有一位符合盧西拉樣貌的女人。

利百加的坦誠讓盧西拉無法拒絕。「這是我們唯一能拯救自己，並繼續贏得信任的方法。」

這就是拉比讓她思考警衛和權力代理人的原因！聰明，聰明。我接受，正如他預料的那樣。

7

你無法僅憑一根線來操控提線木偶。

——禪遜尼警句

．．．

聖母什阿娜站在雕刻檯旁，雙手裹著灰爪塑具，如同戴著副怪模怪樣的手套。檯上那黑色的感應合成玻璃已在她手下被撫弄了近一個小時。她感覺自己快要實現心中那狂熱湧現的構思。創作力的烈度燒得她的皮膚陣陣抽搐，她猜那些從她右邊走廊經過的人肯定都注意到了。灰色的光線穿過她工作室北邊的窗戶，投到了她身後，西邊的窗戶被沙漠落日點亮成了橙色。

幾分鐘之前，在沙漠監測站任職什阿娜手下高級助理的普雷斯特就來到了門廊處。但是，整個站裡的人都知道，最好不要打斷什阿娜的工作。

什阿娜後退一步，用手背捋了一下前額一束被曬到斑駁的棕色頭髮。面前立著的黑色合成玻璃物體是個挑戰，它的弧線和平面「幾乎」已能匹配她體內感應到的形象。

每當我的恐懼到達頂峰，我就來到這裡創作。她想著。

這想法抑制了創作欲望，她卻更加努力想要完成雕塑。她戴著塑具的雙手在材料上上下翻飛，黑色的形狀順應著她的每一次侵入，像是狂風下的波浪。

北邊窗戶透進來的光線消失了，自動燈光從天花板邊緣補上了黃灰色的光線。那不一樣，那不一樣！

什阿娜從她的作品旁退開。接近了……但還不夠。她幾乎能觸摸到體內的形象，感覺到它掙扎著想要誕生。但是，這東西還是不對。她右手使勁一揮，將它打回成了檯子上的一個黑色團塊。

該死！

她摘下塑具，放到雕塑檯旁的架子上。西邊窗戶外的地平線仍然保持著一抹橘紅。天色暗得很快，一如她體內退卻的創作欲望。

她快步走向落日照亮的窗戶，剛好能及時看到今日最後一支搜索隊伍歸來。載具的降落燈明晃晃地刺向南方，那裡有一座臨時搭建的平臺，建在通往日漸擴大的沙丘的道路上。她從撲翼機慢吞吞降落的樣子就能看出他們沒有找到香料噴發點，也沒找到任何跡象表明放生在那裡的沙鱒終於長成了沙蟲。

我是一個牧蟲人，但我的蟲子可能永遠都不會出現。

窗戶倒映出了她朦朧的影像。她能看到香料之痛留下的痕跡。沙丘星上棕色皮膚的瘦弱流浪兒長成了氣質嚴厲的高個子女人。她的棕髮仍固執地逃離頭巾的束縛，披散在頸後。全藍的雙眼裡流露出野性，她自己看得到，其他人也看得到。這就是問題，她恐懼的源頭。

顯然，護使團對什阿娜的期待絕不會停止。

如果大沙蟲出現（沙胡羅歸來了！），貝尼・潔瑟睿德的護使團隨時會將她推到毫無疑心的人類面前接受崇拜。神話成真……就像她想把心中形象塑造成現實一樣。

聖女什阿娜！神帝也是她的奴僕！神聖的沙蟲也服從於她！雷托歸來啦！

這會影響到尊母嗎？可能。她們至少在表面上侍奉著古杜爾，神帝的另一個名字。

她們不太可能追隨「聖女什阿娜」的領導，但可能會認同她在性方面的做法。什阿娜知道，自己的性行為即使以貝尼·潔瑟睿德的標準來看仍顯得缺乏節制，她藉此抗議護使團強加在她身上的身分。至於她堅持只與鄧肯·艾德侯訓練過性連結的男性交媾，只是一個……藉口。

貝隆達懷疑了。

晶算師貝隆達對於那些越界的女修來說是個長存的威脅，這也是貝隆達在女修會高級顧問團一直手握大權的原因。

什阿娜轉身離開窗戶，撲倒在她的橘棕色床罩上。在她正前方有一幅黑白畫，畫中一條巨大的沙蟲聳立在一個渺小的人影面前。

這是牠們以往的樣子，牠們可能再也回不到從前了。我想透過這幅畫表達什麼？如果我知道，我可能就可以完成那座雕塑了。

與鄧肯一起發明祕密的手語是一場冒險。但是有些事不能讓女修會知道——還不到時候。

可能有某種方法，可以讓我們兩個一起逃脫。

但是，他們能去哪裡呢？這是個被尊母和其他力量圍困的宇宙。這是個由分散的行星組成的宇宙，行星上居住的人類大多希望能和平地生活——有些地方接受貝尼·潔瑟睿德的指引；更多地區在尊母的壓制下求存；大多數地區還是希望能達到最大限度的自治，實現長久以來的民主夢想；除此之外總有些地方充滿未知。還有，別忘了尊母的教訓！默貝拉透露的線索表示，魚言士和聖母中的極端分子組成了尊母。魚言士的民主變成了尊母的獨裁！線索十分充分，無法忽視。但是，為什麼她們要運用諸如T式探測儀、細胞誘導和高超的性技巧等手段，一再放大那些無意識的衝動呢？

我們被驅逐的天賦還有市場嗎？

這個宇宙不再只擁有一個交易所，地下網路已形成。它異常鬆散，建立在過去形成的和解和暫時的協議之上。

歐德雷迪曾經說過：「它就像一件起了毛邊、綴了補丁的舊衣服。」

舊帝國時期鉅貿聯會嚴密控制下的貿易網路早已不復存在。現在，只剩下零星得可怕的少數地點，由極其鬆散的紐帶連接。人民對這塊破布不屑一顧，總是思念著那些美好的舊時光。

什麼樣的宇宙能夠接受成了亡命之徒的我們，而不把我們看成是神聖的什阿娜及她的配偶？

這麼說並非將鄧肯當成了配偶。這只是貝尼．潔瑟睿德最初的計畫：「讓什阿娜與鄧肯結合。我們控制他，他能控制她。」

默貝拉提前終止了這個計畫。對我們兩個都是好事。誰會需要對性著魔呢？但是，什阿娜不得不承認她對鄧肯．艾德侯有一種說不清的情緒。那些手語，那些撫摸。還有，一旦歐德雷迪前來詢問，他們該怎麼跟她說？根本不必懷疑這種詢問會不會來，那只是時間問題。

「我們談論了鄧肯和默貝拉怎麼才能從妳手裡逃走，大聖母。我們談論了用其他方法來恢復特格的記憶。我們談論了該怎麼反抗貝尼．潔瑟睿德。是的，達爾維．歐德雷迪！妳以前的學生成了反抗妳的人。」

什阿娜承認自己對默貝拉也有複雜的感覺。

她馴服了鄧肯，我不一定能做到。

這位被俘的尊母是個有趣的研究對象……有時，她這個人本身也挺風趣。她那首詼諧的打油詩貼在了艦上侍祭的餐廳裡。

嘿，神！我希望祢在那裡。
我想讓祢聽聽我的祈禱而已。
那神像在我架子上傲立，
那真的是祢，還是只是我自己？
好吧，不管了，我開始哩：
為了我倆共同的利益，
請讓我將腰桿挺立，
助我走出我的罪大惡極，
樹立我作為完美榜樣的樣貌，
滿足我部門裡的督察。
或只是為了您上帝，
與麵包為了酵母一個道理。
不管出於什麼動機，
都是為了我和祢。

這事件引起歐德雷迪與她的對峙，攝影機拍下了那個美妙的畫面。歐德雷迪的聲音帶有某種奇怪的尖銳：「默貝拉？是妳嗎？」

「恐怕是的。」聲音裡沒有愧疚。

「恐怕？」仍然尖銳。

「怎麼了？」相當挑釁。

「妳取笑了護使團！別狡辯，這就是妳的企圖。」

「她們太做作了！」

每當想起那場對峙，什阿娜都忍不住同情。具有反抗精神的默貝拉是個徵兆。在人們被迫注意這徵兆以前，它已經發酵多久了？

我用這種方式來對抗永恆的紀律。「遵守紀律能讓妳變得堅強，孩子。」

默貝拉的孩提時代是什麼樣子？什麼樣的壓力塑造了她？生活其實就是對壓力做出的回應。有些人禁不住誘惑，並因此改變形貌：毛孔舒張，滿臉緋紅。是酒神巴克斯在朝他們拋媚眼。色欲也會在人的形象上留下印記，聖母藉由無數世紀的觀察，對此已了然於胸。我們被壓力所塑造，不管我們是否選擇抗拒。壓力和塑造——這就是生活。我的祕密反抗給我帶來了新的壓力。

考慮到女修會現在對任何威脅都保持高度的警戒，與鄧肯用手語交談可能沒多少用處。

什阿娜歪著頭看著雕塑檯上那個黑色的團塊。

但是，我要堅持。我要創造出對我自己生命的聲明，我要創造屬於我自己的生活！該死的貝尼．潔瑟睿德！

然後我會失去女修們的尊敬。

長久以來，遵從規範的行為模式一直強加於女修們身上。從最古老的時期開始，她們就一直保存著它，並不時拿出來重新打磨，做些必要的修補，如同時間長河中其他任何人類的創造物一樣。到了現在，它依然存在於沉默的敬畏之中。

只有這樣妳才是一位聖母，用任何其他的標準都不算。

什阿娜以前就知道她會被迫挑戰這件老古董的極限，甚至可能會打破它。她知道，那個想要重現她體內最狂野意識的黑色合成玻璃物體，只是她必須完成的事情之一。稱之為反抗也好，或稱之為其他名字也好，總之，她無法抗拒胸膛內的力量。

8

如果限制自己只能觀察，你肯定就會錯失生活的意義。生活的目標可以用一句話來總結：盡你所能去活出最好的人生。生活就是場遊戲，如果你投入進去，玩得盡興，就能明白其中的規則。否則，你將無法保持平衡，不斷地被變換的玩法所驚嚇。非玩家們總是哀怨他們得不到運氣的垂青，他們拒絕承認，其實他們自己可以創造運氣。

——達爾維．歐德雷迪

• • •

「妳看過攝影機最近拍攝艾德侯的紀錄嗎？」貝隆達問道。

「等一下！等一下！」歐德雷迪心中有些不快，貝隆達的詢問相當合理，但她的回答卻洩漏了情緒。

這些日子，壓力把統御大聖母逼得愈來愈緊。長久以來，她一直採取興趣廣泛的態度面對必須處理的任務。任務愈多，她的興趣就愈多，視野也就愈廣泛，因此也注定能產生更多有用的資料。感官用得愈多就愈靈敏。本質，這就是她的興趣所追求的東西。追尋本質，就像是尋找食物來安撫空虛的胃。

不知從何時起，她的日子變成了今天早晨的重複。眾所周知，她喜歡獨自細思，但工作室的牆壁困住了她。她必須待在別人找得到她的地方，不光能找得到，而且可以即時地發送通訊內容和人員。

該死！我會擠出時間。我必須擠出時間！

時間壓力是主要的一種壓力。

什阿娜說過：「我們走在借來的時間裡。」

非常有詩意！但是，在實際的需求面前沒什麼作用。在斧頭落下之前，她必須將盡可能多的貝尼·潔瑟睿德細胞分散到各處，沒有任何其他任務能更優先。貝尼·潔瑟睿德的織布正在被扯碎，送往聖殿居民無從知曉的目的地。有時，歐德雷迪將這種流動看成是碎布片，翻飛著在無現星艦裡遠去，帶著一批沙鱒。一同帶去的還有貝尼·潔瑟睿德的傳統、知識和記憶，可以用來辨別方向。但是，女修會早在第一次大離散就這麼做過，結果沒人回來，也沒人發出過訊息。沒人，沒人，只有尊母回來了。如果她們曾經是貝尼·潔瑟睿德，那麼現在她們已扭曲得可怕，盲目且有自我毀滅的傾向。

我們還能再次完整嗎？

歐德雷迪低頭看著案頭上的工作：更多的待選表格。誰要離去，誰要留下？沒有時間停下來深呼吸。來自前任統御大聖母塔拉札的他者記憶擺出了一副「早就跟妳說了」的姿態。「明白我當初都經歷過什麼了嗎？」

我還曾經渴望過頂層的位置呢。

頂層可能有位置（她樂於這麼跟侍祭們說），但是，不怎麼有時間。

有時，想到「外面」那些被動的、非貝尼·潔瑟睿德的普通人時，歐德雷迪會嫉妒他們。他們可以生活在幻想裡。多麼欣慰。你可以假裝你的生活會無限持續下去，明天會變得更好，天上的神明都在給你關照。

她以對自己的鄙視結束了這次恍神。未被遮蔽的眼睛更好，不管它看到了什麼。

「我研究了艾德侯最新的紀錄。」她說道，看著桌子對面耐心等待的貝隆達。

「他具備有趣的本能。」貝隆達說道。

歐德雷迪琢磨了一陣。無現星艦上遍布攝影機，幾乎沒有死角。顧問團關於甦亡人艾德侯的理論正一天天地變成現實。這個甦亡人到底掌握了艾德侯系列生命中多少記憶？

「塔瑪拉尼對他們的孩子有疑慮，」貝隆達說道，「她們有什麼危險的天賦嗎？」

這憂慮是意料中事。默貝拉在無現星艦中為艾德侯生下的三個孩子在剛出生時就被帶走了，她們的成長都處於密切的觀察之下。她們擁有尊母展現的那種可怕的反應速度嗎？現在還太早，無法下結論。據默貝拉所言，這是在青春期才會表現出的能力。

貝尼．潔瑟睿德的尊母俘虜在憤怒的無奈中接受了孩子被帶走。然而，艾德侯顯得無動於衷。奇怪，難道有什麼東西給了他更寬廣的生殖觀？幾乎和貝尼．潔瑟睿德的觀念一樣？

「另一項貝尼．潔瑟睿德的育種計畫。」他譏笑道。

歐德雷迪延伸思考。她們在艾德侯身上看到的真的是貝尼．潔瑟睿德的態度嗎？女修會說情感牽掛是古代的遺物——對於人類在那個時期的生存至關重要，但在貝尼．潔瑟睿德的計畫裡無關緊要。本能。

從卵子和精子裡帶來的東西。通常響亮而又關鍵：「這是整個物種在對你說話，笨蛋！」愛……後代……饑餓……無意識的動機觸發了特定的行為。胡搞這些東西很危險，育種女修在對這些深層動機施加影響力的時候很清楚。顧問團會定期對此進行檢討，並下令密切關注後果。

「妳研究了紀錄。這就是妳的全部答案？」這反應以貝隆達的風格來說幾近哀怨。

在貝爾感興趣的攝影機紀錄中，艾德侯向默貝拉詢問了尊母的性成癮技術。為什麼？他與之媲美的能力來自忒萊素人在再生箱中加入他細胞的特性。艾德侯的能力與無意識的行為模式同源，類似本能，然而效果與尊母的無法區分，都是不斷放大興奮，直到驅逐了所有的理智，把受害者困在此等「獎賞」的源頭。

默貝拉只口頭表達了她的能力，她顯然仍餘怒未消，因為艾德侯在她身上使用了她學過的相同的技術。

「當艾德侯問到動機時，默貝拉拒絕回答。」貝隆達說道。

是的，我注意到了。

「我能殺了你，你知道吧！」默貝拉說。

攝影機紀錄顯示他們躺在無現星艦內默貝拉艙房裡的床上，剛剛結束了互相滿足癮頭，裸露的肉體上有點點汗珠，默貝拉的前額蓋著一塊藍色毛巾，綠色的雙眼盯著攝影機。她似乎在直接盯著觀察者，眼裡有代表憤怒的橙色斑點，來自殘餘在她體內的香料替代品，尊母服用的一類。她現在服用的是美藍極，而且沒有副作用。

艾德侯躺在她身邊，黑髮散落在臉旁，與他腦袋下的白色枕頭形成了鮮明的對比。他的雙眼緊閉，眼瞼顫動，臉龐削瘦，儘管歐德雷迪的私人廚師親自為他準備了可口的餐食，他吃得還是不夠，高聳的顴骨輪廓清晰得誇張。被禁錮了這麼多年後，他的臉已是皮包骨。

默貝拉的身體能力足夠支持她語出威脅，歐德雷迪知道，但在心理上說不通。殺了她的愛人？不太可能！

貝隆達也在思考同一個問題：「她展現自己身體的速度時，想達到什麼目的？我們以前也看過她這樣。」

「她知道我們在觀察。」

在攝影機拍攝之下，默貝拉的身體壓下交媾後的疲倦，挑釁式地從床上躍起，以一種看不清的速度（比貝尼．潔瑟睿德能達到的速度快多了）踢出了右腳，在離艾德侯頭部只有一根髮絲的距離時才硬生生停了下來。

她一開始動作，艾德侯就睜開了眼睛。他看著她，毫不恐懼，也沒有眨眼。

那一腳，如果踢中了會致命的！這種事情，只須看一次就足以讓人心生恐懼了。默貝拉動作時並不需要大腦皮層，就像是昆蟲，肌肉裡的神經自主觸發了攻擊。

「你懂了吧！」默貝拉放下了腳，低頭盯著他。

艾德侯笑了。

看著紀錄，歐德雷迪想起了女修會掌握了默貝拉的三個孩子，都是女孩。育種女修都很興奮。一段時間之後，這條血脈出生的聖母或許也會有尊母的能力。

那時，可能在我們無法擁有的未來。

但是，歐德雷迪還是和育種女修一樣興奮。那個速度！再加上肌肉神經訓練，女修會偉大的普拉那－並度資源！她把這種情況下可能創造的產物默默放在心裡。

「她是做給我們看的，而不是給他。」貝隆達說道。

歐德雷迪不是很確定。默貝拉厭惡一直處於被人觀察之下，但她已經習慣了。她的很多行為顯然已經無視了攝影機背後的人。在這條紀錄上，她又回到了床上原來的位置，躺在艾德侯的身邊。

「我已經對存取這條紀錄加上了限制，」貝隆達說道，「有些侍祭看了覺得不舒服。」

歐德雷迪點了點頭。性成癮。尊母這個方面的能力在貝尼．潔瑟睿德內部掀起了波瀾，尤其在侍祭之間，非常有挑唆性。而且，聖殿星球上大多數的女修都知道聖母什阿娜是她們中唯一練習過這些技巧的人，練習的目的是挑戰一個常見的顧慮，即性成癮會弱化女修的能力。

「我們不能變成尊母！」貝隆達總是這麼說。但是，什阿娜代表了重要的控制因子。她教會了我們關於默貝拉的一些事物。

某天下午，默貝拉獨自在她無現星艦上的艙房內待著，一副放鬆的樣子，歐德雷迪見狀便試著單刀直入地詢問：「在遇到艾德侯之前，妳們中有人試過，怎麼說呢，『投入進去』嗎？」

默貝拉又回到了憤怒而傲然的神態：「他是趁我不備！」

她對艾德侯的問題表現過同樣的憤怒。想到這裡，歐德雷迪朝工作檯俯身，調出了原始紀錄。

「看她變得有多憤怒，」貝隆達說道，「這態度是催眠植入所致，被問到相關問題就發動。我敢以我的名譽擔保。」

「香料之痛能解除這種催眠。」歐德雷迪說道。

「如果她能進入這種狀態！」

「催眠術本該是屬於我們的祕密。」

貝隆達琢磨著話中的引申含意：在最初的大離散中，派出去的姊妹一個都沒回來。

這想法在她們的意識裡始終揮之不去：「真的是貝尼．潔瑟睿德的叛徒創造了尊母？」很多線索可作為佐證。那她們為什麼要用性技巧奴役男性？默貝拉的閒扯並沒有揭示真相。尊母的所有行為都與貝尼．潔瑟睿德的教育相悖。

「我們必須了解清楚，」貝隆達堅持道，「我們知道的少數事情讓人不安。」

歐德雷迪認同她的擔憂。這種能力到底有多大的誘惑力？非常大，她覺得。侍祭們抱怨說夢到自己變成了尊母。貝隆達的擔憂是合理的。

一旦創造或觸發如此野性的力量，就能建立異常複雜的肉欲幻境。只須通過支配人們的欲望、觸發幻想，就能控制全人類。

尊母竟敢使用如此可怕的力量。只要讓世人都知道她們掌握了令人炫目的快感的鑰匙，她們就贏得了一半的戰爭。光是讓人知道有這種鑰匙的存在，就已經是投降的開始。尊母組織中像默貝拉這個級別的人可能不清楚情況，但是位居高層的人……可不可能她們只是運用了性的力量，卻不關心甚至不了解深層的威力？如果是這種情況，我們最初那些離散的姊妹究竟受到了什麼誘惑，走上了這條死路？

之前，貝隆達曾提出過她的猜測：

在首次大離散時期，尊母俘虜關押了聖母。「歡迎，聖母。我們邀請妳們欣賞一下我們展現的能力。」先是一幕幕的交媾場面，接著展示了尊母身體能達到的速度。然後尊母讓聖母停止服用美藍極，注射主成分為腎上腺素的替代品，裡面還摻雜了催眠藥物。在藥物的作用下，聖母被打上了性印記。

這一切，加上香料之痛的退卻（貝隆達猜想），可能會讓受害者否定原本的身分。

天啊！最初的尊母難道都是聖母？我們敢在自己身上檢驗這個猜測嗎？我們又能從無現星艦裡的那一對男女身上學到些什麼？

來源不同的兩種資訊攤在女修會敏銳的眼睛前，但鑰匙還沒找到。

女人和男人不再僅是繁殖上的夥伴，也不再僅是互相的慰藉和依靠。關係裡加了點新東西。風險又被提升了。

在工作檯上播放著的攝影機紀錄裡，默貝拉說了些什麼，吸引了大聖母的全部注意力。

「我們尊母自找的！怪不了其他人。」

「妳聽到了嗎？」貝隆達問道。

歐德雷迪猛力地搖了搖頭，想要集中所有的注意力在這段對話上。

「我跟妳不一樣。」艾德侯反對道。

「空洞的藉口，」默貝拉指責道，「你想說你是被忒萊素人調整過了，去誘惑你碰到的第一個銘者？」

「並殺了她，」艾德侯補充道，「那是他們的期望。」

「但是，你甚至都沒試過要殺我。我並不是說你能殺得了我。」

「那是因為……」艾德侯沒接著往下說。他下意識地朝攝影機瞥了一眼。

「他想說什麼？」貝隆達跳了起來，「我們必須搞清楚！」

歐德雷迪繼續默默觀察這對囚徒。默貝拉表現出驚人的洞察力：「你覺得你是在跟你無關的場合下碰巧撞上我了？」

「是的。」

「但是，我看到你體內有東西接受了這一切！你不僅是在他人的操控下逆來順受，你把它展現到了極致。」

艾德侯的眼睛發直，彷彿在審視自己。他仰起頭，舒展胸部肌肉。

「那是晶算師的表情！」貝隆達叫道。

歐德雷迪所有的分析員都導出這個結論，但尚未得到艾德侯的承認。如果他是個晶算師，為什麼要隱瞞呢？

因為晶算師能力還意味了其他事物。他害怕我們，而且，他的確該害怕。

默貝拉輕蔑地說道：「你不只隨機運用，還改善了忒萊素人在你身上施加的能力。你內心有一部分其實根本不怨恨這能力！」

「那是她處理罪惡感的方式，」貝隆達說道，「她必須讓自己相信這套說法，才能解釋艾德侯為什麼困得住她。」

歐德雷迪抿緊了嘴唇。投影中的艾德侯笑了：「或許我們兩個都一樣。」

「你不能怪罪忒萊素人，我不能怪罪尊母。」

塔瑪拉尼走進工作室，坐在貝隆達身旁的犬椅中。「看來，妳也對這段感興趣。」她示意了一下投影。

歐德雷迪關上了投影。

「我一直在檢查我們的再生箱，」塔瑪拉尼說道，「那個該死的司凱特利隱瞞了關鍵資訊。」

「我們的第一個甦亡人沒問題吧，是嗎？」貝隆達問道。

「我們的蘇克醫生沒發現什麼問題。」

歐德雷迪語氣柔和地說道：「司凱特利必須留下一些用來討價還價的籌碼。」

雙方都抱有幻想：貝尼．潔瑟睿德從尊母手下救出司凱特利，收留他在聖殿避難，而他則向女修會支付一定的代價。但是，每個研究他的聖母都知道，這位最後的忒萊素尊主還有別的企圖。

忒萊素人很聰明，真是聰明，比我們懷疑的更聰明。他們用再生箱玷汙了我們。「箱」這個字——又是他們的一個謊言。我們想像它是裝滿溫熱羊水的容器，每個箱子都是複雜機器，用來（以精確、步驟清晰和可控的方式）複製子宮的功能。箱子倒是箱子的樣子，可看看它實際上裝著什麼！

忒萊素的方案很直接：使用原生器官。經過無數的世代，大自然已經做出了優化。貝尼．忒萊素所需要做的只是加上了他們的控制系統，複製細胞內所存資訊的一套獨有方式。

司凱特利稱之為「上帝的語言」。更準確地說，是魔鬼的語言。

提供回饋。細胞會指導自己所在的子宮，受精卵或多或少可能都會這麼做，忒萊素人只是優化了它。

歐德雷迪嘆了一聲，引得她的同伴投來了銳利的目光。大聖母遇到了什麼新麻煩？

司凱特利的坦白讓我擔憂。那些真相對我們造成了什麼影響？噢，我們對這種「道德敗壞之事」避之唯恐不及。接著，我們會找個說詞來合理化自己的作為——我們知道那只是在合理化！「如果沒有其他辦法，如果這能製造我們急需的甦亡人，或許可以找到志願者。」找到了！志願者！

「妳在撿羊毛！」塔瑪拉尼不滿地哼了一聲。她瞥了眼貝隆達，想要對她說話，又覺得不妥而作罷。貝隆達的表情變得有些麻木，通常這意謂她情緒低落。她的聲音比耳語響不了多少：「我強烈要求消滅艾德侯。至於那位忒萊素的怪物……」

「妳為什麼建議得這麼委婉呢？」塔瑪拉尼問道。

「那就殺了他！那個忒萊素人必須聽從我們的——」

「住嘴，妳們兩個！」歐德雷迪命令道。

她用雙掌扶住前額，盯著拱形窗，看到了外面的冰雨。氣象控制中心犯下了更多的錯誤。不能責怪她們，但是，人類最恨的就是不可預測。「我們要自然！」不管它是什麼意思。

想到這裡時，她開始渴望回到那個讓她愉悅的秩序裡去：偶爾在果園中散步，她喜愛各個季節下的果園。與朋友一起度過安靜的傍晚，和那些讓她溫暖的人進行有來有往的交談。溫情？是的，大聖母敢於嘗試，甚至包括得到同伴的愛。她也想要美味的食物與能增加風味的精選美酒，它們對味覺的刺激真是絕妙。然後……是的，然後——溫暖的床，溫柔的同伴，他懂得她的需要，她也懂得他的。

當然，這些願望多數都無法實現。責任！多麼重要的一個詞！它像火一樣熱。

「我餓了，」歐德雷迪說道，「要不然叫人把午飯送來吧？」

貝隆達和塔瑪拉尼盯著她。「才剛十一點半。」塔瑪拉尼表示。

「要還是不要？」歐德雷迪堅持著。

貝隆達和塔瑪拉尼偷偷交換了下眼神。「好吧。」貝隆達說道。

貝尼．潔瑟睿德有一種說法（歐德雷迪知道），大聖母的胃滿意了，女修會能運作得更流暢。這個說法剛才起了決定性作用。

歐德雷迪接通了她私人廚房的通話器：「三個人的午餐，杜納。來點特別的，妳決定吧。」

午飯端來了，主菜是歐德雷迪的最愛，小牛肉砂鍋。杜納對香草的掌握很精準，砂鍋裡放了少許迷迭香，蔬菜也沒有煮過頭。完美。

歐德雷迪回味著每一口，而另兩個人只是在進食，一口一勺，一口一勺。

這就是我成了統御大聖母，而她們當不上的原因？

等侍祭清理完餐桌後，歐德雷迪問了一個她最愛的問題：「最近在侍祭中有什麼閒話嗎？」

她想起了自己曾經是侍祭的日子，成天豎著耳朵傾聽老婦們的談話，希望能聽到什麼偉大的真理，但多數情況下聽到的只是關於其他女修的閒話，或是某個督察又出了什麼問題。不過，偶爾她們也會放下戒備，洩漏些重要的資訊。

「太多的侍祭都在說想要參與大離散。」塔瑪拉尼粗著嗓子說道。「簡直就是快沉的船上的老鼠。」

「最近她們對檔案部的興趣也增加了許多，」貝隆達說道，「那些心有所感的女修都來尋求確認

——哪個侍祭是否擁有明顯的希歐娜基因印記。」

歐德雷迪覺得這挺有趣。她們那生活在暴君時代的亞崔迪祖先，希歐娜・伊本・福阿德・賽耶法・亞崔迪可以躲避預知技能搜索，她將這種能力遺傳給了後代。每個公開行走在聖殿的人都分享了這種來自祖先的保護。

「明顯的印記？」歐德雷迪問道，「她們懷疑那些人是否真的受到了保護？」

「她們需要確認。」貝隆達不耐煩地嘟囔了一聲，「現在能回到艾德侯的話題上嗎？他可以說有基因印記，也可以說沒有。這讓我覺得不安。為什麼他的部分細胞沒有希歐娜的印記？忒萊素人到底幹了什麼？」

「鄧肯知道風險，他也沒想自尋死路。」歐德雷迪說道。

「我們不知道他是什麼。」貝隆達抗議道。

「可能是個晶算師，我們都知道那意謂什麼。」塔瑪拉尼說道。

「我能理解我們為什麼留著默貝拉，」貝隆達說道，「可以得到寶貴的資訊。但是，艾德侯和司凱特利……」

「夠了！」歐德雷迪喝止道，「看門狗不要一直叫個不停！」

貝隆達勉強接受了。看門狗。貝尼・潔瑟睿德稱呼監察員所作所為的一種說法，意為不斷監視女修，確保她們不會陷入歧途。侍祭們覺得難以忍受，然而對聖母來說，被監察就是生活的一部分。

某個下午，歐德雷迪和默貝拉單獨待在無現星艦上灰色牆面的面談室內時曾解釋過。她們面對面近距離站著，眼睛相互平視，看似十分隨意、親密。前提是假裝看不到四周的那些攝影機。

「看門狗，」歐德雷迪回答著默貝拉提出的一個問題，「意謂我們互為牛虻。別想得太美好。我們很少說廢話。一個簡單的詞就夠了。」

默貝拉的鵝蛋臉上露出了厭惡的表情，分得很開的綠色雙眼炯炯有神。她顯然認為歐德雷迪指的是某種常見的信號，在那種情況下會使用的一個詞或是一種說法。

「什麼詞？」

「任何詞，該死！只要合適就行。看門狗就像是某種相互作用，在我們日常中的『痙攣』，不會煩擾我們多少。我們歡迎它，因為它讓我們保持警醒。」

「如果我成了聖母，妳也會當我的看門狗？」

「我們需要自己的看門狗。沒有她們，我們會變得鬆懈。」

「聽上去有點強迫的意味。」

「我們並不覺得。」

「我覺得它是防蚊劑，」她看著天花板上閃爍的鏡頭，「像這些該死的攝影機。」

「我們照顧自己人，默貝拉。一旦妳成了貝尼．潔瑟睿德，妳會得到一生的照顧。」

「舒適的小窩。」她的態度不屑。

歐德雷迪語氣柔和：「完全相反。妳的一生都在接受挑戰，妳把能力發揮到極限來回報女修會。」

「看門狗！」

「我們總是在相互關注。我們中的有些人在執掌權柄之後可能會不時表現得獨裁，甚至專橫，但都是在形勢的要求下點到為止。」

「從來不會熱情或溫柔，是吧？」

「這是規矩。」

「或許有感情，但是沒有愛？」

「我跟妳說了，這是規矩。」歐德雷迪能從默貝拉的臉上清楚地看出她的反應：「妳終於洩底了！她們會要求我放棄鄧肯！」

「也就是說，貝尼．潔瑟睿德中沒有愛。」默貝拉的語氣是多麼悲傷，她仍心懷希望。

「愛也會發生，」歐德雷迪說道，「但女修們把它視為心理偏差。」

「我對鄧肯的感覺是心理偏差？」

「我們會嘗試治療它。」

「治療！治療是用來解除痛苦的！」

「女修會認為愛就是一種腐爛。」

「我在妳身上看到了腐爛的跡象！」

貝隆達彷彿一直跟隨著歐德雷迪的思緒，此刻她將歐德雷迪從空想中拽了出來。「那個尊母絕不會加入我們！」貝隆達抹去了嘴角的一點午餐殘漬。「教導她我們的方法，是在浪費我們的時間。」

至少，貝隆達不再稱呼默貝拉為「蕩婦」了，歐德雷迪想著。有進步。

9

所有的政府都會遭遇一個常見的問題：權力能吸引個性病態的人。並不是因為權力能腐化人，而是因為它吸引了易腐化的人。這些人往往沉溺暴力，容易對暴力成癮。

——《護使團之書》

• • •

利百加依照命令跪在黃色的地磚上，不敢抬頭看坐得遠遠的可怕的大尊母。她已經在這間巨大房間的中央等了將近兩個小時。與此同時，大尊母和她的同伴正享用著諂媚的僕人奉上的午餐。利百加用心觀察著僕人的神色，暗中加以模仿。

她的眼窩仍然因為拉比不到一個月前給她植入的眼睛而疼痛。這雙眼睛有著藍色的虹膜和白色的鞏膜，看不出她過去曾經歷過香料之痛。這是一種臨時的補救措施，過不了一年，這雙新眼睛就會出賣她，變成全部的藍色。

她覺得眼睛的疼痛是她最不需要擔憂的問題。她體內還植入了一個物體，按照計算好的劑量釋放著美藍極，能隱藏她對美藍極的依賴。供應能持續六十天，如果尊母扣留她的時間過長，缺乏美藍極會讓她陷入更深的痛楚中，令最初的痛楚相形失色。最迫切的風險是隨著香料滴入她體內的謝爾，如果這些女人察覺到了，她們肯定會起疑的。

妳表現得很好，要有耐心。這是來自蘭帕達斯眾人的他者記憶。聲音在她腦內溫柔地響起，聽起來和盧西拉的聲音很像，但利百加不敢確定。

她和盧西拉分享記憶過後，這聲音就宣稱自己為「默赫拉式的代言人」。在幾個月內，它已經成了一個熟悉的聲音。這些蕩婦無法與我們的知識匹敵，記住這一點，讓它給你勇氣。

體內存在其他人，但又不會干擾她對周邊的注意力，讓她覺得敬畏。我們稱之為意識並流，代言人曾說過。意識並流能增強妳的覺察力。當她想解釋給拉比聽時，他卻以憤怒來回應。

「妳被不潔的思想玷汙了！」

那天，他們在拉比的書房待到深夜。他稱之為「從賜給我們的日子裡偷取時間」。書房是間地下室，沿著牆壁堆滿了舊書、利讀聯晶紙和卷軸。最高級的伊克斯設備保護著房間不被偵測到，他的手下改良了設備，更加提高性能。

每當這種時候，她被允許坐在他桌子旁，而他則倚靠在一張舊椅子上。他身旁一盞低矮的燈球在他長滿鬍鬚的臉上投下了老式的黃光。他戴著象徵知識地位的眼鏡，鏡片不時反射著光芒。

利百加假裝沒聽懂：「但是，你說過為了拯救蘭帕達斯上的珍寶，我們必須這麼做。難道貝尼·潔瑟睿德沒對我們說實話？」

她看到他眼裡的憂慮：「妳聽到勒維昨天提到的那個四處流傳的問題了吧。為什麼貝尼·潔瑟睿德的女巫要來找我們？大家的疑問就是這樣。」

「我們的故事可信且前後一致，」利百加反駁道，「女修會教了我們連真言師都無法刺探真相的方法。」

「我不知道……我不知道。」拉比悲哀地搖了搖頭，「什麼是謊言？什麼是真相？我們宣判了自己的罪刑嗎？」

「我們反抗的是大屠殺，拉比！」這種說法通常會堅定他的決心。「哥薩克人！是的，妳是對的，以色列的女兒。每個時代都有哥薩克人，在他們心懷殺意闖入村子時，我們並不是唯一見識過他們的皮鞭和利劍的人。」

奇怪，利百加想著，他怎麼能表現得像是這些事情才剛剛發生，自己親眼所見似的。絕不忘卻，絕不原諒。利迪澤[1]就在昨天，在祕密以色列的記憶中，這事件效力多麼大。大屠殺！幾乎和她意識中攜帶的貝尼·潔瑟睿德存在一樣頑強。幾乎。這就是拉比抗拒的事情，她告訴自己。

「我擔憂妳已從我們身邊被帶走，」拉比說道，「我對妳做了什麼？我做了什麼？這就是所謂的榮譽？」

他看著書房牆壁上的一個裝置，它報告了農場周圍安裝的縱軸風車在夜間的能量積累，裝置顯示這些機器正轟鳴著為明日儲存能量。擺脫對伊克斯人的依賴，這就是貝尼·潔瑟睿德的禮物。獨立，是個多麼特別的詞。

他沒看著利百加，說道：「我覺得他者記憶很難理解，一直都是。記憶理應帶來智慧，但其實它不會。管理記憶，善加運用，才會帶來智慧。」

他轉身看著她，他的臉隱藏在陰影裡：「妳體內的人說了什麼？就是妳覺得是盧西拉的那個人。」

利百加察覺到，他在說出盧西拉的名字時頗感欣慰。如果透過祕密以色列的女兒協助，盧西拉就能說話，那她就還算活著，沒有被背叛。

利百加說話時垂下了目光：「她說我們擁有體內的畫面、聲音和感覺，你可以命令它們顯現，或者，在必要時它們也會主動介入。」

「必要時，是的！妳的感官會讓妳感覺自己去了不該去的地方、做了不該做的事，除此之外，還有什麼？」

還有其他身體、其他記憶，利百加想著。在體驗過之後，她知道自己再也不會主動放棄了。或許我真的成了貝尼．潔瑟睿德。顯然，這才是他擔憂的原因。

「我來告訴妳一件事，」拉比說道，「她們稱這個為『生物的意識的關鍵交會』，它沒有任何意義，除非妳能知道自己的決定如何像絲線一樣延展出去，然後進入了其他人的生命。」

「從其他人的反應來觀察自己的行為，是的，這是女修會的觀點。」

「這才是智慧。那位女士說她們的目標是什麼？」

「對人類的成熟發揮影響力。」

「嗯。她明白自己能發揮影響力，只是感覺不到。這幾乎與智慧同等。但是，成熟……啊，利百加。我們有權干涉更高等的計畫嗎？人類有權利給耶和華的本質設定限制嗎？我認為雷托二世能理解。你體內的女士卻拒絕承認。」

「她說他是個該死的暴君。」

「他是暴君，但在他之前也有明智的暴君，而且在我們死後無疑也會有更多。」

「她們稱他為魔鬼。」

「他擁有撒旦的力量，我認同她們的恐懼。與其說他是個預言家，倒不如說他是個泥水匠，他把看到的影像固定成型。」

1 利迪澤：位於今捷克境內的村莊。一九四二年黨衛軍高官海德里希被暗殺後，納粹高層認定暗殺者曾藏匿於此，下令屠村。——編注

「這位女士也這麼說。但是，她說他保存的是她們的聖杯。」

「她們再次展現出了智慧。」

拉比發出一聲長嘆，身體都微微晃動了。他再次看了眼牆上的裝置。明日的能量。

他將注意力放回到利百加身上。她變了，他無法不注意到，她變得很像貝尼・潔瑟睿德。這可以理解，畢竟她的頭腦裡擠滿了蘭帕達斯上的人。但她們不是格拉森的豬群，無法將她們連同妖魔鬼怪一起趕到海裡去。[2]而且，我也不是耶穌。

「那個統御大聖母歐德雷迪，她們跟妳說她經常譴責她的檔案管理員和她們管理的檔案。成何體統！檔案不也和書一樣，都是我們保存智慧的媒介嗎？」

「那麼，我是個檔案管理員嗎，拉比？」

她的問題讓他疑惑，同時也點明了要害。他笑了：「我跟妳說吧，以色列的女兒。我承認自己有點同情這位歐德雷迪，檔案管理員確實有討厭的地方。」

「這是富含智慧的陳述嗎，拉比？」她的語氣很害羞！

「相信我，女兒，是的。無論是多微小的評斷將要冒出頭，檔案管理員都會不遺餘力地壓制，每一個評斷都不遺漏。太傲慢了！」

「她們如何判斷該用什麼詞呢，拉比？」

「啊，妳有點智慧了，女兒。但是，這些貝尼・潔瑟睿德沒有智慧，而且她們的聖杯阻止了她們獲取智慧。」

她能從他的臉上看出來。他想讓我對體內的生命產生懷疑。

「讓我跟妳說件貝尼・潔瑟睿德的事吧。」他說道。但他還沒想好該怎麼說，沒有語言，也沒有睿智的建議。這種情形已多年沒發生在他身上了，他眼前只有一條路可走：把心裡話說出來。

「或許，她們走在往大馬士革的道路上已久，卻沒有領受啟示的大光[3]，利百加。我聽她們說，她們為人類的利益行事。然而，我在她們身上看不到跡象，我認為暴君也沒能看到。」

利百加剛想開口回答，他抬起手阻止了她：「人類的成熟？這是她們的聖杯？果子熟了，不就會被採下來吃掉嗎？」

在交叉點大廳的地板上，利百加記起了這句話，看到了這教訓體現在人類身上，但不是透過她體內的生命，而是透過抓捕她的這群人的行為。

大尊母用餐完畢，她在僕人的長袍上擦淨了手。

「讓她上前來。」大尊母說道。

利百加的左肩處傳來一陣痛楚，她跪著往前爬。那個叫勞格諾的人以獵人的潛行方式出現在她身後，並把一根尖頭刺棒捅進了她的皮肉。

笑聲迴蕩在房間裡。

利百加踉蹌著站了起來，勉強走在刺棒的前面，抵達通往大尊母的階梯下方時，刺棒阻止了她。

「跪下！」勞格諾又刺了一下，強調了她的命令。

利百加跪了下去，眼睛盯著前方升起的階梯。黃色的地磚上有些細小的劃痕，不知怎的，這些瑕

2 馬可福音第五章第一至二十節、路加福音第八章第二十六至三十九節、及馬太福音第八章第二十八至三十四節，均記載了耶穌行經格拉森（馬太福音作「加大拉」），遇見被魔鬼附身的人。耶穌同意魔鬼的請求，讓魔鬼離開人身，進入附近的一群豬。被附身的豬隻衝下懸崖，摔進海裡溺斃。——編注

3 典出《使徒行傳》第九章。——編注

疵讓她覺得安心。

大尊母說道：「別弄她了，勞格諾。我要的是答案，不是尖叫。」隨後對著利百加，「看著我，女人！」

利百加抬起頭，盯著那張代表死亡的臉孔。這麼平凡的一張臉，卻有這麼大的威脅。如此……如此平均的五官，幾乎毫無特色。這麼小的體形，卻放大了利百加感覺到的危險。這個個頭小小的女人想必擁有不得了的力量，才能統治這些可怕的人。

「知道妳為什麼會來這裡嗎？」大尊母問道。

利百加用自己最諂媚的聲音說道：「哦，大尊母，我被告知，您希望我講述真言的知識，以及伽穆上的其他一些事。」

「妳與真言師交配過！」她用指控的語氣說。

「他死了，大尊母。」

「別動，勞格諾！」這句話是對那個拿著刺棍衝上前的助理說的，「這個賤婦不懂我們的規矩。站到一邊去，勞格諾，我不想被妳的衝動打擾。」

「只有在回答我的問題，或在我下令時，妳才能跟我說話，賤婦！」大尊母叫道。

利百加縮成了一團。

代言人在利百加的頭腦裡耳語著：幾乎和魅音一樣。小心。

「妳認識貝尼．潔瑟睿德裡的人嗎？」大尊母問道。

拜託！「每個人都碰過女巫，大尊母。」

「妳知道她們什麼事？」

哦，這就是妳們把我帶到這裡的原因。

「我只聽過傳言，大尊母。」

「她們勇敢嗎？」

「據說她們總是想規避危險，大尊母。」

妳值得我們的託付，利百加。那就是這些蕩婦的行動套路。順勢而為，她們覺得妳不喜歡我們。

「這些貝尼．潔瑟睿德富有嗎？」大尊母問道。

「我認為跟您比起來，女巫實屬貧窮，大尊母。」利百加說道。

「為什麼這麼說？別試圖討好我！」

「大尊母，女巫有能力派一艘航艦到伽穆專門把我帶到這裡來嗎？現在她們在哪裡呢？她們躲著您呢。」

「是啊，她們在哪裡？」大尊母問道。

利百加聳了聳肩。

「那個她們叫作霸夏的人從我們手裡逃走時，妳在伽穆嗎？」大尊母問道。

她知道妳在。「我在那裡，大尊母。我還聽過傳言，但我不相信。」

「只能相信那些我們讓妳相信的事，賤婦！妳聽到什麼傳言了？」

「傳言說他能以眼睛跟不上的速度移動，說他……徒手殺了很多人，還有他偷了一艘無現星艦，逃入了大離散。」

「妳只能相信他逃走了，賤婦。」看到她有多害怕了嗎！她無法隱藏顫慄。

「說說真言的事。」大尊母命令道。

「大尊母，我不懂真言。我只知道我的丈夫沙勒姆說過的那些詞。如果您願意聽，我可以重複。」

大尊母琢磨著，扭頭看著她兩旁的助理和顧問。那些人都露出了不耐煩的神色。她為什麼不直接殺了這個賤婦？

利百加從這些盯著她的橙色眼睛裡看到了暴力。她收攏心神，想起了丈夫的小名沙爾，以及他說過的貼心話。他在孩提時代就展現了「高尚的天分」，有人稱之為一種本能，但沙爾從來不用這個詞。「相信你的直覺。我的老師一直這麼說。」

這是種非常實在的用語，他說這通常會嚇走那些前來尋求「神祕奧祕」的人。

「這技巧沒有祕密，」沙爾說過，「要接受訓練和刻苦練習，跟做其他事都一樣。妳得練習他們稱為『微知覺』的能力，從而觀察到人類反應中最微小的變化。」

利百加能從那些盯著她的人身上看到這種微小的變化。她們想要我死。為什麼？

代言人有建議。大尊母喜歡在他人面前展現權威。她不會做其他人希望她做的事，而會做她認為其他人不希望的事。

「大尊母，」利百加壯起膽子，「您既富有又有權威，肯定有什麼不起眼的地方能讓我為您效勞。」

「妳想為我效勞？」多野蠻的笑容！

「為您服務將讓我欣喜，大尊母。」

「我來這裡不是為了讓妳欣喜。」

勞格諾在地板上踏出了一步：「那就讓我們欣喜，達瑪。讓我們搞些娛樂——」

「安靜！」啊，這是個錯誤，在眾人面前使用親密的稱呼。

勞格諾退了回去，刺棒幾乎掉在了地上。

大尊母橘紅的目光俯視利百加：「妳要回到伽穆上可悲的生活裡去，賤婦。我不會殺了妳，那對妳太仁慈了。妳見識到了我們可以給妳的好處，現在帶著得不到那些好處的遺憾活下去吧。」

「大尊母！」勞格諾抗議道，「我們懷疑——」

「我對妳才有懷疑，勞格諾。把她活著送回去！聽到沒？妳覺得我們需要她的時候會找不到她嗎？」

「不會，大尊母。」

「我們在盯著妳，賤婦。」大尊母說道。

誘餌！她覺得透過妳能釣到大魚。真有趣，這個人有頭腦，儘管生性暴虐，卻知道用腦子，這就是她能上位的原因。

在回伽穆的路上，利百加被關在曾經服務過宇航公會的航艦中一間臭烘烘的艙室裡，思索著自己的困境。顯然，這些蕩婦並沒有期望她會誤解她們的意圖。但是……她們可能也會這麼期望。諂媚、順從，她們就吃這一套。

她知道這想法既來自沙爾的真言，也來自蘭帕達斯的顧問。

「妳累積了很多細微的觀察，妳感覺到了，卻從未意識到。」沙爾會說過，「累積下來，它們會告訴你一些事，但不是以人類的語言。語言不是必要的。」

她曾經以為這是她聽過最怪的事了，然而，這番話是在她經歷香料之痛以前。夜晚的床上，黑暗與肉體的撫慰，他們之間是無聲的，卻又勝過有聲。

「語言會阻滯你，」沙爾說過，「妳應該學會解讀自己的反應。有時，妳能找到詞語來描繪……有時……找不到。」

「沒有詞語？甚至都不用詞語提問嗎？」

「妳想要詞語，是嗎？這些怎麼樣？信任、相信、真相、誠實。」

「這些是好詞語，沙爾。」

「但是它們言不及義。不要依靠它們。」

「那我們依靠什麼？」

「我自己內部的反應。我解讀自己，而不是我面前的人。我總能分辨謊言，因為我想轉身離開說謊的人。」

「原來你是這麼辦到的！」她捶著他光裸的手臂。

「其他人的方法不同。我聽說過有一個人能分辨謊言，因為她想挽起說謊者的手臂一起散步，安慰說謊的人。妳可能會覺得很荒謬，但這分辨方法確實有用。」

「我覺得你很聰明，沙爾。」她說的是愛的語言，其實她根本不懂他話裡的意思。

「我珍愛的人，」他說道，將她的頭枕在他手臂上，「真言師擁有真言感應力，一旦喚醒了，就會一直起作用。請不要僅出於愛意而誇我聰明。」

「對不起，沙爾。」她喜歡他手臂的味道，她把頭埋在他臂彎裡，搔他的癢，「但是，我想知道所有你知道的事情。」

他將她的頭挪到一個更舒服的姿勢：「妳知道我的第三階段老師說了什麼嗎？『要無知！學會純粹的天真。』」

她震驚了：「完全無知？」

「接觸所有的事物時要像乾淨的寫字板，上頭沒寫東西，妳腦內也沒有任何東西，任何的印記都是對方留下的。」

她開始明白了：「不加以干涉。」

「對。妳是最原始、最無知的野蠻人，不通世故到了極點之後，反而到達了世故的頂峰。無心插柳柳成蔭，妳可以這麼說。」

「這才是聰明，沙爾。我打賭你是他們最好的學生，學得最快，而且——」

「剛開始，我覺得那是一派胡言。」

「不會吧！」

「直到有一天，我察覺到體內的一個小小悸動。它不是肌肉的運動，或是其他人能察覺到的東西。就只是一個……一個悸動。」

「在什麼地方？」

「我無法描述它在什麼地方。但是，我的第四階段老師讓我為它做好了準備。『用雙手溫柔地抓住它，要溫柔。』有個學生還以為他說的是實際的雙手。哦，我們都笑壞了。」

「你們太壞了。」她觸摸著他的臉頰，感受著他黑色的鬍渣。夜深了，但她不覺得睏。

「我也覺得挺壞的。不過，當悸動來臨時，我一下子就認出了。我從未有過這種感覺。它也讓我吃了一驚，因為認出之後，我才明白它一直在我體內，感覺很熟悉。是我的真言感應力在悸動。」

她感覺真言感應力也在自己的體內擾動。他聲音中驚異的感覺引發了什麼東西。

「從那時起，它就是我的，」他說道，「它屬於我，我也屬於它，再也沒分開過。」

「多美妙的感覺啊。」她的聲音裡滿是敬畏和羨慕。

「不完全是！我恨真言感應力的某些部分。以這種方式看人，就像他們被解剖了一樣，內臟都翻了出來。」

「真噁心！」

「是的，但也有補償，親愛的。有些妳碰到的人，就像是無瑕的兒童送給妳的鮮花。無瑕。我自身的無瑕與之呼應，我的真言感應力也加強了。這就是妳對我的影響，親愛的。」

尊母的無現星艦抵達了伽穆，她們用垃圾車把她送到降落平臺上，丟在航艦的垃圾和排泄物旁，讓她受辱。但是她不在乎。家！我回家了，蘭帕達斯倖存了。

拉比心中沒有和她一樣的熱情。

他們再次坐在他的書房內，只不過這次她更熟悉他者記憶，也更有自信了。他看出來了。

「妳更像她們了！這是不潔的。」

「拉比，我們都有不潔的祖先。我是幸運的，因為我認識一些我的祖先。」

「什麼意思？妳在說什麼？」

「我們都是那些幹了壞事的人的後代，拉比。我們假裝我們的祖先中沒有野蠻人，但是，他們的確存在。」

「胡說！」

「聖母能把他們都回憶起來，拉比。記住，勝利者才會有後代。明白嗎？」

「我從未聽妳說過如此大膽的話。妳究竟怎麼了，以色列的女兒？」

「我活了下來，我學會勝利有時須付出道德上的代價。」

「妳說什麼？這些都是邪說。」

「邪說？野蠻這個詞甚至都不足以描述我們的祖先所做的一些惡事。我們所有人的祖先，拉比。」

她察覺到自己話中的殘酷，意識到自己已經傷害了他，但她無法停止。他怎麼能逃避她所說的真相呢？他是個誠實的人。

她的語氣變得柔和，但造成的傷害更深：「拉比，如果你能看到他者記憶迫使我看到的一些事情，你會去找一個更合適的詞來替代邪惡。我們祖先做過的一些事情，足以貼上你能想到的最邪惡的標籤。」

「利百加……利百加……我知道，必要時……」

「不要用『必要時』這個藉口！你，拉比，比我更清楚。我們什麼時候喪失過道德感嗎？只不過有時我們不想傾聽它罷了。」

他用雙手掩住臉龐，在舊椅子上前後搖晃，椅子發出了痛苦的呻吟。

「拉比，我一直都愛你、尊敬你。為了你，我經歷了香料之痛；為了你，我分享了蘭帕達斯的記憶。不要否認我從中學到的東西。」

他放下了雙手：「我不否認，女兒。但請允許我顯露自己的痛苦。」

「拉比，在所有的啟示之中，我必須優先面對，容不得半點拖延的，就是世上沒有無辜。」

「利百加！」

「罪咎可能不是一個合適的詞，拉比，但我們祖先做的事，必須付出代價。」

「我能理解，利百加。這是種平衡——」

「別跟我說你能理解，我知道你不能。」她站起身，低頭盯著他，「它不是本帳簿，需要你去讓收支平衡。你要追溯到多久以前？」

「利百加，我是妳的拉比。妳不能這樣說話，尤其不能這樣對我。」

「回到愈久以前，拉比，暴行就愈邪惡，代價也就愈高。你回不到那麼久之前，但是，我被迫回去了。」

她轉身離他而去，沒有理睬他話中的乞求，還有他叫她名字時的痛苦。在關上房門時，她聽到他說：「我們做了什麼？以色列，幫幫她。」

10

歷史紀錄往往會轉移人的注意力。多數歷史記載會將人們關注的重點引向其他地方，令人忽略在事件背後發揮影響力的祕密力量。

——特格霸夏

• • •

當獨自待著時，艾德侯通常會探索無現星艦這所囚禁他的監獄。伊克斯人的航艦上有太多的東西要看、要學，它是個寶庫。

這天下午，他停下在艙房內的焦躁步伐，看著安裝在門廊閃亮表面上的那些攝影機。它們在看著他，他有種奇怪的感覺，彷彿透過這些監視的眼睛看著自己。女修們看著他時會想些什麼？在如今早已毀壞的伽穆主堡裡生活過的那個結實的甦亡人兒童，已經長成了身材瘦長的男人，擁有深色的肌膚和頭髮。頭髮很長，比他在沙丘星末日進入這艘無現星艦時更長。

貝尼．潔瑟睿德的眼睛看透了他，他確信她們懷疑他是個晶算師，他擔心她們會如何解讀。晶算師怎麼能妄想在聖母面前永遠隱藏這個事實呢？愚蠢！他知道她們懷疑他至少是個真言師。

他朝著攝影機揮了揮手，說道：「我這人靜不下來，我還想探索。」

貝隆達非常討厭他對監視展現的戲謔態度，她也不喜歡他在星艦裡閒逛。她並不想在他面前隱瞞，每當她來質問他時，他能看到她冷峻的神情後那個沒問出口的問題：「他在找逃跑的路線嗎？」

沒錯，貝隆達，這就是我在做的事，但跟妳懷疑的方式不同。

無現星艦對他設置了固定的界限：外部設下了他無法穿越的力場，一些設備區的驅動力已暫時關閉（他是這麼被告知的），還有警戒艙房（他能看到某些艙房的內部，但不能進入）、武器庫，和保留給忒萊素囚犯司凱特利的區域。他偶爾會在某個屏障前碰到司凱特利，他們會隔著將他們分隔的靜音力場相望。還有資訊屏障——星艦紀錄中的某些部分不會對他的問題做出回應，他的看守也不會給他答案。

在這些界限內，有足夠用一生去觀察學習的東西，甚至是他這條長達三百個標準年的預期壽命所代表的一生。

前提是尊母沒能發現我們。

艾德侯認為自己才是她們追逐的目標，她們想要抓到他的願望，甚至比抓聖殿的那些女人還要強烈。他知道那些獵人在得手之後不會對他手下留情，她們知道他在這裡。他訓練了一批精通性技巧的人，派去糾纏尊母——那些人等於在嘲笑獵人。

一旦女修會確認了他的晶算師能力，她們將立即明白，他的意識裡擁有不止一個甦亡人的人生記憶。原來的那個甦亡人沒有這種天分。她們會懷疑他是潛在的奎薩茲．哈德拉赫。看她們多麼嚴格地控制美藍極的配給量，顯然她們害怕重複在保羅．亞崔迪及其暴君兒子身上所犯的錯誤。整整三千五百年的奴役！

但是，與默貝拉相處需要晶算師的意識。每次與她相處時，他都會進入晶算師意識，而且不期待在當時或今後能得到解答。這是種典型的晶算師方式：聚焦在問題本身。晶算師累積問題，就像其他人累積答案一樣。問題創造了自身的模式和體系，這產生了最重要的「形狀」。你透過自身創造的模式來觀察你的宇宙——模式全都由圖像、文字和標籤構成（所有都是暫時的），再與感官接受的刺激混合後，就能反映你內心的構想，如同光線在淺色的表面反射。

艾德侯最早的晶算師老師曾組織了一段暫時的文字，描述了內心構想首次產生時的樣子：「注意觀察你內心鏡面上連續出現的同一運動。」

從首次猶疑地使用晶算師能力開始，艾德侯對自己觀察力的轉變愈來愈敏感，他一直在「成為」晶算師。

貝隆達是他最嚴峻的試煉，他害怕她直指內心的目光和鋒利的問題。晶算師探查晶算師。他謹慎、耐心、克制地應對著她的突襲。妳到底在找什麼？

裝作他並不知曉的樣子。

耐心是他的面具。恐懼是合理的，表露恐懼並不會帶來傷害，因為貝隆達並沒有隱藏她的企圖，她想看他喪命。

監視者很快就會看到他被迫使用的技能，而這技能只有唯一可能的來源。艾德侯接受了這個命運。

晶算師真正的技能位於他們稱之為「綜合推理」的思維架構之中，它需要的耐心超乎非晶算師所能想像。晶算師學校將其定義為毅力。你是個原始的追蹤者，能讀到最細微的痕跡，環境中最微小的擾動，並跟隨這些線索。與此同時，你對四周和體內的動靜保持開放的態度，從而產生了天真無瑕——這是晶算師的起手式，和真言師的做法類似，但更強大。

「你要對宇宙的一切保持開放態度，」他最早的老師說過，「你的頭腦不是電腦。而是件回饋工具，無論你的感官輸入了什麼，它都予以回饋。」

每當貝隆達的感官處於開放狀態時，艾德侯總能意識到。她站在那裡，目光略微內斂，他能感知她的頭腦幾乎不為成見所阻擾。他的防禦要仰賴她最根本的瑕疵：貝隆達並不具備開放感官所需的思維架構。她無法問出最適合的問題，而他覺得頗為奇妙，歐德雷迪會用一個有瑕疵的晶算師嗎？這與她一貫的表現並不相符。

我尋找能組成最完美影像的問題。

如果你這麼做，你絕不會認為自己聰明，也不會認為自己掌握了解決問題的鑰匙。你依然保持著對新問題的回饋，如同面對新模式。測試、再測試，雕琢、再雕琢，這種持續的過程從不間斷，從不滿足。這是你自己私人的舞步，與其他晶算師類似，但總是帶著你獨有的姿勢和步伐。

「你永遠算不上一個真正的晶算師，這就是我們稱晶算師之路為『無盡追求』的原因。」老師的話已深深烙刻在他的意識裡。

累積了一些對貝隆達的觀察之後，艾德侯深深贊同那些教過他的大師的觀點：「聖母無法成為最一流的晶算師。」

沒有哪個貝尼．潔瑟睿德能將自己與她在香料之痛裡獲得的確信完全切分開來，她們永遠相信對女修會的忠誠是第一要務。

他的老師們針對確信提出過警告，確信某件事是絕對的，這種想法會在晶算師體內造成嚴重的缺陷。

「你所做的、所感知的、所說的每一件事，都是場實驗，所有的推理都沒有終點。所有的事物都不會停歇，除非死了，甚至死了之後都不會，因為每個生命都會創造無盡的漣漪。歸納是在有限的範圍內摸索，最終會找到規律。而演繹會引誘你走向確信的錯覺，從而踐踏真理，將其碾碎！」

當貝隆達的問題觸及他與默貝拉之間的關係時，他看到了模糊的情緒回應。興味？妒忌？雙向性癮激發了強烈的性需求，他能接受對這種需求的興味（甚至是妒忌）。高潮真的那麼美妙？

今天下午，他在自己的艙房內遊蕩，感到不自在，就好像他剛到此地，尚未把這些房間當成家。

這是情緒在跟我說話。

關押了這麼多年後，這些艙房已經有了些居住的痕跡。這是他的洞穴，也是以往貨物管理員的套房，房間寬敞，牆壁微呈弧形，裡頭有臥室、書房、起居室、鋪著綠色地磚的浴室，配備了乾溼兩套清潔系統，還有一間他和默貝拉共用的寬廣鍛鍊廳。

房間裡除了他收集的工藝品，還有一些他的痕跡：那把懸帶椅以恰好的角度擺放在控制臺和投影儀前，他透過這些設備連上星艦的系統。有一些利讀聯晶紙紀錄放在矮桌上。還有居住留下的汙漬——書桌上那一小團深棕色汙漬。甚至還有撒出的食物留下了擦不掉的痕跡。

他煩躁地踱步到了睡覺的艙房。裡頭光線暗淡，他對於氣味的辨析力正常運作，聞出床上有股類似唾液的味道，那是昨晚性衝撞的殘餘。

這是個合適的詞：衝撞。

無現星艦內的空氣經過了過濾、循環以及添加了清新劑，所以通常讓他覺得無聊。無現星艦迷宮通向外部世界的出口通常都只會短暫地開啟，有時他會安靜地坐著嗅聞，希望空氣中有一絲非監獄的氣味。

有辦法逃走！

他踱步出了艙房，順著走廊走到盡頭，取道滑槽，來到星艦的最底層。

外面的天空下，到底在發生著什麼？

歐德雷迪告訴他的點滴資訊讓他恐懼，讓他覺得自己像是困在了陷阱裡。無處可逃！與什阿娜分享我的恐懼是否明智？默貝拉只會一笑而過。「我會保護你的，親愛的。尊母不會傷害我。」這只是另一個白日夢。

什阿娜……她那麼快就掌握了手語，並認同了他的反叛精神。反叛？不……我不相信有哪個聖母會反叛女修會，甚至連潔西嘉女士最終都回歸了。但是，我沒有要求什阿娜反叛女修會，只是要求她保護我們免於默貝拉愚行的傷害。

獵人們龐大的力量，只讓人可以預測到破壞的程度。晶算師不得不關注那極具破壞性的暴力。她們也帶來了其他東西，暗示了大離散時期發生了什麼。歐德雷迪裝作不經意提起的混合人是什麼？半是人類，半是野獸？這是盧西拉的猜測。盧西拉在哪裡？

他發現自己已來到了巨籠，一處長達一公里的貨艙空間。她們把沙丘星的最後一隻沙蟲關在裡面，帶來聖殿星球。這區域聞上去仍有香料和沙子的味道，讓他想起了久遠以前的消亡。他知道自己為什麼經常來到巨籠前，有時還是下意識地，就像剛才那樣。這裡既吸引他，又排斥他。在巨大的空間裡，想像著塵土、沙子，還有香料，能給他一種自由的幻覺。但還有一個原因，在這裡「它」總是會出現。

今天它會出現嗎？

沒有任何預兆，身處巨籠的感覺會消失，然後……融化的天空中有一張網在閃爍著光芒。幻象出現時，他知道自己並沒有真的「看見」一張網，那只是頭腦為感官無法辨別的東西所做的翻譯。

一張起伏不定、閃閃發光的網，像是漫天的極光。

隨後，網會開啟，他會看到一個男人和一個女人。他們看上去那麼平凡，卻又不平凡。是一對穿著古代服飾的爺爺和奶奶，男的穿著連身工作服，女的穿著長裙，戴著頭巾，在花園裡工作！他覺得這肯定又是幻象。我看到了它，但它不是我真正看著的。

他們最終總會注意到他。他聽到了他們的聲音。「他又來了，馬蒂。」男性會指著艾德侯對女性說。

「我不明白他怎麼能看到？」馬蒂問過一次，「應該不可能。」

「我想他同時做太多事了。不知道他是否知道危險？」

危險。這個詞總是會把他從幻象裡推出來。

「今天沒在你的控制臺？」

有那麼一瞬間，艾德侯覺得是幻象裡的女人發出了聲音，隨後他意識到是歐德雷迪，她的聲音就在他身後。他轉身，發現自己忘了關上艙門。她跟著他來到巨籠，悄悄跟蹤，還躲開散落在地板上的沙堆，免得沙子在腳下摩擦，暴露了她的行蹤。

她看上去疲倦且焦躁。為什麼她認為我應該待在控制臺邊？

歐德雷迪彷彿在對他心裡的問題做出回應：「我發現最近你經常待在控制臺邊。你在找什麼，鄧肯？」

他搖了搖頭，沒有說話。為什麼我突然間覺得危險？

有歐德雷迪相伴時，通常不會出現這種感覺。他想起其他幾次覺得危險的場合。有一次，她懷疑地盯著他放在控制臺上的雙手。看來恐懼與我的控制臺有關聯。我暴露了晶算師對數據的渴求嗎？她們猜到了我把非公開的自我藏在裡面了？

「我難道沒有任何隱私嗎？」這句反擊充滿了憤怒。

她緩緩地搖了搖頭，彷彿在說「你其實能裝得更好」。

「這是妳今天第二次過來了。」他指責道。

「我必須說，你看上去不錯，鄧肯。」更多的迂迴。

「妳的監視者是這樣說的嗎？」

「別裝可憐了。我來和默貝拉談談。她說你應該在這裡。」

「我猜妳知道默貝拉又懷孕了？」是想要取悅她嗎？

「我們表示感謝。我來是要告訴你，什阿娜想再次拜訪你。」

為什麼要由歐德雷迪宣布這個消息？

她的話讓他眼前出現了一幅景象，沙丘星上的流浪兒變成了聖母（據她們說是有史以來最年輕的）。什阿娜，他的紅粉知己，在外照看著最後一條巨型沙蟲。牠的生命終於永垂不朽了嗎？為什麼歐德雷迪對什阿娜的來訪這麼感興趣？

「什阿娜想跟你談談暴君。」

她看到了這句話引發的驚奇。

「我能給什阿娜的雷托二世研究增添什麼知識呢？」他問道，「她可是個聖母。」

「你與亞崔迪家族的關係非常密切。」

啊，她在追獵我體內的晶算師。

「但是，你說她想談論的是雷托，把他想成亞崔迪太危險了。」

「哦，但他的確是個亞崔迪家族的人。儘管他已昇華成了某種比任何一個前人都強大的存在，但不管怎麼說，他仍是我們中的一員。」

我們中的一員！她提醒了他，她也是個亞崔迪氏族的人；同時也提醒了他，他對這個家族有永遠還不清的債！

「隨妳怎麼說吧。」

「不如我們結束這個愚蠢的遊戲吧？」他心生警覺。他知道她看到了，該死，聖母是如此敏感。他盯著她，不敢開口說話，知道即便現在的樣子也已經暴露太多資訊。

「我們相信你回憶起了不止一個甦亡人的生命。」她沒有等到他的回應，「別裝了，鄧肯！你是個晶算師嗎？」

看到她說話的樣子，半是指責半是疑問，他知道自己的偽裝到此為止，卻感覺卸下了重擔。

「如果我是呢？」

「那麼忒萊素人在培養你時，置入了不止一個艾德侯甦亡人的細胞。」

艾德侯甦亡人！他拒絕將自己視作這概念的一部分：「為什麼雷托突然對妳這麼重要？」這個回答可說是另一種承認。

「我們的沙蟲已變成沙鱒。」

「牠們在生長和繁衍嗎？」

「顯然是。」

「除非妳禁錮或消滅牠們，否則聖殿將成為另一個沙丘。」

「你預料到了，是嗎？」

「雷托和我一起預料到的。」

「所以你能回憶起很多生命。有趣。這種能力讓你變得有點像我們。」她的目光怎麼毫不游移？

「我認為非常不同。」我必須轉移她的注意力！

「你獲取了這些回憶的時間點，是和默貝拉初次見面的時候嗎？」

這是誰的猜測？盧西拉？她當時在場，可能做出了猜測，並坦白告知了女修會。他必須把被動變成主動。「我不是另一個奎薩茲．哈德拉赫！」

「你不是嗎？」歐德雷迪審視的態度不帶任何主觀，而且絲毫不加掩飾，他認為這是一種殘忍。

「妳知道我不是！」他在為自己的生命戰鬥，他清楚這一點。因為歐德雷迪，也因為那些瀏覽和審查攝影機紀錄的人。

「告訴我你那一連串記憶。」這是來自統御大聖母的命令，無法逃避。

「我了解這些……生命，就像是一段人生。」

「這種累積可能對我們非常有價值，鄧肯。你也記得再生箱嗎？」

她的問題讓他想起了那些迷霧中的摸索，那些對忒萊素人怪異的想像——初生兒尚未發育完全的眼睛看著一堆朦朧的人類肉體，影像對不到焦而模糊，幾乎是從產道內出生的記憶。這些跟再生箱要怎麼扯上關係？

「司凱特利給我們提供了知識，我們能製造自己的再生系統。」歐德雷迪說道。

系統？有趣的詞語。「意思是妳們也能複製忒萊素的香料生產方法？」

「司凱特利的要價太高，我們給不了。但是總會有香料的，不管透過什麼方式。」

歐德雷迪聽到自己的聲音裡有強調的意味，不禁揣測他是否察覺到自己的不確信。我們可能沒有時間了。

「妳們離散出去的姊妹正在跛行，」他說道，想讓她嘗嘗晶算師意識的滋味，「妳依靠香料庫存來供應她們，但庫存是有限的。」

「她們有再生箱的知識和沙鱒。」

想到無垠的宇宙中，有無數的沙丘星被複製出來，這種可能性讓他震驚得說不出話來。

「她們可以靠再生箱、沙蟲或兩者結合來解決美藍極的供應問題。」她說。這句話她能誠心誠意地說出口，有統計上的期望值掛保證。眾多離散的聖母分支中，總有一支可以做到。

「關於那些再生箱，」他說道，「我有過奇怪的……夢。」他幾乎說出了「冥想」。

「意料之中。」她簡短地告訴他說女性的肉體如何應用在再生箱之中。

「也用來製造香料？」

「我們認為是。」

「真噁心！」

「你太孩子氣了。」她斥責道。

在這種時候，他非常討厭她。有一次，他因為聖母將自己與「人類常見情緒」切割而責備她時，她也給了他一模一樣的回答。

太孩子氣！

「可能沒藥救了，」他說道，「這是我個性中可恥的缺陷。」

「你想跟我辯論道德嗎？」

他覺得自己聽出了怒意：「我連道德倫理都不想辯論。我們的行為基於不同的準則。」

「準則通常是缺乏憐憫的藉口。」

「我難道在一位聖母口中聽到了良心的回音？」

「真糟啊，要是我的女修們認為良心控制了我，她們會流放我的。」

「妳可以被驅趕，但不能被控制。」

「非常好，鄧肯！我更喜歡你公開晶算師身分之後的樣子。」

「我不信任妳的喜歡。」

她大聲笑了：「和貝隆達真像啊！」

他呆呆地盯著她，她的笑聲突然讓他產生了靈感：要如何才能逃出這所監獄，免於貝尼・潔瑟睿德持續的操控，過自己的生活。逃生路線並不在機器裡，而是在女修會的缺陷中。她們確信已牢牢關住了他——這份確信就是他的逃生路線！

什阿娜知道！這就是她在我面前搖晃的誘餌。

看艾德侯不開口，歐德雷迪接著說道：「跟我說說其他的生命。」

「錯了，我認為那不是「其他」，而是一個連續的生命。」

「沒有死亡？」

他默默地思考答案。在那一連串回憶中，死亡如同生命一樣資訊豐富。光是雷托就殺了他那麼多次！

「死亡不會中斷我的記憶。」

「算是一種奇怪的永生，」她說道，「你知道吧，忒萊素尊主會反覆重新創造他們自己的肉體。但是，你——在同一個肉體裡混入不同的甦亡人，他們的目的是什麼？」

「去問司凱特利。」

「貝隆達確信你是個晶算師。她會高興的。」

「我不這麼認為。」

「我會設法讓她高興的。天哪！我有這麼多問題，都不知道從哪裡開始了。」她左手托著下巴仔細檢視他。

問題？艾德侯的頭腦裡產生了晶算師的需求。他讓那些他問過自己無數遍的問題自行移動，組合成它們的模式。忒萊素人在我這裡尋求什麼？他們應該無法把每一代艾德侯甦亡人的細胞都植入這次轉世之中，然而他卻擁有所有的回憶。現在的這個自我與那些生命，究竟積累起了多麼巨大的聯繫？對於他在巨籠裡陷入的幻象，這就是解謎的線索嗎？艾德侯的頭腦內形成了半是回憶、半是其他性質的畫面：他的身體處在溫暖的液體之中，管子餵給他食物，機器為他按摩，忒萊素觀察者探查著他，問他各種問題，他感覺到許多半休眠的自我發出了喃喃的回應。聲音沒有意義，他聽外語般聽著自己嘴唇裡發出的聲音，但是他知道這其實是普通的凱拉赫語。

他在忒萊素人的行動中感知到的眼界讓他敬畏，他們調查了一個沒人敢碰的宇宙，只有貝尼・潔瑟睿德才敢觸及。貝尼・忒萊素是為了自己才勇於探索，但這動機並沒有損害到它的宏大。不斷重生的忒萊素尊主就是勇於挑戰的獎賞。

幻臉人僕人能複製任何生命、任何頭腦。忒萊素人夢想的廣闊和貝尼・潔瑟睿德的成就一樣偉大。

「司凱特利承認他擁有摩阿迪巴時期的記憶，」歐德雷迪說道，「你可以找機會跟他交流一下。」

「這種永生是談判籌碼，」他警告道，「他不會賣給尊母嗎？」

「可能吧。來吧，跟我一起回到你的艙房。」

在他的工作室，她示意他在控制臺前的椅子上坐下，他不知道她是否仍在追著他的祕密不放。她朝他彎下腰，操作著控制鍵。上方的投影儀投射出一片沙漠，地平線盡頭滿是起伏的沙丘。

「認得出聖殿星嗎？」她說道，「沿著赤道的寬闊地帶。」

他興奮起來：「沙鱒，妳說過的。但是，有新沙蟲生成嗎？」

「什阿娜覺得快了。」

「牠們需要大量的香料作為催化劑。」

「我們在那裡賭下了大量的美藍極。雷托跟你說過催化劑，是嗎？你還記得什麼有關他的事嗎？」

「他殺了我這麼多次，一想起他就讓我覺得疼。」

她有沙丘星上達艾斯巴拉特的紀錄來印證：「我知道，他親手殺了你。他是把你用完即棄嗎？」

「有時我會達到他的期望，獲准自然死亡。」

「他的黃金之路值得嗎？」

我們不理解他的黃金之路，也不理解打造它所需的發酵。他把心裡的話說出來。

「你的遺辭用句真有趣。晶算師認為暴君時代是發酵。」

「在大離散時爆發。」

「大饑荒也起了作用。」

「妳認為他會沒預見到大饑荒嗎？」

她沒有回答，而是沉浸在他的晶算師見解裡。黃金之路，指人類「噴湧而出」進入宇宙……再也不會局限於某個行星之上，受制於單一的命運。我們的雞蛋已不在同一個籃子裡。

「雷托認為所有的人類都是一個生物體。」他說道。

「但是，他把他的夢想強加在我們頭上。」

「你們亞崔迪總是這麼做。」

你們亞崔迪！「你已償還了欠我們的債？」

「我沒這麼說。」

「你喜歡我目前的困境嗎，晶算師？」

「沙鱒發揮作用多久了？」

「超過八個標準年了。」

「我們的沙漠生長得有多快？」

我們的沙漠！她示意他看投影：「它已經比沙鱒出現之前大了三倍。」

「這麼快！」

「什阿娜認為很快就能見到小沙蟲了。」

「牠們長到兩公尺左右才會鑽到表面。」

「她是這麼說的。」

他用一種冥想的語氣說著：「每一條都有雷托在他『無盡夢境』中珍珠般的意識。」

「他是這麼說的，他從未在這些事上撒謊。」

「他的謊言更加巧妙。和聖母的一樣。」

「你是在指責我們撒謊嗎？」

「什阿娜為什麼要見我？」

「晶算師！你們以為問題就是答案。」歐德雷迪裝作失望地搖了搖頭，「她必須盡可能了解暴君身為宗教崇拜中心的情形。」

「哈！為什麼？」

「對什阿娜的崇拜已經擴散，遍及舊帝國內外，來自拉科斯倖存的祭司在四處宣揚。」

「來自沙丘星，」他糾正了她，「不要把它看成是厄拉科斯或拉科斯，那會迷惑妳的頭腦。」

她接受了他的糾正。現在，他已完全成了個晶算師，她則耐心地等待。

「什阿娜跟沙丘星上的沙蟲說話，」他說道，「牠們做出了回應。」他迎著她詢問的目光，「可以跟妳們護使團的老把戲媲美了，是吧？」

「在大離散時期，暴君的別稱叫杜爾和古杜爾。」她說道，加深他的晶算師天真思想。

「妳有個危險的任務要派給她。她知道嗎？」

「她知道，而且你可以讓任務變得安全一些。」

「那就讓妳們的資料系統對我開放。」

「沒有限制？」她知道貝隆達會做出什麼反應！

他點了點頭，不敢妄想她會同意。她是否猜到了其實我急需的就是這個？這裡保存著他如何才能逃脫的全部知識。無限制地接觸到全部資訊！她會覺得我只是需要自由的幻覺。

「你會成為我的晶算師嗎，鄧肯？」

「我還有其他選擇嗎？」

「我會和顧問團討論你的請求，並給你答案。」

逃生之門開啟了？

「我必須像尊母一樣思考。」他說道，在攝影機和那些會權衡他請求的監視者面前辯解。

「還有誰能比與默貝拉一起生活的人更勝任呢？」她問道。

11

腐敗有千張面具。

——《忒萊素禪書》

・・・

她們不知道我在想什麼，也不知道我能做什麼，司凱特利想著。她們的真言師無法讀取我。他至少從災難中搶救出了這個技能——從他臻至完美的幻臉人身上學來的欺騙藝術。

他在無現星艦上屬於他的區域內安靜地移動、觀察、記錄，與測量。他那受訓尋找缺陷的頭腦，每一眼都在衡量著人或物。

每個忒萊素尊主都知道，總有一天神會指派給他某項任務，以考驗他的忠誠度。

很好！任務來了。聲稱認同偉大信念的貝尼・潔瑟睿德起了假誓，她們是不潔的。當他從域外歸來時，不再有同伴幫他清洗，他已墮落到普汶韃的宇宙，被魔鬼的僕人囚禁，並被來自大離散的蕩婦追獵。但是，這些邪惡的人都不了解他的資源，都不相信神將以怎樣的手段在這極端情況下幫助他。

我要清洗我自己，神啊！

當魔鬼的女人將他從蕩婦的手中解救出來，並承諾給予保護和「所有的幫助」時，他知道她們是虛情假意。

考驗愈難，我的信仰愈深。

就在幾分鐘之前，他的目光穿過一道閃爍的屏障，看到了鄧肯．艾德侯沿著長長的走廊進行晨間散步。分隔他們的力場阻止了聲音傳遞，但是，司凱特利看得到艾德侯的嘴唇在動，並讀懂了他的咒罵。罵我吧，甦亡人，但我們製造了你，而且還會用到你。

神在忒萊素製造這個甦亡人的過程中引入了一個「神聖的意外」，神總是有更遠大的規畫。將自己融入定的計畫，而不是要求神跟隨人類的設計，這才是信徒的任務。

司凱特利置身於這場考驗中，再續了自己神聖的誓言。這是貝尼．忒萊素無言的古老開悟。「開悟無須領悟。開悟無須言語，甚至無須名字。」

神的魔法是他唯一的橋梁，司凱特利深刻地感受到了。作為蓋謳裡最年輕的尊主，他從一開始就知道，自己將被選來實現這一終極任務。這份認知成了他的力量之一，而且每次他面對著鏡子時，都能再次確認。神造就了我來欺騙普汶韃！他瘦小如同孩童的外表上覆蓋著一層灰色的皮膚，金屬似的膚色能阻擋掃描探查。他弱小的外形能欺騙看到他的人，並隱藏起他在一系列甦亡人轉世過程中累積的力量。只有貝尼．潔瑟睿德身負更古老的記憶，但他知道她們受到了邪惡的指引。

司凱特利摩挲著胸膛，提醒自己那裡藏著的東西。隱藏的手段如此巧妙，根本看不出任何痕跡。每位尊主都攜帶著一枚零熵膠囊，裡面保存著許多種子細胞，包括蓋謳核心的尊主同伴、幻臉人、技術專家，和其他對魔鬼的女人（以及對軟弱的普汶韃）有吸引力的種群！保羅．亞崔迪和他親愛的荃妮也在裡面。（在死人衣物上搜尋細胞的代價真是不菲！）最初的鄧肯．艾德侯也在裡面，還有其他的亞崔迪走狗——晶算師瑟非．郝沃茲、葛尼．哈萊克、弗瑞曼人耐巴史帝加……有夠多可用作僕人和奴隸的人，讓他們服務忒萊素宇宙中的主人。

零熵膠囊中的寶中之寶，是他一直以來想要實現的夢想，每當想到它就能讓他屏住呼吸。他們是完美的幻臉人！也是完美的模仿者、對受害者本人的完美記錄，甚至能夠欺騙貝尼·潔瑟睿德的女巫。謝爾也無法阻止他們捕獲他人的心智。

這枚膠囊是他最重要的談判籌碼，不能讓人知道。現在，他要做的就是記錄缺陷。

無現星艦防禦系統內有足夠的漏洞來讓他滿意。在他一連串的生命中，他收集了許多技能，就像他的尊主同伴們收集了許多消遣的小玩意兒一樣。他們一直都覺得他太嚴肅，但是，現在他找到了證明自己的地點和時機。

對貝尼·潔瑟睿德的研究總是讓他著迷。經過了多個世代，他掌握了大量有關她們的知識，他知道有些知識更像是傳說和謠言，但是，對神諭的信仰讓他堅信，他掌握的知識能夠服務於偉大信念，他做好了接受神聖考驗的準備。

他將貝尼·潔瑟睿德的知識編纂成冊，並把其中的某個章節命名為「典型表現」，取自文中經常出現的標注：「這是她們的典型表現！」

「典型表現」讓他著迷。

對她們來說，容忍他人做出粗俗但不具威脅的行為，卻容不下自己人的類似行為，是種典型表現。

「貝尼·潔瑟睿德的標準更高。」司凱特利甚至從他去世的同伴嘴裡聽過這個說法。

「我們能以客觀眼光審視自己，這是我們的天賦。」歐德雷迪曾經說過。

司凱特利把這句話也收錄到了「典型表現」中，儘管它與偉大信念不符。只有神才能看到你真正的自我！歐德雷迪的吹噓只不過是一種傲慢。

「她們不隨便撒謊。真相的力量更大。」

他經常琢磨這句話。統御大聖母會引用過它，說它是貝尼．潔瑟睿德的準則。然而，女巫們對真相的理解似乎帶著挖苦。她竟敢宣稱它來自禪遜尼。「誰的真相？做了哪些修正？處於什麼樣的脈絡之中？」

昨天下午，他們一起坐在他位於無現星艦的艙房內。他要求舉行一場「雙方問題協商會」，其實就是委婉地表示想談判。就他們兩人，除了攝影機和後面那些來來去去負責監視的女修。

他的艙房足夠舒適，有三面合成玻璃材質的牆，牆面是舒緩的綠色，一張柔軟的床，以及配合他瘦小身材準備的縮小版椅子。

這是艘伊克斯無現星艦，而且他確信，他的看守們並不知道他其實很了解這種無現星艦。和伊克斯人一樣了解它。伊克斯的機器到處都是，但誰也沒看到伊克斯人，他懷疑聖殿上是否有伊克斯人存在。女巫一向以自己做機器保養而著稱。

歐德雷迪關切地注視著他，動作和語速都很緩慢。「她們從不衝動行事。」你經常能聽到這句描述。

她問候了他的健康，顯出關心的樣子。

他看了看起居室的四周：「沒看到伊克斯人。」

她因為不快而抿緊了嘴唇：「這就是你要求開協商會的原因？」

當然不是，女巫！我只是在練習分散注意力的技能。妳不可能聽到我說出自己想隱藏的東西，那為什麼我要把妳的注意力引向伊克斯人？儘管我知道，在妳這顆受詛咒的星球上，不太可能有危險的入侵者在自由漫步？啊，我們忒萊素人與伊克斯人的聯繫源遠流長，這是我們大肆吹噓的事。妳知道的！記憶中妳們不止一次地懲罰了伊克斯人。

他覺得，伊克斯人的技術專家可能不想主動招惹貝尼．潔瑟睿德，但他們會更謹慎地不去引發尊母的憤怒。這艘無現星艦的存在顯示了祕密貿易依然在進行，不過代價肯定高得離譜，而且路線也變得異常迂迴。那些來自大離散的蕩婦非常邪惡，她們可能也需要伊克斯人，他揣測著。而且，伊克斯人可能會偷偷背叛蕩婦，與貝尼．潔瑟睿德達成協議。不過，協定的內容肯定有限，違約的機會也很高。

這些想法讓他在談判中覺得安心。當歐德雷迪咄咄逼人時，她會保持沉默，用令人煩躁的貝尼．潔瑟睿德方式盯著他，這招已經讓他多次覺得不安。

用來談判的籌碼很大——至少是他們雙方的存續，再加上總也少不了的那幾樣：支配地位、控制人類宇宙、讓你的做法成為主導模式永恆存續。

給我一條小小的裂縫，我可以在此基礎上擴大，司凱特利想著，給我幻臉人。給我只服從我命令的僕人。

「我有個小小的要求，」他說道，「我想過得舒適點，我需要自己的僕人。」

歐德雷迪繼續用那種貝尼．潔瑟睿德琢磨人的方式盯著他，總是讓人覺得她能剝下你的面具，看透你的內心。

但是，我有妳無法看透的面具。

他能看出來，她覺得他可憎。她的目光在他的五官上一一滑過，他知道她在想什麼。真像個妖精。一張窄臉和一雙淘氣的眼睛，還有前額髮際的美人尖。她的目光往下移去：小小的嘴，鋒利的牙齒和尖銳的犬齒。

司凱特利知道自己符合最令人類害怕的危險迷信中的形象。歐德雷迪應該會問她自己：為什麼貝尼．忒萊素要選擇這麼特別的外表？他們的基因控制技術明明能讓他們更有魅力。

因為這樣能讓妳不安，普汶鞓垃圾！

他馬上又想到了另一條「典型表現」：「貝尼・潔瑟睿德極少會亂來。」

但司凱特利見過許多貝尼・潔瑟睿德亂來之後的殘局。看看沙丘星變成了什麼！燒成了渣滓，因為妳們這些女魔鬼選擇了那個聖地來挑戰蕩婦。甚至連我們先知的亡魂也成了她們的戰利品。所有人都死了！

他不敢計算自己的損失，沒有哪顆忒萊素行星逃過了沙丘星的命運。是貝尼・潔瑟睿德造成的！而他還必須忍受她們的寬容——他是一個逃犯，只有神的支持。

他問過歐德雷迪為什麼要在沙丘星上亂來。

「我們只有在極端情況下才會這麼做。」

「所以妳們才引發了蕩婦的暴力嗎？」

她拒絕討論。

某位司凱特利已逝的同伴曾說過：「貝尼・潔瑟睿德會留下筆直的痕跡。你可能會覺得她們複雜，但仔細觀察後，會發現她們的方式很直接。」

這位同伴和其他所有人都被蕩婦殺害了。現在，他只存在於零熵膠囊裡的細胞上。死去尊主的智慧也就剩這麼點了！

歐德雷迪想要更多再生箱的技術資訊。哦，她組織問題的方式是多麼聰明！

為了生存談判，每個微小籌碼都有沉重的意義。他幾經斟酌而透露的那些關於再生箱的少數資料，為他帶來了什麼？歐德雷迪偶爾會帶他到無現星艦的外面去。但是，對他來說，整顆星球和無現星艦一樣就是個監獄。他去哪裡才能讓女巫找不到呢？

她們用自己的再生箱做什麼呢？他不確定。女巫撒謊的技巧爐火純青。

即使向她們提供有限度的知識，都錯了嗎？最初，他只打算提供生物科技的細節；現在他意識到自己告訴她們的已遠超過當初畫下的限制。她們肯定已推斷出來，總有一個替代尊主的甦亡人在再生箱裡生長，這就是他們創造有限的永生的方法。現在連這也沒了！在沮喪與憤怒之中，他想衝著她喊出這句話。

問題……理所當然的問題。

他用冗長的辯解「為什麼我需要幻臉人僕人和我自己的星艦系統主控臺」來避開她的問題。

她則是狡猾地堅持著，探尋更多有關再生箱的知識。「如果我們掌握了從自己的再生箱裡生產美藍極的知識，就會對我們的客人更加慷慨。」

自己的再生箱！我們的客人！

這些女人就像是塑鋼牆。不會有再生箱供他使用的。所有的忒萊素力量都失去了。這是種充滿自憐的想法。他提醒自己要恢復平靜：顯然神在考驗他的才智。她們以為把我關進了陷阱裡。但她們的限制的確很麻煩。沒有幻臉人僕人？很好。他會尋求其他僕人，即使不是幻臉人。

幻臉人，他可變的奴隸。一想到失去他們，司凱特利感覺體內很多生命產生了深深的怒火。這些該死的女人，裝出贊同偉大信念的樣子！到處都有侍祭和聖母在窺探。間諜！到處都有攝影機。太壓抑了。

剛到聖殿時，他感覺到他的看守身上有種羞怯，當他開始探查她們的運作機制時，這種隱私感變得更加強烈。後來他明白了，這是她們的圈子，一致對外，應對任何威脅。我們的就是我們的。禁止入內！

司凱特利從中體會到了某種父母的姿態，一種對人類的母性關愛：「乖，否則我們會懲罰你！」

你可不想受到貝尼·潔瑟睿德的懲罰！

歐德雷迪繼續索求著他不能給予的知識，司凱特利索性將自己的注意力鎖在了一條他認為絕對正確的「典型表現」上：她們無法愛。他不得不贊同她們的觀點。不管是愛還是恨，都非屬純理性。他把這些情緒想像成汙染了四周空氣的黑色噴泉，從原始的井裡噴向沒有防備的人類。

*這女人怎麼這麼喋喋不休！*他看著她，對她的話聽若未聞。她們的缺陷是什麼？她們避免接觸音樂算是弱點嗎？她們害怕音樂對情緒暗地裡產生影響嗎？這種迴避顯然是強制調節而成的，但調節無法永遠成功。在他多個生命中，他看過喜歡音樂的女巫。於是，他問了歐德雷迪對音樂的看法，她顯得非常氣憤，他懷疑她是故意演給他看的，為了誤導他。

「我們不能讓自己分神！」

「妳們難道不會在記憶裡重奏那些偉大的音樂嗎？據說在古代……」

「在大部分人都不再知道的樂器上演奏出的音樂又有什麼用呢？」

「哦？都有什麼樂器？」

「在哪裡能找到鋼琴？」她仍然在假裝憤怒，「難以調音的樂器，演奏起來更是困難。」

她裝得可真像。「我從未聽說過……鋼琴，妳是這麼說的吧。它和巴利斯九弦琴一樣嗎？」

「遠房表親。但是，這種樂器只能被調成彼此相近的音階，這是它的一大特點。」

「妳為什麼要特地用……鋼琴舉例子呢？」

「因為有時我會覺得失去它挺可惜的。畢竟，它能從不完美中製造完美，那是最高的藝術形式。」

從不完美中製造完美！她想用禪遜尼的話來擾亂他的心神，製造幻象，讓他覺得這些女巫贊同他的偉大信念。他受過多次警告，要小心貝尼·潔瑟睿德這種特別的談判技巧。她們從看不清的角度出發，只會在最後一刻才暴露她們真正想要的東西。好在他知道她們想得到什麼，她想要他所有的知識，卻不支付任何代價。但是，她的話仍具有強大的誘惑力。

司凱特利深深感到疲倦。歐德雷迪的話完美符合她所聲稱的女修會目標：使人類社會盡善盡美。所以她覺得她可以教他嗎！又一個「典型現象」：「她們把自己當成老師。」

當他表示自己並不相信她的說詞，她說道：「我們當然會給那些受我們影響的社會增加壓力，我們施壓，進而導正方向。」

「我覺得妳在胡扯。」他抱怨道。

「哎，司凱特利尊主！這是種常見的模式。政府經常這麼做，誘導暴力去對付那些經選擇的目標。你們也這麼做！看看它給你們帶來了什麼。」

她竟敢說忒萊素人的災難是咎由自取！

「我們吸取了大信使的教訓。」她說道，使用了伊斯蘭米亞語中對先知雷托二世的稱謂。從她嘴裡聽到這些詞有些怪，但他仍受到震撼。她知道所有的忒萊素人都崇拜先知。

但是我聽過這些女人稱祂為暴君！

她繼續用伊斯蘭米亞語問道：「透過暴力為大家帶來價值觀上的教訓，這不就是祂的目的嗎？」

她在開偉大信念的玩笑嗎？

「這就是我們接受他的原因，」她說道，「他沒有遵循我們的規則，但他追求與我們相同的目的。」

她竟敢說她接受了先知！

儘管受到了極大的挑釁，他卻沒反駁她。聖母對自身和自身行為的看法是非常微妙的。他懷疑她們總是在調整看法，從不會在某個方向糾結過深。沒有自愛，也沒有自怨。自信，是的。令人難以消受的自信，不過，這並不需要自愛或自怨。只要清醒的頭腦，隨時準備做出改正，接受教訓，就像她剛才所說的那樣。也很少需要讚揚。幹得好？嗯，不然呢？

「貝尼・潔瑟睿德的訓練能使人堅強。」這是民間智慧裡最流行的說法。

他想就這一點與她辯論：「尊母的制約不也跟妳們一樣？看看默貝拉！」

「你想要談的是泛泛之言嗎，司凱特利？」她的口氣中是不是有揶揄的成分？

「目前的衝突不剛好可以用兩種制約系統發生碰撞來解釋嗎？」他壯著膽子問道。

「更強大的一方會勝利，當然。」她肯定是在表示輕蔑！

「這還用說嗎？」他沒能好好隱藏自己的憤怒。

「難道貝尼・潔瑟睿德需要提醒忒萊素人，細微之處也是一種武器？你沒練習過欺騙嗎？編造弱點來迷惑你的敵人，並把他們引入陷阱？軟弱是可以被製造出來的。」

顯然，她知道多個世代以來的忒萊素騙術，製造無能的假象。

「那麼，這就是你想用來對付敵人的方式？」

「我們想懲罰她們，司凱特利。」

如此切齒的決心！

此刻，他所了解關於貝尼・潔瑟睿德的新知識讓他充滿了疑慮。

歐德雷迪帶著他走出無現星艦，漫步於寒冷的冬季中，沿途戒備森嚴，健壯的督察就離他們一步之遙。一支小隊伍從中樞走了出來，於是他們停步觀看。那是五個貝尼・潔瑟睿德女人，兩人穿著滾白邊的長袍，可以看出是侍祭，另外三個穿著他沒見過的素灰色長袍。她們推著一輛車到果園，冰冷的風吹拂，幾片老葉從黑色的樹枝上吹落。車上裝著一捆包著白布的東西，是屍體嗎？形狀符合。

他探問後歐德雷迪為他解釋了貝尼．潔瑟睿德的下葬風俗。如果有屍體要下葬，過程非常簡潔，就和他現在看到的情形一樣。聖母不發布訃告，也不需要費時的儀式。她的記憶不就已繼續活在姊妹裡了嗎？

他忍不住爭辯這套做法實屬不敬，她打斷了他。

「因為有死亡的存在，所有和生命的聯繫都是暫時的！我們透過他者記憶對此做了些許改變。你們也做了類似的事，司凱特利。現在，我們把你們的一些技能整合到我們的百寶袋中。哦，是的！對於這些知識，我們就覺得它們只是把戲。它們只是修改了表現形式。」

「不敬的做法！」

「沒有什麼不敬的。屍體被埋入土裡，至少會變成肥料。」她接著描述場景，沒有給他再次爭辯的機會。

她說，他現在看到的是她們日常的慣例。一個巨大的機械鑽頭被運進果園，在土裡鑽出一個合適的洞。包在便宜布匹裡的屍體會被垂直放入，然後在上面種上一棵果樹。果園規劃成一個個方格，在埋入屍體的方格一角會布置一個紀念碑。他順著她指的方向看到了一個高約三公尺、方方的綠東西。

「我想那具屍體被埋在C－21。」她邊看著鑽頭工作邊說道。負責埋葬的小組倚在推車上等著。「它會為蘋果樹提供養分。」她聽起來有些邪惡的欣喜！

他們看著鑽頭提了起來，小車被推高，屍體滑入洞裡，歐德雷迪開始哼起了曲子。

司凱特利吃了一驚：「妳說過貝尼．潔瑟睿德避免接觸音樂。」

「只是首古老的歌謠。」

貝尼．潔瑟睿德仍然是個謎，他明白了他的「典型表現」理論中的缺陷。你怎麼跟模式不定的人談判呢？你可能認為自己了解她們，突然她們又朝著另一個方向飛走了。她們是「非典型」的！想要加深對她們的理解，反而破壞了他的條理性。他確信自己並沒有從談判中獲取任何真實收益，他似乎多了些自由，但其實只是幻象。這位冷面女巫沒有滿足他的丁點索求！想要讓他從貝尼・潔瑟睿德的零星所知中推斷出實質實在是種折磨。例如，她們吹噓自己在管理得當的同時避免了官僚化的系統和檔案管理。當然，除了貝隆達的檔案部，而且每次他提及她的檔案時，歐德雷迪總是會說「老天保佑！」或其他意思相同的話。

「現在，我有個問題，沒了官員和紀錄，妳們怎麼保持運轉？」他非常疑惑。

「需要做什麼，我們就去做。比如埋葬一個女修……」她指著果園裡的場景，鐵鏟已開始將泥土覆蓋在墳墓上。

「那就是完成它的方式。總會有該負責的人待在附近，她們知道自己的本分。」

「誰……誰會來負責這場有害身心的……？」

「誰說這工作是有害身心的？它是教育的一部分。未合格的女修通常只負責監工，侍祭們做具體工作。」

「她們不會……我的意思是，她們不會感到厭惡嗎？妳口中的未合格的姊妹，還有侍祭。這工作更像是一種懲罰，而不是……」

「說什麼懲罰呢！拜託，司凱特利，你只有一種論調嗎？」她指著下葬場面，「學徒期結束之後，我們的人都自願接受任何工作。」

「但是，沒了……嗯，官僚體系……」

「我們不傻！」

他還是無法理解。她對於他沉默代表的疑惑提供解答。

「你肯定知道，在取得權力之後，官僚體系總是會演變成貪婪的權貴。」

他無法看清其中的關聯。她想把他帶到哪裡去？

他保持沉默，她繼續說：「尊母擁有官僚體系的所有特徵。某某部長、某某大尊母等等，一小撮的位高權重者，下面是大量的公務員。她們的系統裡已充斥著未成熟的飢渴。跟貪婪的捕食者一樣，她們從未注意到她們正在根除自己的獵物。兩者之間有一種微妙的關係：減少你賴以為生的獵物，會摧毀你自身的組織架構。」

他無法相信女巫真的這麼看待尊母，甚至還說出口。

「如果你活了下來，司凱特利，你會看到我的話變成現實。那些頭腦簡單的女人在面對必須節約的關頭時會發出滔天怒吼，她們會投入更多的努力，從獵物中榨取更多。抓更多的獵物！榨得更用力些！這麼做只會帶來更快的滅絕。艾德侯說她們已開始復亡。」

甦亡人說的嗎？看來，她把他當作了晶算師來使喚！「妳這些想法是哪裡來的？應該不會源自妳的甦亡人吧。」繼續把他當作你的甦亡人吧！

「他只是驗證了我們的估計。是他者記憶中的一個先例提醒了我們。」

「哦？」他者記憶的概念讓他不安。她們沒在吹噓吧？但是，他自己體內也有多個生命的記憶，確實有很大的價值。他決定追問她是什麼先例。

「我們記起了一種叫雪鞋兔的獵物和叫猞猁的捕食者之間的關係。猞猁這種貓科動物的數量總是隨著兔子數量的增長而增長，然後捕食者過度捕食，便害得自己面臨饑荒，產生了嚴重的復亡。」

「有趣的說法，復亡。」

「生動地描繪了我們希望尊母接下來的處境。」

當他們的協商會議結束時（他沒有取得任何成果），司凱特利發現自己更糊塗了。她們的目的真的是這樣嗎？可惡的女人！他沒法相信任何她所說的話。

她送他回到無現星艦上的艙房。司凱特利站了很長時間，看著長廊裡的分隔力場，艾德侯和默貝拉有時會在長廊裡出現，走向他們的鍛鍊廳。每次他們穿過長廊盡頭處的一座寬大門廊時，他知道他們應該是去練習了，因為他們再次出現的時候，總是渾身冒汗，喘著粗氣。

但是這次，儘管他在那裡磨蹭了一個多小時，他的獄友們卻沒有出現。

她把甦亡人當作晶算師對待！這意謂他肯定能接觸到星艦系統主控臺。她肯定不會剝奪晶算師接觸資料的機會。我必須設計讓艾德侯和我在私底下相遇，我們在所有甦亡人身上都銘刻了一套口哨語言。我不能表現得過於著急，或許能在談判中做個小小的讓步。也可以抱怨我的艙房太幽閉了，她們知道我在禁閉環境中會變得易怒。

12

教育無法取代智慧，智慧是種難以衡量的特質，部分體現在解決問題的能力。根據感官的刺激，從而提出新的問題，才能不斷提升你的智慧。

——《晶算師第一課》

• • •

盧西拉身陷管籠，被人推到了大尊母面前，魆迦藤將她鎖在這座籠中之籠的正中間。

「我是大尊母。」坐在沉重黑椅上的女人對她說道。大尊母是個小個子的女人，穿著紅金色的連身服。「籠子是為了保護妳，以防妳使用魅音。我們對這招免疫，因為我們一聽見就會用反射動作殺了妳，妳們有幾個同伴就是這麼死的。我們知道魅音，也知道怎麼使用。把妳從籠子裡放出來之後，妳可別忘了這一點。」她揮手讓推著籠子進來的僕人離開，「退下！退下！」

盧西拉環顧房間，四周沒有窗戶，幾乎是正方形的，由幾盞銀色的燈球照亮，牆壁呈螢光綠色，是個典型的審訊場所，這地方應該在高處。黎明前不久，她們就通過零域場通道將她的籠子送來了這裡。

大尊母後方有塊牆板啪的一聲打開，一個小籠子憑藉某種看不清的機械裝置滑入了房間裡。籠子是正方形的，她第一眼看過去，還以為裡面站著個裸男，直到他轉過身面對著她。

混合人！牠的臉很寬，而且她還看到了犬齒。

「想撓背。」混合人說道。

「好的，親愛的。我一會兒就撓你。」

「想吃。」混合人說道。牠盯著盧西拉。

「過一會兒，親愛的。」

混合人繼續研究著盧西拉。「妳是馴獸師？」牠問道。

「她顯然不是！」

「想吃。」混合人堅持道。

「我說了過一會！現在，你坐著呼嚕叫就行。」

混合人蹲在籠子裡，喉嚨裡發出了隆隆聲。

「牠們呼嚕叫的時候很可愛吧？」大尊母顯然並不期望得到回答。

混合人現身讓盧西拉困惑了。理論上，這些東西本該追蹤並獵殺尊母。但現在牠反而被關在籠子裡。

「妳在哪裡抓到牠的？」盧西拉問道。

「伽穆。」她沒意識到自己暴露了什麼訊息。

那這裡就是交叉點了，盧西拉想著。昨晚她在接駁艦上就已猜出了端倪。

混合人停止了呼嚕。「吃。」牠叫道。

盧西拉也想吃點東西。她們已經三天沒給她食物了，逼得她必須抑制自己的飢餓感。籠子裡的瓶子有點用處，能滴下水滴，但現在它幾乎空了。帶她來的僕人對她想要食物的請求回以嘲笑：「混合人喜歡瘦肉！」

缺乏美藍極對她的打擊最大。今天早上，她開始感覺到戒斷的疼痛。

我大概很快就得自我了斷。

來自蘭帕達斯的眾人請求她繼續忍受。要勇敢。要是那個體制外聖母失敗了怎麼辦？

蜘蛛女王。這是歐德雷迪對她的稱呼的。

大尊母手扶在下頷上，繼續審視著盧西拉，她的下頷短小，在五官不凸出的臉上，任何瑕疵都會首先映入眼簾。

「妳們終將失敗，妳知道的。」大尊母說道。

「虛張聲勢。」盧西拉說道，接著不得不解釋這個成語的意思。

大尊母的臉擺出客套的感興趣表情。真有意思。

「我的任何一個助理要是聽到妳這麼說，都會毫不猶豫地殺了妳，這就是我們需要獨處一室的原因。我好奇妳為什麼要這麼說？」

盧西拉看了眼蹲著的混合人：「混合人不是一夜之間產生的，牠們由改良野獸的基因而來，只為了一個目標。」

「說話注意點！」大尊母的眼裡閃爍著橙色的怒火。

「經過好幾代的發展才產生了混合人。」盧西拉說道。

「我們獵殺牠們來取樂！」

「獵人也會變成獵物。」

大尊母霍地站起，眼睛已完全成了橙色。混合人開始焦躁地嚎叫，反而讓她平靜了下來。她慢慢地坐回椅子上，一隻手指著籠子裡的混合人：「沒事，親愛的。很快就會給你吃的，然後我給你撓背。」

混合人再度發出呼嚕聲。

「妳們認為我們是以難民的身分回到這裡，」大尊母說道，「是的！別想抵賴。」

「蟲子通常會回來。」盧西拉說道。

「蟲子？妳是指那種我們在拉科斯消滅的怪物？」

刺激這位大尊母，從而引發戲劇性的反應，這想法很誘人。刺激到位，她肯定會殺人。

別這樣，姊妹！蘭帕達斯的眾人乞求著。忍耐下去。

妳們覺得我能從這裡逃走嗎？這想法讓她們安靜了，只剩下一個微弱的聲音。記住！我們是古老的不倒翁，百折不撓。一個畫面伴隨著聲音出現，有一個小小的紅色不倒翁，長著像佛祖一樣安詳的笑臉，雙手拍在大肚子上。

「顯然妳指的是神帝的亡魂，」盧西拉說道，「但我想說的是別人。」

大尊母耐心地琢磨盧西拉話裡的意思，她眼中的橙色褪去了。

她在玩弄我，盧西拉想著。她最終還是會殺了我，餵給她的寵物。

可如果我們真的逃走了，想想妳能提供的那些策略資訊！

我們！不可否認，抗議聲是對的。尊母的人把籠子裡的她從接駁艦上帶來時，天還亮著。接近蜘蛛女王巢穴的道路上設置了重重障礙，但這些障礙古老過時得讓盧西拉覺得好笑。道路的狹窄處布置了監視塔，在地面上聳立的樣子就像暗灰色蘑菇從菌絲上升起。關鍵節點設置了急轉彎，普通的地行載具無法以正常速度駛過。

她想起特格對交叉點的評價中提過這些障礙設施。這種防禦沒多大效用，只要帶來重裝備，或用其他方法除去這些粗糙的裝置，這地方就被孤立了。地底當然會設地下道聯通，但用炸藥可以阻斷。束縛困住她們，然後斷絕資源供應，她們就會逐步崩潰。妳們的管子裡再也不會傳來寶貴的能量了，傻瓜！眼睛看得到的保全措施，尊母竟然一直保留著。只是為了心理安慰！她們的防衛隊肯定得把太多能量花在這些無用的展示上，只是為了給她們一份空泛的安全感。

走廊！記住走廊。

是的，為了便於大型氣體槽通行，這座建築的走廊宏偉無比，宇航公會的領航員被迫生活在地面上時，就住在槽子裡。安裝在走廊低處的換氣系統負責排出和回收外溢的美藍極氣體，她能想像，氣門不斷地開啟關閉，發出令人心煩的回聲，宇航公會的人似乎從不在意噪音。為移動懸浮器提供能源的能量傳遞電纜像是粗大的黑蛇一樣蜿蜒在路上，並進入了每一間她經過的房間。領航員就喜歡到處窺探。

很多她見到的人都佩戴著脈衝嚮導，甚至包括尊母，她們也會在這裡迷路。所有的一切都覆蓋在一個巨型屋頂之下，周遭還有數個宛如陰莖的尖塔。新住客會喜歡這裡，因為與外部的艱苦世界完全絕緣（重要人物從不外出，除非是為了殺戮或欣賞奴隸工作娛樂的模樣）。她看出很多地方都已破舊，表示用來維護的開支被壓縮到最低。她們沒有改造多少，特格的平面圖仍然精確。

明白妳的觀察有多大價值了嗎？

大尊母從沉思中回神：「我也有可能讓妳活著，前提是妳得滿足我的好奇心。」

「妳怎麼知道我不會用一堆屎來滿足妳的好奇心呢？」

粗俗的用詞讓大尊母覺得有趣，她差點笑了出來。看來沒人提醒過她，要提防貝尼．潔瑟睿德使用粗俗手段，這種招數顯然是為了讓人不舒服。不能用魅音，是吧？她以為那是我唯一的手段？大尊母的言行足以讓聖母對她產生充分了解。肢體和話語透露的資訊總是足夠用來分析，更不用說還有其他額外的資訊可以採集。

「妳覺得我們有魅力嗎？」大尊母問道。

這問題真奇怪。「來自大離散的人都具備某種魅力。」讓她覺得我見過很多人了，包括她的敵人。

「妳有異國情調，意思是又奇怪又新鮮。」

「我們的性技巧呢？」

「有特殊的氛圍。刺激，對有些人有吸引力。」

「但對妳沒有。」

談她的下巴！這是來自眾人的建議。有何不可？

「我一直在看著妳的下巴，大尊母。」

「是嗎？」她看來很訝異。

「妳從孩提時下巴就是這副模樣了吧，妳應該為這個年輕時期的紀念品而感到驕傲。」

她顯然不高興，但沒有展露出來。再次攻擊下巴。

「我敢說妳的愛人們經常吻妳的下巴。」盧西拉說道。

大尊母開始生氣了，但還沒發作。威脅我，快點！警告我不要使用魅音！

「吻下巴。」混合人說道。

「我說了等一下，親愛的。現在先給我閉嘴！」

她把氣出在寵物身上。

「妳不是還有問題想問我嗎？」盧西拉說道。甜言蜜語，對那些懂的人來說，代表另一個警告信號。我是那種把糖漿隨便灑的人。「多好啊！跟你在一起的時光是多麼歡樂啊。不美妙嗎？你太聰明了，用這麼便宜的價錢買到！又輕鬆、又快速。」你自己添加形容詞吧。

大尊母定了定心神，她感覺自己處在不利的位置，不明白發生了什麼事。她用神祕的笑容掩飾自己的狀態，說道：「我說過我會放妳出來。」她按下了椅子側面的某個東西，緊接著管籠的某個部位蕩開了，把魆迦藤也一併撤走了。與此同時，在她面前一步遠的地方，有張矮椅子從地板上直接升了起來。

盧西拉在椅子上坐下，膝蓋幾乎碰到了她的審訊者。腳。記住她們用腳殺人。她活動一下手指，這才意識到剛才一直在握著拳頭。該死的壓力！

「妳應該吃點東西，喝點水。」大尊母說道。她又按下了椅子側面的另一處。盧西拉的身邊出現了一個托盤，上有盤子、湯匙，和裝滿了紅色液體的杯子。她在炫耀她的玩具。

盧西拉拿起了杯子。

毒藥？先聞一下。

她試著喝了一口，是興奮茶和美藍極！我餓了。

盧西拉將空杯子放回托盤上。舌頭上的興奮劑聞起來有一股強烈的美藍極味道。她在幹什麼？討好我？盧西拉感受著香料帶來的放鬆。盤子裡裝了豆子配辣醬，她試吃了一口，看看裡面有沒有她不該吃下去的添加物。醬裡有大蒜，她一口氣全吃完了，頭腦裡只閃過了不到一秒有關這種調味品的回憶——大蒜是美食中的輔料，能對付狼人，也是治療胃脹氣的妙方。

「覺得我們的食物好吃嗎？」

盧西拉擦了擦嘴角：「非常好。妳選廚師的眼光真是一流。」永遠不要在私人住宅表揚廚師。廚師可以替換，女主人卻換不掉。「大蒜用得恰到好處。」

「我們在研究從蘭帕達斯收集來的一些圖書。」她洋洋得意：看到妳們的失敗了？「滿篇的廢話，有用的地方很少。」

她想讓妳當她的圖書管理員嗎？盧西拉默默地等待。

「我的一些助理認為書裡可能有線索，能告訴我們妳們這些女巫的巢穴在哪裡，或至少找到一種能迅速消滅妳們的方法。但是，有太多種語言了！」

她需要個翻譯？乾脆點！

「妳對什麼感興趣？」

「很少。誰會需要知道巴特勒聖戰的紀錄？」

「他們也摧毀過圖書館。」

「別擺出一副高高在上的樣子！」

她比我們想像的要聰明。直接點。

「我認為我才是那個坐在底下的人。」

「聽好，女巫！妳覺得妳們會不擇手段來保衛巢穴，但是，妳們不懂什麼叫不擇手段。」

「妳還沒告訴我，該怎麼滿足妳的好奇心。」

「我們想要的是妳們的科學，女巫！」她放低了聲調，「我們來講道理。有了妳們的幫助，我們可以進入烏托邦。」

征服妳們所有的敵人，每時每刻都在高潮。

「妳覺得科學是通往烏托邦的鑰匙？」

「還能把我們的事務管理得更好。」

記住：官僚體系提升一致性……當一致性變成了「致命的愚蠢」，就成了宗教。

「那是悖論，大尊母。科學富有創新精神，它會帶來變革，這就是科學和官僚總是在對抗的原因。」

她知道她的根源嗎？

「但是，想想那個權力！想想妳能控制的東西！」她不知道。

尊母關於控制的假設讓盧西拉啞口無言。你控制你的宇宙，而不是和它取得平衡。你從外部尋找原因，永遠不會自省。你訓練自己，卻不是為了感知內心的回應，你依靠肌肉（力量、權力）去克服所有你認為的障礙。這些女人瞎了嗎？

看到盧西拉沒有說話，大尊母接著說道：「我們在圖書館找到很多貝尼．忒萊素的資訊。妳們和他們一起做了很多計畫，女巫，很多專案。像是怎樣讓無現星艦的隱身失效，怎樣刺探活細胞的祕密，你們的護使團，還有某個叫作『神之語言』的東西。」

盧西拉淺淺一笑。她們害怕世上真有神的存在？給她嘗一點滋味！要直接。

「我們沒跟忒萊素一起做什麼計畫。妳們的人誤解了自己找到的東西。妳擔心被矮化？妳覺得神會答應嗎？我們傳播各種宗教來保護自己，這就是護使團的作用。忒萊素人只有一種宗教。」

「妳們組織宗教？」

「不是。用組織的方式來傳播宗教總像是在為什麼事物辯解。我們不辯解。」

「妳開始讓我覺得無聊了。為什麼我們找到的神帝資料這麼少？」出招了！

「或許被妳們的人銷毀了。」

「啊，這麼說妳們確實對他感興趣。」

妳也感興趣，蜘蛛夫人！

「我做個猜測，大尊母，雷托二世和他的黃金之路應該是妳們眾多學術中心的研究課題。」

好一個挖苦！

「我們沒有學術中心！」

「那我很意外妳為什麼對他有興趣。」

「只是泛泛的興趣，僅此而已。」

最好是，那個混合人還是從被閃電劈中的橡樹裡蹦出來的哩！

「我們稱他的『黃金之路』為『紙屑追逐』。他把紙屑拋入永不停止的風中，然後說：『看見了嗎？那就是它們的去路。』這就是大離散。」

「有些人更偏好稱它為大追尋。」

「他真的能預測未來？妳們感興趣的就是這一點？」正中靶心！

大尊母掩嘴咳嗽了幾聲。

「我們說摩阿迪巴創造了未來，雷托二世又讓未來回到了過去。」

「但是，如果我能知道……」

「請三思，大尊母！請求神諭預測他們未來的人，實際上只是想知道財富藏在哪裡。」

「還用說嗎，當然！」

「知道妳所有的未來，再也不會有意外，妳要的是這個嗎？」

「是的。」

「妳要的不是未來，而是不斷延續的現在。」

「說得好，我都找不到更合適的說法。」

「那妳還說什麼我讓妳無聊了！」

「什麼意思？」

她眼睛裡出現了橙色。小心。

「再也沒有任何意外？有什麼能比這狀態更無聊？」

「啊……哦！但我說的不是這個意思。」

「恐怕我無法理解妳要什麼，大尊母。」

「沒關係。我們明天繼續。」

得到緩刑！

大尊母站了起來：「回到籠子裡去。」

「吃？」混合人像是在哀求。

「我在樓下給你準備了精美的食物，親愛的。然後我會撓你的背。」

盧西拉走入了她的籠子。大尊母往她身後丟了個椅墊：「用這個墊一下魃迦藤。看到我有多仁慈了？」

籠門咔嗒一聲關上了。

關著混合人的籠子滑回牆裡，牆面也隨即合攏了。

「牠們餓了之後就變得很躁動。」大尊母說道。她打開房門，隨後轉身凝視了盧西拉一陣子：「妳在這裡不會有人來打擾。我下令任何人都不得進入這間房間。」

13

很多我們自然而然就能做到的事，一旦我們試著把它們變成須腦力學習的知識後，就會變得困難。對某件事太過滾瓜爛熟，結果變得完全無知的，這是有可能發生的。

——《晶算師第二課》

• • •

歐德雷迪不時會與侍祭以及她們的督察一起共進晚餐。在這所對多數人來說意謂將被關押一生的精神監獄中，督察相當於最直接的典獄長。

聖殿運作得是否良好，統御大聖母頗能從侍祭們的思考和行動看出端倪。她們在情緒和預感上的反應比聖母更直接，已出師的女修們則十分擅長隱藏自己最不堪的一面。儘管她們並非故意隱藏本質，然而，她們中的任何一個人都可以走入果園或是躲進房間裡，從監視者的視線裡消失。

侍祭卻辦不到。

近來的中樞幾乎沒有閒暇時間，甚至連餐廳也無時無刻人流不斷。輪班時間錯開了，聖母們可依此調整自己的生理節奏來適應離峰時段。歐德雷迪不能將能量浪費在這種調整上，因此她在晚餐時分出現在侍祭大廳的門口。嘈雜的環境突然安靜了。

甚至連她們往嘴裡送食物的方式都透露了訊息。在筷子往嘴邊去的時候，眼光看向了哪裡？是否匆匆夾起並迅速咀嚼，然後不由自主地嚥下食物？要關注一下那個人，她沉浸在哀傷裡。還有那個若有所思的人，吃進每口食物之前都要看一下，彷彿在想別人怎麼在這些味道淡薄的餐食裡藏毒藥。這雙眼睛後面有富創造力的頭腦，要測驗她一下，看能不能擔任更機密的職位。

歐德雷迪走進大廳。

地板呈現出巨大的棋盤花紋，黑白相間的格子，表面幾乎沒有劃痕。侍祭說聖母用這花紋當遊戲的棋盤：「讓我們中的一個人站這裡，另一個人站那裡，再讓幾個人站在中線上。然後開始移動——贏家通吃。」

歐德雷迪在靠西邊窗戶的一張桌子邊角找了把椅子坐下。侍祭幫她騰出位置，她們動作輕柔，沒鬧出動靜。

這間大廳是聖殿上最古老的建築，木質結構，頭頂架著橫跨整間廳堂的橫梁，塗了霧黑色的漆。橫梁足有二十五公尺長，中間沒有任何榫接。聖殿的某處種著一片經過基因編輯的橡樹，在精心照料之下朝著陽光拔高。樹在長到至少三十公尺之前不會分杈，樹幹直徑足足超過兩公尺。它們在這座大廳建造之時就種下了，用以替換隨著時光老化的橫梁。這些橫梁應該能支撐一千九百個標準年。

大聖母周圍的侍祭打量著她，眼神是那麼小心，裝作沒在關注她。

歐德雷迪扭頭看著西窗外的落日。沙塵又揚起來了。不斷擴大的沙漠渲染了落日，把它變成了天際的一點餘燼，彷彿隨時都能爆發成不可收拾的野火。

歐德雷迪忍住了嘆息。類似的情景喚醒了她的噩夢：峽谷……鋼索。她知道自己一旦閉上眼睛，就能感覺到在繩子上晃。手拿斧頭的獵人愈來愈近了！

附近的侍祭都坐立不安，彷彿感覺到她內心的波瀾。或許她們真感覺到了。歐德雷迪聽到了一種布料摩擦聲，把她拽出了噩夢。她對中樞內各種聲音裡出現的新音符很敏感。一聲摩擦聲，出現在平常的聲響裡——她身後的椅子挪開時能聽到……廚房的門打開時也能聽到。急促的摩擦聲。打掃的小組在抱怨「這該死的沙塵」。

歐德雷迪盯著窗外那抱怨的源頭：來自南方的風。它颳來一片昏暗的霾，顏色介於麥色和土褐色，在地平線上扯起了一道簾布。風停之後，屋裡的角落和山腳的避風處將留下它的印記。風裡有股燧石的味道，有某種鹼性物質刺激著鼻孔。

一位侍祭在她面前擺上了食物，她低頭看著餐桌。

歐德雷迪發現自己還挺喜歡換個環境，不在工作室或私人飯廳裡匆匆解決餐點。當她在上面獨自用餐時，侍祭端來食物時非常安靜，清理得也異常有效率，讓她有時看到東西都不見了之後會感到驚奇。在這裡用餐，周遭則充滿喧鬧和對話。在她的住處，廚子杜納可能會咂舌叨唸：「妳吃得太少了。」聽到這些勸告，歐德雷迪通常會從善如流。監察員們也有其用處。

今晚吃的是甜豆醬燉豬蝓肉，加了一點點美藍極，並用了羅勒葉和檸檬調味。新鮮的四季豆，加了點胡椒，稍微煮了一下，很有嚼勁。飲料是深紅色的葡萄汁。她帶著期待咬了口豬蝓肉，發現吃起來還過得去，雖然以她的口味而言稍微煮過了頭。侍祭廚師的手藝也還不錯。

為什麼我會覺得吃過這種食物很多次了？

她嚥了下去，敏銳地感覺到食物添加了其他物質。看來，這盤食物不光是為了補充大聖母的體力，廚房裡有人要了她的日常營養清單，並調整了這份餐點。

食物是陷阱，她想著。也是種癮頭。她不喜歡聖殿廚師們將東西藏入食物的狡猾方式，說什麼「是為了食用者好」。她們當然知道每位聖母都可以辨別成分，並在有限範圍內調整身體的新陳代謝。現在，她們都在看著她，不知道大聖母會如何評價今晚的菜色。

她邊吃邊傾聽著其他用餐者的對話。沒人打擾她——從動作上或言語上都沒有。四周的聲響幾乎回復到了她進來之前的程度。當然，在她進門之後，侍祭們說話的語氣總會發生些變化，音量也會降低少許。

她周圍的人都在思考同一個問題：為什麼她今晚要來這裡？

歐德雷迪感覺到了附近的幾位用餐者那種沉默的敬畏。統御大聖母有時會利用這種反應。有點緊張的敬畏。侍祭彼此交頭接耳（督察是這麼報告的）：「她有塔拉札。」她們說的是歐德雷迪把前任統御大聖母用作了他者記憶中的要角。學員的必修課程中總會提到她們這一對歷史上的好搭檔。

達爾和塔爾，已經是一個傳說。

甚至連貝隆達（親愛的老巫婆貝爾）都因此而在歐德雷迪面前有所收斂，很少正面攻擊，在反詰爭論中幾乎不會高聲辯駁。塔拉札被譽為女修會的救主，這讓很多反對者都閉上了嘴。塔拉札說過尊母實際上是野蠻人，她們的暴力，儘管不怎麼討喜，倒是能用來做血的教訓。後來發生的事件或多或少證實了她的觀點。

從某種角度上來說是正確的，塔爾。我們兩個都沒能料到她們暴力的程度。

塔拉札經典的甩紅布技法（鬥牛場的術語用在這裡作為比喻真是適切）引導尊母瘋狂濫殺，使得整個宇宙充滿慘遭她們毒手的受害者，繼而產生大量貝尼．潔瑟睿德的潛在支持者。

我要怎麼保衛我們？

並不是防禦計畫不完備。它們可能無足輕重。

當然，那是我的目標。我們必須淨化自身，為最終的努力做好準備。

貝隆達嘲笑過這個想法：「為了我們的死亡？所以我們必須淨化自己？」

如果貝隆達發現了大聖母的計畫，她應該會很矛盾。貝隆達冷酷的一面可能會鼓掌，貝隆達晶算師的一面可能會爭取「延後到更合適的時機」。

但是，我決定追尋我自己獨特的方式，不管女修會大家怎麼想。

許多女修都認為，歐德雷迪是她們遇過最奇怪的統御大聖母了。登上高位是迫於情勢而不是理性的選擇。塔拉札主記憶。妳死的時候我在場，塔爾。沒有別人可以收攏妳的所有心神。這也是意外的升遷？

還有許多人不認同歐德雷迪。但是每當反對的聲音出現，她們又會說：「塔拉札主記憶——她是有史以來最優秀的統御大聖母。」

真是引人發笑！歐德雷迪體內的塔拉札是第一個笑出來的。她問道：達爾，為什麼妳不告訴她們我的錯誤？尤其是我怎麼錯看了妳。

歐德雷迪若有所思地嚼著一塊豬蝓肉。已經過了去看望什阿娜的日期。我要盡快趕往南方的沙漠，什阿娜必須做好準備代替塔瑪拉尼。

歐德雷迪的腦海裡浮現出地貌變遷的景象。貝尼．潔瑟睿德居於聖殿星已超過一千五百年了。到處都留下了我們的痕跡。變遷不僅體現在樹叢、葡萄架和果園，看到她們熟悉的大地不斷地改變，也會對女修的心智產生影響。

坐在歐德雷迪身旁的侍祭小聲地清了清嗓子。她想跟統御大聖母說些什麼嗎？這種情況並不常見。但年輕的女人又繼續進食，沒有說話。

歐德雷迪的思緒又回到了即將展開的沙漠旅程上。不能事先通知什阿娜。我必須確認，她就是我們需要的人。有些問題需要什阿娜來回答。

歐德雷迪知道自己在沿途的檢查點會發現什麼。在女修之間、在植物和動物中間、在聖殿的每一處基層組織裡，她會看到明顯的變化，也會看到細微的變化。這些變化會讓大聖母一向的寧靜泛起波瀾，甚至從未離開過無現星艦的默貝拉也能感覺到。

就在今天早上，默貝拉背靠著控制臺，用前所未有的專注，聽著站在她面前的歐德雷迪說話。這位尊母俘虜的神情裡帶著警覺，她的聲音流露出她的疑慮和判斷上的偏頗。

「大聖母，妳是說萬物都不是恆常的？」

「他者記憶傳授給妳的知識是那樣說的。沒有行星，沒有陸地或海洋，至少沒有永遠的陸地或海洋。」

「這想法太病態了！」她反對道。

「無論我們在哪裡，都只是管家。」

「無聊的觀點。」默貝拉覺得躊躇，不懂為什麼大聖母選擇在這個時刻說這種話。

「我聽到尊母在透過妳說話。她們給了妳貪婪的夢想，默貝拉。」

「隨妳怎麼說！」憤憤不平。

「尊母認為她們能買到永恆的安全：妳明白的，就是一顆小小的行星，然後擁有大量聽話的人口。」

默貝拉做了個鬼臉。

「然後征服更多的行星！」歐德雷迪厲聲說，「總是要更多，更多！這就是她們蜂擁而歸的原因。」

「這舊帝國沒什麼油水可榨。」

「非常好，默貝拉！妳開始像我們一樣思考了。」

「這不上不下的狀態讓我變得什麼也不是！」

「這狀態既不是讓妳變成魚，也不會變成雞，就只會有妳真正的自我。但即使那樣，妳仍只是個管家。記住，默貝拉！如果妳覺得自己擁有了什麼，那就如同行走在流沙上一樣。」

這句話引來的是迷惑地皺眉。必須教會默貝拉不要如此明顯地將情緒反映在臉上。在這裡沒什麼問題，但總會有一天……

「好吧，沒有什麼能確實擁有的東西。但那又怎麼樣！」苦澀，苦澀。

「妳說出了一些正確的詞，但是，我認為妳尚未在內心找到一片天地，能支持妳度過一生。」

「有什麼用，還不是只能等著敵人找到我、殺害我？」

尊母的訓練如同膠水一樣黏得死緊！但是，那天晚上她與鄧肯說話的樣子告訴我，她已經準備好了。我相信梵谷的畫啟發了她，我從她聲音聽得出來。我必須去重新查閱那段紀錄。

「誰會殺了妳，默貝拉？」

「妳抵擋不了尊母的進攻！」

「我已經說明了會影響我們的基本事實：沒有哪個地方是永遠安全的。」

「又一個沒用的教誨！」

在侍祭大廳，歐德雷迪想起了她還沒找到時間去回顧那段鄧肯和默貝拉的攝影紀錄。她差點發出了嘆息，便用咳嗽遮掩過去。絕不能讓年輕人看到統御大聖母的煩憂。

去沙漠，去見什阿娜！一有時間就前往視察。時間！

坐在歐德雷迪身旁的侍祭又發出了清嗓子的聲音。歐德雷迪偷偷打量了她一眼。金髮，穿著襯著白邊的黑色短裙——三級半。她沒有轉頭看向歐德雷迪，眼睛也沒往這邊瞟。

這就是我會在視察之旅中發現的東西：恐懼。當我們用完了時間，就總能在地貌上看到恐懼：樹木尚未被砍伐，因為伐木工已經離開了——被迫參與了我們的離散，或進了他們的墳墓，或去了不知道的地方，甚至成了奴隸。我會被奇異的建築吸引嗎，因為它們尚未完工，建築工人已經離開了？不，我們不認同奇異。

他者記憶裡有她想尋找的例子——因為未完工而顯得更加漂亮的古建築。可能是因為建築公司破產了，或者屋主在對情婦生氣……有些東西因此而更有趣：古老的牆壁，古老的廢墟。這是時光雕塑出的成果。

如果我在最喜愛的果園裡建造一座奇異的建築，貝爾會怎麼說？

歐德雷迪身旁的侍祭開口說道：「大聖母？」

好極了！她們很少會鼓起這般勇氣。

「什麼事？」比起探問，這句話的語氣更像平鋪直述。最好是要緊的事。那個侍祭聽得出嗎？

她聽出來了。「恕我冒昧，大聖母，事出緊急，而且我知道您對果園很在意。」

完美！這位侍祭雖然身材肥碩，但心思很靈敏。歐德雷迪默默地盯著她。

「我負責製作您臥室裡的地圖，大聖母。」

她是位可靠的能手，被委辦了統御大聖母側近的工作。更好了。

「地圖快完成了嗎？」

「還有兩天，大聖母。我還在調整投影疊加，好標記出沙漠每天擴大的範圍。」

歐德雷迪微微點頭。這是她先前就下過的命令：派個侍祭負責更新地圖。歐德雷迪希望每天早上醒來時，眼前就有變化的視野，在甦醒的意識中留下第一個印象，從而點燃她的想像力。

「今天早上，我在您的工作室裡放了份報告，大聖母。《果園管理》。或許您還沒看到。」

歐德雷迪只是看到了標籤。今天，她在鍛鍊上多花了點時間，又急著去見默貝拉。這麼多事都取決於默貝拉！

「中樞周圍的農園需要更仔細照料，否則只能放棄了，」侍祭說道，「這就是報告的要點。」

「逐字重複報告。」

歐德雷迪傾聽著。夜幕降臨，廳裡的燈點亮了。侍祭的報告簡潔，甚至說得上是精練。報告裡帶著某種訓誡的語氣，歐德雷迪聽得出源自貝隆達。雖然沒有檔案部的簽名，但天氣部的警告要先經過檔案部審核，而且這位侍祭還省略了一些她原本的用詞。

侍祭陷入了沉默，報告結束了。

我該怎麼回應？果園、草地和葡萄架不僅是抵禦外部入侵者的緩衝區，或只是地貌上的裝飾，它們也支撐著聖殿的士氣和餐桌。

它們支撐著我的士氣。

這位侍祭等待得如此安靜。鬈曲的金髮，圓圓的臉龐，討人喜歡的五官，儘管嘴巴大了一些。她的盤子裡還有食物，但她沒在吃。雙手放在了腿上。我在此侍奉您，大聖母。

在歐德雷迪思索如何回應的時候，記憶入侵了——一樁古老的事件浮現在她腦海裡，與即時眼前所見產生意識並流。她回憶起了撲翼機的訓練課程。兩個侍祭與教官一起懸浮在午間的蘭帕達斯溼地上空。當時她與一位侍祭組隊，那人笨拙無能的程度，恰恰在女修會能接受的底線，顯然是出於基因選控的原因才留著她，育種女修需要將她的某些特質傳遞給後代。肯定和情緒控制或智慧無關！歐德雷迪記起了她的名字：琳采恩。

琳采恩在衝著她們的教官喊叫：「讓我來駕駛這架該死的撲翼機！」緊接著，天空、地上的樹木，以及湖邊的溼地開始旋轉，讓她們眩暈。感覺上我們沒在動，反而是周圍的世界在旋轉。琳采恩每一步都做錯，她的每個動作都使旋轉更加劇烈。

教官拉動了只有他能搆著的操縱桿，截斷她對系統的控制。在飛機重新穩定、保持平飛之後，他才開口說話。

「我不會讓妳再開這飛機了，女士。絕對不會！妳的反應不正確，像妳這樣的人本該在青春期之前就開始訓練反應。」

「我要開！我要開！我要開這該死的東西。」她的雙手在沒有反應的控制鍵上亂按。

「妳被淘汰了，女士。停飛！」

歐德雷迪放鬆了，她這才意識到，自己一直都覺得琳采恩可能會害死他們。

琳采恩轉身衝著後頭的歐德雷迪喊道：「告訴他！跟他說，他必須服從貝尼．潔瑟睿德！」

這表明比琳采恩早幾年入門的歐德雷迪已經展現出了一定的威信。

歐德雷迪默默地坐著，面無表情。

沉默通常是最好的回答。某位貝尼．潔瑟睿德的幽默大師在洗手間的鏡子上草草塗寫了這句話。

歐德雷迪當時就覺得頗有道理，現在仍這麼覺得。

將自己拉回到餐廳裡等著她回應的侍祭面前後，歐德雷迪琢磨著為什麼這段久遠的記憶會自己跳出來。這種事情很少會毫無緣由地發生。現在不該沉默，當然。幽默？是的！就是這個訊息。歐德雷迪的幽默教會琳采恩認清了自己（在那件事過後）。壓力之下的幽默。

歐德雷迪對著餐廳裡坐在她身旁的侍祭微笑了：「妳想當一匹馬嗎？」

「什麼？」她驚訝地脫口而出，但她還是回應了大聖母的微笑。她的表情不帶緊張，甚至可以說帶著溫暖。每個人都說大聖母允許表達感情。

「妳不懂我的意思。這很合理。」歐德雷迪說道。

「我不懂，大聖母。」仍舊保持著笑容和耐心。

歐德雷迪的目光審視著眼前這張年輕的臉：明亮的藍色眼睛，尚未被香料之痛的藍淹沒。一張幾乎和貝爾一樣的嘴，但不冷酷。可靠的肌肉和可靠的智慧，她應該擅長揣度統御大聖母的需求。看看地圖任務和那份報告就知道。她很敏感，且展現出高超的智慧，雖然不太可能升到最高位，但總是會把持那些妳需要她能力的關鍵職位。

為什麼我會坐在她的旁邊？

在視察餐廳時，歐德雷迪經常會選擇特定的同伴，多數情況下是一位侍祭，她們能告訴她很多訊息。統御大聖母的工作室會收到督察對侍祭的觀察報告。但有時，歐德雷迪也會出於某種她無法解釋的理由而選擇座位。就如同今晚的情形。*為什麼是她？*

除非統御大聖母主動開口，否則很少會有交談。通常是隨意地起頭，然後再深入更私人的問題。她們身邊的人則專心地聆聽。

此時歐德雷迪通常會展現出一種宗教般的寧靜神態，這樣能讓緊張的侍祭舒緩心情。侍祭們是……好吧，就只是侍祭。統御大聖母是所有女巫之中的最高等的存在，緊張是自然的。

有人在歐德雷迪身後竊竊私語：「她今晚把斯特吉放在了火上烤。」

放在火上烤。歐德雷迪聽過。在她擔任侍祭的年代，這種說法就已經存在了。看來，眼前這位侍祭名叫斯特吉。先不要挑明。名字帶有魔力。

「妳喜歡今天的晚餐嗎？」歐德雷迪問道。

「還可以，大聖母。」斯特吉不想給大聖母不誠實的意見，但她還是被突然轉向的對話搞糊塗了。

「她們煮過頭了。」歐德雷迪說道。

「服務的對象有那麼多，她們怎麼可能讓每個人都滿意呢，大聖母？」

她說出了自己的想法，而且分寸也把握得恰當。

「妳的左手在發抖。」歐德雷迪說道。

「我在您面前會緊張，大聖母。而且，我剛從鍛鍊廳過來，今天很累。」

歐德雷迪研究著顫抖：「她們讓妳練了長臂舉升。」

「您那時候也這麼難熬嗎，大聖母？」（那些久遠以前的時候？）

「和今天一樣難熬。艱苦能教育妳，她們是這麼跟我說的。」

這讓她沒那麼緊張了。她們有共同的經歷，也都聽過督察的行話。

「我不怎麼懂馬，大聖母，」斯特吉看著自己的盤子，「這不可能是馬肉。我確信……」

歐德雷迪大笑了起來，引來了驚訝的目光。她伸手觸碰斯特吉的手臂，大笑也收斂成了微笑：「謝謝妳，親愛的。已經有很多年沒人能讓我這麼笑過了。我希望這是個開始，開始一段長遠且愉快的關係。」

「謝謝您，大聖母，但是我——」

「我會解釋馬的那部分，那是我自己的小玩笑，不是為了貶低妳。我希望妳能在肩頭扛起一個孩子，讓他能更快速地前進，快過他自己的兩條小短腿。」

「遵命，大聖母。」沒有反對，沒有更多的問題。問題當然是有的，但時間到了，答案自然會到來，斯特吉懂的。

施展魔法的時間來了。

歐德雷迪抽回了手，並問道：「妳叫什麼？」

「斯特吉，大聖母。阿露娜．斯特吉。」

「放輕鬆，斯特吉。我會處理果園的問題。我們需要它，為了士氣，也為了食物。妳今晚向人事部報到，告訴她們，我需要妳明早六點出現在我的工作室裡。」

「沒問題，大聖母。我還要繼續標記您的地圖嗎？」歐德雷迪正要起身離去。

「暫時仍需要，斯特吉。但是，記得讓人事部指定一個新侍祭，妳負責培訓她。很快，妳就會忙得顧不上地圖了。」

「謝謝，大聖母。沙漠生長得很快。」

斯特吉的話讓歐德雷迪感覺到了某種滿足，驅散了煩擾她一整天的憂鬱。

在那些稱之為「生命」和「愛」（或其他一些可有可無的標籤）等隱藏力量的驅動下，循環又獲得了一次機會，再次旋轉起來。

它由此旋轉，由此更新。這是魔法。什麼樣的巫術能將妳的注意力從這種奇蹟上轉移？

在她的工作室內，她先下了個命令給氣象部，隨後關閉了辦公室裡的各種工具，走到拱形窗前。雲層反射著地面的燈光，將夜晚的聖殿星染上了一抹淺紅，給屋頂和牆壁增添了浪漫。但是，歐德雷迪很快便抹去了這種感覺。

浪漫？她在侍祭飯廳內所做的事毫無浪漫可言。

我終於做了，我豁出去了。現在，鄧肯必須重建霸夏的記憶，這是個棘手的任務。

她繼續盯著夜晚，壓抑著體內的不安。

我不但把我自己豁出去，我還賭上了僅存的女修會。感覺起來原來是這麼回事啊，塔爾。就是這種感覺。妳的計畫真難辨哪。

快要下雨了。從窗戶四周的通風口湧入的空氣中，歐德雷迪察覺到了，沒必要去看天氣通知。近來她也很少這麼做，為什麼要看呢？但斯特吉的報告提到了一個實在的威脅。

雨變得愈來愈少見，也愈來愈受歡迎。女修們會現身，不顧嚴寒在雨中漫步。這想法中有一絲悲哀，她看到的每一場雨都引人想起同一個問題：這是最後一場雨嗎？

氣象部的人完成了了不起的壯舉，既讓沙漠保持乾燥，又讓種植區域受到灌溉。她們安排了這場雨來完成她的命令，歐德雷迪不知道她們怎麼做到的。再過不久，即便統御大聖母下令，她們也將無法再達成任務。沙漠將取勝，因為這就是我們的計畫。

她打開了窗戶正中央的玻璃。這個高度的風已經停了，只有高空的風正裹挾著天上的雲層在移動。天氣中有種緊繃的氣息，空氣冷冽。看來她們為了降下這場雨調整了溫度。她關上了窗戶，覺得不想走到戶外。統御大聖母沒有時間玩最後一場雨的遊戲。下了又能怎樣？遠處的沙漠正執著地向她們襲來。

對於沙漠，我們可以畫下地圖並加以監視。但是，對於我身後的獵手，那個拿著斧頭的噩夢中人，我又該怎麼辦？什麼樣的地圖能告訴我，今晚她身在何方？

14

宗教（兒童對成人的模仿）包含過往的神話：混雜了猜測、宇宙宿命論、追求個人權力過程中的宣言，以及啟示的片段。其中還有未明言的戒律：你不可質疑！我們每天都在打破這種戒律，嘗試將人類的想像力結合我們最深刻的創造力。

——貝尼．潔瑟睿德信條

• • •

默貝拉獨自一人盤腿坐在鍛鍊廳的地板上，苦練之後的身體微微發顫。今天下午，統御大聖母來到此處，待了不到一小時。她離開後，跟往常一樣，默貝拉感覺自己宛如被遺棄在發燒時半夢半醒的夢境裡。

歐德雷迪臨別時說的話迴響在夢中：「對侍祭而言，最難的課程就是她必須一直挑戰自己的極限。妳的能力將帶妳抵達的境地遠超出妳的想像，所以不要想像，儘管拓展自己！」

我怎麼回答的？說我以前被教會的只有欺騙他人？

歐德雷迪肯定做了點什麼，引發了孩提時代的行為模式和尊母的教育。我從嬰兒時期就開始學習欺騙。如何模擬某種需求並贏得注意。在欺騙模式中有很多「如何」。隨著年齡增長，她愈來愈擅長欺騙。她學會了觀察身邊大人們的需求。我根據需求做出反應。這被稱為「教育」。為什麼貝尼．潔瑟睿德的教育方法如此不同？

「我並不要求妳對我坦誠，」歐德雷迪說過，「但要對自己坦誠。」

默貝拉因絕望而放棄根除過去學會所有的欺騙習慣。何必呢？又是更多的謊！

「該死的歐德雷迪！」

在這句話脫口而出之後，她才意識到自己在大聲說話。她想用手掩住嘴巴，卻又放棄了。夢境裡的她問道：「有差嗎？」

「教育中的形式主義會使孩子的求知欲變得遲鈍，」*這是歐德雷迪在解釋*，「不去鼓勵孩子，不讓他們知道自己可以取得多大的成就，正是這些造成了遲鈍。官員花費了大量的時間，討論如何應對出色的學生，卻沒花一點時間去處理守舊的老師在面對嶄露頭角的天才時的恐懼。老師們壓制天才，他們根深柢固地想要在一個安全的環境中保持優越感和安全感。」

她說的是尊母。

守舊的老師？

她有所領悟：在智慧的表象之下，貝尼·潔瑟睿德並不因循守舊。她們通常不會把時間精力用在思考教育，而是直接實踐教育。

神啊！我想跟她們一樣！

這想法讓她震驚得跳了起來，奮力投入慣常進行的手腕與手臂訓練。

她比以往領悟得更深刻。她不想讓這些老師失望。坦率與誠實。每個侍祭都聽過這句話。「學習的基本工具。」歐德雷迪說道。

默貝拉因為分神而重重摔倒在地，她站起身撫摸著青紫的肩膀。

剛開始，她以為貝尼・潔瑟睿德的聲明肯定是個謊言。我對妳這麼坦誠，所以我必須告訴妳，我的誠實堅定不變。

但是，行動證實了她們的聲明。歐德雷迪的聲音在夢中堅稱：「那就是妳下判斷的方式。」在她們的意識中、記憶中和平衡的智慧中，有某種尊母從未擁有的東西。這想法讓她覺得自己渺小。墮落。在她半夢半醒的思考中，這想法彷彿皮膚上長的斑點。

但是，我有天分！只有具備天分，才能成為尊母。

我還把自己當成尊母嗎？

貝尼・潔瑟睿德知道她還沒有完全加入她們。我擁有什麼她們可能需要的技能？顯然不是欺騙。

「言行是否一致？這是衡量妳是否可靠的方式。絕不能只做語言上的巨人。」

默貝拉用手蓋住了耳朵。閉嘴，歐德雷迪！

「真言師如何分辨真誠的態度與更根本的看法？」

默貝拉放下了雙手。或許我真的病了。她掃視著寬廣的房間，沒人在說話。總之，她聽到的是歐德雷迪的聲音。

「如果妳真誠地信服一個想法，妳能完全用胡言亂語來表達它，就算每個詞都是亂編的，仍然有人會相信妳。但是，我們的任何一位真言師可都不會吃這套。」

默貝拉垮下雙肩，她開始在鍛鍊廳裡漫無目的地亂走。沒有可逃的地方嗎？

「默貝拉，如果妳想找到有用的做事方法，那就得找出結果來檢視。這就是我們所宣揚的真理。」

實用主義？

艾德侯找到了她，看見她眼神狂亂，便問道：「出了什麼事？」

「我覺得我病了，真的病了。我本來以為是因為歐德雷迪對我做了什麼，但是……」

默貝拉倒下時，鄧肯扶住了她。

「幫幫我們！」

他第一次慶幸身邊有攝影機。不到一分鐘，就來了位蘇克醫生。她彎腰查看躺在艾德侯懷裡的默貝拉。

檢查很快就結束了。蘇克醫生是位銀髮的老聖母，前額有傳統的菱形印記，她挺直了身子說道：「緊張過度。她不是在挑戰自己的極限，而是超越了極限。先別練了，我們會安排她回到感應課程中。我來通知督察。」

那天晚上，歐德雷迪在督察的病房內找到了默貝拉。她坐在床上，兩個督察輪流測試她的肌肉反應。歐德雷迪微微示意，她們便退開了，留下她與默貝拉獨處。

「我以前總試著避免把事情變麻煩。」默貝拉說道。坦率和誠實。

「想避開麻煩事，通常只會創造更多麻煩。」歐德雷迪坐上床邊的一張椅子，並伸手握住了默貝拉的手臂。她手中的肌肉在顫抖。「俗話說『千言萬語，不如伸手一探』。」歐德雷迪縮回了手，「妳做出了什麼決定？」

「妳要讓我做決定啊？」

「別嘲諷了。」歐德雷迪舉手示意她不要插話，「我沒有充分考慮到妳之前的情況，尊母讓妳實質上沒有做決定的能力。典型的權力欲社會就是這樣，教導它的人民要永遠閒混。『做決定會帶來不好的後果！』妳們學到的是逃避。」

「那和我昏倒有什麼關係？」默貝拉憤恨不平。

「默貝拉！在我描述的情形中，最差的產物幾乎和廢物一樣——這種人要不是無法對任何事下決心，就是總拖延到最後一刻，然後像絕望的動物一樣撲上去。」

「妳告訴我要挑戰極限！」默貝拉幾乎快哭泣了。

「妳該挑戰的是妳的極限，默貝拉，不是我的，不是貝爾的，也不是任何其他人的。妳自己的。」

「我已經決定了，我要跟妳一樣。」她的聲音細到幾乎難以聽聞。

「太好了！我這個人哪，我確信自己從沒想過自殺，特別是我懷孕的時候。」

默貝拉忍不住笑了。

歐德雷迪站了起來：「睡吧。妳明天會有一堂特別的課程，在妳能負擔的極限之內，我們會設法讓妳的能力跟上妳下的這份決定。記住我告訴過妳的，我們照顧自己人。」

「我算是自己人嗎？」默貝拉的話聲幾乎是耳語。

「從妳在督察面前複誦誓言開始。」歐德雷迪關燈離開了。門闔上之前，默貝拉聽到歐德雷迪在對某個人說話：「不要打擾她。她需要休息。」

默貝拉閉上雙眼。半夢半醒的感覺消失了，但是，她自己過去的記憶補上了位置。「我是貝尼．潔瑟睿德。我存在的目的只為了侍奉。」

她聽到自己在對著督察說出這句話，但記憶給話裡加的重音與原先的不一樣。

她們知道我在嘲諷。

妳能在這些女人面前隱藏什麼？

她感覺到記憶中的督察將手放上她的前額，她聽到了原本對她來說不具意義，直到此刻才明白的話語。

「我站在神聖的人類面前。正如現在的我，妳也終將如此站立，我祈禱那一天的到來。讓未來保持不確定，因為它是我們欲念的畫布。由此，人類的處境將一直保持著純潔質樸。我們只擁有當下，並將自己不斷地奉獻給我們共享共創的神聖存在。」

傳統但不守舊。她意識到自己還沒有在體力和情感上為此刻做好準備。淚水從她臉頰上滾落。

15

為了壓制而制定的法律，通常會助長它意圖壓制的事物。這是歷史上所有的法律專業人士保住飯碗所仰仗的精微之處。

——貝尼・潔瑟睿德終章

• • •

歐德雷迪在中樞之中徘徊視察時（近來次數較不頻繁，但也因次數減少，視察時更集中注意力），她會注意女修會是否有懈怠的跡象，尤其注意工作進行得過於順暢的地方。

統御大聖母身為位階最高的人，仍不免需要監察同儕的行為，她有一套自己關於監察的說法：「給我一個完全順暢的工作環節，我會讓你看到有人在掩蓋錯誤。不顛簸的船根本不是船。」

她經常這麼說，於是這話成了女修（甚至包括有些侍祭）用來評論大聖母的特殊說法。

「真正的船會顛簸。」還會伴隨陣陣竊笑。

貝隆達陪伴歐德雷迪進行今早的視察，沒有提及「每月一次」已拉長到了「每兩月一次」——甚至更久，這次視察已比計畫中的晚了一個星期。貝爾打算利用這個時機來商討艾德侯的問題，她拉著塔瑪拉尼同行，儘管塔瑪在這個時段應該去評估督察的表現。

二對一？歐德雷迪暗自揣想。她並不認為貝爾或塔瑪拉尼對統御大聖母的意圖有什麼懷疑。不管怎樣，她的計畫總有一天會曝光，如同塔拉札一樣。等到時機成熟時，是嗎，塔爾？

她們沿著走廊快步前行，黑色的長袍發出急促的摩擦聲，眼睛注意著一切。眼前的景象都很熟悉，但她們在尋找新發現。歐德雷迪左肩上佩戴著通訊器，像是塊放錯了位置的潛水壓鉛。在最近的這些日子裡，絕不能斷了聯絡。

任何貝尼．潔瑟睿德中心的幕後都有協助運作的設施：診所醫院、廚房、停屍間、垃圾處理系統、回收利用系統（附加在汙水和垃圾處理系統上）、交通和通信、餐食供應、鍛鍊場所、侍祭與學員的學校、所有部會的住所、會議中心、測試設備和更多其他的東西。因為離散，或是職務異動，人員變動頻繁，這一切都得依照微妙精巧的貝尼．潔瑟睿德意識。但是，原有的任務和崗位依然存在。

在她們從一個區域快速走向另一個區域時，歐德雷迪提到了女修會的離散，沒有刻意隱藏對她們變成「原子家庭」的沮喪。

「我難以想像人類離散到無垠的宇宙中，」塔瑪拉尼說道，「從概率上來說……」

「這是一場博弈，裡頭的組合有無限種。」歐德雷迪跨過了一段破損的路肩，「這裡需要修一下。自從我們學會了躍過摺疊空間，就一直在進行可能性無限的博弈。」

貝隆達的聲音裡毫無愉悅：「這可不是博弈！」

歐德雷迪可以體會貝隆達的感覺。我們從未見過虛無的空間，宇宙間總有更多的星系。塔瑪拉尼是對的。當你專注注視黃金之路時，會產生畏懼感。

探險的記憶給了女修會一個統計上的數字，但僅此而已。在特定集合內，有那麼多可供居住的行星，而且還有額外的行星可以改造成類似地球的行星。

「外界正在發生什麼事？」塔瑪拉尼問道。

這是她們無法回答的問題。要問無限能產生什麼，唯一的答案就是「任何東西」。

任何好的，任何壞的；任何上帝，任何魔鬼。

「尊母該不會是想逃離什麼吧？」歐德雷迪問道，「有可能嗎？」

「這些猜測毫無意義，」貝隆達抱怨道，「我們甚至都不知道摺疊空間是否會帶我們通往一個宇宙，還是很多個……甚至無窮多個不斷膨脹和破裂的氣泡。」

「暴君對此的理解比我們多嗎？」塔瑪拉尼問道。

她們停了下來，歐德雷迪看著一個房間，裡面有五個高等侍祭和一個督察在研究各地區美藍極庫存的投影。掌握著資訊的水晶在投影裡表演了一段錯綜複雜的舞蹈，它在光線上跳躍，如同噴泉上的球。歐德雷迪看到了總數，便扭過頭、皺起眉頭，塔瑪拉尼和貝爾沒有看到她的表情。我們必須限制美藍極相關資料的讀取。對士氣的打擊太大了。

管理！一切都需要統御大聖母決定。若將責任分派給同一批人，就會陷入官僚體系中。

歐德雷迪知道自己太過依賴內心的感覺來管理。這是套經過頻繁測試和調整的系統，只在必要的地方自動反應，她們稱之為「機器」。當她們成為聖母時，她們都對「機器」有所感覺，往往會不加質疑地使用。但這麼做相當危險，歐德雷迪強調要不斷改進（即便幅度不大），在她們的行為中引入變化。要有隨機性！沒有確定的模式，才能讓其他人無法發現並轉而對付她們。單一個人可能在一生中都無法看到這種轉變，但長期積攢的變化肯定是可以衡量的。

歐德雷迪一行走到了一樓，踏上中樞的主幹道。女修都稱呼它「那條道路」，是個圈內人的玩笑，暗指修煉時所遵循的「貝尼・潔瑟睿德道路」。

大道從歐德雷迪住所塔樓旁的廣場一直通向南郊的開闊地，如同雷射槍的光束般筆直，長達十二公里，路旁滿是高矮不一的建築。矮的建築全都異常堅固，便於日後再往高處擴建。

歐德雷迪招手叫停了一輛敞篷的運輸車，車上有空座位，她們三個擠著坐，繼續談話。路旁建築物的正面有種老式的風格，歐德雷迪想著。這種類型的建築有高大的矩形窗戶，裝著隔熱玻璃，一直伴隨著貝尼．潔瑟睿德的歷史。大道中央種著一排基因改造過的榆樹，長得很高，樹冠卻很小。鳥兒在樹上築巢，有黃鸝，還有唐納雀，橘色和紅色的小點輕巧跳躍，為早晨帶來生命力。

我們喜歡這種熟悉的模式，這樣會危險嗎？

歐德雷迪帶著她倆在微醺小徑下了車，心想以貝尼．潔瑟睿德的幽默感，怎麼會起了這麼奇怪的名字。這裡有種詼諧感，小徑得名的來由，是因為某幢建築的地基有些下陷，呈現出一種奇怪的醉態。它是群體中一個不守規矩的個體。

如同大聖母一樣。只不過她們還不知道而已。

在她們拐上塔樓小徑時，她的通訊器響了。「大聖母？」是斯特吉。歐德雷迪沒有停下腳步，只是跟她倆示意了一下她在通話中。「您要的默貝拉的情況報告。蘇克指揮中心說，她可以去上那些指派給她的課程。」

「那就讓她去上吧。」她們沿著塔樓小徑繼續前行，兩旁大都是平房。

歐德雷迪朝小徑兩旁的低矮建築匆匆瞥了一眼，有一棟建築的上方已加蓋了兩層。總有一天這裡會成為真正的塔樓小徑，這名字的說笑涵義也就消失了。

起名只是為了方便，所以不如把名字與女修會那些微妙的思想聯繫起來。

在一條人來人往的通道上，歐德雷迪突然停了下來，轉身面對她的同伴：「如果我提議，用已逝的姊妹的名字來命名街道和地區，妳們覺得怎樣？」

「妳今天一直在胡說八道！」貝隆達指責道。

「她們並沒有逝去。」塔瑪拉尼說道。

歐德雷迪又重新邁開步伐。她早料到她們會這樣回答，幾乎都能聽到貝爾的想法：「已逝者」活在我們的他者記憶中！

歐德雷迪不想在公開場合起爭執，但她覺得自己的想法也有道理。有些女修在死之前未能分享記憶，雖然主要的記憶線不會中斷，但是妳仍會失去了某條支線和擁有那段記憶支線的同伴。伽穆主堡的施萬虞就是如此，死於尊母的進攻。當然，仍有夠多的記憶存在，足以留傳她的優良品性……和錯綜複雜的特質與作為。有人說，她的錯誤比勝利更發人深省。

在一段相對空曠的道路上，貝隆達加快腳步走到歐德雷迪身邊：「我必須談一下艾德侯。他是個晶算師，不會錯，但是那些多重的記憶非常危險！」

她們正經過一間停屍間，甚至連街道上都瀰漫著一股重重的防腐劑味。拱形的門敞開著。

「誰死了？」歐德雷迪問道，沒有理睬貝隆達的焦慮。

「第四區的一位督察，還有一位果園維護員。」塔瑪拉尼說道。塔瑪總是知道。

貝隆達因未被理睬而惱怒，而且沒有隱藏她的情緒：「妳們兩個回到問題上好嗎？」

「什麼問題？」歐德雷迪問道，語氣柔和。

她們來到南側平臺，停在石頭欄杆前俯看農園，下方是葡萄架和果園。早晨的陽光帶著濛濛的沙塵，和潮溼造成的霧氣明顯不同。

「妳明明知道！」貝隆達沒被糊弄過去。

歐德雷迪傾身子靠在石頭上，看著遠處的景色，欄杆感覺冰冷。遠處的薄霧顏色不同，她想著。

穿過沙塵的陽光折射出不同的光帶，讓光線更顯生動和銳利。光線吸收的方式各不相同。光暈更加緊湊了。飛揚的沙塵溜進了每一條縫隙，如同流水，但是摩擦聲暴露了它的來源。和貝爾的堅持一樣，沒有潤滑。

「那是沙漠的光線。」歐德雷迪指著說道。

「別再無視我了。」貝隆達說道。

歐德雷迪決定不予回答。沙塵裡的光線是個經典景觀，但是跟老畫家和他們筆下的霧氣朦朧的早晨給人的撫慰感不同。

塔瑪拉尼走上前來站在歐德雷迪身旁。「自成一格的美。」抽離的語氣顯示她在他者記憶中進行了對比，如同歐德雷迪所做的一樣。

妳是從女修會那裡學來一套尋找美的方法。但是，歐德雷迪體內深處有東西說，這不是她渴望的美。

在她們下方的窪地上，以往的綠色已經乾枯，土地好像被挖空了內臟，如同古埃及人對亡者的處置——進行必要的乾燥，為永恆做好準備。沙漠是死亡大師，用沙子將大地包裹，為我們漂亮的星球做好防腐，藏起了它美麗的珠寶。

貝隆達站在她們身後，嘟囔著搖頭，拒絕去看她們的星球將變成什麼。

一陣突襲而來的意識並流幾乎讓歐德雷迪顫抖。記憶淹沒了她，她發現自己在泰布穴地的廢墟內搜尋，找到了香料盜賊被人殺害後就留存在原地的屍體，因沙漠的作用而未腐壞。

泰布穴地現在怎麼樣了？它被熔成了流體，又再凝結成固體，沒留下任何光輝歷史的痕跡。尊母，真是歷史的殺手。

「如果妳不想除掉艾德侯，那我必須反對妳把他當作晶算師來運用。」

貝爾真是大驚小怪！歐德雷迪注意到她比往常更加暴露了年紀。鼻子上竟然夾著老花眼鏡。眼鏡放大了她的雙眼，讓她看上去像是條裝在大圓缸裡的魚。選擇用老花眼鏡，而不是更加低調的義體，透露了她的特質。她似乎在表達一種反向的炫耀：「我比我退化的感官所借助的玩意兒更偉大。」

貝隆達肯定被大聖母弄得心煩氣躁：「妳為什麼這樣子盯著我？」

歐德雷迪突然意識到她顧問團的弱點，並將注意力轉向了塔瑪拉尼。軟骨會一直生長，使得塔瑪的耳朵、鼻子和下頜都變大了。有些聖母藉由調整新陳代謝或手術矯正來處理這個問題，而塔瑪不屑於這些表面文章。「我就是這個樣子。隨妳們怎麼想。」

我的顧問們太老了。而我……我也老了，只有更年輕和更強壯時的我才能承擔這些重任。哦，該死，不能陷入自我憐憫！

最大的危險只有一個：對女修會的生存不利的行動。

「鄧肯是個能力強大的晶算師！」歐德雷迪用職位所賦予的全部權威說道，「但我交給你們的任務，都沒有超過你們能力之外。」

貝隆達保持沉默。她知道晶算師的弱點。

晶算師！歐德雷迪想著。他們像是行走的檔案庫，但當你需要答案時，他們又提出更多的問題。

「我不需要另外一個晶算師，」歐德雷迪說道，「我需要發明家！」

貝隆達還是沒有開口。歐德雷迪繼續說道：「我解放的是他的思想，不是他的身體。」

「在妳讓他自由取用所有的資料來源之前，我堅持要先做一次分析！」

考慮到貝隆達一貫的態度，這個反應還算好的。但是，歐德雷迪不願採納她的話。她痛恨那些會議，總在沒完沒了地重複處理檔案報告。貝隆達全心熱愛檔案報告，將細枝末節也歸檔成無用資料的貝隆達！誰會關心某個聖母在燕麥粥裡更喜歡澆上脫脂牛奶？

歐德雷迪轉身背對貝隆達，看著南方的天空。沙塵！我們會撒下更多的沙塵！貝隆達的身邊會站滿了助手，光是想像就讓歐德雷迪感到無聊。

「我不需要更多分析報告。」歐德雷迪的聲音比她意圖中的還要尖厲。

「我的建議也有道理。」貝隆達聽上去受傷了。

有道理？我們難道只是宇宙開啟的感官之窗，每個人都只是為了表達一種道理？各種各樣的本能和記憶……甚至包括檔案——這些東西都不會主動發言，除非被人強制提取。若不是在活人的意識中組織成形，它們都沒有意義。但是，無論是誰來組織，都會讓天平傾斜。所有的排序都是主觀的！為什麼是這個資料，而不是其他的？任何聖母都知道事件自有其規律，受相關環境的影響。為什麼一位晶算師聖母就不能從這一點出發來考慮問題呢？

「妳拒絕召開會議？」那是塔瑪拉尼在說話。她站在貝爾的一方？

「我什麼時候拒絕過會議？」歐德雷迪並未隱藏自己的憤怒，「我只是拒絕了貝爾又搞一次檔案走馬燈。」

貝隆達插話道：「那麼，實際上——」

「貝爾！別跟我說什麼實際！」讓她好好回味這句話！聖母和晶算師！沒有實際。只有強加在一切之上的我們的秩序。最根本的貝尼．潔瑟睿德格言。

有時候（像現在就是），歐德雷迪希望自己出生在以前的年代，成為羅馬時代接受貴族招待的夫人，或是一位飲食奢侈的維多利亞時代的貴婦。但是，她受困於時間與境況之中。

受困到永遠？

一定要面對這個可能性。女修會唯一的未來可能就是被迫躲躲藏藏，總是在擔心被發現，這就是獵物的未來。在中樞，我們不能犯下任何一個錯誤。

「我已經視察夠了！」歐德雷迪召來了私人運輸車，催促著她們回到了她的工作室。

如果獵人找上門來，我們該怎麼辦？

她們每個人都有自己的劇情，短短的劇本中寫滿了計畫好的反應。但是，每個聖母都是十足的現實主義者，都知道自己的短劇帶來的阻礙可能大於幫助。

在工作室內，早晨的陽光將她們身邊的一切都暴露無遺。歐德雷迪坐進了椅子裡，等著塔瑪拉尼和貝隆達坐進她們自己的犬椅中。

不要再召開該死的分析會了。她真的需要接觸到比檔案更有用的東西，比她們之前用過的一切都更有用，比如說靈感。歐德雷迪摩挲著她的腿，感覺到肌肉在震顫。這些天她睡得不好，剛剛結束的視察讓她覺得挫敗。

一個錯誤就能讓我們滅亡，而我即將把我們押在一場有去無回的豪賭上。

我用的方式太迂迴了嗎？

她的顧問反對迂迴的解決之道，她們說女修會必須腳踏實地，必須預先判斷好前方的道路。她們所做的一切都是為了實現微妙的平衡，哪怕走錯一小步，等著她們的就只有災難。

而我則位於橫跨峽谷的鋼索之上。

她們還有做實驗去檢測可能的結果的餘地嗎？她們都參與過這場博弈，貝爾和塔瑪篩選了無數的建議，但沒什麼能比原子離散更有效。

「我們必須做好殺了艾德侯的準備，一旦他展示出一丁點成為奎薩茲・哈德拉赫跡象就下手。」貝隆達說道。

「妳們沒有工作要做嗎？退下，妳們兩個！」

她們起身時，歐德雷迪覺得工作室有一種奇怪的感覺。到底怎麼了？貝隆達低著頭，用那種可怕的譴責的目光注視著她。塔瑪拉尼則表現出一種她本人未曾擁有過的智慧。

這間房間出了什麼問題？

來自太空旅行時代之前的人也能認出這間房間的功用。為什麼感覺這麼奇怪？工作檯就是工作檯，椅子也放在合適的位置。貝爾和塔瑪喜歡犬椅，這會讓他者記憶中較早時代的人類感到奇怪，可能從而影響到了她。利讀聯晶紙上面有光線跳動，一閃一閃的，可能也是讓她感到奇怪的原因。在桌子上方起舞的訊息也讓人起疑。還有，她使用的各種工具，對共用她意識的早期人類來說，可能會顯得奇怪。

但是，這房間讓我本人覺得陌生。

「妳還好嗎，達爾？」塔瑪關切地問道。

歐德雷迪揮手讓她離開，但她們兩個都沒有動。

在她腦海裡發生的事，跟長時間的工作或睡眠不足都無關。這不是她第一次感覺在一個陌生的環境裡。昨天晚上，在桌子邊吃點心時，桌子上散落著各種文書，就跟現在一樣，她發現自己就這麼坐著，盯著未完成的工作。

在這場狼狽的離散之中，哪個姊妹能從哪個崗位上撤下來呢？參與離散的女修帶著數量有限的沙鱒，如何才能提高牠們的生存機率呢？美藍極的分配是否合理？在派更多的女修前往未知之地之前，她們是否該等一等呢？再等一等，或許司凱特利就會接受誘惑，將再生箱如何生產香料的祕密透露給她們？

歐德雷迪回憶起她在吃著三明治時也產生了那種陌生感。她看著它，慢慢地掀開麵包片。我在吃什麼東西？聖殿最棒的麵包，夾著雞肝和洋蔥。

對自己的日常起疑，這是陌生感的一部分。

「妳看上去病了。」貝隆達說道。

「只是累了。」歐德雷迪撒謊。她們知道她在撒謊，但她們會挑戰她嗎？「妳們兩個肯定也累了。」語氣中有關心的成分。

貝爾並不滿意：「妳樹立了不好的榜樣！」

「什麼？我嗎？」貝爾聽出她的揶揄。

「妳知道得很清楚！」

「是因為妳表現出了感情。」塔瑪拉尼說道。

「連對貝爾也不行？」

「我不需要妳該死的感情！這麼做是錯的。」

「除非我讓它影響了我的決定，貝爾。我沒有。」

貝隆達降低音量，到了像是沙啞的耳語：「有人覺得妳是危險的浪漫主義者，達爾。妳知道那會帶來什麼後果。」

「讓女修們在我身邊組織起來，不僅是為了生存。你說的是這個意思嗎？」

「有時候妳讓我頭疼，達爾！」

「讓妳頭痛是我的職責和權利。若妳的頭不再痛了，妳會變得粗心。感情讓你不舒服，仇恨卻不會。」

「我知道自己的缺陷。」

身為聖母不可能不知道。

工作室再次回復成了熟悉的地方，但歐德雷迪現在知道了陌生感的源頭。她把這地方想像成了古老歷史的一部分，彷彿它已消失了很久，而她是在未來的某處審視著它。如果她的計畫成功了，它應該就是這個樣子。她知道現在必須做什麼，是時候揭示計畫中的第一步了。

小心。

好的，塔爾，我和妳一樣謹慎。

塔瑪和貝爾或許已經老了，但在必要時，她們的頭腦依然敏銳。

歐德雷迪盯著貝爾：「模式，貝爾。我們的模式一直都是避免以暴制暴。」她抬起手阻止貝爾回話，「暴力確實會帶來更多的暴力，鐘擺不會停止，直到暴力的團體徹底毀滅。」

「妳在想什麼？」塔瑪問道。

「或許我們應該考慮加強對公牛的刺激。」

「不行。還不到時候。」

「但是，我們也不能愚昧地坐等她們上門。蘭帕達斯和其他發生在我們身上的災難告訴了我們，當她們到來時會發生什麼。不是是否會到來的問題，而是何時。」

在說話時，歐德雷迪感覺到了身下的峽谷，噩夢中的獵手，手持斧頭愈來愈靠近。她想沉入噩夢之中，轉過身看一看到底是誰在跟著她們。然而她不敢，奎薩茲・哈德拉赫就犯過那種錯誤。

你不能看到未來，你得創造未來。

塔瑪拉尼想知道為什麼歐德雷迪要提出這個想法：「達爾，妳改變主意了？」

「我們的特格甦亡人已經十歲了。」

「但依然太年輕，我們還不能恢復他的初始記憶。」貝隆達說道。

「如果不打算訴諸暴力，我們為什麼要重新創造特格？」歐德雷迪問道。就在塔瑪想要反詰時，歐德雷迪繼續說：「哦，確實，特格不是永遠都用暴力解決我們的問題，和平的霸夏可以透過講道理來擊退敵人。」

塔瑪思索著說道：「但是，尊母絕不會和我們談判。」

「除非我們能把她們逼到絕境。」

「我覺得妳的提議太冒進了。」貝隆達說道。貝爾的結論總是符合晶算師的思考。

歐德雷迪深吸了一口氣，低頭看著自己的工作檯。終於是時候了。那天早晨，在她將甦亡人嬰兒從那個噁心的「再生箱」裡取出時，她就感覺到了現在這個時刻在等待著她。那時她甚至就已經知道，自己將會在這個甦亡人成年之前就將他推下嚴酷的磨鍊，儘管他與她有血緣上的聯繫。

歐德雷迪伸手觸碰在桌子底下的一個通話開關，她的兩個顧問默默等待，知道她將說出重要的事情。統御大聖母有辦法讓女修們用心聽她講話，即使是比聖母更加自負的人，也會對她們專心的程度感到滿意。

「政治。」歐德雷迪說道。

一個關鍵字，便立刻吸引了她們的注意力！當你進入貝尼．潔瑟睿德的政治圈，努力向上攀登，想成為身分顯赫的人，你就成了責任的囚徒，背負起能影響他人生命的職責與決定。這是女修們能緊密團結在統御大聖母身邊的根本原因。這個詞告訴了顧問們和監察者們，她們的領導人已做出了決定。

她們都聽到了有人來到工作室門外發出的沙沙聲。歐德雷迪觸摸了下她桌子右角邊的白板，她身後的門開了，斯特吉站在那裡，等候著大聖母的命令。

「帶他來。」歐德雷迪命令道。

「是，大聖母。」斯特吉幾乎沒有表現出情緒，這個侍祭前途遠大。

她退了下去，然後牽著邁爾斯．特格回來。男孩的髮色金黃，但其中夾雜著幾縷黑髮，表明當他長大成人後髮色會變深。他的臉龐狹窄，鼻子剛開始顯出鷹勾，亞崔迪家男性的典型特徵。他的藍色眼睛機敏地轉動，帶著好奇觀察房間和房間裡的人。

「請在外面等，斯特吉。」

歐德雷迪等著房門關上。

男孩站著看著歐德雷迪，沒有表現出不耐煩。

「邁爾斯．特格，甦亡人，」歐德雷迪說道，「你應該還記得塔瑪拉尼和貝隆達吧。」

他匆匆瞥了眼兩個女人，依然保持著沉默，對她們那銳利的審視目光不以為意。

塔瑪拉尼皺起了眉，她從一開始就反對把這個孩子叫作甦亡人，甦亡人降生於屍體的細胞，這孩子只是個複製人，如同司凱特利只是個複製人一樣。

「我將派他進入無現星艦與鄧肯和默貝拉一起生活，」歐德雷迪說道，「誰還能比鄧肯更適合來恢復邁爾斯的初始記憶呢？」

「因果報應。」貝隆達同意道。她沒有說出自己的反對意見，但歐德雷迪知道，等孩子離開之後，她會說出來的。還太年輕！

「她是什麼意思，『因果報應』？」特格問道。他的聲音有某種高亢的特質。

「霸夏在伽穆時恢復了鄧肯的初始記憶。」

「真的很痛嗎？」

「鄧肯覺得是。」

有些決定必須殘酷。

歐德雷迪認為，要自己下所有決定，會面臨的一大障礙就是這類殘酷的抉擇。她沒必要向默貝拉解釋箇中原因。

我如何才能減緩衝擊呢？

有些時候就是無法減緩。事實上，有時候，忍耐一時的短痛撕去紗布反而是更仁慈的行為。

「這個……這個鄧肯．艾德侯真的能給我……給我以前的記憶？」

「他能，而且他願意。」

「我們是否太操之過急了？」塔瑪拉尼問道。

「我一直在研究霸夏的資料，」特格說道，「他是個著名的軍人，也是個晶算師。」

「而且我猜你為此而驕傲？」貝爾將氣出在孩子身上。

「並沒有特別驕傲。」他迎著她的目光，沒有躲閃，「我把他當作了另外一個人。不過，確實挺有趣的。」

「另外一個人。」貝隆達嘟囔道。她看著歐德雷迪，反對的態度暴露無遺：「妳給了他深層教育！」

「一如他的生母。」

「我能回憶起她嗎？」特格問道。

歐德雷迪給了他一個心照不宣的笑容。在他們的果園散步中，他們經常對彼此顯露的這種表情。

「你能。」

「所有的？」

「你能回憶起所有的東西——你的妻子、你的孩子、你的戰鬥。所有的。」

「把他帶走！」貝隆達說道。

男孩笑了，但他仍看著歐德雷迪，等待著她的命令。

「好吧，邁爾斯，」歐德雷迪說道，「告訴斯特吉，把你帶到你在無現星艦上的新住所內。等一下我會過去，把你介紹給鄧肯。」

「我可以騎在斯特吉的肩膀上嗎？」

「問她吧。」

特格一時衝動跑向了歐德雷迪，踮起腳尖，在她臉頰上親了一口：「我希望我真正的母親和妳一樣。」

歐德雷迪拍了拍他的肩膀：「跟我很像。去吧。」

門在他身後關上以後，塔瑪拉尼說道：「妳還沒跟他說，妳是他的女兒之一。」

「還沒到時候。」

「艾德侯會告訴他嗎？」

「如果他接到指示的話。」

貝隆達對這些小細節不感興趣：「妳在計畫什麼，達爾？」

塔瑪拉尼替她回答了：「在我們的晶算師霸夏領導之下的復仇力量。顯而易見。」

她上鉤了！

「是嗎？」貝隆達問道。

歐德雷迪狠狠地盯著她們：「特格是我們最優秀的武器。如果有人能懲罰敵人的話……」

「我們最好盡快開始製造下一個。」塔瑪拉尼說道。

「我不喜歡默貝拉可能會給他造成的影響。」貝隆達說道。

「艾德侯會配合嗎？」塔瑪拉尼問道。

「他會履行亞崔迪氏族成員對他下的指令。」

歐德雷迪擺出一副信心十足的樣子，但是，這句話又在她頭腦中打開了通往另一種陌生感的通道。

我看著我們，如同默貝拉在看著我們一樣！我可以像一個尊母一樣思考了！

16

我們不教授歷史；我們重建歷史。我們追隨一連串的結果，如同追隨森林中野獸的足跡。透過我們的文字，你會看到歷史學家從未著墨過的、不斷演變的社會行為。

——貝尼・潔瑟睿德預言全集

・・・

司凱特利吹著口哨走過他住所前的走廊，他在進行下午的鍛鍊，來回行走，吹著口哨。讓她們習慣我吹口哨。

吹著吹著，他編了個小調來和口哨搭配：「忒萊素的精子不會說話。」一遍又一遍，這句話在他腦海裡盤旋著。她們無法利用他的細胞來彌補基因上的空缺，也無法得知他的祕密。

她們必須帶著禮物來見我。

早些時候，歐德雷迪在「去和默貝拉磋商的路上」順道前來探望他。她經常在他面前提起這位被囚的尊母，她有她的目的，但他不知道是什麼。威脅？有可能。到最後總會知道。

「我希望你沒感到害怕。」歐德雷迪說道。

他們站在送餐口前，他正等著午餐出現。他一直不怎麼喜歡這裡的食物，但尚能接受。今天他點了海鮮，不知道會以什麼菜式出現。

「害怕？怕妳嗎？啊，親愛的大聖母，我活著對妳是無價之寶。為什麼我要怕妳呢？」

「我的顧問團對你最新的請求有些疑慮。」

我猜到了。

「把我關起來是個錯誤，」他說道，「限制了妳們的選擇，讓妳們變得虛弱。」

他花了好幾天時間才組織好這套說詞，他等待著它起作用。

「這取決於人們打算如何使用工具，司凱特利尊主。有些工具在不恰當的使用下會損壞。」

該死的女巫！

他笑了，露出了鋒利的犬齒：「妳要一直考驗我直到女修會滅絕嗎，大聖母？」

她把極少迸發的不快轉變成了幽默：「難道你期望我會讓你占上風嗎？司凱特利，你到底在爭取什麼？」

她不再稱我為司凱特利「尊主」了。用刀背攻擊她！

「妳讓女修們參加離散，希望有些人能逃脫滅絕的命運。妳瘋狂的計畫會產生什麼樣的經濟後果？」

後果！他們總是在談論後果。

「我們在爭取時間，司凱特利。」歐德雷迪神色肅穆地說。

他在沉默中思考著她的話。攝影機看著他們，千萬別忘了！經濟的問題，女巫！我們買賣了什麼人，買賣了什麼東西？送餐口旁不是個合適的談判地點，他想著。管理階層的討價還價、計畫和戰略會議，應該發生在緊閉的門背後，在高處的房間裡，外面的風景不會分散屋裡人對手頭工作的注意力。

他體內的一連串生命記憶卻不認同。如果受情勢所趨，人類在條件允許的地方都會進行貿易——

不管是在航船的甲板上，在忙碌的工作人員熙來攘往的俗氣街道上，還是在傳統股票交易所寬敞的大廳裡，上方還顯示著各種給眾人看的資訊。

計畫和戰略可能來自高高在上的房間，但支持它們的證據和交易所裡的資訊一樣——都是給眾人看的。

那就讓攝影機看吧。

「妳對我有什麼計畫，大聖母？」

「讓你活著，身強體壯。」

小心，小心。

「但不給我自由。」

「司凱特利！你提到了經濟，卻仍索要自由？」

「我的能力對妳重要嗎？」

「當然！」

「我不信任妳。」

就在這時，送餐口吐出了他的午餐，是一條嫩煎白魚，淋上美味醬汁，他聞到了香草的味道。高高的杯子裡裝著水，有股淡淡的美藍極味。還有一碗綠沙拉。在她們的伙食中已經算不錯了。他感覺自己正在分泌唾液。

「請用午餐，司凱特利尊主。裡面沒有對你有害的東西。這難道不是信任的一個證明嗎？」

他沒有回答。她接著說道：「信任與我們的談判有什麼關係？」

她在玩什麼遊戲？

「妳說了妳對尊母的打算，卻沒說過對我有什麼打算。」他知道自己聽上去有些哀怨，但無法避免。

「我打算讓尊母面對她們的死亡。」

「妳也在對我這麼做！」

她眼裡是滿意的神情嗎？

「司凱特利，」她的語氣是那麼輕柔，「面對死亡的人才會傾聽。他們會聽你說。」她瞥了一眼餐盤，「你想來點特別的嗎？」

他盡力挺直了身子：「一小杯提神飲料，能幫助我思考。」

「當然。我立刻讓人給你送來。」她把注意力從送餐口轉到了他住所的主臥房。他看著她的目光從一個地方挪到另一個地方，從一件物體挪到了另一件物體。

所有的東西都在合適的地方，女巫。我不是洞穴裡的野獸，東西必須方便取用，我不用找就能拿到。是的，椅子旁邊的是興奮針。我用興奮針，但我不喝酒，妳注意到了？

提神飲料送來了，喝上去有點苦，他花了點時間來辨別成分。是罌茉莉，一種經基因改良的血液增強劑，源自伽穆藥典。

她想讓他想起伽穆嗎？她們太陰險了，這些女巫！

她用經濟上的問題來取笑他。他往住所方向繼續著他的快走鍛鍊，在走到走廊的盡頭時，他突然產生了這種感覺。是什麼膠水將舊帝國黏在一起？有很多種，有些不起眼，有些很偉大，但多數是因為經濟。許多關係經常是為了做事方便而建立，是什麼阻止了他們互相毀滅？是大公約。「要是你毀滅了誰，我們就聯合起來毀滅你。」

他腦中浮現一個想法，在門口猛然停下腳步。

是這樣嗎？只憑懲罰怎麼能阻止貪婪的普汶韃呢？莫非還有某種無形的膠水？是來自同伴的譴責嗎，但要是同伴對道德根本不關心，那你便可以為所欲為。這解釋了尊母的一些問題。沒錯。

他渴望有一間薩格拉房間，能夠讓他的靈魂袒露。

亞吉斯特滅亡了！我是最後一位馬謝葉赫嗎？

他感覺心裡空蕩蕩的，呼吸變得費力。或許應該更坦誠地與魔鬼的女人談判。

不！那是魔鬼本人在誘惑我！

他帶著追悔的心情進入了房間。

我必須讓她們付出代價，讓她們付出昂貴的代價。昂貴、昂貴、昂貴。每個「昂貴」都推著他走近椅子一步。當他坐下時，他的右手不由自主地伸向了興奮針。他很快就感覺到自己的思緒加速了，各種想法隨著快感噴湧而來。

她們不知道我對伊克斯的航艦了解有多深。都在我的腦子裡。

接下來的一小時，他一直在琢磨該如何記錄這個時刻，將來他會告訴同伴，他如何戰勝了普汶韃。在神的幫助之下！

他要述說的是輝煌奪目的故事，充滿了他面對試驗的戲劇性和張力。歷史，畢竟還是由勝利者書寫的。

17

她們說統御大聖母無法漠視任何事——要體會到這句格言的意義，必須先理解另一層含意：我是所有女修的僕人。她們用挑剔的目光盯著僕人。我不能花太多時間在瑣碎和平常之事上，統御大聖母必須展現出遠見卓識，否則不安的情緒將瀰漫至我們組織中最偏遠的角落。

——達爾維．歐德雷迪

• • •

今早，在中樞的各個走廊之間穿行時，歐德雷迪稱之為「身為僕從的那個自我」一直伴隨著她。她把這當成了鍛鍊，不必再花時間去鍛鍊廳。一個不滿的僕人！她不喜歡她所看到的自己。

我們被眼前的困難束縛了手腳，幾乎無法區分小問題和大麻煩。

她們的良知怎麼了？

儘管有人否認，但歐德雷迪知道貝尼．潔瑟睿德確實擁有良知。但是，她們把它扭曲成了無法輕易辨認的形狀。

她不願去干涉。以生存以及護使團（她們那些冗長且虛偽的說辭！）的名義所做的決定——都與更需要人類運用判斷力的那種決定背道而馳。暴君知道這一點。

要有人性，這就是關鍵。但是，在有人性之前，你得在內心裡感覺自己是個人。

人性可沒有標準答案！它看似簡單，但當你想要應用時，它的複雜本性才會顯露。

像我這樣。

你往內心審視，對於你相信自己是誰（或者是什麼）的問題找到答案。其他辦法都不可行。

我是什麼？

「誰問的問題？」他者記憶中突然出現了一陣騷動。

歐德雷迪大聲地笑了，一位剛好經過的督察普拉斯加吃驚地盯著她。歐德雷迪對著普拉斯加揮了揮手，說道：「活著真好。記住這句話。」

普拉斯加微微笑了笑便離開了。

誰問的：我是什麼？

這是個危險的問題，問出口便讓她陷入了一個物化的宇宙之中。在那裡，沒有東西符合她的追求，儘管她不清楚自己在追求什麼。在她的周圍，小丑、野獸和傀儡都隨著看不見的提線的牽扯做出反應。她感覺到提線也在牽著「她」移動。

歐德雷迪繼續沿著走廊走向通往她的居所的升降機。

提線。從蛋裡孵出了什麼？我們能信口說出「心靈最原始的狀態」。但是，在生活的壓力改變我之前，我是什麼樣子？

光是尋求某種「自然」的東西是不夠的。沒有「高貴的野蠻人」。[4]她在一生中見多了。牽著她們的提線，對每位貝尼・潔瑟睿德而言顯而易見。

4 高貴的野蠻人：未受社會文明影響，保持原始自然、與生俱來的良善狀態的人。——編注她感覺到了體內的監工，今天它很嚴厲。它是個有時她會服從、有時又會反對的力量。監工說道：「強化妳的天分，不要隨波逐流。主動運用！不好好使用妳的天分，跟失去了沒有分別！」

歐德雷迪感覺體內一陣恐慌，她意識到自己勉強把握住了人性，已處在失去它的邊緣。

我試著像尊母一樣思考，結果陷得太深了！我操縱了每一個能操縱的人，都是以為了延續貝尼．潔瑟睿德命脈的名義！

貝爾說，為了守護貝尼．潔瑟睿德，女修會可以突破任何界限。這話其實只有一絲真實，但是這一絲真實存在於所有吹噓之詞中。其實，有些事是聖母絕對不會去做的，即使是為了拯救女修會也一樣。

我們不會阻擋暴君的黃金之路。

人類的存續比女修會的存續更優先。否則，讓人類成熟的遠大目標就毫無意義。

但是，哎，在一個急切地想服從命令的種族中，領袖的危險性太大了。人們對滿足自己的需要而創造出的東西實在懂得太少了。領袖會犯錯，而那些錯誤的影響力，會被無條件追隨他們的人放大，注定要鑄成大錯。

旅鼠行為。

女修們密切地監察她是對的。所有掌權的統治者都該被以懷疑的眼光看待，包括女修會在內。不要盲信政府！甚至是我的政府！

此刻，她們正監看著我。什麼也逃不過女修們的眼睛。假以時日，她們會知道我的計畫。

她需要不斷地在精神上進行淨化，才能面對她在女修會執掌大權這一事實。我並未尋求這份權力，它是強加在我頭上的。她還想到了：權力吸引易於腐化的人。要懷疑所有追逐權力的人。她知道，這種人有很大機會易於腐化或已經墮落。

歐德雷迪在心頭記下：要寫一份終章備忘錄，送往檔案部（讓貝爾看了之後冒冷汗！）：「我們應該將決定事物的權力交給不願擁權的人，而且唯有在她們愈加不情願承受的情況下，才能將權力交付給她們。」

對貝尼・潔瑟睿德的完美描寫！

「達爾，妳沒事嗎？」貝隆達的聲音從歐德雷迪面前的升降機門裡傳來，「妳看上去……有點怪。」

「我只是想起了有些事要做。妳要出來嗎？」

在她們錯身時，貝隆達一直盯著她。升降機門關上了，將她迅速帶離那個詢問的目光。

歐德雷迪走進工作室，看到桌子上堆滿了助理覺得只有她才能處理的文件。

政治。在桌旁坐下準備開始處理公務時，她回想起了這個詞。塔瑪和貝爾那天清楚地聽到她說了，但她們對自己將要付出什麼樣的努力來支持只有模糊的概念。她們擔心了，變得更謹慎。她們應該這樣。

幾乎所有的事務都含有政治因素，她想著。隨著情緒的激發，政治力量漸漸站到了前臺，由此看來，那個「政教分離」的古老說法便該貼上寫著「謊言！」的標籤，因為沒有什麼能比宗教更易受到情緒的影響。

怪不得我們不信任情緒。

當然，不是所有的情緒。只有那些在關鍵時刻你無法逃脫的情緒——愛與恨。可以發點小脾氣，但要抓緊控制它的牽繩，這是女修會的信仰。但根本一派胡言！

暴君的黃金之路揭露了她們的錯誤。黃金之路將貝尼・潔瑟睿德置於永遠的死水之中。你無法向無垠的空間布道！

貝爾一直在重複的問題沒有答案。「他到底想讓我們幹什麼？」他操縱我們做了什麼？（如同我們操縱別人一樣！）

為什麼在沒有意義的地方尋找意義？你會走上一條你明知不通的死路嗎？

黃金之路！這條道路是在想像中鋪就的。無限就是沒有地方！有限的頭腦產生了畏懼。晶算師就是在這裡遇到了不確定的預測，總是產生更多的問題，而不是答案。那些人將鼻子湊近了無窮的迴圈，尋找「一個能解決所有問題的答案」，卻總是空手而回。

他們在尋找屬於他們的神。

她發覺難以責怪他們。在無限面前，頭腦會畏縮。虛空！任何時代的鍊金師，就像是分揀破布的人，在一大捆破布前彎著腰，說道：「這裡肯定有規則。如果我堅持，一定能發現。」

一直以來，所有的規則其實都是他們自己創造的。

啊，暴君！你這可笑的傢伙。你看到了。你說：「我會創造你們需要遵循的規則。道路在這裡，看到了嗎？不！別看那邊，那條路是皇帝的新衣（只有孩子和傻子才能看到的赤裸）。把注意力放到我指的地方，這是我的黃金之路。多好聽的名字啊。它是一切，它是永恆。」

暴君，你是另一個小丑，指給我們一條永無止境的細胞輪迴之路，細胞來自我們共同擁有卻早已失去的那顆孤獨的泥球。

你知道在大離散之後，人類宇宙只是一個個社區，由脆弱的紐帶相連。我們共同的誕生地離我們已是那麼久遠，在後代人們記憶中的樣子已扭曲變形。聖母擁有初始記憶，但我們無法強迫不情願的人們接受它。你看到了吧？暴君。我們聽到你說：「讓他們前來乞求！那時，只有那時……」

這就是你保留了我們的原因，你這個亞崔迪混蛋！這就是我必須工作的原因。

她知道自己仍將慢慢深入尊母的思維，儘管會對她的人性帶來風險。我必須像她們一樣思考。

如何狩獵，是獵食者和獵物共同面臨的問題。不像是大海撈針，更像是在熟悉和不熟悉交織的土地上追蹤。貝尼．潔瑟睿德的欺騙技藝，確保了至少熟悉會和不熟悉一樣給尊母帶來麻煩。

但是，她們為我們做了什麼？

行星間的通訊幫助了獵物。千年以來，通訊技術的應用受到了經濟的限制，只用在了重要的人和貿易者上面。「重要」的意思一如往常，指的是富有、位高權重的人，例如銀行家、官員、貴族、軍人。「重要」還分成很多類別——談判人員、娛樂人員、醫療人員、技術人員、間諜，以及其他各種專業人士。它的形式和古時地球上的共濟會沒什麼不同，差別只在於數量、品質和專業程度。對有些人而言，障礙是透明的，從古至今都是。

她感覺有必要定期回顧這個想法，尋找瑕疵。

大量被困在行星上的人都提過「寂靜的太空」，意謂他們無法負擔這樣的旅程或是通訊。多數人知道，他們聽聞的越過障礙的新聞都有其特殊目的。一直以來皆是如此。

在行星上，地形和保密要求決定了使用何種通訊系統：管道、信使、光纜、神經套件以及其他各種組合。保密和加密方式很重要，不僅在行星間，也在各個行星上。

歐德雷迪認為尊母一旦找到切入點，就能入侵這種系統。獵手們開始解碼，但是對聖殿的追蹤要從哪裡開始呢？

無法追蹤的無現星艦、伊克斯的機器、宇航公會的領航員——都為行星間的寂靜做出了貢獻，只有少數有特權的人才能打破這寂靜。不給獵手任何的切入點！

因此午餐前不久，一位不速之客出現在統御大聖母的工作室內，才讓大聖母吃了一驚。她是個年老聖母，來自貝尼．潔瑟睿德懲罰罪人的流放行星。檔案部識別出她的身分：名字：多吉拉。多年之前因不可原諒的違規而被流放。記憶說那跟愛有關。歐德雷迪沒有問具體情況，但其中的一些已顯示在她眼前。（貝隆達又在多事了！）歐德雷迪注意到了多吉拉面臨放逐之時的情緒動盪，這個愛上他人的人試圖反抗分離，但徒勞無功。

歐德雷迪回憶起了有關多吉拉可恥行為的謠言。「潔西嘉罪！」謠言透露了價值豐富的資訊。多吉拉被流放到哪裡了？不管了。此刻，這一點無關緊要。更重要的是：她為什麼來這裡？為什麼她要冒著被獵手發現的風險回來？

在斯特吉前來通報多吉拉的到來時，她發問了。斯特吉不知道：「她說了，只能跟您一個人說，大聖母。」

「我一個人？」想到對她的每項行為時時刻刻的監察（說成監控可能更準確些），歐德雷迪幾乎苦笑了出來，「這位多吉拉沒說她到來的原因？」

「那些命我前來打攪您的人說，您最好能見她一下。」

歐德雷迪抿緊了嘴唇。這位被放逐的聖母能突破這麼多障礙前來見她，引起了她的興趣。執著的聖母能打破普通的障礙，但這一路上的障礙可不普通。多吉拉肯定已表明了她前來的理由，那些人聽到了，並准許她通過。顯然，多吉拉並沒有利用貝尼．潔瑟睿德的花招來說服其他女修。那麼做的話，她第一時間就會被阻絕在外。沒時間浪費在無聊的事上！看來，她遵循了指揮系統，她的行為經過了層層的謹慎評估，說明了她攜來的訊息相當重要。

「帶她進來。」

多吉拉在那顆閉塞的行星上保養得還不錯。這麼多年來，她的嘴角只多了幾道淺紋。長袍的兜帽蓋住了她的頭髮，但帽子下的雙眼依然明亮、銳利。

「妳有何貴幹？」歐德雷迪問道，「最好不要浪費我的時間。」

多吉拉的故事直截了當。她和其他三個聖母與一群來自大離散的混合人交談過。混合人搜索到了多吉拉的位置，並讓她帶個訊息給聖殿。多吉拉說她用真言感應力過濾了牠們的請求，這提醒了大聖母，即使在與世隔絕之處依然有能人。多吉拉判斷訊息是真確的，其他女修也贊成，因此多吉拉迅速行動，同時避免暴露行蹤。

「用的都是我們自己的無現星艦。」她是這麼說的。她還說到航艦很小，和走私販用的是同種類型。

「一個人就能操作。」

訊息的內容極具誘惑力。混合人想與聖母聯合，一起來抵抗尊母。多吉拉說，很難評估這些混合人領導了多大的力量。

「我問了，牠們拒絕回答。」

歐德雷迪聽說過很多混合人的故事。尊母殺手？有可能，但混合人的表現讓人困惑，尤其是來自伽穆的傳言。

「這夥人有多少個？」

「十六個混合人，還有四個馴獸師。他們是這麼稱呼自己的：馴獸師。他們還說尊母有一種危險的武器，只能用一次。」

「妳怎麼只提到了混合人？這些馴獸師是什麼人？這種祕密的武器又是什麼？」

「我正準備說說他們。他們看起來像人，大離散對他們造成了變化。共有三個男人和一個女人。

至於武器，他們沒多說。」

「看起來像人？」

「沒錯，大聖母。我有個奇怪的第一印象，覺得他們是幻臉人。但他們不符合任何一個標準。費洛蒙不符合，姿態、表情——所有的都不符合。」

「只是個第一印象？」

「我無法解釋。」

「混合人呢？」

「牠們與描述相符。外表像人類，但行為殘暴。我猜是源自貓科動物。」

「其他人也這麼說。」

「牠們會說話，但只能說簡化的凱拉赫語。我覺得牠們只會堆砌詞彙。『幾時吃？』『你好人。』『要撓頭。』『坐這裡？』牠們會對馴獸師做出及時的回應，但並不怕他們。我感覺混合人和馴獸師之間互相尊重和喜愛。」

「妳知道這一路上的風險，為什麼還要冒險把消息帶來？」

「這些是來自大離散的人，他們提議聯盟，相當於打開了一扇通往尊母誕生之地的大門。」

「妳應該已經問過他們了，還問了大離散的細節。」

「他們沒有回答。」

話說得簡潔明瞭。不管她的過去怎樣不堪，都無法輕視這位被放逐的女修。還有更多的問題該釐清，歐德雷迪問著，並在答案到來時仔細地觀察，看著一張老去的嘴，如同枯萎的水果，吐露著最後的芬芳。

或許是因為多年的贖罪，多吉拉的行為中有種跡象表明她已軟化了許多，但貝尼．潔瑟睿德的堅強仍未折損。她說話時有自然的停頓，動作也很流暢。她看著歐德雷迪的眼神很溫柔。（這就是女修們所譴責的東西：沒有展現貝尼．潔瑟睿德的憤世嫉俗。）

多吉拉讓歐德雷迪感興趣。她說話的態度，就是女修對上另一個女修，顯示出語言背後那堅強且平衡的大腦，懲罰之地多年的磨鍊鑄就了她的精神。她盡自己的能力彌補年輕時的缺失，沒有表現出受刑人與現實脫節的樣子。她的報告直中要害，但她仍具備必要的意識，尊重統御大聖母的決定，在危險的旅途中處處小心，但仍有自信「您應該聽一下我的報告」。

「我相信這不是陷阱。」

多吉拉的舉止沒有任何不妥。她們目光直接對視，眼睛和臉部表情自然沉著，沒有躲閃。女修可以看穿這層面具，做出適當的評估。多吉拉只是出於緊急才來的。她曾是個傻子，但她已不再是了。

她流放的行星名叫什麼？

工作檯的投影展示了名字：巴塞爾。

這名字讓歐德雷迪警覺。巴塞爾！她的手指在控制臺上飛躍，印證她的記憶。巴塞爾：大部分為海洋。氣候寒冷，非常寒冷。島嶼貧瘠，最大的島都比一艘無現星艦小。貝尼．潔瑟睿德曾經認為巴塞爾是個流放之地。實物教學表示：「小心，女孩，否則妳會被發配至巴塞爾。」歐德雷迪想起了另一個關鍵字：蘇石。在巴塞爾，她們成功地使單眼的海洋生物醜鬣蟹適應當地環境，牠的外殼磨破之後會長出美妙的腫瘤，成為一種宇宙中非常寶貴的珠寶。

蘇石。

多吉拉就戴著它，在她的頸線上隱約可見。工作室的燈光將蘇石變成了深海之綠與淡紫的混合色。它比人類的眼球大一些，閃閃發光，彷彿在誇耀自己的財富。在巴塞爾，她們可能沒把它當回事，在沙灘上隨處都能撿到。

蘇石。了不起。根據貝尼．潔瑟睿德的安排，多吉拉應該經常與走私販打交道。（她擁有那艘無現星艦就是最好的證明。）應當注意分寸。儘管是女修之間的談話，但一位是統御大聖母，另一位是來自流放行星的聖母。

走私對尊母（和其他不肯承認走私罪其實難以執行的人）來說，是一項重罪。摺疊空間沒有改變走私的實質，只是讓小規模的入侵變得更為容易。關於小型無現星艦，造起來能多小？歐德雷迪沒有這方面的知識，但檔案部予以彌補：「直徑一百四十公尺。」

足夠小了。蘇石是一種誘人的商品。摺疊空間是個關鍵的經濟障礙：從體積和數量來考量，走私貨物的價值能多大？運送大件貨物消耗的能量驚人。所以蘇石是走私販的最愛，對尊母也有很強的誘惑力。簡單計算一下，也知道市場一向龐大。如今，蘇石對走私販的吸引力和美藍極一樣大，因為宇航公會已經不怎麼需要美藍極了。公會總是在分散在各地的倉庫裡積攢著夠好幾代人用的美藍極，而且（毫無疑問）還有很多隱藏的備用庫。

他們還認為自己能從尊母那裡買來豁免權！但是，她感覺這給了她某種可以利用的東西。尊母在狂亂的憤怒之中摧毀了沙丘星這個唯一能自然產生美藍極的地區。她們仍然沒意識到後果（真令人奇怪），又根除了忒萊素人，他們的再生箱會讓舊帝國到處都是香料。

我們有能再造沙丘星的生物，我們這裡還有一位可能是唯一活著的忒萊素尊主，將再生箱變成美藍極寶庫的方法就鎖在司凱特利的大腦裡。如果我們能讓他透露就好了。

眼前的問題是多吉拉，這女人帶來了可信的消息。她說，馴獸師和他們的混合人被某些他們不願透露的東西驚擾了。多吉拉沒有嘗試使用貝尼．潔瑟睿德的說服術實屬明智，來自大離散的人對此不知會有何反應。是什麼驚擾了他們？

「除了尊母之外的威脅。」多吉拉猜測道。她不願再說更多，但可能性是存在的，必須加以考慮。

「關鍵在於他們說需要盟友。」歐德雷迪說道。

「在共同的道路上，面臨著共同的問題。」他們是這麼說的。儘管有真言感應力佐證，多吉拉還是建議須小心他們的提議。

為什麼他們要去巴塞爾？因為尊母錯過了巴塞爾，或認為它不值得承受她們的怒火？

「應該不是。」多吉拉說道。

歐德雷迪同意。不管多吉拉原來的境遇有多麼不堪，她現在掌握了高價的資產，而且更重要的是，她是個聖母，坐著無現星艦前來面見統御大聖母。她知道聖殿的位置，但獵手當然無法從中得利，她們知道聖母會在透露任何祕密之前先自殺。

問題一個接一個。但是，先來場女修之間的情報共享，多吉拉必定能正確理解統御大聖母的動機。

歐德雷迪將話題轉到了個人私事。

談話進展不錯。多吉拉顯然沒料到，但願意開口分享。

身處偏遠地區的聖母往往會培養出女修所謂的「其他興趣」。古代都稱之為嗜好，但是對興趣付出的注意力顯得熱烈多了。歐德雷迪認為大多數興趣都很無聊，但是，她覺得多吉拉稱呼她的興趣為「嗜好」本身很重要。她收集古老的錢幣，是吧？

「什麼樣的？」

「我有兩枚古希臘的銀幣和一枚完美的金幣。」

「真品？」

「它們是真的。」意思是她已經在他者記憶中完成了搜索，確認了它們的真偽。真有意思，她鍛鍊強化自己的能力，甚至連嗜好都成為了訓練。內外部歷史完美的融合。

「很有意思，大聖母，」多吉拉最終說道，「感謝您向我表明，我們仍然是同伴，還和我分享了您類似的嗜好——古代畫作。但是，我們都知道我冒險前來的原因。」

「走私販。」

「當然。尊母不可能忽略身在巴塞爾的我，走私販會把消息出售給出價最高的人。包括蘇石的情報，還有星球上有個駐地聖母和助手一事，我們都必須假設走私販已經從這些巴塞爾的祕密中獲得了利潤。而且，我們也不能忘了是馴獸師們主動找到了我。」

該死！歐德雷迪想著。多吉拉是那種我想留在身邊的顧問。我不知道外面還有多少像她一樣被掩埋的珍寶，因為種種惡劣原因被遣送了。我們為什麼總是把天才們打入冷宮？這是女修會長久以來未能解決的弱點。

「我覺得我們掌握了一些關於尊母的有價值資訊。」多吉拉說道。

無須點頭來表示同意，這就是促使多吉拉前來聖殿的核心原因。貪婪的獵手已經蜂擁至舊帝國，屠殺焚毀所有她們懷疑與貝尼．潔瑟睿德有牽連的人事物。但是，獵手仍未將爪子伸至巴塞爾，儘管它的位置肯定不是個祕密。

「為什麼？」歐德雷迪問出了她們兩人腦海中的問題。

「絕不要破壞自己的巢穴。」多吉拉說道。

「妳覺得她們已經在巴塞爾了？」

「還沒有。」

「但是，妳認為巴塞爾是一個她們想要的地方？」

「初步預測。」

歐德雷迪只是盯著她。看來，多吉拉還有一個嗜好！她浸入他者記憶，磨鍊並改良了那裡儲存的知識。誰能責備她呢？巴塞爾上面的日子肯定是度日如年。

「這回答是晶算師會下的結論。」歐德雷迪指了出來。

「是的，大聖母。」多吉拉的態度非常溫順。聖母只有在得到聖殿的許可，並在其他姊妹的引領和支持之下，才能以此種方式挖掘他者記憶。多吉拉保持著反叛精神，她跟隨著自己內心的渴望，如同當時她追隨禁忌的戀人一樣。很好！貝尼．潔瑟睿德需要這樣的反叛者。

「她們不想破壞巴塞爾。」多吉拉說道。

「想要一個水世界？」

「它能成為兩棲僕人理想的家園，對混合人和馴獸師則都不合適。我仔細研究過他們。」

證據表明，尊母的計畫是打算引入奴隸，或許是兩棲類的，來採集蘇石。尊母應該有兩棲類的奴隸。製造出混合人的知識可以用來製造更多有意識的生物。

「奴隸，會造成危險的失衡。」歐德雷迪說道。

多吉拉首次露出了激動的情緒，強烈的反感讓她把嘴唇抿成了一條線。

女修會早就知曉，奴隸勞役制將不可避免走向衰敗。你築起了一道仇恨的大壩，製造憤怒的敵人。如果你無法一下子消滅所有的敵人，就不敢輕易開戰。你明確地意識到，鎮壓將使得你的敵人更強大，這將減損你的努力。受壓迫的人總有一天會勝利，到時候壓迫者便只能求神保佑了。奴隸制是把雙刃劍，受壓迫者總是會向壓迫者學習，複製他們的行為。當風水轉向時，舞臺上將會上演又一場復仇與暴力的遊戲，只是角色互換了。接著互換，再互換，直到永遠。

「她們難道永遠不會成熟嗎？」歐德雷迪問道。

多吉拉沒有回答，但她有一個緊急的提議：「我必須回到巴塞爾。」

歐德雷迪沉吟著。被放逐的聖母再次比統御大聖母思考得快一步。儘管這決定看上去不合理，但她們都知道，它是最好的辦法。混合人和馴獸師會回來，更重要的是，既然尊母已看上這顆行星，來自大離散的訪客將受到特別的關注。尊母可能不得不做出某種回應，而這種回應可能會揭露她們更多的祕密。

「但她們會懷疑巴塞爾是個誘餌。」歐德雷迪說道。

「我可以說我被女修會驅逐了，」多吉拉說道，「而且這種說法還能得到印證。」

「把妳自己當成誘餌？」

「大聖母，如果能誘使她們進行和談呢？」

「和我們嗎？」多麼令人震驚的想法！

「我知道她們不是以合理的談判而著稱，但是……」

「好主意！讓我們增強這個點子的誘惑力。假設我會帶著貝尼．潔瑟睿德的投降書前去找她們。」

「大聖母！」

「我沒有投降的打算。但是，還有其他更好的辦法能讓她們談判嗎？」

「巴塞爾不是個理想的會面地點。我們的設施非常簡陋。」

「她們的武力部署在交叉點上。如果她們建議在交叉點會面，妳能說服妳自己嗎？」

「需要仔細計畫，大聖母。」

「哦，要非常仔細。」歐德雷迪的手指在控制臺上迅速移動著。「是的，今晚，」她對著一個可視的問題回答道，隨後又隔著凌亂的工作檯對多吉拉說道：「我要求妳在離開之前見一下我的顧問和其他一些人。我們會跟妳說清楚計畫，但我個人會公開任命妳。關鍵是要讓她們同意在交叉點會面……而且，我希望妳清楚，我多麼痛恨將妳用作誘餌。」

多吉拉沉浸在自己的思考中，沒有回答。歐德雷迪繼續道：「她們可能會無視我們的提議並殺了妳，但是妳仍然是我們最好的誘餌。」

多吉拉表明了她仍然保持著幽默感：「我也不喜歡掛在鉤子上來回晃，大聖母。拜託將繩子抓牢一些。」她站起身，關切地看了眼歐德雷迪的工作檯，說道：「您有那麼多工作，而且我還耽擱了您的午餐。」

「我們一起在這裡吃吧，女修。此刻，妳才是最重要的。」

18

所有國家都是抽象概念。

——《奧克頓政治檔案》，貝尼．潔瑟睿德檔案部

…

盧西拉警告自己，不要對這間螢光綠的房間和一再出現的大尊母放鬆警惕。這裡是交叉點，是那些想根除貝尼．潔瑟睿德的人的要塞。這些人是敵人，今天是第十七日。

她那絕對準確的精神時鐘在香料之痛後就開始滴答計時，告訴她自己已經適應了這星球的二十四小時生理節奏。黎明時分醒來。不知道何時才能進食，尊母一天只給她吃一頓飯。

而且，那個關在籠子裡的混合人也總會出現，這是個提醒：你們兩個都關在籠子裡，這是我們應對危險動物的方式。我們偶爾會讓牠們出來放風，舒展一下身子，娛樂一下我們，但之後還是要關進籠子。

食物裡混有極少量的美藍極，不是出於吝嗇，她們富可敵國，而是要傳達訊息：「如果妳表現得乖，就能得到這東西。」

她今天什麼時候來呢？

大尊母的到來沒有規律，她想以此迷惑俘虜嗎？可能。但指揮官的時間也要花在其他事務上，欣

賞危險寵物的時間只能塞進日常行程的任何空檔。

我或許是危險的，蜘蛛夫人，但我不是妳的寵物。

盧西拉察覺到了掃描裝置的存在，這些東西不只為眼睛提供資訊，還能探入肉裡，檢查是否藏有武器，以及檢查內臟的功能。她在體內植入了奇怪的東西嗎？是否藉由手術植入了額外的器官？

什麼也沒有，蜘蛛夫人。我們依靠的是與生俱來的事物。

盧西拉知道自己當下最大的危險，是在這種場合下失去信心。捕獲她的人將她置於十分不利的局面，但她們尚未摧毀她的貝尼．潔瑟睿德技能。在身體裡的謝爾減少到可能洩漏祕密的臨界點之前，她可以自殺，她依然掌握著自己的意識……還有來自蘭帕達斯眾人的。

混合人通道的牆面打開了，關著牠的籠子滑了出來。看來蜘蛛女王在路上了。跟往常一樣，又在她駕到前展示威脅。今天早了，比任何一天都早。

「早安，混合人。」盧西拉以輕快的語氣說道。

混合人看了她一眼，沒有說話。

「你肯定恨這個籠子。」盧西拉說道。

「不喜歡籠子。」

她知道這種生物掌握了一定的語言能力，但究竟好到什麼程度，她依然好奇。

「我猜她也讓你餓著。你想吃我嗎？」

「吃。」顯然感興趣。

「我希望我是你的馴獸師。」

「妳馴獸師？」

「如果我是的話，你會服從我嗎？」

蜘蛛女王沉重的椅子從地板下的藏身處升了起來。她還沒露面，不過，她應該會傾聽此刻的談話。

混合人帶著奇怪的專注表情看著盧西拉。

「馴獸師會把你關起來，還讓你餓肚子嗎？」

「馴獸師？」混合人顯然在琢磨著問題。

「我想讓你殺了大尊母。」她有這想法應該不會讓尊母覺得奇怪。

「殺了達瑪！」

「並吃了她。」

「達瑪毒。」混合人看起來頗為沮喪。

哦。有趣的資訊！

「她沒有毒。她的肉吃起來跟我的一樣。」

混合人在籠子裡爬到了離她最近的地方，左手把下嘴唇往下翻。那裡有個紅色的醜陋的傷疤，顯然是灼傷的。

「看毒藥。」牠說完便放下了手。

不知道大尊母是怎麼做到的？她身上沒有毒藥的味道。人類的肉體，加上腎上腺素的藥物，打造出那雙在發怒時轉為橙色的眼睛……還有默貝拉展示過的其他反應。一種唯我獨尊的感覺。

混合人對語言的理解力有多好？「這種毒藥苦嗎？」

混合人面露苦相，並吐了口唾沫。

行動比語言更快，也更有力。

「你恨達瑪嗎？」

混合人露出了犬齒。

「你怕她嗎？」

混合人微笑。

「那你為什麼不殺了她？」

「妳不馴獸師。」

牠需要馴獸師發出殺戮指令！

大尊母進來，在椅子上坐下了。

盧西拉用歡快的語氣說道：「早安，達瑪。」

「我沒允許妳這麼稱呼我。」她的嗓音低沉，眼裡也有橙色開始閃耀。

「混合人和我在談話。」

「我知道。」眼裡出現更多的橙色，「妳不會在挑唆牠吧……」

「但是，達瑪——」

「別這麼叫我！」大尊母站起身，眼裡冒著橙光。

「坐下吧，」盧西拉說道，「這不是審問的方式。」譏諷，是一種危險的武器。「昨天妳說了想繼續我們之間有關政治的談話。」

「妳怎麼知道是昨天？」大尊母坐了下來，但眼睛依然發光。

「所有的貝尼．潔瑟睿德都有這種技能，只要在星球上面待上一陣子，我們就能感覺到它的節奏。」

「奇怪的技能。」

「任何人都能辦到，只要有敏感度就行。」

「我能學嗎？」橙色正在退卻。

「我說了任何人都行。妳仍然是個人，不是嗎？」這個謎題尚未完全揭曉。

「為什麼妳要說妳們這些女巫沒有政府？」

她想要轉移話題。我們的技能讓她擔憂。「我不是這麼說的。我們沒有傳統的政府。」

「甚至沒有社會行為準則？」

「沒有哪套社會準則能放諸四海而皆準。一個社會中的某種犯罪行為，在另一個社會中卻可能是最低的道德要求。」

「人民總是有政府。」橙色完全退卻了。為什麼她對這個話題這麼感興趣？

「人民有的是政治。我昨天跟妳說了。政治是一種藝術，表面上顯得坦率和公開，其實是在盡量隱藏真相。」

「也就是說，妳們這些女巫在隱藏真相。」

「我沒有這麼說。當我們說『政治』時，是在對其他女修提出警告。」

「我不相信妳。人類總是創造某種形式的……」

「一致性？」

「用什麼詞都行！」她發怒了。

盧西拉沒有進一步地回答，大尊母俯身向前：「妳在隱藏！」

「難道我沒有權利在妳面前隱藏那些會被妳用來擊敗我們的東西嗎？」這是一小塊肥美多汁的誘餌！

「果然！」身子往後靠去，面有得意之色。

「然而，說出來又何妨？妳覺得權力的縫隙總是會被填滿，妳不知道這顯示出我們女修會的什麼玄機。」

「哦，請跟我說說吧。」她的譏諷還真蹩腳。

「妳相信一切權力都和產生於部落時期的本能一致。酋長和長老，大聖母和顧問團。更早的時候，強壯的男人（或女人）負責讓大家吃飽，洞口有火堆保證大家的安全。」

「有道理。」

真的嗎？

「哦，我也同意。權力形式進化的模式清晰可見。」

「進化只是一件東西堆在另一件上面罷了！女巫！」

進化。看到她對敏感詞發怒了嗎？

「要是妳能讓它作用在自己身上，它就是可被控制的力量。」

控制！看看妳引發的興趣。她愛這個詞。

「所以妳們像其他人一樣制定法律！」

「規則，或許吧，但一切不都是暫時的嗎？」

大尊母的興趣大增。「當然。」

「但是，妳的社會由官僚管理，她們都知道，不能在手頭的工作上開展任何創新。」

「這重要嗎？」她極其疑惑。看看她皺起的眉頭。

「只對妳重要，尊母。」

「大尊母！」她真是敏感！

「為什麼妳不允許我稱妳為達瑪？」

「我們沒那麼親密。」

「混合人跟妳很親密嗎？」

「不要轉移話題！」

「要牙齒乾淨。」混合人說道。

「閉嘴！」她怒氣沖沖。

混合人蹲了下來，但牠並不害怕。

大尊母將橙色的目光轉到了盧西拉身上：「官僚有什麼問題？」

「他們沒有操作的空間，因為他們的上級正是靠著這份權力才能坐大。如果妳看不出規則與法律之間的區別，那麼兩者都有法律的力量。」

「我看不出區別。」她不知道自己暴露了什麼。

「法律能帶來強制的變化。因為這項或那項法律，光明的未來會到來。法律是為了未來而執行。然而，一般據信，規則是為了過去而執行。」

「據信？」她也不喜歡這個詞。

「在每一個瞬間，行動永遠是虛幻的。就像指派一個委員會去研究某個問題，委員會中的人愈多，對該問題的預設立場也就愈強。」

小心！她真的在思考這個問題，將它聯繫到了自己身上。

盧西拉用自己最有說服力的聲調說道：「妳由光輝的過去所造就，現在想要理解無法看清的未來。」

「我們不相信預示。」不，她相信！終於明白了。這就是她讓我們活著的原因。

「達瑪，承認吧。將妳置身於法律的桎梏之下，總會有不平衡之處。」

小心！她沒有因為妳稱她為達瑪而生氣。

大尊母挪動身體，椅子發出了吱吱聲：「但是，法律是必要的。」

「必要的？這樣想很危險。」

「為什麼？」

力道放輕一點。她感覺受到威脅了。

「必要的法律和規則阻止了妳去適應，於是一切都將不可避免地毀滅。就像銀行家覺得自己在買下未來。『我舒服就行了！管我的後代幹嘛！』」

「後代跟我有什麼關係？」

不要說出口！看著她。她這是失去理智的表現。再給她嘗一小口。

「尊母產生於恐怖分子。先是官僚，然後妳們拿起武器，就成了恐怖分子。」

「當妳手頭有武器時，那就拿來用。但是我們是起義軍才對。恐怖分子？那太混亂了。」

她喜歡「混亂」這個詞，它象徵了外部所有的事物。她甚至都沒問妳是怎麼知道她們的起源的。

她接受了我們的神祕技能。

「妳不覺得奇怪嗎，達瑪……」她沒有反應，繼續。「一旦勝利之後，起義軍很快就會墮入舊模式之中。與其說這種套路是所有政府在前進道路上都會遭遇的陷阱，不如說它是所有掌權者都將面對的錯覺。」

「哈！我還以為妳會對我說些新鮮事呢。我們知道這一點：『權力能腐化人。絕對的權力帶來絕對的腐化。』」

「不對，達瑪。我跟妳說的是某種更微妙、更具滲透力的東西：權力會吸引容易腐化的人。」

「妳竟敢汙衊我容易腐化？」

看那對眼睛！

「我？汙衊妳？唯一能汙衊妳的是妳自己。我只是告訴妳貝尼．潔瑟睿德的觀點。」

「等於什麼也沒說！」

「然而，我們相信在任何法律之上還有道德，它必須監督所有改變規則的嘗試。」

妳在這句話中同時使用了那兩個詞，她沒有注意。

「權力總是有用的，女巫。這就是法律。」

「所有在這個想法之下長時間存在的政府，都注定將充斥著腐敗。」

「難道要靠道德嗎！」

她並不擅長譏諷，尤其當她防守時。

「我真的想幫妳，達瑪。法律對每個人都很危險——不管妳是無辜還是有罪；不管妳覺得自己是有權的，還是無助的。法律缺乏對人類的理解。」

「哪有對人類的理解這回事！」

我們的問題得到了解答。不是人類。跟她的潛意識交流。她完全敞開心房了。

「法律總是需要人加以解釋。堅持法律的人不想懷有任何同情的餘地，沒有彈性空間。『法律就是法律！』」

「是的！」她防衛心很重。

「這是個危險的想法，尤其對無辜的人。人民本能地知道這一點，並對這樣的法律表示憤慨。稍微努點力，通常是無意地，就能癱瘓這種『法律』和那些處理這種廢話的人。」

「妳怎麼敢稱法律為『廢話』？」她從椅子上半站了起來，但馬上又坐了下去。

「哦，是的。法律，被那些依靠它生活的人擬人化了，變得聽到那些我剛才說過的詞語之後就憤慨起來了。」

「那是應該的，女巫！」但是，她沒有叫妳閉嘴。

「『更多的法律！』妳說，『我們需要更多的法律！』所以妳制定了缺乏同情心的新工具，相應地，又為吸這個系統的血的人創造了更多的職位。」

「這是一直以來的做法，而且將來也會這麼做。」

「又錯了。它是個輪迴。它轉啊轉，直至它傷害了錯誤的人或錯誤的團體。然後，妳將面臨無序。混亂。」看到她跳起來了嗎？「起義軍，恐怖分子，野蠻的暴力到處噴發。聖戰！一切的發生，都因為妳創造了某種非人類的東西。」

她的手在摩挲著下巴。小心！

「我們怎麼從政治的話題上引申了這麼遠，女巫？妳是故意的嗎？」

「我們並沒有偏離主題，絲毫沒有！」

「我猜，接下來妳就要跟我說，妳們女巫在實踐某種民主。」

「而且過程中還心懷妳無法想像的警惕。」

「讓我開開眼界吧。」她覺得妳會跟她說個祕密。那就跟她說一個吧。

「民主易於走入歧途，只要讓代罪羔羊在選民面前走上一圈就行。讓富人、貪婪的人、罪犯、愚蠢的領導等各色人等排好隊。」

「妳們和我們的想法一致。」哈，她多想讓我們跟她一樣啊。

「妳說妳們是起義的官僚。妳知道缺陷在哪裡。一個頭重腳輕的官僚體系，無法用選舉加以改良，總是會擴張，直至耗盡系統的能量。從年老的、退休的，從任何人手裡偷竊。尤其是從我們曾稱之為中產階級的那批人手裡，因為那是大部分能量的發源地。」

「妳認為妳們是……中產階級？」

「我們不會把自己看成是哪個固定的角色。但是，他者記憶告訴了我們官僚體系的缺陷。我猜妳們也有某種對『下層』的文職部門。」

「我們照顧自己人。」這話到了她嘴裡怎麼這麼噁心。

「那妳該明白這麼做會分散妳們的選票。會產生一種主要症狀：人民不投票。本能告訴他們，投票是無用的。」

「民主本來就是個愚昧的點子！」

「我們同意。它具有煽動傾向，選舉系統對這種疾病沒有抵抗力。然而，煽動可以被輕易辨別。煽動他人的人手勢很多，講話像牧師般抑揚頓挫，使用像宗教狂熱的詞，裝出無比真誠的樣子。」

她在竊笑！

「裝出來的真誠需要刻苦練習，達瑪，而這種練習總是能被辨別出來。」

「被真言師嗎？」

看到她身子前傾的樣子了？我們又讓她上鉤了。

「被任何能察覺到重複說教的跡象的人。煽動者會花費大量精力，將你的注意力牢牢吸引在口語上。妳必須忽視他說的話，觀察那個人的行動，由此就能辨識那個人的動機。」

「這麼說，妳們實際上沒有民主。」告訴我更多貝尼・潔瑟睿德的祕密。

「非也，我們有。」

「妳剛才不是說……」

「我們守衛著民主，同時警惕著我剛才描述的那些缺陷。危險是巨大的，但回報也異常可觀。」

「妳知道妳跟我說了什麼嗎？說了妳們其實是一幫傻子！」

「好女人！」混合人說道。

「閉嘴，否則我把你送回獸群裡！」

「你不好，達瑪。」

「女巫，看看妳都幹了什麼好事？妳毀了牠！」

「不是還有其他混合人嗎。」

哦。看看那個笑容。

盧西拉精準地模仿那個笑容，並將自己的呼吸頻率調整成與大尊母的一樣。看我們有多麼相似？

我當然想要傷害妳。換成是妳，不是也會這麼做嗎？

「那麼，妳們知道如何讓民主達成你們的任何願望。」大尊母的表情洋洋自得。

「其中的技巧相當微妙，但並不難。妳創造一個多數人都不滿意的系統，有些人覺得些微不滿，有些人則是非常不滿。」

這就是她的想法。看看她對妳的話頻頻點頭的樣子。

盧西拉將自己的節奏調整成和大尊母點頭的頻率一致：「這會累積憤怒，惡意的情緒四處擴散。

然後，在需要時，妳給那種憤怒提供目標就行了。」

「一種轉換注意力的策略。」

「我更喜歡把它看成是分散注意力。不要給他們質疑的時間，用更多的法律來掩蓋妳的錯誤。製造假象。鬥牛場策略。」

「哦，是的！說得好！」她幾乎喜上眉梢了。給她更多的鬥牛場。

「揮舞漂亮的斗篷。他們會朝它衝鋒，並且會因為布巾後面沒有鬥牛士而困惑。那會使選民愚鈍，如同使公牛愚鈍一樣。下次能明智地利用選票的人就更少了。」

「這就是我們要這麼做的原因！」

我們這麼做！她有發現自己說了什麼嗎？

「然後，妳再去責罵那些冷漠的選民。讓他們覺得有罪惡感，讓他們遲鈍。給他們食物，給他們娛樂。別做得太過火！」

「哦，對！千萬不能過火。」

「讓他們知道，如果不合群，他們將挨餓。叫他們看一看讓船顛簸的人令人多厭倦。」謝謝妳，大聖母。這是個合適的比喻。

「妳會讓牛偶爾撞到鬥牛士嗎？」

「當然。碰！撞到了！然後，等著笑聲安靜下來。」

「我就知道妳們不允許民主的存在！」

「妳為什麼不相信我呢？」妳在玩火！

「因為那樣的話，妳們得允許公開選舉，配備陪審團和法官，況且……」

「我們稱她們為督察，類似於所有人的陪審團。」

現在妳讓她困惑了。

「況且妳們還沒有法律……規則，不管妳們願意怎麼稱呼。」

「我不是說了，我們認為這兩者是不同的？規則對應過去，法律對應未來。」

「妳們肯定得限制這些督察……某種程度上！」

「她們可以做出任何她們所希望的決定，跟陪審團的功能一樣。該限制的是法律！」

「這是個令人非常不安的想法。」她確實很不安。看她的雙眼變得多麼呆滯。

「我們民主之中的首要規矩，是法律不能限制陪審團。限制了陪審團的法律是愚昧的。當人們以自私的小團體行動時，他們能愚昧得讓你難以想像。」

「妳在說我愚昧，是嗎？」

小心橙色。

「好像有條自然法則說過，自私的團體無法作出開明的舉動。」

「開明！我就知道！」

那個笑容很危險。小心。

「開明意謂與生命的力量共舞，調整妳的行為，好讓生命延續。」

「讓最多的人獲得最大的快樂，當然。」

快！我們聰明過頭了！換個話題！

「這是暴君在他的黃金之路中剔除的元素。他沒有考慮快樂，只考慮了人類的生存。」

我們說了要換個話題！看看她！她憤怒了！

大尊母放下了原本拈著下巴的手：「我本打算邀請妳加入我們的組織，讓妳成為我們的人。放了妳。」

別讓她繼續！快！

「別說話，」大尊母說道，「別張開妳的嘴。」

看看妳幹了什麼！

「妳會慫恿勞格諾或其他什麼人，然後她就會坐上我的位置！」她瞥了眼趴著的混合人，「要吃嗎，親愛的？」

「不吃好女人。」

「那我把她的屍體丟入獸群！」

「大尊母——」

「就叫妳別說話！妳竟敢叫我達瑪？」

她飛速離開椅子，成為一團模糊的身影。盧西拉籠子的門一下子打開了，重重地甩在牆上。盧西拉想要躲避，但魆迦藤束縛了她的手腳。她沒有看清粉碎了自己太陽穴的那一腳。

臨死之前，盧西拉的意識裡充滿了憤怒的尖叫——來自蘭帕達斯眾人那被壓制了好幾代人的情緒，一下子釋放了。

19

有些人從不參與。他們只是讓生活發生。他們依靠愚昧和執著活著，用憤怒或暴力維持充斥著不滿的安全假象。

——奧瑪・麥維斯・塔拉札

• • •

一遍又一遍，一遍又一遍。一整天，一遍又一遍。歐德雷迪從一個攝影機紀錄換到了下一個，既猶豫又不安地尋找著。先看一眼司凱特利，再看一眼和鄧肯、默貝拉待在一起的小特格，然後又長時間盯著窗外，想著伯茲馬利從蘭帕達斯傳來的最終報告。

他們多快能恢復霸夏的記憶？恢復了記憶的甦亡人會服從嗎？

為什麼拉比沒有送來更多的消息？我們要開始「絕境進程」嗎，在彼此之間進行盡可能多次的記憶分享？這會對士氣造成毀滅性的打擊。

紀錄被投影到她的桌子上方，助理和顧問來了又走。她時常被打斷，但都是必需的事務：簽這個，批准那個，要不要降低這個團體的美藍極供應？

貝隆達也在這裡，坐在桌子旁。她已經不再問歐德雷迪在找什麼，只是用銳利的目光與無情的態度盯著她。

她們在爭論，此輪大離散中的新沙蟲是否會重現暴君那邪惡的影響力。每條沙蟲體內的「無盡夢境」仍然讓貝爾擔憂。但是，沙蟲數目本身就說明了暴君對他們命運的控制已然結束。

塔瑪拉尼剛才進來過，她向貝隆達索要一項紀錄。貝隆達才剛整理好一套全新的檔案，又開始整理女修會人口的變化趨勢，分走了大量的資源。

歐德雷迪盯著窗外，漸漸地，夜幕開始吞食大地。黑暗以一種幾乎察覺不到的速度降臨。當大地陷入漆黑後，她注意到了遠處農園房子發出的燈光。她知道這些燈光早就打開了，但給她的感覺就像是夜晚剛剛開啟了它們。有些會暫時消失，因為人們在住所中移動。沒有人——沒有燈光。不要浪費能源。

閃爍的燈光讓她迷離了一陣子。有個古老問題，說的是有一棵樹倒在了森林裡，如果沒人聽到的話，那有發出聲音嗎？有一派人認為，震動無論如何都存在，不管有沒有被儀器記錄在案。歐德雷迪也認同。

有祕密的感測器在記錄我們的離散嗎？最早離散的人具備什麼樣的天分，有過什麼樣的發明？

貝隆達有意讓寂靜多延長了一陣：「達爾，妳在聖殿散播恐慌。」

歐德雷迪接受了她的指責，沒有反駁。

「不管妳在做什麼，都被理解成了猶豫不決。」貝爾的聲音聽來太哀傷了。「有些重要的團體在討論是否要撤換妳。督察們在投票。」

「只有督察嗎？」

「達爾，那天妳真的衝著普拉斯加揮手了，還說活著真好？」

「是的。」

「妳到底在幹什麼？」

「我在重新評估啊。多吉拉還沒消息？」

「今天妳問了不下十次了！」貝隆達朝工作檯揮揮手，「妳一直在回顧伯茲馬利從蘭帕達斯發來的最終報告。我們漏了什麼嗎？」

「為什麼敵人要緊守伽穆？告訴我，晶算師。」

「我缺乏足夠的資料，妳知道的！」

「伯茲馬利不是晶算師，但是，他對事件的看法通常有獨到之處，貝爾。我告訴自己，好吧，他畢竟是霸夏最鍾愛的學生，伯茲馬利會表現出他老師的特徵，這一點可以理解。」

「說明白些，達爾。妳在伯茲馬利的報告裡看到什麼了？」

「他填補了圖片中的空白。沒有填滿，但是……他不斷提到伽穆的方式讓人費解。許多經濟勢力在那裡都有密切的往來，為什麼敵人沒有剪斷這些線頭？」

「顯然她們在同一個系統裡。」

「如果我們全力進攻伽穆，會怎麼樣？」

「沒人想在充斥暴力的環境中做生意。這是妳想說的？」

「其中一部分。」

「那個經濟體中的多數參與者可能都會想離開，去另一顆行星，去找另一群俯首的人。」

「為什麼？」

「他們能預測得更準確，當然就能增強抵抗風險的能力。」

「我感覺到她們在那裡有盟友，貝爾，讓她們找到更多的資源來消滅我們。」

「當然。」

貝隆達簡練的回覆逼迫歐德雷迪打開了思路。她抬起目光，盯著遠處星光下閃閃發亮、覆蓋著積雪的山頂。進攻者會從那個方向發起進攻嗎？

換作智力稍差的人，這個想法的衝擊可能會攪亂思路。但是，歐德雷迪無須默唸制驚禱文來保持冷靜，她有更簡單的方法。

直接面對恐懼，否則它會爬上你的背。

她的態度很直接：宇宙中最可怕的事來自人類的頭腦。噩夢（象徵貝尼．潔瑟睿德滅絕的白馬）既有神話色彩，也有現實意義。拿著斧頭的獵手既能攻擊肉體，也能攻擊頭腦。肉體可以逃，頭腦怎麼逃呢？

那就面對它！

她在黑暗中面對著什麼？不是那個手拿斧頭、面目不清的獵手，也不是會墜入無名的峽谷（都被她的天分所預見），而是實實在在的尊母以及她們的支持者。

我不敢利用任何一丁點預知力來引領女修會，我怕會將我們的未來鎖入不變的形式。摩阿迪巴和他的暴君兒子就這麼做了，而且暴君還用了三千五百年來壓制我們。

在不遠不近的地方有移動的燈光引起了她的注意。園丁們仍在工作，修剪著果園，彷彿這些珍貴的果樹能永遠活著。換氣窗裡傳來了一絲淡淡的煙味，那是在焚燒剪下的樹枝。貝尼．潔瑟睿德的園丁對這些細節異常用心，絕不能留下枯木吸引寄生蟲，否則下一步蟲子們就會向活著的樹發難了。乾淨整潔，超前計畫，維護棲地。此時此刻是永恆的一部分。

絕不留下枯木？

伽穆是枯木嗎？

「果園裡有什麼東西，讓妳這麼入迷？」貝隆達想知道。

歐德雷迪沒有轉身，說道：「它讓我平靜。」

就在兩天前的夜晚，她還在果園裡散過步，天氣雖冷卻令人舒暢，迷霧矮矮地籠罩在地面上，她的腳撥動了落葉。稀疏的雨水落在溫度稍高的低處，蒸騰起淡淡的堆肥味，是一種令人陶醉的沼澤氣味；甚至在這種溫度下，生命依然如往常一樣發酵。她上方的禿枝孤零零地在星光下伸展著，與春天或是收穫的季節相比，著實令人沮喪，但也有其獨特的魅力，生命再次等待遠方的呼喚。

「妳不擔心督察嗎？」貝隆達問道。

「投票結果會如何，貝爾？」

「會非常接近。」

「其他人會遵從她們嗎？」

「有人對妳的決定感到擔憂。後果。」

貝爾非常擅長用少量的詞語傳達大量的資訊。大多數貝尼．潔瑟睿德的決定需要走過三個迷宮：效力、後果和（最重要的）誰負責執行。在精確把握細節的基礎上，將任務與執行人精準配對，這種做法會對效力產生極大的影響，並隨之決定後果。一個優秀的統御大聖母能在短短數秒內走完這三個迷宮，然後中樞內會開始充滿活力，人們眼睛也都發亮了。會有話傳出來：「她沒有猶豫。」這能提高侍祭和其他學生的信心。聖母（尤其是督察）等待著評估後果。

歐德雷迪彷彿同時對著自己在窗戶上的倒影和貝隆達說話：「即使是大聖母也需要時間思考。」

「但是，是什麼讓妳內心如此紛亂？」

「妳是在催促我嗎，貝爾？」

貝隆達縮回自己的犬椅裡，就好像歐德雷迪推了她一把。

「在這種時候，要保持耐心是相當困難的，」歐德雷迪說道，「但是，時機是否正確會影響我做的決定。」

「妳對我們的新特格有什麼打算？妳必須回答這個問題。」

「如果敵人從伽穆上撤退了，她們會去哪裡，貝爾？」

「妳想從那裡攻擊她們？」

「推她們一把。」

貝隆達輕聲說道：「妳不怕引火焚身？」

「我們需要另一個談判的籌碼。」

「尊母不會談判！」

「但是，我相信她們的夥伴會。她們會撤退到……比方說，交叉點？」

「交叉點有什麼特別的嗎？」

「尊母駐紮在那裡。我們敬愛的霸夏在他可愛的晶算師頭腦裡保存了那地方的檔案。」

「哦……」一個語氣詞，更像是一聲嘆息。

塔瑪拉尼進來了，靜靜地站在歐德雷迪和貝隆達的身邊，等待她們自行發現。

「督察支持大聖母，」塔瑪拉尼舉起一根枯瘦的手指，「只多了一票。」

歐德雷迪嘆了口氣：「告訴我們，塔瑪，我在走廊上打招呼的那個督察，普拉斯加，她投了什麼票？」

「她投了贊成票。」

歐德雷迪對貝隆達微微一笑：「派出間諜和特務，貝爾。我們必須誘使獵手跟我們在交叉點上會面。」

貝爾在明天一早就會推斷出我的計畫。

貝隆達和塔瑪拉尼離開時，兩人對彼此小聲嘟囔著，聲音裡洩漏出憂慮。歐德雷迪走出房間，順著短走廊來到了她的私人住所。像平常一樣，走廊裡由侍祭和聖母隨從守衛著，一些侍祭對著她笑了笑，看來督察的投票結果已傳到了這裡。又度過了一個危機。

歐德雷迪穿過起居室，來到了她的臥室。她和衣躺在小床上，一盞燈球將房間籠罩在昏黃的光線中。她的目光越過沙漠地圖，停留在了床腳處牆上鑲了框的梵谷畫作上。

〈寇迪威爾的小屋〉。

這是一張比擴張中的沙漠更漂亮的地圖，她想著。提醒我，文森，我從哪裡來，我能做什麼。

這一天讓她筋疲力盡，她已經不只是疲憊，還到達了頭腦都打結的程度。

責任！

責任緊緊包覆她。她知道，自己一旦為責任所困，就會表現出最不討人喜歡的一面。她被迫消耗能量，只為了維持外表平靜的假象。貝爾看穿我了。太令人沮喪了，女修會所有的道路都被堵死了，掙扎似乎是種徒勞。

她閉上了雙眼，試圖勾勒尊母領袖的形象，好和她對話。年老……沉醉於權力之中、孔武有力、強壯，還擁有快得令人目不暇給的速度。她沒有臉，身體卻矗立在歐德雷迪的頭腦中。

歐德雷迪在心中組織著語句，對著這位無臉的尊母說道：

「要讓妳們自己犯錯誤，對我們來說很難。老師總是覺得這難以辦到。是的，我們認為自己是老師。我們不常教育個人，反而更常教育整個物種。我們為所有人提供課程。如果妳在我們之中看到了暴君，你是對的。」

她頭腦中的形象沒有回答。

如果不能從藏身之處走出來，老師怎麼才能授課呢？伯茲馬利死了，甦亡人特格的效果還未知，歐德雷迪感覺看不見的壓力籠罩在聖殿之上。怪不得督察們要投票。一張網困住了女修會，網線將她們緊緊捆住了，而且在網中的某處，無臉的尊母領袖仍在潛伏。

蜘蛛女王。

她走狗們的行為表明了她的存在。她織網上的一縷絲線顫動了，攻擊者們便朝著被困的受害者撲去，出奇的暴力，不管他們自己會傷亡多少，也不管多少人會死於他們的屠刀。

有人在下令搜尋：蜘蛛女王。

按照我們的標準，她精神正常嗎？我把多吉拉置於了何種險地？

尊母的行為不只是狂熱。和她們相比，暴君只是個小丑般的海盜。雷托二世至少和貝尼．潔瑟睿德同樣了解，該如何站在刀尖上起舞，並意識到自己一旦摔落，將必死無疑。這是掌握了如此巨大的權力所必須支付的代價。尊母無視這種無法避免的命運，如同一位痛得歇斯底里的巨人般亂砍亂殺。

對抗她們的力量從未取得勝利。現在，她們選擇用暴徒似的瘋狂殺戮來應對一切，選擇了歇斯底里，她們是故意為之。

是因為我們把霸夏留在沙丘星上，將他可憐的武力浪費在自殺式的防禦上？不知道他殺了多少個尊母。還有蘭帕達斯陷落時的伯茲馬利，獵手們肯定嘗到了他的滋味。更不用說艾德侯訓練的男性了，我們派他們傳播尊母的性技巧，把這些技巧教給了男人們！

這些事足以引發怒火嗎？有可能。但是伽穆上的故事又怎麼解釋？難道特格展示了新的天分，讓尊母害怕了？

如果我們恢復了霸夏的記憶，就必須時時刻刻盯緊他。

無現星艦能困住他嗎？

到底是什麼讓尊母的反應這麼強烈？她們嗜血，絕不能給這種人帶去壞消息，怪不得她們的走狗表現得這麼狂暴。擁有可怕權力的人，會在驚嚇中殺了報告壞消息的信使。不要捎去壞消息，最好在戰鬥中死去。

蜘蛛女王的人不只是傲慢，遠遠不只，她們還聽不進譴責。就如同人譴責牛吃草一樣，牛會瞪大眼珠，不解地看著你，問道：「我不是就該吃草嗎？」

要是知道了會有這種後果，我們為什麼要激怒她們？我們又不是欠缺思慮的人，會隨便拿著棍子去戳掛在樹上的大圓球，才發現它原來是個胡蜂巢。我們知道我們要攻擊的是什麼，塔拉札制訂了計畫，我們都沒有提出異議。

女修會面對著強敵，其既定戰略就是歇斯底里的暴力。「我們會發瘋！」

要是尊母遭遇了沉痛的失敗，又會發生什麼？她們的歇斯底里會變成什麼？

我感到恐懼。

女修會還敢往火裡添加更多的柴嗎？

我們必須這麼做！

蜘蛛女王會加倍努力尋找聖殿，暴力將會升級到更加可怕的層級。會發生什麼？尊母會懷疑所有人嗎，懷疑他們都同情貝尼．潔瑟睿德？她們會不會轉而對付自己的支持者？她們想成為宇宙中唯一有意識的生物嗎？她們應該還沒想過這一點吧。

妳長什麼模樣，蜘蛛女王？妳會怎樣思考？

默貝拉說她不認識自己的最高領袖，甚至不認識霍穆團的分區主管。但是，默貝拉提供了分區主管住所的描述，是有用的資訊。人會把什麼地方稱作家？她與誰親近，分享著生活中的點滴？

我們中的多數人選擇同伴和周遭環境的方式，可以表現出自己的性格。

默貝拉說道：「她的一個僕人把我帶到了私人區域，她是想炫耀一下，表示自己能進入私室。公共區域整潔而又乾淨，但私人房間內很亂——衣服隨地亂丟，藥膏瓶子敞開著，床鋪未整理，地板上餐盤裡的食物都乾掉了。我問她們為什麼沒有清理，她說這些不是她的工作。負責清潔的人只被允許在夜幕降臨時分才能進來。」

私底下很粗俗。

這種人的頭腦應當會與私室內的情景匹配。

歐德雷迪的眼睛猛地睜開了。她盯著梵谷的畫作。我的選擇。它會在人類歷史長河中留下深深的烙印，他者記憶做不到。你向我發出訊息，文森。因為你，我不會割下我的耳朵……或是給那些漠不關心的人發送徒勞的情書。我至少能為你做到這一點。

臥室內有種熟悉的味道，是帶有胡椒味的康乃馨，那是歐德雷迪最鍾愛的香水味。僕人們將它留在這裡為房間增添一些氣味。

她再次閉上了眼睛，思路又一下子回到了蜘蛛女王上。歐德雷迪感覺到，這種練習讓她對那個無臉女人的認識又打開了一個新維度。

默貝拉說過，尊母的領袖要做的只是下命令，她所需要的任何東西都會被送上來。

「任何東西？」

默貝拉描述著她聽到過的場景：下流變態的性夥伴、甜得發膩的蜜餞、由異常暴力的表演所點燃的情緒狂歡。

「她們總是在尋求極端。」

間諜和特務的報告補足了默貝拉半是豔羨的描述。

「每個人都說自己有權統治。」

這些女人從一個獨裁官僚集團演化而來。

許多證據能提供佐證。默貝拉提到過歷史上的教訓，當「稅收對那些被統治的人變得難以承受時」，早期的尊母就開始著手進行研究，怎樣才能對其他人具備性優勢。

統治的權利？

歐德雷迪並不認為這些女人堅持自己有權統治。不。她們想表達的是，她們的權利絕不能被質疑。絕不能！她們認為自己下的決定不會錯誤，別去理睬後果，當它從來沒發生過就好。

歐德雷迪在床上坐起來，知道自己找到了她一直在尋覓的洞見。

這需要整整一大袋子的集體無意識才能裝得下。幾乎沒有哪個清醒的意識能看穿這個袋子，看到錯誤從來沒發生過。

她們自己創造了一個狂亂的宇宙。

哦，很好！

歐德雷迪喚來一個夜間負責服侍她的一級侍祭，要了杯美藍極茶，並要求添加一種危險的興奮劑，能幫她延遲身體的睡眠需求。當然這會有代價。

侍祭在銜令而去之前猶豫了一陣子。隨後，她端著小托盤回來了，托盤上有個冒著煙的杯子。

歐德雷迪很早就發現，用聖殿深處的冷泉泡的美藍極茶有種特殊的味道，更能融入她的心智。苦澀的興奮劑剝奪了茶的美味，折磨著她的意識。那些監察者又該有話說了。擔憂、擔憂、擔憂。那群督察還會再來一次投票嗎？

她慢慢地品茶，讓興奮劑有時間發揮功用。有罪的女人拒絕了最後的晚餐。喝茶。

不久，她放下了空杯子，要來一件厚衣服。「我想在果園裡走走。」夜間僕人沒有說什麼，每個人都知道她經常在那裡散步，即便在夜晚亦然。

幾分鐘之後，她走上了那條裝了圍欄的狹窄小徑，小徑通向她最喜愛的果園。一盞用小短繩固定在她右肩的小燈球照亮了她腳下的路。一小群女修會的黑牛隔著圍欄接近歐德雷迪，並看著她經過。她停下來，看著牠們潮溼的口鼻，聞到了牠們呼出的濃烈的苜蓿味。牛群嗅聞，從她身上感覺到了告訴牠們該接納她的費洛蒙，便又回到了圍欄不遠處牧人堆好的草料前進食。

歐德雷迪轉身背對著牛群，看著草地上葉子已掉光的樹。她的小燈球投射出昏黃的光圈，彷彿在加深冬夜的凝重。

沒幾個人知道為什麼她對這地方這麼感興趣，單單說這地方能讓她平靜恐怕是不夠的。甚至在冬天，霜凍在腳下發出擠壓聲時，這片果園仍然是暴風雨中難得的平靜。她熄滅了小燈球，雙腳在黑暗中跟隨著熟悉的道路。偶爾，她會抬起頭，看一看無葉的樹枝間露出的星空。風暴。她感覺到它就要來臨，沒有哪個氣象學家能預測。風暴催生更多的風暴，怒火引發更多的怒火，復仇招致更多的復仇，戰爭帶來更多的戰爭。

老霸夏擅長打破這種循環。他的甦亡人仍然保留著這種天分嗎？多麼危險的賭博。

歐德雷迪又轉身去看牛群。一大團黑影在移動，中間還有星光照亮的白色霧氣。牠們擠在一起相互取暖，她聽到了熟悉的咀嚼聲，牠們正在咀嚼反芻的食物。

我必須南下去沙漠，與那裡的什阿娜面對面。沙鱒正蓬勃生長，為什麼還沒有沙蟲出現？

她對著擠在圍欄旁的牛群大聲說道：「好好吃你們的草吧。這就是你們應該做的。」

如果有哪個監察者碰巧聽見了這句話，歐德雷迪知道她又該有一番嚴肅的解釋了。

但是，今晚我看穿了敵人的內心。而且，我可憐她們。

20

若要深入了解某件事物，必須了解其界限。只有在它被推過界之後，才會顯現真實的內在。

——《阿默汰法則》

在你的生命受到威脅時，不能僅僅依賴理論。

——貝尼．潔瑟睿德評論

• • •

鄧肯．艾德侯站在無現星艦上鍛鍊廳大約中央的位置，距離甦亡人兒童約三步。精巧的鍛鍊用具擺在周圍觸手可及之處，有些能耗盡人的體能，有些能帶來危險。

這天早上，孩子的臉上寫滿了尊敬和信任。

我自己也是個甦亡人，那麼我對他的認識會更深刻些嗎？這個假設站不住腳的。眼前的這孩子，培養他的方式顯然與她們對我的設計不同。設計！這用詞挺準確。

女修會盡可能複製了特格原來的童年，甚至安排了一個滿懷崇敬之心的小孩來充當特格早逝的弟弟。歐德雷迪還給了他深層教育！就像特格的生母所做的那樣。

艾德侯還記得那個年老的霸夏，正是他的細胞產生了這個孩子。特格是個深謀遠慮的男人，他的話你最好能謹記在心。稍一用心，艾德侯就回憶起了那個人的態度和話語。

「一位真正的戰士，對敵人的理解甚至多過對朋友的理解。一旦讓理解發展成了同情心，你就踏入了危險的誤區。而且要是不加以引導，這種發展可以說是注定會發生的。」

很難想像說出這番話的頭腦正藏在這孩子內心的某處。霸夏在多年前的伽穆主堡對艾德侯講述同情時，他的洞察力是多麼深刻啊。

「對於警察和軍隊來說，同情敵人都是個弱點。無意識裡的同情會阻止你去傷害敵人，這點最為危險，因為敵人正是軍警存在的意義。」

「長官？」

這個尖細的聲音怎麼樣才能變成老霸夏的統御之聲？

「怎麼了？」

「為什麼您只是站在那裡看著我？」

「她們稱霸夏為『老靠山』，你知道嗎？」

「是的，長官。我研究過他的生平。」

現在是「小靠山」了嗎？為什麼歐德雷迪要這麼早恢復他的初始記憶？

「因為霸夏，整個女修會都深入挖掘了他者記憶，更改了她們的歷史觀。她們跟你說過嗎？」

「沒有，長官。這對我重要嗎？大聖母說您會訓練我的肌肉。」

「我記得你喜歡喝丹星的馬利涅特，非常好的白蘭地。」

「我還小，不能喝酒，長官。」

「你是個晶算師。你知道這是什麼意思嗎？」

「等您恢復了我的記憶後，我就會知道了，不是嗎？」

他沒有尊我為長官，他責備老師因為不必要的問題而耽擱了。

艾德侯笑了，並得到了一個笑容作為回應。他是個熱情的孩子，容易討人喜歡。

「要小心，」歐德雷迪說道，「他魅力十足。」

艾德侯想起了歐德雷迪在領著孩子來之前說過的話。

「因為每一個個體最終都只為他自己負責，」她說道，「所以在自我的形成中，需要我們最大的關懷和照顧。」

「對甦亡人也一樣嗎？」

那天晚上，他們一起待在艾德侯的起居室裡，默貝拉好奇地在旁聆聽。

「他會記得所有你教過他的東西。」

「那我們就稍微做點修改。」

「當心，鄧肯！讓易受影響的孩子不好受，讓他學會了不要信任任何人，那你會害得他自殺——慢性或快速自殺，沒什麼區別。」

「妳忘了我認識霸夏嗎？」

「鄧肯，你還記得在記憶恢復之前自己有什麼感覺吧？」

「我知道霸夏可以幫我，我把他看成是我的救世主。」

「這也是他現在看你的方式。這是種特殊的信任。」

「我會真誠待他。」

「你或許覺得自己是出於真誠，但是我建議你，每次面對他的信任時，你都要深入檢視你的內心。」

「要是我犯了錯誤呢？」

「如果辦得到，我們就一起來糾正它。」她瞥了眼攝影機，隨後又把目光放在了他身上。

「我知道妳們會監視我們！」

「不要被監視影響。我無意要你做事綁手綁腳，只是要讓你小心。還有，記住女修會有非常有效的醫術。」

「我會小心的。」

「你可能還記得霸夏說過：『我們想展示給敵人的殘酷，總是被我們希望留下的教訓所緩和。』」

「我沒辦法把他當成敵人。霸夏是我認識的最優秀的男人之一。」

「很好。我把他交給你了。」

現在，鍛鍊廳裡的孩子因為老師的猶豫而變得有些不耐煩。

「長官，這也是課程的一部分嗎，就這麼站著？我知道有些時候——」

「站好了。」

特格立刻做出軍隊的立正動作。沒人教過他，這來自他初始的記憶。艾德侯因為突然間瞥見了霸夏而陷入了沉思。

她們知道他會讓我入迷的！

絕不能低估貝尼．潔瑟睿德的說服力，你會在不知不覺中就被影響，甘心為她們服務。巧妙但可惡！當然也有報酬。你得以生活在有趣的時代裡，如同古老的詛咒或祝福裡所預示的那樣。權衡下來，艾德侯還是喜歡生活在有趣的時代，甚至是現在這個時代。

他深吸了一口氣：「恢復你的初始記憶會引發疼痛——身體上和精神上都會痛。從某種方面來說，精神上的痛更難承受。我要讓你做好準備。」

特格仍然立正著，沒有回應。

「我們先開始徒手練習，想像你的右手握著一把匕首。這是『五式』的變種。動作應該在你需要反應之前就要啟動。放鬆你的手臂，垂在身側。」

艾德侯走到特格身後，抓住了他的右小臂，演示了起始動作。

「每個攻擊者都是飄浮在無窮可能性上的羽毛。當羽毛接近時，它會轉向，捉摸不定。你的反應就像是吹一口氣，將羽毛吹開。」

艾德侯站到一旁，觀察著特格重複動作，偶爾會對著犯錯的肌肉痛擊以糾正錯誤。

「讓你的身體記住！」特格問為什麼他要這麼做時，他這樣回答。

在休息期間，特格想知道艾德侯說的「精神疼痛」是什麼意思。

「初始記憶四周有甦亡人樹起的圍牆，在適當的時機，這些記憶會衝垮圍牆，沖刷你的意識，但不是所有的記憶都是美好的。」

「大聖母說霸夏恢復了您的記憶。」

「神啊，孩子！你為什麼一直說『霸夏』？他就是你！」

「但我還不知道啊。」

「你面臨一個特別的問題。甦亡人在喚醒初始記憶時，應該有死亡那刻的記憶。但是，製造出你的細胞並沒有死亡的記憶。」

「但那個……霸夏不是死了嗎？」

「那個霸夏！是的，他死了。當你疼痛最厲害的時候，就能體會到死亡，意識到自己是霸夏了。」

「您真的能把那段記憶給我嗎？」

「只要你能承受痛苦。你知道，當你恢復了我的記憶後，我對你說了什麼嗎？我說：『亞崔迪家的人，你們全都太像了！』」

「您恨……我？」

「是的，而且，你因為你對我做的事而非常厭惡自己。這讓你想到了我必須做什麼了嗎？」

「是的，長官。」聲音很低。

「大聖母說我絕不能辜負你的信任……然而你辜負了我的。」

「我不是恢復了您的記憶嗎？」

「看到了沒？把你自己當成是霸夏很簡單吧。你震驚了。是的，你恢復了我的記憶。」

「我也想恢復記憶。」

「你現在是這麼說。」

「母……大聖母說您是個晶算師。我也是個晶算師……有什麼幫助嗎？」

「從邏輯上來說，有的。但是，我們晶算師有個說法，邏輯沒有規律。而且，我們都知道有個邏輯把你踢出了窩，踢進了混亂。」

「我知道混亂是什麼意思！」非常自豪。

「你以為你知道。」

「而且我信任您！」

「聽我說！我們是貝尼．潔瑟睿德的僕人。聖母並沒有把她們的組織建立在信任之上。」

「我不應該信任母……大聖母？」

「你要在界限之內學習和欣賞。就目前而言，我只提醒你，貝尼．潔瑟睿德的運行依靠著結構性的『不信任』搭建而成的系統。她們教你民主了嗎？」

「是的，長官。那是投票——」

「那就是賦予你不信任任何人的權利！女修會知道得很清楚，不要過度信任。」

「那我也不應該信任您嗎？」

「你唯一可以信任我的事，就是我將竭盡所能恢復你的初始記憶。」

「那我不擔心它有多痛。」他抬頭看著攝影機，表情顯示了他知道它們的用途，「您這麼說她們，她們不會不高興嗎？」

「晶算師不關心她們的感受，只會當成是一種資料。」

「資料是事實嗎？」

「事實是脆弱的，晶算師會被它們擾亂。『可靠』的資料有太多了。跟外交類似，你需要一些出色的謊言來實現你的目的。」

「我……糊塗了。」他猶豫地說道，不確定內心到底是何種感受。

「我也跟大聖母說過同樣的話。她說：『看來，我表現得很糟糕。』」

「您不該讓我……糊塗嗎？」

「除非它能教你點什麼。」看到特格仍然顯得很茫然，艾德侯接著說道：「我跟你說個故事。」

特格馬上坐在地板上，這表明歐德雷迪也經常使用這個技巧。很好，特格做好了聆聽的準備。

「在我的某個生命中，我有一條狗，牠恨蛤蜊。」艾德侯說道。

「我吃過蛤蜊，牠們來自大海。」

「是的。我的狗恨蛤蜊，是因為有個蛤蜊會挑釁地往牠眼裡噴水，讓牠的眼睛很疼。更糟糕的是，噴出水的地方是沙灘上一個看起來無害的洞，沒看到蛤蜊的影子。」

「您的狗做什麼了？」他的身子前傾，下巴架在拳頭上。

「牠挖出了攻擊者，把那小生物帶到了我面前。」艾德侯笑了笑，「教訓一：不要讓不認識的東西往你的眼裡噴水。」

特格笑著鼓起了掌。

「但是，從狗的視角來看，整件事就是：抓住噴水的傢伙！然後得到討主人開心這個美妙的獎賞。」

「您的狗還會挖出更多的蛤蜊嗎？」

「每次我們去海灘時牠都會挖。牠去朝著噴水的傢伙嚎叫，然後主人會取走那些小生物，之後就不會看到牠們了，只剩一些空殼，殼裡面還沾著一點肉。」

「您吃了牠們。」

「狗也知道。噴水的傢伙得到了懲罰，牠在牠的世界裡除去了冒犯牠的東西，主人還對牠很滿意。」

特格展示了他的才智：「女修會把我們當成狗了？」

「某種程度上是。千萬別忘了，當你回到房間時，查一下『冒犯君主罪』，它能讓你理解我們與主人的關係。」

特格看了眼攝影機，然後又看了看艾德侯，沒有說話。

艾德侯將注意力轉向特格身後的門口，並開口說道：「這個故事也是講給妳聽的。」

特格一下子跳了起來，轉身以為會看到統御大聖母，來的人卻是默貝拉。

她靠在門邊的牆上。

「貝爾不會喜歡聽到你這麼說女修會的。」她說道。

「歐德雷迪讓我放手去教。」他看著特格，「我們在故事上浪費太多時間了！讓我看看你的身體是否學會了什麼。」

當默貝拉來到鍛鍊廳看到和孩子待在一起的鄧肯時，她體內產生了一種奇怪的感動。她看了一陣子，意識到自己在用一種幾乎是貝尼．潔瑟睿德的全新眼光審視著他。在鄧肯對特格的坦誠中有大聖母的影子，這種感覺非常奇怪，新意識彷彿帶著她朝遠離過去同伴的方向邁出了一大步，這感覺既深刻又失落。

默貝拉發現自己在懷念從前生活中的怪事。跟在街道上狩獵、搜尋新鮮的男性，並俘獲他們、置於尊母的控制之下無關。甚至連源自於創造性成癮的那份力量，也在貝尼．潔瑟睿德的教導之下以及與鄧肯的相處之中失去了滋味。在那力量之中，她只懷念一件事：感覺自己是一個無法抵禦的力量中的一分子。

這種感覺既抽象又實際，它跟接連不斷的征服無關，而是一種對必將勝利的期待，而它的產生則部分源自她與尊母姊妹分享的藥物。在期待感因為切換至美藍極而減緩之後，她又得以從全新的角度來看待這個老習慣。貝尼．潔瑟睿德的化學家從她的血樣中檢測到了腎上腺素替代物的成分，並準備了相應的藥物以備她的不時之需。她知道自己不需要，是其他東西的消失才讓她困擾。她周遭仍有受她魅力蠱惑的多位男性，但不會再有其他人了。她體內的某種東西說對這件事的期盼永遠消失了，她再也不會體驗到它了，新知識改變了她的過去。

今天早上，她一直徘徊在她住所與鍛鍊廳之間的走廊上，想要看看鄧肯與孩子，但又擔心她的存在會打擾到他們。近來，在某位聖母給她上了更加緊張的早課之後，她經常會這樣子徘徊。每當此刻，有關尊母的想法會一直在她心頭縈繞。

她無法擺脫這種失落的感覺，這是種內心的空虛，她不知道是否還有東西能填補。它比變老的感覺還要糟糕，身為尊母，變老也有其補償。在那個組織裡，隨著年齡增長，掌握權力的速度也增長得愈快。與變老無關，是一種徹底的失落。

我被打敗了。

尊母從未思考過失敗，默貝拉卻感覺自己被迫在面對挫敗。她知道尊母有時也會被敵人屠殺，但那些敵人總會付出代價。這就是規矩：寧可枉殺整個星球，也不能放過一個冒犯她們的人。

默貝拉知道尊母在尋找聖殿，既然過去身為組織的一員，她知道自己該去幫助那些獵手。然而，她並不想讓貝尼．潔瑟睿德付出代價，正是這想法讓她產生了帶著挫敗的心酸。

貝尼．潔瑟睿德太寶貴了。

她們對尊母的價值是無窮的。默貝拉懷疑是否有其他的尊母想到過這一點。

虛榮。

這是她對過去同儕的判斷。也對以前的自己。可怕的驕傲。在別人的腳下被踩了許多代，然後又成了征服者，就在過程中養成了驕傲之心。默貝拉在敘述尊母所教的歷史時，試圖把她這種想法表達給歐德雷迪。

「奴隸變成了可怕的主人。」歐德雷迪說道。

尊母有個模式，默貝拉意識到了。她曾經接受信服，現在又拒絕認同，卻無法完全解釋其中的轉變。

我已經從這些事物中成長了，它們在我面前都太幼稚了。

鄧肯再次中斷了練習。師生兩人的身上滿是汗水。他們站著喘氣，慢慢控制呼吸，彼此交換著奇怪的眼神。共謀？那孩子看上去異常成熟。

默貝拉想起了歐德雷迪的評論：「成熟是不可阻擋的。我們的課程之一，就是讓意識接受這種必然性。改變你的本能。」

她們改變了我，還要變得更多。

她能看到同樣的力量在鄧肯對待甦亡人兒童的行為上發揮著作用。

「這種改變在受我們影響的社會中製造了很多壓力，」歐德雷迪說道，「逼迫我們不得不一直做出調整。」

但是，她們怎麼對我過去為伍的那些姊妹做出調整呢？

面對這個問題時，歐德雷迪展示了沉著冷靜的個性。

「因為我們過去的行為，我們面臨必須大幅調整自己的行為。和在暴君統治時期一樣。」

調整？

鄧肯在和孩子說話。默貝拉靠近他們以聽清內容。

「你聽過摩阿迪巴的故事嗎？好。你是個亞崔迪氏族成員，你也有他們的缺陷。」

「缺陷是錯誤嗎，長官？」

「那還用說嗎！絕不要僅僅因為某條道路有機會讓你展示光輝的形象，你就選擇它。」

「我就是這麼死的嗎？」

他已經讓孩子以第一人稱來稱呼他從前的自己了。

「你自己去判斷吧。但它一直是亞崔迪氏族的弱點。光輝形象。摩阿迪巴的祖父就死在大公牛的角上，對他的人民而言算是一項偉績，成為好幾代人的傳說！甚至在過了這麼多世代之後，你依然能聽到那件事的點滴。」

「大聖母跟我說過那個故事。」

「你的生母可能也跟你說過。」

孩子顫抖了一下：「你提起生母時，給了我一種奇怪的感覺。」年輕的聲音裡有股敬畏。

「奇怪的感覺是一回事，但你要記住的是這個教訓。我說的是某種一再出現的模式，甚至有個名稱：亞式姿態。它曾經稱作亞崔迪式的姿態，但唸起來太拗口了。」

孩子再次觸碰到了核心裡的成熟意識：「甚至連狗的生命都有價值。」

默貝拉屏住了呼吸，瞥見那孩子體內有一個成熟的心智，讓人不舒服。

「你的生母是勒尼烏斯地區洛克斯布羅家族的簡妮特．洛克斯布羅，」艾德侯說道，「她是個貝尼．潔瑟睿德。你的父親是洛斯齊．特格，鉅貿聯會的貿易站代理商。再過幾分鐘，我會給你看霸夏最喜愛的勒尼烏斯家鄉的照片。我想讓你保管並研究它，把它想成是你最喜愛的地方。」

特格點了點頭，但他臉上的表情暴露了他其實在害怕。

難道這位偉大的晶算師戰士已經懂得了恐懼？默貝拉搖了搖頭。她理解鄧肯在做什麼，但她不知道他這麼做背後的原因。在新生命中醒來，而這新生命擁有完整的另一段人生記憶——這可能是她永遠都無法體會的經歷，感覺會是什麼樣的呢？應該與聖母的他者記憶有顯著的不同，她揣測著。

「追溯心智的源頭，」鄧肯描述道，「喚醒你真實的自我。我感覺自己陷入了一個魔力的宇宙。我的意識先是一個圓環，然後又成了一個球。任何的形式都是短暫的，桌子不是桌子。然後我又開始恍惚，我身邊的一切都亮晃晃的，沒有什麼是真實的。這個階段過了之後，我感覺我失去了那個現實。

我的桌子再次成了桌子。」

她研究過貝尼．潔瑟睿德的手冊，「如何喚醒甦亡人的初始記憶」。鄧肯的做法偏離了手冊上的指導。為什麼？

他離開孩子身邊，向默貝拉走來。

「我必須和什阿娜談談，」他在經過她身邊時說道，「肯定還有更好的方法。」

21

快速理解是種膝反射，屬於最危險的學習方式，它用不透明的螢幕阻擋了你的學習能力。法律上的判例就屬於這個範疇，讓你的道路上到處都是死胡同。要心存警惕，不要覺得你懂了。所有的理解都是暫時的。

——晶算師格言

• • •

艾德侯獨自一人坐在控制臺前，看到了他在拘禁剛開始的日子裡存入航艦系統的資料，感覺自己被丟進（他後來才覺得這是個合適的詞）了早期的態度和感覺之中。此時此刻，已不再是無現星艦內令人沮喪的午後。他回溯當初的心情，在現在與過去之間伸展，如同一連串甦亡人生命將這次的轉世與他最初的誕生聯繫起來一樣。

他立刻看到了他稱為的「網」和縱橫交錯的線條刻畫出的那對老年夫婦，綴滿珠寶的繩索勾勒出他們的身體輪廓——綠色、藍色、金色，還有銀色，如此光彩奪目，刺痛了他的雙眼。

他在他們身上感受到一股接近神的平穩安定，但他們給人的感覺又很平常，他頭腦裡冒出了「平凡」這個詞。他們身後是一片他已熟悉的花園，種有長著花朵的灌木（他覺得是玫瑰），起伏的草地，參天的大樹。

那對夫婦目光熱切地盯著他，讓艾德侯覺得自己彷彿赤身露體。幻象又展現了新的力量！它不再局限於大貨艙了，那裡的魔力磁場吸引著他頻繁前往，他知道監視者都警覺了。

他是另一個奎薩茲．哈德拉赫嗎？

貝尼．潔瑟睿德對此一直放不下心，若疑心持續發展，她們會殺了他。現在，她們正懷著疑問和憂心忡忡的揣測看著他。然而，他就是無法對這個幻象視而不見。

為什麼那對老夫婦看起來這麼眼熟？他們來自他的過去嗎？是不是他的家人？

晶算師演算並沒有從他的記憶中提取出能印證這猜測的資料。他們的臉型圓潤、下巴短小，臉頰上有深深的皺紋，深色眼眸。幻象之網讓他們的膚色模糊難辨。女人穿著藍綠色的長裙，遮蓋住雙腳，一件白色的圍裙圍在她豐滿的胸腰之間，上面沾了些綠色的汙漬。圍裙的掛鉤上吊著園藝工具，她左手拿著把小鏟子。她的頭髮是灰色的，有幾縷髮絲從綠色頭巾底下鑽了出來，在她的眼旁飄動，凸顯了眼角的魚尾紋。她像是個……老祖母。

男人和她很相配，彷彿由同一個藝術家為了完美的匹配而創造的。連身工作服蓋住了凸肚子，沒戴帽子，同樣的深色眼睛，眼裡閃爍著亮光，頭頂著如金屬絲般的灰色短髮。

他有著艾德侯見過最天真的表情，微笑弄皺了嘴角。他的左手拿著一把小鐵鍬，伸展的右手掌心裡托著個像是小金屬球的東西，小球發出刺耳的尖嘯，迫使艾德侯捂住了耳朵，但卻無法擋住聲音。嘯聲自行消逝了，於是他放下雙手。

他們的長相令人安心。這想法引起了艾德侯的疑慮，因為現在他認出了熟悉之處——他們看起來有點像幻臉人，甚至連獅子鼻都相似。

他往前探出身去，但幻象保持著距離。「幻臉人。」他低語道。

幻象之網和老夫婦都消失了。

他們被穿著亮黑色鍛鍊服的默貝拉取代了。他不得不伸出手觸碰，才讓自己相信她確實站在這裡。

「鄧肯？怎麼了？你全身都是汗。」

「我……我覺得那些該死的忒萊素人在我體內埋了什麼東西。我一直看見……我覺得他們是幻臉人。他們……他們剛才就在看著我……還有尖嘯聲，它讓我難受。」

她抬頭看了眼攝影機，但並未流露出擔憂。女修會知道這件事並不會引起立即的危險……除了對司凱特利之外。

她在他身旁半蹲了下來，手搭在他的手臂上：「他們對還在再生箱裡的你做了什麼嗎？」

「不是！」

「但你說了……」

「我的身體不僅是為此次旅行準備的一件新行李，它具備了我曾經擁有的所有化學元素。但是，我的心智不同了。」

這讓她擔憂。她知道貝尼．潔瑟睿德對無法駕馭的天才是什麼態度。「該死的司凱特利！」

「我會弄明白的。」他說道。

他閉上雙眼，聽到默貝拉站起身，她的手離開他的手臂。

「或許你不應該弄明白，鄧肯。」

她聽起來很遙遠。

記憶。他們把這祕密藏哪裡了？深埋於初始的細胞裡？在此刻之前，他一直以為自己的記憶只是晶算師的工具。在鏡子前，他可以調出久遠之前自己的外貌，還可以來個特寫，檢查時間留下的痕跡。

他看著身後的女人，鏡子裡映出兩張人臉，他的臉上寫滿了問號。

臉，是一系列的面具，他稱為「自己」的這個人有不同的面貌。他的臉有點不太均衡，頭髮有時是灰色的，有時跟此生一樣是黑羊毛色的，臉龐有時幽默，有時嚴肅，正尋求內心的智慧，迎接新的一天。所有的面貌之中，都存在著一個意識，在觀察，在思索，在做出決定。忒萊素人對他做了些手腳。艾德侯感覺心跳得厲害，知道危險正在臨近。這就是他意圖去體驗的……但跟忒萊素人的操弄無關，這是他與生俱來的習性。

這就是活著的意義。

無論是其他人生的記憶，還是忒萊素人對他的所作所為，都無法改變哪怕一丁點他最深處的意識。

他睜開了眼睛。默貝拉仍然站在不遠處，但她的表情彷彿戴了層面紗。這就是她成了聖母之後的樣子。

他不喜歡她這種轉變。

「如果貝尼．潔瑟睿德失敗了，會發生什麼事？」他問道。

她沒有回答，他點頭。是的，這是最糟糕的假設，女修會被沖進了歷史的下水道。妳不希望這樣，親愛的。

在默貝拉轉身離去時，他能從她的臉上看出來。

艾德侯抬頭看著攝影機說道：「達爾，我必須跟妳談談。達爾。」

身邊所有的設備都未做出回應，他也不期望有回應。不過，他知道他能跟她說話，而且她還不得不聽。

「我一直從另一個方向考慮我們的問題。」他說道，邊想像著記錄儀迅速轉動的樣子，忙著將他的聲音轉換成利讀聯晶，「我進入了尊母的頭腦。我知道我做到了，默貝拉可以作證。」

這陳述會讓她們警覺。他擁有了自己的尊母。然而，「擁有」不是一個合適的詞，他並不擁有默貝拉，即使在床上也不會擁有。他們互相擁有，就像他幻象裡的那對老夫婦一樣相互匹配。難道這就是他在幻象裡看到的？兩個在性方面被尊母訓練過的老人？

「現在，我在研究另一個問題，」他說道，「如何勝過貝尼．潔瑟睿德。」

這句話等於下了戰書。

「插曲。」他說道。一個歐德雷迪喜歡用的詞。

「我們就是要用這種方式看待發生在我們身上的事。小插曲。即便是最糟糕的劇情，也需要符合大背景。大離散是個大事件，讓我們所做的一切都顯得渺小。」

很好！這句話顯示了他對女修會的價值，它把對尊母的認識又提升了一個層面。她們在舊帝國時代就已經存在於此地了，這些渺小的同伴。他知道歐德雷迪能看清，貝爾會讓她看清的。

在無限宇宙的某處，陪審團已作出對尊母不利的裁決。法律和執法者並沒有為尊母所用。他懷疑幻象展現在他眼前的是兩個陪審員，即便他們是幻臉人，他們也不是司凱特利的幻臉人，身處閃閃發亮的網後的兩人不屬於任一陣營，只屬於他們自己。

22

政府的主要缺陷在於，當需要變革時，卻總是怯於做出果斷的決定。

——達爾維·歐德雷迪

• • •

對歐德雷迪而言，早晨的第一口美藍極總能帶來不同的感覺。她肉體的反應就像是餓鬼緊緊抓住了甜果，隨後就是緩慢、尖銳而又痛苦的恢復。

這是美藍極成癮的可怕之處。

她站在臥室的窗戶旁，等待藥效發揮。她注意到，氣象部又成功製造了另一場晨雨，大地被清洗乾淨，一切都浸沒在浪漫的迷霧中，所有的邊角都模糊了，只剩下了模糊的輪廓，如同久遠的記憶。她打開窗戶，溼冷的空氣掠過她的臉，讓她的周遭產生了一種熟悉的感覺，就如同穿上了一件熟悉的衣服。

她深深地吸了口氣。雨後的味道！她記得降水之後，生命的精華被放大和撫慰的樣子，但這些雨不同，它們留下了燧石般的味道。歐德雷迪不喜歡這種氣味，因為代表的意義不是萬物被洗淨，而是生命在抗議，希望所有的雨都能止住不再落下。這些雨不再代表了溫柔，不再帶來圓滿，它們帶來的是無法逃避的對變化的覺察。

歐德雷迪關上了窗戶。她立刻又回到了居所內熟悉的味道裡，還有始終如一的謝爾氣味，從體內植入的緩釋機裡散發出來，每個知道聖殿位置的人都需要植入這種物質。她聽到斯特吉走進房，然後響起替換沙漠地圖的嗖嗖聲。

從斯特吉的行動聽得出效率。幾個星期的近距離接觸，證實了歐德雷迪最初的判斷。她很可靠，儘管並非異常出色，但對統御大聖母的需求極其敏感。看她移動的樣子有多輕巧。用斯特吉的敏感去匹配小特格的需求，於是特格就有了他所需的高度和靈活度。她扮演一匹馬的角色？遠遠不止。

歐德雷迪的美藍極吸收已到達巔峰，並開始衰減。斯特吉在窗戶裡的倒影顯示出她在等待大聖母指派任務。她知道這個時刻已分配給了香料。就她所處的階段而言，她期待也有那麼一天，她能享受此神祕的一刻。

我希望她能夢想成真。

多數的聖母都遵循貝尼・潔瑟睿德的教育內容，很少覺得香料是種讓人成癮的物質。歐德雷迪每天早晨都知道服用美藍極到底是怎麼一回事：依照早年修煉模式養成的習慣，你每天攝入身體所需的香料，用量維持在最低限度，剛好夠刺激新陳代謝發揮最高表現。生理必需的物質與美藍極混合之後，會吸收得更徹底，食物的味道也會變得更好。除非出了意外或被刺殺，你將活得更久。但是，你就是成癮了。

等到身體恢復之後，歐德雷迪眨著眼打量斯特吉。她對冗長儀式流露出明顯的好奇心。歐德雷迪對著斯特吉在窗上的倒影開口說道：「妳知道美藍極戒斷嗎？」

「是的，大聖母。」

儘管女修會將成癮的一面祕而不宣，歐德雷迪卻一直知道它就在眼皮底下，她還感覺到了對它與日俱增的怨氣。侍祭時期的心理建設（在香料之痛中更是銘印在心）逐漸被他者記憶和時間的累積而沖淡。對於戒斷的警告說明了：「戒斷會抹去妳生命中必不可少的一部分，如果戒斷發生在中晚年，妳會死去。」但現在它已沒太多意義了。

「戒斷對我有重大的意義，」歐德雷迪說道，「我是少數幾個晨間服用美藍極會感受到痛苦的人之一。我相信她們應該告訴過妳會有這種事了。」

「我為您難過，大聖母。」

歐德雷迪研究著地圖。它顯示出有一長條沙漠刺向了北方，在中樞的東南方也有明顯擴大的旱地，什阿娜就駐紮在那裡。很快，歐德雷迪又將注意力放到了斯特吉身上，她正帶著新的興趣看著大聖母。

因為想到香料的黑暗面而突然停止動作！

「我們這個年代很少會去思考美藍極的獨特之處，」歐德雷迪說道，「除了香料外，所有人類沉迷過的舊式毒品都有一個共同的特點：會縮減壽命，且帶來痛苦。」

「我們學過，大聖母。」

「但是，妳可能沒學過，統治的手段會被我們對尊母的擔憂而扭曲。政府對能源的貪婪（是的，即便是我們的政府亦然）能夠把妳丟入陷阱。如果妳一直侍奉我，你能深刻體會，因為每天早晨妳都能看到我受罪。讓有關它的知識深入妳體內，這是個死亡陷阱。不要成為漠然的推手，別成為漠視生命的系統裡的一分子，就像尊母。記住，可接受的毒品對冷漠的公務員有用，因為可以徵稅來支付工資，或創造工作機會。」

斯特吉疑惑了：「但是，美藍極可以延長我們的生命，提升健康，並且讓胃口變好——」

她因歐德雷迪皺起的眉頭而住嘴。

都是從侍祭手冊裡照搬來的資訊！

「它還有另一面，斯特吉，妳在我身上看到了。侍祭手冊沒有撒謊，但是，美藍極就是毒品，我們都上癮了。」

「我知道它並不對所有人都友善，大聖母。但是，您說過尊母不使用它。」

「她們用的替代品並沒有什麼有益之處，只不過能防止戒斷帶來的痛楚和死亡。它同樣是種毒品。」

「我們的俘虜呢？」

「默貝拉以前用它，現在她用美藍極。它們之間可以互換，有趣吧？」

「我……猜能學到更多的東西。大聖母，我注意到您從來沒叫過她們蕩婦。」

「像侍祭那樣叫她們？啊，斯特吉，貝隆達作了個壞榜樣。哦，我知道這種壓力。」就在斯特吉想要反駁時，她說，「侍祭感覺到了威脅，她們看著聖殿，把它想成是對抗蕩婦引起的長夜的堡壘。」

「差不多吧，大聖母。」斯特吉非常遲疑。

「斯特吉，這顆行星只是另一個暫居之處。今天我們去南方，妳會想清楚這一點的。去找塔瑪拉尼，告訴她準備出發，我們去見一下什阿娜。不要和其他任何人提起。」

「是，大聖母。您是說讓我也陪同前往嗎？」

「我想讓妳陪在身邊。去告訴妳訓練的那個人，她開始全權負責地圖。」

斯特吉離開之後，歐德雷迪想到了什阿娜和艾德侯。她想和他交談，他也想和她交談。攝影機紀錄顯示，這兩人有時用手語交流，而且還用身體擋住了大部分的手勢。那手勢看起來像是舊式的亞崔迪戰時密語。歐德雷迪認出了一些，但不足以判斷他們交談的內容。貝隆達想要什阿娜解釋。「他們想保密！」歐德雷迪則更加謹慎，「再觀察一陣子，或許會發生有趣的事情。」

什阿娜想要什麼？

無論鄧肯的頭腦裡在想什麼，都會和特格有關。製造讓特格恢復初始記憶的痛苦與鄧肯的意圖相悖。

昨日，歐德雷迪在工作檯前打斷鄧肯時就注意到了。

「妳晚了，達爾。」他並沒有從手頭的工作上抬起頭。晚了？才剛到傍晚。

近幾年他經常稱呼她為達爾，當作一種挑釁，提醒她他痛恨魚缸裡的生活。挑釁刺激了貝隆達，她不喜歡他這麼「該死的隨便」。當然，他也稱貝隆達為「貝爾」，鄧肯並不吝嗇使用他的針頭。

想到這裡，歐德雷迪停在了自己工作室的門口。鄧肯朝著他控制臺旁的檯面砸了一拳：「特格應該值得更好的出路！」

更好的出路？他在想什麼？

工作室外走廊裡傳來的動靜打斷了她的回想。斯特吉從塔瑪拉尼處回來了，她先去了侍祭的待命室。向接替她的人交代地圖的任務。

一大疊檔案部紀錄等在歐德雷迪的桌子上。貝隆達！歐德雷迪瞥了眼檔案。不管她多努力分派任務，總會剩下一部分是她的顧問堅持只有統御大聖母才能處理的。這批新檔案中的大部分來自貝隆達要求的「建議和分析」。

歐德雷迪觸碰了她的控制臺：「貝爾！」

檔案部職員的聲音響起：「大聖母？」

「讓貝爾到我這裡來！我要求她以那兩條胖腿能達到的最快速度到我這裡來！」

不到一分鐘，貝隆達站在工作檯前，像是位受驚的侍祭。她們都能聽懂大聖母的語氣。

歐德雷迪拍了拍桌子上的檔案堆，又立刻收手，彷彿觸電了似的：「以魔鬼的名義，這些都是什麼？」

「我們認為這些資料都很重要。」

「妳覺得我有必要看所有的東西嗎？摘要在哪裡？工作不到位啊，貝爾！我不笨，妳也不蠢。但是，這堆東西……這堆東西……」

「我已經盡可能授權……」

「授權？看看這堆東西！哪些我必須看，哪些我可以授權下去？沒有摘要！」

「我會立刻彌補這個失誤。」

「妳確實必須立刻彌補，貝爾。因為塔瑪和我今天要趕往南方，是一趟未公布的視察，並見一下什阿娜。我離開期間，妳坐我的位置，看看妳對這每天的差事有什麼感覺！」

「能聯繫到妳嗎？」

「我會帶上光纜和耳麥。」

貝隆達鬆了口氣。

「貝爾，我建議妳回到檔案部，任命一個負責人。如果妳還不開始變得像個當官的，我就快不行了。管好妳自己的事！」

「真正的船是會顛簸的，達爾。」

貝爾這是在試著表現幽默嗎？還有救！

歐德雷迪朝著投影儀揮了下手，塔瑪拉尼在交通大廳的影像出現了。「塔瑪？」

「什麼事？」她沒有從手頭的工作上扭頭。

「我們多快能出發？」

「差不多兩個小時。」

「準備好了就告訴我。哦，斯特吉跟我們一起走，給她留個位置。」在塔瑪拉尼回覆之前，歐德雷迪就關上了投影。

自己也有應該要完成的任務，歐德雷迪想著。塔瑪和貝爾並不是大聖母憂心的唯一源頭。我們還剩十六個行星……其中還包括了巴塞爾，已然面臨威脅。只有十六個！她把這想法擱在一邊，沒時間去想它。

默貝拉，我該不該見她……不，還可以等。新的督察會呢？讓貝爾去處理吧。要解散社區嗎？新的離散任務帶走了大量人員，迫使社區解體，組成了聯合體。跑在沙漠前面！這讓人沮喪，她感覺自己今天無法面對它。在旅行之前，我總是坐立不安。

歐德雷迪突然逃離工作室，在走廊裡徘徊，看看受她監護的人表現如何，也在門口駐足，看看學生們在閱讀什麼，觀察她們在接連不斷的普拉那－並度訓練中表現如何。

「妳在讀什麼？」她對著某位年輕的二級侍祭問道，那侍祭正站在一間半黑屋子裡的投影前。

「托爾斯泰的日記，大聖母。」

侍祭的眼光裡隱含著一個問題：「您能在他者記憶裡直接聽到他的話嗎？」這問題就在年輕女孩的嘴邊！每當逮住和她獨處的機會時，她們總是想嘗試這種好玩的小詭計。

「托爾斯泰只是個姓！」歐德雷迪不耐煩道，「不過，妳既然提到了日記，我猜你指的是列夫．尼古拉耶維奇伯爵。」

「是的，大聖母。」侍祭因為被指責而有點尷尬。

歐德雷迪放緩了語氣，對著女孩引用了一句話：「『我不是條河，我是張網。』他在十二歲時於亞斯納亞波利亞納說了這句話。妳不會在他的日記裡找到這句，但這可能是他說過最有分量的話了。」

在侍祭表達謝意之前，歐德雷迪就轉身離開了。我總是在教導！

她走入了主餐廳視察一番，摸了摸架子上罐子的內壁，查看是否油膩。甚至連教學主廚都緊張地觀察著她的一舉一動。

廚房裡正在準備午餐，霧氣朦朧，香氣撲鼻。令人愉悅的剁刀聲和炒菜聲依然在響著，但通常的笑語在她進來時都沉寂了。

她沿著長長的檯面走了一圈，檯面兩旁廚師正忙碌。接著，她走向教學主廚的高臺。他是個高壯的男人，面頰高聳，臉色紅潤，如同他處理的肉一樣。歐德雷迪並不懷疑他是有史以來最好的廚子之一。他的名字很適合他：普拉西多．沙拉特。因為好幾個原因，他在她的心裡占據了一個溫暖的位置，包括他曾培訓過她的私人廚師。在尊母出現之前的日子裡，重要的客人會被領著參觀廚房，並享用特別的餐點。

「跟您介紹一下，這位是我們的資深廚師，普拉西多．沙拉特。」

他的普拉西多式牛肉是一道令大家稱羨的美食。肉幾乎是生的，配上不會喧賓奪主的香草和辣芥末醬汁。

歐德雷迪覺得這道菜有些另類，但從未說出口。

當沙拉特注意到她（在糾正了一位廚師某種醬汁的用法之後），歐德雷迪說道：「我想吃點特別的，普拉西多。」

他聽懂了她的意思。想來點特別的料理時，她總是用這種開場白。

「燉牡蠣怎麼樣？」他建議道。

就像是跳舞，歐德雷迪想著。他和她都知道她想要什麼。

「好極了！」她同意，並做出了自己的舞步配合，「不過，要清淡點，普拉西多，牡蠣不要煮得太熟。湯裡放點我們自己的香芹粉。」

「再加點辣椒粉？」

「我一直都喜歡這樣調味。千萬要當心美藍極，加一點點就好，不要放多了。」

「當然，大聖母！」他眼睛往上一翻，彷彿想到加多了美藍極有多可怕，「香料太容易搶味了。」

「把牡蠣放到蛤汁裡煮，普拉西多。我希望你能親自顧著鍋子，輕輕攪動，到牡蠣的邊緣開始捲起就好了。」

「肯定會恰到火候，大聖母。」

「碗邊倒上點熱牛奶。不要煮開了！」

普拉西多聽見她猜測自己會煮開牛奶，便露出驚愕的表情。

「在盛牡蠣的碗裡放塊奶油，」歐德雷迪說道，「把牡蠣湯汁直接倒在奶油上。」

「不加點雪利酒嗎？」

「由你親自來操刀我的特別料理，我真是太高興了，普拉西多。我忘了雪利酒。」（大聖母從來不會忘了什麼。大家都知道，這只是必經的舞步配合罷了。）

「湯裡加三盎司的雪利酒。」他說道。

「記得把酒精蒸發掉。」

「當然！但是，我們也不能破壞了風味。妳要油煎麵包丁嗎，還是鹹餅乾？」

「油煎麵包丁，謝謝。」

歐德雷迪坐在餐廳凹室的一張桌子旁，吃下了兩碗燉牡蠣，想起海之子時嘗到的滋味。在她剛能把湯匙放進嘴裡的時候，爸爸就讓她品嘗到這道菜，他親自燉的拿手菜。歐德雷迪將這道菜教給了沙拉特。

她讚賞沙拉特對紅酒的選擇。

「我尤其喜歡你選了夏布利來搭配。」

「帶有礦物風味的夏布利，這支口味堅硬銳利，大聖母。這是我們珍藏中的上品，能把牡蠣的味道襯托得更好。」

塔瑪拉尼在凹室找到了她。有需要時，她們總是知道在哪裡能找到她。

「我們準備好了。」塔瑪的臉色有些不悅嗎？

「今晚我們在哪裡停留？」

「艾蒂奧。」

歐德雷迪笑了。她喜歡艾蒂奧。

因為我情緒不佳，所以塔瑪在遷就我嗎？或許，我們該放鬆一下注意力。

歐德雷迪跟著塔瑪拉尼來到了交通廳，一邊心想，老女人的一個特徵就是喜歡坐運輸管。地表的旅行讓她煩躁。「到了我這個年紀，誰還想浪費時間？」

歐德雷迪不喜歡運輸管，因它讓人覺得封閉與無助。她喜歡地表和空中交通工具，只有在時間緊急時才會使用運輸管。她倒是習慣用小運輸管來傳送便簽和筆記。筆記不會有意見，只要能到目的地就行。

這想法總是會讓她察覺，無論她往哪裡去，交通網絡都會隨之調整。

在事物的中心地點（事物總是有一個中心地點），一個自動系統管理著通信，確保（多數情況下是）重要的信件能抵達目的地。

當不需要私人投遞時（她們稱之為「私投」），由加密的分揀器和光纖來保證通信的保密性。送往別的行星則是另一回事，尤其在當下這個特殊時期。最安全的方法是派出聖母，用記憶力記住訊息，或是直接植入腦中。現在每個信使都服下了大劑量的謝爾，如果不靠謝爾護住訊息，T式探測儀甚至能讀取死者的大腦。儘管送往行星之外的訊息全都加密了，但敵人可能會破解一次性的防護，風險極大。或許這就是那位拉比仍保持沉默的原因。

我為什麼要在此刻思考這些事呢？

「多吉拉還沒消息嗎？」她問道。塔瑪拉尼正準備進入車廂，她們一行中的其他人還在等著。這麼多人。為什麼這麼多人？

歐德雷迪看到斯特吉在月臺前方的盡頭和一位通訊部侍祭交談，至少還有六位來自通訊部的人在周圍。

塔瑪拉尼轉過身來，顯然有些惱怒：「多吉拉！我們都說了，一旦有消息，會立刻通知妳的！」

「我只是問問，塔瑪，只是問問。」

歐德雷迪順從地跟著塔瑪拉尼進了車廂。我應該在我的頭腦裡架一臺監視器，質疑每個腦內產生的想法。侵入心智的作為背後總是有合理的原因。這就是貝尼．潔瑟睿德的方式，貝隆達經常提醒她。

歐德雷迪對自己感到驚奇，意識到自己對貝尼．潔瑟睿德做事方法的厭惡已不是一點兩點。讓貝爾來操心這些事吧！

這是自由的時間，就像隨著身邊洶湧的洋流一起沉浮。

海之子懂得洋流。

23

時間不會計數。你只須回顧循環就明白了。

——雷托二世（暴君）

• • •

「看！看我們都成什麼樣了！」拉比哭泣著。他盤腿坐在冰涼的弧形地板上，圍巾拉到了頭頂，幾乎遮住了整張臉。

他所處的房間很昏暗，還迴蕩著細微的機器聲，讓他覺得自己很虛弱。如果這些聲音能停下就好了！

利百加站在他面前，雙手扠腰，臉上一副疲倦無奈的表情。

「不要就那個樣子站著！」拉比命令道。他從圍巾下抬起了眼睛，瞥了她一下。

「連你都絕望了，我們豈不是真沒救了？」她問道。

她的話激怒了他，讓他暫時放下了不請自來的情緒。

她竟敢教導我？但是，智者不是說過，野草也能傳授知識嗎？一陣長長的嘆息之後，他顫抖著讓圍巾落在肩頭。利百加扶他站了起來。

「一間無現空間，」拉比喃喃自語著，「在這裡，我們躲著……」他的目光往上看著黑色的天花板，

「在這裡最好也別提名字。」

「我們躲避不可說之人。」利百加說道。

「就連逾越節都得關好這扇門，」他說道，「不然陌生人會如何長驅直入？」

「我們不歡迎某些陌生人。」她說道。

「利百加，」他垂下了頭，「對我們來說妳不只是個試煉，還是個麻煩。祕密以色列的這間小小房間在妳的流亡之路上收留了妳，因為我們理解——」

「別再這麼說！你無法理解發生在我身上的事。這是我的問題嗎？」她靠近了他，「問題在於，如何與這麼多過去的生命接觸的同時，仍保持自己的人性。」

拉比縮緊了身軀。

「妳不再是我們中的一分子了嗎？那妳是貝尼．潔瑟睿德嗎？」

「當我變成貝尼．潔瑟睿德後，你會知道的。在我看見自己時，你會看到我看見了自己。」

他的眉頭皺緊了：「妳在說什麼？」

「鏡子在看著什麼，拉比？」

「哼！猜謎語嗎？」然而，他的嘴角浮起一絲不易察覺的微笑，眼睛裡也再次露出堅毅的目光。

他環顧著房間，他們有八個人在這裡——超過了這地方的容量。一間無現空間！它的建造過程無比艱辛，所需的丁點材料都須走私進來。空間很小，十二點五公尺長，他自己測量過。它的形狀類似古時候的酒桶橫放，橫截面呈橢圓形，兩頭都是個半球。天花板距離他的頭頂不超過一公尺，中間最寬的部位也只有五公尺，地板和天花板的弧度讓它顯得更為狹窄。風乾的食物和回收水，是他們賴以維生的一切，能支持多久呢？如果沒被找到，大概能支撐一個標準年。他不相信這東西的安全性。機器在發出那麼奇怪的聲音。

他們爬進這個洞時已經是傍晚了，現在外面肯定天黑了。他們剩下的人在哪裡？有的人逃往了他們能找到的任何一個避難所，有的人去討回過去積攢的人情債和承諾。有些人能存活下來，或許比殘存於此的人有更高的生存機會。

通往無現空間的入口藏在一口灰燼坑裡，灰燼坑旁邊還有一根獨立的煙囪。煙囪的鋼筋裡含有利讀聯晶，能將外部的景象投射到裡面。灰燼！這房間聞上去仍然有一股燒東西的味道，而且它的回收室內已經傳來了下水道的味道，說它像廁所都不過分！

有人靠近拉比身後：「搜查者正在離開。幸好我們及時得到了警告。」

說話的是約書亞，正是他建造了這間無現空間。他是個矮瘦的男人，長著倒三角臉，尖下巴，黑色的頭髮覆蓋在寬闊的前額上，棕色雙眼的眼距很寬，看著外頭的樣子好像總是在琢磨著什麼，讓拉比不信任他。和他的知識量相比，他過分年輕了。

「又能怎麼樣呢？」拉比說道，「他們還會回來的，到時候你就不會覺得我們幸運了。」

「他們不會猜到我們躲得離農場這麼近，」利百加說道，「搜查者更在意怎麼搶東西。」

「這是貝尼·潔瑟睿德的高見嗎？」拉比說道。

「拉比！」約書亞的語氣裡竟然有責備的意思！「你不是講過很多次，那些寬以待人的人有福了嗎？」

「每個人都成了老師啦？」拉比說道，「那誰能告訴我，接下來會發生什麼？」

然而，他必須承認約書亞說得有道理。逃亡的痛苦讓我心煩意亂。我們小小的離散，但是我們並非從巴比倫離散出去，我們藏在了一個……一個避風地窖！

這想法讓他冷靜了下來。風暴總會停歇。

「誰在掌管食物？」他問道，「我們必須一開始就做好配給。」

利百加鬆了一口氣。拉比的波動糟到了極點，要麼太情緒化，要麼太聰明。現在，他再次控制了自己，接下來他將回歸到聰明那側，但程度也必須抑制些。貝尼・潔瑟睿德的意識讓她對周圍的人產生了全新的視角。我們猶太人太敏感了。看看那些知識分子就知道了！

這是女修會獨有的看法。任何倚賴知識分子功績的團體都具有重大的缺陷。她無法拒絕蘭帕達斯眾人提供的證據，只要她有任何猶豫，蘭帕達斯的發言人會把證據一字排開來說服她。

想到這裡，利百加幾乎覺得追尋記憶的奇想是種享受。知道了更久以前發生的事，迫使她摒棄了自己早年的想法。過去她按他人要求，相信了那麼多現在看來很可笑的事情。神話和幻想，不過是極端孩子氣行為的產物。

「我們的神應該跟著我們一起成熟。」

利百加忍住了笑。發言人經常對她這麼做——在你的肋骨邊輕推一下，而且她知道你會感謝她。

約書亞回到了他的設備旁，她看到有人在檢查食物清單。拉比以一貫的緊張注視著一切，其他人躺在室內暗處的帆布床上睡覺，身上蓋著毯子。看著這些，利百加知道自己的責任是什麼。讓我們擺脫無聊。

「妳想當遊戲裁判？」

發言人，除非妳有更好的建議，否則不要對我的同胞指手畫腳。

無論她想怎麼評論這些體內的對話，無疑它們都與現實息息相關——過去和這間房間有關，這間房間又和她對後果的猜測有關。這是貝尼・潔瑟睿德賜予的禮物。不要去想「未來」。要說命中注定？

那你與生俱來的自由去哪裡了？

利百加以全新的眼光看著自己的出生，它讓自己踏上了未知的征程，充滿了未知的危險和喜悅。現在，她們只是沿著生命的河流拐了個彎，碰到了攻擊者。再拐一個彎，說不定會碰到大瀑布，但也有可能是一長段和平的美景。這裡藏著預知的魔力誘惑，摩阿迪巴和他的暴君兒子都未能逃脫。神諭通曉未來！蘭帕達斯的眾人已教了她不要去尋找神諭。知曉可能比不知曉更讓人煩惱，只有未知才能讓人感覺到新事物的甜蜜。拉比明白嗎？

「誰能告訴我們接下來會發生什麼？」他問道。

這真是你想要的嗎，拉比？你不會喜歡你聽到的答案，我保證。從神諭揭示未來的一刻起，你的未來便成了過去。你將在無聊中哭泣，沒有新的事物，永遠不會有了。在啟示揭曉的那一刻，一切都變舊了。

「但這不是我想要的！」我能聽見你說。

沒有殘暴，沒有野蠻，沒有暗自的喜悅，也沒有開懷的歡樂，一切都是意料之中。就像蟲洞中遠去的運輸管列車，你的生命加速駛向終點。就像車廂裡的飛蛾，你用翅膀拍打著車門，喊著命運讓你出去。「讓列車神奇地轉個方向。讓新鮮的事發生！不要讓我已見過的可怕事物發生！」

突然，她意識到這一定是摩阿迪巴的痛苦。他向誰發出了乞求？

「利百加！」拉比在叫她。

此刻他站在約書亞身邊，她走上前去，看著約書亞的設備上展示著外面的黑暗世界。

「暴風雨快來了，」拉比說道，「約書亞認為它會把灰燼變成一坑水泥。」

「很好，」她說道，「這就是我們把無現空間建在這裡，而且進來時還不關上蓋子的原因。」

「但是，我們怎麼出去呢？」

「我們有工具，」她說道，「即便沒有工具，我們還有手。」

24

指引護使團的主要理念是，要有目的地引導大眾。我們相信辯論的目的在於改變真相的本質，這一點深深地烙刻在我們的信念裡。在這些事情上，我們應當利用我們的權力，而不是武力。

——終章

• • •

對鄧肯・艾德侯來說，自從他對幻象和尊母行為的洞察不斷加深之後，無現星艦上的生活開始有一種詭異的棋局氣氛。特格的加入不僅是多了一個玩家，更是一個掩人耳目的招數。

這天早上，他站在控制臺旁，意識到這場棋局和他自己的過去有雷同之處，他也曾是個甦亡人兒童，住在貝尼・潔瑟睿德的伽穆主堡裡，老去的霸夏是他的武術教師。

教育。無論那時還是現在，教育都是他們生活中最重視的事。還有警衛，雖然在無現星艦中不怎麼引人注目，但她們總是待在崗位上，如同在伽穆時一樣。還有她們的監視設備，經過藝術性地偽裝，與環境混為一體。他在伽穆時已成了躲避監視的高手，在這裡，有了什阿娜的幫助，他把逃脫昇華成了藝術。

他身邊的警戒已降到了很低的水準，警衛不再攜帶武器，但她們大多是聖母，有幾個是高級侍祭。她們並不認為自己需要武器。

無現星艦中有些事物創造了自由的幻象，主要是它的規模和複雜程度。這艘星艦很大，他不清楚有多大，但他能前往好幾層甲板，而且走廊的長度超過一千步那麼長。

運輸管、隧道、用懸浮小艙運送他的交通管路、升降機、傳統的門廳和寬闊的走廊，它們的艙門碰一下就能嘶嘶地開啟（或保持關閉：禁止入內！）——所有的一切都已經在記憶中定格，成了他自己的地盤，他自己的私人領地，一個與警衛眼裡截然不同的地方。

將星艦降落到地面並保持運作需要巨量的能源，女修會無法以普通的方式來估算她們付出多大的代價。貝尼．潔瑟睿德財務部的審計師所審核的不僅是錢，不是太陽幣或其他可類比的貨幣。她們還計入了她們的人民、食物、千年後才到期的應收帳款——款項通常以實物支付，包括物質資源和忠誠。

付錢，鄧肯！我們在向你催帳！

這艘艦艇不僅是座監獄。他以晶算師能力推測出幾種可能性。主要功用是座實驗室，聖母試圖破除無現星艦影響人類感官的能力。

一張無現星艦棋盤，一座巨型迷宮，只是為了關住三名囚犯？不，肯定還有其他原因。

這棋局有祕密的規則，有些他只能靠猜測。但是，當什阿娜加入棋局時，他安心了許多。我知道她有自己的計畫。當她開始練習尊母技能時，她心中另有算盤一事就開始變得昭然若揭。她使我的訓練對象能力更臻完善！

什阿娜需要默貝拉私密的資訊，還有更多——他的多重生命對結識的那些人的記憶，尤其是暴君的記憶。

而我需要貝尼．潔瑟睿德的資訊。

女修會讓他保持著最低的活動量，想以挫折感來增強他的晶算師能力。他感覺到星艦外有件天大的事正在發生，但自己並不是那件事的核心。在歐德雷迪向他提問時，會透露有關困境的丁點資訊，透露一些誘人的碎片。

這些片段的資料足夠設定新的已知條件嗎？缺了那些他的控制臺拒絕顯示的資料就不行。

這也是他的困境。該死的！他處於她們困境之中的困境中，他們都被困住了。

一週前的下午，歐德雷迪站在這座控制臺旁，殷切地表示女修會的資料資源已對他「門戶大開」。她就站在這裡，背對著控制臺，隨意地靠在上面，雙臂交叉抱在胸前。她與成人邁爾斯・特格有時相像得怪異。甚至連交談時必須站著的習慣都一樣（是一種強迫症嗎？）。她也不喜歡犬椅。

他知道自己了解她的動機和計畫的梗概，但他無法相信貝尼・潔瑟睿德。在伽穆之後再也不會了。陷阱和誘餌，她們就是這麼利用他的。他尚屬幸運，沒有走上沙丘的命運。那星球已是一具空殼，貝尼・潔瑟睿德榨乾了它。

每當煩躁時，艾德侯喜歡窩在控制臺前的椅子裡。有時，他會坐上好幾個小時，一動不動，頭腦試圖去理解星艦上強大的資料資源的複雜性。系統能辨認出進入的任何人。它肯定配備了自動監視系統。它必須知道誰在說話，誰在提要求，誰是當前的指揮官。

飛行電路拒絕了我想突破封鎖的嘗試。是離線狀態嗎？警衛是這麼說的。但是，星艦自有一套辨認出誰進入了系統的方式——他知道金鑰就在其中。

什阿娜會幫忙嗎？相信她也是場危險的賭博。有時，她看著他在控制臺旁的樣子，會讓他想起歐德雷迪。什阿娜是歐德雷迪的學生。他想到這裡總會突然清醒。

她們對他如何使用航艦系統有什麼興趣嗎？這還用問嗎？

在這裡的第三年，他做到了讓系統替他隱藏資料，而且是用他自己的金鑰完成的。為了騙過犀利的攝影機，他用日常行為隱藏了他的祕密。明面上是植入了供今後取用的資料，但暗藏著有加密的第二訊息。對晶算師來說很容易，這通常只是個把戲，用來探查航艦系統的潛力。他把自己的資料埋入了一個隨機垃圾箱裡，不期待能恢復。

貝隆達懷疑過，但當她質問他時，他只是笑了笑。

我藏起了我的歷史，貝爾。我身為甦亡人的一連串生命——所有的生命，一直回溯到初始的非甦亡人。我記得的這些生命中的私密時分，都被丟進了這片鮮活記憶的垃圾場。

現在，坐在控制臺前，他感慨萬千。禁閉折磨著他。不管監獄的規模有多大，內容有多豐富，它仍然是座監獄。一段時間以來，他知道自己能夠逃離的可能性很大，但是默貝拉，加上他對他倆的兩難境地不斷加深的理解，拖住了他的手腳。他覺得自己成了思維上的囚徒，如同他的身體是這個龐然巨物和警衛們的囚徒一樣。無現星艦是個裝置，是個工具，是在危險的宇宙裡潛行的方式。甚至在有預知力的搜捕者面前都能隱藏你和你的企圖。

靠著多次人生累積的技能，他能夠用既精確又不預設立場的目光來審視四周的環境，那是種晶算師培養出的純真態度。覺得自己懂得了什麼，必定會導致自己出現盲點。漸漸踩下學習煞車的並非增長的年齡（晶算師學到的都是這一套說法），而是不斷累積的「這件事我懂了」。

女修會開放給他使用的資料資源（如果它們靠得住的話）引發了新的問題。在大離散時期，針對尊母的反抗是如何組織的？顯然有某些組織（他覺得稱他們為勢力不合適）狩獵過尊母，與尊母狩獵貝尼．潔瑟睿德的方式一致。如果伽穆的證據可靠的話，她們也被屠戮過。

是混合人和馴獸師嗎？他做出了一個晶算師推測：某個忒萊素的旁系在第一次大離散時實施了基因操控。他在幻象裡看到的那兩個人，是他們創造了混合人嗎？那對男女是幻臉人嗎？還是脫離忒萊素尊主的獨立個體？在大離散時期，任何事情都有可能發生。

該死！他需要接觸更多的資料，更多有效的資源。他目前的資源離充分還差了十萬八千里。儘管只是功能有限的工具，但他的控制臺仍可以改造來應對更多需求。然而，他的改造癱了。他需要以晶算師的步伐大步向前！

我被束縛了手腳，這樣不對。歐德雷迪不信任我嗎？她是亞崔迪家的人，可惡！她知道我欠她的家族什麼。

欠了不只一條命，債從未被償還！

他知道自己在煩躁。突然，他靈光一現。晶算師的煩躁！這是個信號，表明他已站在了突破的邊緣。來做個初步推測！她們還有什麼跟特格相關的事沒告訴他？

問題！沒有提出的問題抽打著他。

我需要洞察力！洞察並不一定跟距離遠近有關。你也能從內心獲得洞察，只要你的問題沒有扭曲失真就行。

他感覺到，貝尼．潔瑟睿德的經驗在某處（或許甚至在貝爾全神戒備守護的檔案部裡）有碎片缺損了。貝爾應該感謝我！一個晶算師同伴肯定能體會此刻的激動。他的思路像是一堆散落的馬賽克，他已掌握了其中大多數，即將能拼成圖案了。馬賽克和解決方案無關。

他能聽到他的第一位晶算師老師在說話，頭腦裡迴響著他的聲音：「用平衡的方式組織你的問題，並將已知數據丟入天平的一側或另一側。在任何情況下，答案都會造成不平衡。不平衡則揭示了你尋找的東西。」

是的！用合理的問題製造不平衡，是屬於晶算師式的雜耍。

默貝拉在前一天晚上說了些話，她說了什麼？他們躺在她的床上，他想起他看到了投影在天花板上的時間：九點四十七分。他當時還在想：投影也會消耗能量。

他幾乎能感覺到星艦能量的流動，這個巨大的幽閉之所與時間隔絕，精密的機器製造了擬態，沒有什麼裝置可以將其從自然環境背景中分辨出來。除非它處於目前的待機模式，只能阻隔預知力，無法阻隔肉眼。

默貝拉在他身邊，她是另一種能量，他們倆都意識到了有某種力量試圖將他們拉在一起，而壓制這種相互吸引需要能量！性吸引在增強、增強，不斷增強。

默貝拉在說話。是的，沒錯。奇怪的自我分析。她的生命已抵達了一種新的成熟階段，她成了一個貝尼．潔瑟睿德女修，意識和信心增強了，一種強有力的事物在她體內成長。

每當他辨認出這種貝尼．潔瑟睿德式的變化時，都會感到哀傷。我們分開的日子又更近了。

默貝拉仍在說話：「她（通常這個她是指歐德雷迪）一直讓我評估我對你的愛。」

艾德侯回想起這個場面，便讓它在腦海裡繼續重播。

「她也跟我說過同樣的話。」

「你怎麼說的？」

「*Odi et amo. Excrucior.*」

她用一邊手肘支起了身子，低頭看著他：「這是什麼語言？」

「非常古老的語言。雷托讓我學過。」

「翻譯。」既霸道又強硬，這是她舊時的尊母自我。

「我既恨她，又愛她。備受折磨。」

「你真的恨我嗎？」她不敢置信。

「我恨的是自己被關著，無法做自己的主宰。」

「如果可能的話，你會離開我嗎？」

「我希望可以隨時重複做出這個決定。我想要做主。」

「它是盤棋局，其中有個棋子動不了。」

就是這句了！她的話。

想起來之後，艾德侯並未感覺興奮，只是覺得彷彿在長眠之後，雙眼突然睜開了。一盤棋局，其中有個棋子動不了。棋局。這是他對無現星艦和女修會在此處進行的勾當的看法。

對話還沒有結束。

「這艘航艦是我們特殊的學校。」默貝拉說道。

他只能同意。女修會加強了他的晶算師能力，他能掩藏資料，也能展示出尚未順利完成的資料。他感覺到這份能力將引領他到何處，因而憂心忡忡。

「你清空了神經通道。你阻擋了分心和無用的幻想。」

你將自己的反應引導到了那個危險的模式，每個晶算師都被警告過要避免。「你會在那裡迷失自己。」

學生們被領著去參觀植物人——也就是「失敗的晶算師」，維繫住他們的生命只是為了向學生展示危險性。

然而，那個模式多麼誘人啊，你能感覺到它的力量。沒有未知。一切都成了已知。

在恐懼的迷霧中，默貝拉在床上朝他轉過身，他感覺情慾幾乎快要爆炸了。

還沒到時候。還沒到時候！

他們中的一人還說了些什麼。是什麼？他最近在思考，要用邏輯當作揭露女修會動機的工具，其局限性在哪裡。

「你經常嘗試分析她們嗎？」默貝拉問道。

她太詭異了，能說出他內心的想法。她不承認她會讀心術：「我只會讀你，我的甦亡人。你是我的，你知道的。」

「反之亦然。」

「太正確了。」有點像是在嘲弄，但它掩蓋了某種更深層、更扭曲的東西。

對人類心理所作的任何分析都有個陷阱，他這麼說：「覺得知道自己為什麼會這麼做，給了你做出很多異常之事的藉口。」

異常行為的藉口！這是他的馬賽克拼圖中的又一塊。他更了解棋局了，但卻受到罪惡感和責怪回擊。

默貝拉的聲音幾乎像是在深思：「我猜用心理創傷這個理由差不多能把一切都合理化。」

「把整顆行星化為焦土也能如此合理化嗎？」

「這種行為帶有一種殘酷的自主涵義。『她』說做出果斷的決定能鍛鍊你的心理，給你一種在壓力之下可以仰仗的自我認同。你同意嗎，我的晶算師？」

「這個晶算師不是你的。」他的聲音聽起來沒什麼力量。

默貝拉笑了，躺回她的枕頭上：「你知道女修會想從我們這裡得到什麼嗎，我的晶算師？」

「她們想要我們的孩子。」

「哎，何止啊。她們想要我們自願加入她們的夢想。」

又一片馬賽克！

但是，除了貝尼．潔瑟睿德，還有誰知道那個夢呢？女修們都是演員，總是在演戲，面具之下實在沒洩漏過什麼。真實的自我被緊緊封閉在高牆內，只有在必要時才會顯露點滴。

「她為什麼保留那幅古代的畫？」默貝拉問道。

艾德侯覺得自己的胃抽緊了。歐德雷迪保留在臥室的那幅畫，文森．梵谷的〈寇迪威爾的小屋〉，她曾給他帶來畫作的全息紀錄。差不多一個月之前的深夜，她把他從床上叫醒。

「你問我對人性的掌握，這就是了。」她把全息投影伸向他睡意矇矓的雙眼。他坐起身盯著那東西，想要搞明白。她怎麼了？歐德雷迪聽起來很激動。

她把全息投影交到他手裡，然後打開了所有的燈，使房間裡的物事都立刻顯露出明確的形體，所有東西都有一種淡淡的機械風格，你預期在無現星艦上看到的任何東西都是這種路數。默貝拉在哪裡？他們是一起入眠的。

他注視著全息投影，畫作讓他產生了莫名的感動，彷彿將他與歐德雷迪連接在了一起。她對人性的掌握？全息投影在他手裡感覺冰冷。她從他手裡接過它，放在桌子上。他仍然在盯著它，她找了把椅子在他身邊坐下。坐下了？有東西促使她待在他身旁！

「這幅畫是古老地球上的一個瘋子畫的。」她說道，並把臉湊近他，兩人一起看著畫作的全息投影。「看！人類的一瞬間被壓縮其中。」

被捕捉在風景畫裡？是的，該死的，她說得對。

他盯著全息投影。多漂亮的顏色啊！不僅是顏色，還有整體。

「大多數的現代藝術家會嘲笑他使用的技巧。」歐德雷迪說道。

在他欣賞的時候，她就不能閉嘴嗎？

「這個人是個偉大的記錄儀，」歐德雷迪說道，「人類的手、人類的眼、人類的精華，都集中到了這個人的意識中，他挑戰了界限。」

挑戰了界限！更多的馬賽克。

「梵谷使用了最原始的材料和畫具，」她聽上去就像是喝醉了，「穴居人都認得出的顏料！畫在他自己都能製作的畫布上。很有可能是他本人用毛和樹枝製作了畫具。」

她觸摸著全息投影的表面，她的手指在高高的樹叢間投下了陰影。「按照我們的標準，文化水準仍屬原始，但看到他畫出什麼了吧？」

艾德侯感覺自己該說些什麼，但找不到合適的詞語。默貝拉在哪裡？為什麼她不在這裡？

歐德雷迪抽回了手指，她接下來的話語深深地烙在了他的內心。

「這幅畫說明了你無法壓制野性，不管我們如何避免，野性仍然會在人類中產生。」

在她說話時，艾德侯的目光勉強離開了全息投影，一直盯著她的嘴唇。

「文森告訴了我們，我們的同伴們在大離散中發生的一些重要的事。」

這位早已死去的畫家？訴說著大離散？

「在那遠方，她們做了一些我們無法想像的事，而且現在也還在做。野性的事！參與離散的爆炸性的人口確保了這件事發生。」

默貝拉從歐德雷迪身後冒了出來，鬆軟的白色長袍綁著腰帶，光著腳。她剛淋完浴，頭髮還是溼的。原來她是去沐浴了。

「大聖母？」默貝拉的聲音懶洋洋的。

歐德雷迪沒有完全轉身，扭著頭說道：「尊母認為她們能預測和控制每一股野性。一派胡言。她們甚至連自己身體裡的野性都控制不了。」

默貝拉繞到床腳，疑惑地盯著艾德侯：「我好像錯過了你們的對話。」

「平衡，這才是關鍵。」歐德雷迪說道。

艾德侯的注意力仍然放在大聖母身上。

「人類可以在奇怪的表面保持平衡，」歐德雷迪說道，「甚至在不可預料的表面。它叫作『跟上節奏』，偉大的音樂家都懂。我還是個孩子時，在伽穆上看過衝浪者，他們也懂。有些浪會打翻你，但你做好了準備。你再次爬上板子，開始衝浪。」

不知何故，艾德侯想起了歐德雷迪說過的另一句話：「我們沒有儲藏室，我們回收利用所有的東西。」

回收，循環。圓的一部分。拼圖的碎片。

他開始發散思維，並知道得更多了。不是用晶算師的方式。回收——他者記憶不是閣樓上的儲藏室，而是她們視作可回收利用的東西，這意謂她們利用她們的過去，只是為了改變和更新。

跟上節奏。

從一個自稱避免接觸音樂的人口中說出，這比喻挺奇怪。

回憶到了這裡，他感覺著自己的精神拼圖。它已經變成了一團亂麻，位置都不對，每片拼圖似乎都無法和其餘的拼在一起。

但它們拼在一起了！

大聖母的聲音仍然在他的記憶裡繼續說話。對話還沒有結束。

「懂得這道理的人都懂得它的精髓，」歐德雷迪說道，「他們警告你，不要思考你正在做的事，那樣肯定會失敗。你只要做就行了！」

不要思考。要做。他覺得混亂。她的話讓他啟用了非晶算師的本領。

這是貝尼・潔瑟睿德的詐術！她是故意的，她知道有什麼後果。有時他能感覺到她散發的感情，但現在這感情在哪裡？她會關心被她如此對待的人的福祉嗎？

當歐德雷迪離開他們時（他沒有注意她什麼時候走的），默貝拉坐在床上，拉了拉膝蓋處的睡袍。人類可以在奇怪的表面上保持平衡。他的頭腦在轉動：拼圖的碎片想要找到彼此的關係。

他感覺到宇宙中出現了新動向。那兩個出現在幻象中的人？他們也是當中的一部分。他知道，但說不出為什麼。貝尼・潔瑟睿德是怎麼說的來著？「我們改變舊的風尚和舊的信仰。」

「看著我！」默貝拉說道。

魅音？不怎麼像，但他確信她曾試著用過；而且，她並沒跟他說，她們在訓練她使用這種巫術。

他看到她綠色的雙眼射出了奇怪的目光，知道她想起了以前的夥伴。

「永遠不要企圖比貝尼・潔瑟睿德更聰明，鄧肯。」

是說給攝影機聽的嗎？

他無法確定。近來，這雙眼睛背後的智慧牢牢吸引了他。他能感覺到智慧在成長，彷彿她的老師吹起了一個氣球，默貝拉的智慧如同她肚子裡的新生命一樣在膨脹。

魅音！她們對她做了什麼？

這是個愚蠢的問題。他知道她們在做什麼，她們正在從他身邊搶走她，把她變成一個女修。不再是我的愛人，我美妙的默貝拉。她成了一個聖母，冷漠地算計著她所做的一切。一個女巫。誰會愛一個女巫？

我會，而且直到永遠。

「她們抓住了妳的盲點，利用妳為她們做事。」他說道。

他能看到自己的話起作用了，她已經從陷阱中醒來。貝尼·潔瑟睿德真是太聰明了！她們誘惑她進了她們的陷阱，讓她瞥見了事物的丁點局部。她所瞥見的牢牢地吸引了她，就如同將她和他吸引在一起的磁鐵。對於尊母，這是種異常憤怒的覺醒。

我們誘惑別人！我們不會被誘惑！

但是，這是貝尼·潔瑟睿德的誘惑，她們的級別可不一樣。她們幾乎要成了她的「姊妹」了。為什麼不承認？而且，她想要她們的技能。她想結束試用期，在艙壁外進行真正的訓練。她難道不清楚，為什麼她們還在試用她嗎？

她們知道她仍然在陷阱裡掙扎。

默貝拉脫下了長袍，爬上床，躺在他身邊。她沒有碰他，但是兩個身體之間保持著緊張的接近感。

「她們原本打算要我替她們控制什阿娜。」他說道。

「就像你控制我一樣？」

「我控制妳了嗎？」

「有時我覺得你很滑稽，鄧肯。」

「如果我不能自嘲，那我就真的迷失了。」

「你也會嘲笑那個自以為幽默的自己嗎？」

「我最先嘲笑的就是他。」他翻身看著她，手攏在她的左邊乳房上，感覺乳頭在掌心變硬，「妳知道我從沒斷奶嗎？」

「在你所有的……」

「一次都沒有。」

「我能猜到。」一絲微笑從她的嘴角浮現，然後兩人突然都笑開了，緊緊抱在一起，笑得停不下來。

默貝拉說道：「該死，該死，該死。」

「誰該死？」在他的笑聲逐漸平靜下來後，他們不情願地分開了。

「不是誰，而是命運。該死的命運！」

「我不覺得命運會在意。」

「我愛你，如果我要成為一個合格的聖母，我不應該愛你。」

他痛恨這些像是自怨自艾的話題。還是開玩笑吧！「妳成為不了任何合格的東西。」他按摩著她懷有身孕的大肚子。

「我能！」

「她們製造妳的時候，把合格這個詞給忘了。」

她推開他的手，坐了起來，低頭看著他：「聖母絕不應該去愛。」

「我知道。」我的悲憤太明顯了嗎？

她仍沉浸在自己的煩惱裡：「當我迎來香料之痛……」

「要愛！我不喜歡妳和痛扯上關係。」

「我要怎麼避免？我已經身在急流中了，很快她們就要讓我全速前進了。那時，我的速度會很快。」

他想轉頭，但她的眼睛阻止了他。

「真的，鄧肯，我能感覺到。從某種程度上來說，它和懷孕差不多。過了某個時間點之後，再想放棄就危險了，必須堅持到底。」

「我們彼此相愛！」他強迫自己的想法從一個危險走向了另一個危險。

「她們不允許。」

他抬頭看著攝影機：「監視者在看著我們，她們有尖牙。」

「我知道，我現在就在跟『她們』說話。我對你的愛不是個缺陷，她們的冷漠才是缺陷。她們和尊母一樣！」

一盤棋局，其中有個棋子動不了。

他想叫喊，但是，攝影機背後的聽眾能聽到的不只是他的喊聲。默貝拉是對的。覺得自己比聖母聰明是件危險的事。

她低頭看著他，眼裡似乎起了層薄霧：「你剛才的樣子太奇怪了。」他察覺到了她未來變成聖母的樣子。

別再想那件事了！

談論他奇怪的記憶有時能轉移她的注意力。她覺得他的前世讓他從某些方面變得像是個聖母。

「我死過好多次。」

「你都記得？」每次都是同樣的問題。

他搖了搖頭，不敢再說什麼，以防監視者解讀出什麼不利的東西來。不是死亡和再生。

這些事情重複多了之後就變得無聊，有時他甚至懶得把它們放到祕密的資料垃圾箱裡。不，是與其他人相遇的獨特經歷，那一連串的回憶。

這就是什阿娜聲稱想從他身上得到的東西。「親密的瑣事。所有的藝術家都想要。」什阿娜不知道她提出了怎樣的要求。所有這些活生生的經歷創造了新的意義，模式中的模式。不起眼的小事，卻染上沉痛的辛酸，他沒辦法與任何人分享……甚至與默貝拉也無法。

一隻手按在我手臂上的觸感。一個孩子的笑臉。攻擊者眼中的閃光。

無數的平凡之事。一個熟悉的聲音說：「我今晚只想蹺起二郎腿，好好歇一歇。別想讓我動。」

這些都成了他的一部分，全都混入了他的性格。生命已將它們塑造成無法分離的一部分，他無法向任何人描述。

默貝拉沒看著他，直接說道：「在你的那些生命裡有很多女人。」

「我從來沒數過。」

「你愛她們嗎？」

「她們死了，默貝拉。我能保證的，就是在我的過去裡沒有妒忌的鬼魂。」

默貝拉熄滅了燈球。他閉上眼睛，感覺到黑暗籠罩了他們。她爬進他的臂彎。知道她需要擁抱，他緊緊地摟住她，但頭腦裡仍在琢磨著自己的事情。

一份古老的記憶展示了一位晶算師老師的格言：「最明確的關聯也可能在一瞬間變得無關。晶算師應該用喜悅的心看待這種時刻。」

他感覺不到喜悅。

所有在他體內延續的生命都蔑視晶算師眼中的關聯。一個晶算師的宇宙在每刻都是不同的，沒有舊的，沒有新的，沒有古代的繼承，沒有真正的「已知」。你是網，你存在的目的只是檢查網中的收穫。

什麼東西沒能鑽過去？這次我用的是多密的網？

這是晶算師的觀點。但是，忒萊素人不可能使用了所有艾德侯甦亡人的細胞來創造他，他的細胞在一連串採集中肯定有空缺。他已經辨認了許多空缺。

然而，我的記憶沒有空白。我記得一切。

他是獨立於時間的網。這就是我為什麼能在那個幻象裡看到人的原因……網。這是晶算師意識唯一能提供的解釋，如果女修會猜到了，她們會嚇壞了。不管他否認多少次，她們都會說：「又一個奎薩茲．哈德拉赫！殺了他！」

那就自己來吧，晶算師！

他知道自己掌握了大部分的拼圖，但是它們仍然無法拼成令晶算師茅塞頓開的問題組合。

一盤棋局，其中有個棋子動不了。

異常行為的藉口。

「她們想讓我們自願加入她們的夢想。」

挑戰了界限！

人類可以在奇怪的表面保持平衡。

跟上節奏。不要思考，做就對了。

25

最出色的藝術是對生活有力的模仿。如果它模仿了一個夢，那它一定是有生命的夢。否則，我們無法與藝術共鳴，我們無法連結。

——達爾維・歐德雷迪

• • •

午後不久，她們開始向南方的沙漠進發。歐德雷迪發現，鄉村的樣子已和三個月前的那次視察顯然不同。她感覺選擇了地面交通工具是正確的，厚厚的合成玻璃，不光能阻隔沙塵，還能展示給她們更多的景色。

乾燥多了。

她這一行人都擠在一輛相對輕型的車裡——包括司機在內總共可以坐十五人。沒有運用地面效應[5]時，它依靠的是懸浮器和精巧的噴射動力。在光滑的路面上，速度能達到每小時三百公里。她的隨行人員（太多人了，都因為塔瑪拉尼過分熱心）坐在後面的巴士上。巴士裡還裝著換洗衣服，以及停車休息時所需的食物飲料。

5 地面效應：一種流體力學效應，當飛行器距離地面或水面很近時，機體的上下壓力差異大，抬升力就會增加。——編注斯特吉坐在歐德雷迪的旁邊，剛好在司機的身後。她說：「我們沒法在這裡下一場小雨嗎，大聖母？」

歐德雷迪嘴唇抿緊了。沉默是最好的回答。

她們出發時就耽擱了。當她們在月臺上集合完畢準備出發時，貝隆達派人送來了一條訊息。又一場災難的報告臨時需要統御大聖母親自處理！

在這種為數不多的時刻裡，歐德雷迪感覺自己的工作就像是個官方的口譯員——走到月臺的邊緣，告訴她們訊息中寫了什麼。「各位姊妹，今天我們得知尊母又摧毀了我們的四顆行星。我們的範圍又縮小了許多。」

只剩下十二顆行星了（還包括巴塞爾），無臉的獵手，手中高舉斧頭，愈來愈近了。

歐德雷迪感覺到峽谷在她身下張大了嘴。

她命令貝隆達等待合適的時機再公布這條最新的壞消息。

歐德雷迪看著她身邊的車窗外。什麼時候才適合公布這種消息呢？

她們往南行駛了三個小時多一點，釉面的道路如同一條綠色的河流在她們眼前延展。路帶著她們穿過了一片軟木橡樹林，樹林一直從山邊蔓延到了山脊上。在管理不如果園那麼嚴格的農園中，橡樹長得如同一個個地精。一排排蜿蜒的小土壩排到了山頂，最初的農園沿著自然的輪廓展開，現在梯田已經被高高的棕色野草遮掩了。

「我們在那裡種松露。」歐德雷迪說道。

斯特吉還有更多的壞消息：「我聽說松露有麻煩了，大聖母。雨水不夠。」

沒有松露了？歐德雷迪盤算著是否要從後面叫個通訊侍祭來，問一下氣象部是否能緩解這裡的乾旱。

她往後看了一眼助理們。整整三排，每排四個，都是能拓展她觀察力和執行她命令的專家。再看看跟著她們的巴士！那是聖殿上的大型車輛，至少三十公尺長！擠滿了人！沙塵捲起，裹挾著它。

塔瑪拉尼遵照歐德雷迪的命令坐在那輛車裡。每個人都在想，大聖母被惹怒時會變得尖酸。塔瑪帶上了太多人，但歐德雷迪發現得太晚了，已來不及更改。

「這可不像是視察！更像是一次該死的入侵！」跟著我一起演，塔瑪。一場小小的政治秀，讓過渡更容易。

她將注意力放回到司機身上，這位車裡唯一的男性，克萊比，是個尖酸的車輛專家。他的臉龐皺成一團，膚色像是新翻的潮溼土地。他是歐德雷迪最鍾愛的司機，車開得又快又穩，並且能意識到機器的極限。

她們爬上了山頂，軟木橡樹變得稀疏，另一面的山腳下有一片包圍在果園裡的社區。

在這種光線下看上去真美，歐德雷迪想著。低矮的建築，白色的牆壁，鋪著橙色瓦片的屋頂。遠處的山坡下有一條覆蓋著拱形頂棚的通道，通道的盡頭有一座高大的建築，那是地區辦公室所在。

這景象讓歐德雷迪感到安心。距離還有環形果園裡蒸騰的霧氣，讓這社區裹上了一層光暈。這裡仍處於冬季，樹枝仍然光禿禿，但肯定還能再結一次果。

她提醒自己，女修會要求環境具備一定的美感。這種放縱既能滿足感官，又不會影響填飽肚子。盡可能地舒適……但不要過分！

有人在歐德雷迪身後說道：「我真覺得有些樹開始長葉子了。」

歐德雷迪更仔細地看了看。是的！黑色的樹枝上點綴著點點新綠。冬季已悄然溜走，努力調整季節變遷的氣象部無法避免偶爾的錯誤。擴張的沙漠給這裡提早帶來了更高的溫度：溫暖得奇怪的土地促使植物發芽或開花，卻恰好趕上突如其來的霜降。農園裡，生而復死變得愈來愈常見。

一位野地顧問挖掘出了一個古代的術語「秋老虎」，並投影出了一個鮮花盛開的果園被雪花襲擊的景象。歐德雷迪感覺自己的記憶在顧問的話語下翻攪。

秋老虎。多麼合適啊！

她的顧問看著那個小小的投影，理解了比喻的意思：寒冷緊接在不正常的溫暖之後發生，就像是天氣出乎意料地轉暖之時，劫掠者就會趁此時侵擾鄰人。

想到這裡，歐德雷迪感覺到了獵手斧頭的寒光。還有多久？她不敢尋找答案。我不是奎薩茲·哈德拉赫！

歐德雷迪沒有轉頭，直接對斯特吉說道：「這地方，龐德勒，妳來過嗎？」

「這裡不是我上的學員中心，大聖母，但我猜它也應該差不多。」

是的。這些社區都很像：多數是藏在果園裡的低矮建築，用以特別訓練的學習中心。它是篩選有潛力女修的系統，你離中樞愈近，篩孔就愈小。

有些社區，例如龐德勒，專門強化人的意志，每日派女人長時間在外體力勞動。她們用手刨著土，身上沾染水果汁液，日後的生活中很少會在骯髒的工作前畏縮。

現在一行人已經遠離了沙塵，克萊比打開車窗。熱浪滾了進來！氣象部在搞什麼？

兩座位於龐德勒邊緣的建築在二樓連接起來，形成了一個長長的連通隧道。歐德雷迪想著，只要再加一座吊橋，就能複製太空史前的城門了。全副武裝的騎士也一定不會覺得這黃昏時的熱氣陌生。連通道由黑色的塑石建造而成，看上去和石頭一模一樣。上方的攝影機孔顯然就是衛兵守候的地方。

她看到通往社區內部的隧道長長的，挺乾淨。在貝尼・潔瑟睿德的社區裡，鼻孔極少會被腐爛或被其他刺激性的氣體所侵襲。沒有貧民窟，街邊也很少會見到身障的人。人們的肉體相當健康，良好的管理讓健康的居民心情舒暢。

但是，我們也有身負障礙的人，他們並不都是身體上的殘疾。

克萊比在連通隧道的入口處停車，一行人陸續下車。塔瑪拉尼的巴士停在她們後面。

歐德雷迪本來希望入口通道能讓她們逃避熱浪，但任性的大自然把這地方變成了火爐，溫度反而更高。等到她穿過大太陽下的中央廣場時，身上的汗水蒸發，給了她幾秒鐘的涼意，倒是讓她覺得挺愜意。

但是當太陽灼燒著她的頭和肩膀，愜意的錯覺突然就消失了，她被迫控制新陳代謝以調節體溫。中樞廣場的圓形噴泉裡水花飛濺，這項裝飾造景有欠考慮，很快就得撤掉了。

現在先別管。士氣！

她聽到同伴們跟了上來，紛紛抱怨以同樣姿勢坐久了。廣場的另一頭，能看到歡迎的隊伍正急匆匆趕來。歐德雷迪認出了領頭的人是負責主理龐德勒的錫姆佩。

大聖母的助理都走上了噴泉廣場的藍色地磚——除了斯特吉，她站在歐德雷迪的身旁。塔瑪拉尼的那夥人也被噴濺的水花吸引了。人類如此古老的喜好，無法完全被杜絕，歐德雷迪想著。

肥沃的土地和開放的水面——清澈、可飲用的水，你可以把臉埋進去，以解乾渴。

事實上，和她同行的人裡真的有幾個在這麼做。她們的臉上有水珠在閃耀。

在離歐德雷迪不遠處的噴泉廣場的藍色地磚上，龐德勒的隊伍停住了腳步。錫姆佩帶來了三位聖母和五位年紀較大的侍祭。

五位侍祭都臨近接受香料之痛考驗的時機了，歐德雷迪觀察著。侍祭率直的目光顯示她們知道試煉就快來臨。

歐德雷迪偶爾會在中樞遇見回來授課的錫姆佩，她的身材保持得不錯，棕色的頭髮顏色很深，在陽光下顯得接近黑紅色。窄窄的臉龐嚴肅到有點冷酷，她臉上最凸出的就是濃眉下全藍的雙眼。

「我們很高興見到您，大聖母。」聽上去她真的這麼認為。

歐德雷迪含蓄地點了點頭。我聽到妳說的了。妳為什麼這麼高興見到我？

錫姆佩懂她的意思。她示意了一下身旁那位臉頰凹陷的高個子聖母：「您記得我們的果園幹事法利嗎？法利剛帶了一隊園丁來見我，她們有非常嚴肅的事要抗議。」

法利疲憊的臉看起來有些灰暗。工作太勞累了？她尖尖的下巴上有一張薄唇，指甲裡卡了泥土。歐德雷迪滿意地注意到了。她不怕與園丁一起刨土。

一隊園丁。看來抗議升級了，一定挺嚴重的，否則錫姆佩也不會推到大聖母頭上。

「說來聽聽。」歐德雷迪說道。

看了眼錫姆佩後，法利詳細地敘述了一遍，甚至還提供了她們領頭人的資歷。當然，他們都是好人。

歐德雷迪清楚這個模式。她們曾經召開一系列的會議，討論這個無法避免的後果，錫姆佩參加了其中的幾場。妳怎麼才能向人民解釋呢，一條遙遠的沙蟲（或許還不存在）需要如此巨大的改變？妳怎麼才能向農夫解釋，事情並不是「多下點雨」就能解決的，而是直接關係到整個行星的氣候？這裡多下點雨，會改變高空的風向，這會影響到其他方面，像是形成帶著溼氣的熱風，不僅不受歡迎，甚至會帶來危險。如果再稍微加入點不好的條件，極其容易造成龍捲風。行星的氣候調節不是件簡單的差事，正如我有時提出的天氣要求。整個等式都需要再平衡。

「行星擁有一票否決權。」歐德雷迪說道。這是女修會對人類之不可靠的一個古老的說法。

「沙丘星還有投票權嗎？」法利問道。問題中的苦澀比歐德雷迪預期的還要深。

「我感覺到了熱氣。我們抵達時看到了果樹上的綠葉。」歐德雷迪說道。我知道妳在擔心什麼，女修。

「今年我們將失去部分的收成。」法利說道，語氣中有指責的意味：都是妳的錯！

「妳跟那隊園丁怎麼說的？」歐德雷迪問道。

「沙漠必須生長，氣象部無法按照我們的要求進行調整。」

這是真相，也是統一的口徑。不是很充分，真相通常如此，但這是目前她們所掌握的全部了，很快就必須讓她們知道得更多。在那之前，會有更多園丁不滿，收成的損失也會更多。

「您要和我們一起喝杯茶嗎，大聖母？」錫姆佩如同外交官似的打著圓場。您看到了情況正在升級嗎，大聖母？法利現在會回去處理水果和蔬菜，那是適合她的地方。訊息已傳遞出來了。

斯特吉清了清嗓子。

要讓她改掉這個該死的習慣！然而它代表的意義簡單明瞭。斯特吉負責她們的行程。我們必須走了。

「我們出發晚了，」歐德雷迪說道，「我們停下只是為了活動一下筋骨，順便看一下妳們是否有無法解決的問題。」

「我們能應付那些園丁，大聖母。」

錫姆佩爽快的語調體現了她的信心，歐德雷迪差點就微笑了。

想的話就請您檢查，大聖母。隨便看。您會發現龐德勒維持著貝尼．潔瑟睿德的秩序。

歐德雷迪瞥了眼塔瑪拉尼的巴士，有些人已回到了車裡的空調環境，塔瑪拉尼站在耳力可及的車門旁。

「我聽過不少妳的好話，錫姆佩，」歐德雷迪說道，「沒有我們的打擾，妳可以幹得更好。我可不想帶著過於龐大的隨行人員入侵妳的領地。」最後一句話足夠響亮，大家肯定都能聽到。

「您在哪裡過夜，大聖母？」

「艾蒂奧。」

「我有段日子沒去那裡了，但我聽說海已經變小了很多。」

「飛行員已確認妳所聽說的事了。沒必要告訴她們我們的行程，錫姆佩，她們已經知道了。我們必須讓她們做好被入侵的準備。」

果園幹事法利往前邁了一小步：「大聖母，如果我們能……」

「告訴妳的園丁，法利，她們有個選擇。她們可以邊抱怨邊等待，直到尊母前來將她們變為奴隸，或者她們可以選擇參加大離散。」

歐德雷迪回到車內坐了下來，雙眼緊閉，直到她聽到車門關上，她們又上路了才又睜開。她們已經駛離了龐德勒，正沿著光滑的路面穿過南側的環狀果園。她身後一片壓抑的寧靜。女修們正仔細審視著大聖母剛才的行為。這次會面稱不上令人滿意，侍祭們自然地受到情緒感染，斯特吉也是悶悶不樂的樣子。

天氣讓人不注意也難，光是話語已不能安撫抱怨。好天氣的標準愈降愈低，每個人都知道原因，但是，變化仍然是焦點，隨處可見。你無法抱怨統御大聖母（沒有很好的理由就不行），但是你能咒罵天氣。

「她們為什麼非得把今天搞得這麼冷？為什麼是今天，我今天還要出門。我們出門時還挺暖和的，看看現在！我都沒帶合適的衣服！」

斯特吉想說話。好吧，這就是我帶上她的原因。但她變得有些多嘴了，擠在一起的親密侵蝕了她對大聖母的敬畏。

「大聖母，我在翻我的手冊，想尋找解釋——」

「要小心手冊！」在她生命中，有多少次她聽到過或說過這句話？「手冊會養成習慣。」

斯特吉聽過很多有關習慣的訓誡。貝尼．潔瑟睿德會有某些習慣，民間流傳會說是「女巫的典型行為」。但是，模式與習慣不同，會給別人預測行為的機會，必須謹慎地避免。

「那我們為什麼有手冊呢，大聖母？」

「我們有手冊是為了證明它們是錯的。終章是給新生和其他人的早期訓練用的。」

「那歷史呢？」

「千萬不要忽視了歷史紀錄中的平庸之處。身為聖母，妳會在每一個新的時刻中重新學到歷史。」

「真理是一只空杯。」斯特吉非常得意自己能記得警句。

歐德雷迪差點露出了微笑。

斯特吉是塊珍寶。

這想法有警惕的功能。有些寶石可以藉由雜質而辨別出種類，專家們標記出石頭內的雜質，就像是祕密的指紋。人也是如此，你常會透過他們的缺點而認識他們。閃亮的外表告訴你的資訊太少，要認識一個人，你得看他的深處，尋找雜質，才能看出他是否是塊寶石。如果沒了雜質，梵谷會變成什麼人？

「斯特吉，擁有洞察力又對事事抱持懷疑的人所說的話，他們口中的歷史，才是妳香料之痛前的指引。之後，就換妳對事事抱持懷疑，然後妳就會發現自己的價值觀。以目前來說，歷史揭示了日期，告訴妳有件事發生了。而聖母則去搜尋那件事的多種面向，並了解了歷史學家的偏見。」

「就這樣？」斯特吉覺得被深深地冒犯了。那她們為什麼要如此浪費我的時間？

「很多歷史基本上沒什麼價值，因為受了偏見影響，寫來是為了取悅某個權力團體。翹首等待妳雙眼大開的那一天吧，親愛的。我們是最優秀的歷史學家，我們在現場。」

「我的觀點每天都會變嗎？」斯特吉提出了發人深省的問題。

「這是老霸夏為我們上的一課，提醒我們心裡要保持新穎的觀點。過去必須由現在來重新解釋。」

「我不知道自己是否會喜歡這麼做，大聖母。有太多道德上的決定要下了。」

啊，這塊寶玉看到了核心，並如同一位真正的貝尼．潔瑟睿德一樣誠實述說。斯特吉的雜質中有奪目的閃光。

歐德雷迪看著陷入沉思的侍祭的側臉。很久以前，女修會規定了每位姊妹必須做出她自己的道德抉擇。絕不要在質疑之前就隨便跟隨領導。這就是年輕人的道德訓練如此重要的原因。

這也是我們需要在這麼年輕的人裡面尋找有潛力成為女修的人的原因。或許，正因為如此，道德缺陷才悄悄侵襲了什阿娜。我們太晚得到她了。她和鄧肯用手語交談的到底是什麼秘密？

「道德抉擇總是易於辨別，」歐德雷迪說道，「它們就在妳捨棄了個人利益的地方。」

斯特吉敬畏地看著大聖母：「那得需要多大的勇氣啊！」

「不是勇氣！甚至也不是絕望。我們所做的，從最根本的角度上來說，就是自然。事情得這麼做，因為沒有其他選擇。」

「有時您讓我覺得自己很無知，大聖母。」

「很好！這是智慧的開端。有很多種無知，斯特吉。最底層的就是不假思索地追隨自己的欲望。有時，我們毫無意識就這麼做了。要磨練妳的感官，小心無潛意識的行為。時時刻刻問自己：『我做那件事的時候，我想得到什麼？』」

她們翻過了抵達艾蒂奧之前的最後一個山頭，歐德雷迪迎來了屬於她自己的一刻。

有人在她身後嘟囔著：「看大海在那裡。」

「停下。」在她們接近一個能俯視海洋的寬闊的岔道口時，歐德雷迪命令道。克萊比知道這地方，心裡早有準備，歐德雷迪經常讓他在這裡停車。他在她想要的地方停了下來，車停時發出了吱嘎聲。她們聽到巴士也在後面停下了，一個響亮的聲音喊著她的同伴：「看那裡！」

艾蒂奧在歐德雷迪的左下方展開：那裡的建築精巧，有些由細小的管子支撐在地面之上，風在它們下面和中間穿過。這裡已經深入南方，比中樞所在位置的海拔低很多，因此也暖和不少。小型的縱軸風車從這地方看過去就像是玩具，在艾蒂奧建築的角落轉動，為社區提供能量。歐德雷迪指著它們給斯特吉看。

「我們把它們看作是獨立的象徵，免於被他人控制之下的複雜技術綁架。」

歐德雷迪邊說邊轉頭望向右邊。大海！曾經輝煌的遼闊，如今只剩下可憐的殘軀。海之子痛恨她所看到的景象。

溫暖的蒸汽升騰在海面之上。海水的盡頭處，乾旱山丘的紫暈在地平線上畫下了一條模糊的輪廓。她看到氣象部引入風來吹散飽和的空氣，結果就是泛著白沫的海浪拍打著高地下方的鵝卵石。

這裡曾經有一排漁村，歐德雷迪回想。現在海水退卻了，漁村看起來像是爬上了山坡。漁村曾是海岸邊色彩斑斕的風景，現在多數的人口已離開，參與了大離散，剩下的人們建造了一條軌道來將他們的漁船運往海邊。

她同意了這個計畫並為此哀嘆。節約能量。她突然覺得眼前的景象很殘酷——像是舊帝國時期的老人院，人們在裡面等死。

這些地方在消亡前還能撐多久？

「這海也太小了！」車子後方有個聲音傳了過來。歐德雷迪聽出來了，是一個檔案部職員。貝爾該死的間諜。

歐德雷迪將身子前傾，拍了拍克萊比的肩膀：「開到海岸旁邊，就是在我們正下方的那個海灣。我想到海裡游泳，克萊比，趁海還在的時候。」

斯特吉和另外兩個侍祭跟她一起下到了海灣裡溫暖的水中。其他人有的在岸邊散步，有的在車子和巴士旁看著這奇怪的景象。

大聖母在海裡裸泳！

歐德雷迪感覺身邊的水充滿能量。游泳是必須的，因為她需要做出決定。

在行星僅存的氣候溫和的日子裡，她們還能維持住這一片最後的海洋的多大面積？沙漠正在迫近——覆蓋所有地表的沙漠，與失去的沙丘星一樣。如果執斧之人給我們時間的話。威脅近在眼前，峽谷也更深了。*該死的天分！我為什麼要知道？*

慢慢地，海之子和海浪的互動重建了她的平衡感。這個水體是最大的麻煩——比分散的小海洋與湖泊大多了。大量的水汽從這裡蒸發，導致氣象部在勉力維持的管控中，還需要擠出能量來處理氣流的偏離。然而，這片海仍然在哺育著聖殿。它是交通要道，海運是最便宜的。在她的決定中，能源成本必須與其他因素綜合考量。海終究會消失，這是必然的，整個人口都面臨遷徙。

海之子的記憶前來騷擾。鄉愁擋住了合理判斷的途徑。什麼時候讓海消失？這是關鍵的問題。所有不可避免的遷徙和安置都取決於這個決定。

最好要快，讓痛苦盡快成為過去。讓我們開始吧！

她游到了淺水處，抬頭看著疑惑的塔瑪拉尼。不時濺起的水花在塔瑪的長袍上留下道道深色痕跡。歐德雷迪仰著頭，躲避著小小的海浪。

「塔瑪！盡快除掉這片海，讓氣象部制訂一個快速脫水的方案。方案中需要一併考慮食物和交通的影響。在我們討論之後，我會批准最終方案。」

塔瑪拉尼轉身離去，沒有說話。她示意合適的姊妹跟她一起走，途中瞥了大聖母一眼。看到了嗎？我是對的，帶了必備的助理一起來！

歐德雷迪從水裡爬起，潮溼的沙子在腳下摩擦。很快就要變成乾沙了。她沒有擦乾身子就直接穿衣，衣服貼在她身上，讓她不太舒服，但她不管。她走了一段路遠離眾人，沒有回頭看看大海。

記憶的禮物只能到此為止了。為了喚起過去的愉悅，那些偶爾可以捧起，心懷眷戀地撫觸的事物即將消逝。沒有哪種愉悅可以永存，所有都是暫時的。「一切都將成為過去」對宇宙中所有事物都適用。

海灘漸變成了沙質的土壤，上面長著稀疏的植物。她終於轉身回望那座剛剛被她判了死刑的海。

只有生命本身最重要，她告訴自己。缺乏持續的繁殖衝動，生命也無法延續。

存活。我們的孩子必須存活下來。貝尼·潔瑟睿德必須存活下來！

沒有哪個孩子比整體更重要。她接受這個觀點，知道這是整個物種在她體內最深處的自我對她喊話。她還是海之子時就已首次發現的自我。

歐德雷迪允許海之子聞了最後一口鹹鹹的空氣。然後，她們回到了各自的車輛，準備前往艾蒂奧。

她感覺自己平靜下來了。一旦獲得那個關鍵的平衡之後，並不需要真正的大海來維持。

26

對問題追本溯源，便能在千絲萬縷中見蛛絲馬跡。唯有如此，方能發掘更多問題！

——晶算師禪蘇非

・・・

蜘蛛女王！

達瑪正悠然自得。

她喜歡女巫們給她起的這個名頭。如果她真有一片蜘蛛網，交會點上這座新的控制中樞就是蛛網的中樞。不過這座建築的外觀還是不合她的心意，設計充滿宇航公會那種洋洋自得的架勢，整體風格過於保守。好在她對內部裝飾開始熟悉了，這讓她略感欣慰。她幾乎覺得自己依然身在杜爾，混合人從未出現過，也從未經歷過飛回舊帝國的這段痛苦行程。

她站在敞開的會議廳大門邊，會議廳緊臨植物園。勞格諾在她身後四步遠的地方候著。在我身後時，別離太近，勞格諾，否則我不得不殺了妳。

地磚之外是一片草坪，此時草葉上的露水還沒乾，太陽升起時，僕人們便會搬出舒適的桌椅放在那裡。按她的命令，今天該是陽光明媚，氣象部最好造出那該死的陽光來。勞格諾的報告很有趣，這麼說那個老女巫回到巴塞爾了。她還很憤怒，好極了。顯然，她知道自己被監視了，應該還跑到她的女巫上級那裡要求撤離巴塞爾避難，結果還被她拒絕了。

只要中樞身體還藏得好好的，她們不在乎被我們斬斷四肢。

達瑪側頭越過肩後對勞格諾說：「把那個老女巫帶過來，還有她那些隨從，都帶過來。」

勞格諾正轉過身去，準備執行命令，達瑪又補充：「挑些混合人，停止餵食。我要讓牠們保持飢餓狀態。」

「是，達瑪。」

勞格諾走後，立刻有人遞補了她的位置，達瑪沒轉過身去看是誰。執行必要命令的助手從沒缺過。撇開威脅程度，這些助手沒什麼太大區別。勞格諾一直是個威脅，她讓我保持警醒。

達瑪深深吸了口新鮮空氣，今天會是陽光明媚的好天氣，因為正是她下令的。她整理了一下她那些隱祕的記憶，讓記憶撫慰她的情緒。

古杜爾保佑！我們找到可以重振旗鼓的地方了。

鞏固舊帝國的計畫在穩步進行中，那些女巫的巢穴應該沒剩多少了，只要找到那顆該死的聖殿星，瓦解整個組織易如反掌。

現在她想起伊克斯有個問題。也許昨天我不該殺了那兩個伊克斯科學家。

但是那兩個蠢貨竟敢要求從她這裡得到「更多資訊」。竟然敢提要求！而且還是在聲稱他們仍無法重新製造那件武器的彈藥後。當然了，他們不知道那是件武器，應該是不知道吧？她也不太敢確定。這麼說來，殺了他們也不錯。給他們個教訓。

要給我們提供答案，而不是問更多問題。

她喜歡她和姊妹們在舊帝國定的這份規矩。無所事事的人太多，五花八門的文化太多，不牢靠的宗教也太多。

讓古杜爾的信仰為他們服務就行了，就像它為我們服務一樣。對於信奉古杜爾，她感覺不到任何神祕的吸引力，這只是件有用的權力工具。其源頭眾所周知，是雷托二世，那些女巫口中的「暴君」，以及他的父親摩阿迪巴。這兩位都是徹底的政治掮客。雖然有分裂分子環伺，但那些人最終都會被淘汰出局，只留下精華，這宗教是臺潤滑良好的機器。

披著多數人外衣的少數人暴政。

這就是女巫盧西拉覺察到的事。發現了她知道怎麼操縱大眾以後，沒理由還讓她繼續活著。必須找到她們的老巢，再一把火燒成灰燼。盧西拉的洞察力顯然並非個案，她的行為顯示出有一所學校正在運作，她們在那裡教授這些技能！那些蠢貨！你得先處理好現實問題，否則就都失控了。

勞格諾回來了。達瑪總能分辨出她的腳步聲，鬼鬼祟祟。

「已經叫人把那個老女巫從巴塞爾帶過來了，」勞格諾說，「還有她那些隨從。」

「別忘了混合人的事。」

「我已經下達命令了，達瑪。」

這語調真諂媚！妳大概很想把我餵給那群混合人吧，是不是，勞格諾？

「還有，要在籠子周圍加強安全措施，勞格諾。昨晚又有三個跑了。我起床的時候，那三個正在院子裡四處走呢。」

「有人告訴我了，達瑪。已經加派了守籠子的人手。」

「別告訴我『沒有馴獸師，牠們都人畜無害』之類的鬼話。」

「我也不信，達瑪。」

她終於說了一次真話。混合人令她恐懼，很好。

「我相信我們有自己的權力基礎，勞格諾。」達瑪轉過身，注意到勞格諾已經侵入了危險區至少兩公釐了。勞格諾也看到了，她趕緊撤回身子。在我看得見的區域，妳想靠多近都無妨，勞格諾，但我背後不行。

勞格諾看到了達瑪眼中燃起的橙色火焰，她幾乎要立刻跪下了。至少絕對已經彎下了膝蓋。「我只是太想為您服務了，達瑪！」

是太想取代我吧，勞格諾。

「伽穆的那個女人怎麼樣了？名字還挺奇怪的。她叫什麼？」

「利百加，達瑪。她還有些她的同夥……呃，暫時躲過了我們的搜索。但會找到的，她們不可能離開那顆星球。」

「妳覺得我應該把她留在這裡，是不是？」

「把她當誘餌是明智之舉，達瑪！」

「現在她也是誘餌。我們在伽穆發現的那個女巫去找了那些人，不可能是巧合。」

「是，達瑪。」

說得倒好聽，是，達瑪！但是不管怎麼說，勞格諾的聲音中透著順從，聽起來很讓人愉悅。「好，去辦事吧！」

勞格諾快步離去。

總有一小撮有暴力傾向的人會找個地方祕密集會。他們培養共同的仇恨，擾亂他們周圍本來井然有序的生活，最後總得有人出來收拾他們的爛攤子。達瑪嘆了口氣。恐怖戰術太……效果太短暫了！

成功所在，就是危險所在。她們已賠上了一個帝國。如果你功成名就，人前顯耀，總有人會想把你扳倒。嫉妒使然！

這一次，我們要小心謹慎，不能再讓一切付諸東流。

她進入半遐想狀態，對身後的動靜仍然保持著警惕，但開始享受起今早展現在她眼前的那些收穫，那代表著新的勝利。她喜歡默數那些被俘星球的名字。

瓦拉赫、克勞寧、里諾爾、伊卡茲、比拉·特喬斯、伽穆、蓋蒙特、女史……

27

人天生帶有的心疾之中，最為冥頑不化、難以擺脫者，就是自欺。或想入非非，或茫然絕望，都源於此。且幾乎可斷言，此事無人可免，因此亟須時時自省。

——終章

• • •

趁歐德雷迪不在中樞（可能很快就會回來），貝隆達知道必須盡快採取行動。那個該死的晶算師甦亡人太危險了，不能讓他活著！

天色漸晚，大聖母那群人尚未脫離她的視野，貝隆達便動身前往無現星艦。

對貝隆達來說，橫越環形果園可不是什麼深思熟慮的好辦法。因此，她在運輸管上預訂了一個位置，運輸管沒有窗戶，自動運行，而且速度也快。畢竟有眼線的可不止她一個，也可能會有人把自己不希望傳出去的訊息透露給歐德雷迪。

在前往的路上，貝隆達回顧了一下她對艾德侯眾多生命的評估。她一直將這份紀錄保存在檔案部，以便有機會迅速調閱。艾德侯最初的本尊以及早期的幾個甦亡人，性格常被衝動左右，很容易恨一個人，也很容易對別人獻上忠誠。後期的艾德侯甦亡人變得有些憤世嫉俗，但潛在的衝動特質並未消失，暴君就曾多次激發過這種情緒。貝隆達據此辨別出了一種模式。

可以用驕傲去刺激他。

他曾長期為暴君服務，這段經歷很讓貝隆達著迷。他不僅多次成為晶算師，甚至有證據表明，他曾在不止一次的人生中成為真言師。

艾德侯的外表與她在紀錄中所見並無二致，眼睛流露的神情，以及一路往下到嘴唇的整張面容，都和他複雜的內心發展相當匹配，無一不體現著他那令人興味十足的性格。

這個男人十分危險，歐德雷迪為什麼就不能接受這個現實呢？不僅如此，每次談到艾德侯，她都流露出炫耀的表情，讓貝隆達經常感到憂心忡忡。

「他的思維清晰、直接，想法嚴謹、簡潔，很能鼓舞人心。我喜歡他，而且我知道這都是細枝末節，這種喜歡還影響不了我做決定。」

她根本是承認了他對她有影響！

貝隆達發現艾德侯正一個人坐在他的控制臺邊，全神貫注地看著一幅線條圖，貝隆達認出來了，那是無現星艦的操作原理圖。一看到貝隆達，他立即把投影清除了。

「妳好，貝爾。我正等著妳來呢。」

他伸手在操作臺區域點了一下，身後的一扇門應聲而開。走進來的是年輕的特格，他在艾德侯身邊站定，默默地盯著貝隆達。

艾德侯沒請她坐下，也沒給她找把椅子，她只能自己從他的寢室拽了一把，然後把椅子擺在他正對面。等她坐定後，艾德侯饒有興致又頗為警惕地看了她一眼。

貝隆達還是對他那句招呼暗自驚訝。他怎麼會在等我？

艾德侯主動解答了她沒說出口的問題：「達爾之前投影過來了，她告訴我說要去探訪什阿娜。我知道，只要她一走，妳一分鐘都不會多等，立刻就會來找我。」

這是簡單的晶算師預測，還是……「她警告你了！」

「沒有。」

「你和什阿娜之間藏了什麼祕密？」貝隆達語氣逐漸嚴厲。

「妳想讓她怎麼利用我，她就在怎麼利用我。」

「護使團！」

「貝爾！堂堂兩個晶算師，還必須耍這些愚蠢的花招嗎？」

貝隆達深吸口氣，打算進入晶算師模式。有那個孩子盯著她，再加上艾德侯臉上的揶揄之色，貝隆達頗費周章才成功。難道歐德雷迪比她想像中還要狡詐，跟這個甦亡人聯手對付一位女修？

看到貝尼．潔瑟睿德的那種高度張力轉變成晶算師的雙倍聚焦後，艾德侯鬆了一口氣：「我早就知道，妳一直都想置我於死地，貝爾。」

沒錯……他能讀出我的恐懼。

他想，她差點就成功了。貝隆達帶著殺意來找他，裝模作樣，演一齣「實在沒辦法，只能殺掉」的戲碼，其實卻是蓄謀已久。真動起手來，他對自己的勝算不抱任何幻想。但是，晶算師貝隆達不會貿然行動，一定會先仔細觀察。

「你直呼我們的名字，可是大不敬。」她話中帶刺。

「這是不同的打招呼方式啊，貝爾。妳已經不再是聖母了，我也不是『那個甦亡人』。現在我們只是要面對共同問題的兩個普通人類。別說妳沒有意識到。」

她環視了一下他的工作間：「你要是真的知道我會來，怎麼會沒叫默貝拉過來？」

「逼她為了保護我而殺了妳？」

貝隆達想了想。那個該死的尊母確實能殺了我，不過既然這樣，那……：「你把她支開，是想要保護她。」

「我有更厲害的護衛。」他指著那個孩子說。

特格？當護衛？伽穆倒是有些關於他的傳說。艾德侯是不是知道什麼？

她想要問問，但是她敢冒分心的風險嗎？看門狗必須明白什麼情景是危險的。

「他？」

「如果他看到妳殺了我，還會為貝尼．潔瑟睿德服務嗎？」

她沒作聲，於是他接著說：「換位思考一下，貝爾。我不僅是落入妳手中的晶算師，同樣也在尊母手中。」

「這就是你的全部身分嗎？晶算師？」

「不，我也是忒萊素的實驗品，但是我無法預測未來。我不是奎薩茲．哈德拉赫。我只是身負多個生命記憶的晶算師。妳擁有他者記憶，妳可以想想這會給我帶來什麼影響。」

艾德侯說這些話的時候，特格就靠在他肘邊的控制臺上。男孩的臉上充滿好奇，她看不到有怕她的跡象。

艾德侯指著頭上的投影焦點，裡面的銀色微粒跳動著，隨時準備造出影像來。「一個晶算師能看到他的轉播投影投射出的矛盾之處——例如夏天中出現了冬日景象，或者有人在雨中拜訪他時，他卻看到了陽光……妳難道就沒想過，我早已料到妳那些小把戲嗎？」

她聽出了晶算師總結。這一點上，他們學的是一樣的內容。她說：「你自然會告訴自己不要輕視晶算師之道。」

「我問的不是這個問題。一起發生的事情總會有潛在聯繫。在同時性面前，什麼是因，什麼又是果？」

「你有位好老師。」

「沒錯，而且不止一世。」

特格向她傾過身子：「您真是來殺他的？」

撒謊毫無意義。「我還是認為他過於危險。」讓監察員去爭辯好了！

「但他打算幫我找回記憶！」

「我們是同一塊地板上的舞者，貝爾，」艾德侯說，「這就是『道』。也許我們看上去不是在共舞，也許用的不是同一種舞步，不是同樣的節奏，但人們將我們視作同夥。」

她開始懷疑他到底想說什麼，心裡琢磨著還有沒有什麼別的辦法能消滅他。

「我不明白你說的是什麼意思。」特格說。

「很有意思的巧合。」艾德侯說。

特格轉身看著貝隆達：「也許您願意為我解釋，行嗎？」

「他想說，我們互相需要。」

「那他為什麼不這麼說呢？」

「因為這樣更巧妙，孩子。」然後她想到：紀錄裡必須顯得我是在警告艾德侯。「不管你在井裡看過多少次驢子路過，那畜生都不是因為有鼻子才長出尾巴的。鄧肯，你是在坐井觀天。」

艾德侯直面貝隆達死死盯著他的眼神：「達爾曾經帶著一束蘋果花枝過來，但我的投影顯示的是收穫時節。」

「這是個謎語，對吧？」特格拍著手問道。

貝隆達調出那次拜訪的紀錄，那是大聖母一次精準的行動。「你沒懷疑過我們有溫室嗎？」

「或者她只是想取悅我？」

「我可以猜了嗎？」特格問。

一陣長久的沉默後，兩位晶算師的目光互相鎖定，艾德侯說道：「對於監禁我，妳們私底下一片混亂，貝爾，妳們的最高議會意見分歧。」

「就算是混亂，也可以產生慎思和判斷。」她說。

「妳是個偽君子，貝爾！」

她猛地一縮，彷彿被他擊中了一般。她並非本意如此，完全是下意識的動作，這種被迫採取的反應讓她頗感震驚。魅音？不……比魅音更深入人心。她突然對面前這個男人感到恐懼。

「身為一名晶算師兼聖母，竟然還能這麼虛偽，這可太有意思了。」他說。

特格拽了拽艾德侯的手臂：「你們是在吵架嗎？」

艾德侯掃開他的手：「對，我們在吵架。」

貝隆達沒法把她的目光從艾德侯的眼神中移開。她想轉身逃跑。他在做什麼？一切都變得不對勁了！

「妳們內部的偽君子與罪犯？」他問道。

貝隆達又一次想到了攝影機。被他玩弄於股掌之上的不僅是她自己，那些監視他的人也一樣被蒙在鼓裡！他一直在精心設計，處處小心。那一瞬間她突然被他這高超的表演所折服，但欽佩並不意謂恐懼消失。

「我在問為什麼妳的姊妹們要容忍妳？」他嘴唇輕動，是如此精準！「難道妳是必要之惡？能提供有價值的資料，偶爾還能提出中肯的建議？」

她終於能開口說話了：「你好大的膽子！」她的聲音嘶啞刺耳，聲音裡用上了所有她一向誇耀的惡毒。

「也可能是妳能讓其他女修變得更強。」他的語音平淡，語調沒有絲毫的變化，「薄弱的環節會迫使其他環節努力彌補，也就相當於間接加強了其他環節的力量。」

貝隆達意識到她就快堅持不住晶算師模式了。他說的話有沒有可能是事實？大聖母會不會其實真的是這麼看她的？

「妳帶著打算犯罪的不服從心態來到這裡，」他說，「並且對一切強加了『必要』的名義！其實這只是在攝影機面前表演的小把戲，以此證明妳別無選擇。」

她發現他的話讓她身上的晶算師技能慢慢回復。他是有意為之的嗎？她現在一心想要研究他的行為和話語。他真的把她解析得那麼透徹？這場會面的紀錄也許比她打的小算盤要有價值得多。但結果沒什麼兩樣！

「你認為大聖母的意願就是律法？」她說。

「妳真的覺得我毫無觀察力？」特格正要插嘴說話，艾德侯揮了揮手制止了，「貝爾！只用晶算師的方式思考看看。」

「我在聽。」還有其他很多人也在聽！

「我已經深入解析了妳們的問題。」

「我們沒給你任何問題！」

「妳們給了。『妳』給了，貝爾。妳像個守財奴一樣把問題分成若干小份，可我還是看見了。」

貝隆達突然想起來，歐德雷迪說過：「我不需要晶算師！我需要的是發明家。」

「妳們……需要……我，」艾德侯說，「妳的問題看似仍縮在貝殼之中，但精華的肉就在那裡，必須提取出來。」

「我們為什麼非要有你？」

「妳們需要我的想像力，需要我的創造力，需要那些能讓我面對雷托的雷霆之怒依然全身而退的能力。」

「你自己說過他殺了你那麼多次，數都數不清。」你這是在拆自己的臺，晶算師！

他露出控制精準的一抹微笑，精準到不管是她還是攝影機都不可能會錯意：「但妳怎麼能信任我呢，貝爾？」

他在讓自己處於不利狀態！

「如果沒有新手段，妳們注定被毀滅，」他說，「只是時間早晚而已，這一點妳們也都清楚。也許不是這一代，甚至也許不是下一代。但是末日終將來臨。」

特格猛地拽了拽艾德侯的衣袖：「霸夏總還能幫忙，不是嗎？」

這麼看來，這孩子用心聽了。艾德侯拍了拍特格的手臂：「光靠霸夏還不行。」然後對貝隆達說：「我們都是鬥敗的狗，難道還非要為了一口吃食爭個你死我活嗎？」

「這話你不是頭一次說了。」毫無疑問，也不會是最後一次。

「妳還是晶算師嗎？」他問道，「是，就別裝模作樣！把那層浪漫偽裝都撤下去，把問題說清楚。」

浪漫的是達爾！不是我！

「一小群離散的貝尼・潔瑟睿德，」他問道，「引頸待戮，很浪漫嗎？」

「你覺得一個人也逃不掉？」

「妳們在整個宇宙四處樹敵，」他說，「妳們就是尊母的盤中飧！」

她現在完全是（也只是）晶算師了，她需要與這位甦亡人相匹配的能力。演戲？浪漫？她的身體阻礙了晶算師運作模式。晶算師必須使用身體，而不是讓身體干擾自己。

「妳們離散出去的聖母沒有一位回來，也沒有誰回傳過任何訊息，」他說，「妳們努力安慰自己說只有離散人員知道她們去了哪裡。可是這就是事實，這種情況同樣也可以看作是她們送回的訊息，妳們怎麼能對此視而不見？為什麼連一個試著和聖殿聯絡的人都沒有？」

他指責的是我們所有人，混蛋！問題是，他說得對。

「我闡述的是不是我們問題的最根本層面？」

晶算師式詢問！

「最簡單的提問，最簡單的推測。」她同意道。

「增強了的性事極樂：是貝尼・潔瑟睿德銘刻，還是尊母把妳的人困在那裡了？」

「默貝拉？」她用單詞提出挑戰。評估一下這個你口口聲聲說愛著的女人！她是不是知道些我們應該知道的東西？

「她們被調整為不至於將其自身享樂提高到上癮的程度，但她們很脆弱。」

「她否認尊母歷史中有貝尼・潔瑟睿德的影子。」

「她正是遵循了她被設定的模式才會這樣。」

「代之以對力量的渴求？」

「妳終於問了個恰當的問題。」見她沒回答，他又說道：「弗里斯希瑪嬤嬤。」這是貝尼．潔瑟睿德議會成員古時的稱謂。

她知道他為什麼這麼做，也感到這個詞語產生了預期的效果。現在她穩穩地保持了平衡。晶算師聖母被她自己香料之痛的「默赫拉忒」圍繞著——那些他者記憶中的良性部分聯合起來保護著她，使她的精神不至於被那些惡毒先祖所占據。

他怎麼知道要那麼做？攝影機後密切觀察的每個人都會問這個問題。當然了！是暴君訓練的結果，一次又一次地訓練他。我們這裡有什麼？大聖母想要冒險用的天賦是什麼？很危險，沒錯，但也遠比我所懷疑的更有價值。以我們自己所造的眾神之名！難道他才是解放我們的人？

他是如此鎮靜自若，他知道貝隆達已在他掌中。

「貝爾，在我某次生命中，我拜訪了妳們貝尼．潔瑟睿德在瓦拉赫九號行星的基地，和妳的某位祖先談了談。她叫特希厄斯．愛琳．安蒂克。讓她引導妳，貝爾。她了然於心。」

貝隆達感到意識中傳來一陣熟悉的探測。他怎麼知道安蒂克是我的祖先？

「我去瓦拉赫九號行星是受暴君之命，」他說，「是的！我經常認為他是暴君。我的任務是鎮壓一所妳們以為在那裡藏得很好的晶算師學校。」

安蒂克的意識並流介入了：「我現在給妳看看他說的那件事。」

「想想看，」他說，「我，一個晶算師，被迫去鎮壓一所學校，而它是為了訓練出像我一樣的人而存在的。我當然知道他為什麼命令我去執行這個任務，妳也知道。」

意識並流藉由她的意識傾瀉而下：晶算師教團，由吉伯特斯．艾爾班創立。貝尼．忒萊素希望把他們置於忒萊素霸權之內，所以暫時庇護了他們。已傳到無數「種子學校」中，由於成為獨立抵抗勢力的核心而被雷托二世壓制。大饑荒之後參與大離散。

「他在沙丘星上留了幾個最優秀的老師，但安蒂克現在強迫妳去面對的問題並不涉及沙丘星。妳的姊妹們都去了哪裡，貝爾？」

「我們現在還無從得知，不是嗎？」她以新的意識又仔細打量了他的操控臺。阻擋這樣的頭腦是個錯誤。如果要利用他，就必須充分利用。

「順便說一下，貝爾，」她起身要走的時候，他說道，「尊母可能是相對較小的群體。」

小？他難道不知道女修會已經對接連失去的行星數量之多憂心忡忡嗎？

「所有數字都是相對的。宇宙中有什麼是真的毫不動搖的？對她們來說，我們的舊帝國也許是最後的避難所，她們已退無可退，貝爾。她們要在此隱匿，重新集結。」

「你以前說過這件事……你告訴過達爾。」

不是大聖母。不是歐德雷迪。她用了達爾這個暱稱。他笑了：「也許我們還可以在司凱特利的問題上幫幫忙。」

「我們？」

「默貝拉收集資訊，我做評估。」

他不喜歡這句話引起的那抹笑容。

「具體點，你到底是要說什麼？」

「釋放我們的想像力，再打造相應的實驗。如果有人能穿透護盾，即便無現星體存在又有什麼用？」

她瞥了男孩一眼。艾德侯知道她們在懷疑霸夏「看到」了無現星艦？這很自然！擁有他這等能力的晶算師……能將蛛絲馬跡整合起來，做出大師級的預測。

「整顆G－3級別恆星的輸出，才夠將一顆還沒完全宜居的行星遮蔽起來。」她俯視著他，眼神淡漠冷冽。

「大離散中萬事皆有可能。」

「卻不是我們目前力所能及的。你還有不這麼宏偉的計畫嗎？」

「在妳們的人之中檢查細胞中的基因標記，尋找亞崔迪遺傳的共同模式，也許將發現妳們想都沒想過的天賦。」

「你這不斷創新的想像力到處打探呢。」

「G－3恆星到遺傳學，這兩者可能有共同因素。」

為什麼要提這些瘋狂的建議？無現星體加上能夠看穿對抗預知之盾的人？他這是在幹什麼？她還沒自大到以為他這些話都是說給她聽的。攝影機也時時刻刻監視著他。

他沉默不語，一隻手臂隨意地摟著男孩的肩膀。他們倆都在盯著她看！這是挑釁嗎？

拿出晶算師的樣子來！

無現星體？隨著物體質量增加，使萬有引力失效的能量超過了與質數相匹配的閾值。無現之盾遇到了更大的能源障礙，其規模呈指數性增加。艾德侯是在暗示大離散中可能有人已經發現了解決這個問題的方法？她直接問了他。

「伊克斯人還沒參透霍茲曼的合一概念，」他說，「他們就只是拿來用了——這是個即便不理解也同樣能生效的理論。」

他為什麼要把我的注意力引向伊克斯的技術官僚主義？伊克斯人染指了太多事情，讓貝尼・潔瑟睿德無法信任他們。

「暴君從來不壓榨伊克斯，妳們就不好奇嗎？」他問道。貝隆達仍只是盯著他，於是他繼續說：「他只給他們套上轡繩。因為那種人機一體，彼此測試著另一方極限的想法很讓他著迷。」

「賽博格？」

「沒錯，當然還有其他一些事情。」

艾德侯難道不知道巴特勒聖戰的餘波至今未消，即便是貝尼．潔瑟睿德也對此頗為反感嗎？警惕！對人和機器結合的能力要保持警惕。有鑑於機器的局限性，這種描述只能說明伊克斯人目光短淺。艾德侯是在說暴君贊成機器智慧的想法？太愚蠢了！她轉過身去背對著他。

「妳離開得太快了，貝爾。什阿娜對性束縛免疫，妳應該對此更感興趣吧。我送去供她打磨技藝的年輕人並沒被銘刻，她也沒有被銘刻。可是沒有尊母擁有比這更高超的技能了。」

現在貝隆達看出歐德雷迪在這個甦亡人身上看到的價值了。他是無價之寶！而我剛剛差點殺了他。幾乎鑄成大錯讓她懊喪至極。

貝隆達走到門口的時候，鄧肯又一次叫住了她：「我在伽穆看到的混合人為什麼告訴我們說牠們獵殺尊母？默貝拉對此一無所知。」

貝隆達頭也不回地走了。她今天知道的關於艾德侯的一切都增加了他的危險性……但她們只能接受……起碼暫時如此。

艾德侯深吸一口氣，然後看向迷惑不解的特格：「謝謝你待在這裡，我真心欣賞你在面對嚴峻挑釁時仍能保持沉默的能力。」

「她不會真殺了你吧……會嗎？」

「如果不是你為我爭取到最初那幾秒鐘，她也許真的會動手。」

「為什麼？」

「她誤以為我可能是奎薩茲．哈德拉赫。」

「就像摩阿迪巴？」

「還有他的兒子。」

「好吧，她現在不會傷害你了。」

貝隆達的身影已經從門口慢慢消失，艾德侯看了看那扇門。緩刑，他今天的成果也僅限於此。也許他不再只是別人陰謀中的一個齒輪，他們彼此的關係達到了一個新的高度，如果細心地加以利用，這種關係將能保全他的性命。情感上的牽絆從來都不是他考慮的內容，即便是和默貝拉的情感也一樣……甚至包括歐德雷迪。在內心深處，默貝拉對性束縛的憎恨並不比他少。歐德雷迪也許暗示過亞崔迪忠誠的古老紐帶，但你無法信任一位聖母的情感。

亞崔迪！他看向特格，能看出家族外表特徵已經開始在這張還稚嫩的臉上顯現。

從與貝爾的對峙中，我真正獲得的是什麼？她們可能不會再向他提供虛假資料，他也可以多少相信聖母說的話了，但這一切都還要加上一個前提——任何人類都有可能犯錯。

我不是特殊學校的唯一一員。女修會的人現在也在我的學校中！

「我能去找默貝拉嗎？」特格問，「她答應要教我在戰鬥中怎麼用腳。霸夏可沒學過這個。」

「『誰』從來沒學過？」

他低下頭，滿面羞愧：「『我』從來沒學過。」

「默貝拉在鍛鍊廳。去吧。不過先別說貝隆達的事，我來告訴她。」

望著男孩離去的背影，艾德侯思考著：教育是貝尼．潔瑟睿德環境裡永不停息的內容，但是默貝拉說她們學的只是女修會願意教的，她是對的。

這個念頭在頭腦中攪動，疑慮就出現了。他在記憶中看見一幅圖像：司凱特利站在長廊內的力場屏障後。他們這位獄友在學什麼？艾德侯不寒而慄。想到忒萊素人總是喚起幻臉人的記憶，這讓人想起了幻臉人「複製」任何被他們殺死之人記憶的能力，這又讓他對他的幻覺充滿了恐懼。幻臉人？

我就是忒萊素的實驗品。

這件事他絕不能和哪位聖母探討，既不能讓她們中的一員看見，也不能聽見。

他走出長廊，進了默貝拉的房間，找了把椅子坐下，檢查起她學習魅音課程留下的蛛絲馬跡。裡頭有克雷爾音，她曾經用來重複做她的聲音實驗留下的。用來強行迫出普拉那－並度反應的呼吸束帶隨隨便便地揉成一團扔在椅子上。她在尊母時期養成了些壞習慣。

默貝拉回來的時候看到了他。她穿著貼身的白色緊身衣，浸透了汗水很不舒服，急著要脫掉。去洗澡的時候，他攔住了她，用的是他學會的一個小把戲。

「我發現了些我們之前不知道的女修會的事情。」

「快告訴我！」是「他的」默貝拉在讓他說，汗水在她的鵝蛋臉上閃著光，綠色的眼睛充滿愛慕之意。我的鄧肯又看穿她們了！

「是某個棋子無法移動的一場棋局。」他提醒她說。讓那些攝影機後的監視者去傷腦筋吧！「她們不只是想讓我幫她們建立崇拜什阿娜的宗教，也希望我們主動參與她們的夢想，我就是她們的小棋子，是她們的良心，讓她們給自己那些異常行為編織藉口時，提出質疑。」

「歐德雷迪來過？」

「貝隆達。」

「鄧肯！那傢伙很危險。你以後再也不要單獨和她見面了。」

「那個孩子和我在一起。」

「他一句都沒告訴我！」

「他在遵守我的命令。」

「好吧！發生什麼事了？」

他向她簡單複述，甚至描述了貝隆達的臉部表情和其他反應。（那些攝影機監視者這下有樂子了吧！）

默貝拉被激怒了：「如果她傷害了你，我絕不再和她們任何一位合作！」

這反應正是時候，親愛的。後果！妳們這些貝尼．潔瑟睿德女巫應該帶著十二分的小心再次仔細檢查妳們的行為。

「我從鍛鍊廳回來還在淌臭汗呢，」她說，「那孩子學東西很快，我從來都沒見過那麼聰明的孩子。」

他站了起來：「來，我幫妳擦擦。」

在浴室，他幫她扒掉汗溼的緊身衣，涼爽的手安撫著她的皮膚。他看得出來她有多麼享受他的愛撫。

「溫柔如雪，卻又熱烈如火。」她喃喃著。

眾神在下！她的眼神彷彿要把他一口吞掉。

這一次，默貝拉對艾德侯的念頭裡沒有了自責。我不記得有醒來說「我愛他！」的時候。不，這種感覺已經蜿蜒前行，鑽得愈來愈深，無法自拔，直到變成事實，在生命的每一刻都必須接受。如同呼吸般……或心跳般。這是缺陷嗎？女修會錯了！

「幫我洗背。」她邊說邊笑，水已經打溼了他的衣服。她幫他脫掉衣服，無法抑制的衝動又一次萌生，兩性的水乳交融讓浴室裡變成了感官的世界，除此之外再無他物。結束後她才能想起，並對自己說：他知道我的每項技巧。但這絕不僅是技巧。他想取悅我！親愛的杜爾諸神啊！我怎麼會這麼幸運？

她緊緊摟著他的脖子，讓他將她抱出浴室，就那麼將溼淋淋的她放在床上。她一把將他拽在自己身邊躺下，兩人靜靜躺著，等著精力恢復。

過了一會兒，她低語道：「這麼說來，護使團將要啟用什阿娜。」

「非常危險。」

「會將女修會暴露在眾目睽睽之下。我以為她們一直都盡量避免這種事。」

「從我的角度看，那很可笑。」

「因為她們打算讓你控制什阿娜？」

「沒人能控制她！也許沒人應該去控制。」他抬頭看了看攝影機，「嘿，貝爾！妳不但騎虎難下，而且可不止一隻老虎了。」

貝隆達正返回檔案部，路過攝影機紀錄室的時候她停下了腳步，向監視聖母投去詢問的眼神。

「又跑去浴室了。」監視聖母說，「後來就變得很無聊了。」

「神祕參與！」說完後，貝隆達大步走回她的住處，她的腦海中不斷翻騰著改變的認知，須重新組織。他是個比我更優秀的晶算師！

我嫉妒什阿娜，那該死的女人！而他都知道！

神祕參與！能量提供者進行的狂歡。尊母的性知識正對貝尼．潔瑟睿德產生作用，類似於共用迷醉時那種原始的沉浸。我們朝它走近一步，又退了一步。

只是知道這件事情存在就讓人不舒服！多麼令人厭惡，多麼危險……然而，又多麼令人嚮往。

而什阿娜竟然免疫！該死！艾德侯剛剛為什麼要提醒她們這件事？

28

給我平衡的頭腦做出的判斷，而不是每次都推出法律。箴言和手冊催生模式化行為，所有模式化行為都會逐漸變得不受置疑，逐漸積聚毀滅的動量。

——達爾維・歐德雷迪

• • •

黎明前塔瑪拉尼出現在歐德雷迪在艾蒂奧的住處，帶來了前方釉面道路的消息。

「過海後有六處道路受漂沙影響，十分危險，有的甚至根本無法通行，都是很大的沙丘。」

歐德雷迪剛做完她的日常養生活動：小型的香料之痛，然後是晨練，最後以冷水浴收尾。艾蒂奧的客房休息間只有一張懸帶椅（他們知道她的喜好），她就坐在上面等著斯特吉和晨間報告。

塔瑪拉尼的臉在兩盞銀色燈球的映射下顯得暗黃，但無疑顯露出了滿足感。妳早該聽我的！

「備好撲翼機。」歐德雷迪說。

塔瑪拉尼悻悻地走了，顯然對大聖母的平淡反應頗為失望。

歐德雷迪召來斯特吉：「查看一下替代路線，了解繞過大海西端的道路資訊。」

斯特吉急匆匆地走了，幾乎就和正回來的塔瑪拉尼撞了個滿懷。

「很遺憾，交通部的人說無法立刻備好足夠的撲翼機。他們正重新定位東邊的五個社區，大概中午的時候才能給我們。」

「我們南邊的沙漠支脈那裡不是有觀測站嗎？」歐德雷迪問道。

「第一個障礙就在過了那裡的不遠處。」塔瑪拉尼還是有點得意揚揚。

「讓撲翼機在那裡和我們會合，」歐德雷迪說，「我們早餐後立刻出發。」

「但是，達爾……」

「告訴克萊比妳今天和我乘一輛。什麼事，斯特吉？」那位侍祭站在塔瑪拉尼身後的門口處。

從塔瑪拉尼離開時聳起的雙肩，不難看出她並沒把新的座位安排當作對她的原諒。嚴厲斥責！但塔瑪的行為很符合她們的需要。

「我們到得了觀測站，」斯特吉說，表明她聽到了剛才的對話，「會有些塵土飛揚，但沒什麼危險。」

「那就快點吃早餐。」

愈接近沙漠，國家就愈貧瘠。向南方前進的路上，歐德雷迪作了如此評價。

距離上次報告中沙漠邊緣一百公里內，可以看到社區起營拔寨的痕跡，它們已全體搬離到更涼爽的高緯度地區。處處可見裸露的地基、拆除時被損毀且再難修復的牆壁，還有沿著地基層面被切斷的管線。將這些管線都挖出來成本太高，不久，黃沙會將這一片狼藉徹底掩埋。

這裡沒有沙丘那種大盾壁，歐德雷迪觀察到了這一點，向斯特吉示意。不久的將來，聖殿居民將搬離到極地地區，採冰作為水源。

「是真的嗎，大聖母？」和塔瑪拉尼一起坐在後面的一個人問道，「據說我們已經在製造香料開採設備？」

歐德雷迪在座位上轉過身。提問的是一位通訊部職員，高級侍祭。她是個年長的女人，通訊部的重責已使她額頭布滿深深的皺紋，黝黑的皮膚和微瞇的雙眼則是其長時間操控設備的結果。

「我們必須做好迎接沙蟲的準備。」歐德雷迪說。

「如果能出現的話。」塔瑪拉尼說道。

「妳在沙漠上走過沒有，塔瑪？」歐德雷迪問。

「我待過沙丘星。」回答相當簡潔。

「但是妳出去過嗎，到開闊的沙漠上？」

「只去過欽恩附近的幾個小型積沙區。」

「那是兩碼事。」簡短的回答應該回以同樣簡短的反駁。

「他者記憶告訴我需要知道什麼。」這句是說給侍祭們聽的。

「那是兩碼事，塔瑪。妳必須親自體驗才能知道。在沙丘上，沙蟲隨時可能出現，把妳吞入腹中，那種感覺異常奇妙。」

「我聽說過妳對沙丘……的利用。」

利用，不是「體驗」。利用。非常精準地表達了她的譴責之意，正是塔瑪的風格。「貝爾對她影響太深了。」有人會這麼說。

「在那種沙漠上行走會改變一個人，塔瑪。他者記憶會更清晰。從弗瑞曼先祖那裡抓取靈光一現的經歷固然很好，但親身體驗一下像弗瑞曼人般行走在那片沙漠上的感覺是截然不同的，哪怕只是幾小時也好。」

「我並不享受那種感覺。」

塔瑪的冒險精神也不過如此，車上每個人都見到她的醜態了，風聲會傳出去的。

嚴厲斥責，一點沒錯！

不過現在更容易解釋統御大聖母為什麼要將什阿娜調進議會了（如果她適合的話）。

觀測站是一塊熔製的大片矽石，顏色淺綠，質地光滑如玻璃，中間還有熱氣泡穿過。歐德雷迪站在它經過熔製的邊緣，注意到她腳下的草地已無法向前延伸，零星分布成小片，這片小山坡曾經綠草如茵，如今山腳的斜坡已經開始被沙地侵占。沙漠的魔爪貪婪地向前延伸，在這些不速之客的邊緣有新的鹽生灌木叢（歐德雷迪的一個隨行人員說，是什阿娜轄下的人種植的），形成了一面不規則的灰屏障。這是沒有硝煙的戰爭，一場葉綠素支撐的生命對抗沙子的後方保衛戰。

在她右邊，一座低矮的沙丘在觀測所之上隆起。歐德雷迪揮手示意其他人不要跟隨，她自己爬上了小沙丘，這片遮擋視線的沙堆後，就是她記憶中的沙漠。

這就是我們的造物。

沒有生物存在的跡象。她沒有回頭看那些植物，它們正面對沙丘的入侵作最後的絕望掙扎。她把目光聚焦在遠處的地平線，能看到沙漠居民看守的邊界。在那片乾燥的空闊地帶，任何移動的東西都是潛在的危險。

她回到其他人身邊後，盯著觀測站的光滑表面看了一陣。

那位年長的通訊部侍祭走過來，給歐德雷迪帶來了氣象部的請求。

歐德雷迪掃視了一眼。內容簡潔，無法忽視。這些話中所說的變化並非突然發生，她們要求增加地面設備。這不是由意外的暴風雨突然而至帶來的，而是來自大聖母的決定。

昨天？我昨天才決定逐步淘汰大海嗎？

她把報告遞回給通訊部侍祭，目光越過她，投向鋪著沙子的光滑表面。

「批准請求。」然後，「我看到之前那裡的建築都消失了，讓人傷心。」

侍祭聳了聳肩。她竟然聳了聳肩！歐德雷迪有種想打她的衝動。（那豈不是會讓不安的情緒在女修會中轟鳴而過？）

歐德雷迪轉身背對那個女人。

我又能對她說什麼？我們在這片土地上的時間是年齡最長的姊妹一生的五倍。這位卻在這裡聳肩。然而……根據某些標準，她知道女修會的建設才勉強算成熟。合成玻璃和塑鋼適於保持建築物和其環境間的有序聯繫。用土地和記憶來固定。鄉鎮和城市沒那麼容易向其他力量屈服……除了人類的奇思妙想。

另一種自然力量。

她覺得尊重年長者的概念很奇怪，但人類天生就作如此想。老霸夏在談起勒尼烏斯的家人時，她見過這種感情。

「我們覺得留著我母親的裝潢比較妥當。」

連續性。這些感覺也會隨著甦亡人復活一起回歸嗎？

這就是我的同類生活的地方。

「我的同類」是說血肉相連的祖先，這使它披上了一層奇怪的古老外衣。

看看我們亞崔迪氏族在卡樂丹堅持了多久，恢復古堡，打磨用古木深深雕刻而成的工藝品。即便雇用一整支團隊，都要讓這個吱吱作響的老地方維持在堪堪能用的狀態。

但那些維護的人並不認為自己的工作毫無意義。他們勞動時自有一種優越感，在打磨木製品時幾乎是在愛撫它們。

「老了。我和亞崔迪家族一起很久了。」

人們和他們的文物。她感覺工具彷彿是自己有生命的一部分。

「我的情況更好些，因為我手裡握著這根棍子……因為這根火焰長矛能為我獵肉……因為這禦寒的避難所……因為這石窖儲藏冬天的食物……因為這艘快艇……這艘巨大的遠洋巨輪……這艘金屬和陶瓷的星艦載我到太空……」

那些最早進入太空的人類冒險家一點也沒有猜到這趟航行會延伸到哪裡。在那些古老的年代，他們是多麼孤獨！充有維持生命氣體的小小膠囊，由原始的傳輸通訊系統連接著笨重、煩瑣的資料來源。獨自一人，孤獨無助。除了生存，任何其他的事都不太可能做到。保持空氣清新，確保飲用水可用。積極鍛鍊防止失重造成的身體虛弱，保持積極的狀態，健康的身心。不過，健康的心到底是什麼？

「大聖母？」

又是那個該死的通訊部侍祭！

「什麼事？」

「貝隆達說立刻告訴您，有一位巴塞爾的信使到了。她說來了陌生人，把所有聖母都帶走了。」

歐德雷迪急速轉過身：「這是她全部的訊息？」

「不是，大聖母。那些陌生人是受一個女人的命令，信使說那女人的外表看來像尊母，但是沒穿她們那種袍子。」

「多吉拉那邊沒什麼消息嗎，其他人呢？」

「大聖母，她們沒什麼機會發訊息。那位信使是位一級侍祭。她是乘小型無現星艦，按照多吉拉的明確指示來的。」

「告訴貝爾千萬不能讓那個侍祭離開。她帶來了危險資訊，我回去的時候有話要帶給信使，必須是一位聖母。都記下來了嗎？」

「當然，大聖母。」對歐德雷迪懷疑式的詢問頗感受傷。

開始了！歐德雷迪勉強控制著自己的興奮之情。

她們已經吞下了誘餌。現在……她們已經上鉤了嗎？

多吉拉如此依賴一位侍祭是很危險的。但她了解多吉拉，這位侍祭一定極其可靠，即便被抓也會寧死不屈。我必須見見這位侍祭，她也許已經可以進行香料之痛了。也許這就是多吉拉給我的訊息，很符合她的作風。

當然，貝爾會暴跳如雷。依靠懲罰之地的人太愚蠢了！

歐德雷迪召集了一隊通訊部小組：「建立與貝隆達的聯繫。」

攜帶式投影儀不如固定裝置那麼清晰，但還是能看出貝爾和她周圍的環境。

坐在我的桌子後，就好像那就是她的位置一樣。好極了！

歐德雷迪根本沒給貝隆達一點機會爆發，直接說道：「判定一下那位侍祭是不是準備好進行香料之痛了。」

「她準備好了。」眾神在下！這樣的回答對貝爾來說夠簡潔的。

「那就做。她也許可以做我們的信使。」

「已經做了。」

「她足智多謀嗎？」

「非常聰明。」

貝爾到底是經歷了什麼鬼事情？她的表現極端怪異，一點不像平時的她。一定是鄧肯！

「對了，貝爾，我希望檔案部能與鄧肯建立直接聯繫。」

「今早已經做過了。」

果然如此。與鄧肯的接觸已經開始發揮效果了。

「我見了什阿娜以後再和妳談。」

「告訴塔瑪她是對的。」

「什麼事是對的？」

「這麼說就行。」

「好吧。我必須說，貝爾，妳處理得讓我十分滿意。」

「妳那麼對待我之後，我怎麼還能失敗呢？」

她們切斷連線的時候，貝隆達還在微笑著。歐德雷迪轉過身，發現塔瑪拉尼就站在她身後。

「什麼事是對的，塔瑪？」

「艾德侯和什阿娜之間可以挖掘的東西比我們懷疑的還要多。就是這件事。」塔瑪拉尼靠近了歐德雷迪，壓低聲音說：「在發現他們那點祕密之前，不要讓她坐上我的位置。」

「我知道妳能看出我的意圖，塔瑪，不過……真那麼明顯嗎？」

「有些事確實很明顯，達爾。」

「有妳這個朋友，我很幸運。」

「妳還有其他支持者。督察們投票的時候，是妳的創造力為自己贏得了選票。妳的一位擁護者說『富有靈感』。」

「那妳應該知道，在我做出『富有靈感』的決定之前，會先把什阿娜放在火上烤透的。」

「那是當然。」

歐德雷迪示意通訊部將投影儀拿走，然後走到觀測站光滑地面的邊緣等待著。

創造性的想像力。

她知道她同僚的複雜感覺。

創造力！

創造力對根深柢固的權力而言永遠是危險的，永遠會產生意想不到的新事物，新事物會摧毀當權者的掌控力。即使是貝尼．潔瑟睿德，在對待創造力上也心懷疑慮。若要使一艘船的龍骨保持平穩，就會有人受到鼓動，把讓船顛簸的人趕到一邊。這就是多吉拉所受懲戒背後的因素。麻煩的是有創造力的人通常喜歡與世隔絕，他們稱之為隱私。把多吉拉找出來頗費了番力氣。

一定要好好的，多吉拉。成為我們用過的最好的誘餌吧。

這時撲翼機到了，共十六架，飛行員們平日已經竭盡全力，現在又要執行額外任務，因此不太高興。撤離整個社區！

歐德雷迪情緒不佳，她看著撲翼機降落到堅硬的玻璃化表面，兩翼風扇摺疊收回側莢艙，每艘飛機看起來都像是隻睡著了的昆蟲。

瘋狂的機器人以自己的形象設計出的昆蟲。

起飛以後，斯特吉又坐在了歐德雷迪身邊，問道：「我們會看到沙蟲嗎？」

「有可能。不過目前還沒有相關報告。」

斯特吉坐了回去，有點失望，但是沒法把話題轉移到另一個問題上。歐德雷迪想，事實有時很令人不安，而她們把極高的期望投在了這場演化賭博上。

否則為什麼要摧毀聖殿上我們所愛的一切？

意識並流在歐德雷迪眼前插入很久前的畫面，一棟粉色磚造建築有道窄門，門上有個弧形標誌：

「不可治癒類疾病專門醫院。」

這就是女修會所在之處嗎？還是她們忍受了太多失敗？他者記憶的侵入一定有其自身目的。

失敗？

歐德雷迪把它搜了出來：如果它來臨，我們必須把默貝拉當作是姊妹。不是說這位被俘的尊母是無法治癒的失敗，但她與其他人畢竟截然不同，而且接受深度訓練的時候年齡已經很大了。

身邊的人多麼安靜，每個人都看著窗外風捲沙移的場景——鯨背般的沙丘有時會化成乾澀的鱗紋。正午剛過，斜斜的日光投下，周圍的景致化成了光影的世界。塵土飛揚，模糊了前方的地平線。

歐德雷迪蜷著身子在座位上睡著了。我早就看過這些。我是沙丘星的倖存者。

飛機準備降落，在什阿娜的沙漠觀測站上空盤旋，機身的顛簸把她驚醒了。

沙漠觀測站，我們又來了。還沒真正給它取個名字……和我們給這顆星球起的名字一樣隨意。聖殿！這算什麼名字？沙漠觀測站！這是描述，不是名字。臨時順口說出的字而已。

降落的時候，她看到了佐證自己想法的證據。所有設施的連接處都簡樸隨便到了突兀的程度，放大了這座設施不過是個臨時住房的感覺。任何連接處都沒有一絲柔和的氣息，沒有緩和的弧形過渡。這個連到這裡，那個連到那裡。所有地方都由可移動的連接器連接。

降落的過程很顛簸，飛行員這樣解釋：「抵達目的地，快給我下去吧。」

歐德雷迪立刻趕去一直為她準備好的房間，並召來了什阿娜。這間臨時住所是另一個設置了小硬板床的簡樸隔間，這次有兩張椅子，朝西有一扇窗正對沙漠。這些房間本質上顯露出的臨時湊合感讓她很惱火，這裡任何東西都可以在幾小時內拆散運走。她在隔壁盥洗室洗了臉，盡可能活動筋骨。在撲翼機上，她睡覺的姿勢很緊繃，身體已經有些吃不消。

洗了把臉後，歐德雷迪感覺神清氣爽，走到一扇窗邊，感謝建築工構築了這座塔。塔共十層，她的房間在第九層。什阿娜住在頂層，要做這建築的名字所描述的工作，頂層是個有利位置。

趁著等什阿娜過來，歐德雷迪做了必要的準備。

放空思想。拋卻先入為主的想法。

什阿娜抵達的第一印象必須用純淨的眼睛才能觀察，耳朵不能有會聽到某個特定嗓音的準備，鼻子不能期待記憶中的氣味。

是我選了她。我，她的啟蒙導師，更容易犯錯。

歐德雷迪聽到門口傳來了響聲，她轉過身，是斯特吉。

「什阿娜剛從沙漠返回，現在和她的部屬在一起。她請大聖母在上面的房間和她會面，那裡更舒適。」

歐德雷迪點了點頭。

什阿娜位於頂層的住所在邊邊角角仍然有那種組合屋的感覺——沙漠前的一間臨時避難所。這是個大房間，比客房大五六倍，不過這既是睡覺的臥室，又是工作室，西邊和北邊兩側都有窗戶。歐德雷迪對這種功能性和非功能性的結合留下了深刻的印象。

什阿娜設法讓她的房間能反映她自己。標準的貝尼·潔瑟睿德小床上鋪著亮橙色和茶褐色相間的床單，房間一端的牆壁上用白底黑線條畫著一隻沙蟲，最前面是沙蟲的頭，一顆顆晶牙裸露著，占滿了整面牆。什阿娜親手畫了這幅畫，她靠著他者記憶和她在沙丘星上的童年指引著自己的手。

什阿娜沒有嘗試用更具野心的手法去渲染——比如全彩——而且背景的沙漠環境也很傳統，這些都透露了些訊息。畫裡只有沙蟲和牠身下一點點沙子，前景裡有個小小的穿長袍的人類。

是她自己？

這幅畫顯示出令人欽佩的克制，也持續提醒她自己為什麼在這裡，還是一種對大自然的深刻印象。

有人說，自然從不製造糟糕的藝術？

這個說法太可笑，無法接受。

我們說的「自然」到底指的是什麼？

她品嘗過自然荒野的殘暴：脆弱的樹木看起來就像是蘸了錯誤的綠色顏料，被拋棄在凍土帶邊緣，風乾成醜陋的劣質仿品，令人厭惡，很難想像這樣的樹木存在的意義。還有盲蟲，黏糊糊的黃色皮膚，又哪有藝術成分可言？那是在通往別處的演化旅途中的臨時歇腳點。那麼人類的干預就一直都更有藝術氣息嗎？想想豬蝓！貝尼．忒萊素同樣製造了噁心的東西。

歐德雷迪欣賞著什阿娜的畫作，覺得有些組合與人類的某些特定感官很不合。作為食物，豬蝓是美味佳餚。醜陋的組合觸及了早期體驗，體驗會做出偏頗的判斷。

壞事！

我們認定的「藝術」多數都迎合了人們對於安心寬慰的渴望。不要冒犯我！我知道我能接受什麼。

這幅畫又如何安慰了什阿娜呢？

沙蟲：盲目的力量守衛著隱藏的財富。帶有神祕之美的藝術。

據報告稱，什阿娜拿她的任務開玩笑：「我是牧蟲人，在牧一些也許從來都不會重現的沙蟲。」

即使沙蟲真的出現，任何一條都要多年之後才有可能長到她畫中所示的大小。沙蟲前那小小的身影是她發出的聲音嗎？

「這情景終將出現。」

房間裡瀰漫著美藍極的氣味，比一般聖母房間裡的氣味更濃些。歐德雷迪的目光在屋內的家具之間巡視：椅子、工作檯、燈球的照明——所有東西都放置到能發揮它最大優勢的地方。不過堆在角落裡的形狀奇特的黑色合成玻璃製品是什麼？又是什阿娜的作品？

這些房間很適合什阿娜，歐德雷迪想。除了這幅畫，幾乎沒什麼別的物件能追溯她的出身，但任何一扇窗外的景色可能都來自沙丘深處乾旱地帶的達艾斯巴拉特。

門口傳來輕輕的沙沙聲，驚動了歐德雷迪。她轉過身，看到什阿娜站在那裡。她在站到大聖母面前之前先探頭從門邊打量，彷彿害羞一般。

行動即語言：「她確實依約來了我房間。很好。有的人可能會對我的邀請漫不經心。」

歐德雷迪早已就緒的感官因什阿娜的出現蠢蠢欲動。眼前的女子是史上最年輕的聖母，人們經常會覺得她是「安安靜靜的小什阿娜」。她並不總是很安靜，也並不小，但是已經貼上的標籤很難再撕下。她也根本不膽怯，但會安靜得就像一隻在田邊等著農夫離開的老鼠。農夫一走，老鼠就會衝出來銜走掉落的穀物。

什阿娜走進房間裡，在離歐德雷迪不到一步的距離停了下來：「我們分開太久了，大聖母。」

歐德雷迪的第一印象是種很奇怪的混亂組合。

坦率又隱祕？

什阿娜靜靜地站在那裡，準備傾聽。

這位希歐娜．亞崔迪的後裔在貝尼．潔瑟睿德的表皮之下形成了一張有趣的臉孔。來自女修會和亞崔迪基因的塑造，同時影響她的成長。她有果敢決斷的標誌性特徵。那位纖細柔弱、皮膚黝黑、髮絲在陽光曝曬下呈亮棕色的孤兒已經變成了穩重的聖母。如今她長期待在戶外，皮膚依然黝黑，頭髮依然是那副長期受陽光曬得有些褪色泛紅的樣子。不過，只有這雙眼睛——帶著鋼鐵般質感的全藍色眼睛，彷彿在說：「我已經挺過了香料之痛。」

我在她身上感覺到的是什麼？

什阿娜看到了歐德雷迪臉上的表情（貝尼．潔瑟睿德式的純真！），她知道這是她一直害怕的對峙。除了我的真相，沒有什麼可辯護的，我希望她能在我全部坦白之前停下來！

恐懼！我感知到的是什麼？她開口時的什麼事情？

歐德雷迪仔仔細細地端詳著她以前的學生，展開了每一絲感知。

什阿娜沉穩的聲音已經被塑造成有力的工具，這是歐德雷迪在她們第一次會面時就預期到的事。什阿娜的本性（如果弗瑞曼人有本性的話！）已經經過了約束與重新指引，心底占據一切的報復心已經撫平，愛恨的力量被牢牢地控制。

為什麼我的印象是她想擁抱我？

歐德雷迪突然感到很脆弱。

這個女人曾經突破我的防備，現在再也不可能完全把她剔除在外了。

塔瑪拉尼的判斷出現在她腦海裡：「她是那種很自我的人。還記得聖母施萬虞嗎？和那位一樣，但更自我。什阿娜知道她的未來向哪裡走，我們必須小心看著她。亞崔迪血脈，妳知道的。」

「我也是亞崔迪，塔瑪。」

「別以為我們忘記過這一點！妳以為我們會袖手旁觀，任憑大聖母自己選擇如何繁殖？我們的忍耐是有限的，達爾。」

「說實話，我早該來見妳，什阿娜。」

歐德雷迪的語調讓什阿娜很警惕。她突然露出女修會稱為「貝式寧靜」的表情，整個宇宙也許沒有比這更寧靜的了，它就像一面徹底的面具，完全遮擋住背後發生的一切。這不僅是道屏障，這就是「虛無」。這張面具上出現任何東西都是過錯，這種行為本身就是種背叛。什阿娜立刻意識到了這一點，回以笑聲。

「我知道妳會來打探的！關於我和鄧肯那套手語的事，對吧？」求求妳，大聖母！接受這件事吧。

「請妳和盤托出，什阿娜。」

「如果尊母來襲，他希望能有人去救他們。」

「就這些？」她覺得我是個徹頭徹尾的傻瓜嗎？

「還有。他想要我給他一些關於我們的意圖的資訊……還有我們做了什麼來面對尊母的威脅。」

「妳怎麼告訴他的？」

「我能說的都說了。」實話實說是我唯一的武器。我必須轉移她的注意力！

「妳想要做他的靠山嗎，什阿娜？」

「是！」

「我也是。」

「但塔瑪和貝爾卻不是嗎？」

「我的線人告訴我貝爾現在很容忍他。」

「貝爾？容忍？」

「妳錯看她了，什阿娜。這是妳的不對。」她在隱藏什麼。妳做了什麼，什阿娜？

「什阿娜，妳覺得妳能和貝爾一起共事嗎？」

「妳擔心，是因為我開她的玩笑？」和貝爾共事？她是什麼意思？不是要讓貝爾去領導那個該死的護使團計畫吧！

歐德雷迪的嘴角微微向上抽動了一下。又一個惡作劇？會是這樣嗎？

什阿娜是中樞餐廳裡閒聊談論的主要對象。她拿育種女修（尤其是貝爾）開玩笑的故事，以及細節詳盡的對誘惑的描述，加上默貝拉提供的尊母技巧差異，這些東西比食物還更有料。歐德雷迪兩天前才聽說了最新的故事片段。「她說，『我用的是「讓他亂來術」，對那些自以為能騙過女性的男人非常有效。』」

「開玩笑？妳是在開玩笑嗎，什阿娜？」

「正確的用詞應該是：抵抗自然傾向去重新塑造。」話一出口，什阿娜就知道她犯了個錯誤。

歐德雷迪感覺到了不尋常的寧靜，這是種警告。重新塑造？她的目光轉向了角落裡那堆樣子奇怪的黑色物體。她集中精神盯著看了一下，這讓她很驚訝。它能使人的目光沉醉。她繼續不停地探測連貫性，尋找引起她「共鳴」的點。沒有任何回應，甚至在她試探自己的極限的時候也是如此。原來這是它的目的！

「它的名稱是〈虛無〉。」什阿娜說道。

「是妳做的？」什阿娜，拜託告訴我是別人做的。做了這個的人去了我無法追隨的地方。

「是我在上週的某個晚上做的。」

黑色合成玻璃是妳唯一重新塑造的東西嗎？「總體來說算是很驚豔的技藝。」

「具體技藝就不行了？」

「妳有一件事我不太滿意，什阿娜。妳讓有些女修惶惶不安。」還有我。妳的心裡還有一片我們從未找到的蠻荒之地。鄧肯要我們搜索的亞崔迪基因標誌在妳的細胞裡。他們給妳什麼了？

「讓我的一些同儕惶惶不安？」

「尤其是因為她們回想起妳是通過香料之痛的人當中史上最年輕的一位。」

「除了妖邪之外。」

「妳就是妖邪嗎？」

「大聖母！」在教學之外，她從來沒有故意傷害過我。

「妳通過香料之痛的考驗完全是出於叛逆之心。」

「妳難道不該說是我違背了成熟的建議嗎？」幽默有時能分散她的注意力。

什阿娜的侍祭助理普雷斯特來到門口，在門邊牆上急匆匆地輕聲敲了幾下，看到已經引起了她們的注意才停手。「您說等搜索隊一回來就立刻告訴您。」

「她們報告什麼了？」

什阿娜的聲音裡是不是透著種安心？

「八隊想讓您親自看看她們的掃描結果。」

「她們總想讓我自己去看！」

什阿娜故作沮喪地說：「妳想和我一起去看看掃描結果嗎，大聖母？」

「我在這裡等妳。」

「不會很久的。」

她們走出門後，歐德雷迪走到西窗：這裡視野開闊，穿過屋頂，能看到新沙漠的邊界。這裡有些小沙丘。正值日暮時分，乾澀的熱浪讓她很難不想起沙丘星來。

什阿娜在隱藏著什麼？

一位年輕人，剛剛成人的樣子，稚氣未脫，正在旁邊的屋頂裸身享受著日光浴，臉朝上躺在一張海綠色的墊子上，臉上蓋著一條金色的毛巾。他金色的皮膚給人溫暖陽光般的感覺，與毛巾和陰毛的顏色很相配。一陣微風吹過，毛巾的一角微微抖動，終於掀了起來。一隻懶洋洋的手抬了起來，壓了壓毛巾。

他怎麼這麼清閒？夜班工人？也許是。

人們宣導不要無所事事，這簡直算是炫耀了。歐德雷迪自顧自地微笑起來。人人都可能會認為他是個夜班工人，從而原諒他。也許正是這點讓他有恃無恐。這點小花招只要不被知情的人看到就依然能玩下去。

我不會過問的。智慧應該得到回報。而且，畢竟他可能的確是夜班工人。

她抬起目光。這裡的景色形成了新的型態：異域情調的落日。一抹狹長的橘色劃過地平線，就在太陽剛剛落下的地方隆起。橘色上方則是銀藍色，就在頭頂上，已經逐漸變深。她在沙丘星上多次見過這樣的場景。她沒興趣去研究是什麼氣象原理，不如讓眼睛吸收這場轉瞬即逝的美景；在橘色消失後迅速降臨的黑暗中，最好讓耳朵和皮膚去感受那夜幕籠罩大地時的瞬間寧靜。

模模糊糊地，她看到年輕人拾起墊子和毛巾，消失在通風設備後。

她身後的走廊內響起一陣跑步的聲音。什阿娜幾乎是上氣不接下氣地衝進房間：「她們在我們東北方向三十公里的地方發現了一塊香料堆！不大但是很密實！」

歐德雷迪想都沒敢想過：「會不會是被風吹而聚集在一起？」什阿娜向歐德雷迪旁邊的窗戶瞥了一眼。她看見特萊博了。也許……

「不大可能，我派人全天候盯著那邊的。」

「我之前問過妳，什阿娜，是否能和貝爾共事。這個問題很重要。塔瑪年事漸高，很快就需要有人取代她的工作。當然，需要經過投票程序。」

「我？」這完全在她意料之外。

「妳是我的首選。」現在更急迫了。我需要妳離我更近，近到我能一直盯住妳。

「可是我以為……我是說，護使團計畫……」

「那個計畫可以暫時先放下。而且還必須有個能駕馭沙蟲的人……如果那塊香料堆如我們所期待的話。」

「哦？對……我們中有幾個人，但是沒人能……妳不想讓我先試試沙蟲是不是還對我有回應嗎？」

「在議會工作和這應該不衝突。」

「我……妳也能看出來，我完全沒想到這件事。」

「按我看可以說是震驚了。告訴我，什阿娜，最近妳真正的興趣是什麼？」

她還在試探。特萊博，我現在就需要你！「確保沙漠成長得好。」這是事實！「當然，還有我的性生活。妳看到隔壁屋頂那個年輕人了嗎？他叫特萊博，是鄧肯派來讓我打磨技巧的新人。」

即便在歐德雷迪離去後，什阿娜還在想為什麼那些話把大聖母逗得那麼樂。不過，大聖母的注意力終於被轉移了。

甚至都不需要她浪費備用計畫，說出一個事實：「我們在討論我銘刻特格，並以此恢復霸夏的記憶的可能性。」

她躲過必須徹底坦白的危機。大聖母不知道我已經有辦法啟動我們的無現星艦監獄，拆除貝隆達在裡面設置的地雷了。

29

有些苦澀之物是任何甜味劑都無法將其掩蓋的。如果嘗起來很苦，就吐出來。我們最遠古的先祖就是這麼做的。

——終章

• • •

默貝拉發現自己半夜起來繼續做著夢，可她十分清醒，對自己周邊的環境也很清楚：鄧肯在她身邊睡著，還能模糊聽見機器的咔嗒聲，看見天花板上顯示時間的投影。最近她堅持要鄧肯晚上陪著她，她覺得自己獨處的時候有些害怕。鄧肯將這怪罪在她第四次懷孕上。

她坐在床邊。整間房間只有時間投影的微弱光亮，顯得有些陰森。夢中的景象還在出現。鄧肯嘟囔著朝她這邊翻了個身，一隻手臂一下子伸過來搭在了她的腿上。

她覺得這種精神入侵並不是做夢之類的，卻有些和夢一樣的特徵。是貝尼·潔瑟睿德的那些課程在作怪，這些課程再加上她們關於司凱特利的那些該死的暗示，還有……還有最近發生的這一切！一切都讓她陷入一種無法控制的漩渦之中。

今晚，她迷失在瘋狂的語言世界。原因很清楚，那天上午貝隆達知道了默貝拉會說九種語言，於是就打算把這個還不能完全放心的侍祭推上一條被稱為「語言遺產」的精神之路。貝爾雖然引發了這種夜晚陷入的瘋狂狀態，卻沒提供任何可供逃避的出口。

噩夢。夢中她是如同螻蟻般的微小生物，被困在一個宏大的地方，整個場景似曾相識，不管她轉向何方，四周似乎都標著巨大的文字：「資料儲存庫。」這些字面目猙獰，張牙舞爪，用可怕的觸手包圍著她。

這是群掠食的野獸，而獵物正是她自己！

她雖然醒了，也知道自己正坐在床邊，鄧肯的手臂橫在她腿上，可還是能看見那些野獸。牠們驅趕著她步步後退，雖然她的身體沒動，但她知道她在後退。牠們擠壓著她，讓她靠向一場看不見的可怕災難。她的頭沒法轉動！她不僅看見了這些生物（牠們就藏在臥室的各個角落）而且還能聽見牠們用她會的九種語言對她厲聲尖叫。

牠們會把我撕成兩半！

她雖然不能轉身，但能感覺到身後是什麼：更多的尖牙利爪。處處都是危機！如果牠們把她逼到角落裡一擁而上，她就死定了。

無處可逃。死亡。受害者。虐待俘虜。最終淪為被議論的對象。

她充滿了絕望。為什麼鄧肯不醒過來救她？他的手臂彷彿灌鉛般沉重，這股力量壓制著她，讓那些生物得以把她一步步趕入牠們奇異的陷阱裡。她渾身顫抖，冷汗涔涔。那是些可怕的詞語，它們融合成了巨大的合體。這怪獸張開嘴，露出尖刀般的利齒，徑直朝她撲來，在它的巨顎間那漆黑的縫隙裡，還潛伏著更多的詞語。

如前文所述。

默貝拉開始大笑起來，她無法控制自己。如前文所述。無處可逃。死亡。受害者……

笑聲吵醒了鄧肯，他坐起來，啟動了一盞燈球，然後望著她。經過了他們之前的激情碰撞，他的頭髮看起來一團糟。

被吵醒的他有點哭笑不得：「妳笑什麼？」

笑聲漸漸化為大口的喘息聲，她的肋骨隱隱作痛，她擔心他那試探性的微笑會引發新一輪痙攣。

「哦……哦！鄧肯！性衝撞！」

他知道這是屬於他倆的名詞，是他們對這種將彼此捆綁在一起又無法自拔的上癮的稱呼，但這有什麼好笑的？

他一臉的困惑更讓她覺得荒謬可笑。

喘息中她說道：「還有兩個詞。」然後她不得不緊閉著嘴巴，拚命忍住另一輪大笑。

「什麼？」

他的聲音是她聽過的最可笑的聲音。她向他伸出一隻手，搖著頭說：「哦哦……哦哦……」

「默貝拉，妳這是怎麼了？」

她只能不停晃著她的頭。

他試著露出試探性的笑容。這讓她舒緩了些，於是她斜過身子靠在他身上。「不！」她感到他的右手在她身上四處游移時說，「我就是想離你近點。」

「看看都幾點了，」他努起下巴朝天花板的投影動了動，「快三點了。」

「太好笑了，鄧肯。」

「那妳說說。」

「等我喘口氣。」

他幫她慢慢躺到枕頭上：「我們兩個好像結婚多年的老夫妻，在三更半夜講有趣的事。」

「不，親愛的，我們不一樣。」

「程度不一樣，其他都一樣。」

「品質不同。」她堅持說。

「什麼事那麼有趣？」

默貝拉重述了她的噩夢和貝隆達的影響。

「禪遜尼，非常古老的技巧，聖母們用這個技巧去除妳的創傷聯繫，就是那些會激發潛意識反應的詞。」

她重新陷入恐懼之中。

「默貝拉，妳怎麼在顫抖？」

「尊母老師警告過我們，如果我們落入禪遜尼的手裡，就會大難臨頭。」

「胡說！我作為晶算師也經歷過一樣的事情。」

他的話彷彿魔術般地引出了另一個夢的片段。這次是隻雙頭獸，張著兩個大嘴，嘴裡面還有詞。左邊寫著「一個詞」，右邊寫著「引出另一個。」

歡樂取代了恐懼。這次沒有經過那種沒來由的大笑，她的情緒就慢慢平緩了。「鄧肯！」

「嗯。」他的聲音中有著晶算師的距離感。

「貝爾說貝尼．潔瑟睿德把語言當武器——魅音。她把它們叫作『控制工具。』」

「這是妳必須學會的技藝，要熟練到讓它變成妳的本能反應。只有學會這個，她們才會認為妳已經可以進入更深層次的訓練了。」

而在那之後，我將無法再信任妳。

她翻了個身，離他遠了點，然後看著天花板上時間投影周圍閃著光的攝影機。

我還在測試期。

她很清楚她的老師們在背後議論她。每次她一走近，她們就停止交談。她們以特別的眼光盯著她，就好像她是個有趣的標本。

貝隆達的聲音在她的腦海中嗡嗡響起。

噩夢一直在她腦中纏繞不休。她醒來時上午已過半，夢中的疲於掙扎讓她大汗淋漓，汗臭味直沖鼻孔。實習生很盡責地站在離聖母三步的距離。貝爾的聲音響起：

「永遠不要當專家。那會緊緊地禁錮妳。」

她們一定要讓我經歷所有這些，就因為我問了是不是沒什麼語句在指引貝尼．潔瑟睿德。

「鄧肯，她們為什麼把精神和身體教學混在一起？」

「頭腦和身體可以彼此互惠。」他昏昏欲睡。可惡！他又要睡著了。

她搖晃著鄧肯的肩膀：「如果語言這麼不重要，她們為什麼談這麼多原則紀律？」

「模式，」他嘟囔著，「令人討厭的字眼。」

「什麼？」她更粗暴地搖晃著他。

他翻身仰躺，嘴唇動了動，然後說：「原則等於模式，也就等於糟糕的方式。她們說我們都是天生的模式創造者……我覺得對她們而言就是『規律』。」

「規律為什麼那麼糟？」

「別人就有了可以摧毀我們的把柄，或是把我們困在……困在我們不肯改變的事物裡。」

「你說的頭腦和身體的事不對。」

「嗯……是嗎……？」

「是壓力鎖住了彼此。」

「我說的不就是壓力嗎？嘿！咱們到底是要說話還是睡覺，還是要幹些什麼？」

「不能再『幹些什麼』了。今晚不行。」

他深深地吐了口氣，嘆息了一聲。

「那些事不會改善我的健康狀況。」她說。

「沒人說會。」

「那之後再談，在香料之痛以後。」她知道他很不喜歡提起那場致命的試煉，但現在避無可避。她滿腦子都是那種情景。

「好吧！」他翻身坐起，捶著他的枕頭，弄成了感覺最舒服的形狀，然後靠著枕頭盯著她，「什麼事？」

「她們那種語言武器應用得太聰明了，真是可惡！她把特格帶到你面前，然後說你對他負全責。」

「妳不相信？」

「他把你當成父親看。」

「不全是。」

「對，可是……你有這樣看待過霸夏嗎？」

「他恢復我的記憶的時候？有啊。」

「你們倆是一對智慧超群的孤兒，永遠在尋找不存在的父母。他一點都不知道你會傷他多深。」

「那會拆散家庭。」

「這麼說你恨他體內的那個霸夏，你也樂於接受你會傷害他。」

「我可沒那麼說。」

「他為什麼就那麼重要？」

「霸夏？他可是軍事天才，永遠出其不意，神出鬼沒，讓敵人無所適從。」

「這不是人人都能做到的嗎？」

「做不到像他那樣。他會發明戰略、戰術。就這樣！」他打了個響指。

「更暴力。就和尊母一樣。」

「不總是那樣。霸夏擁有不戰而勝的盛名。」

「我看過那些歷史紀錄。」

「不要相信那些。」

「可是你剛才說……」

「歷史紀錄著重的是衝突。其中有幾分真實，但也隱藏了那些不管世事如何變遷都會永恆不變的事物。」

「永恆不變的事物？」

「稻田裡的女人趕著水牛犁著地，她的丈夫卻不知所蹤，最有可能是被徵召入伍，此時正帶著武器走在戰場上。有什麼歷史會說這件事嗎？」

「這件事為什麼永恆不變，而且更重要？」

「她的孩子在家嗷嗷待哺，男人又遠赴他鄉，陷入這種連年征戰的瘋狂，妳說為什麼這更重要？

總要有人去犁地。這女人才是人類永恆不變的那部分縮影。」

「你聽起來像滿腔怨恨，無法釋懷的樣子……我怎麼覺得很彆扭。」

「有鑑於我在軍事方面的過往，這麼說好像很矯情？」

「是有點，貝尼．潔瑟睿德對……對她們的霸夏的倚重，還有精英部隊以及……」

「妳覺得她們只不過是另一群妄自尊大的人在為一己私利進行著暴力行動？妳覺得她們會直接輾過那個犁地的女人，眼都不眨一下？」

「為什麼不會？」

「因為很少有東西能逃過她們的眼睛。那些暴徒『經過』犁地的女人，很少會看出他們觸碰的是基本現實。而一個貝尼．潔瑟睿德絕不會錯過這樣的事。」

「我還是要問：為什麼不會？」

「妄自尊大的人目光短淺，因為他們過的是死亡的現實。而女人和犁耙才是生命的現實。沒有這種生命的現實就不會有人類。我的暴君看到了這點。為此聖母們雖然咒罵他，但同時也感激他。」

「所以你願意加入她們的夢想之中。」

「我猜是的。」聽起來似乎連他自己也有些難以置信。

「你對特格完全誠實？」

「他如果有問題，我會直言不諱。我認為對好奇心不應粗暴對待。」

「你對他負全責？」

「她說的不全是這個意思。」

「啊，我的愛人。不全是這個意思。你稱貝爾為偽君子，卻把歐德雷迪排除在外。鄧肯，你要是知道……」

「只要我們不在乎攝影機，那就說吧！」

「謊言、欺騙、惡毒……」

「嘿！妳是說貝尼・潔瑟睿德？」

「她們用老掉牙的說辭辯解：某某聖母是這樣做的，所以我也這樣做的話，就錯不到哪裡去。兩種罪惡，兩兩相抵。」

「什麼罪惡？」

她猶豫了。我應該告訴他嗎？不行。但是他想要答案。「你和特格之間的角色互相顛倒了，貝爾很高興！她很期待看到他的痛苦。」

「也許我們應該讓她失望。」話一出口他就知道這麼說是個錯誤。太早了。

「一報還一報！」默貝拉很高興。

轉移她們的注意力！「她們對報應不感興趣，只關心公正。她們的教誨中有這麼一條：『被判決之人必須接受判決的公正性。』」

「這麼說，她們把人改造得習慣於接受判決。」

「任何系統都有漏洞。」

「你知道的，親愛的，侍祭會學習。」

「所以她們才是侍祭。」

「我的意思是我們會彼此交談。」

「我們？妳是侍祭？妳是皈依者！」

「不管我是什麼，我聽說一些事。你的那個特格也許沒有看起來那麼簡單。」

「那都是侍祭的閒話。」

「也有些傳言來自伽穆，鄧肯。」

他瞪著她。伽穆？對他來說任何其他名字都不對，他只能想起它本來的名字：羯地主星。哈肯能地獄之洞。

她以為他沉默不語是要她繼續說下去：「她們說特格行動迅捷，快到肉眼幾乎跟不上，說他……」

「也許是他自己放出的流言。」

「有些聖母並不懷疑這些說法。她們採取觀望態度，她們想要預防一下。」

「妳學了那麼多珍貴的歷史，還不明白特格是怎麼回事嗎？對他來說，散播一下這樣的謠言太正常了。這可以讓人們更小心對待他。」

「但是你還記得嗎，我自己那時候也在伽穆星上。尊母非常不安，她們惱怒不已。有什麼事出了差錯。」

「沒錯，特格行事出人意料，讓她們十分驚訝。她們偷了她們一艘無現星艦。」他拍著身邊的牆，「就是這艘。」

「女修會有自己的禁地，鄧肯。她們總是告訴我等著香料之痛，到時候一切都會變得清清楚楚！那些該死的聖母！」

「聽起來像是在給妳準備護使團教學。那是種設計好的宗教，服務於特定目標和選定的人群。」

「你看不出那有什麼問題嗎？」

「道德觀，我不和聖母爭辯這個。」

「為什麼不？」

「那塊石頭會使宗教觸礁沉沒。貝尼・潔瑟睿德是不會沉沒的。」

鄧肯，你要是了解她們的道德系統就不會這麼說了！「你這麼了解她們，這讓她們很不安。」

「就是因為這點，貝爾才想殺了我。」

「你覺得歐德雷迪沒她那麼壞？」

「問得好！」歐德雷迪？如果妳仔細去想她的能耐，那她將是個可怕的女人。她是亞崔迪家族成員，這一點就已經很可怕了。我認識好幾代亞崔迪。而這位首先是貝尼・潔瑟睿德；特格才是典型的亞崔迪家人。

「歐德雷迪告訴我說她相信你對亞崔迪的忠誠之心。」

「我忠於亞崔迪的榮耀，默貝拉。」但我對道德自有判斷——對女修會，對她們塞進我懷裡的這個孩子，對什阿娜，還有……還有我的愛人，都如此。

默貝拉彎下腰靠近了他，胸部摩擦著他的手臂，在他耳邊低語：「有時候，只要能構到，我可以殺死她們任何一個人！」

難道她覺得她們聽不到嗎？他坐直身子，把她拽了過來：「什麼事讓妳突然那麼生氣？」

「『她』想讓我對司凱特利下工夫。」

下工夫。這是尊母用的委婉語。嗯，為什麼不行？在和我彼此糾纏之前，她已經對很多男人「下工夫」過了。但他也感覺到那種傳統的丈夫的反應。不光是如此……司凱特利？一個該死的忒萊素人？

「是大聖母說的？」他得弄清楚。

「就是那位，那唯一的一位。」她幾乎感覺輕鬆了，有種卸下重擔的感覺。

「妳有什麼反應？」

「她說是你的主意。」

「我的……胡說八道！我說我們也許可以試著從他身上挖出點資訊來，可是……」

「她說貝尼・潔瑟睿德和尊母都一樣，把這件事當作很平常的一件小事看。和這個育種，引誘那個，一天之內就可以都做完。」

「我是問妳的反應。」

「很反感。」

「為什麼？」既然妳的背景包括了……

「我愛的是你，鄧肯，那……那我的身體就……就應該讓你愉悅……就像是你……」

「我們是對老夫妻，這些女巫現在是要把我們強行分開。」

他的話讓他頭腦裡浮現出一幅清晰的畫面：潔西嘉女士，他那位過世已久的公爵大人的愛人，摩阿迪巴的母親。我愛她，她不愛我，但是……現在他在默貝拉眼裡看到的神情，他曾見過，那是潔西嘉看公爵的神情：盲目的、始終如一的愛。這是貝尼・潔瑟睿德不信任的東西。潔西嘉比默貝拉更柔弱，但內心堅強。而歐德雷迪……她整個人都很強硬，各個方面都如塑鋼般堅硬。

那他為什麼有時候會懷疑她同樣心懷人類情感？他們得知霸夏死在沙丘星上的時候，她談起這位老人時的那副模樣是怎麼回事？

「你知道嗎，他是我父親。」

默貝拉把他從回憶中拽了回來：「你也許可以和她們懷著一樣的夢想，不管那夢想是什麼都好，但是……」

「成熟點，人類！」

「什麼？」

「那是她們的夢想。像個成年人去行事吧，別總像個學校操場上憤怒的孩子一樣。」

「媽媽是為你好？」

「是……我相信是這樣。」

「你真的這麼看她們？就算是你管她們叫女巫的時候也是這麼想的？」

「那是個好詞。女巫會做很多神祕的事情。」

「你不相信那是長期嚴苛的訓練加上香料和香料之痛的作用？」

「相信和這個有什麼關係？未知的事自會自行創造神祕解釋。」

「但是你不認為她們在耍花招操縱人們去做她們想做的事嗎？」

「她們就是那樣的！」

「語言就是武器，魅音、銘者……」

「沒有一樣能如妳這般美麗。」

「什麼是美，鄧肯？」

「美當然有不同風格。」

「和她說的一模一樣。『風格以繁殖為根基，它深埋於我們的種族精神當中，我們不敢移除它們。』所以她們想插手這種事，鄧肯。」

「為此她們會不惜一切代價？」

「她說：『我們不會把後代扭曲成我們認為非人類的東西。』她們作出判斷，她們進行譴責。」

他想起了視野中的那些突兀的身影。幻臉人。他問道：「就像那些毫無道德可言的忒萊素人？毫無道德——根本不是人類。」

「我幾乎能聽見歐德雷迪大腦在飛速運轉。她和她的那些聖母——她們監視、監聽，她們調整著每一種回應，一切都是經過計算的。」

親愛的，那是妳想要的東西嗎？他感覺自己陷了進去。她既對也錯。結果正確，就可以證明手段也沒問題嗎？他怎麼可能證明失去默貝拉是正確的？

「妳認為她們毫無道德？」他問道。

她彷彿沒聽到一般：「她們總是不停問自己下一步該說什麼，才能得到想要的回應。」

「什麼回應？」她聽不出他的痛苦嗎？

「等你意識到的時候，為時已晚！」她轉過身看著他，「這點和尊母非常像。你知道尊母是怎麼困住我的嗎？」

他抑制不住地想，那些監視的人將會對默貝拉下面的話多麼如飢似渴。

「有一次尊母掃蕩我住的地區，就把我從街上帶走了。我覺得整場掃蕩行動都是因為我。我媽媽非常漂亮，但是對她們來說太老了。」

「掃蕩？」那些看門狗會很希望我繼續問下去。

「她們走過某個區域，那裡的人就會消失。沒有屍體，什麼都沒有。整個家庭都會消失。她們解釋說這是對密謀反抗的懲罰。」

「妳那時候多大？」

「三歲……或是四歲。我正和一個朋友在樹下的空地上玩，突然響起很多噪音，還有人們的呼喊聲，我和朋友們就在岩石後的洞裡躲了起來。」

他被這幅場景吸引了。

「大地震動。」她眼神迷離，陷入了回憶中，「然後是爆炸。過了一會兒，外面安靜了下來，我們偷偷向外看。我家所在的整個街角都變成了一個洞。」

「妳就成了孤兒？」

「我還記得我的父母。爸爸身材高大，體格結實。我覺得我媽媽應該是某個地方的僕人。他們上班的時候都穿著制服，我記得她穿制服的樣子。」

「妳怎麼確定妳父母都被害了？」

「我能確定的只有掃蕩，但是掃蕩都一樣。尖叫聲響起，人們四處奔逃。當時我們非常害怕。」

「妳為什麼覺得掃蕩是因為妳才進行的？」

「她們經常做那類事。」

她們。那些盯著攝影機的人一定會把這個字眼當作一場偉大的勝利。

默貝拉還深陷在回憶之中：「我覺得是我父親拒絕向某個尊母屈服。這種行為會被認為非常危險。他個子高高的，面容英俊……也很強壯。」

「那妳恨她們嗎？」

「為什麼？」她是真的對這個問題感到很驚訝，「沒有那件事的話，我永遠也不可能成為尊母。」

她的冷漠無情讓他很震驚：「所以為了成為尊母，任何代價都值得？」

「我的愛，你厭惡把我帶到你身邊的東西嗎？」

反駁得好！「但妳沒想過，要是妳因為不同的理由來到我身邊，不就更好了嗎？」

「不管怎樣，已經發生了，想也沒用。」

完全是宿命論。他從來也沒想過她會信這套。是尊母的改造還是貝尼．潔瑟睿德的傑作？

「妳只是給她們的儲備庫裡又添了個有價值的後備力量而已。」

「沒錯。引誘者，她們這麼叫我們。我們負責招募有價值的男性。」

「妳達成任務了。」

「可以這樣說。如果按投資算，我償還的已經超出很多倍了。」

「妳知道聖母會怎麼看這件事嗎？」

「別大驚小怪的。」

「那妳準備好對司凱特利『下工夫』了？」

「我沒那麼說。尊母不徵求我的同意直接讓我做事。聖母需要我，也想這樣利用我，但我的價格她們也許出不起。」

那一刻他只覺得喉嚨發乾，說道：「價格？」

她嗔怪地瞪著他：「你，你就是我要價的一部分。不能對司凱特利下工夫。還有，她們自稱坦誠，那就要說清楚到底為什麼需要我！」

「小心，我的愛。她們可能會告訴妳的。」

她轉過身，用那種很像貝尼．潔瑟睿德的眼神望著他：「恢復特格的記憶又不帶來任何痛苦，你打算怎麼做到？」

該死！他剛慶幸躲過了這個說溜嘴的錯誤，最後還是無處可逃。在她的眼裡，他能看出來她猜到了。

默貝拉確認了這點：「既然我不會同意，我確信你是和什阿娜討論過了。」

他只能點頭默認。他的默貝拉在女修會的路上走得很遠，比他原來想的還要遠。她知道他的多重甦亡人記憶是如何藉由她的「銘刻」得到恢復的。他突然把她當作了聖母，為此他真想大聲表達不滿。

「這讓你哪裡和歐德雷迪不一樣了？」她問道。

「什阿娜本來接受的就是成為銘者的訓練。」話說出口，他自己都覺得空洞無力。

「和我的訓練不一樣？」她這是在指責。

他胸中的怒火被點燃了：「妳更喜歡經歷香料之痛嗎？就像貝爾一樣？」

「你更想看到貝尼．潔瑟睿德一敗塗地？」她的聲音甜美、溫柔。

他聽出了她語調中的距離感，彷彿她已經退回到了女修會冷漠的觀察姿態中。她們在讓他可愛的默貝拉凝滯！不過還是能感受到她本身的活力。這種感覺讓他撕心裂肺。她散發著健康的氣息，尤其是有孕在身，就更顯得如此。她活力四射，對生活有無限的熱情，這種活力與熱情讓整個人都像發著光一般。而聖母們會剝奪這一切，她們會熄滅這活力之光。

在他關切的注視下，她變得安靜起來。

絕望中，他在想他還能做什麼。

「我本來希望最近我們能對彼此更坦誠些。」她說。又一個貝尼．潔瑟睿德式的試探。

「我不贊成她們的很多行為，但我不懷疑她們的初衷。」他說。

「如果我能活過香料之痛，就能知道她們的初衷。」

他全身都僵住了，腦海裡突然意識到她有可能熬不過去。沒有默貝拉的生活？他簡直難以想像那種心被掏空的感覺。在他過往的眾多生命中沒有任何事可以與之相比。不知不覺中，他伸出手，愛撫著她的背。她的皮膚柔嫩又有彈性。

「我太愛妳了，默貝拉。這是我的『香料之痛』。」

他的觸碰讓她情難自己，顫抖起來。

他發現自己沉溺在多愁善感的情緒中，累積著悲傷的畫面，直到他記起一位晶算師老師的話：「無節制的情感消耗。」

「溫情與多愁善感的區別顯而易見。在路上避免殺死某個人的寵物，這是溫情。如果你為了要避開寵物殺死行人，那就是多愁善感了。」

她捧起他愛撫她的手，放到了自己的唇上。

「語言加上身體，勝過二者任何一個。」他低語著。

他的話讓她又陷入噩夢中，但這次她帶著復仇之心，她已經清楚語言即工具。她對這段體驗充滿了特別的憧憬，滿心要對自己剛才的表現自嘲。

就在她要驅散噩夢的時候，突然想到自己還從沒見過尊母自嘲。

她握著鄧肯的手，低頭望著他。他的眼瞼閃過一絲晶算師的樣子。他能意識到她剛剛經歷了什麼嗎？自由！再也不被囚禁，被她的過去驅趕到無處可逃了。從她接受自己成為聖母的可能性以來，這是第一次，她瞥見了其中的意味。對此她感到敬畏又驚駭。

沒什麼比女修會更重要的？

她們說起誓言，比督察在侍祭入會時說的話更神祕。

我對尊母的誓言只是話語，對貝尼．潔瑟睿德的誓言也只能是話語。

她記起貝隆達曾咆哮著說過，選擇外交人員時看重的是她們的說謊能力。「妳會是另一個外交人員嗎，默貝拉？」

誓言不是用來打破的。那多麼幼稚！就像校園裡的威脅：如果你食言，我就食言！哼哼哼！

完全沒必要擔心誓言。更重要的是在她的內心找到自由的源頭，那裡總會有傾聽者。

她把鄧肯的手捧起來貼著自己的嘴唇，低語著：「它們在聽。哦，它們在傾聽。」

30

除非你能澆熄狂熱分子的那份狂熱，否則就不要與他們起衝突。除非你的證據（奇蹟）不可辯駁，或是你能讓狂熱分子相信你是受上帝指引的，才可能切入其中，否則就不要用一種宗教去反對另一種宗教。有些科學披著神聖啟示的外衣，長久以來這都是通往這類科學路上的阻礙。科學中的人造痕跡過於明顯。狂熱分子（很多是對一種或另一種主題的狂熱）必須知道你的立場，但更重要的是，必須認出是誰在你耳邊竊竊私語。

——護使團，初級教學

・・・

身後的獵人不斷逼近，這種念頭在歐德雷迪頭腦裡揮之不去，還有時間的流逝也一樣讓歐德雷迪苦惱。一年又一年迅速消逝，使得一天的時間快得模糊成了影子。持續兩個月的討論後，終於得以讓什阿娜接替了塔瑪的位置！

歐德雷迪今天不在，她親自去為剩下即將參與離散的一隊貝尼・潔瑟睿德做情況簡報，這種時候就會由貝隆達負責日常管理事務。議會勉強同意繼續進行離散。艾德侯覺得這個策略只是徒勞，讓女修會的人們都頗感震驚。情況簡報現在也是一種新的防禦計畫，讓人們對「你可能遇到的情況」做好準備。

下午稍晚，歐德雷迪走進了工作室，貝隆達正坐在桌旁。她的臉頰浮腫，眼神裡是那種每次她硬撐的時候表現出來的木然模樣。貝爾在這裡，日常總結就免不了有措辭尖銳的討論。

「什阿娜獲准進入議會了，」她說著把一小片晶紙推向歐德雷迪，「這是塔瑪給予支持的功勞。默貝拉肚子裡這個新的八天後出生，那些蘇克是這麼說的。」

貝爾對這些蘇克醫生沒什麼信心。

新的？她對生命也太冷漠了些！一想到將來，歐德雷迪有些血流加速。

等默貝拉生下孩子，身體恢復後——香料之痛。她已經準備好了。

「鄧肯極度緊張。」貝隆達騰出椅子說。

鄧肯，叫得可親熱！那兩位變得異常熟稔了。

貝爾還沒說完：「不用妳問，我先告訴妳，多吉拉那邊沒有任何消息。」

歐德雷迪在桌後坐了下來，把她掌上的報告晶紙撥正。多吉拉所信任的那位侍祭，現在已經是聖母芬迪爾了，她不會冒著暴露無現星艦路線或是準備的其他任何資訊設備的危險，去安撫一位統御大聖母。沒有消息意謂誘餌還在……或者白白浪費掉了。

「妳告訴什阿娜她已經獲准加入了嗎？」歐德雷迪問。

「我特意留著讓妳說。她的每日報告又晚了，身為議會成員，這種行為不妥。」

看來貝爾還是不贊成她進議會。

什阿娜的每日訊息都是重複內容。「沒有沙蟲跡象。香料堆完好無損。」

每件能寄託她們小小希望的事都尚無定論。那些噩夢般的獵人步步緊逼，氣氛愈來愈緊張，彷彿要炸裂一般。

「妳看過鄧肯和默貝拉之間的交流，次數已經夠多了，」貝隆達說，「那是不是什阿娜一直在試圖隱藏的東西？如果是，為什麼？」

「特格是我父親。」

「如此微妙！一位聖母對銘刻大聖母父親的甦亡人感到內疚不安！」

「她是我親自教出來的學生，貝爾。妳感覺不到她對我有多關心。另外，特格不僅是個甦亡人，還是個孩子。」

「我們必須確認她的意圖，直到毫無疑點！」

歐德雷迪看到貝隆達欲言又止，終究還是沒說出那個名字：「潔西嘉。」

又一個有汙點的聖母？貝爾是對的，她們必須確保對什阿娜有十分的把握才行。這是我的責任。什阿娜的黑色雕塑在歐德雷迪的意識中閃爍著。

「艾德侯的計畫有些吸引力，但是……」貝隆達猶豫了一下。

歐德雷迪開口說話了：「這孩子非常年輕，還沒完全長大。原初記憶恢復的痛苦可能接近香料之痛，可能會讓他離我們更加疏遠。但是這……」

「用銘者控制他，我同意這點。但是如果銘刻並沒有恢復他的記憶呢？」

「我們還可以執行原計畫。而且這個方法在艾德侯身上確實成功了。」

「他不一樣，不過我們可以等等再做決定。妳和司凱特利還要見面，要晚了。」

歐德雷迪掂了掂晶紙：「每日總結呢？」

「都是妳已經見過無數次的東西。」貝爾說這樣的話，幾乎就是擔心的意思。

「我把他帶到這裡來。讓塔瑪在這裡等著，妳找機會再進來。」

司凱特利差不多習慣這類艦外走動了，他們從她停在中樞南面的運輸車上出來的時候，歐德雷迪從他悠閒的態度上看出了這點。

不只是一場散步，他們都清楚這點，但是她把這些出行安排得很有規律，設計成不斷重複的模式，使他鬆懈下來。形成例行常規，有時候太有用了。

「您能帶我出來走走太好了，」司凱特利抬頭斜睨她，「空氣比我記得的更乾。今晚我們去哪裡？」

他對著太陽瞇起眼睛的時候，那雙眼睛顯得太小了。

「去我的工作室。」往北大約半公里就是中樞的外部建築，她朝那裡點頭示意。此時是春季，天還有些冷，從外面能看見無雲的天空下暖色調的屋頂，燈光從她的塔樓裡面射出，最近這些日子幾乎每到日落時分都會有冷風襲來，那扇窗子彷彿在向風中的人們保證裡頭是舒適的環境。

歐德雷迪用眼角餘光觀察著身旁這位忒萊素人。他如此緊繃著神經！她在聖母警衛和她們身後的侍祭身上也能感受到這種繃緊的狀態，那都是貝隆達要求特別戒備的原因。

我們需要這個小怪物，他對此很清楚。我們還不知道忒萊素人的能力可以達到什麼程度！他積累了什麼才能？他為什麼帶著這麼明顯的隨意態度去探測他的獄友？

忒萊素人製造了甦亡人艾德侯，她提醒自己。他們是不是在他身上隱藏了什麼祕密？

「我是來到您門前的乞丐，大聖母，」他用那種哀鳴般的尖細嗓音說，「我們的星球淪為廢墟，我們的人民被屠殺殆盡。我們為什麼要去您的居所？」

「到更舒適的環境裡商量。」

「是，艦內空間非常有限。但是我不明白為什麼總把車停得離中樞這麼遠，為什麼要走路過去？」

「我覺得這樣能透透氣。」

司凱特利環視著周圍的植被：「令人愉快，不過很冷，您不覺得嗎？」

歐德雷迪瞥向南面。南邊的這些斜坡上種植著葡萄，坡頂和較冷的北面是為果園預留的位置。這些葡萄園裡種植的都是改良過的葡萄，由貝尼・潔瑟睿德園丁開發而來。古老的葡萄藤，它們的根會「探下地獄」（根據古老的迷信傳說），從燃燒的靈魂處盜取水分。釀酒廠就在地下，還有供儲存和做出陳酒的洞穴也都在地下。地上一行行精心培育的葡萄藤有序地排列著，沒什麼其他設施破壞這種景觀，葡萄藤間隔開闊，足夠採摘者和耕種設備通行。

他對此很愉快？她很懷疑這裡是否真會有什麼能讓司凱特利愉快的景致。他應該精神緊張，她就需要他這樣，這樣他才會自問：她選擇和我一起穿過這些簡陋的鄉村環境到底是為什麼？

她們不敢對這個小個子男人採用貝尼・潔瑟睿德更強有力的說服手段，這讓歐德雷迪很惱火。但是有人說，動用那種手段若是失敗了，她們不會有第二次機會，她也覺得是這樣。忒萊素人的行為已經表明他們寧願死也不願放棄祕密的（以及神聖的）資訊。

「有幾件事我不明白，」歐德雷迪邊說邊繞過一堆修剪下來的葡萄藤，「你為什麼堅持要有自己的幻臉人，然後才能同意我們的要求？還有，鄧肯・艾德侯身上到底有什麼，讓你這麼感興趣？」

「親愛的女士，我一個人孤獨無依，沒有夥伴。這就是這兩個問題的答案。」他無意識地揉搓著胸口，零熵膠囊就藏在那裡。

他為什麼如此頻繁地揉搓身體的那個部位？這是個讓她和分析師都迷惑不解的動作。沒有疤痕，沒有皮膚紅腫。也許是兒時留下的習慣而已。但那是多久之前的事了！也許是這次轉世帶來的缺陷？沒人知道。他那灰色的皮膚帶有金屬色素，能夠抵抗探測儀器。他以前肯定受過訓練，會對更強的射線很敏感，因此一旦使用就會被他發覺。不行……現在還不行，目前只能採取外交手段。這個該死的小怪物！

司凱特利在想：這個普汶韃女性沒有天生的同情心可供他利用嗎？關於這個問題，「典型」經常是矛盾的。

「詹朵拉的韋柯特已經不復存在，」他說，「幾十億我的族人被那些蕩婦屠殺。亞吉斯特最遙遠的邊疆都沒能倖免，我們被徹底摧毀了，只有我倖存了下來。」

亞吉斯特，她想。不羈之人的土地。在伊斯蘭米亞語裡，這是個發人深省的詞，貝尼．戈莱素的語言。

她用伊斯蘭米亞語說道：「我神主的魔法是我們唯一的橋梁。」

她又一次公開表示與他共有偉大信念，催生了貝尼．戈莱素的蘇非－禪遜尼合一精神。從語言上看她的伊斯蘭米亞語用詞準確，毫無破綻，但他還是看到了謬誤之處。她稱神主的信使為「暴君」，而且不遵守最基本的戒律！

這些女人在哪裡進行蓋謳集會，去感知神主的存在呢？如果她們真的說神的語言，還需要這麼粗鄙的商量嗎，那她們早就知道想從他身上搜尋的那些資訊了。

爬過最後一個斜坡，他們就要到中樞前鋪好的過道了，司凱特利呼喚著神主的幫助。貝尼．戈莱素竟然落魄至此！祢為何要降下這場試煉？我們是《沙利亞特》最後的法學家，而我，我的人民最後的尊主，在祢已無法在蓋謳向我言說的時候，我的神主，也必定要尋求祢的答案。

又一次，歐德雷迪用完美的伊斯蘭米亞語說：「是你自己的人民背叛了你，那些被你送到大離散中去的人。你再也沒有馬里柯兄弟，只有姊妹。」

那麼妳的薩格拉大廳在哪裡，普汶韃騙子？那種深邃無窗，只有自己的兄弟才能進入的地方在哪裡呢？

「這對我來說還是件新鮮事，」他說，「馬里柯姊妹？這兩個詞總是互相矛盾。姊妹不能是馬里柯。」

「你們已故的馬哈依和阿卜杜，那個瓦夫不能接受這點，而他帶著你的同胞們幾乎走向了滅亡。」

「幾乎？您知道有倖存者？」他難以掩飾自己聲音中的激動。

「不是尊主……但是我們聽說過有幾個多莫還活著，但是都在尊母手裡。」

她在一棟建築前停下了，再往前走幾步，這棟建築的邊緣就會剛好擋住她欣賞落日的視線。她還是用忒萊素的祕密語言說：「太陽不是神。」

黎明與日落即馬哈依的呼喊！

司凱特利跟著她走進一段拱形長廊，兩邊是兩棟矮樓，此時，他的信心開始動搖。她說的是對的，不過這些話只有馬哈依和阿卜杜才能說。長廊的陰影下，護衛緊緊跟隨的腳步聲在他們身後迴蕩，歐德雷迪的話讓他有些困惑，她說：「你為什麼沒說恰當的話？你不是最後的尊主嗎？這樣的話你不就是馬哈依和阿卜杜了嗎？」

「我不是由馬里柯兄弟選出來的。」這話就算他自己聽起來都站不住腳。

歐德雷迪召來了一個上升域場，然後在運輸管道入口處停步。在他者記憶的細節中，她發現對蓋謳以及蓋謳的呼弗蘭權利很熟悉——這是夜晚枕邊的輕聲低語，是戀人對他們去世很久的女人訴說的。「然後我們……」「因此，如果我們說出這些神聖的話……」呼弗蘭！承認並重新接納一位曾經在普汶韃中歷險的人吧，回歸之人祈求您的寬恕，因他已與異類那深重的罪孽接觸。眾馬謝葉赫在蓋謳相聚，知神主與他們同在。

運輸管入口的門開了，歐德雷迪向司凱特利和前面的兩位警衛示意先走。在他經過的時候，她想：必須有所行動了。我們不能順著他的心意陪他玩遊戲。

歐德雷迪和司凱特利進入工作室的時候，塔瑪拉尼正背對著門站在弓形凸窗前。落日餘暉斜斜地映射著屋頂。然後這抹豔麗就此消失，留下的是一幅光影對比的畫面，天邊那最後的光明顯得室內的暗夜更加深沉了。

在這濛濛幽暗中，歐德雷迪揮手示意警衛們散去，她注意到她們頗有些不情願。很顯然，貝隆達命令她們留下，但她們又不能違抗統御大聖母的命令。她指著對面的一張犬椅，等著他坐下。他先是滿腹狐疑地回頭看看塔瑪拉尼才坐下，又掩飾地說道：「為什麼不開燈？」

「這是放鬆的間歇。」她說。而且我知道黑暗能讓你不安！

她在桌後站了一會兒，端詳著幽暗中的幾處光亮，周圍按她對環境的偏好擺放著外表頗有光澤的藝術品：窗邊的小龕裡有早已去世的綺諾伊的半身像，右手邊的牆上，是人類第一次移民太空時的田園風光圖，桌上有一堆利讀聯晶紙，還有一片從窗戶透進的微弱光亮集中在光雕器所反射出的銀色映射。

她碰了碰控制臺上的一塊板子。四周牆上和天花板上巧妙布置的燈球亮了起來。塔瑪拉尼接到暗示，立刻有意將長袍一甩，轉過了身。她站在司凱特利身後兩步的距離，恰如其分地表現出貝尼·潔瑟睿德不祥而神祕的姿態。

對他的煎熬夠久了。

司凱特利先是被塔瑪拉尼的動作嚇得微微抽動了一下，現在又默默地坐好了。犬椅似乎對他來說太大了，讓他看起來就像個小孩子。

歐德雷迪說：「救了你的聖母說你當時在交叉點上指揮著一艘無現星艦，尊母發動襲擊的時候那艘無現星艦正準備啟動第一次摺疊空間的瞬移航行。據她們說，當時你乘著單人航艦趕往你的戰艦，但是就在爆炸前轉向走避了。你是發現了襲擊者嗎？」

「是的。」他勉強應道。

「而且知道她們可能會從你的軌跡定位無現星艦。所以你逃跑了，留下你的兄弟們等著被毀滅。」

他用目睹悲劇發生的那種徹底的痛苦說道：「早些時候，我們從忒萊素駛離的時候，就看到襲擊開始了。我們發動大爆炸要摧毀對襲擊者有價值的東西，再加上從太空發射的噴火槍，共同製造了大屠殺。然後我們也逃了。」

「但是沒有直接逃往交叉點。」

「我們搜過的所有地方，都已經被她們搶先一步。很多東西確實都被她們付之一炬，但是我們還擁有祕密。」提醒她我還有東西可以交易！他用一隻手指輕點自己的頭。

「你在交叉點上尋求宇航公會或者鉅貿聯會的庇護，」她說，「我們的間諜艦在敵人反應過來之前把你撈了出來，多幸運。」

「姊妹……」這個詞太令他難以啟齒了！「……如果妳真是我在蓋謳的姊妹，為什麼不給我幻臉人僕從呢？」

「在我們之間，你還是保留了太多祕密，司凱特利。比如，襲擊來臨的時候，你為什麼要離開班得隆？」

班得隆！

提及這座偉大的忒萊素城讓他鬱結於胸，他似乎已經感受到了零熵膠囊如脈搏一樣的跳動，彷彿它希望能把珍貴的內容物都釋放出來一般。失落的班得隆城。再也無法見到城市上空那紅玉似的天空，再也感受不到兄弟同在，再也沒有耐心的多莫和……

「你不舒服？」歐德雷迪問。

「我為我所失去的感到難過！」他聽到身後衣物摩擦的窸窣聲，感覺到塔瑪拉尼離他更近了。這個地方太壓抑了！「她在我身後做什麼？」

「我是女修們的公僕，她在這裡是要觀察我們倆。」

「妳提取了我的部分細胞，對吧？妳們是在再生箱裡培育司凱特利替代品！」

「我們當然得這麼做。你不會認為聖母會讓最後一個尊主在這裡消亡吧？」

「我不會做的事，我的甦亡人也不會做！」而且那個甦亡人不會帶著零熵膠囊！

「我們知道。」關鍵是我們不知道什麼？

「這不是商量。」他抱怨道。

「你對我的判斷失誤了，司凱特利。你什麼時候撒謊，什麼時候藏著祕密不說，這些我們都知道。我們會利用別人不會的感官。」

這是事實！她們利用他身體的氣味，從肌肉的微小動作，從他無法抑制的表情上都能發現線索。女修？這些生物是普汶韃！全都是！

「當時你們在舉行拉什卡儀式。」歐德雷迪試圖敦促他說出真相。

拉什卡！他多希望他在這裡就是在舉行拉什卡集會。幻臉人武士、多莫助理——消滅這種可惡至極的邪惡！但他不敢撒謊。他身後的這位也許是個真言師。眾多生命經歷都告訴他貝尼．潔瑟睿德的真言師是最厲害的。

「我帶著一支卡薩德兵力。我們在搜索一群混合人，以增加防禦力量。」

群？忒萊素是不是知道混合人的什麼事情，卻從未向女修會透露過？

「你們出發時心裡已作好動用武力的準備。尊母是不是知道了你的任務，所以把你和其他人的聯繫阻斷了？我猜很有可能是這樣。」

「您為什麼叫她們尊母？」他一時難以自控，聲音幾乎變成了尖叫。

「因為她們自己就是那麼叫的。」保持鎮定。讓他自己慢慢走向失誤好了。

她說得對！我們被出賣了。這是個很令人痛苦的念頭。他緊緊壓抑著這種感覺，思考著該如何作答。向她稍微透露一點？對這些女人來說，從沒有什麼是稍微透露一點。

一聲嘆息震動他的胸腔。他感受到了零熵膠囊和裡面的內容物，那是他最在意的東西。有什麼能讓他接觸到自己的再生箱就好了。

「我們送去大離散的那些人中，有些後裔帶回了他們俘虜的混合人。牠們是人類和貓科動物的雜交產物，這點妳肯定知道了。但是牠們在我們的再生箱裡不繁殖。在我們搞清楚原因之前，我們收下的那些混合人就死了。」那些叛徒只給我們帶了兩隻！我們早該懷疑！

「他們沒給你帶來多少混合人，是吧？你本應該懷疑那些就是誘餌。」

看見了吧？向她們透露一點點，就能讓她們知道這麼多！

「為什麼混合人不獵殺伽穆上的尊母？」這是鄧肯的問題，應該得到回答。

「聽說必須下命令。牠們沒有命令不會殺人。」她知道這點。她是在試探我。

「幻臉人也依令殺人，」她說，「如果你下命令，他們連你都殺，不是這樣嗎？」

「那條命令是專門用來防止我們的祕密落入敵手。」

「所以你才想要自己的幻臉人？你把我們當成敵人嗎？」

還沒等他想到如何回應，貝隆達的投影在桌子上方顯現出來，真人大小、半透明，身後是檔案部晶紙閃爍的光芒。「什阿娜發來緊急消息！」貝隆達說，「香料噴發開始了。是沙蟲！」她的身影轉而看向司凱特利，攝影機隨著她的舉動調整，分毫不差。「這麼看來，你失去一件討價還價的籌碼了，司凱特利尊主！我們終於有香料了！」投影圖像隨著一聲咔嗒聲和微弱的臭氧氣味消失了。

「妳們想騙我！」他脫口而出。

但是歐德雷迪左邊的門開了。什阿娜拖著一個不超過兩公尺長的小型懸浮艙走了進來。艙體側面是透明的，在工作室燈球的映射下，迸發微弱的黃色光線。艙內有什麼東西在蠕動！

什阿娜沒說一句話，只是站在一邊，好讓他們能仔細看清艙內的全貌。那麼小！這隻蟲子還沒有裝著牠的懸浮艙一半大，但體態細節完美，在一堆淺淺的金色沙堆上伸展著軀體。

司凱特利難掩一聲敬畏的喘息。先知！

歐德雷迪的反應更實際。她彎腰湊近了懸艙，向那小小的嘴裡窺探。曾經宏大的蟲體內那炙熱的憤怒之焰如今縮減成了這個？真是個微縮版本！

牠抬起身體前部的時候，晶牙閃閃發光。

沙蟲的嘴左右搖擺著。他們都看到了那排牙齒後面由異樣化學反應燃起的微小火苗。

「有成千上萬條，」什阿娜說，「和以往一樣，香料噴發牠們就會來。」

歐德雷迪一言未發。我們成功了！但這是什阿娜的勝利時刻，讓她盡情享受吧。司凱特利從來也沒像現在這樣灰心喪氣過。

什阿娜打開艙門，從裡面拿出沙蟲，如同晃動嬰兒般輕輕搖動。牠在她的懷裡暫時平靜了下來。歐德雷迪滿足地深深吸了口氣。她仍然能控制牠們。

「司凱特利。」歐德雷迪說。

他無法把眼神從沙蟲身上收回來。

「你還為先知服務嗎？」歐德雷迪問，「這就是！」

他一時啞口無言。真的是先知歸來？他想否認第一眼看到時那敬畏的反應，但他的眼睛不允許。

歐德雷迪輕聲說：「你們在忙那個愚蠢的任務，那個自私的任務的時候，我們在為先知服務！我們拯救了他最後的化身，把他帶到了這裡。聖殿星將變成另一顆沙丘星！」

她坐回椅子上，雙手合十放在身前。貝爾當然在透過攝影機觀察著，晶算師的觀察會很有價值。歐德雷迪真希望艾德侯也在看，但他可以看全息影像。她看得很明白，司凱特利只是把貝尼．潔瑟睿德看作恢復他那珍貴的忒萊素文明的工具而已。這項進展能迫使他揭露他那再生箱的祕密嗎？他會拿出什麼來？

「我必須花點時間想想。」他的聲音顫抖。

「想什麼？」

他沒回答，注意力都還在什阿娜身上，什阿娜正把那隻小小的沙蟲放回懸浮艙，關上蓋子前，她再一次撫摸了牠。

「告訴我，司凱特利，」歐德雷迪堅持說，「你還有什麼事需要重新思考的？這是我們的先知！你說你為偉大信念服務。現在正是時候！」

她能看出他的夢想在一點點瓦解。他自己的幻臉人可以複製那些被他們殺死之人的記憶，複製每個受害者的舉止形態。他從來也沒抱什麼能騙過聖母的希望……但是侍祭和普通的聖殿工人……所有他希望能獲得的祕密，都沒了！如同忒萊素星球那燒焦的星體一樣確定無疑地消失了。

她說：「我們」的先知。他看向歐德雷迪，表情委頓，眼神渙散。我該怎麼辦？這些女人不需要我了，但是我需要她們！

「司凱特利。」她的聲音十分輕柔，「『大公約』結束了，現在是新的宇宙。」

他只覺得喉嚨乾癢，於是努力吞嚥了一下。暴力的整體概念呈現出新的規模。在舊帝國，大公約可以保證，若是任何人膽敢從太空發動襲擊，燒毀某顆星球，必定會受到報復。

「暴力升級了，司凱特利。」歐德雷迪幾乎是在低語，「我們只是離散了怒火。」

他將注意力拉回到她身上。她在說什麼？

「對尊母的憎恨在逐漸累積。」她說。不是只有你失去了很多，司凱特利。曾經，我們的文明中出現問題的時候，會有人說：「請個聖母過來！」尊母讓這樣的事再也不會出現了。神祕的傳說被重新編造，金色陽光照耀在我們過去的路上。「以前的日子比較好，有貝尼・潔瑟睿德能幫我們。現在你到哪裡去找可靠的真言師？去哪裡仲裁？這些尊母從來都沒聽過這樣的話！那些聖母，永遠彬彬有禮。至少你得承認這一點。」

司凱特利沒回應，她說：「想想如果這種怒火被釋放在聖戰中會如何！」

他還是沒作聲，於是她接著說：「你已經見過了。忒萊素、貝尼・潔瑟睿德、分裂之神的祭司，天知道還有多少——都像是野生的獵物一樣被獵殺。」

「她們不能把我們都殺光！」他痛苦地喊著。

「不能嗎？你那些離散的同胞在與尊母共事。那是你在大離散中要去尋求的避難所嗎？」

這是另一個夢：一小撮忒萊素人，像潰爛的傷口一樣執著，等待著司凱特利偉大復興的那一天。

「人們在壓迫下會變得更堅強，」他說，但話裡沒有一絲力量，「即便是拉科斯的祭司也在倉皇躲藏！」他的話中充滿絕望。

「這是誰說的？你那些回歸的『朋友』？」

他的沉默是她所需要的全部答案。

「貝尼．忒萊素殺死過尊母，她們知道，」她說，故意打擊他，「只有把你們滅絕，她們才會滿意。」

「還有妳們！」

「即便不是為了共同的信仰，我們也該是形勢所迫的合作夥伴。」她用純正的伊斯蘭米亞語說道，很快便看到他的眼裡燃起了希望。蓋謳和《沙利亞特》也許還在那些用神的語言構成思想的人中間保持舊有的含意。

「合作夥伴？」他語音微弱，試探的意味十足。

她採用了新的策略，直言不諱：「我們可以共同行動，合作夥伴關係在很多方面都是共同行動的基礎，這種關係比其他任何關係都更加可靠，因為我們知道彼此所想要的目標。夥伴關係有種固有模式：對這種關係下的所有事加以篩選，可靠的事情就可能顯現。」

「妳想從我這裡得到什麼？」

「你早就知道了。」

「怎麼製作最精良的再生箱，對吧？」他搖了搖頭，顯然不是很確定。她的要求預示著很多他不會喜歡的變化！

歐德雷迪權衡了一下，想她是否敢對他大發雷霆。他真是遲鈍！但是他已經在恐慌邊緣。原有價值改變了，尊母不是唯一的動盪根源。司凱特利甚至根本不知道這種變化的程度，而恰恰是這種變化感染了他自己那些離散成員！

「世事變遷。」歐德雷迪說。

變遷，多讓人不安的詞。他想。

「我必須擁有自己的幻臉人助手！能不能再加上我自己的再生箱？」他的語音已經幾近乞求。

「我和我的議會會考慮這件事的。」

「有什麼好考慮的？」他在用她自己的話來對付她。

「你只需要自己同意就行了，我還需要別人同意才行。」她苦笑著說，「所以你確實有時間考慮考慮。」歐德雷迪對塔瑪拉尼點了點頭，於是塔瑪拉尼叫來了警衛。

「回無現星艦？」他在門口說道，在兩邊魁梧的警衛襯托下，他的身形顯得愈發矮小。

「但是今晚你不用走路回去了。」

離開的時候，他戀戀不捨地盯著沙蟲看了最後一眼。

司凱特利和警衛離開後，什阿娜說：「您沒繼續施壓是對的，他快陷入恐慌了。」

貝隆達走了進來：「也許乾脆殺了他最好。」

「貝爾！把全息投影啟動，再看一下剛才的會面情況。這次從妳晶算師的角度去看！」

這句話阻止了貝隆達接著想說的刻薄話。

塔瑪拉尼輕笑起來。

「妳把自己的快樂建立在妳姊妹的痛苦之上了，塔瑪。」什阿娜說道。

塔瑪拉尼聳了聳肩，但是歐德雷迪很欣慰。什阿娜不再取笑貝爾了？

「妳說聖殿星正變成另一顆沙丘星的時候，他開始慌了。」貝隆達說，她的聲音聽起來有種晶算師的距離感。

歐德雷迪當時也看到了他的反應，但是並沒想到其中的關聯。這就是晶算師的價值：模式和系統性，一點點累積邏輯事實。貝爾探知到了司凱特利的行為模式。

「我問自己：事情又成真了嗎？」貝隆達說。

歐德雷迪立刻就看出來了。關於失落之地的問題有點奇怪。沙丘星曾是顆眾所周知的活躍星球，它曾存在於銀河系註冊系統中，這一點在歷史上是確定無疑的。你可以指著一個投影說：「那就是沙丘。曾經被稱為厄拉科斯，後改為拉科斯。在摩阿迪巴時期由於遍布整顆星球的沙漠特徵而被稱為沙丘。」

不過，摧毀這個地方，神話的外衣將和投射出的現實所差無幾。不久，這樣的地方就會變成徹底的神話傳說。亞瑟王和他的圓桌騎士，只在夜間下雨的卡美洛城。在那個時候天氣控制能做到這種地步，算是相當好了！

但是現在，一顆新的沙丘星出現了。

「神祕力量。」塔瑪拉尼說。

啊，是啊。塔瑪，離肉體終結的日子愈來愈近了，她會對神祕事物更加敏感。神祕與祕密，是護使團的工具，在沙丘星上也一直為摩阿迪巴和暴君所用。它們的種子已經種下，即使分裂之神的祭司們已經墜入地獄，沙丘神話仍然在猛增。

「美藍極。」塔瑪拉尼說。

工作室裡的其他女修立刻明白了她的意思。香料可以在貝尼・潔瑟睿德的離散中注入新的希望。

貝隆達說：「為什麼她們非將我們置於死地，而非俘虜？這一點一直讓我很困惑。」

尊母也許不想讓任何一個貝尼・潔瑟睿德活著……也許她們只想要香料的資訊。但是她們摧毀了沙丘星，又摧毀了忒萊素人。假如多吉拉成功了，任何與蜘蛛女王的會面也應該慎之又慎。

「沒有用得上的人質？」貝隆達問。

歐德雷迪看見了她的同儕們臉上的表情。她們依循同一條思路，彷彿所有人都在用同一個意識思考。尊母很少留下活口，這種經驗教訓讓那些潛在的對手更加小心翼翼。它讓眾人遵循沉默法則，因而痛苦的記憶變成了痛苦的神話。尊母們就如同任何年代的野蠻人一樣：她們需要鮮血而非人質。肆意妄為，殘暴無度。

「達爾說得對，」塔瑪拉尼說，「我們過去把尋求同盟的範圍限定得離家太近了。」

「混合人不是自己繁殖的。」什阿娜說。

「創造了混合人的那些人想控制我們，」貝隆達說，她的嗓音裡有明顯的晶算師基本預測技巧的特徵，「所以多吉拉才在那些馴獸師身上聽出了猶豫之意。」

就是這樣，她們要面對全部危險。最終會回到人的身上（總是會這樣）。人——同時代的人。你能從同時代生活的人民，以及他們從歷史中汲取的知識中學到很多有價值的東西。他者記憶並不是歷史唯一的交通工具。

歐德雷迪有種離家很久，終於又回來的感覺。她們四個人共同思考的感覺讓她覺得很親切，這種熟悉的感覺不受地點的限制。女修會本身就是家，不是因為那些供她們暫時棲身的臨時落腳點，而是因為組織本身。

貝隆達替她們發聲：「我擔心我們一直在雞同鴨講。」

「那是因為恐懼產生的念頭。」什阿娜說道。

歐德雷迪不敢笑。因為她可能會被誤解，而她現在不想解釋。讓默貝拉成為我們的同胞，再賜給我們一位恢復記憶後的霸夏！這樣我們也許就有機會一戰！

這種美妙的感覺讓她很享受，此時一條消息傳了進來，發出嗒的一聲提示音。她朝投影面看了看，那只是她純粹的下意識反應，然後她意識到危機來了。這麼一件小事（相對來說）就足以引發危機。克萊比在一場撲翼機事故中受到了致命傷。致命，除非……除非怎樣的部分在投影中為她進行了詳細說明，最後的結論指向了賽博格。她的同伴們看到的訊息字樣是反的，但是在這裡你必須學會讀鏡像資訊。她們也知道了。

這條線應該在哪裡畫下去？

貝隆達還戴著她那副古董眼鏡，本來她完全可以裝上人造眼或任何數不清的其他替代品，但她用身體表達了自己的意見。這就是身為人類的意義。試著抓住青春，它卻箭一樣地飛逝，並且還會無情地嘲笑你。有美藍極已足夠了……也許太多了。

歐德雷迪意識到了自己的情緒意謂什麼。但是貝尼．潔瑟睿德的必要性呢？貝爾可以投出屬於她自己個人的一票，每個人都知道，甚至也都尊重這一點。但是統御大聖母的一票卻和整個女修會緊緊相繫。

先是再生箱，現在又來了這件事。

眼前的局面告訴她克萊比是專家，失去他的專業才能是她們無法承擔的。人手本就短缺，「一人身兼多職」已經不足以描述這種狀況了。愈來愈多的缺口無人填補。不過賽博格克萊比會是敲開裂縫的楔子。

蘇克醫師們已經準備就緒。這是「預防性措施」，以防萬一無可替代的人員損傷的情況出現。比如統御大聖母？歐德雷迪知道她帶著一貫謹慎的保留意見，已經同意了。現在這些保留意見還有什麼用？

賽博格也是那種大雜燴一樣拼湊出來的詞語。機械設備添加到人類的血肉之軀上，在哪裡變成主流了？賽博格什麼時候會完全不再是人類？誘惑加大——「就調整這麼一點點。」調整起來易如反掌，最終這種七拼八湊的人類就會變得任人擺布，絕對順從。

可是……克萊比？

山窮水盡的情況告訴她：「把他改造成賽博格！」女修會已經到了如此絕望的地步了嗎？她只能做出肯定的回答。

那就這樣吧——她作這個決定並非完全身不由己，不過她手上有一個現成的藉口。形勢決定一切。巴特勒聖戰給人類留下了不可磨滅的印記。戰鬥並贏得勝利……只在那個時候而已。那場許久之前的矛盾留下了另一場戰役。

但是現在，女修會命懸一線。聖殿還有多少技術專家？無須查看她也知道答案。不足。

歐德雷迪身體前傾，發出傳送命令。「把他改造成賽博格。」她說。

貝隆達哼了一聲。是贊同還是反對？她永遠也不會說的。這是大聖母的決鬥場，歡迎來我的地盤！

誰贏了這場戰役？歐德雷迪不禁想到。

31

我們如履薄冰，努力讓亞崔迪（希歐娜）的基因在我們的人群中永存，這可以讓我們躲開預見的雙眼。我們將奎薩茲．哈德拉赫封存！是人類的任性創造了摩阿迪巴，先知使預言成為現實！我們還敢再忽視對道的感悟，去迎合一種憎恨偶然、祈求預言的文化嗎？

——《檔案摘要》

• • •

黎明剛過，歐德雷迪就到了無現星艦。大聖母大步走到訓練場的時候，默貝拉早已起床，正用模擬訓練機練習。

歐德雷迪穿過太空田邊的環形果園，自己走了這最後一公里。夜晚少數幾片雲在黎明即將到來時分愈加稀薄，最後慢慢消散，露出繁星滿布的天空。

她認出了些細微的天氣控制跡象，那是為搶收本地又一輪農作物而做的，但日益稀少的雨量連確保果園和草地留存都成問題。

歐德雷迪走在路上，感覺沉悶乏味，剛剛過去的冬天是暴風雨間歇時難得的平靜。生活是場大屠殺。沾著花粉的昆蟲追逐著花朵，花朵結出果實，又散播下種子。這些果園是場祕密風暴，它的力量隱藏在生命的洪流中。但是，哦！毀滅。新生命承載著變化。雖然身分永遠不同，但變革者終將到來。

沙蟲將帶來遠古時沙丘星上那種沙漠的純淨。

永不停息的變遷之力帶著淒涼之意侵入她的想像中。她彷彿能看到這片土地退化成遭到狂風肆虐的沙丘，那是雷托二世子民們的棲息地。

聖殿的技藝將經歷異變——一種文明的傳說被另一種取而代之。

歐德雷迪踏入訓練場的時候，這些念頭仍然讓她很感慨，並且影響了她的心情，她看著默貝拉完成一組閃現力量訓練，然後退後幾步，大口喘著氣。

默貝拉的左手背有條細細的紅色劃痕，那是她沒能躲開那座巨大的訓練機留下的痕跡。這架自動訓練機立在房間中央，像根金色的柱子，它的武器還在不停吞吐閃現著——彷彿是一隻憤怒昆蟲的上顎在向外試探。

默貝拉身著綠色緊身衣，裸露的皮膚滲著晶瑩的汗滴。即便小腹明顯因為懷孕而凸出，她還是看起來體態優雅。她的皮膚散發著健康的光澤，這是內在的力量，歐德雷迪確信，不止因為懷孕，還有更基本的身體機能在起作用。歐德雷迪第一次見到默貝拉的時候就對這一點印象深刻。盧西拉抓住了默貝拉，將艾德侯從伽穆救出後，就特意提到了這點。在她的外表下是一副健康的身軀，就彷彿一面透鏡，聚焦於此就能看到生命力恣意宣洩。

我們必須得到她！

默貝拉看到了來訪者，但她並不想中斷自己的訓練。

還不行，大聖母。我的孩子雖然就快出生了，但這副身體仍然有需求。

正是這時，歐德雷迪看到訓練機在模仿憤怒的情緒，透過阻塞電路系統，就能設計出這種反應。這種模式極其危險！

「早安，大聖母。」

默貝拉調動著體內的力量，閃躲扭腰，動作幾乎快到無法分辨，發出的聲音也有些異樣。訓練機揮動機械臂向她戳刺、劈砍，它的感應器發出低沉的嗡嗡聲，移動迅速，試圖跟上她的動作。

歐德雷迪吸了口氣。此時說話無疑會讓默貝拉更容易被訓練機傷害，這種危險遊戲最好還是不要冒任何分心的風險。夠了！

訓練機的控制器就在一面寬大的綠色面板上，裝設在門口右側。看電路的情況，就知道默貝拉改動了機器——電線凌亂地懸著，光束場上的記憶晶體也被挪動了位置。歐德雷迪伸手把系統停了下來。

默貝拉轉身面對她。

「妳為什麼竄改電路？」歐德雷迪質問她。

「好讓它有憤怒模式。」

「尊母都這麼做嗎？」

「就像樹枝被弄彎？」默貝拉揉著她受傷的手，「但是如果樹枝知道是如何彎的，並且同意呢？」

歐德雷迪感到一陣興奮：「同意？為什麼？」

「因為能感到其中有某些……很偉大的事情。」

「妳想體會腎上腺素上升的感覺？」

「妳知道不是這樣！」默貝拉的呼吸恢復了正常。她站在原地怒視著歐德雷迪。

「不然是怎樣？」

「是……挑戰自己去完成妳以前覺得根本不可能的事。妳從來也沒想過自己可以這麼……這麼好，這麼熟練、專業地完成某些事。」

歐德雷迪強行壓下了一陣狂喜。

健全的精神寓於健全的身體。我們終於擁有了她！

歐德雷迪說：「但是妳會付出多麼大的代價！」

「代價？」默貝拉聽起來很是震驚，「只要我擁有能力，就樂於付出代價。」

「只要得償所願，付出代價也無妨？」

「隨著我變得愈來愈強大，我能承擔的代價也愈大。這是妳們貝尼．潔瑟睿德神奇的豐饒之角[6]賦予我的。」

「小心，默貝拉。妳所謂的豐饒之角也可能會變成潘朵拉的魔盒。」

默貝拉知道這個典故。她默默站著一動不動，全神貫注地看著大聖母：「哦？」聲音幾不可聞。

「潘朵拉的魔盒釋放出強烈的分心之物，會浪費生命的能量。妳信心滿滿，輕輕鬆鬆地說『一切就緒』，然後就等著成為聖母，但是妳還是不明白那代表什麼，也不知道我們想要從妳這裡得到什麼。」

「也就是說，妳們想要的一定不是我們的性能力。」

歐德雷迪向前走了八步，每一步都精心拿捏，給人一種儀態萬千，卻又威風凜凜的感覺。一旦默貝拉開始那個話題，通常的解決辦法是沒法阻止她的——要用大聖母不容置疑的命令打斷這場爭論。

「什阿娜很容易就能掌握妳們的能力。」歐德雷迪說。

「這麼說妳會用她對付那個孩子！」

歐德雷迪聽出了她的不悅。這是種文化殘餘。人類的性是什麼時候開始的？什阿娜現在正等在無現星艦的警衛室裡，不得不面對這件事。「我希望妳能知道我為什麼排斥，為什麼這麼遮遮掩掩的，大聖母。」

「我知道，在我們接納妳之前，弗瑞曼社會中的各種禁忌充斥著妳的大腦！」這句話把她們之間的疑團一掃而空。但與默貝拉的這場交流如何才能改變方向？在我找出辦法之前，必須讓談話自然進行下去。

狀況會重複，未解決的問題也會繼續出現。她幾乎能預料到默貝拉說的每個字，這很令人傷腦筋。

「既然妳說處理特格需要這樣，為什麼還要避免這種測試過的操縱他人的方式？」默貝拉問。

「奴役，妳是想說這個詞嗎？」歐德雷迪毫不避諱地回答。

默貝拉瞇著眼思考。我把男人當作我們的奴隸了嗎？也許是。我給他們帶來一段狂野而無法思考的放縱，讓他們向難以置信的極致愉悅投降。我接受的訓練就是讓他們得到如此的體驗，也因此令他們心甘情願為我們所用。

直到鄧肯也對我做了同樣的事。

歐德雷迪看到了默貝拉眼中的躲閃之意，她知道這個女人的心靈深處糾結著什麼，也很難去揭開這個謎底。我們未觸及的地方還有蠻荒存留。就好像默貝拉原本的清澈被難以除去的汙點所沾染，然後這沾染之處被掩蓋，甚至這層掩蓋之處又被加上了掩飾一樣。在她心底有著冷酷的部分，扭曲了她的思想和行動。在其之上又層層疊加，讓人難以觸碰。

「我能做到的事讓妳害怕。」默貝拉說。

6 豐饒之角：源自希臘神話，寧芙仙女們以一隻母山羊的奶和蜂蜜餵養宙斯，母羊撞斷羊角時，一位寧芙在角中裝滿水果，用鮮花和樹葉包起後送給宙斯。為了感謝仙女的照顧，宙斯將羊角回贈，並承諾她們可以從羊角中倒出想要的東西，而且取之不盡。——編注

「妳的話語中存在著真相。」歐德雷迪同意。

誠實和坦率——現在能使用的工具很有限，必須小心使用。

「鄧肯。」默貝拉的聲音平板，還用上了新學會的貝尼・潔瑟睿德技能。

「我很害怕妳和他分享的東西。妳會覺得很奇怪吧？大聖母居然會承認害怕。」

「我知道這個表現出誠實和坦率的技巧！」她說得就好像誠實和坦率很令人厭惡似的。

「聖母們學著永不放棄自我。我們學著不讓別人的在意拖累自己。」

「這就是全部？」

「還要更深些，還有其他的延伸內容。做貝尼・潔瑟睿德讓妳有自己的行事方式。」

「我知道妳的意思：選擇鄧肯還是女修會。我知道妳的花招。」

「我不這麼覺得。」

「我也有不會去做的事！」

「我們每個人都被過去所羈絆。我會做出我自己的選擇，做我必須做的事，因為我的過去和妳的不一樣。」

「儘管我剛才說了那些話，妳還是會繼續訓練我？」

與默貝拉的會面需要完全開放與接受的心態，歐德雷迪正是帶著這種心態傾聽著她的每句話，調動感官對那些言外之意保持警醒，很多訊息會在語言的邊緣盤旋，彷彿擺動的纖毛，伸展著，要與危險的宇宙接觸。

貝尼・潔瑟睿德必須做出改變。這就是能引領我們走向變革的人。

貝隆達會被這種前景嚇壞的。很多聖母會反對，但只能這樣。

歐德雷迪不說話，於是默貝拉說道：「訓練，用這個詞恰當嗎？」

「改造。可能這個詞對妳來說更熟悉。」

「妳真正想做的是聯合我們的經歷，讓我足夠像妳，這樣我們就能在彼此之間創造信任。教育都是這麼做的。」

不要和我玩博學的遊戲，小姑娘！

「默貝拉，這麼說我們是在同一條溪流裡漂流了？」

任何三級侍祭聽到統御大聖母的這種語調都會變得十分小心，默貝拉卻表現得無動於衷：「除了一點：我不會放棄他的。」

「那由妳決定。」

「妳們讓潔西嘉女士做決定了嗎？」

終於有路可以走出死胡同了。

鄧肯敦促默貝拉去研究潔西嘉的生活。想妨礙我們！他的表現被全息攝影記錄下來，引發了對紀錄嚴肅又認真的分析。

「她是很有趣的人。」歐德雷迪說。

「愛！經過所有那些妳們的教育，妳們的『改造』！可她還是去愛了。」

「妳不覺得她的行為是叛變嗎？」

「絕不是！」

現在要小心些。「但是看看最後得到的是什麼結果：一個奎薩茲·哈德拉赫……還有那個孫子，暴君！」這些論點很得貝隆達的心。

「黃金之路，」默貝拉說，「人類的倖存之道。」

「大饑荒時代，還有大離散。」

妳在看嗎，貝爾？沒關係，妳會看到的。

「尊母！」默貝拉說。

「這些事都是因為潔西嘉而起嗎？」歐德雷迪問道，「但潔西嘉回歸女修會，最後在卡樂丹度過餘生。」

「還當了侍祭的老師！」

「對她們來說，也是個例子。看見違抗我們的命令會是什麼下場了嗎？」反抗我們，默貝拉！而且要比潔西嘉做得更巧妙些！

「有時候妳讓我感覺很厭惡！」天生的誠實讓她不得不加上一句，「但是妳知道我想要妳擁有的東西。」

我們擁有的東西。

歐德雷迪想起她自己第一次受到貝尼．潔瑟睿德的魅力所感召的時刻。身體所能完成的精巧至極的那些事，感官發揮到能探知最微小的細節，能以令人嘆為觀止的精準度完成動作的肌肉訓練，這些能力為尊母所擁有時，只會因其身體本身的速度優勢而提升到新的高度。

「妳又拋給我了，」默貝拉說，「想強迫我做出選擇，實際上妳早就知道了。」

歐德雷迪還是沉默不語。這是種古代耶穌會修士幾乎已經做到完美的爭辯模式，意識並流疊加在爭執模式之上：讓默貝拉自己去說服自己，只用最微妙的手段輕輕地推動進程，給她藉題發揮的小藉口。

但是挺住，默貝拉，為了鄧肯，勇敢去愛！

「在我面前魚貫而過、炫耀妳們女修會的優勢這點，妳做得非常聰明。」默貝拉說。

「我們不是餐廳裡排隊等著用餐的人！」

一抹淡然的微笑閃過默貝拉的嘴角：「這個要一點，那個也要一點，我覺得我還想要點那邊那種奶油的。」

歐德雷迪很喜歡這種比喻，但是無所不在的觀察者有自己的口味：「這種飲食可能會害死妳。」

「但是我看妳們擺在那裡的食物太吸引人了。比如說魅音！那簡直就是盛宴。我的喉嚨裡竟然有這麼美妙的樂器，而妳可以教我怎麼用那種終極模式去演奏。」

「現在，妳就是音樂大師。」

「我想要妳那種能力，去影響我周圍的人！」

「目的是什麼呢，默貝拉？這麼做到底是為了誰的目標？」

「如果妳吃什麼，我就吃什麼，我會不會也可以長成妳這種強悍的樣子：外在如塑鋼般，而內在甚至更堅硬？」

「妳是這麼看我的嗎？」

「妳是我宴會上的主廚！我必須把妳送上來的餐點吃掉——為了我好，也是為了妳好。」

她聽起來幾乎要興奮得躁動起來。真是個怪人。有時候她看起來似乎是最不開心的女人，在她的艙室裡就像頭籠中野獸。那種眼中的瘋狂，那種角膜裡的橘色斑塊……就像現在這樣。

「妳還是拒絕對司凱特利『下工夫』嗎？」

「讓什阿娜去做。」

「妳會教她嗎？」

「她會把我教她的東西都用在那個孩子身上！」

她們互相瞪視著，都意識到她們想的是同一個念頭。這不是因為彼此想法背道而馳引起的衝突。

「為了妳能給我的那些東西，我得忠於妳，」默貝拉低聲說，「但是妳想知道我是否會背叛這份承諾嗎？」

「妳能嗎？」

「如果形勢所迫，妳能那麼做，我也不過和你一樣。」

「妳覺得妳會不會有一天為自己的決定而後悔？」

「我當然會！」那是什麼傻瓜問題？人總會後悔，默貝拉這麼說。

「只是要確認一下妳對自己有多誠實。妳從不給自己披上虛假的外衣，我們欣賞妳這一點。」

「妳遇見過虛假的人？」

「確實。」

「妳肯定有很多辦法把她們揪出來。」

「香料之痛會為我們代勞。虛假是無法安然度過考驗的。」

歐德雷迪感到默貝拉的心跳瞬間加速了。

「妳不打算命令我放棄鄧肯？」她的話語很尖銳。

「這種情感羈絆造成一些困難，不過是妳自己的困難。」

「這是另一種勸我放棄他的說法？」

「我只是要妳接受這種可能性。」

「我不能。」

「妳不肯？」

「我說的是真的，我做不到。」

「如果有人向妳展示如何做到呢？」

默貝拉盯著歐德雷迪，很久都沒有眨眼，然後說：「我幾乎要說『那我就解脫了』……但是……」

「什麼？」

「只要他跟我是一對，我就沒辦法解脫。」

「這是尊母宣布放棄的方式嗎？」

「宣布放棄？用詞錯誤。我只是比我以前的姊妹更成熟。」

「以前的姊妹？」

「還是我的姊妹，但她們是童年的姊妹。有些在我的記憶裡很可愛，有些我很不喜歡。她們是對我已失去吸引力的遊戲夥伴。」

「這個決定讓妳滿意嗎？」

「妳滿意嗎，大聖母？」

歐德雷迪帶著毫不掩飾的歡欣為她鼓掌。默貝拉多麼輕鬆、迅速地掌握了這種貝尼．潔瑟睿德的機敏反問！

「滿意？多麼令人討厭、乏味無聊的詞！」

就在歐德雷迪說話的時候，默貝拉感覺自己恍如身處夢中一般，在向一座深淵邊緣靠攏，她無法醒來，阻止這場墜落。她的胃帶著祕密的空洞感疼起來，歐德雷迪的下一句話彷彿從遠處迴響著傳來。

「對聖母來說，貝尼．潔瑟睿德就是全部。妳永遠也忘不了這一點。」

這場夢的感覺來時迅猛，去時也一樣迅速。大聖母接下來的話冷酷而直接。

「準備做更高級的訓練。」

直到妳接受香料之痛——活下來或是死去。

歐德雷迪抬眼望向天花板上的攝影機：「叫什阿娜到這裡來。讓她立刻開始跟新老師學習。」

「妳還是要這麼做！你要讓她對那個孩子『下工夫』。」

「把他當成特格霸夏，」歐德雷迪說，「這樣對妳有幫助。」我們不會給妳時間重新考慮的。

「我沒有抗拒鄧肯，又不能和妳爭辯。」

「不要爭辯，就算是對妳自己也一樣，默貝拉。那樣毫無意義。特格是我父親，但我還是得這麼做。」

直到這一刻，默貝拉才意識到歐德雷迪過去話語背後的力量。對於聖母來說，貝尼．潔瑟睿德就是全部。偉大的杜爾保護我！我也會變成那樣嗎？

32

我們見證了永恆之中的一段過渡期。有重大事件發生，但有些人永遠注意不到。還有意外介入。你並未親臨現場，你依靠的是報告，但人們會將頭腦緊閉。報告有什麼好處？是新聞紀錄中的一段歷史？編輯會議上會預先選定，加以消化，然後從偏見的出口被排泄出來？你需要的那些紀錄很少來自真正締造歷史的人。日記、回憶錄和自傳是特殊訴求的主觀形式。檔案裡擠滿了這種值得懷疑的東西。

——達爾維・歐德雷迪

• • •

剛到走廊盡頭的屏障處，司凱特利就注意到警衛和其他人都很興奮。人們走路似乎都加快了腳步，尤其是現在時間還這麼早，更顯得有些不同尋常，所以一開始就吸引了他的注意力，把他引到了屏障處。那個蘇克醫生伽蘭托在那裡。歐德雷迪曾派她過來，他是那時認識她的，歐德雷迪說「因為你看起來好像生病了」。又一個監視我的聖母！

啊，是默貝拉的孩子。這些人匆匆忙忙地進進出出，還有蘇克醫生，都是因為這件事吧。

但是其他人都是誰？他在這裡從來也沒見過這麼多穿貝尼・潔瑟睿德長袍的人。不僅是侍祭，他還看見數量更多的聖母在那裡急匆匆地走來走去，這些人讓他想起了大型食腐鳥類。最後終於看到一個侍祭，肩膀上抱著個孩子。非常神祕。如果我能和戰艦系統連線就好了！

他靠在一面牆上等著，但是人們陸續消失在各個入口處。他很清楚其中一些通往什麼地方，但其他的並不知曉。

以神聖先知之名！統御大聖母竟然親自來了！她從一個較寬的入口穿過，大部分其他人也都進了那裡。

下次見面時問歐德雷迪也沒用，因為她現在已經把他收入囊中。

先知在這裡，在普汶韃手裡！

走廊裡再沒人出現了，司凱特利回到自己的住所。身分監測儀在他通過的時候燈光閃爍，但他強迫自己不去看。身分是鑰匙。以他具備的知識，這艘伊克斯星艦控制系統中的漏洞就彷彿誘惑水手的海妖塞壬在向他招手。

一旦開始行動，她們不會給我太多時間。

這將是一場以星艦和裡面的人事物為人質的絕望行動，幾秒內就將決定成敗。誰知道艦上還可能建了什麼偽裝面板，或者隱密艙門，那些可怕的女人也許就會從裡面跳出來撲向他。在窮盡其他所有可能途徑之前，他不敢放手一搏。尤其是現在……先知已經恢復了。

奸詐狡猾的女巫。她們還改動了這艦艇什麼地方？他覺得坐立不安。我的知識還能用嗎？

屏障那頭司凱特利的身影並未逃過歐德雷迪的眼睛，但她現在顧不上擔心他。默貝拉的分娩（她喜歡這個古語）來得正是時候。什阿娜在嘗試恢復霸夏記憶，此時歐德雷迪希望和她待在一起的是心神不定的艾德侯。艾德侯經常因關於默貝拉的一些念頭而分心，而默貝拉很顯然不能和他一起待在這裡，現在不行。

在他面前，歐德雷迪保持著謹慎小心、萬分留意的姿態，畢竟，他是個晶算師。

她又一次看到他坐在控制臺前。在經過通往他艙室入口走廊處的下滑道時，她聽到了連續的咔嗒聲，還有通訊場那特有的嗡嗚聲，於是她立刻就知道在哪裡能找到他了。

她把他帶去監測什阿娜和那個孩子的觀察室，他表現出一種怪異的情緒。

他是擔心默貝拉？還是對他們將會看到的場面感到不安？

觀察室空間狹長。有三排椅子面對著展示牆，展示牆連著密室，實驗即將在那裡展開。觀察室裡光線暗淡，只有椅子後上方角落裡有兩盞微小的懸浮燈用作照明。

儘管歐德雷迪擔心蘇克醫生可能沒什麼用……但還是有兩名在場。艾德侯認為最好的那位蘇克醫生伽蘭托正陪在默貝拉身邊。

這可以顯示出我們的關心，足夠真實。

沿著展示牆設置了懸帶椅，通往另一間房間的緊急出口也近在咫尺。

斯特吉先把孩子帶到了外面的走廊內，他在那裡看不見那些觀察他的人，然後領他進了房間。房間是按默貝拉的指示準備的：一間臥室，一些從他的艙室內帶來的他自己的東西，還有些是從艾德侯和默貝拉兩個人的房間內拿過來的東西。

像是一座動物的洞穴，歐德雷迪想。艾德侯的房間經常故意弄得雜亂不堪，拋棄的衣物扔在懸帶椅上，角落裡堆著涼鞋，因此這個地方也有種破敗感。睡墊是艾德侯和默貝拉曾經用過的。歐德雷迪先前檢查過，她注意到墊子有一種類似唾液的味道，是種親密的性的氣味，這一點也會在不知不覺中影響特格。

這就是野蠻起源之處，那些我們無法抑制的事情。認為我們可以控制它是多麼大膽。但是我們必須如此。

斯特吉脫下男孩的衣物，讓他赤裸著躺在墊子上，歐德雷迪發現她的脈搏跳動加速。她把椅子向前挪動了一下，注意到她的貝尼．潔瑟睿德夥伴們也在做同樣的動作。

天哪，她想。我們就是一群窺淫狂嗎？

這些想法在此時很有必要，但她覺得這樣想讓她感到很羞辱。在這種念頭侵入的過程中，她失去了一些東西。這絕對是非貝尼．潔瑟睿德思維，卻是典型的人類想法！

鄧肯陷入了一種刻意擺出的冷漠氛圍中，這是種很容易能看穿的偽裝。他的思想中有太多的主觀成分，讓他很難發揮好晶算師功能，但這正是她想要他現在保持的狀態。神祕參與，將性高潮作為能量源。貝爾的認知是對的。

附近有三名督察，選擇她們都是因為她們足夠強壯，她們現在表面上的身分是觀察者。歐德雷迪對其中一人說：「甦亡人想要恢復初始記憶，卻對此心懷恐懼。這是需要粉碎的主要障礙。」

「胡說！」艾德侯說，「妳知道現在有什麼是為我們所用的嗎？他的母親是妳們其中一員，她對他進行了深度訓練。也許她做不到保護他，去對抗妳們的銘者，但這種可能性有多大？」

歐德雷迪猛地朝他轉過身。晶算師？不，他回到了剛剛過去的記憶中，重現並且做著比較。不過，對銘者的論調……是因為這樣，他第一次和默貝拉之間產生的「性衝撞」才會恢復他腦中其他甦亡人生命的記憶嗎？因為他對銘者有深層的抗拒感？

剛才聽歐德雷迪說話的督察選擇對這種不敬的打斷視而不見。貝隆達給她介紹情況時她已經閱讀了檔案內容。她們三個都知道她們可能會被召去殺死這個甦亡人兒童。他有沒有對她們構成威脅的力量？直到（或是除非）什阿娜成功，這些觀察者是無從知曉的。

歐德雷迪對艾德侯說：「斯特吉告訴他為什麼他會在這裡了。」

「她告訴他什麼了？」這句提問很蠻橫，使督察瞪視著他。

歐德雷迪控制著嗓音，故意壓得很溫和：「斯特吉告訴他什阿娜會恢復他的記憶。」

「他怎麼說？」

「為什麼鄧肯．艾德侯不自己動手？」

「她告訴他實話了嗎？」給自己討回一點公道。

「說了實話，但並未洩漏什麼事。斯特吉告訴他什阿娜有種更好的方法，而且你也同意了。」

「看看他！他動都沒動。妳沒有給他用藥吧？」

艾德侯對那些督察也怒目而視。

「我們不敢用藥。但他內在精神很集中。你還記得這些很重要，對吧？」

艾德侯又深深地坐回他的椅子裡，雙肩驟然下垂：「默貝拉一直說：『他還只是個孩子，他還只是個孩子。』妳也知道我們因為這件事吵了一架。」

「我覺得你的論點很中肯。霸夏不是孩子，我們喚醒的是霸夏。」

他抬起交叉著的手指：「希望如此。」

她往後退了一下，看著他交叉的手指：「我不知道你還迷信，鄧肯。」

「如果我覺得能有幫助，讓我向杜爾祈禱我也願意。」

他自己重新覺醒時的那份痛苦依然記憶猶新。

「不要顯露惻隱之心，」他低聲嘟囔著，「繼續仔細觀察他。讓他集中精神於內在自我，妳需要他的怒火。」

這些都是他的經驗之談。

他又很突兀地說道：「這可能是我提出過最愚蠢的建議，我應該去陪著默貝拉。」

「你說的這種錯誤人人都犯，鄧肯。而且現在你沒法為默貝拉做任何事。快看！」此時特格從墊子上一躍而起，抬頭望著天花板上的攝影機。

「沒有人來幫我嗎？」特格催促道，他的聲音裡透露著深深的絕望，比之前預料的還要嚴重些，「鄧肯・艾德侯在哪裡？」

艾德侯猛地向前一衝，歐德雷迪用一隻手握住了艾德侯的手臂：「待在這裡，鄧肯。你也幫不了他。現在還不行。」

「難道沒人告訴我要做什麼嗎？」特格年輕的聲音裡透著孤獨和空洞，「妳們要做什麼？」

這是什阿娜出場的信號，她從特格身後一扇隱密入口邁步走進房間，「我來了。」她只穿著一件薄如蟬翼的淺藍色長袍，幾乎是透明的。在她跨步向男孩走去的時候，長袍緊貼著她的身體。

他目瞪口呆地望著。這是一位聖母？他從來沒見過穿成這樣的聖母。「妳要把我的記憶還給我？」他的聲音中滿是懷疑和絕望。

「我會幫助你自己找回記憶。」她邊說邊讓長袍從軀體上滑下，然後拋在一邊。長袍彷彿一隻藍色大蝴蝶翩然落到了地板上。

特格睜大了雙眼望著她：「妳這是在幹什麼？」

「你覺得我在做什麼？」她在他身邊坐下，把一隻手放在他的下體。

他的頭猛地向前低了一下，就好像有人從後面推了他一把，然後盯著她的手，陰莖在她手中勃起。

「妳為什麼這麼做？」

「你不知道嗎？」

「不知道！」

「霸夏會知道的。」

他抬起頭看著她離自己如此接近的臉：「妳知道！為什麼不告訴我？」

「我不是你的記憶！」

「妳為什麼這樣低哼？」

她用嘴唇碰觸著他的脖頸，輕哼的聲音在觀察者的耳中清晰可聞。默貝拉管它叫增強劑，對性反應所做的一種回饋。聲音變得愈來愈大了。

「妳到底在幹什麼？」她讓他跨坐在她身上時，他幾乎發出了聲尖叫。她動了動，輕輕摩挲著他的後腰。

「回答我，混蛋！」這次已經完全是尖叫了。

這句「混蛋」是和誰學的？歐德雷迪在想。

什阿娜讓他滑入了她的體內：「這就是你要的答案！」

他張大了嘴，似乎在發出長長的「哦」，卻無聲無息。

觀察者們看到她凝視著特格的雙眼，但什阿娜同時也在用其他感官觀察著他。

「感受他緊繃的大腿，迷走神經的搏動會洩漏他的祕密，尤其注意他乳頭顏色加深的情況。一旦妳讓他達到了那種狀態，保持住，找到他瞳孔放大的跡象。」

「銘者！」特格的尖叫把觀察者們嚇了一跳。

他用拳頭捶打什阿娜的肩膀。展示牆另一頭的所有人都觀察到就在他不停扭動的同時，雙眼內出現了深邃的閃光，有什麼新東西從他體內閃現出來。

歐德雷迪一下站了起來：「是出問題了嗎？」

艾德侯還坐在椅子上：「跟我預測中一樣。」

什阿娜把特格推到一邊以避開他緊抓的手指。

他趴向地板，一下子轉過身，速度之快讓觀察者為之震驚。什阿娜和特格彼此對望了好幾秒，慢慢地，他站直了身子，這時他才看向自己。他先是把注意力轉向抬在身前的左臂，然後目光望向天花板，依次看向每一面牆，最後他又看向自己的身體。

「到底這是發生了什麼該死的……」傳來的還是孩子的尖聲嗓音，但語音中透著怪異的成熟感。

「歡迎回來，甦亡人霸夏。」什阿娜說。

「妳剛才要銘刻我！」他憤怒地指責，「妳以為我母親沒教我怎麼防止這件事嗎？」一種思緒飄散的表情閃過他的臉。「甦亡人？」

「有些人更願意把您看作是複製人。」

「誰……什阿娜！」他轉過身，環視整個房間。整間房間內沒有看得見的出口，這是特意選擇的隱密出入口房間。「我們這是在哪裡？」

「在您被殺前，帶到沙丘星去的那艘無現星艦裡。」她還在按照預定規則回答他。

「被殺……」他又一次看向自己的雙手。觀察者們幾乎能看到甦亡人固有的過濾機制開始在他的記憶中發揮作用。「我被殺了……是在沙丘星？」他的聲音中有些微的悲涼之意。

「您英勇無畏，從未退縮過。」什阿娜說。

「我的……我從伽穆帶的人……他們都……」

「尊母把沙丘星當作對其他人的警告。現在沙丘已經是毫無生氣的球體，是被焚燒後的殘渣。」

憤怒占據了他的身體。他盤腿坐下，雙拳緊握放在膝蓋上。「是的……我也在……我的歷史中知道了。」他又瞥向什阿娜。她在墊子上保持著坐姿，相當安靜。這種一頭栽進眾多記憶中的感覺，唯有從香料之痛中走出來的人才能體會。現在需要的是完全的寂靜無聲，一動不動。

歐德雷迪低語說：「不要干預，什阿娜。讓它自然發展，讓他自己完成。」她對三位督察做了個手勢。她們走到入口前，不再關注密室，而是看著她。

「把我自己看成是歷史的一部分，這種感覺很奇怪。」特格說。仍然是孩子的嗓音，卻一直給人一種很成熟的感覺。他閉上眼，做著深呼吸。

觀察室內的歐德雷迪又坐回椅子上，說道：「你看到什麼了，鄧肯？」

「什阿娜把他從自己身邊推開的時候，他瞬間轉身的那種迅捷，除了默貝拉，我沒在第二個人身上看到過。」

「甚至比默貝拉還要快。」

「也許……也許是因為他的身體很年輕，而且我們還讓他接受了普拉那－並度訓練。」

「不對，是別的原因。你提醒了我們，鄧肯。這是亞崔迪標記細胞中尚未知曉的成分。」她的目光掃向保持警惕的督察們，然後搖了搖頭。不行，還不行。「他的母親真該死！她催眠他，誘使他阻擋銘者，而且沒讓我們知道。」

「不過，看看她給我們帶來了什麼，」艾德侯說，「一種恢復記憶更有效的辦法。」

「本來我們應該自己就能看出來！」歐德雷迪對自己有點生氣，「司凱特利說忒萊素人使用的是痛苦和對抗。我想知道是怎麼回事。」

「問他。」

「沒那麼簡單。我們的真言師對他沒有把握。」

「他有些讓人捉摸不透。」

「你什麼時候研究過他？」

「達爾！我有攝影機紀錄的存取權。」

「我知道，可是……」

「該死！妳能把注意力放在特格身上嗎？看看他！那是怎麼了？」

歐德雷迪立刻轉回注意力，去看椅子上的孩子。

特格看著攝影機，臉上是一副全神投入的可怕表情。

對他來說就像是頂著矛盾重重的壓力艱難入睡後剛剛醒來一樣，助理的手在搖晃著他，把他叫醒。有些東西需要他去注意！他記起坐在無現星艦指揮中心的情景，達爾站在他身邊，一隻手搭在他的脖頸上。在幫他抓癢嗎？有很緊急的事要做。是什麼呢？他的身體感覺很不對勁。伽穆……現在他們在沙丘星……他記起了不同的事：在聖殿度過的童年？達爾的身分是……是……更多記憶經過篩選湧入腦海。她們想銘刻我！

意識繞著這種念頭流過，彷彿河流遇到石頭而分開。

「達爾！妳在嗎？我知道妳在！」

歐德雷迪向後坐了坐，一隻手撐住下巴。現在怎麼辦？

「母親！」他的聲音中充滿了譴責之意！

歐德雷迪摸了摸椅子邊的一個轉盤：「你好啊，邁爾斯。我們去果園散散步怎麼樣？」

「不要繞圈子了，達爾。我知道妳為什麼需要我。不過我警告妳：暴力只會將權力交到錯誤之人手裡。好像妳不知道一樣！」

「撇開我們剛剛試圖對你做的事，邁爾斯，你仍然忠於女修會嗎？」

他掃了一眼保持警惕的什阿娜：「還是你們那條溫馴的狗。」

歐德雷迪看了看咧嘴微笑的艾德侯，眼神淩厲，意帶責備：「你和你那些可惡的故事！」

「好吧，邁爾斯——不繞圈子，但是我必須知道伽穆的真實情況。他們說肉眼根本捕捉不到你的動作。」

「那是事實。」他的聲音平淡，語調中顯得滿不在乎。

「還有剛才……」

「這副身體太小了，裝載不了那麼多。」

「可是你……」

「剛才那一下我已經用盡了力氣，而且我快餓死了。」

歐德雷迪把目光瞥向艾德侯。他點了點頭。事實。

她讓督察們從出入口撤回，她們在遵守命令前猶豫了一下。貝爾告訴她們什麼了？特格的話還沒結束：「我理解得對嗎，女兒？既然每個個體最終都只對自己負責，自我的形成就需要最大的關懷和注意。對吧？」

他那個該死的母親把一切東西都教給他了！

「我道歉，邁爾斯。我們不知道你的母親為你做了什麼準備。」

「這是誰的主意？」說這話的時候他看著什阿娜。

「我的主意，邁爾斯。」艾德侯說。

「哦，你也在那裡？」更多的記憶流淌回他的大腦。

「我也記得你恢復我的記憶時給我帶來的痛苦。」艾德侯說。

這讓他冷靜了下來。「有道理，鄧肯。無須道歉了。」他看著傳遞他們聲音的揚聲器說道：「上層感覺如何，達爾？有沒有高處不勝寒啊？」

這是個該死的愚蠢想法！她想。他知道這點。一點也沒有。身邊的人多得很，包括那些想有機會和她待在一起，並為此感到十分激動的人，那些有自己想法的人（有時候是那種換了她們肯定做得更好的想法），那些提供說明和需要幫忙的人。高處不勝寒，確實如此！她感覺到特格想要告訴她什麼事。到底是什麼？

「有時候我必須獨斷專行！」

他們曾常在果園中散步，她彷彿聽見自己有一次這樣對他說，對他解釋著「獨斷專行」是什麼，然後補充說：「我掌握著權力，就必須使用權力。這也是個拖累，很沉重的拖累。」

妳擁有權力，那就使用權力！這個晶算師霸夏剛才想告訴她的就是這個。殺了我或者放了我，達爾。

儘管如此，她還是盡量拖延著，她知道他能感覺出來。「邁爾斯，伯茲馬利死了，但他在這裡留下了一支他自己訓練的後備軍。最精良——」

「別拿那些無足輕重的細節煩我！」多麼霸道的命令式口吻！聲音雖然還如孩童般尖細刺耳，但除此之外，氣場十足。

沒等接到命令，督察們便返回了出入口。歐德雷迪惱火地揮揮手把她們打發走，這時她才意識到自己已經做出了決定。

「把衣服給他，然後帶他出來。」她說，「讓斯特吉過來。」

特格現身後的第一句話就讓歐德雷迪頓時心生警惕，暗自揣摩自己是不是在這件事上犯了個錯誤。

「如果我不想按妳想的去戰鬥會怎麼樣？」

「可你剛才說……」

「我這……幾輩子裡說過很多事。戰役加強不了道德感，達爾。」

她（和塔拉札）聽霸夏不止一次說過這樣的論調。「戰爭遺留下的只有『囫圇吞吃，痛飲狂歡』，最後導致的道德淪喪不可避免。」

話說得沒錯，但是她不知道他說這番話有何用意。「對於任何一個重返戰場的老兵來說，他們會對命運（『我活下來了，這一定是上天的旨意』）重新審視，更多的是帶著幾乎難以掩埋的傷痛回家，準備要『過平淡的生活』，因為他們在戰爭的陰霾下見過太多太多。」

這是特格的話，但也是她的信仰。

斯特吉匆忙趕到了房間，但沒等她開口，歐德雷迪便示意她站到一邊，靜候指令即可。

這一次，這位侍祭鼓足勇氣違背了統御大聖母的命令。

「鄧肯應該知道這個消息，他又有了一個女兒，母女平安健康。」她看向特格，「您好，邁爾斯。」

然後斯特吉才退到後面牆邊，靜靜地站好。

她比我想得還要好，歐德雷迪想。

艾德侯輕鬆地坐進椅子，這才感覺到先前一直懷著的擔心緊張情緒已經影響到了他在觀察時做出的分析。

特格對斯特吉點點頭，轉而對歐德雷迪說：「還有什麼願要許嗎？」控制他們的注意力很重要，這有賴於歐德雷迪的認識。「如果沒有，我真要餓死了。」

歐德雷迪抬起一根手指示意斯特吉去辦，接著便聽到這位侍祭的腳步聲漸行漸遠。

她感覺到了特格要把她的注意力往哪裡引，果不其然，接下來他就說道：「也許這次妳真的留下傷疤了。」

他的話中帶刺，是在譏諷女修會曾發下豪語：「我們不會讓歷史的傷疤愈積愈多。傷疤所隱藏的往往比顯露的還多。」

「有些傷疤顯露的事情比隱藏的要多。」他說道，然後又看向艾德侯，「對吧，鄧肯？」這是晶算師之間的對話。

「我相信我被捲入一場舊爭端了。」艾德侯說。

特格看向歐德雷迪：「看見了嗎，女兒，一個晶算師聽到的時候就知道什麼是舊爭端。妳自以為知道每個轉捩點中自己需要做什麼，為此而頗感自豪，但是這次轉捩點上攔路的怪獸是妳自己製造的結果！」

「大聖母！」那是一位督察不希望特格如此稱呼歐德雷迪發出的聲音。

歐德雷迪對她視而不見。她有些懊惱，還感受到了特格的嚴苛，同時也覺得他的話不無道理。記憶中的塔拉札也記得這段爭端：「我們是由貝尼．潔瑟睿德聯合會所塑造的。她們用某些奇怪又特別的方式讓我們在情感上變得遲鈍。哦，必要時我們可以揮動利刃，迅捷又無情，但那是另一種遲鈍。」

「我不會參與這類讓妳變得麻木的事。」特格說。這麼說他也記得。

斯特吉拿著一碗燉菜回來了，棕色的肉湯，上面漂著肉片。特格坐在地板上，迫不及待地用湯匙大口吃著。

歐德雷迪還是沉默不語，她的念頭在特格談及的話題上打轉。聖母們在自己周圍布下一層堅硬的屏障，使得外界（包括感情）的一切都像是投影一般。默貝拉是對的，女修會必須重新學習如何對待感情。如果她們一直只是觀察者，走上的必將是毀滅之路。

她對特格說：「沒人會要求你讓我們變得麻木。」

特格和艾德侯聽出了她聲音中的異樣。特格把空碗放在一邊，但艾德侯先開口了。「教化。」他說。

特格表示同意。聖母們很少衝動，即便是在危急時刻，你從她們那裡看到的也只有奉命行事的反應。她們已經超過了多數人所認為的那種教化。很多時候，驅動她們的並非對權力的渴望，而是她們長遠的大局觀，這是種混雜了即時性與幾乎無限記憶的東西。所以，歐德雷迪正在按照一條精心設計好的計畫行事。特格瞥了一眼還在保持警惕的督察。

「妳們準備要殺我。」他說。

沒人回答，沒有必要回答，她們都能識別這種晶算師預測。

特格轉過身，又向房間裡望去，那是他重拾記憶的地方。什阿娜已經不見了。更多的記憶在他的意識邊緣蠢蠢欲動，它們何時恢復自有安排。只是這矮小的軀體會引起困難。還有斯特吉……他又凝視著歐德雷迪：「妳比自己想得還要聰明。但是我的母親……」

「我覺得她並沒有預見到這一幕。」歐德雷迪說。

「沒有……她的亞崔迪基因還沒那麼強大。」

當前的種種情況下，這是個很能刺激人神經的詞，整間房間都陷入特殊的沉默。督察們靠得更近了。

他那個該死的母親！

特格對逡巡著的督察毫不在意：「有些話雖然妳沒問，但是我也得回答，對於在伽穆上我發生了什麼事，我沒法解釋。不管是我的身體還是頭腦，運轉速度都快到無法解釋。算算大小和能量的話，眨眼間我就可以毫髮無損地離開這間房，離開這艘戰艦。哦……」他把手立了起來，「我仍然是妳溫馴的狗。我會按妳需要的去做，但也許不是妳想像的那種方式。」

歐德雷迪看到了她的同儕臉上的驚愕與恐慌。我這是把什麼放出來了？

「我們可以不讓任何活體離開這艘戰艦。」她說，「你也許速度很快，但是如果你打算不經我們允許就離開這裡，我很懷疑你是否能快過吞沒你的烈焰。」

「我會挑個好時機離開的，還會徵得妳的同意。妳有多少伯茲馬利的特別行動隊？」

「將近兩百萬。」她驚訝到脫口而出。

「這麼多！」

「尊母把他們殘殺殆盡之前，他在蘭帕達斯帶的人數比這數目的兩倍還多。」

「我們至少得比可憐的伯茲馬利機靈點。我得和鄧肯單獨談談這件事。妳需要我倆待在妳身邊就是為了這個，對吧？我們的專長。」他朝著頭頂的攝影機露出笑容，「我相信在同意之前，妳會把我們的談話仔仔細細研究一番。」

歐德雷迪和其他聖母交換了一下眼神。她們有個不言而喻的共同問題：我們還能怎麼辦？

歐德雷迪起身看著艾德侯說：「這是配得上真言師晶算師的真正工作！」

女人都離開後，特格起身坐在其中一把椅子上，他看著越過展示牆能看到的那部分空蕩蕩的房間。先前在那裡很驚險，那陣動作還是讓他感覺心臟跳得厲害。「真是場好戲。」他說。

「算不上最好的。」鄧肯的聲音極其嘲諷。

「現在我最想來上一大杯丹星的馬利涅特，不過我懷疑這副軀體恐怕承受不了。」

「達爾回到中樞的時候，貝爾肯定在那裡等著呢。」艾德侯說。

「去他媽的貝爾！我們得在那些尊母找到我們之前把她們先解決掉。」

「我們的霸夏自有妙計。」

「這破頭銜！」

艾德侯驚訝地吸了口氣。

「告訴你一些事，鄧肯！」他語氣沉重地說，「有一次我去參加了場重要會議，與會的那方很可能會變成敵人，我聽到一個助理宣布我進場。『霸夏大人到。』我他媽幾乎絆了一跤，被那種心神抽離的感覺控制了。」

「晶算師模糊。」

「當然是。有些事物我不敢弄丟，但是我知道這個頭銜把我從那些東西中除掉了。霸夏？我不僅是個霸夏！我是邁爾斯・特格，這是我父母給的名字。」

「你在名字鏈上！」

「當然，而且我意識到我的名字離更原始的一些事物還有段距離。邁爾斯・特格？不，我比那更簡單。我能聽見我媽媽說：『哦，多漂亮的孩子。』你看，我又有了個名字：漂亮的孩子。」

「你往更深處探尋了嗎？」艾德侯發現自己被吸引住了。

「我被迷住了，一個名字通向另一個名字，另一個名字又通向下一個，無窮無盡，直到最後的無名氏。我走進那間重要房間的時候，我沒有名字。你冒過那個險嗎？」

「有過一次。」他勉強承認。

「我們都至少做過一次。總之回到那次會議，有人向我簡報情況。我知道那張桌子上每個人的資訊——臉、名字、頭銜，加上他們所有人的背景。」

「但你又不是真的在那裡。」

「哦，我能看見那些期待的眼神在打量我，琢磨著，擔心著。但是他們不知道我是誰！」

「那讓你感覺很有力量？」

「和我們在晶算師學校被警告的一模一樣。我問自己：『這個心智是剛在起始階段嗎？』別笑。這是個逗人的問題。」

「那你更深入了？」艾德侯被特格的話完全吸引，毫不理會他意識邊緣想把他拽回來的那股警告力量。

「是的。我發現自己身處那個著名的『萬鏡廳』中，他們說過的，還警告我們要逃跑。」

「那你還記得怎麼出來……」

「記得？顯然你也去過。記憶幫你出來了嗎？」

「有幫助。」

「儘管有那些警告，我還是在那裡耽擱了一陣，看我的『眾自我之自我』，還有無窮的排列。都是映射，密密麻麻、重重疊疊、無窮無盡。」

「『自我核心』令人著迷。極少有人能從那麼深的地方逃出來，你很幸運。」

「我不知道該不該叫幸運。我知道一定是有第一意識，一個覺醒的……」

「會被發現的事物並不是『第一』。」

「但是我想要自我根基處的自我！」

「會議上的人沒注意到你有什麼奇怪的地方嗎？」

「後來我發現我坐在那裡，用一副木然的表情隱藏起這些精神體操。」

「你沒說話？」

「我被震懾得啞口無言。他們把這解釋為『霸夏如預料之中的沉默寡言』。我的名聲也就這麼回事。」

艾德侯開始露出微笑，又想起攝影機。他立刻就看出那些監察員會如何解讀這樣的啟示。危險的亞崔迪後裔懷有難以馴服的天賦！聖母們知道鏡子的事，任何逃出來的人都值得懷疑。那些鏡子給他看了什麼？

特格彷彿聽到了這危險的問題一樣，他說道：「我陷在那裡了，我也知道是什麼情況。我能看見自己像個臥床的植物人，但是我不在乎。鏡子裡有一切，然後就好像什麼東西從水裡一下子浮出水面一樣，我看見了我母親，她看起來和她快去世之前差不多。」

艾德侯嘴唇顫抖著吸了口氣。特格不知道他剛才說的話會被攝影機記錄下來嗎？

「聖母們現在會幻想我至少有成為奎薩茲．哈德拉赫的可能，」特格說，「另一個摩阿迪巴。胡說！就像你總掛在嘴邊的那句話一樣，鄧肯。我們都不會冒那個險。我們知道他製造出了什麼東西，我們又不蠢！」

艾德侯呆住了。她們會接受特格的話嗎？他說的是事實，但還是……

「她拉住了我的手，」特格說，「我能感覺到！然後逕自把我帶出了大廳。我覺得自己坐在桌前的時候期望她能和我在一起。我的手上還留有那種她牽著我的強烈感覺，可她已經消失了，我知道。我只是打起精神，接著做事。女修會要在那裡贏取很重要的有利條件，而我獲得了這些優勢。」

「你母親深植在你心裡的某個東西——」

「不！我看待她和聖母看待他者記憶是一樣的方式。她是以這種方式在說：『你在這裡浪費時間幹什麼，還有正經事要做呢！』她從來沒離開過我，鄧肯。過去從來不會離開我們任何一個人。」

艾德侯突然明白了特格不厭其煩地細述這段歷史是為了什麼。誠實坦率，確實如此！

「你擁有他者記憶！」

「不是！只有在緊急情況時人人都有的那種。萬鏡廳屬於緊急情況，它也讓我看到並感覺到了幫助的來源，但我不會回那裡去！」

艾德侯接受了這種說法。多數晶算師會以身犯險，短暫地進入無限之中，學習名字和頭銜那轉瞬即逝的本質，但是特格的敘述已經遠遠超過了將時間作為流動和靜態畫面的論斷了。

「我覺得現在是時候了，我們該把自己全面、徹底地介紹給貝尼．潔瑟睿德，」特格說，「她們應該要知道可以在多大程度上信任我們。畢竟還有事情要做，而我們浪費了太多時間在愚蠢的事情上。」

33

尊母規則：將精力花在讓你變強的人身上才值得。花費在懦弱之人身上的精力最終將把你拽向深淵。

貝尼・潔瑟睿德評論：由誰來判斷？

——多吉拉紀錄

・・・

多吉拉回來的那天，歐德雷迪過得並不順利。與特格和艾德侯的武器會議結束時也沒有達成一致意見。整場會議期間，她都能感覺到獵人的利刃就高懸在空中，她知道這種心態影響了她的反應。

然後是下午和默貝拉的會議——談話，談話，談話。默貝拉糾結於哲學問題。對歐德雷迪而言，這可能算是她第一次碰上死胡同。

現在天色漸晚，歐德雷迪站在中樞周圍鋪設路面的最西邊。這是她最喜歡的地點之一，但是此時貝隆達就在她身側，剝奪了歐德雷迪本想好好享受的寧靜時刻。

什阿娜過去找她們，問：「妳給了默貝拉離開戰艦自由行動的權力？是真的嗎？」

「啊！」這是貝隆達最害怕的事情之一。

「貝爾，」歐德雷迪打斷了她，用手指著環形果園，「那塊隆起的地方，我們沒在那裡種樹。我想讓妳命令他們在那裡建點什麼做裝飾，按我的要求建。一座觀景亭，周圍建上格柵，以便觀景。」

現在已經沒法阻止貝隆達了。歐德雷迪很少看到她這樣怒氣沖天的樣子。貝隆達愈是怒吼，歐德雷迪變得愈是堅決。

「妳想要一座……一座裝飾用的建築？在那片果園裡建？妳還想把我們的物資都浪費在什麼地方？裝飾！真是最恰當的標籤，給妳的另一個……」

這場爭論很愚蠢。才剛講兩句話，她們就知道是白費唇舌了。統御大聖母沒法先讓步，貝爾則很少會對任何事讓步。即使是歐德雷迪陷入沉默的時候，貝隆達依然對敵人已不在的空蕩堡壘掃射言語子彈。最後，貝隆達筋疲力盡，歐德雷迪說：「妳欠我一頓大餐，貝爾。一定得是妳能安排的最好的。」

「欠妳……」貝隆達開始語無倫次地嘟囔。

「這是和平的橄欖枝，」歐德雷迪說，「我想要在我的觀景亭裡吃這頓大餐……我那漂亮的觀景亭。」

什阿娜笑了起來，貝隆達無可奈何，只好跟著缺乏熱情地乾笑了幾聲。她知道什麼時候沒人聽她的話。

「看到的人都會說：『看，大聖母現在信心滿滿。』」什阿娜說。

「這麼說妳是要用它鼓舞士氣！」現在這個時候，貝隆達幾乎會接受任何能為之辯護的理由。

歐德雷迪向什阿娜投去一抹燦爛的笑容。我那聰明的小可愛！什阿娜不僅不再戲弄貝隆達，甚至隨時隨地都在維護這位年長聖母的自尊。貝爾當然也知道，這就不可避免地產生了貝尼．潔瑟睿德式的問題：為什麼？

什阿娜意識到了她的懷疑，於是說：「我們之間真正的爭端其實是邁爾斯和鄧肯的問題。不管妳怎麼想，關於這一點，我已經厭倦了。」

「我真的不太能理解妳這是在幹什麼，達爾！」貝隆達說。

「能量有其自身模式，貝爾！」

「妳在說什麼？」她有點丈二金剛摸不著頭腦。

「她們會找到我們的，貝爾。我知道是怎麼找到的。」

貝隆達目瞪口呆地望著歐德雷迪。

「我們一直屈從於習慣，已經成了這些規矩的奴隸，」歐德雷迪說，「成了我們創造的能量的奴隸。奴隸們能掙脫枷鎖嗎？貝爾，妳和我一樣清楚我們的問題所在。」

貝隆達難得地不知所措。

歐德雷迪看著她。

驕傲，看著她的女修同儕和她們的狀態，歐德雷迪看到的是驕傲。尊嚴只是副面具，真正的謙遜從不存在。相反地，遵從守則行事的行為則是肉眼可見，貝尼·潔瑟睿德的行為模式便是如此。在一個很清楚模式會帶來危險的社會，這本該像高音警笛一樣引起人們的警惕。

什阿娜有些迷惑不解：「習慣？」

「妳的習慣永遠在獵殺妳的路上。妳所構建的自我會糾纏著妳，揮之不去。它們是四處遊蕩的鬼魂，搜尋著妳的軀體，迫切地要掌控妳。我們都對我們構建的自我著迷上癮，都是我們行為的奴隸。我們對尊母上癮，她們也一樣對我們上癮！」

「又是妳那些該死的浪漫主義！」貝隆達說。

「是，我是個浪漫主義者……和暴君一樣的浪漫主義者。他讓自己對他所造之物陷於固定形態保持敏感，我對他預見的陷阱敏感。」

可是身後的獵手近在咫尺，眼前的陷阱已化作深淵。

貝隆達並未就此緩和情緒：「妳說妳知道她們會如何找到我們。」

「她們只需要認識到她們自己的習慣，然後……什麼事？」後一句是對從貝隆達身後隱祕走廊內出來的一個侍祭信使說的。

「大聖母，是聖母多吉拉的事。聖母芬迪爾已經帶她到了降落平臺，一小時後她們就會抵達這裡。」

「帶她到我的工作室去！」歐德雷迪向貝隆達投去堪稱狂暴的眼神，「她有說什麼嗎？」

「多吉拉聖母病了。」侍祭說道。

病了？這個詞在聖母身上可不同尋常。

「先別急著下結論。」貝隆達以晶算師模式提出建議，她對浪漫主義和大膽狂野的想像懷有敵意。

「找塔瑪過來負責觀察。」歐德雷迪說。

多吉拉在芬迪爾和斯特吉的幫助下，拄著拐杖一瘸一拐地走了進來。不過她的眼神堅毅，在審視周遭環境時，每個眼神背後都有著審時度勢的神態。她將風帽披在身後，露出了顏色如同古老象牙般的斑駁深棕髮絲，聲音聽起來有些虛弱。

「我已經依您的命令行事，大聖母。」芬迪爾和斯特吉離開後，多吉拉不等歐德雷迪邀請就逕自坐在貝隆達身旁的一把懸帶椅上。她略掃了一眼左邊的什阿娜和塔瑪拉尼，然後直直盯著歐德雷迪：「她們會在交叉點與您見面。她們覺得地點是她們定的，您想要的蜘蛛女王就在那裡！」

「什麼時候？」什阿娜詢問道。

「她們想要定在從現在開始一百個標準日之後。如果有必要，我可以再確認一下詳細的具體時間。」

「為什麼這麼久？」歐德雷迪問。

「您問我的看法？她們要利用這段時間加強交叉點上的防禦。」

「有什麼保證？」塔瑪像以往一樣簡潔地問道。

「多吉拉，妳這是怎麼回事？」歐德雷迪看到這個女人微微顫抖，對她如此明顯的虛弱很是震驚。

「她們拿我做了些實驗。但是那都不重要，關鍵是安排會面的事。總之，她們承諾說您將安全抵達，並同樣安全離開交叉點。這點不能相信。她們允許您帶少量隨行人員陪同，具體數量不超過五名。先做好她們可能會殺死所有陪同人員的打算，不過……這點上她們也許會再考慮考慮，因為我已經用行動告訴她們那會是個錯誤。」

「她們想讓我將貝尼．潔瑟睿德雙手奉上？」歐德雷迪的聲音裡透出前所未有的冷酷。多吉拉的話讓她擔心一場悲劇將會上演。

「那正是讓她們同意會面的誘因。」

「和妳一起去的女修們怎麼樣了？」什阿娜問。

多吉拉敲敲額頭，這是個女修會裡的常見手勢：「都在這裡了。我們都認為尊母們應該受到懲罰。」

「死了？」歐德雷迪從牙縫中勉強擠出了這兩個字。

「尊母為了強迫我加入。『看見了嗎？妳不同意，我們就再殺一個。』我告訴她們乾脆把我們都殺了就好，殺了我們，就別想見到大聖母了。她們不接受，但最後也沒有人質可殺了。」

「妳和她們都分享記憶了嗎？」塔瑪拉尼問。是的，她自己也將步入死亡，此時這正是她所關心的。

「假裝確認她們是否都死了的時候，我和她們都分享了。妳們還該聽聽整個過程。這些女人古怪得很！她們在籠子裡豢養混合人，女修們的屍體都被扔進了籠子裡給那些混合人吃了。那個蜘蛛女王──真是名副其實──強迫我在一邊看著她們被吃掉。」

「噁心！」貝隆達說。

多吉拉嘆了口氣：「她們自然不知道，我在他者記憶裡早已看過了比這還糟糕的。」

「她們試圖要讓妳被情感淹沒，」歐德雷迪說，「真是愚蠢。妳的反應和她們希望的不一樣，她們是不是很驚訝？」

「應該說很是懊喪、惱火。我覺得她們見過我這種反應。我告訴她們說，用這個方法得到肥料還挺不錯的。我想這句話把她們惹毛了。」

「食人。」塔瑪拉尼喃喃地說。

「表面上而已，」多吉拉說，「混合人肯定算不上人類。勉強算是馴化的野獸。」

「沒有馴獸師嗎？」歐德雷迪問。

「我一個都沒看見。混合人確實會說話。吃之前牠們會說：『吃！』牠們還嘲諷身邊的尊母，問她們『妳餓嗎？』之類的。重要的是牠們吃完之後發生的事。」

多吉拉陡然一陣咳嗽。「她們試過對我下毒，」她說，「這些愚蠢的女人！」

咳嗽平息後，多吉拉說：「一個混合人在……應該怎麼說，宴會？在那之後跑到了籠子的欄杆邊上。牠先是看著蜘蛛女王，然後就發出了尖叫聲。我從來沒聽過那種聲音，讓人毛骨悚然！那屋子裡所有尊母都彷彿石化了一般一動也不動，我可以向妳們保證，她們全都害怕了。」

什阿娜碰了碰多吉拉的手臂：「就像獵物在獵食者面前無法動彈？」

「正是如此。達到了魅音的程度。混合人看到我面對牠的尖叫不為所動，似乎很驚訝。」

「那些尊母有什麼反應？」貝隆達問道。是的，晶算師會用到那些資料。

「能說話以後，她們就像炸開了鍋一樣大聲抱怨。很多人喊著要求大尊母把混合人徹底消滅。但是她的觀點更冷靜。『讓牠們活著是很有價值的。』她說。」

「這個跡象說明我們還有希望。」塔瑪拉尼說。

歐德雷迪看向貝隆達：「我要叫斯特吉把霸夏帶過來。有反對意見嗎？」

貝隆達迅速點了下頭。她們知道，儘管特格的意圖還不明朗，但她們必須賭上這一把。

歐德雷迪又對多吉拉說：「我想讓妳在我的會客艙待著，我們會叫蘇克過來。想要什麼妳儘管說，然後準備好一會兒召開議會全體會議。妳是特別顧問。」

多吉拉勉勉強強站了起來，說：「我已經有十五天沒睡了，我還需要點特殊餐食。」

「什阿娜，妳來辦，再把蘇克叫過來。塔瑪，妳和霸夏還有斯特吉待在一起。做例行報告。他肯定要去營房，想自己管軍隊。給他一個和鄧肯的通訊連結，別讓任何事妨礙他們。」

「妳想讓我和他在這裡待著？」塔瑪拉尼問。

「妳就是他的水蛭，不管斯特吉帶他去哪裡都必須讓妳知道。他想讓鄧肯當武器大師，妳要確保他接受鄧肯被軟禁在戰艦內的事實。貝爾，鄧肯需要的任何武器資料，都要給他優先權。有什麼意見嗎？」

沒人做出任何評論。她們對這件事的後果想法不一，確實如此，但是歐德雷迪雷厲風行的決斷影響了她們。

歐德雷迪往後一靠，閉上了雙眼等待，直到周圍變得悄無聲息，她知道其他人已經都走了。當然，攝影機依然在監視著。

她們知道我很累。現在這種情況下誰又能輕鬆呢？又有三個女修被那些怪物殺害了！霸夏！必須讓她們感受到我們的回擊，讓她們知道什麼是教訓！

歐德雷迪聽到了斯特吉和特格到達的聲音，她睜開眼。斯特吉牽著特格的手領他進門，但是他們站在一起的感覺並非成人帶著孩子的樣子。特格的一舉一動都顯示出，是他允許斯特吉這麼對他的。她必須提高警惕。

塔瑪跟著他，逕自走到了綺諾伊半身像下的窗戶邊，找了把椅子。這個位置很重要嗎？塔瑪最近總是做些很奇怪的事。

「大聖母，您希望我留下嗎？」斯特吉放開特格的手，站在門附近問道。

「妳坐塔瑪旁邊。聽著，別插話。妳必須知道需要妳做什麼。」

特格穩穩坐在多吉拉剛剛坐過的椅子上：「我猜這是場戰前動員會。」孩童般的嗓音背後是名不折不扣的成人。

「我還沒要問你的計畫。」歐德雷迪說。

「好。意料之外的事總是更費時間，而且到行動之前我也許還沒辦法告訴妳我的打算。」

「我們一直在觀察你和鄧肯。你為什麼對大離散中的戰艦那麼感興趣？」

「遠程戰艦外表很特別。我在伽穆的平臺上看過。」

特格靠回椅子上，讓她們慢慢思考他的消息，歐德雷迪簡潔明快的態度讓他感覺很高興。當機立斷！沒那麼多再三考慮，這更符合他的需要。她們千萬不能知道我的全部能力，現在還不行。

「你要把我們的襲擊部隊偽裝起來？」

歐德雷迪說話的時候，貝隆達從門口走了進來，她一邊坐下，一邊從喉嚨裡低吼一聲表示反對：「不可能！他們會有識別密碼和祕密信號做——」

「由我來判斷，貝爾，不然就把我從指揮的位置撤下來。」

「這是議會！」貝隆達說，「你不能——」

「晶算師？」他盯著她，眼神中盡是霸夏的神情。

貝隆達沒再作聲，他說：「不要懷疑我的忠誠！如果妳讓我束手束腳，那就找別人！」

「讓他說。」這是塔瑪在說話，「霸夏和我們平起平坐參加議會已經不是第一次了。」

貝隆達低了低下巴，動作之輕微，幾乎就是在毫釐之間。

特格又對歐德雷迪說：「要避免戰爭，關鍵全在於智慧和情報——收集到的各種情報以及智慧上的力量。」

把我們那套說辭又扔回給我們！她聽出了他話中的晶算師技巧，貝隆達顯然也聽出來了。智慧和情報：雙重觀點。沒有它，戰爭經常是由偶然事件引發的。

霸夏靜靜坐著，讓她們在她們自己的歷史觀察中摸索。對戰爭的衝動比清醒的意識埋藏得更加深遠。暴君是對的。如果單看行為，人類就是「一頭野獸」。驅動這個大型集體性動物的力量要追溯到部落時期甚至更遠，就如同許多其他驅動人類不假思索就採取反應的力量一樣。

混合基因。

為自己的育畜擴大生存空間。

採集其他人的能量：收集奴隸、勞工、僕人、農奴、商販、工人……這些詞往往都可以互換。

歐德雷迪看出了他的意圖。從女修會汲取的知識幫助了他，造就了一位無可比擬的晶算師霸夏。他把這些事情當作了本能。能量的消耗驅動著戰爭帶來的暴力，這被描述為「貪婪、恐懼（害怕別人會拿走你貯藏的東西）、權力渴望」諸如此類缺乏實效的分析。歐德雷迪甚至從貝隆達那裡也聽過這樣的觀點，而貝隆達顯然對由一位「下屬」提醒這些她們早就知道的東西感到無法接受。

「暴君知道，」特格說，「鄧肯曾這樣引用暴君的話：『戰爭這種行為，根源可追溯到原始海洋中的單細胞生物。碰到什麼，就吃掉它，否則，就是它吃掉你。』」

「你有什麼提議？」貝隆達怒氣沖沖地問。

「在伽穆虛晃一招，然後去攻擊她們交叉點的老巢。如果準備這麼做，我們需要第一手的觀察資料。」他穩穩地看向歐德雷迪。

他知道！這種想法如火焰般一下子在歐德雷迪腦裡燒了起來。

「交叉點還是宇航根據地的時候，你曾做過研究，你覺得那些研究資料現在還準確嗎？」貝隆達質問道。

「她們沒那麼多時間把我存在這裡的東西都改掉。」他怪模怪樣地模仿女修會的手勢敲著自己的額頭。

「包圍它。」歐德雷迪說。

貝隆達目光銳利地看著她：「想想代價！」

「一敗塗地恐怕代價更大吧。」特格說。

「摺疊空間感應器不一定非要大，」歐德雷迪說，「鄧肯會調整感應器，可以讓它們在接觸時製造出霍茲曼爆炸，是這樣嗎？」

「爆炸是可見的，我們可以跟蹤爆炸產生的軌跡。」他往後坐了坐，看著歐德雷迪身後牆上的不特定區域。她們會接受嗎？他不敢再展現驚人才能，那會嚇到聖母們。想想如果貝爾知道他能「看見」無現星艦，那會是什麼情景！

「好！」歐德雷迪說，「你有指揮權。下命令吧。」

她在他者記憶中能清晰地感到塔拉札一陣輕笑。讓他放手去做！我的名聲就是這麼來的！

「還有件事，」貝隆達說，她看著歐德雷迪，「妳要當他的間諜？」

「還有誰能進入那個地區，把觀察到的情報傳回來？」

「她們會監視一切傳送手段！」

「只是告訴等待的無現星艦我們沒有遭到背叛，這也會被監視嗎？」歐德雷迪問。

「將加密資訊隱藏到傳送中，」特格說，「鄧肯設計了一種幾個月內都無法破解的加密方法，但是我們懷疑她們也許根本檢測不出這種演算法。」

「瘋狂。」貝隆達喃喃地說。

「我在伽穆碰過一位尊母的軍事指揮官，」特格說，「在涉及繁瑣的細節問題時，她們很懶散。我覺得她們過於自大。」

貝隆達瞪大雙眼看著他，那雙孩童無辜的眼神裡射出的是霸夏的瞪視。「汝等入此，即當絕智。」他說。

「出去，所有人都出去！」歐德雷迪命令道，「開始行動。邁爾斯……」

他已經滑下了椅子，但聽到命令後，他立刻站在原地，就像他以前等著「母親」告訴他重要事項時一樣。

「你的意思是說，戰爭總是會放大戲劇性事件中的瘋狂行為？」

「不然呢？妳肯定不是以為我在說妳的女修會吧！」

「鄧肯有時候會玩這種把戲。」

「我可不想染上尊母的瘋狂，」特格說，「那東西會傳染的，妳知道的。」

「她們試圖控制性驅力，」歐德雷迪說，「這一直是你的弱點。」

「那是失控的瘋狂行為，」他表示同意，接著又靠向桌子，他的下巴剛剛高過桌面，「有什麼東西讓那些女人不得不回到這裡。鄧肯是對的，她們在找什麼東西，同時也在躲避什麼。」

「你有九十個標準日做準備，」她說，「多一天都不行。」

34

Ish yara al-ahdab hadbat-u.（駝背的人看不到自己的駝背。——諺語）

貝尼・潔瑟睿德評語：鏡子也許能幫助你看到駝背，但鏡子也會讓你看清全貌。

——特格霸夏

・・・

貝尼・潔瑟睿德有個弱點，歐德雷迪知道整個女修會必須趕快認識到這點。她先看到了這點，但這種先見之明並不能給她任何慰藉。我們會在最需要的時候否定我們最深層次的資源！將經歷彙聚成可用的形式，這方面離散之人的能力已經遠超人類。我們只能抽取基本資訊，而且那還需要下判斷。最關鍵的資料沉澱在大大小小的事件之中，這些積累叫作直覺。所以最後只能這樣——已無他路可走，她們必須依賴未言明的知識。

在這個時代，「難民」這個詞披上了前太空時代的含意。被迫遠走他鄉的流浪者走在被遺忘的路上，用碎步包裹著可憐的家當，用破爛不堪的嬰兒車和玩具推車載著，或者疊在歪歪斜斜的車頂上，僅存的人們攀著車體外，或在車裡擠得嚴嚴實實，每張臉上都有著絕望的漠然或是破釜沉舟的狂熱，女修會派出的小群聖母與這幅古老的場景十分類似。

所以我們重複歷史，重複，再重複。

快到午餐時間了，歐德雷迪一邊走進一個管式通道入口，一邊還在思考她那些離散的姊妹：政治難民、經濟難民、戰前難民。

暴君，這就是你的黃金之路嗎？

那些離散女修的身影在她腦海裡揮之不去，她走進中樞專用餐廳，這裡只有聖母可以進入。她們在這裡的自助區用餐。

從她放任特格去營房到現在已經過去了二十天。中樞內流言四起，尤其是在那些督察中間流傳更廣，雖然目前還沒有要再進行投票的跡象。今天必須公布新的決定，而且也不能僅說出誰將陪同她一起前往交叉點的事。

她向餐廳四周看了看，這裡裝飾簡單，牆漆成了黃色，天花板很低，擺著可以併在一起供大群人吃飯的小方桌。一邊的窗子能看到半透明遮陽頂下的花苑。矮杏桃樹結著綠色的果子，還有草坪、長椅、小桌子。當陽光灑滿這座圍起來的小院時，聖母們會在外面用餐。但今天沒有陽光。

她沒理會自助區排隊的人群，那裡給她留了位置。晚點再說，姊妹們。

靠窗邊的角落裡有張桌子是為她預留的，她有意挪了挪椅子。貝爾的棕色犬椅不太適應周遭的干擾，微微顫抖著。歐德雷迪選了背對房間的位置坐了下來，她知道這樣其他人就不會弄錯了：讓我自己想想，不要打擾我。

她一邊等著，一邊望向庭院。一圈頗具異域風情的紫葉灌木籬笆上開著紅色的花，花朵巨大，精美的雄蕊呈深黃色。

貝隆達比較早抵達，她深深坐進她的犬椅裡，並沒對椅子的新位置作任何評論。貝爾經常看起來很邋遢，腰帶鬆散，長袍褶皺，前胸上還會有點食物碎屑。但今天她卻很整潔。

值得注意，這是為什麼？

貝隆達說：「塔瑪和什阿娜會晚一點到。」

歐德雷迪聽到了這句話，頭腦裡並沒停止研究這位不一樣的貝隆達。她是不是瘦了點？在統御大聖母的關心感知範圍內，沒有什麼辦法可以讓她察覺不到發生了什麼事，只是有時候工作的壓力會使她無暇分心去注意那些小變化。不過，這是聖母最熟悉的領域，消極證據和積極證據一樣有啟發性。思考了一下後，歐德雷迪意識到這位新貝隆達已經伴隨她們左右有幾週時間了。

貝隆達身上發生了什麼。任何聖母都可以對體重和身形進行合理的控制。這只是體內化學反應的問題——看是要存儲精力，或是讓它們肆意燃燒。多年來，叛逆的貝隆達一直對她那臃腫的龐大身軀洋洋得意。

「妳瘦了。」歐德雷迪說。

「脂肪開始過於拖累我了。」

對貝爾來說，這個理由還不足以讓她做出改變。她一直都在用思考速度，用預測和更迅速的傳送能力加以彌補。

「鄧肯真的讓妳很煩，是不是？」

「我不是偽君子，也不是罪犯！」

「我猜是時候送妳去懲戒站了。」

這種時常出現的幽默調侃通常都會惹惱貝隆達，今天卻沒激發她任何反應。但是在歐德雷迪目光的壓迫下，她說道：「如果妳一定要知道的話，是什阿娜。她一直要我改善外表，擴大交際圈。很煩人！我這麼做就是為了讓她閉嘴。」

「塔瑪和什阿娜為什麼耽擱了？」

「她們在評估妳和鄧肯最近的會面。我已經嚴格限定有此許可權的人數了。等這種資料變成一般性資訊，不知道會發生什麼事。」

「但最後還是會發生。」

「無可避免。我只是為我們爭取些準備時間。」

「我不想壓下去，貝爾。」

「達爾，妳要做什麼？」

「我要在正式評議會上宣布。」

貝隆達沒說話，但是睜大的眼睛顯示了她的驚訝。

「召開正式評議會是我的權利。」歐德雷迪說。

貝隆達向後靠了靠，雙眼盯著歐德雷迪，評估著、懷疑著……但她什麼都沒說。上一次召開貝尼・潔瑟睿德的正式評議會已是暴君駕崩的時候。而在那之前，則是暴君掌權的時候。自從尊母發動襲擊後，就沒人認為還有可能召開正式評議會了，那需要太多時間和極度繁重的準備工作。

貝隆達當下便問：「舉辦評議會就要把姊妹們從倖免於難的主堡裡召來，妳準備冒這個險？」

「不是。多吉拉會代表她們。這件事有先例，妳也知道的。」

「妳先是給默貝拉自由，現在又要搞什麼正式評議會。」

「自由？默貝拉有金鏈子拴著。沒有她的鄧肯，她還能去哪裡？」

「但是妳允許鄧肯離開無現星艦了！」

「那他離開了沒有？」

貝隆達說：「妳覺得他想要的就只有戰艦的武器裝備資訊？」

「不是覺得，是知道。」

「這件事總能讓我想起潔西嘉，公爵的晶算師本來可能會殺了她，潔西嘉卻背對著他。」

「那位晶算師被他自己的信仰所捆綁，動彈不得。」

「有時候公牛是會用尖角頂傷鬥牛士的，達爾。」

「一般情況下都不會。」

「我們不該把生存機會押在統計資料上！」

「這點我也同意，所以我才要召開正式評議會。」

「包括侍祭？」

「包括每個人。」

「甚至包括默貝拉？她有侍祭投票權嗎？」

「我覺得那個時候她應該已經是聖母了。」

貝隆達驚得倒吸了口氣，然後說道：「妳的行動有些過快了，達爾！」

「現在這個時刻必須快。」

貝隆達朝餐廳門口掃了一眼：「塔瑪來了，比我想的還要晚點。我在想她們是不是把時間花在諮詢默貝拉了？」

塔瑪拉尼到了，她匆匆忙忙，邊喘著粗氣邊一下跌坐進她藍色的犬椅裡，她注意到椅子被重新調整了位置，然後說：「什阿娜一會兒就來，她在給默貝拉看紀錄。」

貝隆達對塔瑪拉尼說：「她要讓默貝拉去試香料之痛，還要召開正式評議會。」

「不算意外。」塔瑪拉尼用她一貫的精準說，「那個尊母的定位必須盡早解決。」

這時，什阿娜到了，她在歐德雷迪左邊的懸帶椅上坐了下來，邊坐邊說道：「妳們看到默貝拉走路的樣子了嗎？」

歐德雷迪被這個突然拋出的問題問倒了，這是個沒有前奏、開門見山的問題，她集中了注意力。默貝拉在戰艦內走路的模樣。這是今早才觀察到的。默貝拉的美麗讓人無法忽視，對其他貝尼．潔瑟睿德來說，不論是聖母還是侍祭都一樣，她有著異樣的美麗風情。她從危險的外部世界而來，來時就已經是成人。她還是她們中的一員。但是，引人不得不注意的是她的行動，她那種超越常人的體內動態平衡。

什阿娜的問題引導了觀察者的思維。她們已經接受默貝拉四處穿行，但現在需要重新審視她。怎麼回事？

默貝拉的行動永遠都是精心選擇的結果。從此到彼之間所有不必要的事，都被她排除在外。阻力最小的路徑？看到默貝拉會讓歐德雷迪感到些許刺痛。什阿娜當然看出來了。默貝拉會不會是那種面對選擇總會避重就輕的人？歐德雷迪在她的同伴們的臉上能看到她們心裡都有此疑問。

「香料之痛自會檢驗出來。」塔瑪拉尼說。

歐德雷迪直視著什阿娜：「如何？」畢竟，這個問題是她提出來的。

「也許她只是不願意浪費能量而已。但是我同意塔瑪的觀點：還要看香料之痛的結果如何。」

「我們是不是在鑄下大錯？」貝隆達問。

從她問話的方式，歐德雷迪能感覺到，貝爾用了一次晶算師模式。她看出了我的意圖！

「如果妳還有更好的路可走，現在就說出來。」歐德雷迪說。否則最好沉默是金。

幾個人都陷入了沉默。歐德雷迪依次打量她的同伴，盯著貝爾多看了一陣。

冥冥之中的眾神，不管祢是什麼神，請伸出祢的援手吧！我，作為貝尼．潔瑟睿德，一位不可知論者，只是希望顧及所有可能性才提出這個願望。不要說出來，貝爾。如果妳知道我要做的事，那妳肯定知道不能提前揭露這個計畫。

貝隆達的一聲咳嗽把歐德雷迪從沉思中拉了回來：「我們還要吃飯嗎？還是只說話？大家都在盯著我們看呢。」

「我們要不要再試試司凱特利？」什阿娜問道。

這是要分散我的注意力嗎？

貝隆達說：「對他什麼都不用做！他是備用方案，讓他自己在那裡冒冷汗。」

歐德雷迪仔細看了看貝隆達。歐德雷迪的祕密決定逼她只能保持沉默，為此她在暗暗氣惱，並且避免和什阿娜有眼神接觸。嫉妒！貝爾在嫉妒什阿娜！

塔瑪拉尼說：「我現在只是個顧問，不過——」

「停，塔瑪！」歐德雷迪打斷她。

「塔瑪和我一直在商量那個甦亡人的事，」貝隆達說（貝隆達要表達不屑的時候，艾德侯就成了「那個甦亡人」），「為什麼他非要覺得有必要和什阿娜祕密交談？」說完她嚴厲地看著什阿娜。

歐德雷迪能看出大家對此都心存疑慮。她不接受之前的解釋。她很排斥鄧肯的感情傾向嗎？

什阿娜語速飛快地說：「關於這個問題，大聖母已經解釋過了！」

「感情。」貝隆達對此嗤之以鼻。

歐德雷迪提高了聲音，對這種反應有點驚訝：「壓抑情感是一種缺陷！」

塔瑪拉尼凌亂的眉毛挑了起來。

什阿娜插嘴說：「如果我們不彎折，那就會斷裂。」

貝隆達還沒來得及回應，歐德雷迪說：「冰可以被鑿碎，也可以融化。冰若冰霜的女人恐怕承擔不了任何單一形式的攻擊，只會一擊即碎。」

「我餓了。」什阿娜說。

做和事佬？這可不像老鼠的習慣。

塔瑪拉尼站了起來：「法式魚湯。趁我們的大海還沒消失前，趕快把魚吃了。零熵貯存的空間可不太夠啊。」

在最輕微的意識並流中，歐德雷迪注意到她的同伴們離開去了自助區。塔瑪拉尼那略帶譴責之意的話讓她想起了些事情，那時她們決定讓大海逐步乾涸，做出決定後的第二天，她和什阿娜在一起。一大早歐德雷迪就站在什阿娜的窗前，她看到一隻海鳥在沙漠的背景下移動，朝著北面飛去，這是隻與當時的環境完全格格不入的生物，正因如此，十分容易引起人們的思鄉之情，也就顯得格外美麗。

牠白色的翅膀在晨光中微微閃著光芒，眼睛底下和前部都是黑色的。猛然間，牠開始盤旋起來，翅膀一動不動。接著氣流向上升起，牠像鷹一般收起了翅膀，急速俯衝而下，瞬間就消失在更遠的建築後，不見了蹤影。等到再看到牠的身影時，牠的嘴裡叼著什麼東西，一邊飛翔，一邊吞下獵物。

一隻適應著環境的孤單海鳥。

我們會適應，我們確實會適應。

這不是靜靜蟄伏的念頭，不是讓人心平氣和、昏昏欲睡的想法，而是種石破天驚的主意。歐德雷迪感覺自己在飄飄蕩蕩、危機四伏的航線上被震得渾身疼痛。不僅是她心愛的聖殿，就連整個人類宇宙都無法維持原狀，而是呈現出新的形式。也許在這個新宇宙中，什阿娜繼續隱藏些事情不讓統御大聖母知道是對的。*而她確實在隱藏什麼事。*

貝隆達尖酸的語調又一次把歐德雷迪從萬千思緒完全拉回到了周遭的環境中。「如果妳不打算自己動手，那我們就必須得照顧妳了。」貝隆達把一碗香氣四溢的燉魚放到歐德雷迪面前，旁邊還有一大塊大蒜麵包。

人人都嘗過了法式魚湯後，貝隆達放下湯匙，嚴厲地看著歐德雷迪：「妳不打算說點建議我們『彼此相愛』，或者諸如此類的虛弱無力的廢話嗎？」

「多謝妳為我盛魚湯。」歐德雷迪說。

什阿娜吞了口魚湯，一抹大大的微笑爬上她的臉龐：「真好喝。」

貝隆達又低頭喝起了魚湯：「還可以。」但是她聽出了後面沒說出口的評價。

塔瑪拉尼則穩穩地吃著，一會兒看看什阿娜，一會兒又看看貝隆達，最後還看了看歐德雷迪。對於她提出該減少對情感的否定，塔瑪似乎同意，至少她沒說任何反對的話，而年長的聖母是最有可能反對的。

貝尼．潔瑟睿德要否認的愛隨處可見，歐德雷迪想。不論大事小事，都是如此。有多少辦法可以準備美味可口、可以維持生命的食物，不管是新歡還是舊愛，這些食譜其實都代表著愛。這碗法式魚湯如此順暢地滑過她的舌頭，恢復她的精力，它的起源就深植於愛中：丈夫打魚歸來，沒法把所有的魚都賣掉，妻子便將剩下的漁獲做成美味的魚湯供家人享用。

貝尼．潔瑟睿德真正的精華就隱藏在愛中。否則為什麼要照顧那些人類一直承載著的未言明的需要？為什麼還要為人類的日臻完善而努力？

碗已經空了，貝隆達放下湯匙，用剩下的麵包沾起殘渣，放入嘴裡吞了下去，她看起來若有所思。「愛會讓我們變得軟弱。」她說，可她的聲音裡並沒什麼力量。

一位侍祭也可能說出完全一樣的話，這句話就出自終章。歐德雷迪忍住笑意，用另一句終章裡的基礎格言回了她：「對術語要謹慎，因為它往往掩蓋著無知，且所含知識甚少。」

貝隆達的眼裡流露出帶著敬意而小心翼翼的神情。

什阿娜推著桌緣往後靠，用餐巾擦了擦嘴。塔瑪拉尼也用這套動作結束了早餐。她身體向後靠，犬椅也隨著調整了角度，她的眼睛明亮又滿含笑意。

塔瑪知道！這個狡猾的老女巫仍然和我一樣睿智。但是什阿娜……什阿娜玩的是什麼把戲？我幾乎確定她是希望分散我的注意力，不讓我太注意她。她很擅長這麼做，畢竟她是從小跟著我習得這些技巧。嗯……兩個人可以玩這個遊戲。我壓制貝隆達，卻看著我那小小的沙丘流浪兒又在搞什麼鬼。

「體面靠什麼定價，貝爾？」歐德雷迪問。

貝隆達默默接受了這句揶揄之詞。隱藏在這句貝尼・潔瑟睿德術語內的是體面的定義，而她們都知道這點。

「我們應該為了潔西嘉女士的人性而緬懷她嗎？」歐德雷迪問。什阿娜很驚訝！

「潔西嘉使女修會處於危險之中！」貝隆達譴責道。

「對汝之姊妹，保持本真。」塔瑪拉尼嘟囔著。

「我們對體面的古老釋義會幫助我們保持人性。」歐德雷迪說。聽好了，什阿娜。

什阿娜的聲音只比耳語略高些，她說：「如果連人性也丟失了，那我們就失去了一切。」

歐德雷迪勉強壓抑住一聲嘆息。原來如此！

什阿娜迎著她的目光：「當然，您是在指導我們。」

「這是不安分的想法，」貝隆達嘟囔著，「我們最好避免有類似想法。」

「塔拉札管我們叫『現代版貝尼．潔瑟睿德』。」什阿娜說。

歐德雷迪陷入了自責中。

我們當前存在禍根。邪惡的猜想會摧毀我們。

狂暴的尊母變魔術般突然出現在她們的未來之中，瞪著橘色的眼睛虎視眈眈——這種事情多麼輕易就會發生啊。諸多過去衍生出的恐懼蟄伏在歐德雷迪內心深處，除了那些橘色光芒眼睛，還有那令人窒息的利齒伴隨著出現。

歐德雷迪強迫自己把注意力轉回到眼前的問題：「誰陪我去交叉點？」

她們知道多吉拉那飽受折磨的經歷，此事已經在聖殿內傳遍了。

「誰和大聖母一起去，誰就很可能會成了混合人的餐食。」

「塔瑪，」歐德雷迪說，「妳和多吉拉。」這可能是一紙死亡判決書。下一步顯而易見。「什阿娜，」歐德雷迪說，「妳和塔瑪分享記憶。多吉拉和我與貝爾分享。我去之前也要和妳分享。」

貝隆達嚇呆了：「大聖母！我不適合坐妳的位置。」

歐德雷迪把注意力放在什阿娜身上：「這不是建議。我只是要把妳當作我的其他生命的儲藏室。」什阿娜的臉上絕對是害怕的表情，但她不敢拒絕直接下達的命令。歐德雷迪對塔瑪拉尼點點頭：「我等一會兒分享。妳和什阿娜現在就做。」

塔瑪拉尼朝什阿娜靠過身子。她年事已高，死亡幾乎近在咫尺，因此很樂於做這件事，但什阿娜不自覺地躲開了。

「現在就做！」歐德雷迪說。讓塔瑪來判斷妳到底在藏著什麼。

這種情形已經避無可避。什阿娜只能低下頭慢慢靠近塔瑪拉尼，直到兩人的頭挨到了一起。瞬間的交換宛如電流，整個餐廳都感覺到了。人們不再閒談，每個人都望向窗邊的這張桌子。

什阿娜抽回身的時候，眼角掛上了淚滴。

塔瑪拉尼微笑著，雙手輕柔地撫摸什阿娜的臉頰：「沒關係，親愛的。我們都有這些恐懼，有時候也會因為這些恐懼做出愚蠢的事來。但是我很高興能叫妳姊妹。」

說出來，塔瑪！就趁現在！

塔瑪拉尼沒有選擇這麼做。她轉過臉面對歐德雷迪說：「必須不惜一切代價掌握我們的人性。妳說的我們都聽得很清楚，妳對什阿娜的傳授也做得很好。」

「什阿娜和妳分享的時候，達爾，」貝隆達開始說，「妳能不能不要減弱她對艾德侯的影響？」

「我不會讓一位潛在的大聖母變弱的，」歐德雷迪說，「謝謝妳，塔瑪。我覺得我們這趟交叉點的冒險之旅無須再帶額外的行李了。好了！午夜之前我想要一份關於特格進展的報告。他的水蛭離開他太久了。」

「他會知道現在他有兩條水蛭了嗎？」什阿娜問道。她顯得如此高興！

歐德雷迪站了起來。

既然塔瑪接受她，那麼我也必須接受。塔瑪永遠都不會背叛我們的女修會。而什阿娜——在我們所有人當中，什阿娜是最能從我們的人類根源中揭示我們的自然特性的。儘管如此……我還是希望她從沒創造出那尊她稱為〈虛無〉的雕塑。

35

必須將宗教視為能量來源。它是可以被引導從而為我們所用的，但僅限於經驗所揭示的範圍之內。這就是自由意志的祕密含意。

——護使團，初級教學

• • •

今早，一大片厚重的烏雲在中樞上空緩緩移動，歐德雷迪的工作室內一片陰鬱的沉默氣氛，她覺得自己以內在的寧靜回應著這沉默，就好像她動也不敢動一下，生怕會擾動某種危險的力量一樣。

默貝拉的試痛之日，她想。我不能主動去想任何徵兆。

氣象部發布了確定無疑的烏雲警告。這些烏雲是「意外布置錯誤」造成的。已經採取了補救措施，但到生效還需要點時間。在那之前，預計將有強風，還可能會伴有雨雪。

什阿娜和塔瑪拉尼站在窗邊看著控制不佳的天氣，她們的肩膀互相挨著。

歐德雷迪從桌後的椅子望著她們倆。這兩個人自從昨天的分享之後就彷彿變成了一個人一樣，這情況並非出乎意料。雖然數量不多，但還是有類似的先例。交換記憶，在有毒的香料精華作用時或是實際死亡時刻實施，通常都不容許兩個參與人繼續在生活中接觸。觀察她們很有意思，兩個倔強的背影很奇怪地竟然有些相像。

臨終的力量促成分享，而這種力量帶來了性格上的強大變化，歐德雷迪對此有切身了解，因而能寬容以待。不管什阿娜在隱藏著什麼，塔瑪都沒打算要宣揚出來。這是與什阿娜最基本的人性所糾結在一起的東西。而塔瑪是可以信任的。直到另一個聖母和她們中的任何一人分享之前，必須先接受塔瑪的判斷。監察員還是會繼續刺探和觀察日常細微之處，只是她們現在絕不需要新的危機了。

「這是默貝拉的大日子。」歐德雷迪說。

「她活不下來的機率很高，」貝隆達說，她坐在她的犬椅上，身體往前傾，「如果她真的失敗，我們的寶貝計畫該怎麼辦？」

我們的計畫！

「臨終。」歐德雷迪說。

在這種語境下，這個詞有幾層含意。貝隆達把它解讀為在默貝拉瀕死時，獲取其人格記憶的一種可能性。「那我們一定不能允許艾德侯在旁邊觀察！」

「我的命令仍然有效，」歐德雷迪說，「這是默貝拉的願望，我也承諾過她。」

「錯誤……錯誤啊……」貝隆達嘟囔著。

歐德雷迪知道貝隆達懷疑的源頭。對她們所有人來說，這都顯而易見：默貝拉的心裡有著極端痛苦的地方，使得她在面對特定問題時，就像是面對掠食動物的獵物一般，避之唯恐不及。不管她心裡埋著的是什麼，都埋藏得很深。催眠狀態誘發也許無法解釋這一點。

「好吧！」歐德雷迪的聲音很大，這是在強調接下來的話需要所有人都注意聽，「我們以前從來沒這麼做過。但是我們不能把鄧肯帶離戰艦，所以我們必須去他那裡。他會在現場。」

貝隆達仍然處於極度震驚狀態。除了那該死的奎薩茲·哈德拉赫本人和他的暴君兒子，從來沒有男人知道這個貝尼・潔瑟睿德祕密的具體細節。那兩個怪物都感受過香料之痛。兩場災難！暴君的香料之痛自行發展，每次作用於一個細胞，最終將他轉化成了一個人蟲共生體（不再有原本的沙蟲，不再是原本的人類）。還有摩阿迪巴！他大膽嘗試了香料之痛，看看帶來了什麼後果！

什阿娜從窗前轉過身，朝桌子走了一步，歐德雷迪有種奇妙的感覺，似乎這兩個站在那裡的女人已經變成了雙面門神雅努斯的雕像一般：背對背，但是只有一個人格。

「您的承諾讓貝爾很困惑。」什阿娜說。她的嗓音多麼溫柔。

「他可以做默貝拉的催化劑，幫她度過難關，」歐德雷迪說，「妳們容易輕視愛的力量。」

「不！」塔瑪拉尼面對著窗戶說，「我們是害怕愛的力量。」

「有可能！」貝爾還是一副輕蔑的神情，這對她來說再自然不過。她臉上的表情說明她還是執拗地保持著頑固的姿態。

「傲慢。」什阿娜喃喃道。

「什麼？」貝隆達在她的犬椅上轉了過來，壓得椅子似乎憤憤不平般地咯吱作響。

「我們和司凱特利有同樣的弱點。」什阿娜說。

「哦？」貝隆達覬覦著什阿娜的祕密。

「我們以為自己在創造歷史。」什阿娜說。她回到了塔瑪拉尼身旁自己的位置上，兩個人都望著窗外。

貝隆達把注意力轉回歐德雷迪身上：「妳能理解嗎？」

歐德雷迪沒理她。讓這個晶算師自己琢磨好了。工作檯上的投影儀咔嗒一聲，一條訊息顯現出來。歐德雷迪讀了出來：「艦上還沒準備好。」她看向窗前那兩個挺直的背影。

歷史？

在聖殿，尊母還沒出現之前，能讓歐德雷迪樂於認作是創造歷史的事務不多。只有一個又一個聖母通過香料之痛，平穩畢業。

彷彿一條河流。

流淌著，去往別處。你可以站在岸邊（歐德雷迪有時候覺得她們在這裡就是在做這件事）觀察它的流動。一張地圖可能告訴你河流的流向，可沒什麼地圖能顯示更基本的元素。地圖永遠也無法顯示這條河流上貨物的詳細動向。它們去了哪裡？地圖在這個時代價值有限。只是一張列印出來或是從檔案部中獲得的投影而已，那不是她們需要的地圖。在哪裡一定還有張更好的，一張與所有生命都相關的地圖。你可以把那張地圖裝進你的記憶裡，偶爾再拿出來仔細看看。

我們去年派出去的聖母派潤提發生了什麼事？

頭腦中的地圖就會接管這個想法，並創造出一幅「派潤提景象」。當然，事實上河上只有你自己，但這沒什麼區別。它還是她們需要的那幅地圖。

我們不喜歡出現在別人的水流中，因為我們不知道下一個彎道可能會出現什麼。即便要待在任何管控位置就必須與其他水流保持接觸，我們仍然總是更青睞在高空掠過。畢竟，每條水流中都有不可預知的東西。

歐德雷迪抬起頭，看到她的三個夥伴正望著她。塔瑪拉尼和什阿娜已經轉過身，背對著窗。

「尊母忘了墨守成規很危險，」歐德雷迪說，「我們是不是也忘了這點？」

她們還是望著她，而她們都聽到了。太過於保守，面對意外來臨時就會毫無準備。那正是摩阿迪巴教給她們的，他的暴君兒子更加讓這個教訓永生難忘。

貝隆達悶悶不樂的表情沒什麼變化。

在歐德雷迪意識的幽深處，塔拉札低語：「小心，達爾。我很幸運，很快便抓住了優勢，就像妳一樣。但妳不能全靠運氣，這是困擾她們的問題。甚至根本不要去期望有運氣相助。要把運氣當作是水中花。讓貝爾說出她的想法。」

「貝爾，」歐德雷迪說，「我還以為妳接受鄧肯了。」

「有限度的接受。」這絕對是譴責的口吻。

「我覺得我們應該動身去戰艦那邊了。」什阿娜的語氣中強調著事情有多迫切，「總不能在這裡等著吧。我們害怕她會變成什麼模樣嗎？」

塔瑪和什阿娜同時朝門口轉過身去，就好像是同一位木偶師在掌控她們身上的牽線。

歐德雷迪感覺什阿娜打斷得正是時候。她的問題提醒了大家。默貝拉可能會變成什麼？一個催化劑，我的姊妹們，一個催化劑。

她們離開中樞的時候，狂風迎面撲來，歐德雷迪難得一次對管道運輸系統心懷感激。要步行可以等到氣溫更暖和一點的時候，而且沒有氣勢洶洶的迷你風暴扯起她們的長袍。

她們在一輛私人用車裡坐下後，貝隆達又一次開始了她不厭其煩的譴責演說：「他做的每件事都可能是種掩飾。」

又一次，歐德雷迪說出了那套貝尼．潔瑟睿德亙古不變的的意見，關於減少對晶算師依賴的警告：「邏輯是盲目的，它往往只知道自己的過去。」

沒想到這次竟然得到了塔瑪拉尼的支持，她插嘴說：「妳快成偏執狂了，貝爾！」

什阿娜語聲更加輕柔：「我聽妳說過，貝爾，邏輯對下金字塔棋很有用，但對生存所需來說往往太慢。」

貝隆達坐在那裡，雙眼圓睜，一言不發，只有她們乘坐的管道車廂偶爾發出的微弱嘶嘶聲打破寂靜。

千萬不能把嫌隙帶到艦上去。

歐德雷迪用和什阿娜類似的語調說：「貝爾，親愛的貝爾。我們沒時間把所有困境中那些複雜難料的結果都考慮完畢，我們沒法再說這樣的話：『如果發生了這件事，那件事一定會跟著來，這種情況下，我們必須如此行動，再這樣，然後……』」

貝隆達真的輕聲笑了起來：「哎，天哪！我的普通思維真是一團亂麻。我千萬不能要求我們都需要卻得不到的東西——那就是足夠做好每個計畫的時間。」

這是貝隆達的晶算師模式，她是在告訴她們她知道自己那顆普通大腦慣於驕傲，因此並不完美。甚至可以說它根本是組織不合理，雜亂無章。想想非晶算師得忍受什麼，只能強制施加這麼一點點秩序。她伸手越過走道，拍了拍歐德雷迪的肩膀。

「放心，達爾。我會管好自己的。」

看到這一幕交流，外人會怎麼看？歐德雷迪不禁想。四個人同心協力，為一位姊妹共同努力。

人們只看到了聖母們戴上的這副面具表面。

也是為了默貝拉的香料之痛。

如有必要（這些日子以來，多數情況下都很有必要）我們會以驚人的本領去行事。這並非自誇，只是一個簡單的事實而已。但是讓我們放鬆一下吧，我們也和普通人一樣會在情緒的邊緣聽到些莫名其妙的話，只是我們聽到的音量會更大。我們和任何其他人一樣生活在很小的範圍內，只有頭腦的空間與身體的空間。

貝隆達讓自己鎮定下來，雙手緊握放在大腿上。她知道歐德雷迪的打算，並沒說出去。這是種信任，這種信任超過晶算師預測，進入人更基本的層次。預測是件極其萬能的工具，但不管怎樣也只是件工具。最終，所有工具都要依靠使用的那個人。歐德雷迪一時茫然失措，不知該如何才能既表達她的感激，又不會削弱彼此的信任。

我只能默默走在那條鋼索上。

她感覺到了身下的深淵，那噩夢般的景象被這些思慮猛然引了出來，魔術般憑空出現。那個看不見的獵人手裡拎著斧頭，愈來愈近了。歐德雷迪想轉身辨認一下是誰在跟著她，但她忍住了這種衝動。我不會重蹈摩阿迪巴的覆轍！她在沙丘星上泰布穴地的廢墟中發現的預測警告不會自行消散，直到她或女修會的終結來臨。是我的恐懼創造了這個可怕的威脅？肯定不是！儘管如此，她還是感覺自己在那座古弗瑞曼堡壘中盯著時間，彷彿所有的過去和未來都變成了無法改變的靜態畫面。我必須徹底掙脫你，摩阿迪巴！

她們抵達了降落平臺，這把她從那些恐怖的冥想中拉了回來。

默貝拉在督察們準備好的房間內等待。場地中心是片小型的圓形場地，閉合的環形牆大概七公尺長。長凳依次向上排列，角度很陡，凳子上鋪著墊子，為觀測者提供了不超過二十個座位。默貝拉在最低一級的長凳上看著一張懸浮桌，督察們帶她過去後，未多加解釋就離開了。桌子兩邊有垂著的帶子用來固定躺在上面的人。

就是我。

這一系列房間令人震驚，她想。她以前從未被允許進入無現星艦的這部分區域。在這裡，她有種毫無遮攔、徹底暴露的感覺，比待在開闊的天空下更甚。她們帶她來這片圓形區域時穿過了一些更小的房間，它們顯然是為了醫療急救而專門設計的：有復甦設備，散發著清潔劑和防腐劑的味道。

她是被強制帶來這裡的，命令不容置疑，她的問題卻一個都沒得到回答。當時她正在上高級侍祭課，做著普拉那－並度訓練，督察們突然現身，把她帶到了這裡。她們只說：「這是大聖母的命令。」

從她的護衛督察級別上，她已經了解了大概。動作輕緩而堅決。她們是來防止她逃跑，確保她確實按命令抵達的。我不會逃跑的！

鄧肯在哪裡？

歐德雷迪答應過她，她接受香料之痛考驗時，會讓鄧肯陪著她。既然鄧肯不在，是不是意謂這不是她的終極測試？還是她們把他藏在了什麼隱密牆堵後面，讓他能看到裡面，卻無法被裡面的人看見？

我想讓他陪在我身邊！

她們難道不知道如何掌控她嗎？她們當然知道！

威脅要把我從這個男人身邊分開，這一點就足以壓制我或者滿足我。滿足，多無用的一個詞！「讓我完整」呢，好多了。和他分開，我就不再完整。他也知道，這個臭小子。

默貝拉笑了。他怎麼會知道？因為他也一樣，唯有如此才能完整。

這怎麼會是愛？欲望侵襲，但她沒感覺到自己變弱。貝尼．潔瑟睿德和尊母都一樣，她們說愛會讓人變軟弱，但她只覺得鄧肯讓她更有力量，哪怕是他小小的關注都讓她覺得更有勁了。清晨，他會為她端來一杯冒著熱氣的提神茶，經過了他的手，茶都變得更香甜。也許我們已經超越了愛情。

歐德雷迪和同伴步入圓形場地，走到最高階後站了一會兒，俯視坐在下方的身影。默貝拉穿著滾白邊的高級侍祭長袍，她坐在那裡，手肘放在膝蓋上，拳頭支著下巴，注意力集中在桌子上。

她知道。

「鄧肯在哪裡？」歐德雷迪問。

話音剛落，默貝拉站起來轉身。這個問題證實了她剛才的懷疑。

「我去確認。」什阿娜說著走了出去。

默貝拉默默等待，毫不忌諱地回視著歐德雷迪。

我們必須擁有她。歐德雷迪想。貝尼．潔瑟睿德從未像現在這樣需要變強過。下方默貝拉的身影看起來似乎渺小得無足輕重，可誰又知道她將親身承受多大的重任。她的臉接近橢圓形，向上到額頭處稍寬，顯示出新的貝尼．潔瑟睿德式的沉著、鎮定。眉毛呈弓形，一雙綠色的眼睛分得很開，沒有瞇起，也不再呈橘色。小小的嘴也不再噘著。

她已經準備好了。

什阿娜回來了，鄧肯就跟在她身邊。

歐德雷迪迅速向他瞥了一眼。他神情緊張。這麼說什阿娜一定已經告訴他了。很好。這是友好的表示。在這裡他也許需要朋友。

「你坐這裡，我不叫你的話，就好好待著，」歐德雷迪說，「什阿娜，妳和他一起待在這。」無須吩咐，塔瑪拉尼便站在鄧肯身旁，她們一人一邊。什阿娜輕輕比了個手勢，他們便一起坐下了。

貝隆達跟在歐德雷迪身旁，兩個人一起走下默貝拉所在之處，然後朝桌子走去。遠端口腔注射器已經準備好，升到了所需位置，但目前還是空的。歐德雷迪對著注射器做了個手勢，然後對貝隆達點點頭，貝隆達便從邊門出去找負責香料精華的蘇克聖母。

歐德雷迪把桌子從靠著的牆前移開，開始布置懸帶，調整墊子。一切都有條不紊，她確認桌下架子上的物品都齊備了，其中有防止接受試煉之人咬舌的口塞。歐德雷迪試了試，確保設備足夠結實。默貝拉下頷十分有力。

默貝拉看著歐德雷迪布置一切，保持沉默，盡量不發出任何聲音以免打擾她。

貝隆達帶著香料精華回來了，她走到一邊去裝填注射器。有毒的精華帶著一種刺激性氣味——肉桂的苦澀味道。

默貝拉向歐德雷迪致意後說：「您親自來監督這件事，我很感激。」

「她很感激！」貝隆達邊埋頭手邊的工作，邊嗤笑著說。

「這事交給我，貝爾。」歐德雷迪持續把注意力放在默貝拉身上。

貝隆達手沒停，但從動作上也能看出來她硬生生吞回了還沒說出口的話。她在極力控制自己，保持低調？侍祭們總在統御大聖母面前低眉順眼，假裝自己不存在，這總是會讓默貝拉十分震驚。她們在場，但也不在場。縱使默貝拉已經結束了觀察期，獲得高級侍祭的身分，仍然沒能學會真正做到這點。貝隆達也這樣？

歐德雷迪嚴厲地看著默貝拉說：「我知道妳心裡有很多自己的想法，使妳對我們的獻身和投入程度也有所保留。很好。我不會對此擅加評論，因為大致上來說，妳的有所保留和我們任何人所做的保留並沒什麼太大區別。」

坦率。

「如果妳想知道的話，我可以告訴妳，區別就在責任感。我對我的女修會有責任……只要它還存在，我就身負不可推卸的責任。這些責任十分重大，有時候我會用帶有偏見的眼光看待它。」

貝隆達吸了吸氣。

歐德雷迪似乎沒太在意，她自顧自接著說：「暴君時代之後的貝尼・潔瑟睿德女修會不知為什麼有點變調了，與妳們尊母的接觸也實在沒產生多少積極的改善作用。尊母身上似乎有種死亡的惡臭與頹廢，而且還在向下沉淪，直至一片死寂。」

「您為什麼現在和我說這些？」默貝拉的聲音裡透著恐懼。

「因為，不知道為什麼，尊母脾性中最糟糕的那種頹廢似乎並未沾染到妳。也許是源於妳自發的天性。不過，離開伽穆後，這種天性被削弱了一點。」

「那是妳們造成的！」

「我們只是把妳的狂野取走了一點，讓妳更能平衡些。這樣妳才能活得更長久、更健康。」

「我首先得先活過這場試煉！」她朝著身後的桌子歪了歪頭。

「我希望妳能記住平衡，默貝拉。體內平衡。明明有其他選擇，有些人卻還是因為瘋狂作祟而選擇自殺。她們的體內平衡失控了。」

默貝拉看向地面的時候，貝隆達厲聲說：「仔細聽好，妳這個傻瓜！她在盡全力幫妳。」

「好了，貝爾。我倆自己解決就行。」

默貝拉還是繼續盯著地板，歐德雷迪說：「現在是大聖母在對妳下命令。看著我！」

默貝拉猛地抬起頭，雙眼直視歐德雷迪的眼睛。

這個技巧歐德雷迪並不常用，但通常效果非常好。侍祭可能會因此被震懾得情緒激動，然後就可以教她們如何處理情感的過度反應。與恐懼相比，默貝拉似乎更像是被激怒了。非常好！現在到了需要小心謹慎的時候。

「妳抱怨說妳的課程進度太慢了，」歐德雷迪說，「妳的教育一直是按照我們認為最符合妳需要的進度進行的。我們為妳選的關鍵老師都是穩重型的，沒有一人是衝動型。我的指示很明確：『不要一下子給妳太多能力，不要一下打開能力的閘門，那種洪水般的力量也許不是妳能控制的。』」

「妳怎麼知道我能控制多少？」她仍然怒氣沖沖。

歐德雷迪只是笑了笑。

歐德雷迪一直不說話，默貝拉卻顯得慌了。她是不是在大聖母面前出醜了？何況一旁還有鄧肯和其他人。太丟臉了。

歐德雷迪提醒自己，讓默貝拉過於關注自己的弱點並不好，對於現在的情況來說將是個糟糕的策略，沒必要激怒她。她的感覺敏銳、準確，能將自己融入當時情況所需的狀態中。她們擔心，這可能源於驅動她的那種動機：她總是選擇阻力最小的那條路。不能這樣。現在就讓她徹底坦誠！這是貝尼．潔瑟睿德教育的終極工具，是將侍祭和老師凝聚在一起的經典技巧。

「我會陪妳一起度過香料之痛。如果妳失敗了，我會很悲痛。」

「鄧肯呢？」她眼裡有淚光閃爍。

「如果有他能幫上忙的，我一定會允許他幫助妳。」

默貝拉抬頭看向那一排排座位，有那麼一小段時間，她的目光鎖定了艾德侯的雙眼。他微微起身，但塔瑪拉尼將手放在他肩膀上制止他。

她們也許會害死我的摯愛！艾德侯想。我難道必須坐在這裡眼睜睜看著一切發生？但歐德雷迪剛才已經說過允許他提供幫助。現在已經無法再阻止這件事，我必須信任達爾。可是，眾神在下！她不知道我的悲痛有多深，如果……如果……他閉上了眼睛。

「貝爾。」歐德雷迪的聲音裡有種決絕，彷彿刀刃般鋒利又脆弱。

貝隆達拉著默貝拉的手臂，扶她上了桌子。桌子輕輕晃動，適應著她的重量。

這是真正的墜落之路。默貝拉想。

她只是稍稍感到似乎有人在她身上繫上了帶子，四周也有人在活動，在有目的地做著什麼。

「這是慣例做法。」歐德雷迪說。

慣例？默貝拉討厭成為貝尼・潔瑟睿德途中所必須經歷的這些慣例，所有那些學習、聽講、對督察的回應等等。她尤其厭惡必須改變她認為已算是適當的反應，但在那些眼睛的注視下是不可能逃脫這些限制的。

適當！多麼危險的詞。

這種認知正是她們所尋求的目標，正是她們的侍祭需要擁有的能力。

如果妳感到厭惡，那就做得更好。把妳的厭惡當作指引；精準定位出妳所需要的，然後以它為導向。

她的老師們如此直接地看穿她的行為，真是了不起！她也想要這種能力。哦，她太想要了！

我得精通這門技巧。

這是任何尊母都可能會嫉妒的事情。她突然以雙倍視野看著自己：貝尼・潔瑟睿德的眼光和尊母的，形成一種令人膽寒的洞察力。

有一隻手觸碰她的臉頰，動了動她的頭，然後鬆手離開了。

責任。我就要學習她們說的「一種新的歷史感」。

貝尼・潔瑟睿德的歷史觀讓她著迷。她們怎麼看到多重過去的？是沉浸在更宏大的計畫裡的某種事物嗎？想要成為她們中一員的誘惑力充滿了全身。

這就是我學習的時刻。

她看到一個口腔注射器在她的嘴部上方就位，貝隆達的手掌控著它。

「我們的聖杯就在我們的頭腦之中。」歐德雷迪說過，「如果它傳到妳手中，要小心對待它。」

注射器碰到了她的唇。默貝拉閉上雙眼，感覺到有手指打開了她的嘴。冰冷的金屬觸碰到她的牙齒，記憶中歐德雷迪的聲音響起。

避免過度。矯枉過正，妳就會永遠面對一團糟的狀況，會總是覺得有必要去糾正一下，再糾正一下。妳會搖擺不定。極端狂熱往往會造成搖擺不定。

「我們的聖杯具有線性的特性，因為每個聖母都抱持著同樣的決心。我們要一同讓它永久傳下去。」

苦澀的液體湧進她的嘴裡，默貝拉痙攣著吞嚥入喉。她感到有股火焰從喉嚨直燒到胃裡，除了燒灼感沒有痛苦。她在想這是不是就是極限了，現在她的胃只感覺溫暖而已。

慢慢地，如此緩慢，以至於過了幾秒鐘她才意識到，這種溫暖在向外流動。到達她的指尖時，她感到全身開始痙攣。在鋪了墊子的桌子上，她的背劇烈拱起。有什麼柔軟卻結實的東西取代了嘴裡的注射器。

聲音。她聽到了，也知道人們在說話，但分辨不出是什麼內容。

她集中注意力仔細聽著各種聲音，這時，她意識到她失去了與身體的聯繫。在某個地方，她的身體在扭動翻滾著，伴隨著痛苦，但她毫無感覺。

一隻手碰到了另一隻手，然後緊緊地握住。她認出了鄧肯的觸碰，接著突然感受到了她的身體和痛苦。伴隨著每次大口的呼氣，她的肺都痛苦萬分。吸氣的時候卻沒有這種感覺。然後她的肺似乎變得扁平，再也不能充分鼓起了。她在肉體內的存在感變成了一條細線，這條線曲折穿行過許多人，她能感覺到周圍的其他人，有太多的人，多到這間小小的環形場地根本無法容納。

另一個人類飄進視野。默貝拉感覺自己在一艘工廠航艦內……在太空中。航艦很原始，有太多的手動操控裝置，還有太多閃閃發光的指示燈。一個女人在操控著，她身材嬌小，身上浸著汗漬，顯得不太整潔。一頭長長的棕髮束成髮髻，更淺色的縷縷髮絲從髮髻中逸出，垂在她窄窄的臉頰上。她只穿著一件衣服，是一件紅、藍、綠相間的鮮豔短連身裙。

機械。

她能意識到就在眼前的空間之外，還存在著巨大的機械。這個女人的衣著與機械單調枯燥的氛圍形成了鮮明對比。她在說話，嘴唇卻沒有移動。「妳聽好！到妳接管這些控制裝置的時候，別搞砸了。我是來幫妳避免毀掉一切的，知道嗎？」

默貝拉想要說話，但是發不出聲音。

「別這麼用力，孩子！」女人說，「我聽得到。」

默貝拉想要把注意力從這個女人的身上移開。

這是什麼地方？

一個操作員、一間巨大的倉庫……工廠……一切都是自動化的……各種連線交織在一起變成了一張大網，集中到這片操縱複雜的小小空間。

默貝拉想要低語，她張嘴問道：「妳是誰？」結果卻聽到自己在咆哮，震得她的耳朵發疼！

「別這麼大聲！我是妳的默赫拉忒嚮導，是幫妳避開毀滅力量的人。」

杜爾保佑！默貝拉想。這不是什麼地方，這裡就是我自己！

想到這裡，控制室消失了。她變成了虛空中的來客，被迫永不得安寧，一秒都得不到庇護。除了她自己飛速進行的思緒，一切都變成了非物質。她沒有實質，只有一縷固執，她認出那是她的意識。

我用迷霧構建了自己。

他者記憶來臨，一點點、一片片的經歷，她知道那不是她自己的經歷。一張張臉對她獰笑著，讓她不得不注意，但是航艦控制室內的女人把她拽到了一邊。默貝拉知道有必要按一致性把這些片段排列起來，但是做不到。

「這些是妳過去的生活。」航艦控制室內的女人在說話，但她的聲音恍如畫外音一般很遙遠，只聞其聲，不見其人。

「我們是犯下惡行之人的後裔，」女人說道，「我們不願意承認在自己的先祖中存在著野蠻人。但一個聖母必須承認這一點，我們別無選擇。」

默貝拉就有種技能，可以只思考她目前遇到的問題。為什麼我必須……

「勝利者才有資格繁衍，我們是他們的後裔。勝利經常需要付出極大的道德代價才能獲得。野蠻甚至根本無法形容我們的祖先所做過的一些事。」

默貝拉感到一隻熟悉的手撫摸著她的臉頰。鄧肯！這撫摸重新帶來了痛楚。哦，鄧肯！你把我弄疼了。

透過疼痛，她感受到了展示在她面前這些生命的間隙，那些拒絕向她展示的東西。

「目前還只是妳有能力接受的，」那遙不可及的聲音又說，「其他的等妳更強一點才會出現……如果妳能活下來的話。」

選擇性篩選。歐德雷迪的話。必要性會敞開大門。

連續不斷的哭號聲從其他那些若有若無的存在傳來。悲嘆：「看見了嗎？看見忽視常理會發生什麼了沒有？」

痛苦加深了，她無法逃避。每一絲神經都在火焰上炙烤著。她想哭，想尖叫著喊出威脅性的話，想哀求得到幫助。震顫的情感伴隨著痛楚，但她顧不上了。一切都沿著一線存在感發生。這條線可能會斷！

我要死了。

存在感的細線在逐漸拉長。就要斷了！抵抗是毫無希望的，肌肉並不聽從命令。也許她已經根本沒有肌肉了，反正她也不想要這些東西，因為那都是痛苦。這就是地獄，永無止境……即使這條線斷掉，痛苦依然會繼續。火焰沿著這條線在燃燒，舔舐著她的意識。

一雙手在搖晃她的肩膀。鄧肯……別。每一次動作都帶來難以想像的疼痛。稱為香料之痛真是名副其實。

這條線不再拉長，正在向內回收，在縮小。它變成了一個小東西，一段如此敏感的疼痛，似乎其他任何事都不存在，唯有痛苦填滿她的世界。她的自我感覺開始變得模糊，透明……愈來愈透明。

「妳能看見嗎？」默赫拉忒嚮導的聲音從遙遠的地方傳來。

我看見了一些東西。

說看見並不確切。那是種很遙遠的感覺，她能意識到其他的存在，其他片段，封存在失去生命的皮囊內的他者記憶。它們在她身後連成一片，向遠方延伸，她無法判斷有多長。還有半透明的霧。霧氣偶爾彷彿被撕裂一般散開一些，她就能瞥見各種事件。不……不是事件本身。是記憶。

「這是共有的視野，」她的嚮導說，「妳看見我們的先祖做了什麼。他們敗壞聲譽，犯下妳能想到的最嚴重的罪行。不要說什麼時勢使然，那只是藉口！只須記住：世上沒有無辜的人！」

醜惡！醜惡！

她什麼也抓不住，一切都變成了映射和撕裂的濃霧。她知道有什麼地方藏著她也許能獲得的榮耀。

那裡沒有這種痛苦。

就是這樣。那會是何等榮耀！

那榮耀在哪裡？

有嘴唇在觸碰她的額頭，她的嘴。鄧肯！她伸出手。我的手自由了。她的手指滑進了記憶中的頭髮。這是真的！

痛苦逐漸消退。這時她才意識到她熬過的痛苦是語言無法形容的。痛苦？它灼燒靈魂，將她重塑。進去時的那人，出來時已變成另一個人。

鄧肯！她睜開眼，映入眼簾的正是鄧肯的臉，就在上方。我還愛他嗎？他在這裡，他是我在最黑暗時刻的明燈。但是我愛他嗎？我還保持著平衡嗎？

沒有答案。

歐德雷迪在視線之外的某個地方說：「把她身上那些衣服脫掉。拿毛巾來，她全身都溼透了。再給她拿件合適的長袍來！」

有人碎步疾跑的聲音響起，然後歐德雷迪又說道：「默貝拉，很高興告訴妳，雖然這一切很折磨人，但妳成功了。」

她的聲音裡透著興高采烈的情緒。她為什麼這麼高興？

責任感在哪裡？應該在我的頭腦裡感覺到的聖杯在哪裡？回答我，誰都行！

但是航艦控制室裡的女人已經消失了。

只剩我一個人了。我記得那連尊母都可能害怕的殘暴。這時她短暫地瞥見了聖杯，它不是一件東西，而是一個問題：如何正確地在各種選擇中保持平衡？

36

守護家宅的神祇就是我們代代相傳的事物：祂等同於我們在人們成熟之後要傳遞的他們訊息。與家庭女神最接近的，就是沒能升格聖母的女修——待在自己小壁龕裡的綺諾伊。

——達爾維·歐德雷迪

• • •

艾德侯把他的晶算師能力當作是種退路。只要在他們的職責允許範圍內，默貝拉會盡可能多和他待在一起——他負責武器開發，而她在適應新身分的同時也需要恢復力量。

她沒有對他撒謊。她沒有試圖告訴他，她對他們之間的感覺並未改變。但他還是感覺到了那種疏離感，他們之間的紐帶還在，但已經被拉伸到了極限。

「我的姊妹們學到的是不要洩漏心底的祕密。她們看到了愛所帶來的危險，親密關係裡危機四伏，最深沉的敏感性被鈍化。不要給別人能用來毆打你的棍子。」

她以為這些話會帶給他安慰，但他聽出了她潛在的觀點。自由！不要被糾葛的情網捆綁住！

這些日子以來，他經常能看到她處於他者記憶所帶來的困境中。晚上她會不自覺地說夢話。

「依賴……群體精神……現世意識交會……魚言士……」

她毫不猶豫地和他分享過其中的一部分。「交會？生命中會有自然產生的間歇休止符，任何人都能感覺到其中的連接點。死亡、走上人生的岔路、影響重大的事件中那些意外的暫停、出生……」

「出生算是休止符？」

他們在他的床上，連時鐘投影都調暗了……當然，這阻擋不了攝影機的窺視。女修會總是對其他能量形式充滿好奇。

「你從來也沒把出生看作是種中斷？聖母會覺得你這種想法很好笑。」

好笑！遠離……遠離……

魚言士，那是貝尼·潔瑟睿德吸收到的啟示，她們對此很著迷。她們懷疑過，但默貝拉提供了佐證。魚言士的民主政體變成了尊母的獨裁專制，無須再懷疑了。

「少數人的暴政隱藏在多數人政權的面具下，」歐德雷迪這樣說，她的聲音中有些幸災樂禍的意味，「這是民主的墮落。或者會被它自己的過度行為所推翻，或者被官僚主義所逐步吞噬。」

艾德侯能在這個論斷中聽出暴君的論調。如果歷史會重蹈覆轍，這就是其中一種模式。恍如鼓點般密集的重複。首先，行政機關的法規用謊言掩飾自己，謊稱它是糾正過度煽動以及分贓制度的唯一辦法，接著權力卻在選民們無法觸及的地方積聚起來，最後貴族階層便出現了。

「貝尼·潔瑟睿德也許是古往今來唯一創造出全能陪審團的一群人，」默貝拉說，「法學家不太喜歡陪審團，陪審團與法律對抗，他們可以忽視法官。」

她在黑暗中笑了起來：「證據！證據不就只是那些你獲准發掘的事物嗎？那正是法律要控制的東西：精心控制的現實。」

她說這些話是為了分散他的注意力，是要展示她新獲得的貝尼·潔瑟睿德力量。而她的情話已經變得乾癟無味。

她是憑印象說出那些情話的。

他能看出歐德雷迪也深受困擾，就如同他的沮喪失望一樣。默貝拉完全沒有注意到他們的反應。

歐德雷迪試著安慰他：「每個新聖母都要經歷一段調適期，她們會不時變得十分躁動。鄧肯，想想吧，人處在新世界裡會什麼樣！」

我怎麼能不去想這件事呢？

「官僚主義的第一法則。」默貝拉對著黑暗說。

妳沒能分散我的注意力，我的愛人。

「用盡手頭的能量去成長！」她的聲音確實躁動異常，「使用那個彌天大謊，說稅收能解決所有問題。」她在床上翻身面對他，但不是因為愛，「尊母一直在奉行整套慣例常規！甚至利用社會安全體制讓大眾噤聲，但一切最終都會進入她們自己的能量庫。」

「默貝拉！」

「怎麼了？」他聲音中的尖銳讓她很驚訝。他難道不知道他是在和一位聖母說話嗎？

「默貝拉，這些我都知道。任何晶算師都知道。」

「你這是在叫我閉嘴嗎？」她生氣了。

「我們的工作是站在敵人的角度去思考，」他說，「我們確實有一個共同的敵人吧？」

「你在嘲笑我，鄧肯。」

「妳的眼睛變橘色了嗎？」

「美藍極不允許那樣，你知道的……哦。」

「貝尼．潔瑟睿德需要妳的知識，但妳必須認真『培養』！」他打開一盞燈球，發現她正怒氣沖沖地盯著他。這並不意外，也並不是貝尼．潔瑟睿德的反應。

混合體。

這個詞一下鑽進他的腦海中。是不是混合的活力？女修會是不是本來就在期待默貝拉產生這樣的變化？有時候貝尼．潔瑟睿德會做些出其不意的事。你會發現她們偶然在走廊裡與你面對面，目不斜視，臉上用那種她們特有的表情藏住真實情感，而在這面具之後，非比尋常的反應正在醞釀。特格就是這樣學會出其不意的行動。但今晚這種情況也是如此嗎？艾德侯想，他會慢慢開始討厭現在這個新默貝拉。

她自然看出了這一點。他在任何人面前從未這樣表現，但在默貝拉面前仍然毫無戒備，坦誠相待。

「別恨我，鄧肯。」這不是祈求，聲音裡卻能聽出她似乎被深深地傷害了。

「我永遠也不會恨妳。」但他關掉了燈。

她依偎在他身旁，幾乎就和經歷香料之痛之前一樣。幾乎。其中的差異讓他撕心裂肺般痛苦。

「尊母把貝尼．潔瑟睿德視為競爭權力的對手，」默貝拉說，「在我以前姊妹的身邊伴隨左右的男人並不都是狂熱分子，但上癮使他們無法自己做決定。」

「我們也是這樣嗎？」

「好了，鄧肯。」

「妳的意思是我可以在另一家商店得到同樣的商品？」

她選擇假定他是在談論對尊母的恐懼：「如果可以的話，很多人都寧可不要。」她猛地翻身面對他，想要他回應她的性事索求。她那種不顧一切的盡情放縱讓他很震驚，就彷彿這也許是她最後一次能體驗到極樂了。

激情過後，他筋疲力盡地躺在床上。

「希望我能再次懷孕，」她低語著，「我們還是需要我們的孩子。」

我們需要。貝尼·潔瑟睿德需要。不再是「她們需要」。

他沉沉睡去，夢到了戰艦的武器室。這是現實映射下的夢。這艘戰艦正如它的現實功能一樣，在夢裡仍是一間武器工廠。在夢中的武器庫裡，歐德雷迪正在和他說話：「我的決定是時勢使然，鄧肯。你不大可能逃出去胡作非為。」

「我是名晶算師，無法做出那種事！」他在夢裡的語氣多麼自大！我在做夢，而我知道我在做夢。為什麼我和歐德雷迪在武器室？

一份武器清單在他眼前展開。

原子武器。（他看到巨大的衝擊波和致命的落塵。）

雷射槍。（各種型號，不計其數。）

生化武器。

滾動螢幕被歐德雷迪的聲音打斷：「我們可以假設走私販和以往一樣只注意那些能賣上高價的小玩意兒。」

「蘇石，當然。」還是顯得很自大。我不是這樣的！

「暗殺武器，」她說，「新裝置的設計圖和規格。」

「盜竊商業機密是走私販的一樁大買賣。」我簡直令人難以忍受！

「肯定還有藥物，以及需要那些藥物去治療的疾病。」她說。

她在哪裡？我能聽見她的聲音，卻看不見她。「尊母知不知道，我們的宇宙窩藏著一些無賴，他們會先散播問題，然後才提供解決辦法？」無賴？我從來不用這個詞。

「萬事萬物都相關，鄧肯。她們焚燒了蘭帕達斯，屠殺了我們四百萬精英。」

他醒了，翻身坐起。新裝置的規格！這就是詳細的細節，一種可以微縮霍茲曼效應產生器的方法。兩釐米，不能更大。而且便宜得多！這是怎麼溜進我腦子裡的？

他小心地翻身下床，不吵醒默貝拉，摸索著找到了一件長袍。他悄聲離開房間，走進工作室的時候，聽到了默貝拉吸鼻子的聲音。

他在控制臺前坐下，將腦子裡的設計圖複製出來，開始研究。完美！確定可以置入。他傳送給檔案部，在上面加上了給歐德雷迪和貝隆達的重點標記。

他長嘆一聲，向後靠了靠，又開始研究他的設計。這次設計又消失了，返回他夢到的那個滾動螢幕中。我還在做夢？不！他能感覺到椅子，能觸摸到控制臺，能聽到力場的嗡嗡聲。夢也會有這種效果。

滾動螢幕顯示出切割和戳刺的武器，還包括一些將毒劑或者細菌注入敵人體內的設計。導彈。

他想知道，怎麼樣才能把滾動螢幕停下，好研究研究具體細節。

「都在你的腦子裡！」

人類以及其他為攻擊培育出來的動物一一滾動過他的眼前，遮蓋住了控制臺和臺上的投影。混合人？混合人怎麼會出現在這裡？我對混合人知道些什麼？

阻撓者取代了動物。那是遮蔽精神活動或干擾生命本身的武器。阻撓者？我從來沒聽過這個名字。阻撓者之後是零—G「探索者」，設計它的目的是獵捕特定目標。這個我知道。

然後是爆裂物，包括那些傳播毒素和細菌的爆裂物。

欺騙者，可以投映出假目標。特格曾經用過這些。

下一個出現的是能量產生器。他有大批能量產生器的祕密庫存，它可以提高軍隊的戰鬥能力。

突然，他視野中微微閃光的網路取代了滾動的武器列表，他看到了花園中的老夫妻。他們望著他。男人的聲音變得清晰可辨：「不要再偷看我們了！」

艾德侯一下抓住椅子扶手，猛地俯身向前衝了一下，但還沒等他有機會研究細節，景象就消失在他的視野中。

偷看？

他感受著大腦裡滾動螢幕的剩餘部分，已經無法再看見，卻有深沉的聲音傳出……男性的聲音。「防禦往往必須對抗攻擊武器的特性。然而，有時候，簡單的系統也可以避開最具毀滅性的武器。」

簡單系統！他大聲笑了出來。「邁爾斯！你在哪裡？特格！我想到怎麼設計你的偽裝襲擊艦了！弄個誇張的誘餌！除了一臺微型霍茲曼效應產生器和雷射槍以外，什麼都不裝。」他把這些內容加進傳給檔案部的訊息。

做完後，他又一次問自己幻象的問題。它影響了我的夢？我發掘到了什麼？

變成特格的武器大師之後，只要一有空，他就去調閱檔案部紀錄。如此浩如煙海的累積中一定會有些線索可尋！

共振和超光速粒子理論曾一度占據了他的腦海。超光速粒子理論是霍茲曼設計原型中的重要理論。「迅子。」霍茲曼是這樣稱呼他的能量源的。

忽視光速極限的波系統。光速顯然沒有限制住摺疊空間航艦。迅子呢？

「有效是因為它有效，」艾德侯喃喃自語，「信仰。就像任何其他宗教一樣。」

晶算師會貯存很多似乎微不足道的資料。他有一間標記為「迅子」的儲存室，繼續挖掘，卻沒有滿意的結果。

即便是宇航領航員也不會公開他們如何導引摺疊空間航艦的知識。伊克斯科學家製造了複製領航員能力的機器，但仍然無法確知他們做了什麼。

「霍茲曼的方程式是可以信任的。」

沒人宣稱理解霍茲曼。他們只是使用他的方程式，因為確實有效。那是太空旅行的「以太」。你「摺疊」空間。上一秒你還在這裡，下一秒你已經不知道在多少秒差距之外了。

「有人」發現了使用霍茲曼理論的別種方法！那是完全的晶算師式思考。他從產生的新問題就知道它的準確性。

默貝拉那雜亂無章的眾多他者記憶現在讓他不勝其煩，即便是他從中認出了基本的貝尼·潔瑟睿德教義，也依然如此。

權力吸引易腐敗之人，絕對的權力吸引絕對的易腐敗之人。這對受權力支配的人群來說，就是使官僚主義發展得根深柢固的風險。即使是分贓制度也更好些，因為容忍的標準更低，腐敗可以被定期拋除。要對付牢固的官僚主義，很少能避免使用暴力。當文官與軍方聯手時，就要小心了！

尊母的成就。

只為權力本身而得到的權力……由不平衡的家系孕育出的貴族。

他看見的那些人是誰？他們強大到足以驅除尊母。他知道那是一筆投影資料。

艾德侯發現這番醒悟極其混亂。尊母在逃亡！尊母殘暴野蠻，但和汪達爾人[7]出現前的劫掠者一樣無知。她們的行動背後有各種力量的驅動，但往往也是一時衝動的貪婪所致。「拿走羅馬的金子！」她們從意識中濾除所有令她們分心的事物。這種無知令人驚駭，要削弱這種無知，必須讓更複雜的文化慢慢進入……

陡然間，他明白歐德雷迪在做什麼了。

眾神在下！多脆弱的計畫！

他用手掌按住自己的眼睛，強迫自己不至於痛苦地哭喊出聲。讓她們認為我是太累了。但看穿歐德雷迪計畫的同時，他也發現了自己將失去默貝拉……儘管有不同的失去方式。

7 汪達爾人：古日耳曼的一支部族，於西元四五五年洗劫羅馬城。——編注

37

什麼時候可以信任女巫？永遠不能！這個神奇宇宙的黑暗面屬於貝尼．潔瑟睿德，我們必須抗拒她們。

——泰爾威斯．瓦夫，尊主之主

• • •

無現星艦的大公共休息室內，一頭是逐級而上的階梯式座椅和升起的平臺，擠滿了貝尼．潔瑟睿德女修，這間房間從來沒擠進過這麼多人。今天下午，聖殿的日常工作幾乎處於停頓狀態，因為很少有人願意派代理參加，重要決定也不能由幹部所代表。身著黑袍的聖母們神情淡漠，大多在靠近平臺的前排站著，侍祭們則穿著白色鑲邊長袍穿梭其間，其中甚至還有剛加入的新成員。純白色長袍是最年輕侍祭的標誌，她們三三兩兩地聚在各處，緊緊互相依偎，尋求著彼此的支持。其他所有人都被正式評議會督察排除在外。

空氣中充滿了帶有濃重美藍極香味的口氣，還有種調節機械超載後不堪重負帶來的陰冷、潮溼感。剛剛吃過的午餐味道中混雜著強烈的蒜味，彷彿一位不速之客肆意地闖入空氣中。這些氣味加上整間房間傳遍了的故事都加重了緊張感。

多數人都把注意力放在了升起的平臺和統御大聖母將登場的側門上。即便是在與同伴交談，或四下走動，也沒人忘記注意那個地方，因為她們知道，很快就將有人從那裡進門，並給她們的生活帶來巨大的變化。如果不是眼前有什麼可能動搖貝尼．潔瑟睿德根基的大事要宣布，統御大聖母是不會把她們都趕進大公共休息室的。

貝隆達先於歐德雷迪走進房間，登上了高臺，她步履蹣跚，卻偏偏帶著張揚的挑釁氣派，讓她很容易辨認，即便是遠遠望去也不會弄錯。在她身後五步遠，歐德雷迪緩步而行，然後是高級議員和助理，身著黑袍的默貝拉（距離她的香料之痛僅過了兩週，她看起來還是有些恍惚）也在其中。多吉拉在默貝拉身後一瘸一拐地跟著，身旁是塔瑪和什阿娜。斯特吉在一行人的隊尾，肩上坐著特格。他一出現，立刻引起了人群中一陣激動的嗡嗡低語。男性很少會參與集會，但聖殿裡人人都知道這是她們的晶算師霸夏甦亡人，現在就和貝尼．潔瑟睿德僅存的軍隊住在一起。

以這種方式看著女修會的大規模隊伍，歐德雷迪心裡浮現一種空洞的感覺。她想，古人早就說過：「任何該死的傻瓜都知道一匹馬可能比另一匹跑得更快。」在這個仿體育場建造的禮堂中，每每有小型集會的時候，她都想引用這一句格言，但她也知道，這樣的儀式自有其作用。集會是讓你把自己展示給別人看的。

如今我們聚集於此。同道而行的人們。

統御大聖母和其他人彷彿一束奇特的能量般穿過人群向高臺移動，她那顯赫的位置處於圓形場地的邊緣。

統御大聖母從來都不需要承受眾人集會中的你推我擠之苦。她從來都不必被人用手肘頂到肋骨，或者感覺到身邊有人非故意地踩到腳。她也從來都不必被迫像其他人一樣，彼此無奈地身體緊挨著身體，化成人流，一點點向前蠕動。

凱薩君臨也是如此。這整件該死的事我都不喜歡！她對貝隆達說：「開始吧。」

她知道自己事後會後悔沒有委託某個人執行這套入場儀式，再煞有介事地說些話。貝隆達會非常喜歡這個引人注目的突出位置，也正因此，永遠也不能讓她得到。但可能有些低階聖母會對這種提拔感到尷尬萬分，雖然她們也會服從命令，但那是出於忠誠，出於那條無須多言的規則，即聽從統御大聖母的命令。

神啊！如果真的有什麼神，為什麼祢要讓我們如此懦弱？

人已到齊，貝隆達已完成了召集工作。貝尼．潔瑟睿德的隊伍。她們不是真正的軍隊，但歐德雷迪經常想像聖母們按不同職位分列，排得整整齊齊的樣子。這位是小隊長，那位是將官，那是低級中士，而這位是通訊兵。

聖母們要是知道她腦子裡這個古怪的想法，一定會大為震怒。但她掩飾得很好，這個念頭躲在「常規任務」的面具後安然無恙。無須叫她們中尉，你一樣可以給她們委派中尉的任務。塔拉札就是這麼做的。

貝爾現在正在告訴眾人，女修會可能不得不重新安排她們那個忒萊素俘虜的住處。對貝爾來說，說出這些話並不容易：「我們禁受了嚴峻的考驗，忒萊素和貝尼．潔瑟睿德都是，我們走了出來，但我們已不是從前的我們。從某些方面說，我們彼此互相改變。」

是的，我們就像彼此摩擦的石頭，天長日久，彼此都有了些符合對方要求的形狀。但原來那塊石頭的內核還在！

人群開始變得焦躁不安。她們知道不管這關於忒萊素的暗示背後隱藏的是什麼訊息，都只是個開始，是預先的鋪墊，但與正題相關，也同樣重要。歐德雷迪邁步走到貝隆達身邊，示意她加快進程。

「有請大聖母。」

讓舊模式消亡多麼困難。難道貝爾認為她們不認識我嗎？

歐德雷迪開口了，她的聲音抑揚頓挫，幾乎達到魅音的程度，充滿了令人信服的力量。

「現在我需要去交叉點與尊母的領袖會面，這是必要的行動，也是場吉凶未卜之旅，我『大概』會死在那裡。這場會面也算是誘敵之計，我們要懲罰她們。」

歐德雷迪等著臺下的竊竊私語漸漸平息，她聽到了支持，同樣也不乏反對的聲音。很有趣。表示同意的是那些離平臺較近的人，還有部分新侍祭，她們站得更遠些。反對的聲音來自高級侍祭？是的。她們知道那個警告：我們不敢火上澆油。

她把聲音放低了些，讓遠處的人把她的聲音送到高處那些人的耳朵裡：「走之前，我會和多名姊妹分享記憶。現在的情況需要謹慎行事。」

「您有什麼計畫？」「您會做什麼？」各處提問的聲音此起彼伏。

「我們會在伽穆佯攻，這樣應該就會把尊母聯軍引到交叉點。然後我們會拿下交叉點，抓住蜘蛛女王，希望如此。」

「您還在交叉點上的時候就發動攻擊？」這個問題來自嘉瑞米，她是一位滿臉嚴肅的督察，就站在歐德雷迪下方。

「計畫是這樣。我會把我觀察到的情況傳送給發動襲擊的戰士。」歐德雷迪用手指了一下坐在斯特吉肩上的特格，「霸夏會親自領導本次攻擊行動。」

「誰和您一起去？」「對，您帶誰去？」那些喊叫聲中無疑有深深的擔憂。這麼說消息還沒在聖殿內部傳開。

「塔瑪和多吉拉。」歐德雷迪說。

「誰和您分享記憶？」又是嘉瑞米。確實如此！這是直接牽涉到利益的政治問題。誰會繼承大聖母之職？歐德雷迪聽到身後傳來緊張的騷動。貝隆達很興奮？不是妳，貝爾。這點妳應該已經知道了。

「默貝拉和什阿娜，」歐德雷迪說，「如果督察打算再提名一位候選人的話，還可以再加一位。」

督察們形成一個個小小的諮詢團，一組一組地喊著建議，但並沒有什麼人的名字被提出來。不過有人提問：「為什麼是默貝拉？」

「還有誰比她更了解尊母嗎？」歐德雷迪問。

一句話讓所有人都啞口無言。

嘉瑞米又向臺前走了一點，用一種彷彿能穿透人的目光仰頭看著歐德雷迪。不要妄想誤導聖母，達爾維·歐德雷迪！「伽穆的佯攻發動之後，她們會比以前更警惕，交叉點上也會加強戒備。您憑什麼認為我們能拿下她們？」

歐德雷迪踱到一邊，向斯特吉示意，讓她帶著特格上前。

特格一直饒有興致地看著歐德雷迪的表演。現在他低頭俯視著嘉瑞米。目前她是主任務督察，毫無疑問已經被選為聖母內部一個小團體的發言人。這時特格突然想到，他正坐在一位侍祭的肩上，這個位置看似荒唐，但其實早在歐德雷迪計畫之中，這是出於某些她未明言的原因而設計的。

讓我的眼睛和周圍這些成年人位在同一水平線上……但也是在提醒她們我的弱小，讓她們放心，貝尼·潔瑟睿德（哪怕只是個侍祭）仍然掌控著我的行動。

「現在我不打算說些武器方面的細節。」他說。這該死的尖嗓子！不過至少他吸引了注意力。「但我們會利用機動性，這樣布置後，如果雷射槍柱擊中了誘餌，就可以摧毀她們周圍大片地區……我們將用設備包圍交叉點，這樣就能使她們無現星艦的任何動作都顯現出來。」

人們繼續盯著他，於是他接著說道：「如果大聖母傳送的消息和我之前對交叉點的掌握情況吻合，我們將能夠知悉敵人的詳細位置。我想應該不會有重大變化，她們的時間不夠。」

出其不意。她們對這位晶算師霸夏的期望不正是如此嗎？他再次看向嘉瑞米，等著看她敢不敢對他的軍事能力提出更多的質疑。

她問的卻是另一個問題：「我們是不是應該假設，鄧肯・艾德侯在武器方面為你提供建議？」

「既然手裡有最優秀的，不去使用那就是傻瓜了。」他說。

「但是他會以武器大師的身分和你一起行動嗎？」

「他選擇待在星艦上，妳們都知道原因。這個問題有什麼意義？」

他避開了她的話題，又讓她無話可說，這讓她很不高興。一個男人不應該有能力這樣擺弄一位聖母！

歐德雷迪邁步向前，把一隻手搭在特格的手臂上：「這個甦亡人是我們忠實的朋友邁爾斯・特格，妳們都忘了嗎？」她不再掃視人群，開始盯著某些人的臉，選擇那些她確定曾經監察過攝影機，知道特格是她父親的人，她逐個看過去，故意把速度放得很慢，慢到沒人會不了解她的意圖。

妳們有人膽敢喊「任人唯親」嗎？那請妳們再好好看看他曾經為我們貢獻的豐功偉績！

正式評議會的聲音又一次變成了她們在集會上所期望的那種保持優雅的狀態。再沒有急切的喊聲粗俗地此起彼伏，吸引別人的注意力。現在她們把發言調整成了一種模式，很像是首平淡的歌，只是沒了慷慨激昂的吟誦部分。聲浪彙集，起伏波動。歐德雷迪總是覺得這一幕非比尋常。這種和諧並非任何人安排而成，而是因為她們都是貝尼・潔瑟睿德，自然而然，這是她們需要的唯一解釋。她們已經從平日實踐中學會了適應彼此，她們日常行動的那種韻律延伸到了她們的聲音中。不論有什麼短暫的矛盾，她們仍然是夥伴。

我會想念此時此刻的。

「準確預測出那些令人苦惱的事件從來就不夠，」她說，「誰比我們更清楚這一點？我們中還有人沒學到奎薩茲．哈德拉赫的教訓嗎？」

無須再詳述細節。邪惡的預測不應該改變她們的路線，這讓貝隆達一言不發。貝尼．潔瑟睿德受到了啟發。誰帶來壞消息就攻擊誰，那她們就成了蠢貨。要忽略這位信使嗎？（誰會期望能從那人得到什麼有用的東西？）那是不惜一切代價都要避免的模式。我們要讓討厭的信使都發不出聲嗎，難道覺得死亡帶來的絕對沉默就能夠抹去壞消息？貝尼．潔瑟睿德絕不至於這麼蠢！死亡讓預言者的聲音傳播得更遠。殉道者真的很危險。

歐德雷迪看著自省意識在房間內傳播，甚至直傳到了最高的一層。

我們正在度過艱苦時期，姊妹們，必須接受這個現實。就算是默貝拉也知道這點。她現在也知道了我為什麼如此焦躁地非要讓她成為一位聖母。我們所有人都知道，了解的方式不同而已。

歐德雷迪轉過身掃了一眼貝隆達，看不出她有什麼失望。貝爾知道為什麼自己不在候選之列。這是我們能選的最好的路，貝爾。滲透。在她們還沒開始懷疑我們是在做什麼之前就打倒她們。

她又把視線轉向默貝拉，歐德雷迪看到了尊敬的意識。默貝拉正開始從他者記憶中得到第一批良好建議。躁動不安的階段已經過去，她甚至開始恢復對鄧肯的「喜愛」。假以時日，也許……貝尼．潔瑟睿德訓練確保她會自己對他者記憶作出判斷。以默貝拉的立場不會有這樣的感覺：「這些差勁的建議妳自己留著吧！」她有自己的歷史經驗，可以做出比較，也無法躲避那些明顯的訊息。

不要與那些和妳一樣有偏見的人同行。大喊大叫往往最容易被忽略。「我是說，看看那些喊得頭暈目眩的傻瓜！妳有心思和他們合作嗎？」

我跟妳說過了，默貝拉：現在妳自己做判斷。「要創造出改變，就要找到支點，移動它們。還要小心死胡同，以及那些高升的機會，它們是你前進路上的誘惑，是經常會讓妳分心的東西。而支點並不總是身居要職。它們經常會在經濟或是通訊中樞出現，除非妳知道這一點，否則要職是無用的。即使是名中尉也可能改變我們的路線。他們不會竄改報告內容，但會掩藏自己不想執行的命令。貝爾會拖延命令，直到她認為命令已經失效。有時候我會因此對她下命令，好讓她去玩她那個延遲命令的小把戲。她也知道，但不管怎樣她還是會繼續這個小把戲。妳要清楚這點，默貝拉！在我們分享之後，要以極度細心地研究我的所作所為。」

已經達到了和諧狀態，但也付出了代價。歐德雷迪示意評議會結束，她很清楚所有的問題都沒得到答案，甚至問都沒有問。但沒被問出的問題會層層轉達，經由貝爾之手篩選，所有的問題都會得到最恰當的處理。

聖母中警醒的人們不會提問，她們已經看到了她的計畫。

離開大公共休息室的時候，歐德雷迪感覺自己接受了她必須為所做選擇承擔起責任來，第一次認識到了之前的猶豫。她確實有遺憾，但只有默貝拉和什阿娜可能會知道。

歐德雷迪走在貝隆達身後，她在想，那些我再也不會去的地方啊，還有那些我自己再也無法看到的事情啊，從今以後只能在別人的生命中作為映射瞥上一眼。

這是以大離散為中心的思鄉之情，這種情緒撫慰了她的痛苦。如此廣闊的生命和世界讓一個人去看會有些目不暇給。即使是貝尼．潔瑟睿德有著世代累積的記憶，也絕不會希望能包羅所有，不會想得到每一片有趣的點滴時刻。這又回到了宏大的設計中。那個大願景，未來的主要流向。我的姊妹們的專長。這是晶算師採用的基本手段：包括模式，潮流運動以及這些湧動的潮流承載的內容，還有發展的方向。結果會出爐，不是地圖，而是這些流動模式。

至少，在我們的陪審團監督下的民主中，那些關鍵要素已經被我以最原始的形態保存了下來。有一天她們也許會為此而感激我。

38

追求自由，你會淪為欲望的俘虜。尋求紀律，你會找到自由的入口。

——終章

• • •

「誰會料到空氣機械裝置會故障？」

拉比的問題不是針對任何特定的人。他坐在一張低矮的長凳上，胸前緊抱著一個卷軸。卷軸經過現代工藝打造加固，但仍然老舊、脆弱。他不知道現在是什麼時間。可能上午已經過半。不久之前他們吃了飯，也許可以說是早飯。

「我就想到了。」

他似乎是在對卷軸說：「逾越節到了，很快又過去了，我們的門卻被鎖上了。」

利百加走近看著他：「拜託，拉比。這樣能對約書亞的工作幫上忙嗎？」

「我們沒有被遺棄，」拉比告訴他的卷軸，「是我們自己把自己藏起來了。陌生人無法找到我們的時候，就算有人想要幫我們，他們又能往哪裡看？」

他突然抬頭仔細端詳著利百加，戴著眼鏡的樣子活像貓頭鷹：「是不是妳把邪惡帶過來了，利百加？」

她知道他是什麼意思。「外面的人總以為貝尼．潔瑟睿德有些邪氣。」她說。

「妳現在是說，妳的拉比，我，已經是個外人了！」

「是您自己把自己當成外人的，拉比。我是從女修會的角度說的，是您叫我幫她們的。她們做的事情經常都很無聊，單調重複，但是並不邪惡。」

「我叫妳幫的？是，是我叫的。原諒我，利百加。如果我們之間真的出現了邪惡，那也是我做的。」

「拉比！不要這樣。她們是個大家族。然而，她們還保持著很敏感的個人特性。大家族對您來說沒有任何意義嗎？我的自尊傷到您了？」

「利百加，我來告訴妳是什麼傷害我了。經我之手，妳學會了接受不同的教義，而不是……」他把手中的卷軸舉起，彷彿那是一根短棒。

「根本沒什麼教義，拉比。哦，對，她們有一本『終章』，但那就是一些名言警句，有時候有用，有時候完全可以忽略。她們總是會調整『終章』，讓它適應當前的需求。」

「有些教義是不能『調整』的，利百加！」

她低頭看著他，眼裡滿是難以掩飾的不滿。他就是這樣看女修會的？還是他出於恐懼才這麼說？

約書亞走過來站在她身邊，手上沾滿了油膩，額頭和臉頰上都是黑色的汙漬：「妳的建議是對的，又能用了，我不知道能堅持多久。問題是——」

「你不知道是什麼問題。」拉比插話說。

「機械問題，拉比，」利百加說，「這個無現空間的力場扭曲了機械。」

「我們不能引入無摩擦機械，」約書亞說，「那樣太明目張膽了，更不用說成本多高了。」

「你的機械並不是唯一被扭曲的東西。」

約書亞雙眉一挑，看向利百加。他是怎麼了？這麼說約書亞也相信貝尼・潔瑟睿德的洞察力，這讓拉比感覺很受傷。他的人民竟然去別處尋求指引。

然後，拉比說出了讓她意想不到的話：「利百加，妳以為我在嫉妒嗎？」

她用力搖搖頭。

「妳展現了才能，」拉比說，「而其他人可以立即應用妳的才能。妳的建議能修好機械設備嗎？那些……那些『其他人』告訴妳怎麼修了嗎？」

利百加聳了聳肩。這是年長的拉比，不能在他自己的屋簷下挑戰他。

「我應該讚揚妳？」拉比問道，「妳有能力？現在，妳打算統治我們？」

「沒人說過有這樣的想法，更不用說是我，拉比。」她覺得很受傷，而且也不介意展現出來。

「原諒我，女兒。可那就是所謂的『翻轉』。」

「我不需要您的讚揚，拉比。我當然也會原諒您。」

「妳的那些『其他人』對這點有什麼說的嗎？」

「貝尼・潔瑟睿德說對讚揚的恐懼要追溯到『禁止讚揚自己的孩子』這條古代的禁忌，因為那會引來神的怒火。」

他低下了頭：「有時候她們倒也會告訴你些智慧之言。」

約書亞顯得很尷尬：「我要去睡一覺。我應該休息一會兒了。」他朝機械裝置所在位置投去了意味深長的一瞥，能聽到那裡傳來機器吃力的刮擦聲。

他離開他們，走向大廳陰暗的一端，走的時候還被一個孩子的玩具絆了一下。

拉比拍了拍身邊的長凳：「利百加，坐。」

她坐了下來。

「我為妳擔心，為我們，為我們代表的所有事擔心。」他用手撫摸著卷軸，「我們世代保持著本真。」

他的目光掃過房間，「可現在，這裡連聚會的基本人數都不夠。」

利百加抹去眼裡的淚水：「拉比，您誤會女修會了。她們只希望能讓人類和他們的政府臻於完美。」

「她們是這麼說的。」

「我也是這麼說。對她們來說，政府只是一種藝術形式。您覺得很好笑嗎？」

「妳勾起我的好奇心了。這些女人是在自以為是的美夢中自我欺騙嗎？」

「她們把自己當作看門狗。」

「狗？」

「看門狗，對任何可以學習的教訓都保持著警惕。那就是她們所追尋的。永遠也不要想教給別人不想吸收的東西。」

「她們總有這一些些智慧。」他聽起來有些悲傷，「她們也把自己的政府看作是藝術形式嗎？」

「她們把自己看成是陪審團，擁有絕對權力，沒有什麼法律能投反對票。」

他在她的鼻子前揮動著卷軸：「我就知道！」

「沒有『人類』的法律能行，拉比。」

「妳是說這群製造了適合自己的宗教的女人相信一種……一種比她們自己還強大的力量？」

「她們的信仰不會和我們的一致，拉比，但我不覺得這是邪惡的。」

「這個……這個信仰是什麼？」

「她們稱為『平穩趨勢』。她們從遺傳的角度看待這件事，把它當成是本能。比如，優秀的父母很可能會生出接近平均水準的孩子。」

「趨勢。這算信仰？」

「所以她們才保持低調。她們是顧問，偶爾甚至是塑造國王的人，但是她們不想成為萬眾矚目的人物。」

「這個趨勢……她們相信有人能締造趨勢？」

「她們不去假設有人能辦得到，只是相信有可以觀察到的活動。」

「那麼她們在這個趨勢中做什麼？」

「她們未雨綢繆。」

「在撒旦面前未雨綢繆，我想也是！」

「她們不與潮流對抗，似乎只是在潮流之上穿過，使其為她們所用，使用迴向渦流。」

「哎喲！」

「古代的帆船大師很明白這個，拉比。女修會相當於擁有海流圖，可以告訴她們哪裡需要避開，哪裡需要加把勁。」

又一次，他揮舞著卷軸：「這不是什麼潮流航海圖。」

「您理解錯了，拉比。她們知道機器當道的謬論。」她瞥了一眼正在工作的機械，「她們認為我們處在機械無法超越的潮流中。」

「這些小智慧。我不知道，女兒。若是干預政治，我接受；但是這些神聖的事物……」

「這是種相對平衡的趨勢，拉比。對走出固有，大力創新的優秀革新者來說有很大的影響。即便新事物對我們有利，這種趨勢也會將其裹挾其中。」

「利百加，誰能決定對我們來說什麼是利，什麼是弊？」

「我只是說出她們相信什麼。她們把稅收看作是趨勢的證明，它奪走了可能會有所創新的自由能量。『敏感的人會發現它。』她們說。」

「那這些……這些尊母呢？」

「她們符合這個模式。封閉權力的政府意圖使所有潛在挑戰者都變得軟弱無能。驅逐聰明的人，使智慧的人變遲鈍。」

一聲微小的嗶嗶聲從機械區響起。他們還沒來得及站起來，約書亞已經從他們身旁走了過去。他朝顯示著一些資訊的螢幕表面彎下腰。

「他們回來了，」他說，「看！他們在我們頭頂上的灰燼裡挖掘呢。」

「他們發現我們了？」拉比的聲音幾乎透著解脫。

約書亞看了看螢幕。

利百加走到他身邊，也把頭湊了過去研究起那些挖掘的人——一共十個人，眼睛裡帶著那種與尊母建立連接後夢遊般的神情。

「他們只是在碰運氣到處挖挖。」利百加直起身子說道。

「妳確定？」約書亞也站了起來，他盯著她的臉，想找出不明顯的肯定答案。

任何貝尼．潔瑟睿德都能看出來。

「你自己看。」她朝螢幕指了指，「他們要走了。現在他們去豬蝓廄了。」

「他們就屬於那裡。」拉比喃喃道。

39

把提供了豐富資訊的多種錯誤結合起來考量，就能做出可行的選擇。所以智慧可以接受犯錯的可能性。當眼前沒有絕對（萬無一失的）的選項，智慧就要利用有限的資料碰碰運氣，此時在這個競技場上犯錯不僅是可能的，也是必要的。

——達爾維．歐德雷迪

• • •

對於大聖母來說，出發並不是登上外出的輕型航艦，然後轉乘任何方便的無現星艦這麼簡單。要考慮的很多，比如計畫、安排、策略——還有各種層出不窮的偶然事件。

這樣的忙亂持續了八天。和特格的時間約定必須很精確。僅是默貝拉的諮詢就耗費了數小時，默貝拉必須知道她所面對的是什麼。

默貝拉，發現她們的弱點，妳就掌握了一切。特格發動襲擊的時候留在觀測艦上，但要仔仔細細地注意觀察。

歐德雷迪先從任何能有所幫助的人那裡聽取了詳細的建議，然後把能將生命徵象傳遞加密的設備植入身體，用來傳輸她暗中觀察的結果。無現星艦和長途運輸機也必須重新安裝設備，機組人員由特格親自挑選。

貝隆達先是嘟囔著，後來更是開始大聲咆哮，直到歐德雷迪出手干預才甘休。

「妳在讓我分心！這就是妳的目的嗎？扯我的後腿？」這時已經是出發前四天臨近中午的時候，工作室裡暫時只有她們倆。天氣晴朗，但是反常的冷，夜間掃過中樞上空的狂風帶來了沙塵暴，將空氣染上了幾分赭色。

「評議會就是個錯誤！」臨走前，貝隆達需要再貫徹一下她的挖苦風格。

歐德雷迪發現自己在迅速回擊貝隆達，因為她已經變得有些過於尖酸刻薄了：「很有必要！」

「對妳來說，也許是必要！好讓妳對『家人』告個別。現在妳把我們都留在這裡收拾這堆爛攤子。」

「妳跑來這裡就是為了抱怨評議會嗎？」

「我不喜歡妳最近對尊母的那些評價！妳本來應該先諮詢我們一下，而不是散播那些——」

「她們是寄生蟲！貝爾！是時候把這點說清楚了：大家都知道的缺點。如果受到寄生蟲的折磨，身體會怎麼樣？」歐德雷迪拋出了這句話，她的臉上帶著大大的微笑。

「達爾，妳擺出這副……假幽默的樣子，讓我很想要掐死妳！」

「那妳能邊笑邊掐嗎，貝爾？」

「去妳的，達爾！總有一天……」

「我們能在一起的日子不多了，貝爾，這就是讓妳煩心的原因。回答我的問題。」

「妳自己回答！」

「身體樂意定期除蟲。即使癮君子也夢想著自由。」

「啊。」貝隆達的眼裡射出了晶算師的眼光，「妳覺得可以讓對尊母的癮頭變得很痛苦？」

「儘管妳的幽默天賦低得可怕，妳還是有用的。」

一抹殘酷的笑容出現在貝隆達的嘴角。

「我成功把妳逗樂了。」歐德雷迪說。

「我和塔瑪談談這事，她對戰略更在行。雖然……分享記憶讓她變軟弱了。」

貝隆達走後，歐德雷迪向後一靠，靜靜地笑了。軟弱！「明天分享的時候，別變得軟弱，達爾。」晶算師糾結於邏輯，缺失的是心。她著眼於過程，擔心可能會失敗。該怎麼辦，萬一……貝爾，我們打開窗戶，讓常理照射進來，甚至也放歡鬧進屋。要正確看待更嚴肅的事物。可憐的貝爾，我不完美的姊妹，總有些事情要占據妳敏感的神經。

出發當天早上，歐德雷迪離開中樞時，她的思緒還在心頭縈繞不去——這是種自省的心緒，與默貝拉和什阿娜分享後得到的資訊令她憂心忡忡。

我一直太放任自己了。

這提供不了解脫。她的思想被他者記憶框住了，幾乎變成了憤世嫉俗的宿命論。

女王蜂聚集？

曾有人那樣說過尊母。

但是……什阿娜？塔瑪竟然也贊同？

這事包含的意義，離散可無法相比。

我沒法跟妳一起進入那狂野之地，什阿娜。我的任務是讓事情變得有序。妳敢做的那些，我沒有辦法去冒險。藝術技巧有不同的種類，而妳的和我的互相排斥。

吸收默貝拉的生命歷程進入他者記憶很有幫助。默貝拉的知識加深了她對尊母的了解，為她增加了優勢，但也充滿了令人不安的細微差別。

她們不是進入催眠狀態，而是利用細胞生成，是那該死的T式探測儀的副產品！無意識的強迫行為！要抗拒誘惑，叫我們自己不要使用這種技術並非易事。但這也是尊母最脆弱的環節——有大量無意識被她們自己的決定緊緊束縛。默貝拉這把鑰匙只是強調了它對我們的危險性。

她們抵達了位於風暴中心的降落平臺，剛從車裡出來，她們就被狂風襲擊。歐德雷迪對步行穿過剩下的果園和葡萄園投了反對票。

這是最後一次離開嗎？貝隆達道別的時候眼神裡流露出了這個問題。什阿娜擔憂到皺緊的眉頭中也顯露出疑問。

大聖母接受我的決定了嗎？

暫時，什阿娜。暫時接受。但是我沒警告默貝拉。所以……也許我的判斷確實和塔瑪相似。

多吉拉站在歐德雷迪這支小隊的前端，有些退縮。

可以理解。她曾經在那裡……看著她的同儕被吃掉。鼓起勇氣，姊妹！我們還沒被打敗。

只有默貝拉似乎泰然自若，她在思考著歐德雷迪和蜘蛛女王的會面。

我給大聖母足夠的準備了嗎？她內心深處到底明不明白這有多麼危險？

歐德雷迪收起了這樣的想法。路上還有事要做，沒什麼比養精蓄銳更重要的。尊母的情況幾乎可以根據現實分析出來，但實際的會面還是要臨機應變——就彷彿一場爵士樂表演。她喜歡這個關於爵士的想法，雖然這種音樂曲風古老，略帶狂野，讓她很分心。但爵士說的是生活，沒有哪兩場表演是完全相同的。演奏者根據他人回饋的資訊來調整自己的演奏：爵士。

給我們爵士吧。

天氣並不總是能影響空中旅行和太空旅行。短暫的干擾可以強行通過。依靠氣象控制部提供的發射視窗，飛行器可以穿過暴風和籠罩的烏雲。沙漠行星是個例外，很快聖殿也將要考慮這一點。沙漠化涉及很多改變，包括重新利用弗瑞曼停屍地的慣例。將屍體再處理，以得到水和碳酸鉀。

等著傳送到無現星艦的空檔，歐德雷迪談起了這件事。星球赤道周圍那寬闊的炎熱乾燥帶正在蔓延，用不了多久，那裡颳起的風就將帶來危險。有一天，會出現科里奧利沙暴：沙漠內部捲起的一陣火爐般的熱浪，時速超過幾百公里。沙丘曾經歷過時速七百多公里的強風。即使是太空運輸機也要注意這股力量。空中旅行會受制於星體表層狀況的突變，脆弱的人類血肉之軀更是必須得不顧一切躲進避難所。

就像我們一直做的一樣。

降落平臺的等候室很老舊。從裡到外都是各種石塊，這是她們在此地最早使用的主要建築材料。簡單的懸帶椅和壓模合成玻璃矮桌比較新。就算是統御大聖母也不得不受制於經濟考量。

運輸機在塵土飛揚的暴風中抵達，沒有懸掛緩衝之類的無意義耽擱。這將是一場快速升空，身體不適在所難免，但不會難受到損害人的肉體。

歐德雷迪說出最後的道別之詞，將聖殿事務交給了什阿娜、默貝拉和貝隆達組成的三人小組。那一瞬，她精神恍惚，彷彿不知身在何處。她的最後一句話是：「不要干涉特格，我也不想有任何惡劣的事情發生在鄧肯身上。聽到沒有，貝爾？」

她們的技術取得了那麼多偉大的成就，可是仍然無法免於猛烈沙暴的侵擾，運輸機升空時，沙塵遮天蔽日，幾乎看不到前方情況。歐德雷迪閉上雙眼，接受了現實，她無法再從低空看一眼她深愛的星球了。航艦對接時發出沉悶的轟隆聲驚擾了她。閘鎖前的門廊內有輛蜂鳴車等著，蜂鳴聲一直傳到她們的艙室。塔瑪拉尼、多吉拉和侍祭僕從保持著沉默，尊重大聖母想沉浸於自己思慮中的心情。

至少，艙室還是她熟悉的，標準的貝尼．潔瑟睿德航艦設備：一間小休息室兼餐廳，統一用淡綠色合成玻璃裝飾；臥室更小些，也是一樣的顏色，還有張單人硬床。她們知道大聖母的喜好。歐德雷迪瞥了一眼梭形浴缸和馬桶，都是標準設施。隔壁塔瑪和多吉拉的艙室也差不多。她決定晚點再去看看航艦上還有什麼重新改造過的地方。

基本所需都已經提供，包括那些可以起到心理支持作用的細微因素：輕柔的顏色、熟悉的設施，這些裝置沒有一樣會干擾她的思緒。在返回她的起居室兼餐廳前，她下達了出發的命令。

食物已經在一張矮桌上擺好：藍色的水果味道甜美，有些像李子；麵包上塗著噴香的黃色抹醬，是專門為補充她必要的能量而調製的。非常好。歐德雷迪看著負責的侍祭不聲不響地把大聖母的起居都安排好，一時想不起這位幫手的名字，她仔細想了一下：蘇伊波。這位侍祭是個皮膚黝黑的小個子，一張圓臉上表情總是很平靜，舉止行為也安穩得體。算不上是最聰明的人，但做事效率很高。

歐德雷迪突然想起來，這些安排似乎有些無情。人數少少的隨行團，不會冒犯到尊母，還可以把我們的損失減到最小。

「蘇伊波，妳整理過我的行李了嗎？」

「整理了，大聖母。」從她的聲音裡，可以感受到她因為被選上參與這項重要任務而產生的無上驕傲。就連她轉身離開時走路的姿態都透著這股勁。

還有些東西是妳沒法為我整理的，蘇伊波。那些我都放在我的大腦裡。

聖殿的貝尼．潔瑟睿德在離開這顆星球時或多或少總會帶些沙文主義，其他地方從來都不會是那麼美麗、那麼寧靜、那麼愉快的居地。

但那是以前的聖殿。

她以前從未這樣想過，這是沙漠化的一個面向。聖殿星在使自己慢慢消失。它逐漸遠離，再不復返，至少對現在知曉它的人來說，它在她們的有生之年都不會再恢復，就如同被心愛的父母遺棄一樣——輕蔑地帶著惡意拋棄掉。

你對我來說已經不重要了，孩子。

在成為聖母的路上，很早就有人教導她們旅行之路也是可以趁機安心休息的便捷之門。歐德雷迪很希望能利用這一點，因此，在進餐之後，她立刻告訴她的同伴：「小事就不要打擾我了。」

蘇伊波被派去召來塔瑪拉尼。歐德雷迪用塔瑪自己特有的強調語氣說道：「檢查一下有哪些重新改造的部分，告訴我應該看什麼。帶上多吉拉。」

「她頭腦很清楚。」對塔瑪來說，這是很了不起的讚揚了。

「這事結束後，盡可能讓我自己獨處一下。」

航艦行駛過程中，歐德雷迪讓自己陷在她那張小床的網裡，好好構思她認為是遺願和遺言的那些詞句。

誰當執行人？

默貝拉會是她個人偏好的選擇，尤其是和什阿娜分享記憶之後，就更是如此了。不過……如果這次交叉點冒險之旅失敗的話，這個沙丘孤兒仍是強而有力的候選人。

有些人認為只要責任落到她頭上，任何一個聖母都能扛起這個角色。可是現在這個時局不會是如此，因為有這個陷阱存在。尊母不大可能避得開。

前提是我們的判斷正確。默貝拉的資料也表明我們已經盡到了最大努力去做出正確判斷。剩下的就只是請君入甕了，而且，誘餌也相當有誘惑力。不深陷其中，她們看不出自己已經踏上死路。等到能看出來，也就太遲了！

但是萬一我們失敗了呢？

倖存者（如果還有的話）會蔑視歐德雷迪。

我經常感覺被小看，但從來不會遭鄙視。可我所做的決定也許永遠都不會被女修會所接受。至少，我沒編造藉口……甚至是對那些和我分享記憶的人也沒有。她們知道我的反應來自人類降臨以前的黑暗。我們任何人都可能會做徒勞，甚至是愚蠢的事，但我的計畫可以為我們帶來勝利。我們將不再「只是活著」，我們的聖杯需要我們一起堅持下去。人類需要我們！有時候，他們需要宗教；有時候，他們僅僅需要知道他們的信仰如同他們對高尚品格的希冀一樣空洞。我們才是他們的根源。當一切面具被摘除，只有一項事物會殘留：我們的位置。

她感覺到這艘航艦正帶著她飛向深淵。可怕的威脅正愈來愈接近。

是我奔向那高舉的斧頭，它沒向我飛來。

她心中沒有消滅仇敵的念頭。自從大離散增加了人口後，那就不可能了。這是尊母計畫中的一個缺陷。

尖厲的嗶嗶聲和代表已經抵達的橘色閃光劃破了她的寧靜。她費力地從懸掛帶中起身，塔瑪、多吉拉和蘇伊波緊緊跟在她身後，她們一起跟著引路人到了運輸閘門，一艘長程運輸機緊扣著艦體。歐德雷迪看了看艦壁掃描器中的運輸機。真是小得難以置信！

「只有十九小時，」鄧肯曾經說過，「但我們也只敢將無現星艦帶到那麼近了。她們肯定在交叉點周圍設置了摺疊空間感測器。」

難得一次，貝爾也同意了鄧肯的看法。不要拿無現星艦冒險。它不僅要載運大聖母，還得布置外部防禦，接收傳輸信號。運輸機是無現星艦的前沿感測器，會發送信號，報告它所遇見的東西。

而我是最重要的感測器，這副脆弱的身體內有著精密的儀器。

閘門上有引導箭頭作指引，歐德雷迪在前面引路，一行人通過一條小管道迅速直線下降。歐德雷迪發現她們到了一間小艙室，艙室內的擺設竟然十分豪華，讓她頗為驚訝。跌跌撞撞地跟在身後的蘇伊波認出了這間艙室，在歐德雷迪的推論上更進了一步。

「這是艘走私艦。」

有個人在等著她們。從他的氣味判斷是個男性，但不透明的飛行員風帽上密密覆蓋著連結管，將他的臉隱藏了起來。

「大家繫好安全帶。」

男性的聲音通過這套設備傳出。

特格挑的。他一定是最好的人選。

歐德雷迪在著陸口後面的一個座位坐定，看到身前有一大塊凸起物，展開以後是網狀保護帶。她聽到其他人正聽從飛行員的指令繫安全帶。

「都固定好了？保持安全帶繫緊狀態，聽我信號再解開。」駕駛艙內，他的椅子後面有一臺懸浮擴音器，聲音從裡面傳出。

歐德雷迪感到肚臍周遭啪地一緊，接著航艦似乎在輕緩地移動，但她身旁的螢幕顯示，無現星艦正以驚人的速度逐漸遠去。眨眼間就消失得無影無蹤。

在任何人過來察看之前開始執行它的任務。

運輸機速度驚人。掃描器報告預計十八小時以後將出現軌道太空站和過渡關卡，但把顯示它們位置的閃光點是因為被增強了才看得見。掃描器上的一個視窗顯示，其實在十二個小時多一點後才能用肉眼看到太空站。

運行的感覺突然停止了，歐德雷迪眼睛看得到加速狀態，身體卻沒有感覺。是懸浮艙，專為這麼小的零域場設計的伊克斯技術。特格從哪裡得到這種東西的？

我沒必要知道這些。何必告訴統御大聖母每座橡樹林場都在哪裡？

將近一小時後，她看到感測器觸點開始工作，她不由得默默感謝艾德侯的機敏。

我們就要開始了解這些尊母了。

即便沒有掃描器分析，交叉點的防禦模式也顯而易見。層層密布的飛行器守護著交叉點！正如特格所料。特格掌握了屏障分布的資訊，因此他的人馬可以繞著星球布下另一張大網。

不可能這麼簡單。

尊母對自己壓倒性的力量如此有自信嗎？連基本的預防措施都忽略了？

路程剩不到三小時的時候，四號軌道太空站開始呼叫：「表明身分！」

歐德雷迪在這份命令中聽出「否則」的威脅意味。

飛行員的回應顯然讓這些守衛大吃一驚：「你們乘著一艘小走私艦來的？」

她們認出來了。特格又說對了。

「即將點燃驅動器中的感應設備，」飛行員宣布說，「這樣能增加我們的推動力。確保妳們的安全帶都已繫緊。」

四號太空站注意到了：「你們為什麼還在加速？」

歐德雷迪身體前傾：「重複剛才的信號，就說艙室狹窄，長途跋涉，代表團的人都累了。再加上一句，就說我已經在身上裝好生命徵象發射器，作為預防措施，如果我死了，我的人民都會得到警告。」

她們不會發現密碼！聰明的鄧肯。貝爾發現他藏在航艦系統裡的東西時，不是也很驚訝嗎？「又一個浪漫主義者！」

飛行員轉達了她的話。接著收到了回覆的命令：「降低速度，鎖定座標降落。現在我們將接管你們的航艦。」

飛行員在他的控制臺上觸碰了一處黃色區域。「她們的反應和霸夏說的一模一樣。」他幸災樂禍地說，然後把風帽摘掉，露出頭臉，轉過了身。

歐德雷迪呆住了。

賽博格！

那張臉是一副金屬面具，眼睛是兩個閃亮的銀球。

我們到了危險境地。

「他們沒告訴您嗎？」他問道，「用不著可憐我。我死了，這東西又給了我生命。我是克萊比，大聖母。如果這次我再死了，那我就得變成逃亡人，才能活過來了。」

該死！我們在用可能會被拒絕的金幣交易，但現在更換已經太遲了。這就是特格的計畫。可是……克萊比？

運輸機平穩降落，顯示了四號太空站高超的控制力。歐德雷迪立刻就知道了，因為她的掃描顯示儀裡可以見到的精心照料的景色不再移動了。零域場被關閉，她感覺到了重力。她正前方的艙門打開了，外面的溫度溫暖宜人，能聽到些噪音。是孩子們在玩什麼競技遊戲？

行李在身後飄浮著，她邁步上了一段不長的臺階，她發現吵鬧聲確實來自附近場地上的一大群孩子，都是將近二十歲的女性。她們在來回拍打一個懸浮球，邊玩邊大喊大叫著。

故意擺出來給我們看的嗎？

歐德雷迪覺得很有可能。那個場地上大概有兩千名年輕女性。

看看我們招募了多少生力軍！

沒人迎接她，但歐德雷迪在她左邊一條鋪就的小巷裡看到了幢熟悉的建築。顯然是宇航公會的手筆，只是最近又加蓋了一座塔。她邊環顧四周，邊說起這座塔，這樣就把與特格的平面圖相比有變化的資料傳送給了植入身體的發射器。只要看過宇航大樓，任何人都不會給這個地方貼錯標籤。

這麼說，這裡可能是另一個交叉點。在宇航的紀錄裡，毫無疑問，這裡會被一串序號和密碼代表。在尊母們接管之前，宇航公會控制此地已久，以至於在剛下航艦的一段時間，腳步剛適應重力時，四周的一切似乎都帶著宇航的特殊風格。即使是遊戲場也不例外——這本是為了讓領航員坐在他們那巨大的美藍極氣體容器中到戶外集會而設計的。

宇航風格。伊克斯技術與領航員設計的結合——以最節能的方式在空間四周建造建築，道路筆直，很少有滑道。那些都是浪費，只有受重力影響的地方才會需要滑道。降落平臺附近沒有鮮花綠植，它們容易受到意外損毀。還有那永久不變的灰色——不是銀色，而是和忒萊素人皮膚一樣的單調色。

她左邊的建築彷彿受了外力擠壓一般，形成了巨大的凸起，有些地方呈圓形，有些出現了各種角度。這裡以前肯定不是什麼豪華旅館。當然，算是富麗堂皇的幽靜去處，但這種地點很少，專門為極尊貴的要人而建，多數都是宇航裡的督察員。

又一次，特格說對了。尊母們保留了現存的建築，改動之處很少。只有一座塔！

然後歐德雷迪提醒自己：這不僅是另一個世界，更是另一個社會，有自己的社會黏著劑。她從與默貝拉的分享中掌握了這一點，但她還無法理解到底是什麼因素讓尊母團結在一起。當然絕不僅是對權力的追逐。

「我們走路過去。」說完，她便帶頭沿著鋪就的小路向巨大的建築走去。

再見，克萊比。炸掉你的航艦，愈快愈好。給尊母們送上第一個大大的驚喜。

愈走到近處，宇航的建築也顯得愈發高大。

不管什麼時候，每次看到這些功能性建築，最讓歐德雷迪吃驚的，就是居然有人費盡心力規劃它。一切都包含著有意設計的細節，只是有時需要仔細挖掘才能發現。在面對許多選擇時，預算決定了是否必須降低品質，耐久度要優先於豪華或者順眼程度。只能折中，像多數妥協的情況一樣，這種折中的結果是人人都不滿意。宇航審計官無疑會抱怨過這筆開銷，目前的住戶仍然會對一些缺點感到惱火。不管怎樣，這是有形的實質。現在，它已經矗立在這裡，被人們使用。這又是一個妥協。

建築內部做了些改動。大廳比她預想的要小，大約只有六公尺長，四公尺寬。接待處就在她們進門的右邊。歐德雷迪讓蘇伊波去代表她們登記，並示意其他人等在空曠處，彼此讓對方保持在自己的攻擊範圍內，並不能排除有內奸的可能性。

多吉拉顯然預料到了，她看起來一副安然自得的架勢。

歐德雷迪仔細觀察了一番，然後對她們周遭的環境進行了一番評論。攝影機很多，但除此之外……

每次進入這樣的地方，她都有種身在博物館的感覺。他者記憶告訴她這種旅店數千年來沒什麼實質變化。即使是在許久以前，她也發現了類似的雛型。從枝形吊燈中就能一睹過去——閃閃發光的巨大仿電子設備，但用燈球裝飾著。其中兩盞在天花板上占據著主要位置，彷彿是想像中的航艦從虛空中華麗降落一般。

此地還可以瞥見更多歷史，只是這個時代的過往行人很少會注意到。欄杆後的接待區有些裝潢，等候區布置著座椅，配合著並不那麼方便的燈光，還有標誌指引人們去享受各種服務——吃飯的餐廳、可以吞雲吐霧的娛樂室、約會的小酒吧、游泳池以及其他運動設施、自動按摩房等等。自古以來只有語言和文字發生了變化。如果語言相通，這些標誌對前太空時代的原始住民來說就沒有識別障礙。這是個臨時歇腳點。

旅館裡設置了大量保全設施。有些看起來有著大離散時代物品的特徵。伊克斯和宇航從來不會把金子浪費在攝影機和感測器上。

接待區的機械侍者跳著狂亂的舞蹈——它們在到處飛奔、清潔、撿拾垃圾、指引新來的人。有四個伊克斯人比歐德雷迪一行更早到了這裡，她仔細看了看他們。多麼自大又膽小。

從貝尼．潔瑟睿德的角度看，這些伊克斯人不管如何喬裝打扮，總是能夠被一眼認出來。他們基本的社會結構影響了社會中的個體。伊克斯人對他們的科學表現出一種霍格本式的態度：政治和經濟需求決定了哪些研究是被允許的。於是伊克斯人社會夢想中單純的天真變成了官僚中央集權的現實——形成一種新的貴族。因此他們正走向難以遏制的衰落，不管這個伊克斯小隊多麼和尊母相安無事也不會有用。

不論我們之間的這場競賽結果如何，伊克斯都將走向死亡。證據就是，伊克斯人幾個世紀以來都沒有過什麼偉大的改革創新。

蘇伊波回來了：「她們讓我們等著，會有人來護送我們過去。」

歐德雷迪決定為了蘇伊波、攝影機，還有她無現星艦上的聽眾們，立即開始談話。

「蘇伊波，妳注意到我們前面那些伊克斯人了嗎？」

「是的，大聖母。」

「好好記住他們。他們是一個行將就木的社會的產物，期望任何官僚能有優秀的創新並且好好利用，這想法過於天真。官僚關注的是不同的問題，妳知道都是什麼問題嗎？」

「不知道，大聖母。」蘇伊波先環顧四周找了找，然後才說道。

她知道！但是她看出來我在做什麼了。這位侍祭是何等人物？我小看她了。

「蘇伊波，比如這些典型問題：誰得到功勞？如果出了問題，誰負責？它會不會改變權力結構，讓我們丟掉工作？或者它會不會讓一些次要部門變得更加重要？」

蘇伊波會意地點著頭，但是她瞥向攝影機的眼神可能有點太明顯了。不過沒關係。

「這些是政治問題，」歐德雷迪說，「它們顯示了官僚的動機是如何直接與適應變化的需求相左的。適應變化的能力是生命存活的首要條件。」

是時候和東道主直接對話了。

歐德雷迪仔細向上看了看，選了一個枝形吊燈上的主要攝影機。「注意一下那些伊克斯人。他們的『決定論宇宙思想』已經讓步給『無限宇宙思想』，而在無限宇宙中，任何事都可能發生。在這樣的宇宙中，有創造性的混亂才是生存之道。」

「謝謝您的教誨，大聖母。」

願眾神保佑妳，蘇伊波。

「她們和我們打過很多交道，」蘇伊波說，「肯定不會再懷疑我們對彼此的忠誠。」

命運保佑她！這一位已經準備好接受香料之痛了，可是也許永遠也看不到那一天了。

歐德雷迪只能同意這位侍祭的結論。對貝尼・潔瑟睿德「做法」的尊崇來自內心，來自提醒自己潔身自律的那些不斷觀察的細節。它不是哲學，而是對自由意志的一種務實觀點。在充滿敵意的宇宙中，女修會走出了一條與眾不同的路，但一切都基於一絲不苟地保持對彼此的忠誠，這是在香料之痛中鍛造的協議。聖殿和它僅存的幾個分支都是孕育秩序的溫床，而這種秩序的基礎是建立在慷慨共享資源和記憶分享，而不是建立在天真無辜之上。那種東西很久之前就已經被丟棄。秩序堅實的基礎就在於政治意識和獨立於其他法律習俗之外的歷史觀。

「我們不是機器，」歐德雷迪說，她邊說邊瞥向周圍的自動裝置，「我們一直都依賴個人關係，至於這種關係會把我們引向何方，就無從知曉了。」

塔瑪拉尼走到歐德雷迪身旁：「你不認為她們至少應該給我們捎個消息嗎？」

「她們已經捎給我們消息了，塔瑪，安排我們住在一間二流旅館內就是消息。而我也回應了。」

40

最終，所有的事情都會被知曉，因為你想要相信你知道。

——禪遜尼公案

・・・

特格深吸了一口氣。伽穆就在正前方，正是他的領航員說他們從摺疊空間出來時，它會在的位置，分毫不差。斯特吉站在他身邊保持警戒，他則在旗艦的指揮室內透過顯示器看著這一切。

此時的特格沒有騎在斯特吉肩膀上，自己站在一邊，斯特吉不喜歡這種感覺。這讓她覺得自己在一堆軍事設備中顯得十分多餘。她的目光不時瞟向指揮室核心的多重投影區。助理們行動迅速有效率，在艙室和各區域間來回穿梭，他們身上都戴滿了十分專業的設備，很清楚自己在做什麼。而她對那些功能只有一知半解。

傳達特格命令的控制臺就放在他的手掌下，用懸浮器托著。命令區形成的模糊藍色幽光環繞著他的手。銀色的馬蹄形設備讓他和攻擊部隊保持聯繫，這種設備很輕，就放在他的肩膀上。與他前一次的人生相比，現在的這些命令傳達裝置在他小小身軀的襯托下顯得很大，不過他還是感受到了那種戰場上的熟悉感。

他身邊沒人再懷疑這位就是他們聲名赫赫的霸夏，只是現在在孩童的身體裡罷了。他們都俐落地接受著他的調遣。

從這個距離看，目標星系看起來很普通：一顆太陽，還有它的一眾行星。但在視野中心，那引人注目的伽穆星非比尋常。艾德侯就在那裡出生，他的甦亡人在那裡受訓，他的原始記憶也是在那裡恢復的。

而我就是在那裡發生改變的。

特格無法解釋在伽穆時，他在生存壓力下被激發了什麼力量。有榨乾他肉體能量的物理速度，還有能看見無現星艦的能力，彷彿是在腦海中重新製造出一塊太空區域一樣，他可以在這幅圖像中定位無現星艦的位置。

他懷疑這是一種亞崔迪基因的瘋狂顯現。他體內已經發現了標記細胞，但不知道它們的作用。這是貝尼．潔瑟睿德育種女修數千年來橫加干涉的結果。毫無疑問，她們會將這種能力視作對她們的潛在危險。她們也許會想要使用這種能力，但他一定會因此而失去自由。

他把這些想法暫時趕出了大腦。

「派誘餌進入。」

行動！

特格感覺自己顯露出一種熟悉的姿態。有種計畫階段結束，開始精神抖擻，準備大展拳腳的感覺。他的關鍵理論已經闡明，替代方案也仔細確認過了，下屬任務都分配完畢，所有情況也都徹底說明過。他的關鍵小隊隊長們已經把伽穆刻在了記憶中——從記憶中或許可取得零星的幫助，每個避難處，每個已知的要塞，哪條進出通道最易攻陷都已經指明。他還特別提醒過混合人的事。類人野獸是盟友的可能性也不容忽視，幫助甦亡人艾德侯從伽穆逃出來的叛軍堅持說混合人是為了獵殺尊母而被造出來的。聽聽多吉拉和其他人的敘述，如果那是事實，你幾乎會開始同情尊母，只不過從來不會同情別人的人也得不到任何憐憫。

襲擊按計畫形式進行——偵察艦佯攻，放出一連串誘餌，重型母艦進入打擊位置。特格現在變成了他所說的「我的工具所使用的工具」。很難判定哪一個發出命令，哪一個做出回應。

現在，最微妙的部分到了。

要對未知懷有恐懼，優秀的指揮官要牢記這一點。未知變數永遠存在。

誘餌離防禦線愈來愈近了。他看見了敵人的無現星艦和摺疊空間感測器——在他意識裡，感測器是一排閃亮的光點。特格把它和他的部隊位置相疊加。他下達的每個命令都必須看起來是源於大家都分享過的作戰計畫。

默貝拉沒和他一塊行動，對此他很感激。任何聖母都有可能看穿他的偽裝。但歐德雷迪命令默貝拉和她的人馬與特格保持一定安全距離在旁等待，沒人會質疑統御大聖母的命令。

「她可能是未來的大聖母。要把她保護好。」

隨機投影顯示，星球附近出現耀眼閃光，這表明清除敵方防禦設施的誘餌爆炸開始了。他身體前傾，雙眼緊盯著投影。

「模式出現了！」

並沒有什麼模式，但下屬無條件信任霸夏的話，他們脈搏加快，心情激動。沒人懷疑霸夏是如何看到敵軍防禦的弱點。他的手在控制臺上閃過，不時派他的戰艦向前衝去，投影中只見光束劃過，他們身後的宇宙空間撒滿敵人的碎片。

「好！就是現在！出發！」

他把旗艦航線完全交給導航系統，然後把全部注意力放在火力控制上。伽穆的前方陣地上，防守敵人的殘存部隊被旗艦一掃而光，無聲的爆炸點綴著他們周圍的空間。

「再放誘餌！」他命令道。

球狀白光在投影區不停閃爍。

指揮室的注意力都集中在投影區，沒人過分留意他們的霸夏。出其不意！特格以此聲名遠播，如今的戰役再次證實他的聲譽。

「我竟然感到異常的浪漫。」斯特吉說。

浪漫？這毫無浪漫可言！浪漫的時間已經過去，或者還未到來。暴力計畫可能有某種氣氛環繞，這點他接受。歷史學家們創造出自己兼具戲劇性與浪漫的名聲。但是現在這件事？現在是腎上腺素時間！浪漫會讓你從那些必須去做的事情上分心。你必須內心冷靜無比，心靈與身體之間保持一條不受影響的清晰界限。

他的手在控制臺的區域內移動時，特格意識到了是什麼驅使斯特吉作此發言。是關於在這裡創造出死亡與毀滅的一些原始思想。這是一個從正常秩序中剔除出來的時刻，古代部落模式令人不安地回歸。

她感覺胸膛內有戰鼓在咚咚地敲響，有聲音在反覆嘶喊：「殺！殺！殺！」

在他的視野裡，護衛無現星艦的倖存者在驚慌地四散奔逃。

好！恐慌很容易擴散，然後就會削弱你的敵人。

「男爵封地在那裡。」

他受到艾德侯影響，也用哈肯能時代的舊稱來稱呼那座市中心有巨大黑色塑鋼建築的大城市。

「我們在北邊平臺著陸。」

他嘴裡說著話，但是命令是在手上發出的。

現在，加快速度！

這短暫的時刻，當他們讓部隊離開艦艇時，無現星艦會被看見，而且很脆弱。整支部隊都要按照他的控制臺作出反應，這份責任十分沉重。

「這只是佯攻。我們進去讓她們吃點苦頭，給她們些嚴重損害後就撤出來。交叉點才是我們真正的目標。」

歐德雷迪離別時的告誡之詞猶在耳邊。「必須給尊母一個從未有過的教訓。讓她們知道攻擊我們，她們也沒有好下場。逼迫我們，她們的痛苦也不會小。她們聽說過貝尼·潔瑟睿德的懲罰，這方面我們惡名遠播。毫無疑問蜘蛛女王對此有嘲弄之意，你必須逼她把嘲弄硬吞下去！」

「離艦！」

這就是脆弱時刻。他們頭上的宇宙空間仍然沒有威脅，但火槍隊從東邊向內蔓延。他的槍手能處理這些。他要集中注意，防止敵人的無現星艦調轉方向發動自殺式襲擊。指揮室的投影顯示他的重錘艦和載人艦已經從艙內洪水般傾瀉而出。衝擊部隊是一隊配戴懸浮器的裝甲精英分隊，他們已經清除了周邊敵人的力量，確保部隊安全登陸。

還有可攜式攝影機，讓他對各戰場區域的觀察可以十分到位，還可以有效傳達武力襲擊的具體細節。通訊不僅是回應命令的關鍵，也展示了血淋淋的破壞力。

「危險已排除！」

傳回的信號響徹指揮室。

他從平臺升空，重新回到完全隱形模式。現在，只有通訊連接會讓防守的敵人知道一點有關他位置的線索，而那已經經過了誘餌中轉的掩飾了。

投影顯示出巨大得可怕的矩形，那裡就是古代哈肯能統治的核心。當初，它是為了禁錮奴隸而用吸光金屬建成的，精英階級則住在頂層的花園大廈內。尊母讓它恢復了以前的壓迫作用。

他的三艘巨型重錘艦進入了視野。

「清除頂層敵軍！」他命令，「趕盡殺絕，但盡量避免損毀建築。」

他知道他的話是多餘的，但發布命令就得這樣。事實上攻擊部隊中的每個人都知道他的想法。

「繼視投影報告！」他命令道。

資訊從他肩膀上的馬蹄鐵形設備開始流動起來。他把投影作為次級顯示投射出來。攝影機顯示他的軍隊在清掃戰場周邊。頭頂上空的戰役以及地面戰役都處理得很好，至少推進五十公里範圍外，比他預料的還要遠。這麼說尊母把重型武器放在行星之外，她們沒想到會有人大膽襲擊。他很熟悉這種態度，得感謝艾德侯預測到了這一點。

「她們被權力蒙蔽了雙眼，以為重型武器只是為了打太空戰使用，地面戰只會用到輕型武器。她們打算需要時再把重型武器送下來，似乎覺得把那些東西留在星球上毫無意義，又占用太多能量。另外，她們知道那些重型武器保持在空中會讓俘虜們噤若寒蟬。」

艾德侯的武器概念是毀滅性的。

「我們傾向於對那些以為自己很了解的事情更關心。導彈就是導彈，即便是微縮到裝著的是毒劑或者生化物也一樣。」

防護設備的創新提高了機動性，在允許的情況下這些設備都放在制服內。艾德侯還重新引入了屏蔽場機制，當被雷射光束擊中時會產生可怕的破壞效果。懸浮器上裝的屏蔽場隱藏在傀儡士兵（實際上是充了氣的制服）身上，這些傀儡士兵散布在軍隊前面，一旦有雷射槍向它們射擊，便會激發出無放射汙染的原子能量，從而清除大片區域。

交叉點會這麼容易攻下嗎？

特格對此頗為懷疑。退無可退的情況會激發人們適應新情況。

兩天內她們就可以在交叉點上加裝屏蔽場。

也沒有任何限制來規定她們如何使用屏蔽場。

他知道屏蔽場占據了舊帝國軍事防禦模式的半壁江山，是因為那個不知為何十分重要的詞，叫作「大公約」。可敬的人們沒有濫用他們封建社會的武器。如果你不尊重協定，其他人就會聯合起來，用暴力對付你。更何況，還有摸不著、看不見的「臉面」，有些人稱作「尊嚴」。

臉面！那是我在團隊中的位置。

對有些人來說，臉面比生命本身更重要。

「我們的損失非常小。」斯特吉說。

她正在轉變成戰役分析師，這對特格來說有點太無聊了，不符合他的喜好。斯特吉的意思是他們沒死幾個人，但也許她說得比她知道的還要真實。

「很難想像是廉價設備在建功立業，」艾德侯說過，「但那確實是很強而有力的武器。」

如果你的武器所耗能量與敵人相比少很多的話，你就有了強大的優勢，哪怕是在勝率極低的情況下，也有可能獲得成功。只要將衝突盡量延長，就可以浪費敵人的資源。失去了對生產力和工人的控制，敵人就將被掀翻。

「可以開始撤了，」他轉身從投影前移開，同時手在重複著剛才的命令，「我要盡快拿到傷亡報告——」他突然停了下來，一下子猛地轉過身。

默貝拉？

她的投影在指揮室的各個分區內不斷重複出現。她的聲音在圖像中響亮、刺耳：「你為什麼無視周邊報告？」她凌駕於他的控制臺權限之上，投影顯示出一位話說到一半的現場指揮官：「……命令，我不得不拒絕他們的請求。」

「再次報告。」默貝拉說。

現場指揮官大汗淋漓的臉轉朝他的移動式攝影機。通訊系統做了補償處理，此時他彷彿直直地看進特格的雙眼裡一般。

「報告：我這裡有自稱是難民的人要求庇護。他們的領袖說有協議規定女修會要尊重他的請求，但是沒有命令……」

「他是誰？」特格問道。

「他自稱拉比。」

特格操作控制臺，重新取回控制權：「我不認識任何——」

「等等！」默貝拉又取得了控制臺的許可權。

她是怎麼做到的？

她的聲音再次響徹指揮室：「把他和他的人都帶到旗艦上。行動要迅速。」她暫時關閉了周邊消息傳送的聲音。

特格大為震怒，但他身處劣勢。他選了多重顯影中的一個，怒視著她，說道：「妳怎麼敢干預戰場指揮？」

「因為你的資料不準確。拉比有權提出請求。準備好隆重歡迎他。」

「給我解釋。」

「不！你沒必要知道。但是我做這個決定很恰當，因為我看見你沒回應。」

「那個指揮官是在牽制區！不足以——」

「但是拉比的請求有優先權。」

「妳和大聖母一樣蠻不講理！」

「也許更糟糕。現在聽我說！把那些難民帶到你的旗艦上，然後準備迎接我。」

「絕不可能！妳要待在妳現在的位置！」

「霸夏！這個人的要求需要有聖母給予特別關注。他說他們處於危險之中，是因為他們庇護了盧西拉聖母一陣子。接受，否則就退下。」

「那先讓我把我的人接到艦上，然後先撤退。我們安全後就會合。」

「同意。但是對那些難民要以禮相待。」

「現在，離我的投影遠點。我看不了其他資訊了，愚蠢！」

「一切都在你的控制中，霸夏。在這段時間內，另一艘戰艦接收了四個混合人。牠們讓我們把牠們帶到馴獸師那裡去，但是我已經下令把牠們先囚禁起來。對待牠們要保持高度謹慎。」

指揮室投影螢幕上重新顯示出戰場狀態。特格再次下令撤回部隊。他強壓怒火，過了幾分鐘才重新恢復了控制感。默貝拉知道她削弱了多少他的權威嗎？或者他應該把這視作她強調難民重要程度的手段？

局勢穩定後，他把指揮室交給一位助手，然後坐上斯特吉的肩膀，去查看這些「重要」難民。這些人為什麼如此重要，以至於默貝拉冒險干預戰場？

他們都在一艘運輸艦內，一位謹慎的指揮官把這些本聚在一塊的人分開了。

誰知道這些來路不明的人藏了什麼？

這位拉比正在被戰地指揮官攔住詢問，所以很容易辨認，他正和一位穿棕色長袍的女人一起站在離他的人民不遠的地方。他個子不高，留著鬍子，戴著一頂白色無簷帽。冷冷的燈光使得他顯出一副古老先民的樣子。那個女人用手擋著眼睛。拉比正在說著什麼，特格走得愈來愈近，聲音也變得清晰起來。

這個女人正遭受語言攻擊！

「驕傲者會被貶低！」

女人沒有把手從防禦的位置拿開，直接說道：「我所承載的，並未讓我感到驕傲。」

「這種知識可能給妳帶來的權力也沒讓妳自傲嗎？」

特格夾緊了膝蓋，命令斯特吉在十步開外停下來。他麾下的指揮官瞥見了特格，但是仍舊留在原地，他擔心這是種分心之計，一旦有意外狀況，他將立即採取防禦措施。

幹得好。

這個女人把頭垂得更低了，說話的時候用手按著眼睛：「我們得到的難道不是侍奉神明時可能用到的知識嗎？」

「女兒！」拉比僵硬地挺直了身子，「不管我們能學到什麼知識可以更好地為主服務，也不會是多偉大的事情。所有我們說的知識，哪怕包含了一顆卑微的心所能容納的一切，也不會超過水溝裡的一顆種子。」

特格覺得自己不願意干涉。多麼古老的對話方式。這一對男女把他迷住了。其他難民全神貫注地聽著他們的對話。只有特格的戰地指揮官顯得十分冷靜，一直注意著這些陌生人，偶爾會給身旁的助手一個手勢。

女人低垂著頭表示尊敬，包括那隻阻擋的手，但是她仍然在為自己辯護：「即便是丟在溝渠的一顆種子也可能會帶來生命。」

拉比的嘴唇緊緊地抿成了一條線，顯得很冷峻：「沒有水和精心的呵護，也就是說，沒有祝福和話語，就沒有生命。」

伴隨著一聲沉重的嘆息，女人晃了晃肩膀，但是她仍然保持著那種奇怪的順從姿勢回應道：「拉比，我聽見你的話了，我也服從。可是，我必須尊重這個被強加給我的知識，因為它包含了你剛才所表達的告誡。」

拉比把一隻手放在她的肩膀上：「那麼就把它傳播給想要的人，願妳所到之處沒有邪魔侵入。」

特格知道沉默代表著這段爭論的終結。他催促斯特吉上前。她還沒來得及動身，就看到默貝拉大踏步從他們身邊走過，她的雙眼盯著那個女人，向拉比點了點頭。

「以貝尼・潔瑟睿德的名義以及我們對你們的虧欠，我衷心歡迎各位，並很樂意提供庇護。」默貝拉說。

棕色長袍的女人放下手，特格看到隱形眼鏡在手掌裡閃閃發光。然後她抬起頭，周圍霎時間響起一片驚嘆。這個女人的雙眼是香料上癮所致的徹底湛藍，但同時還透著那種內在的力量，顯示出她是一個經歷了香料之痛的人。

默貝拉立刻認出來了。一個體制外的聖母！自從沙丘星上不再有弗瑞曼人，就無人知曉這樣的存在了。

女人向默貝拉屈膝施禮：「我叫利百加。能和您在一起，我的內心充滿喜悅。拉比認為我是隻愚蠢的鵝，但這隻愚蠢的鵝擁有一顆金蛋，因為我承載著蘭帕達斯七百六十二萬兩千零一十四位聖母，她們理應屬於您。」

41

用答案去理解宇宙很危險。它們可以看起來很明智，卻什麼都沒解釋。

——禪遜尼警語

• • •

尊母承諾會派人來接應，但歐德雷迪一行人等待的時間愈拉愈長。她起先很生氣，接著又被逗樂了。最後，她開始跟著大廳裡的機器踱步，干擾它們的行動。多數機器都很小，也沒有一個是類人機器。

功能性機器。伊克斯伺服系統的典型印記。忙忙碌碌，它們對短暫停留在交叉點或任何類似地點的人提供小小的陪伴。

它們是如此普通，以至於很少有人會注意。由於它們無法處理故意的干擾，因此陷入了一動不動的狀態，不停發出嗡嗡聲。

「尊母沒什麼幽默感。」我知道，默貝拉。我知道。但是她們收到我的訊息了嗎？

多吉拉顯然收到了。她不再畏縮，看著這些滑稽的動作，露出了大大的微笑。塔瑪看起來不太贊成歐德雷迪的做法，但她忍耐著，什麼都沒說。蘇伊波不僅很高興，而且躍躍欲試地要幫忙，歐德雷迪不得不出聲阻止了她。

讓我來做這些煩人的事，孩子。我知道前面有什麼等著我。

確認她已經很清楚地表明自己的觀點後，歐德雷迪在其中一盞枝形吊燈下站定。

「到我這邊來，塔瑪。」她說。

塔瑪拉尼順從地站到歐德雷迪身前，臉上是一副樂於從命的表情。

「妳注意到了嗎？塔瑪，現代的大廳通常都很小。」

塔瑪拉尼掃了一眼周圍環境。

「過去大廳都很大，」歐德雷迪說，「會為權貴人士營造出一種頂級的空間感，當然還能給其他人留下你十分重要的印象。」

塔瑪拉尼明白歐德雷迪這麼表現想要表達的意思，跟著說道：「現在這時候，如果妳旅行的話，妳就很重要。」

歐德雷迪看著大廳地板上散在各處一動不動的機器。有的斷斷續續地嗡嗡叫，其他的則靜靜地等人或者什麼東西過來把它們恢復正常。

自動接待員是一個長得像陰莖一樣的黑色合成玻璃管，它帶著一隻閃亮的攝影機，從柵欄後轉了出來，在那些已經停滯的機器中間穿行而過，來到歐德雷迪面前。

「今天太潮溼了。」它用一種多愁善感的女性聲音說道，「真不知道氣象部在想什麼。」

歐德雷迪把頭伸到它旁邊，對塔瑪拉尼說：「為什麼她們非要讓這些機器模仿友好的人類？」

「很粗俗。」塔瑪拉尼表示同意。她強行把自動接待員擠到了一邊，機器轉動著想要弄明白這種入侵的根源，但是沒再做其他動作。

歐德雷迪突然意識到，她觸碰到了為巴特勒聖戰提供動力的力量——暴民動機。

就跟我的偏見一樣！

她研究著面前的機器。它是在等待指令嗎，還是她必須直接與這個東西對話才行？

又有四臺機械裝置進入大廳，歐德雷迪看到她們一行人的行李就疊在上面。

相信我們的所有物品都被仔細檢查過了。隨便搜吧，這上面找不到我們軍隊的任何資訊。

四臺自動運送行李的機器沿著房間邊緣快速行進，發現它們的路線被那幾個無法行動的機器阻擋住後便停下了，等著有人來排除這種突發狀況。歐德雷迪看著它們笑了。「匆匆過客的樣子，掩蓋了我們的祕密自我。」

掩蓋和祕密。

用這些語言惹惱那些觀察者。

來吧，塔瑪！妳知道這個策略。用大量的無意識內容讓她們困惑，激起她們無法識別的罪惡感。就像我剛才處理那些機器一樣讓她們不得安寧，讓她們小心翼翼。讓她們去想這些貝尼．潔瑟睿德女巫的真正力量是什麼。

塔瑪拉尼接到她的暗示。匆匆過客，還有祕密自我。她用和孩子說話的語氣向攝影機解釋著：「離開妳的小巢時，妳會帶著什麼？你是打包全部帶走嗎？還是會精簡行囊到只剩必需品？」

這些暗中觀察的人會把什麼列為必需品？衛生洗漱用品以及換洗或免洗衣物？武器？她們在我們的行李中搜索過這類物品，但是聖母通常攜帶的不是可見的武器。

「這個地方也太難看了。」多吉拉站在歐德雷迪身前，加入了塔瑪的行列，接著演了起來，「有時候甚至會讓人覺得可能是故意弄得這麼難看。」

啊，妳們這些暗中觀察的卑鄙小人。觀察多吉拉吧。還記得她嗎？既然她知道妳們可能會怎樣對她，為什麼她還要回來？回來把自己餵給混合人？看看她在乎了嗎？

「這是臨時歇腳處，多吉拉，」歐德雷迪說，「多數人絕不會把這裡當作最終目的地。是有一點不便，小小的不舒服，不過也可以提醒妳這只是個臨時住所。」

「路邊的小休息站，而且除非她們徹底重建，否則頂多也就當成這種小站了。」多吉拉說。

她們會聽到嗎？歐德雷迪沉著地向她選定的攝影機看了過去。

這種行徑不僅醜陋而且意圖明顯。它是在告訴我們：「我們會為妳們的胃提供點東西，加上一張床，一個傾空膀胱和腸子的地方，一個供維護肉體所需的那些儀式的地方，但是妳們很快就將消失，因為我們真正想要的是妳們留下的能量。」

自動接待員繞著塔瑪拉尼和多吉拉退後，又一次試圖與歐德雷迪接觸。

「你立刻送我們去我們的住處！」歐德雷迪說著，緊緊盯著那隻巨大的眼睛。

「天哪！我們招待不周啊。」

她們是在哪裡找到這麼膩人的聲音的？噁心。但還不到一分鐘，歐德雷迪就已經往大廳外走了，她們的行李在前面的運送機上，身後緊跟著蘇伊波，塔瑪拉尼和多吉拉殿後。

她們所經之處的一側，可以明顯看出疏於照料的痕跡。這是不是意謂交叉點的運輸量下降了？有趣。整條走廊上的百葉窗都被封起了。是有意隱藏著什麼嗎？在這種略顯陰暗的氛圍中，她發現地板以及窗臺上都有灰塵，只有很少的維護機械的痕跡。是要隱藏位於窗外的東西嗎？不太可能。這裡被關閉應該已經有些日子了。

根據哪些地方有獲得維護，她發現了一個模式：走動的人很少。這是尊母的影響。在一個地方老老實實待著，還要祈禱不會被潛伏在什麼地方的危險發現，只有這樣才會感覺更安全些，這種情況下還有誰敢四處走動？通往精英階級私人住處的道路暢通無阻，只有最高等級的人才能得到最良好的維護措施。

伽穆的難民到達的時候，會有房間供他們休息的。

大廳內，一臺機器遞給蘇伊波一臺嚮導脈衝產生器。「這是妳們的導航儀。」這是個藍色球體，黃色箭頭在裡面飄浮著，箭頭指向目標道路。「抵達目的地時會響起小小的鈴聲。」

脈衝器的小鈴響了。

我們這是到了哪裡？

這又是一個主人提供了「各種奢侈品」，卻還是讓人感覺很不舒服的地方。房間的地上鋪著淡黃色地板，牆壁塗成了淡淡的紫色，天花板是白色的。沒有犬椅。雖然沒有犬椅只能說明她們的經濟狀況，並非服務客人的喜好，但還是要感謝這一點。犬椅需要維護以及昂貴的服務人員。她看到家具鋪著珀瑪弗隆布料，能感到布料後面那種塑膠的彈性。房間裡的東西都是這幾種顏色。

床有點出乎意料。她們提出要硬些的床墊，有人理解得太拘泥於字面了，結果變成了黑色合成玻璃的平面，沒有床墊，也沒有寢具。

看到這一幕，蘇伊波開始抗議，但歐德雷迪制止了她。儘管貝尼·潔瑟睿德有資源，但舒適有時是需要先放在一邊的。首要是完成任務！那是她們最重要的工作。如果統御大聖母偶爾不得不睡在沒有寢具的硬板上，以職責為名義也就可以不計較了。再說，貝尼·潔瑟睿德也有很多辦法可以適應這樣微不足道的不便。歐德雷迪已經有適應這點不適的決心，因為她知道，如果她提出反對，很可能將面臨另一場有意的羞辱。

讓她們把這件事加到所有她們無意識地知曉的內容中，然後為此擔心好了。

檢查房間內其餘設施的時候，她叫的人到了，而且表現出一副毫不關心、幸災樂禍的態度。歐德雷迪和夥伴們進入公共客廳的時候，天花板上的通風口突然傳來了一個聲音：「返回大廳，妳們會被護送到大尊母那裡。」

「我一個人去。」歐德雷迪說著，壓下了其他的抗議聲。

在長廊進入大廳的入口處，一名身著綠色長袍的尊母坐在一張顯得很脆弱的椅子上。她的臉看起來彷彿城牆一般，如同層層疊疊的石頭。嘴就像個水閘，她用一根透明的管子將液體吸入嘴裡。紫色的液體順著管子向上流動，液體散發出一種糖類的味道。那雙眼睛像是從城牆上緣偷窺的武器一般。鼻子彷彿是眼睛將仇恨發洩出來的一個斜坡。下巴看來瘦弱。那個下巴似乎無須存在，像是事後才想起來要有個下巴一樣，甚至能從中看到嬰兒時期的影子。還有頭髮，經過人工染成深色後成了泥褐色。不重要。眼睛、鼻子、嘴，這些才重要。

那個女人傲慢地緩緩起身，強調光是她注意到歐德雷迪就是多麼大的恩賜。

「大尊母同意見妳。」

她的聲音厚重，幾乎透著陽剛之氣。志得意滿溢於言表，以至於不管她做什麼都難免顯露出驕傲來，還帶著那種執拗的偏見。她「知道」那麼多事情，簡直就是個移動的無知與恐懼的展示牌。歐德雷迪把她看作是尊母脆弱之處的完美展示。

她們轉過了很多拐角和長廊，這些地方都乾淨明亮，最後來到一處長長的房間——陽光透過一排窗子傾瀉而下，房間一頭是複雜的軍事控制臺，顯示著太空圖和地形圖。這是蜘蛛女王整個網路的中心？歐德雷迪有些懷疑。控制臺有些太明顯。一眼就知道那是做什麼的，但整個設計又和大離散風格有些不同。人類能夠操縱的場地有其物理限制，心智介面的罩子也不例外，即便實際上它呈現出高聳的橢圓形加上看起來髒髒的奇異黃色。

她掃視整間房間。家具很少。有幾張懸帶椅和小桌子，還有一大片開闊區域，（也許）是人們等待尊母下達命令的地方。沒有雜物。這裡應該是行動中心。

用它讓女巫開開眼界！

有一面長長的牆，透過牆上的窗子能看到外頭的石板地和花園。這一切都是設計好的！

蜘蛛女王在哪裡？她在哪裡睡覺？她的巢穴是什麼樣子？

兩個女人從通往石板地的拱形門走了進來。兩人都穿著紅色長袍，上面是閃亮的阿拉伯花飾和龍形裝飾，由敲碎的蘇石製成。

歐德雷迪保持著沉默，謹慎行事，護送人員極盡簡單地做了介紹，然後就匆忙離開了。

如果沒有默貝拉的提示，歐德雷迪一定會覺得蜘蛛女王身邊站著的那個高個子才是領袖；但恰恰相反，反而是身材矮小的這位身居高位。很有意思。

這個人不只是爬到了權力的頂峰，她還是在縫隙間遊走才取得了今天的地位。有一天，她的姊妹們醒來，突然意識到這已經成了事實。她已經穩穩地坐在正中央。誰又能反對？離開她十分鐘，妳可能就忘了自己反對的是誰了。

兩個女人用同樣的熱切審視著歐德雷迪。

也好。此時，這樣的事情必不可少。

蜘蛛女王的外表遠超她意料。直到此刻之前，貝尼．潔瑟睿德都沒有取得關於她樣貌的詳細描述，只有臨時投影可供參考，但都是根據少數零散的資料與想像構建出的形象。她終於現身了，是個小個子女人，長袍下身著紅色緊身衣，如預料的一樣，緊身衣顯露出她緊繃的肌肉輪廓。平淡無奇的鵝蛋臉，棕色的眼睛也並無光彩，眼神裡跳動著橘色的光。

恐懼，又因恐懼而憤怒，但無法確切猜到她恐懼的緣由。她有的只是一個目標——我。她覺得會從我這裡得到什麼？

她的助手就完全是另一種人了：從外表上看，她要危險得多。一頭金髮梳理得一絲不亂，略帶點鷹鉤鼻，薄嘴唇，顴骨高聳，皮膚緊繃，還有那惡毒的眼神。

歐德雷迪把眼神再次投向蜘蛛女王的五官：離開一分鐘也許就很難形容出來的鼻子。挺直？嗯，算是吧。

眉毛與稻草色頭髮很匹配。嘴微微張著，變成了那種能看見的肉色，閉上時幾乎就看不到了。在這張臉上，你很難找到視線聚焦的中心，因此整張臉感覺都很模糊。

「就是妳在領導貝尼．潔瑟睿德。」

她的聲音同樣低調，用的是凱拉赫語，語音上帶著些奇怪的曲折變化，沒有術語，但讓人感覺她的舌頭後面就藏著行話。這蘊含著語言學技巧，默貝拉的資訊裡特別強調過。

「她們有種和魅音很接近的東西。和妳教我的不完全一樣，但她們會另一種技巧，也是某種語言上的技術。」

語言上的技術。

「我應該怎麼稱呼妳？」歐德雷迪問。

「我聽說妳們叫我蜘蛛女王。」狂暴的橘色光點在她的眼睛裡跳躍著。

「現在我們就在妳那張大網的中心，加上妳極大的權勢，恐怕我必須承認確實如此。」

「妳注意到的就是這個——我的權勢。」愛慕虛榮！

歐德雷迪首先注意到的是這個女人的氣味。她籠罩在一層濃郁到離譜的香味中。

為了掩蓋她的費洛蒙？

是因為她被警告過貝尼．潔瑟睿德有能力根據極微小的資料做出判斷嗎？有可能，但也可能只是她偏愛這款香水。這種令人作嘔的古怪混合物讓人很容易聯想起那些異國情調的花朵。莫非這種氣味源自她的家鄉？

蜘蛛女王把一隻手放在她那再普通不過的下巴上：「妳可以叫我達瑪。」她的同伴提出了反對：「這是百萬星體中最後的敵人！」

原來她們是這麼看待舊帝國的。

達瑪抬起一隻手，示意安靜。整個姿態顯得十分隨意，卻表達了明確的意圖。歐德雷迪在那位助手眼裡看到了與貝隆達十分相似的閃亮眼光。她在那裡虎視眈眈，伺機而動。

「多數人都要叫我大尊母，」達瑪說，「不過我授予妳這個榮譽。」她朝身後的拱形門做了個手勢，「我們出去走走，就我們兩個，邊走邊聊。」

不是邀請，這是個命令。

歐德雷迪在門邊停了一下，看看在那裡顯示的一幅地圖。白底黑線，細線標示道路，凱拉赫語在一些不規則的邊緣輪廓上寫著標誌。那裡是石板小道外的花園，能看出其中一些植物。歐德雷迪彎下腰，湊近了仔細研究，與此同時，達瑪饒有興致與寬容地在旁等待。是的，極不尋常的樹木和灌木叢，很少有結可食用果實的種類。擁有這些植物足以讓人引以為豪，地圖也正是要強調這點。

進了院子後，歐德雷迪說：「我注意到妳用了香水。」

達瑪一下子陷入了回憶中，回應的時候聲音裡也似乎帶有些微不一樣的含意。

為她自己的火紅灌木叢而做的花朵名牌。多麼令人讚嘆！但想到這裡，她既悲傷又憤怒。她在想為什麼我要提起這個。

「否則，灌木叢就不會接受我了。」達瑪說。

她選擇了這樣的動詞時態，很有意思。

帶著口音的凱拉赫語不難理解。很明顯她下意識地調整了口音，以便她的聽眾能聽明白。聽力很好。用幾秒鐘去看一看，聽一聽，然後做出調整，讓別人能聽懂自己的話。這種交流形式歷史久遠，多數人類都會迅速採用。

歐德雷迪認為這種行為源自保護色。

不想被當作異類。

這種對外界做出適當調整的性格特徵是刻在基因裡的。尊母並沒失去這個特徵，但這是個弱點。下意識中採用的音調並未被徹底掩蓋住，而這種音調會透露很多資訊。

儘管她有著堂而皇之的自負，但達瑪聰明且自律。歐德雷迪得出這個觀點會令達瑪愉悅，沒有必要刻意迴避她的優點。

達瑪在院子邊停了下來，歐德雷迪走到此處也止步。她們幾乎是肩並肩地站著，歐德雷迪向外望著花園，對那種幾乎是貝尼·潔瑟睿德式的外觀感到驚訝。

「儘管說出妳的觀點。」達瑪說。

「作為人質，我有什麼價值？」歐德雷迪問道。

那種橘色的光斑暴漲！

「妳顯然問過這個問題。」歐德雷迪說。

「繼續。」橘色慢慢消退了。

「女修會有三個人可以取代我。」歐德雷迪用她最具穿透力的目光盯著對方，「很可能我們會互相摧毀，最終只能夠兩敗俱傷。」

「對付妳們就像捏死一隻螞蟻那麼簡單！」

小心橘色！

內心的警告並不能改變歐德雷迪的心意：「但是捏死我們，妳的手也會潰爛，最後疾病就會吞噬妳。」

在不提供具體細節的前提下，她已經把話說得再清楚不過了。

「不可能！」她的眼神裡透著橘色的怒火。

「妳以為我們不清楚妳們是如何被敵人驅趕至此的嗎？」

這是最危險的一著險棋。

歐德雷迪觀察著這著棋是否生效。陰沉的臉並不是達瑪唯一的反應。那種橘色消失了，使得那雙眼睛變得平淡沉悶，反而和陰沉的臉色形成了奇怪的反差。

歐德雷迪點了點頭，彷彿聽到了達瑪的回答一般：「那些人已經把妳們趕進了死胡同，我們可以讓妳們在這些人面前不堪一擊。」

「妳以為我們……」

「不是以為，我們知道。」

至少，現在我知道了。

這個資訊既讓她欣喜又讓她恐懼。

是什麼力量讓這些女人也不得不屈服？

「我們只是在積攢力量好去——」

「好返回那個妳們注定將被粉碎的競技場上去……在那裡，即使人多勢眾也無濟於事。」

達瑪的聲音又回復成那種柔軟的凱拉赫口音，歐德雷迪很難聽明白：「這麼說他們找過妳們了……而且還提出了價碼。妳們多麼愚蠢，竟然信任……」

「我沒說我們信任。」

「如果勞格諾……」她點頭示意她說的是屋裡的那個助手，「……聽妳這麼和我說話，妳會在我來得及警告之前就被殺掉。」

「我很幸運，這裡只有我們倆。」

「別總指望這個。」

歐德雷迪扭回頭望向那座建築。對宇航設計風格做出的改變顯而易見：正面長長的一排窗戶，用了很多異國情調的木料和寶石。

那是財富的象徵。

她現在面對的是普通人難以想像的財富。只要是她想得到的，只要是這個社會可以提供出來的，沒有不在她面前屈從的，沒有敢拒絕她的。除了返回到大離散中的自由。

達瑪牢牢地抓著她那流亡終將結束的幻想不放手，抓得多麼牢固。能把這股力量驅趕回舊帝國的，又是什麼樣的力量？為什麼是這裡？歐德雷迪不敢問。

「我們去我的住處繼續這場談話。」達瑪說。

終於要進入蜘蛛女王的巢穴了！

達瑪的住處有點讓人困惑。地板上鋪著厚地毯，她脫掉涼鞋，光腳走了進去。歐德雷迪依樣畫葫蘆。

看看她腳外側那層老繭！危險的武器會保養，維持良好狀態。

讓歐德雷迪感到困惑的不是柔軟的地面，而是房間本身。一扇小小的窗戶俯瞰著精心修剪的綠植花園。牆上沒有掛飾，也沒有圖畫，同樣沒有任何裝飾。通風口格柵在她們進來的門上投下了一條條陰影，右邊還有一扇門和另一個通風口。兩張灰色軟沙發，兩張黑得發亮的小邊桌，還有張金色調的桌子，比剛才那兩張小邊桌稍大，上方有綠燈閃爍，說明那裡是控制區。歐德雷迪認出了細細的矩形輪廓，那是鑲嵌在金色桌子上的投影儀。

啊，這裡是她的工作室。我們是來工作的嗎？

這個地方能讓人專心致志地工作，任何會分心的因素都被精心消除了。達瑪會接受哪些令人分心的因素？

有裝飾的房間在哪裡？她一定會有與她所處環境相匹配的特有生活方式。妳不可能永遠在心裡搭起屏障，去拒絕讓妳不適的周遭事物。如果想要真正的舒適，妳的家不可能按傷害妳的方式搭建，尤其不能在無意識中對妳產生任何傷害。她明白無意識的弱點！這個人是真正的危險，但她有能力說「是」。

這是古老的貝尼．潔瑟睿德洞察力。要尋找能夠說「是」的人，不要費力找那些只能說「不」的嘍囉。要找出能夠達成協議、簽署合約、兌現承諾的人。蜘蛛女王不常說「是」，但她有這個權力，她自己也知道。

她把我帶到一邊的時候，我就應該意識到了。她允許我稱呼她為達瑪，這就是她釋放的第一個信號。我設計讓特格去襲擊，而我無法阻止他，我是不是做得太急躁了？現在反悔已經太遲了。鬆開了特格身上的韁繩時我就知道了。

但我們可能會吸引什麼其他力量？

歐德雷迪已經將達瑪的統治模式刻在心裡。哪些話、哪些手勢可能會讓蜘蛛女王退縮，甚至蜷縮到強烈地意識到她自己的心跳的狀態，這些線索都已收入歐德雷迪腦中。

這場戲必須演下去。

達瑪在金色桌子上方的綠色區域內正用手做著什麼。她全神貫注，完全忽視了歐德雷迪，這既是種羞辱，也是種讚揚。

妳不會干預的，女巫，因為那不符合妳的最大利益，妳知道的。另外，妳還沒那麼重要，不足以讓我分心。

達瑪顯得有些焦躁。

伽穆的襲擊行動成功了嗎？難民開始抵達了？

目光中橘色的火焰重新燃起，聚焦在歐德雷迪身上：「妳的飛行員剛剛寧願毀了自己和妳的航艦也不願接受我們的檢查。妳到底帶了什麼？」

「我們自己。」

「有一道發出的信號，信號源正是妳！」

「好告訴我的同伴我是否還活著。妳已經知道了，我們的祖先有些會在發動襲擊前燒掉自己的船，這樣就沒有退路了。」

歐德雷迪帶著十分的小心說著，語氣與時機都根據達瑪的反應不斷調整：「如果我成功，妳將會送我回去。我的飛行員是個賽博格，因此他無法用謝爾保護自己不受妳們探測。他接到的命令是寧可自殺也不能落入妳們的手裡。」

「以免為我們提供妳們行星的座標。」達瑪眼裡的橘色變弱了，但她似乎仍然深受困擾，「我沒想到妳的人在服從命令方面能做到這種程度。」

女巫，沒有性的牽絆，妳是如何掌控他們的？答案不是很明顯嗎？我們有祕密力量。

現在要小心，歐德雷迪提醒自己，要有條不紊，隨時注意新情況。讓她以為我們只選擇一種回應方法且不會改變。她對我們有多少了解？她不知道即使是大聖母也可能只是一小塊誘餌，一種只為得到關鍵情報的誘惑。所以我們更優越嗎？如果是這樣，那更優越的訓練能帶來更優越的速度和數量嗎？

歐德雷迪沒有答案。

達瑪在金色桌子後坐了下來，她並沒請歐德雷迪也坐下。這種行動有種築巢的意味。她並不常離開此地，這是她網路的真正中心，所有她覺得需要的東西都在這裡。她把歐德雷迪帶進這間房間，正是因為在任何其他地方都不方便。她在其他環境下不舒服，也許甚至會感到有些受到威脅。達瑪不追求危險，她曾經那樣做過，但那是很久前的事了，已經封存在她腦海中。現在，她只想坐在安全又組織完備的繭中，在這裡，她可以操控其他人。

歐德雷迪心情愉悅地發現這些觀察印證了貝尼・潔瑟睿德的推斷。女修會知道如何利用這種優勢。

「妳沒什麼要說的了嗎？」達瑪問道。

拖延時間。

歐德雷迪冒險提問：「我極度好奇妳們為什麼同意這次會面？」

「為什麼好奇？」

「這特別……特別不符合妳們的作風。」

「我們是什麼作風，由我們自己決定！」她的聲音顯得相當暴躁。

「但是我們有什麼東西，會讓妳們感興趣？」

「妳覺得我們覺得妳們很有趣？」

「可能妳們甚至覺得我們很了不起，因為我們正是這麼看妳們的。」

達瑪臉上瞬間閃現滿意表情：「我知道妳們會覺得我們很有吸引力。」

「非比尋常的也會吸引那些與眾不同的。」歐德雷迪說。

這句話讓達瑪的唇上露出了心照不宣的笑意，是那種人們覺得自己的寵物很聰明的笑容。她起身走到唯一那扇窗前，喚歐德雷迪到她身邊去，指著第一束開花的灌木叢之外的一排樹木，用那種很難聽懂的柔和口音開始說話。

有什麼東西觸發了內在警報。歐德雷迪陷入意識並流中，她尋找著源頭。是這間屋子裡的東西，還是蜘蛛女王？達瑪的行為和這裡的布置缺乏一種自然性。所以這一切都是設計好的，要創造出一種效果。是經過精心策劃的。

這位真的是我口中的蜘蛛女王嗎？還是另有更強大的一位在背後監視著我們的一舉一動？

歐德雷迪思索著，迅速揀選著思緒。這個過程中產生的問題遠多於答案，這是種接近晶算師記事法的心理速記。尋找相關性，提出潛在（但有秩序的）背景情況。秩序通常是人類活動的產物，混亂是作為創造秩序的原料而存在的。這就是晶算師方法，提供的不是無可更改的真理，而是做出決定的卓越手段：在不間斷的系統中有秩序地收集安排資料。

她找到了一處結論。

她們在混亂中狂歡！她們更愛混亂！這是群腎上腺素成癮的人！

所以達瑪就是達瑪，大尊母。永遠的施予者，永遠的大領導人。

沒有更強大的上位者在監視我們。但達瑪相信這是在討價還價。你會有種她以前從來也沒做過這樣的事的感覺。事實正是如此！

達瑪在窗下一處沒有任何標記的地方碰了一下，牆向後摺疊，揭示這扇窗只是個巧妙的投影。走道通向用墨綠色瓷磚鋪就的高陽臺，居高臨下地對著一片農園，那園子與窗戶投影中的園子大不相同。這裡留存了混亂，野蠻生長也未加控制，與遠處井然有序的花園對比起來更加令人矚目。有刺藤、倒下的樹木、濃密的灌木叢。再遠處，還有規劃整齊的空間，種著一排排像是蔬菜的東西，有自動收割機來往穿梭其間，在它們身後留下一段段裸露的土地。

熱愛混亂，的確如此！

蜘蛛女王露出微笑，率先走向陽臺。

走到陽臺上的時候，歐德雷迪又一次因為她眼前的景象停下了腳步。那是左邊防護矮牆上的裝飾。整個裝飾品大小與真人相仿，用一種幾乎是縹緲超凡的物質塑造而成，形成了羽毛般柔軟的平面和曲面。

歐德雷迪瞇起眼打量著這座雕塑，她發現這是要代表一個人類。男性還是女性？有些地方是男性，有些又是女性。平面和曲面應和著無定向的微風輕輕擺動。一些構造精妙的曲折管子固定在一座半透明的小丘上，管道裡伸出些精細到幾乎看不見的鐵絲（看起來像魁迦藤），這座雕塑就是靠著鐵絲懸著的。雕塑下肢末端幾乎碰到了支撐基座的鵝卵石表面。

歐德雷迪目不轉睛地看著，一時竟無法自拔。

為什麼看到它會讓我想起什阿娜的那座〈虛無〉？

有風吹過的時候，整座雕塑似乎都在跳舞，有時稍靜些，就像是在優雅地踱步，然後慢慢地踮起腳尖，抬起一腿，慢慢地轉了起來。

「這叫〈芭蕾大師〉，」達瑪說，「有時風吹過來，它還會把腳踢得很高。我見過它優雅地奔跑，像個馬拉松選手一樣一刻不停。有時候就只是有些醜陋的小動作，手臂動來動去，好像在舉著武器一樣。美麗又醜陋——都一樣。我覺得藝術家給它起錯了名字。〈無從知曉〉可能更適合。」

美麗又醜陋——都一樣。〈無從知曉〉。

那正是什阿娜的創作可怕之處。歐德雷迪感到一陣恐懼襲遍全身：「出自哪位藝術家之手？」

「我不知道。以前的一個同伴從我們正在摧毀的星球上拿的。妳好像很感興趣，為什麼？」

這是那無人可駕馭的狂野。但她說道：「我想我們都在尋求互相理解的基礎，想在我們之間找到些相似之處。」

這句話又燃起了她目光中的橘色火焰：「妳們可能想要理解我們，但是我們不需要理解妳們。」

「我們都來自女性社會。」

「把我們當成妳們的分支是很危險的！」

但默貝拉的證據顯示妳們就是。由大離散中被逼到絕境的魚言士和聖母組成的組織。

歐德雷迪擺出天真的模樣，但欺騙不了任何人，她問道：「為什麼危險？」

達瑪大笑起來，聲音中卻全無笑意。彷彿受到了傷害而懷恨在心。

歐德雷迪突然重新評估起危險來。現在不僅需要貝尼．潔瑟睿德的探測和檢查，這些女人一旦發怒就習慣殺戮，這是種條件反射。達瑪和她的助手談話時已經說了類似的話，而她剛剛發出的信號則表明，她的忍耐是有限的。

但是，她還是在以自己的方式表達著談判意圖。她展示了令人驚嘆的機械裝置、她的權勢，和她的財富。但沒有提到聯盟。她想說，女巫，主動做我們的僕人，我們的奴隸，我們會赦免妳們大部分罪行。她是為了得到百萬行星中的最後一個？肯定還有更多目的，但不管怎樣，這是個有趣的數字。

重新審視過該如何小心謹慎後，歐德雷迪改變了策略。聖母太容易陷入適應模式。當然，我和妳很不一樣，但為了達成協議，我能屈能伸。這對尊母來說是行不通的，只要有一絲跡象表明她們不是處於絕對控制的一方，她們都不會接受。達瑪允許歐德雷迪擁有如此高的自由度，是為了申明，彰顯她的地位高於她的姊妹。

達瑪再次用她蠻橫的態度說話。

歐德雷迪認真聽著。蜘蛛女王覺得貝尼．潔瑟睿德可以提供的最有吸引力的事物之一，就是對新疾病的免疫力，這點多奇怪。

那就是將她們驅趕到這裡的襲擊方式？

她的真誠是很天真的。這樣就沒有那些令人生厭的定期檢查了，就為了看看肉體是不是生了些隱祕的疾病。有時疾病不是那麼隱祕，有時也會很危險，讓人心生厭煩。但貝尼．潔瑟睿德可以結束這一切，而且會得到合理的回報。

多麼令人愉快。

每個字都還是那種懷恨在心的語氣。歐德雷迪在想：懷恨在心？這個詞似乎並不能完全描述出那種感覺。那是種深層次的東西。

是下意識的嫉妒之心，對與我們分開後所失去的東西感到心有不甘！

這是另一種模式，已經被程式化了！

尊母落入了一種不自知的重複性習慣動作中。

我們早就拋棄那種習慣動作了。

這不僅是拒絕承認她們起源於貝尼・潔瑟睿德。這是在處理垃圾。失去興趣了，就把東西扔在那裡，讓嘍囉把垃圾拿出去。她更關心下一個她想要消耗的東西，而不是那些把她的巢穴弄髒的物品。

尊母的缺陷比之前懷疑的更嚴重，對她們自己以及她們控制的人來說也更致命。而她們本身無法面對這一點，因為對她們來說，缺陷根本不存在。

從來不曾存在過。

達瑪仍然是個無法觸碰的矛盾體。她的腦海裡沒有關於結盟的問題。她看起來似乎是在準備這麼做，但那只是在測試她的敵人。

放手讓特格去做還是對的。

勞格諾從工作室走了出來，手上端著一個托盤，上面放著兩只細長玻璃杯，裡面幾乎盛滿了金色液體。達瑪拿了一只，嗅了嗅，然後以愉悅的表情啜了一口。

勞格諾的眼睛裡那惡毒的光芒是什麼意思？

「嘗嘗這種酒，」達瑪邊說邊指著歐德雷迪，「我相信妳從沒聽過它的原產地星球，我們在那裡湊齊了生產這種完美金色葡萄所需的所有元素，這種葡萄能做出完美的金色葡萄酒。」

歐德雷迪被人類與他們珍貴的古老飲品之間長久的聯繫所吸引。酒神巴克斯。漿果會在灌木叢或是部落容器中發酵。

「沒有毒，」歐德雷迪正猶豫之時，達瑪說道，「我可以向妳保證。我們會在有需要時殺人，但我們不做蠢事。我們把那些更露骨的致命打擊留給大眾。我不會把妳誤認為是那些泛泛之人的。」

達瑪自覺妙語如珠，輕笑起來。這種費力表現的友好幾乎讓人感到噁心。

歐德雷迪拿起端上來的杯子，抿了一口。

「這是有人為了取悅我們而專門設計的。」達瑪說著，把注意力鎖在歐德雷迪身上。

一小口已經足夠了。歐德雷迪感覺到了些異樣物質，她用了幾次心跳的時間去辨別它的目的。是要使保護我免受刑訊儀影響的謝爾失效。

她調整了自己的新陳代謝，使這種物質變得無害，然後說出了她所做的事。

達瑪怒視著勞格諾：「原來如此，怪不得這類東西對女巫不起作用！而妳從來沒懷疑過這點！」

怒火簡直要化作物理力量砸向那個倒楣的助手。

「是一種我們用來抵抗疾病的免疫系統在起作用。」歐德雷迪說。

達瑪把杯子猛地摔到地磚上，她花了些時間才恢復平靜。勞格諾舉著托盤，幾乎是以拿盾牌的姿勢慢慢撤了出去。

看來達瑪並非偷偷溜上了權力中心。她的姊妹認為她是致命的危險，所以我必須也這樣看她。

「浪費精力，必須有人為此付出代價。」達瑪說。她的笑容並不令人愉快。

有人。

有人釀了酒，有人做了這會跳舞的雕塑，有人必須付出代價。是誰從來都不重要，重要的是樂趣或是懲罰的需要。順從。

「不要打斷我的思路。」達瑪說。她走到低矮的護牆邊，盯著她的〈無從知曉〉，顯然在重新建立「談判」的姿態。

歐德雷迪轉過身去看勞格諾。那種一刻不停的警惕，全神貫注，且興奮至極地鎖定達瑪是怎麼回事？這已經不再是簡單的害怕。勞格諾突然顯得極度危險。

毒藥！

對歐德雷迪來說，這件事就像那位助手已經喊出了這個詞一樣確定。

我不是勞格諾的目標。暫時還不是。她抓住這個機會攫取權力。

無須去看達瑪。這一刻蜘蛛女王的死已經明確地寫在勞格諾的臉上。歐德雷迪轉過身去，確認了此事。達瑪正縮成一團躺在〈無從知曉〉下。

「妳將稱呼我為大尊母，」勞格諾說，「妳會為此而感謝我的。她（指著陽臺角落那紅色的一堆）打算背叛妳，消滅妳的人民。但我有其他計畫。我不是那種在最需要的時候去摧毀一件有用的武器的人。」

42

戰鬥？總有爭求更多呼吸空間的欲望在刺激著戰爭發生，不在這裡，就在那裡。

——特格霸夏

• • •

默貝拉帶著未反映她實際感覺的漠然態度觀看交叉點上的戰鬥。她在自己的無現星艦指揮中心和一小群督察站在一起，注意力鎖定在從地面戰區攝影機上不斷傳來的投影上。

交叉點上到處都在戰鬥——黑夜的半球上，道道亮光劃過，白天的半球上，爆炸的灰煙升騰。由特格坐鎮的主要交鋒以「堡壘」為中心展開——這是幢宇航設計的巨大建築，邊緣附近新建了一座高塔。雖然歐德雷迪的生命徵象傳輸突然停止了，但她的早期報告已經證實大尊母就在那裡。只能從遠距離觀察，使默貝拉的疏離感更加增長，但她還是能感到興奮。

有趣的時代！

這艘戰艦裝載著珍貴的貨物。來自蘭帕達斯的百萬記憶正在通常為統御大聖母預留的套房內分享，為離散做準備。這位帶著珍貴記憶的體制外聖母如今是這裡的重中之重。

這是確定無疑的金蛋！

默貝拉想起在那間房間內以生命為代價所付出的風險。要做最壞的準備。這裡不缺志願參與分享記憶的聖母，而且雖然為了激發分享與降低風險，本該用上香料藥品協助，但交叉點上的武力衝突帶來的威脅減少了對香料的需求。這艘戰艦上的任何人都能感覺到歐德雷迪在這場賭局中的孤注一擲，認識到了死亡的威脅正在逼近。這更加證實了分享的必要性！

記憶在女修中傳遞是以危險為代價的，這種聖母個人轉化為擁有多種記憶的過程對默貝拉來說已經失去了神祕的光環，但默貝拉仍然對責任感到敬畏。利百加的勇氣……還有盧西拉！……都讓人不得不欽佩。

上百萬條生命的記憶！全都集中在女修會所謂的「絕境進程」之中，二二得四，四四十六，然後是十六乘十六，直到每個大腦都裝載了所有的記憶，這樣任何倖存的人都能夠保留下這累積的寶貴財富。

她們在統御大聖母的套房內正在進行的事頗有那種味道。這個概念不再讓默貝拉害怕了，但仍顯得非比尋常。歐德雷迪的話很能撫慰人心。

「一旦妳完全適應了他者記憶的重荷，其他的一切都會進入一種完全熟悉的視角，就好像妳一直都知道一樣。」

默貝拉察覺，特格準備以死捍衛這種多重意識，這種多重意識正是貝尼・潔瑟睿德女修會的關鍵所在。

我能做得比他少嗎？

特格不再是謎一樣的傳說，但仍是尊敬的對象。記憶中的歐德雷迪更加深了默貝拉對他的尊敬之意，她談起他的豐功偉績，然後說：「不知道我在那邊怎麼樣了？問問看。」

指揮官說：「沒有任何資訊。但她的傳送信號也可能是被能量盾擋住了。」

他們知道真正問這個問題的是誰。他們臉上的表情表明了一切。

她擁有歐德雷迪！

默貝拉又把注意力放在堡壘的戰況上。

默貝拉的反應讓她自己大吃一驚。這一切都被一種由來已久的厭惡所沾染，即厭惡重複而無意義的戰爭。但儘管如此，新獲得的貝尼．潔瑟睿德能力還是明顯讓她興高采烈。

她注意到尊母的部隊武器精良，特格的吸熱護墊正在遭受襲擊，但就在她密切觀察期間，尊母的防禦戰線崩潰了。艾德侯設計的巨型破壞武器落在高大樹木之間的一段通道，撞得守衛東倒西歪，她能聽到陣陣哀號。

他者記憶使她能從獨特的視角作出比較。就像個馬戲團一樣，航艦著陸，裡頭的人類貨物從艙內傾瀉而出。

「蜘蛛女王！在中間的環形區！我們是人類前所未見的英勇！」

歐德雷迪的人格生出一種饒有興致的輕鬆感。用這來增加女修間的親近如何？

妳在那邊還好嗎，達爾？她們是不是已經殺了妳？一定是的。蜘蛛女王會怒火中燒地怪罪妳。

在特格發動襲擊的路上，她看到午後的樹木投下長長的暗影，似乎在邀請人們去樹下納涼。他命令手下去查看一番，不是看吸引人的林蔭大道，是去找找有什麼不好走的路可以利用。

堡壘位於一座巨大的植物園內，珍奇的樹木伴著更加奇怪的灌木叢，中間夾雜著些常見的植物，一堆一簇地隨意種植，彷彿是被孩子蹦跳著撒落到地上一般。

默貝拉覺得馬戲團的比喻很有吸引力。這為那些她曾目睹的一切提供了新的視角。頭腦裡有人在宣告開場。

請看這邊，會跳舞的動物，蜘蛛女王的守衛，恭順無比！第一個環形區內，將上演大事件，由我們的場上指揮——邁爾斯・特格先生親自監督！他的小夥子們神祕莫測。這就是天才！

羅馬馬術場的舞臺上上演的戰鬥，在這裡也都細節完備。默貝拉很欣賞這種影射。它使觀察更加豐富。

擠滿了裝甲兵的戰鬥高塔一點點逼近。他們交火了。火焰劃破天空，屍體落地。

但這些是真正的身體、真正的痛、真正的死亡。貝尼・潔瑟睿德的敏感促使她對這樣的浪費感到遺憾。

我的父母不就是這樣在大掃蕩中被抓的嗎？

來自他者記憶的比喻消失了，然後她看到了交叉點，她知道特格肯定也在看著。血腥的暴力，記憶中並不陌生，然而又很新鮮。她看見進攻方在向前推進，聽到了他們的喊叫。

女人的聲音，明顯帶著震驚：「那片灌木叢在對我尖叫！」

另一個聲音傳來，是個男性：「不知道這些東西從哪裡來的。那個黏糊糊的東西會灼燒皮膚。」

默貝拉聽到堡壘遠處那邊有行動的聲音，但是到了特格的位置附近就奇怪地安靜下來。她看見他的士兵在暗影下飛快掠過，朝著高塔逼近。特格騎在斯特吉的肩膀上，也在那個位置。大約半公里外，高塔正對著他們，特格抬頭向那裡望了一陣。默貝拉選了個與他的目光一致的投影畫面。畫面裡顯示的是窗後有東西在動。

那神祕的武器在哪裡？尊母們應該會做孤注一擲的反擊啊。

他現在會怎麼做？

特格的指揮艙在主交戰區外被一束雷射擊中，只能作廢。指揮艙歪倒在他身後，他跨坐在斯特吉的肩膀上，隱蔽在一片灌木叢中，其中有些還在悶燒。與指揮艙一起失去的還有他的控制臺，但那銀色的馬蹄鐵形指揮連接器還在，不過沒了指揮艙的強化器，功能大打折扣。通訊專家就在附近潛伏著，十分緊張不安，因為他們失去了與行動部隊的密切聯繫。

建築後方，戰鬥還在繼續，槍炮聲愈來愈響。他聽到了嘶喊、火焰槍的嘶嘶聲、大型雷射槍的嗡鳴，還有手持武器那種細小的嗖嗖聲。在他左側，戰場上的某個地方傳來沉悶的嗡嗡聲，他聽出來了，那是重裝甲陷入麻煩的聲音。伴隨著刮擦聲，那是金屬的痛苦呻吟。能量系統已經損毀，它正拖著笨重的身體努力蹣跚前行，可能會把花園弄得一團糟。

特格的私人助理海克正在霸夏的身後，閃躲著朝他前進。

斯特吉先注意到了他，沒有提示就直接轉身，特格不得不面對這個人。海克皮膚黝黑，肌肉發達，眉毛濃重（現在已經被汗水打溼），直接在特格面前停了下來，沒等呼吸平穩就急忙開口說：

「我們最後一個口袋也封緊了，霸夏。」

海克提高了音量，好蓋過戰場上的聲音，他左肩上的中範圍揚聲器也在不停傳出談話聲，都是戰鬥緊急情況下的簡短語調。

「遠處戰線情況如何？」特格問道。

「半小時內就可以收尾，不會再多了。霸夏，您應該離開這裡。大聖母警告過我們，要讓您遠離不必要的危險。」

特格指了指他那已經毫無用處的指揮艙：「我為什麼沒有備用通信設備？」

「來的路上被一發大口徑雷射射中，兩套都燒毀了。」

「兩套放一起了？」

海克聽出了他聲音中的怒意：「長官，那兩套……」

「任何重要設備都不能放在一起運送。將來我要看看是誰違背了命令。」稚嫩的聲帶中傳出的輕聲反而比高聲喊叫更顯得危險。

「是，霸夏。」嚴格服從命令，海克的表現說明這不是他自己的錯誤。

該死！「替代設備多久能抵達？」

「五分鐘。」

「以你最快的速度去把我的預備艙帶來。」特格用膝蓋碰了碰斯特吉的脖子。

她還沒轉身，海克說道：「霸夏，尊母把預備艙也燒了。我已經命令再準備一間了。」

特格強壓下一聲嘆息。戰鬥中這樣的事情確實時常發生，但他不喜歡依靠原始設備：「我們就在這裡組裝。再拿些中範圍揚聲器來。」至少，它們還能在一定範圍內傳話。

海克掃了一眼周圍的綠地：「這裡？」

「我不喜歡前面那些建築的樣子。那座高塔是這片區域的指揮中心，肯定有地底入口。如果是我，我會留出來的。」

「沒什麼東西在那座……」

「在我的記憶裡，這裡的布局不包括那座塔。把聲波探測調過來，檢查一下地底情況。我要用穩當的資訊來把計畫更新到最新狀態。」

海克的揚聲器裡有聲音響了起來，蓋過了其他的談話聲：「霸夏！霸夏在嗎？」

沒等他吩咐，斯特吉便走到海克身邊。特格接過通話機，抓起的同時用哨音吹出他的代號。

「霸夏，平臺這邊一團糟。大概有一百個人想乘航艦逃跑，都撞進了我們的防護屏裡，沒有生還者。」

「有沒有大聖母或者她那個蜘蛛女王的線索？」

「沒有。我們根本分辨不出來。我是說全亂套了。需要我發送畫面嗎？」

「來一張。繼續尋找歐德雷迪！」

「我跟您說了這裡沒有人生還，霸夏。」傳來一聲咔嗒聲，還有低低的嗡嗚，然後另一個人的聲音傳了過來：「發送。」

特格從下巴下方拿出他的語音列印編碼器，然後迅速喊出一串命令：「重錘艦緊急起飛到堡壘上空。把降落平臺和其他慘狀在公共轉播頻道播出，所有頻段都發送，確保她們都能看見。宣告降落平臺區域無倖存者。」

表示確認資訊已收到的兩聲咔嗒插了進來。海克說道：「您真的認為可以嚇住她們嗎？」

「教育她們。」他重述著歐德雷迪的離別語，「很不幸，她們的教育問題被忽視了。」

歐德雷迪發生了什麼事？他感覺她一定是死了，也許是這裡所有傷亡人員中的第一個。她已經料到會是這樣。如果默貝拉能夠控制住她的衝動和魯莽，那歐德雷迪雖然死了，女修會卻並未失去她。

此時此刻，在高塔上的歐德雷迪卻把特格的行動盡收眼底。勞格諾用反向訊號場抵銷了她的生命徵象傳送訊號，在伽穆的第一批難民抵達不久後，便把她帶到了高塔內。沒人對勞格諾至高無上的地位提出質疑。一位死去的大尊母和一位活著的大尊母不過都只是讓人相當熟悉的情況而已。

歐德雷迪想，自己隨時可能會被殺死，在與警衛一同進入一條零域場通道的時候，她還在收集資料。這條運輸道是大離散時期的作品，透明的圓筒，透明的活塞。她們經過的樓層很少有阻礙視線的牆體。從她目力所及的多數活動區域和極其專業的硬體設施看，這些都是為軍事目的而建的，當然這只是歐德雷迪的猜測。她們升得愈高，就愈能看見更多舒適、安靜的區域和設備。

不管是身體上還是心理上，權力都有攀升的本性。

她們到達了頂層。圓柱形管道的一部分向外旋轉，一個警衛粗暴地把她推上了厚地毯鋪就的地板上。

達瑪在下面向我展示的工作室只是另一個布景。

歐德雷迪看出這裡的隱祕性。如果沒有默貝拉預先透露的資訊，這裡的設備和家具幾乎難以辨認。這麼說其他行動中心都只是在作秀而已，都只是為聖母而建的表面文章。

勞格諾對達瑪的意圖撒謊了。*她打算讓我帶著無用的資訊……安全離開。*

她們還在她面前擺出了什麼其他的謊言？

勞格諾和除了一人之外的所有警衛走到歐德雷迪右邊的一座控制臺前，歐德雷迪一腳不動，旋轉身體環視著周圍。這裡才是真正的中心，她認真研究著。這是個奇怪的地方，有公共廁所的氛圍，用化學品清潔過，沒有細菌或者病毒汙染物，彷彿不想讓血液中混入外來物質。一切可能的汙染都被清除掉了，就像是為珍稀的食物準備的陳列櫃一樣。達瑪對貝尼・潔瑟睿德在疾病免疫方面的能力表現出了濃厚興趣，看來大離散中出現了細菌戰。

她們想要從我們這裡得到一樣東西！

只要一個倖存的聖母就可以滿足她們，如果她們能從她那裡榨出情報的話。

貝尼・潔瑟睿德需要派一支核心小組對這張網上的蛛絲進行全面細緻的檢查，看看都通向哪裡。

如果我們贏了的話。

勞格諾聚精會神盯著的操作臺比那些擺給人看的檯子小一些。手指操控。她身邊矮桌上的罩子更小，它是透明的，露出了刑訊儀像美杜莎頭髮一樣糾結在一起的線。

罩子與特格和其他人描述的來自大離散的T式探測儀高度相似。這些女人是不是還掌握了更多的頂尖技術？一定是。

魃迦藤無疑。

勞格諾身後是堵閃著光的牆，左邊有窗子開向陽臺方向，從那裡望出去，能俯視大片開闊的交叉點景觀，現在則能看到軍隊和裝甲車的行動。她從遠處認出了特格，那是坐在一個成人肩膀上的身影，但她沒有表現出任何她看出了什麼不同尋常的地方。她繼續慢慢研究，能看見有扇門與另一條零域場通道相連，通道就在緊挨著她左邊的一塊單獨區域，地上鋪了更多綠色瓷磚。那個空間應該有不同的功能。

牆後突然爆發出一陣嘈雜，歐德雷迪聽出了部分聲音。士兵的軍靴踏在瓷磚上會發出一種獨特的聲音。有特殊布料摩擦發出的嚓嚓聲，還有人的說話聲。她聽出了尊母用震驚的語氣彼此回應的口音。

我們正在取得勝利！

當無往不勝遭遇滑鐵盧時，自然會震驚。她研究著勞格諾的反應。她會不會陷入絕望？

如果是，我也許還可以活下去。

默貝拉的角色可能需要做出改變。嗯，那件事可以日後再議。她已經向聖母簡單介紹過如果勝利來臨該做什麼了。貝尼·潔瑟睿德中沒有人會粗暴對待尊母，包括攻擊部隊中的任何人也一樣——不管是滿足色欲或是其他念頭都不會發生。鄧肯已經預先告知過男性士兵，讓他們都完全清楚陷入尊母性欲圈套中的危險。

不要冒任何被束縛的風險。也不要挑起新的敵對情緒。

現在已經看得出來，新的蜘蛛女王比歐德雷迪想像中更奇怪。勞格諾離開了她的控制臺，走到距歐德雷迪不到一步的距離停了下來：「這場戰鬥妳贏了。我們是妳的囚徒了。」

她的眼裡沒有橘色火焰。歐德雷迪掃視四周，看了一眼曾看守她的女人。她們的表情空洞，眼神清澈。這是她們表達絕望的方式？感覺不對。勞格諾和其他人都沒有表現出她所期待的情緒反應。

一切都隱藏起來了？

過去幾小時的事件應該會造成她們的情緒危機，勞格諾卻沒有表現出類似跡象。任何神經緊張或是肌肉的一點抽動都沒有。也許有不經意的擔心，僅此而已。

貝尼．潔瑟睿德面具！

這種情緒應該是下意識的反應，是由失敗引發，會自動出現。所以她們並未真的接受失敗。

我們仍在她們體內。潛伏著……但一定是有的！難怪默貝拉當初差一點就死了。她需要面對的是作為最高禁令的自己基因中的歷史。

「我的同伴，」歐德雷迪說，「那三個和我一起來的女人，她們在哪裡？」

「死了。」勞格諾的聲音和所用的字眼一樣沒有任何感情。

歐德雷迪壓下為蘇伊波感到的一陣劇痛。塔瑪和多吉拉已經活了很久，也做出了自己的貢獻，可是蘇伊波……死了，甚至還從來沒分享過。

又損失一個優秀的人才。真是令人痛苦的一課！

第二課。

「如果妳想要報復，我會指認對此事負責的那幾個人。」勞格諾說。

「報復是小孩子和情緒有缺陷的人才做的事。」

勞格諾的眼裡又出現了一絲橘色。

人類的自欺欺人有很多形式，歐德雷迪提醒自己。她明白離散會產生意想不到的事情，她已經相應地武裝了自己，讓自己保持安全距離再去觀察，這樣，她就可以有評估新地方、新人、新物的空間。她早就知道她將不得不把很多事情分成不同類別，這樣才能服務於她或是轉化威脅。她把勞諾格的態度看作是種威脅。

「妳看起來似乎不太心煩，大尊母。」

「其他人會為我復仇。」她的聲音平淡，非常鎮定自若。

她說出的話甚至比她的鎮定態度更加奇怪。她把一切都掩飾得很好，在歐德雷迪的觀察下，才從她閃現的舉動中一點一滴地顯露出來。那訊息深刻又強烈，但埋藏得很深。一切都深藏在心底，與聖母掩蓋的方式一樣，她們給這祕密戴上了面具。勞格諾看起來似乎根本沒有力量，說起話來又好像沒什麼重要的事情改變了一樣。

「我是妳的囚徒，但是這不會改變什麼事。」

她真的無能為力了？才不！但那是她希望傳遞出的印象，她周圍的所有尊母都表現出同樣的反應。

「看見我們的反應了嗎？除了姊妹和與我們連結的追隨者的忠誠，我們毫無力量。」

尊母對她們的復仇軍團如此有信心？只有她們以前從未嘗過此等敗績才有這個可能。可是已經有人把她們趕進了舊帝國，趕進了百萬行星。

在尋找地方評估這次勝利的時候，特格發現了歐德雷迪和她的「俘虜」們。戰爭總是需要分析後果的，尤其是來自晶算師指揮官的分析。他需要為這場戰役進行比較與測試，需要的程度超過他經歷過的任何一場戰役。這次衝突得經過評估才會留存在記憶裡，然後才能盡可能廣泛地分享給依賴他的人。這是他持續不變的作風，他不在乎這項模式會透露他自己的什麼資訊。打破環環相扣的利益的連結，你就為失敗做好了準備。

我需要個地方重新檢視這場戰鬥中的細枝末節，然後做個初步的總結。

在他看來，戰役最困難的一點就是如何處理才能不釋放人性的狂暴。戰役要做到激發倖存者心中最好的一面——這是貝尼·潔瑟睿德格言。這是最困難的標準，有時也幾乎不可能辦到。士兵離大屠殺的場面愈遙遠，要做到這一點就愈困難。這也是特格一直堅持要去戰場親自查看的原因之一。如果你沒見過那種痛苦，很容易就會毫不猶豫地引發更大的痛苦。尊母過去的行為模式就是如此。但如今痛苦被帶回了她們的家園，這種痛苦會對她們產生什麼樣的影響？

他和助手走出管道裡的時候，正看見歐德雷迪面對著一隊尊母，此時這個問題正在他腦海裡盤旋。

「這是我們的指揮官，邁爾斯·特格霸夏。」歐德雷迪說道，邊打手勢示意。

尊母們都望向特格。

騎在成人肩膀上的一個小孩子？這就是她們的指揮官？

「甦亡人。」勞格諾喃喃說道。

歐德雷迪對海克說：「把這些囚犯帶到附近，不要虐待她們。」

海克沒動，特格點了點頭，他這才禮貌地向俘虜們示意，讓她們先向左邊鋪著地磚的區域走去。

尊母都注意到特格的支配力，在遵從海克的引導時，她們都怒視著特格。

男人命令女人做事！

特格一隻膝蓋碰了碰斯特吉的脖子，他們就朝陽臺走去，歐德雷迪跟在身邊。這個場景似乎有些怪異之處，他仔細分辨了一下。他從高處觀察過許多戰場，多數時候都是從負責偵察任務的撲翼機上看的。這個陽臺固定在空中，讓他覺得身臨其境。他們所站位置距下面的植物園大約一百公尺，多數最激烈的戰鬥都發生在植物園內。許多人都是在最後的驅逐戰喪命，屍體呈大字型癱倒在地上，像是孩子離開時隨意扔到一邊的娃娃。他認出其中部分制服屬於他的軍隊，感到一陣心痛。

我本來是不是能做點什麼阻止這一切發生？

這種感覺他體驗過很多次，他稱為「指揮罪惡感」。但這一幕有所不同，不是任何戰鬥中都有的那種專屬於戰場的感受，而是一種不斷困擾他的感覺。他覺得一部分原因在於這種園林式的場景，是更適合在花園中聚會的地方，現在卻被古老的暴力形式撕得四分五裂。

小動物和小鳥們陸續返回，在被吵鬧的人類入侵打擾得不得安寧後，如今偷偷摸摸，緊張地東躲西藏。長著長長尾巴的絨毛小生物在死亡士兵身邊探頭探腦地嗅著，接著又不知為什麼驚慌失措地跳上了旁邊的樹叢。五彩斑斕的鳥兒從樹葉的屏障後窺視著，或是在場地上一閃而過，只留下幾道模糊的彩線般的身影，或是突然鑽到樹葉下躲起來，那身色彩就成了牠們的保護色。身披羽毛的生物強化了這幅場景，牠們試著恢復人類在觀察時會誤以為是安寧的那種不平靜。特格不會犯這樣的錯。在他成為甦亡人前的生命中，他曾在荒野中長大，那段日子類似農場生活，但野生動物未經人類的馴化，那裡並不寧靜。

觀察到了這些，他就察覺是什麼在拉扯著他的意識：他們攻占了一座人員配備齊整的防禦陣地，守衛人員武器精良，而戰場上的人員傷亡極小。從進入堡壘後，他看不到任何可以解釋這一現象的原因。她們是被突然的襲擊嚇得一時手足無措嗎？她們在太空中的損傷是另一回事——他能夠「看見」對方艦船，這種能力確實帶來了壓倒性的優勢。但這些建築所處位置並非毫無準備，他們本來完全可以後撤一些，使進攻成本大幅增加。但尊母的抵抗突然間戰線潰散，而現在依然沒有理由可以解釋這一現象。

我以為是因為她們在災難突發時手足無措，但我錯了。

他掃了一眼歐德雷迪：「那邊那個尊母，她下令停止抵抗了？」

「我是這麼推測的。」

謹慎又典型的貝尼·潔瑟睿德式回答。她同樣在仔細觀察眼前的情景。

她們的守軍如此突然地扔掉了手中的武器，歐德雷迪的推測能合理解釋嗎？

他們為什麼這樣？是要防止更多的流血事件？

有鑑於尊母通常表現出的冷漠、淡然，這是不可能的。做出這個決定背後的原因究竟是什麼，問題像片陰雲籠罩著他。

圈套？

想到這一層，他立刻想起了戰場上的其他奇怪現象。通常都會出現的傷患呼救聲一聲都沒聽到，沒有那些匆忙地跑來跑去，大喊著要求擔架和醫護人員到位的情景。他能夠看到蘇克醫師在屍體間走動，至少這一幕是熟悉的，但他們檢查的每具屍體都被留在當初倒下的位置上。

全部陣亡？沒有傷患？

他突然感到一陣恐懼。在戰場上感到恐懼沒什麼不尋常，不過他學會了如何解讀。有什麼事錯得離譜。嘈雜的噪音，他視野中的事物，連空氣中的味道都有了新的強度。他覺得自己的感官變得極度靈敏，像一隻叢林中的掠食者，牠了解自己的領地，但已經意識到有什麼東西入侵了牠的地盤，必須找出來，以免獵手淪為獵物。他把周遭的環境重新標注到不同等級的意識層面上，同時也解讀自己，尋找是什麼模式促使他產生這種反應。斯特吉在他的身下顫慄起來，她一定感覺到了他的憂慮。

「這個地方感覺很不對勁。」歐德雷迪說。

他向她伸出一隻手，要她噤聲。即便是身處高塔，周圍都是勝利的軍隊，他仍然感覺自己身處威脅之中，他的感官吶喊著向他發出警告，卻無法顯示出威脅來自哪裡。

危險！

他很確定。這種被蒙在鼓裡的感覺讓他很沮喪。他需要運用所有受過的訓練，才能讓自己不致陷入緊張的游離狀態。

特格輕輕示意斯特吉轉過身，向陽臺門口站著的一位助手果斷下達了一道命令。這位助手靜靜聽著，然後跑著去執行了。他們必須拿到傷亡數字。傷亡比是多少？還有收繳的武器報告。十萬火急！

他接著檢查戰場時，眼睛卻捕捉到了另一件違反基本常識的問題，這令他很不安。倒下的人中，有些穿著貝尼・潔瑟睿德制服，卻幾乎看不到血。你會合理預期戰鬥中的傷亡會顯露大家同是人類的終極證據——那蔓延的鮮紅，暴露在空氣中後逐漸變暗，只要是目睹了慘狀的人，記憶中很難抹去這幅情景。他還從未聽說過沒有流血的屠殺。在戰爭中，從來沒聽過的事往往都會帶來極度危險。

他輕輕對歐德雷迪說：「她們還有我們沒發現的武器。」

43

不要急於揭示判斷結果，隱匿的判斷往往更有力，可以引導反應，而這種反應的效果只有在改變已經太遲的時候才能感覺到。

——貝尼．潔瑟睿德對新入會成員的建議

• • •

什阿娜聞到了遠處蟲子的味道：美藍極的肉桂味，夾雜著火石和硫磺的苦味，那是偉大的拉科斯食沙者體內那片鑲著水晶的煉獄氣味。但是她之所以能感覺到這些微小的後代，只是因為牠們的數量很多。

牠們太小了。

今天的沙漠監測站一直很熱，現在下午已經過半，內部的人工降溫讓她感覺心情舒暢。即使西窗一直開著，她老舊的臥室有溫度調節設施，勉強還能忍受。什阿娜走到那扇窗邊，望向窗外耀眼的沙粒。

憑著記憶，她知道今晚這裡會有什麼美景：乾燥的空氣中星光閃耀，微微照亮著沙波，直達遠處漆黑的彎曲地平線。她回想起拉科斯的那些月亮，不由得心生懷念。僅有星星，無法滿足她弗瑞曼基因中的渴望。

她會把這看作暫時的歇息，她可以有些時間、有自己的地方想想女修會正在經歷什麼。

再生箱、賽博格，現在又發生了這件事。

她們分享了記憶之後，歐德雷迪的計畫對她而言就不再是祕密。算不算一場豪賭？如果成功會怎樣？

也許明天我們就知道了，到時候我們會變得如何？

她承認沙漠監測站有磁石般的吸引力，這裡不僅是考慮結果的地方。今天的監測站驕陽似火，她曾在烈日下行走，向自己證明她仍然可以用她的舞蹈召喚沙蟲，將情感化為行動。

安神聖舞。我的沙蟲語。

她在一座沙丘上跳起苦行僧的狂舞，直到最後飢餓動搖了她的記憶入定。到處都是小小的沙蟲，警惕地大張著嘴，讓人不禁記起那一圈晶牙內的火焰。

但為什麼會這麼小？

調查人員的話有些道理，卻並不能讓人完全滿意。「是潮溼的緣故。」

什阿娜憶起沙丘的巨型沙胡羅，「沙漠老人」，大到足以吞下香料處理機，環形體表如鋼鐵般堅硬。在自己的領域牠們是主人，在沙中牠們是神靈，是魔鬼。站在窗前，她感受到了牠們的潛力。

暴君為什麼選擇在沙蟲體內共生？

那些小小的沙蟲承載著他無盡的夢境嗎？

沙鱒在這片沙漠上棲息。將牠們作為新的皮膚，接受牠們，她就可能會追隨暴君的路。

變形。分裂之神。

她知道這種誘惑。

我敢嗎？

那段最後的無知歲月湧上她的心頭——那時候她剛滿八歲，正是沙丘上的宜嘉月。不是拉科斯。是沙丘，我的先祖是這樣叫它的。

現在也不難記起她那個時候的樣子：皮膚黝黑的細瘦孩子，棕色的頭髮被曬得有些斑駁。這位美藍極獵手（那是孩子的任務）和童年夥伴們一起跑進開闊的沙漠。記憶中這種感覺多麼珍貴。

但記憶有陰暗的一面。集中注意力到鼻孔裡，一個小女孩發現了強烈的氣味——香料預菌體！香料噴發！

美藍極大爆發引來了魔鬼，沒有沙蟲能抵禦其領地內香料噴發的誘惑。

都吃光好了，暴君，吞掉那個我們稱為「家」的破爛的棚屋聚居地，吃了我所有的朋友和家人。你為什麼獨獨留下我？

多麼劇烈的怒火在焚燒著那個纖細的孩子啊。她所愛的一切都被一條巨大的蟲子帶走了，這條蟲子卻拒絕了她想要葬身在牠火焰裡的企圖，反而把她帶到了拉科斯祭司的手裡，接著又被帶給了貝尼・潔瑟睿德。

「她和沙蟲說話，牠們放過了她。」

「那些放過我的，我不會放過牠們。」當初她是這樣告訴歐德雷迪的。

現在歐德雷迪知道我必須做什麼了。妳沒辦法壓抑野性，達爾。現在我敢叫妳達爾了，因為妳就在我的腦海中。

沒有回應。

這些新的沙蟲體內也帶著雷托二世意識的珍珠嗎？她的弗瑞曼祖先堅持這種說法。

有人遞給她一個三明治。是瓦莉，高級侍祭助手，她現在擔任沙漠監測站的指揮官。

歐德雷迪提拔我進議會的時候，是在我的堅持下，瓦莉才得以擔下指揮官的重任。不只是因為瓦莉學會了我對於尊母性束縛技能的免疫力，也不是因為她總能敏銳地察覺我的需求，是因為我們說著同一種秘密語言，瓦莉和我。

瓦莉的大眼睛再不是她的靈魂之窗，它們已經蒙上了一層屏障，顯示出她已經知道如何阻擋刺探情報的凝視眼光。她眼中淺藍色的色素清晰可見，如果她能通過香料之痛，很快就將全部變成徹底的藍色。瓦莉幾乎可以算是有白化症，按育種計畫的要求來看，基因譜系的可靠性也值得商榷。她的皮膚更證實了這種判斷：蒼白且布滿雀斑，讓人覺得這皮膚的表面是透明的。人們會注意的不是皮膚本身，而是皮膚下面的東西：無法抵抗沙漠太陽的粉色血肉。只有在這個陰涼的地方，瓦莉才能把她那敏感的皮膚暴露在質疑的眼光之下。

為什麼選這樣的一個人來指揮我們？

因為對於我要做的事來說，她是我最信任的人。

什阿娜心不在焉地吃了三明治，同時把注意力重新集中到沙漠的景致上。未來整顆聖殿星都會變成這樣。另一顆沙丘？不……類似但不完全一樣。我們在這個無限的宇宙中創造了多少這樣的地方？這是毫無意義的問題。

遠處變幻莫測的沙漠出現了一個小黑點，什阿娜瞇起眼睛看去，是撲翼機。黑點逐漸變大，然後又小了。它在沙地上逡巡，檢查著四周的情況。

我們在這裡創造的到底是什麼？

她看著慢慢侵占大地的沙丘，感到的是驕傲自大。

瞻仰我的傑作吧，渺小的人類，絕望吧。

但是是我們促成了這件事，我的姊妹和我。

是嗎？

「我感覺熱氣中有種新的乾燥感。」瓦莉說。

什阿娜同意她的說法。無須多說，她走到大型工作檯前，她可以趁著日光研究鋪在檯子上的地形圖：地形圖上按她的設計插著小小的旗子，圖釘上還連著綠色的線。

歐德雷迪曾經問過：「這真的比投影要好嗎？」

「我需要那種可以觸碰的感覺。」

歐德雷迪接受了她的觀點。

投影很乏味，它沒有一點土地的氣息，你沒法把手指放在投影上說：「我們要去那裡。」投影上的一根手指等同於空氣中的一根手指。

用眼睛看永遠都不夠。必須用身體去感受世界。

什阿娜發覺有男性汗液刺鼻的氣味，筋疲力盡、大汗淋漓後的黴味。她抬起頭，看見一個深色皮膚的年輕人站在門口，姿勢傲慢，表情也很傲慢。

「哦，」他說，「我以為妳會是自己一個人呢，瓦莉。我過一會兒再來。」

他用一種彷彿能把人看穿的眼神盯了一眼什阿娜，然後走了。

有很多事情，必須由身體感覺到才能了解。

「什阿娜，妳為什麼回來這裡？」瓦莉問。

妳在議會那麼忙，到這裡要找什麼？難道妳不信任我？

「我來這裡思考一下，還有什麼事是護使團需要我做的。她們看到了一件武器——沙丘的神話。有幾十億人向我禱告：『與分裂之神交談的神聖之人啊。』」

「幾十億這個數字還不夠。」瓦莉說。

「但它符合女修們在我身上看到的力量。那些崇拜者相信我和沙丘一起死去了，我變成了『被壓迫者神廟中強大的魂靈』。」

「比一個教團還強大？」

「瓦莉，如果我出現在那個等待著我的宇宙中，身邊有一隻沙蟲，會發生什麼事？我的一些同儕滿腦子都是這念頭，她們覺得這種事可能發生，讓她們對未來充滿希望，同時卻又疑慮重重。」

「我能理解她們的疑慮。」

確實如此。摩阿迪巴和他的暴君兒子正是將這種宗教植入釋放到了毫無戒心的人類當中。

「她們究竟為什麼要考慮？」瓦莉堅持說。

「如果有我做重要的支點，她們就能用這根槓桿撬動整個宇宙！」

「但是她們怎麼能控制這股力量？」

「問題就在這裡。有些事情的不穩定性根深柢固，難以更改。宗教從來都不能真正被人控制，但是有些女修認為她們可以引導以我為中心建立的宗教的方向。」

「如果她們引導的方向不正確呢？」

「她們說女人的宗教總是在更深處流動。」

「這句話正確嗎？」她對高層的話提出了質疑。

什阿娜只能點頭。他者記憶已經證實了。

「為什麼？」

「因為在我們的內部，生命會自我更新。」

「這就是全部原因？」她在公開質疑。

「女人經常背負著弱者的名聲。人類對身在底層的人事物懷有特殊的同情。我是個女人，如果尊母想要我死，那麼我必須得到祝福。」

「妳的話聽起來好像妳和護使團有同感。」

「如果妳是獵物之一，就會考慮任何可以逃跑的路線。人們崇敬我，我不能忽視那股潛在力量。」

也不能忽視危險。所以在受到尊母壓迫的一片黑暗中，我的名字變成了一盞閃亮的明燈。讓這盞明燈變成熊熊大火將會多麼容易！

不……她和鄧肯想出的計畫更好。從聖殿逃脫。這顆星球不僅是這裡居民的死亡陷阱，對貝尼・潔瑟睿德的夢想而言也一樣。

「我還是不明白妳為什麼來這裡。也許我們再也不會被獵殺了。」

「也許？」

「但是為什麼是現在？」

我不能公開說明，否則看門狗就會知道。

「我對那些蟲子很著迷。其中一個原因是我的一位先祖曾帶領人們遷到沙丘。」

這點妳還記得，瓦莉。有一次我們曾經在沙地上說過這件事，只有我們倆。現在妳知道為什麼我要來拜訪了。

「我記得妳說她是個純正的弗瑞曼人。」

「還是位禪遜尼大師。」

我也將引領我自己的遷徙，瓦莉。但我需要那些沙蟲，只有妳能提供的沙蟲。而且必須快，交叉點的報告也在催促著一切要加速進行。第一批航艦很快就將返回，就在今晚……或者明天。我很害怕他們帶來的消息。

「妳還有興趣帶幾條蟲子回中樞，以便妳就近研究嗎？」

哦，是的，瓦莉！妳記得。

「可能會很有趣。我沒多少時間做這樣的事，但我們能得到的任何知識都可能會產生幫助。」

「那邊可能對牠們來說有些太潮溼了。」

「平臺上無現星艦的巨籠可以改造成沙漠實驗室。有沙子，也有可控的氣候環境。將第一條沙蟲帶過來的時候，它就具備那些基本條件了。」

什阿娜看向西窗：「日落了，我想再下去在沙子上走走。」

第一批航艦今晚會返回嗎？

「好的，聖母大人。」瓦莉站到一邊，讓出通往門口的路。

什阿娜邊走邊說道：「沙漠監測站很快就需要搬遷。」

「我們已經準備好了。」

什阿娜從社區邊緣的拱形街面上出現時，太陽正落到地平線之下。她闊步走進星光下的沙漠，如同兒時那樣用她的感官探索。啊，空氣中浮動著肉桂精華的味道，沙蟲就在附近。

她暫停了一下，轉向東北方向，背對著最後一抹餘暉，把手掌平放在眼睛的上下，這是弗瑞曼人的古老方法，能夠限制視野和光線。她從水平的框架內望出去，從天空落下的一切都必須經過這狹窄的縫隙。

今晚？他們天黑後就會來，這樣可以延後解釋的時間。有一整晚的時間用來思考。

她以貝尼．潔瑟睿德的耐心等待著。

一道火焰的弧線在北面的地平線上方劃出一道細線。又一道，又一道。它們降落的位置正是降落平臺。

什阿娜感覺她的心跳在加速。

他們來了！

他們會給女修會帶來什麼消息？回來的是凱旋的勇士還是難民？從歐德雷迪計畫的演變來看，這兩者也許沒什麼太大區別。

她在早晨到來前就會知道。

什阿娜放下雙手，發現自己在顫抖。她深呼吸，唸起制驚禱文。

不久後，她走在沙漠上，用記憶中沙丘特有的步伐走在沙漠上。她幾乎快忘了該怎麼拖行雙腳，就好像腳上增加了額外的重量一般。很少用到的肌肉也被喚醒，但一旦學會這種隨機行走法，就永遠也不會忘記。

曾經，我做夢都想不到有一天我還會再次這樣行走。

如果看門狗發現了這種想法，可能會對她們的什阿娜心生疑慮。

她想，這是她自己的失敗。她已經變得適應了聖殿的節奏，這顆星球曾以地表之下的層面與她對話，她能感受到土地、樹木、花朵和每個成長中的生物，就好像它們都是她的一部分。而現在，聖殿上有著令人不安的運動，這種語言彷彿來自另一顆星球。她感覺到沙漠在改變，而這種改變使用的也是陌生的語言。沙漠，不是全無生命，而是以一種與曾經草木蒼翠的聖殿完全不同的方式在活著。

生命更少，但更濃烈。

她聽到沙漠的聲音：小小的生物在沙上滑行，昆蟲唧唧咯咯地鳴叫，頭頂上狩獵的翅膀發出沙沙聲，還有沙地上最快的撲通聲——小更格盧鼠，那是期待沙蟲會再次統治這裡的人們帶來的。

瓦莉會記得將來自沙丘的動植物送過去的。

她在一座稍高些的沙坎上停下腳步。在她面前，黑暗模糊了邊界，那是一片陷入靜止的海洋，一朵陰影形成的浪花拍打在這片不斷變化的暗影灘上，一望無垠的沙漠之海。它的起源很遙遠，而它要去的地方比這裡更加陌生。

如果我能做到，我將帶你去那裡。

夜晚的微風吹來，這是從乾旱的陸地向更溼潤的地方奔跑的風，在她身後拂起一層沙塵，落在她的臉頰和鼻子上，風吹過，撩起了她的髮梢。她被此時此景觸動，很傷心。

本來可能是另一副樣子的。

已經不再重要了。

現在的樣子——它們才更重要。

她深深吸了口氣。肉桂的香味更濃了。美藍極。香料和沙蟲都在附近，沙蟲知曉她的存在。還要多久，空氣才能足夠乾燥，讓沙蟲們可以長成龐然大物，開始取得牠們曾經在沙丘上那樣的收穫呢？

那顆星球和那片沙漠。

她把它們視為同一首史詩的兩半，就像貝尼．潔瑟睿德和她們所服務的人類，是相匹配的兩半。一方被消除，剩下那個就只是失去目的的空洞。雖然說不至於生不如死，但只會毫無目的地遊蕩。尊母獲勝可能就會帶來這種威脅，成為被盲目的暴力所瞄準的目標！

在一個充滿敵意的宇宙中變得盲目。

這就是暴君讓女修會存留的原因。

他知道他只給了我們道路，卻沒有告訴我們該去向何方。他惡作劇般留下紙片讓我們追著跑，最後卻突然沒了線索。

不過他本身可以算個詩人。

她回憶起他那達艾斯巴拉特的〈記憶詩篇〉，那是貝尼．潔瑟睿德保存的一點殘存紀念品。

為什麼我們要保存那首詩？為了我現在能用它填滿我的大腦？為了暫時忘記我明天可能會面對的事情？

詩人美妙的夜晚，
被無瑕的星星盛滿。
獵戶座僅一步之遙。
他的凝望，洞察一切，
標記我們的基因，永恆久遠。
擁抱黑暗與凝視，
在餘暉中蒙上雙眼。
這就是貧瘠的永恆！

什阿娜猛地發覺她贏得了一個可以成為終極藝術家的機會，這種感覺滿溢，在她面前的是全新的空白表面，在那裡她可以隨心所欲地盡情創作。

一個不受限制的宇宙！

在她童年時期第一次接觸貝尼・潔瑟睿德的目標時歐德雷迪說過的話，現在又在她腦海中響起：「什阿娜，我們為什麼這麼看重妳？其實真的很簡單。在妳身上，我們看到了期待已久的東西。妳來了，我們看到它發生了。」

「它？」我那時是多麼天真！

「地平線上升起的新事物。」

我的還徙將去尋求那新事物。但是……我必須找一顆有月亮的星球。

從某種角度看，宇宙是布朗運動，你無法在元素層面預測任何事情。摩阿迪巴和他的暴君兒子關閉了運動發生的雲室。

——《伽穆故事集》

• • •

這段時間默貝拉的體驗很不協調。一開始她深受困擾，她會以多重視角看著自己的生活。是交叉點上的混亂事件激發了這種感覺，似乎有太多事情一下子湧來，雜亂無章又必須立刻處理，讓她一時手忙腳亂，就算返回聖殿，情況也沒有好轉。

別說我沒警告過妳，達爾。我說她們可能會讓我們轉勝為敗。看看妳扔給我的爛攤子！我盡力了，能救這麼多已經很幸運了。

內心的抗議讓她一直沉浸在這些把她推到了前臺的事件裡，如今她處在眾人矚目的位置，感覺卻很糟糕。

我還能怎麼辦？

記憶顯示斯特吉沒流一滴血就重重地跌倒在地板上死了。這一幕在無現星艦的繼視投影上播放過，像一齣虛構的戲劇。航艦指揮室投影儀的框架更增加了這種錯覺，彷彿這不是真的正在發生的事，像是演員會站起來鞠躬一樣。特格的攝影鏡頭蜂鳴著自動運行，不放過任何一幕，直到有人讓它們再也發不出聲音。

留給她的是一幅定格畫面，餘韻十分詭異：在尊母巢穴的地板上，特格成大字型倒在地上，歐德雷迪目瞪口呆。

默貝拉宣布她必須立刻趕赴現場時，引起了激烈的抗議。督察們很固執，直到她公開歐德雷迪這場賭局的細節並且質問：「妳們想要這一切變成徹底的災難嗎？」

他者記憶裡的歐德雷迪贏下了這場爭論。但妳從一開始就已經為此做好了準備，不是嗎，達爾？這就是妳的計畫！

督察說：「還有什阿娜呢。」她們給了默貝拉一架單人輕型運輸機，把她一個人送去了交叉點。雖然在抵達之前，她已經將自己的尊母身分傳送了過去，等到了降落平臺，事情還是很棘手。她在一個仍在冒著煙的坑洞旁停下運輸機，從飛機裡走出來，一隊武裝尊母立刻攔住了她。那煙霧散發異域爆裂物的氣味。

那也是大聖母的運輸機被摧毀的位置。

帶隊的是位年邁的尊母，她的紅色長袍上有些汙點，一些裝飾性花紋已經不見了，左肩有一塊撕裂的痕跡。整個人看起來就像是某種乾涸的蜥蜴，仍然有毒，仍然會咬人，但她很大程度上是靠快要耗竭的憤怒支撐著行動，實際上她已經失去了大部分精力。雜亂的頭髮就像剛挖出來的薑塊表皮。她體內住著惡魔。默貝拉看見它用橘色光斑閃耀的眼睛窺探著。

儘管有整支小隊支持著這位年老的尊母，她們兩人還是彼此面對面，彷彿被隔離在運輸機下的兩頭野生動物，小心翼翼地彼此嗅探，試著判斷彼此的危險程度。

默貝拉仔仔細細地看著這位老婦。這隻蜥蜴會迅速彈出一點舌頭，測試這裡的氛圍，發洩自己的情緒，但她對此事十分震驚，不得不按下性子聽聽默貝拉的話。

「我是默貝拉。我在伽穆被貝尼．潔瑟睿德俘虜了。我是霍穆團的好手。」

「妳為什麼穿著女巫的長袍？」年老的尊母和她的小隊都擺好了姿勢，準備痛下殺手。

「我已經學會了她們能教授的一切能力，現在我要把這個寶藏帶給我的姊妹。」

老婦對她上下研究了一番：「沒錯，我知道妳們這類人。妳是個洛克那邊來的人，我們為伽穆計畫選出來的。」

她身後的小隊稍稍放鬆了些。

「妳不是乘那架輕型運輸機大老遠飛過來的吧？」這位老婦人責問道。

「我是從她們的一艘無現星艦上逃出來的。」

「妳知道她們的老巢在哪裡嗎？」

「知道。」

這位老尊母咧開嘴笑了：「還真棒！妳真是塊寶！妳是怎麼逃出來的？」

「妳非得問嗎？」

老尊母考慮了一下。默貝拉能夠讀懂她臉上所表現出的想法，就像是在說：我們從洛克帶回來的這些人——很致命，她們所有人都是。她們可以用手、腳，或者任何身上能動的部位把人殺死。她們應該每個人都戴上個標誌：「任何部位都很危險。」

默貝拉從運輸機的位置走遠了一些，每個動作都展現著結實身體所體現的優雅，那是她身分的標誌。

速度和肌肉，姊妹。小心點。

小隊中的一些人往前推進，顯得有些好奇。她們熱切地問些聖母和尊母異同的問題，有些默貝拉不得不巧妙地避而不答。

「妳殺了許多女修會的人？她們的行星在哪裡？資源豐富嗎？妳在那裡是不是和很多男性交配，然後讓他們為妳服務？妳是在伽穆接受的訓練？」

「我在伽穆接受了第三階段訓練，跟隨哈卡受訓。」

「哈卡！我遇見過她。妳認識她的時候，她左腳就受傷了嗎？」

她還在試探我。

「是右腳，她受傷的時候我就和她待在一起！」

「哦，對，是右腳，我現在想起來了。她是怎麼受傷的？」

「踢一個不良少年的屁股，結果他的屁股口袋裡放了一把尖刀。哈卡氣壞了，就把他給殺了。」

小隊裡的人哄堂大笑。

「我們要去見大尊母。」這位老尊母說。

代表我已經通過了初步檢查。

不過，默貝拉感覺到了她的態度有所保留。

為什麼這個霍穆高手穿著敵人的長袍？而且她看起來有種奇怪的表情。

最好立刻面對那位大尊母。

「我接受了她們的訓練，她們也接受我了。」

「這些蠢貨！她們真的接受了嗎？」

「妳是在質疑我的話嗎？」回到老樣子，採用容易發怒的尊母行為模式是多麼容易。老尊母大為惱怒。她沒收回傲慢的態度，卻向她的小隊做了一個警告的表情。她們所有人都花了點時間來消化默貝拉的話。

「妳變成了她們中的一員？」她身後有人問道。

「否則我要怎麼盜取她們的知識？都聽著！我可是她們那位大聖母親自教出來的學生。」

「她教得好嗎？」還是身後那個挑釁的聲音。

默貝拉辨認了一下那個提問的人：身處中層，野心勃勃，急於得到別人的注意和提拔。這就是妳的末日，焦躁不安的傢伙。沒有妳對宇宙沒什麼損失。

她一招貝尼．潔瑟睿德虛晃，如羽毛一般飄向對手，讓對手落到了攻擊範圍內。接著是霍穆式的踢腿，她們都認得出來。提問的人已然倒在地上死了。

貝尼．潔瑟睿德與尊母能力的結合，妳們都應該見識見識它能有多危險，然後再躲在一邊羨慕好了。

「她把我教得很好，」默貝拉說，「還有別的問題嗎？」

「呃！」老尊母說。

「怎麼稱呼妳？」默貝拉問。

「我是高級女爵，霍穆的尊母。她們叫我艾爾佩克。」

「謝謝妳，艾爾佩克。妳可以叫我默貝拉。」

「我很榮幸，默貝拉。妳給我們帶來的財富真是寶貴。」

默貝拉用貝尼．潔瑟睿德的警惕技巧將她研究了一陣，然後冷漠地笑了笑。

還在互通姓名！妳穿著紅色長袍，把自己標榜成大尊母身邊的有力人物，但妳可知道妳剛剛把什麼帶入了妳的圈子嗎？

小隊成員仍然處在震驚的情緒中，都警惕地看著默貝拉。她的敏感度已經今非昔比，自然把這一切看在眼裡。「學姊學妹」關係網那一套在貝尼．潔瑟睿德中從來沒發揮過多少作用，但尊母的圈子大不一樣。意識並流中的一片贊同聲把她逗樂了。能量的轉移多麼微妙：正確的學校、正確的朋友、畢業，然後就會轉移到權力之階的第一層——全都由親戚和她們的關係人加以引導，互相支持，形成聯盟，包括婚姻。意識並流告訴她，那條路通向深淵，但是在階梯之上的那些人，那些手握大權的人，從來不會擔憂什麼。

今天的麻煩已經夠多了，艾爾佩克就是這麼看我的。但她看不出我已經變成了什麼樣子，只知道我很危險，但是有潛在的用處。

默貝拉一隻腳點地，慢慢地轉過身，研究著艾爾佩克的小隊。隊裡沒有被束縛的男性，這項任務過於敏感，只能交給信任的女人來做。很好。

「現在，妳們都聽我的，妳們所有人。如果妳們對姊妹們還存有忠誠，就會以我帶回來的東西為榮，我打算把它當作禮物送給那些值得我信任的人。當然，我還得看妳們的表現判斷妳們忠誠與否。」

「大尊母會很高興的。」艾爾佩克說。

但是默貝拉出現在眼前的時候，大尊母並沒有表現出很高興的樣子。

默貝拉認出了這座高塔。現在幾乎是日落時分，但斯特吉的屍體仍然在當初倒下的位置。特格的一些專家被殺了，多數都是操控攝影機的成員，身兼他的護衛。

對，我們尊母不喜歡別人監視我們。

她發現特格還活著，但是他被人用魃迦藤綁住，被不屑地推到了角落裡。最令人驚奇的是，歐德雷迪沒有被剝奪行動，就站在大尊母身邊。這代表輕蔑。

默貝拉覺得她曾經歷過這樣的場景很多次——尊母勝利後的創傷：一堆敵人的屍體就這樣被棄置在他們當初倒下的地方。尊母用不流血的武器攻擊，迅捷又致命，此時屠殺已經沒有必要，因此這種殺戮是典型的邪惡。這種致命的逆轉讓她不寒而慄，她強行壓下了這段記憶。沒有任何警告，只有軍隊整排整排地倒下——一種骨牌效應，使得倖存者們震驚不已，而大尊母顯然很享受這種衝擊。

大尊母看著默貝拉說道：「這就是妳說的以妳的方式訓練的那個無禮的醜婦？」

歐德雷迪幾乎要對這種描述笑出了聲。

無禮的醜婦？

貝尼．潔瑟睿德會毫無敵意地接納她。而眼睛溼黏的大尊母此時面對著進退兩難的境地，而且無法召喚那無須流血就能殺人的武器。這是非常微妙的權力平衡。尊母間激動的對話已經顯示了她們的問題。

她們所有的祕密武器都已經耗盡，且無法重新裝彈，她們被驅趕到這個地方的時候就失去了彈藥。

「我們最後的武器，卻被浪費了！」

勞格諾自認高人一等，如今卻被迫面對另一種戰鬥。她剛剛聽說默貝拉可以用一種可怕的輕鬆寫意殺死一位精英。

默貝拉對大尊母的隨從投去打量的一瞥，評估她們的潛力。當然，她們已經意識到了當前的情況。這情景似曾相識。她們投什麼票？

保持中立？

有些人很警惕，所有人都在觀望。

她們預期會有什麼轉移注意力的事。只要權力繼續向她們的方向流動，誰勝利就無所謂了。

默貝拉從鄧肯和督察那裡學會了如何處理眼前的情景，她讓自己的肌肉放鬆，保持準備戰鬥的姿態。她覺得鎮定自若，彷彿此時她就站在鍛鍊廳，演練著自己的反應。即便是做出反應之時依然頭腦清晰，歐德雷迪早已讓她為這一幕做好了準備，她知道她正是按計畫行動的——不管是心理、身體和感情上都是如此。

先發聲。讓她們先嘗嘗膽戰心驚的滋味。

「我知道妳對貝尼·潔瑟睿德的評價相當差。這些女人已經聽過太多次妳那些自以為是的觀點了，豈止是無聊。」

她控制嗓音，讓這句話以嚴厲呵斥的語調發聲，這種語調讓勞格諾的眼裡現出了橘斑，也讓她一動不動。

默貝拉還沒說完：「妳自覺強大又聰明。有一樣就可以生出另一樣，嗯？真是個白痴！妳只是個手段高明的騙子，自欺欺人而已。」

面對這種攻擊，勞格諾仍然一動不動，她身邊的人開始陸續躲開，空出了一片空間，彷彿在說「她是妳的了」。

「妳們的謊言說得流暢無比，但無法掩蓋其本質。」默貝拉說著，用輕蔑的眼神掃過勞格諾身後的那些人，「就像我在他者記憶裡認識的那些人一樣，妳們走上了一條滅絕之路，問題是妳們如此可憎地花費了這麼長的時間走向死亡。結局已經無法避免，不過，哦，過程是多麼無聊。而妳膽敢叫自己大尊母！」她把注意力轉回勞格諾身上，「妳的一切就是個糞坑。妳沒有品格。」

勞格諾無法忍受這樣的羞辱，她發動了攻擊，左腳以幾乎肉眼難辨的速度刀一般向外砍去。默貝拉如同抓住風中的落葉般擒住了她的腳，順著慣性的走勢，把她猛地甩了出去，勞格諾的身體彷彿一根猛力揮動的棍子，一頭撞到地板上，腦漿迸裂而死。默貝拉沒有絲毫停頓，她腳尖點地，整個身子旋了起來，左腳將站在勞格諾右側的尊母的頭幾乎砍了下來，右手順勢將勞格諾左邊尊母的喉嚨一擊而碎。一切都只不過在兩次心跳間發生又結束了。

默貝拉心跳平穩、大氣不喘地檢查著現場（為了表現這是多麼輕鬆，姊妹們），她體驗到了周圍的震驚，也意識到發生了什麼不可避免之事。歐德雷迪躺在艾爾佩克身前的地板上，顯然艾爾佩克毫不猶豫地選擇了自己的立場。歐德雷迪脖子扭曲的姿勢和身體癱軟的模樣顯示出她已喪命。

「她剛才試圖要干預。」艾爾佩克說。

艾爾佩克殺了個聖母，她期待默貝拉（現在已經證實，她確實是我們的姊妹！）為她鼓掌，但默貝拉的行動不如預期。她跪在歐德雷迪身旁，頭抵著屍體的頭，就那樣待了很久很久。

倖存的尊母們面面相覷，但是沒人敢動。

這是怎麼回事？

但她們被默貝拉恐怖的能力嚇得無法動彈。

收取了歐德雷迪最近的經歷，將所有新的記憶與之前分享的記憶合而為一後，默貝拉站起身。艾爾佩克在默貝拉的眼裡看到了殺氣，在試圖自衛前，她不禁後退了一步。艾爾佩克本身也很危險，卻無法與這個穿著黑袍的惡魔相提並論。和剛才奪去勞格諾及其助手的生命一樣，其他尊母帶著同樣的震驚，一切突然發生，又突然結束了，一腳封喉。艾爾佩克橫屍在歐德雷迪身上。

默貝拉再次打量倖存者，然後站了一會兒，低頭看著歐德雷迪的屍體。

完成這些事的人，可以說是我。但達爾，還有妳也是！

她搖搖頭，努力接受這樣的結果。

歐德雷迪死了。大聖母萬歲！大尊母萬歲！願天堂護佑我們所有人。

然後她把注意力轉回目前必須做的事情上。這些死亡留下的是難以還清的血債。默貝拉深吸了口氣。這是另一個戈耳狄俄斯之結。[8]

「釋放特格，」她說道，「盡快將這裡打掃乾淨。來人，給我拿一套合適的長袍來！」

這是大尊母在發號施令，但那些迫不及待遵從命令的人在她身上還感受到其他人的存在。

有人為她拿來一套紅色長袍，上面用蘇石繡著精美龍紋，那個人手捧長袍，在離她有一點距離的地方恭敬地站著。她身材高大，骨架粗壯，方臉，眼神殘忍。

「幫我先拿著，」默貝拉說，當這個女人想趁著接近的機會攻擊她的時候，默貝拉狠狠地把她摔了出去，「再試試看？」

這次再沒花招了。

「妳是我議會的第一個成員，」默貝拉說道，「名字？」

「安吉莉卡，大尊母。」看！我是第一個用正確的頭銜稱呼妳的。獎賞我。

「我給妳的獎勵就是提拔妳，還有允許妳活著。」

這是非常符合尊母的恰當回應，她只能接受。

特格邊揉著手臂邊來到她面前，魆迦藤勒得很深，有些尊母試圖警告默貝拉：「您知道這個人能——」

「他現在為我服務。」默貝拉打斷了她，然後她以歐德雷迪的嘲諷語氣說道：「對不對，邁爾斯？」

他給了她一個悲傷的微笑，一個老人頂著一張孩子的臉：「很有意思的時刻，默貝拉。」

「達爾以前很喜歡蘋果，」默貝拉說，「別忘了這點。」

他點點頭。把她送回一座果園墓地。這不表示珍貴的貝尼．潔瑟睿德果園可以再在沙漠中存活多久。可儘管如此，在能夠做到的時候，有些傳統還是值得延續下去。

8 戈耳狄俄斯之結：極為棘手的難解問題，需用直截了當且非常規的方法才能解開。——編注

45

從神聖意外中能學到什麼？要靈活、要堅強、要做好改變的準備，做好迎接新事物的準備。收集眾多經歷，再以我們堅定的信仰去做出判斷。

——忒萊素教義

• • •

按照特格原定的時間表，默貝拉挑選與她隨行的尊母，回到了聖殿。她知道會遇到問題，預先發送了訊息，為解決這些問題鋪平了道路。

「我帶了混合人來吸引馴獸師。尊母害怕在大離散中摧毀她們身心的生化武器，馴獸師也許就是源頭。」

「準備把拉比和他的人安排在無現星艦內。要尊重他們的祕密。把護艦雷都清除掉！」（由一位督察信使負責保管這一訊息。）

她很想要她的孩子們，但那不符合貝尼．潔瑟睿德的行為。有一天……也許。

返回後，她立刻就讓鄧肯來陪她，這讓尊母們很困惑。在這點上，她們和貝尼．潔瑟睿德一樣令人不悅：「一個男人有什麼特別的？」

他已經沒理由再留在艦上，但他拒絕離開。「我還有一幅精神拼圖需要完成：無法移動的一個棋子、非比尋常的行為，以及他們夢想中的參與意願。我必須找到極限，測試一下。這一塊不見了，但我知道如何找到。跟上節奏，不要思考，動手去做！」

這毫無道理。她遷就他，不過他已經變了。這個新鄧肯有種穩定性，她接受了這點，把它當成是自己的挑戰。但他有什麼權利自鳴得意？不……不是自鳴得意。更像是平和地接受了一項決定。但他拒絕分享！

「我學會接受一些事，妳必須也這樣。」

她不得不承認，這正是對她現在所做事情的恰當描述。

回來的第一天早上，她在黎明時分就起床進了工作室。她穿著紅色的長袍，坐在統御大聖母的椅子上，召來貝隆達。

貝爾站在工作檯的一端。她知道了。計畫在執行過程中變得很清楚。歐德雷迪也強加給她一筆債，於是她沉默著估算她必須如何償還。

為這位統御大聖母服務，貝爾！那就是妳償還的方式。在檔案紀錄上對這些事件做任何增減變化都無法讓人們正確評價她們。需要的是行動。

貝隆達終於開口了：「唯一能和這次相比的危機就是暴君降臨。」

默貝拉尖銳地回應道：「管住妳的嘴，貝爾，除非妳有什麼有用的事要說！」

貝隆達平靜地接受了訓斥（非典型回應）：「達爾一直計畫做改革。這就是她所期望看到的嗎？」

默貝拉的語氣緩和了些：「我們等一下再重新考慮古代史。這是個新開端。」

「壞消息。」這才是原來的貝隆達。

默貝拉說：「讓第一組人進來。小心點，她們是尊母的高級議會成員。」

貝爾轉身走了，去執行她的命令。

她知道我完全有權坐在這個位子上。她們都知道。不需要投票，也沒有投票的「餘地」！

她從歐德雷迪那裡學到了歷史上的政治藝術，如今是時候派上用場了。

「首先要注意的就是妳必須顯得自己很重要。凡經過妳手的決定都不應該是小事，也有例外，就是在妳想悄悄給一些人一點『恩惠』，以換取忠誠的時候。」

每份獎勵都來自高層。這對貝尼·潔瑟睿德來說不是什麼好策略，但走進工作室的這組人不一樣，她們所熟知的大尊母永遠高高在上，是施捨別人的角色；她們會接受「新的政治需要」。暫時會接受。沒什麼是永久的，對於尊母來說更是如此。

貝爾和看門狗知道她要一段時間才能理出頭緒。即使擁有強化了的貝尼·潔瑟睿德技能亦然。她們所有人必須極其嚴格地關注她。而且首要任務是保持眼光既敏銳富洞察力，又純真不帶預設立場。

那就是尊母丟掉的事物，我們必須恢復，以免它們逐漸消失在「我們」所屬的背景中。

貝隆達引領議會成員進入，然後默默離開。

默貝拉等著她們都坐好。她們人員複雜，有些人野心勃勃，渴望得到至高權力。安吉莉卡在那裡笑得很得意。還有些人在觀望（目前甚至還不敢抱有希望），收集著她們能得到的資訊。

「我們的組織行事愚蠢，」默貝拉譴責說，她注意到有些人聽了變得怒氣沖沖，「妳們差一點就殺了那隻鵝！」

她們沒明白。她解釋了一下寓言故事，她們一直聚精會神地聽著，最後她補充說：「妳們難道還沒意識到，我們有多麼需要這裡的每一個女巫嗎？我們比她們數量多太多，以至於她們每個人都承載著巨大的教學負擔！」

她們考慮了一下，雖然痛苦，但還是被迫勉強接受了，因為這是她說的。

默貝拉清楚定調了整件事：「我不僅是妳們的大尊母……有人質疑這點嗎？」

沒人質疑。

「……而且我也是貝尼．潔瑟睿德的統御大聖母。她們除了確認我的地位也別無他法。」

有兩個尊母開始抗議，默貝拉乾脆俐落地打斷對話：「不！妳們還沒有那麼大的力量，可以將妳們的意志強加給她們，所以最後就會變成不得不把她們全部殺光。但她們會遵從我的命令。」

那兩個人還是嘟嘟囔囔，她厲聲制止：「與我從她們那裡獲取到的相比，妳們這些人只不過是可憐的弱者！有人要挑戰這點嗎？」

沒人挑戰，但橘色光斑說明了一切。

「妳們是對自己可能變成什麼一無所知的孩子，」她說，「妳們想毫無防備地回去面對幻臉人嗎？妳們想變成植物人？」

這句話引起了她們的興趣。她們習慣年長指揮官的這種語氣，現在則是內容抓住了她們的心。很難接受如此年輕的……儘管如此……也考慮到了那些她做過的事。想想她是如何對付勞格諾和她的助手！

默貝拉看出她們喜歡這個誘餌。

肥料。這群人將帶著它離開。混合的活力。經過了培育，我們將變得更加強壯，然後開花。接著去播種？最好不要沉溺在那件事上。在尊母幾乎都成為聖母之前，她們不會懂得。等成了聖母，她們會像我當初一樣憤怒地回想，我們怎麼能那麼愚蠢？

她在議員的眼神中逐漸看到了屈服。接下來會有段蜜月期，尊母將會是糖果店裡的孩子。她們漸漸才會清楚地看見那些不可避免的事物，然後就會被困住。

就像當初我被困住一樣。不要去問神諭你能得到什麼，那是陷阱。當心會真的說出預言的人！妳想要三千五百年的厭倦乏味嗎？

她內心的歐德雷迪提出了反對意見。

給暴君一點正面評價吧，不可能全都只有厭倦乏味。更像是宇航領航員精挑細選穿過摺疊空間的路線，只是這次是黃金之路。一位亞崔迪族人為妳的生命付出了代價，默貝拉。

默貝拉感到了沉重的負擔。暴君的付出重壓在她肩上。我沒要求他為我這麼做。

歐德雷迪不會放過這個勸說她的機會。不管怎樣，他還是做了。

對不起，達爾。他付出了代價。現在，到我付出代價的時候了。

妳終於是一名聖母了！

議員在她的注視下躁動不安起來。

安吉莉卡被推選為代表替她們發言。畢竟，我是第一個被選中的。

當心這人！野心勃勃的火焰在她的眼裡熊熊燃燒。

「您希望我們對這些女巫採取什麼樣的態度？」話一出口，她突然驚覺自己太魯莽了。大尊母現在不也是個女巫嗎？

默貝拉輕聲說道：「妳們要忍耐，不管怎樣不能用暴力對待她們。」

默貝拉的溫和口吻使安吉莉卡大膽了起來：「那是大尊母的決定，還是——」

「夠了！我可以用妳們血洗這間屋子！想試試嗎？」

她們不想試。

「那如果我說是統御大聖母在說話呢？妳就會問我是不是有政策來解決我們的問題？我會說：政策？啊，是的。不重要的事情是有政策的，比如昆蟲侵襲。不重要的事情需要有政策指引。對於那些看不出我決定中的智慧的人，我不需要政策。我很快就會處理掉妳們這類人。在妳還不知道自己已禁受傷的時候就已經死了！那就是我對垃圾的反應。這間屋子裡有垃圾嗎？」

她們認得這種說話方式：這是大尊母的鞭子，而背後則是她信手殺戮的能力。

「妳們是我的議會成員，」默貝拉說，「我希望能從妳們身上看到智慧。最起碼，妳們要裝作很明智。」

歐德雷迪幽默地表達同情：如果那是尊母發布和遵從命令的方式，貝爾就沒必要做太多深入分析了。

默貝拉的思緒溜到了別處。我不再是尊母了。

從上一步進到下一步才是前不久的事，因此她發現裝出尊母的姿態讓她頗不自在。她所做的調整預示著她過去的姊妹也要經歷同樣的事情。這是個新角色，她並沒有扮演好。他者記憶模擬了與這個新自己的長期關係。這不是神祕的變質，只是新的能力。

只是？

這種變化是很深刻的。鄧肯意識到了嗎？一想到他可能永遠也看不透這個新的默貝拉，她就感覺很痛苦。

那是我對他愛的殘餘嗎？

默貝拉從她的問題中抽身出來，她不想要知道答案。她覺得有什麼在阻止她尋找答案，那是藏在她心底最深處的東西，她不想去挖掘。

有些決定是與愛衝突的，但我必須那麼做。那些決定是為女修會下的，不是為我自己。那正是我的恐懼所指的方向。

她恢復了常態，還有事需要她立刻去做。她把議員打發走，向她們保證如果她們學不會克制的態度，必將遭致痛苦與死亡。

接下來，聖母必須學習一種新的外交手段：避免與任何人交好——即便是彼此之間也不行。隨著時間流逝，這一點會愈來愈容易。尊母會慢慢融入貝尼．潔瑟睿德的做法。總有一天將不再有尊母，只有提高了柔韌度、增強了性知識的聖母。

默貝拉覺得自己一直被一些話所困擾，她曾聽過這些話，但直到此刻才接受：「為了讓貝尼．潔瑟睿德生存延續，我們所做的事是沒有極限的。」

鄧肯會注意到這點，我沒法對他隱瞞。他是位晶算師，不會死守著一個想法，不會一直覺得我還是那個經歷香料之痛前的我。對他來說，開放思想就像我打開一扇門一樣簡單。他會檢查他的那張網：「這次我抓到了什麼？」

這就是發生在潔西嘉女士身上的事？他者記憶把潔西嘉的經歷呈現在分享的基礎上，就像一條穿插在經緯之間的絲線。默貝拉揭開了一點點，讓自己在更古老的資訊中遨遊。

異端潔西嘉女士？在任期間瀆職？

就像歐德雷迪一頭栽進大海一樣，潔西嘉一下陷入了愛河，由此產生的滔天巨浪幾乎淹沒了女修會。

默貝拉感覺這種記憶正帶著她去往那些她不想去的地方。痛苦揪住她的胸口。

鄧肯！哦，鄧肯！她猛地把臉埋進手掌。達爾，幫幫我。我要怎麼做？

永遠也不要問妳為什麼是名聖母。

可我必須問！整個進程在我的記憶中清晰可見，而且……

那是個序列。把它想成因果會蒙蔽妳的雙眼，讓妳看不清整體格局。

道？

比道更簡單：妳在這裡。

但是他者記憶不斷往回延伸……

想像它是許多金字塔——緊密連接。

說起來容易！

妳的身體還都正常嗎？

我感到很受傷，達爾。妳已經沒有身體了，問這沒有用……

我們只是占據著不同的小角落。我感覺到的痛苦不是妳的痛苦，我的歡樂也不是妳的歡樂。

我不想要妳的同情！哦，達爾！我為什麼要出生？

妳出生就為了失去鄧肯嗎？

達爾，求妳了！

所以，事實是妳出生了，現在妳知道光是出生遠遠不夠。所以妳變成了一個尊母。妳還能做什麼？還是不夠？現在妳成了一名聖母。妳覺得那就夠了？只要妳還活著，就永遠沒有足夠的時候。

妳是在告訴我，我應該一直向著超越自己努力。

哼！不要以那個為基礎去做決定。妳沒聽到他說的話嗎？不要思考，動手去做！妳會選擇輕鬆的路嗎？妳為什麼要因為遇到不可避免的事情而感到難過呢？如果那就是妳能夠看到的全部，那就把妳的目標限定在改善人種上！

該死！妳為什麼要這樣對我？

怎麼對妳？

讓我從這個角度去看我自己和我以前的姊妹！

哪個角度？

該死！妳知道我是什麼意思！

妳說，以前的姊妹？

哦，妳很陰險。

所有的聖母都很陰險。

妳從來就沒停止過諄諄教導別人！

我是那樣的嗎？

我太天真了！還問妳到底要做什麼。

妳和我一樣清楚。我們等著人類成熟。暴君只給了他們時間成長，但現在他們需要人照顧。

暴君和我的痛苦有什麼關係？

妳這個愚蠢的女人！妳沒通過香料之痛嗎？

妳知道我通過了！

那就不要再糾結於這麼明顯的事了。

喔……妳這個婊子！

我更喜歡女巫。但每一個都比蕩婦強。

貝尼．潔瑟睿德和尊母的唯一區別就是市場。妳嫁給了我們的女修會。

我們的女修會？

妳為權力生育！有區別嗎？這和……

不要曲解，默貝拉！把妳的目光放在生存延續上。

別告訴我說妳沒有權力。

我持有對人民臨時的權威，為了存續大計。

又是存續！

在促進別人生存機會的女修會裡存續。女修會就像懷了孩子的已婚婦女。

所以總歸起來又跟生育有關。

那是妳為自己所做的決定：家庭和使家庭團結在一起的東西。是什麼滿足生活，帶來幸福？

默貝拉開始大笑。她放下雙手，睜開雙眼，發現貝隆達站在那裡看著她。

「對於新聖母來說，和他者記憶交談總是個誘惑。」貝隆達說，「這次是誰？達爾？」

默貝拉點點頭。

「不要相信任何她們給妳的東西。那是傳說，妳要自己判斷。」

完全是歐德雷迪的話。透過死人的眼睛看那些早已不復存在的場景，真是場偷窺秀！

「迷失在他者記憶裡幾個小時都很稀鬆平常，」貝隆達說，「練習一下自我克制。確定好妳自己的立場，一手扶好自己，一手別忘了掌控船舵。」

又來了！將過去的比喻應用到現在。他者記憶讓每天的生活多麼豐富。

「誘惑會過去的，」貝隆達說，「過段時間就變成沒那麼新鮮的老帽子了。」她把一份報告放在默貝拉面前。

老帽子！一手扶好自己，一手掌控船舵。光是慣用語就有這麼多。

默貝拉向後靠在懸帶椅上，掃讀貝隆達的報告，突然想起自己正應了歐德雷迪的那句話：蜘蛛女王在我的網中心。目前這張網可能有點磨損，但它還在，依然在捕捉獵物以供消化。拉動其中一根蛛絲，貝爾就會跑過來，預先繃緊了下頜。這拉動的詞就是「檔案部」和「分析」。

從這個角度去看貝隆達，默貝拉從歐德雷迪對自己的利用方式中看到了智慧，缺陷和優勢一樣有價值。默貝拉看完報告時，貝隆達還以那種獨特的態度站在那裡。

默貝拉意識到，在貝隆達眼裡，所有喚她去提供意見的人都不及格，這種人會為了瑣事造訪檔案部，必須糾正過來。無關痛癢的事，是貝隆達討厭的東西。默貝拉發現這一點很有意思。

默貝拉一邊欣賞著貝隆達鬱悶的樣子，一邊掩飾著自己感到好笑的心態。與她打交道的方法是要謹慎。不需要從優勢中再抽去什麼。這份報告是簡潔、觀點中肯的典範。她幾乎毫無修飾地提出了自己的觀點，所用文字恰好能夠揭示出自己的結論。

「召喚我讓妳覺得很有意思嗎？」貝隆達問。

她比以前更敏銳了！我召喚她了嗎？我沒說那麼多字，但她知道我什麼時候需要她。她在報告裡說我們的姊妹必須是恭順的模範。統御大聖母可以為形勢做出任何改變，但其他的姊妹並非如此。

默貝拉碰了碰報告：「這是個起點。」

「那我們應該在妳的朋友們發現攝影機中心之前開始。」貝隆達帶著熟悉的信心坐進她的犬椅裡，「塔瑪不在了，但我可以叫什阿娜過來。」

「她在哪裡？」

「在艦上。在大籠子研究一堆沙蟲，說我們任何人都可以學會控制那些蟲子。」

「如果是真的，那很有價值。不要打擾她。司凱特利呢？」

「還在艦上。妳的朋友們還沒發現他，我們把他藏起來了。」

「繼續保持。他是個不錯的備用談判籌碼。還有，她們不是我的朋友，貝爾。拉比和他的那群人怎麼樣了？」

「住得很舒服，不過也很擔心。他們知道尊母到這裡來了。」

「把他們藏起來。」

「真神奇。妳的聲音雖然不一樣，但是我好像聽到達爾在說話。」

「那是妳大腦裡的回音。」

貝隆達居然笑了出來。

「現在，妳需要在女修中散播這樣的消息：我們的一舉一動都要極度精緻優雅，同時要表現出我們自己是值得羨慕和效仿的人。『妳們尊母可能不會選擇像我們這樣生活，但是妳們可以學習我們的優勢。』」

「啊，原來如此。」

「這是所有權的問題。尊母是被物欲所支配的。『我想要那個地方，那件小首飾，那個人。』想要什麼自己拿，儘管去使用，直到厭倦了為止。」

「與此同時，我們繼續沿著自己的道路前進，欣賞沿途的風景。」

「我們的缺點也是這個。我們不輕易讓自己付出，害怕愛和情感！過於沉著冷靜也自是一種貪婪。」

『看到我有什麼了嗎？不跟著我走，妳就不會擁有！』永遠不要用那種態度對尊母。」

「妳是在說，我們必須愛她們？」

「不然的話，還有什麼辦法能讓她們羨慕我們？那是潔西嘉的勝利。當她付出的時候，毫無保留。有太多東西都被我們的做法所壓制，一旦那種難以阻擋的感覺襲來，最後就變成把一切奉獻出去。那是不可抗拒的。」

「我們沒那麼輕易妥協。」

「尊母也不比我們更容易妥協。」

「那正是她們的官僚主義出身在作祟！」

「然而，她們的作風像座訓練場，可以學會選擇阻力最小的道路去走。」

「妳把我弄糊塗了，達……默貝拉。」

「我有說我們應該妥協嗎？妥協會削弱我們，我們知道有些問題靠妥協是無法解決的，有些決定我們必須做，不管有多苦。」

「『假裝』去愛她們？」

「這是個開始。」

「貝尼．潔瑟睿德和尊母的結合，會是個血腥的組合。」

「我建議盡可能廣泛地分享記憶。尊母還在學習階段的時候，我們可能會損失一些人。」

「這是戰場上締結的盟約。」

默貝拉站了起來，她想著無現星艦上的鄧肯，想著上次她看見無現星艦時的樣子。它終於可以光明正大地在那裡了，從任何意義上來說都無須隱藏。它看上去就是一塊奇怪的機械組合，似乎給人一種很荒誕的感覺。艦身恍如怪石嶙峋的山脊一般，到處可見巨大的凸起，雜亂無章又狂野地組合在一起，外表上也看不出這些凸起具體的功能。很難想像這個東西會以自己的力量騰空而起，帶著龐大的身軀消失在茫茫太空之中。

消失在太空中！

她看見了鄧肯心中那塊馬賽克的形狀了。

無法移動的一個棋子！跟上節奏……不要思考，動手去做！

她突然感到一陣寒意，她知道了他的決定。

46

當你想把命運的決定權放在自己手中時，就是你可能被壓垮的時刻。小心。要允許意外事件。當我們努力創造時，總有其他力量在起作用。

——達爾維・歐德雷迪

• • •

「行動時要萬分小心。」什阿娜曾警告過他。

艾德侯覺得自己無須警告，但不管怎樣，他還是對此心懷感激。

聖殿上有尊母讓他的任務簡單不少，她們讓艦上的督察和其他警衛十分緊張。默貝拉命令她過去的姊妹們遠離無現星艦，但每個人都知道敵人就在那裡。繼視掃描器顯示，一列列看起來無窮無盡的運輸機停在平臺上，尊母如潮水般湧出。新來的人大多對停泊在那裡的那艘大得駭人的無現星艦表現得很好奇，但沒人違抗大尊母的命令。

「只要她還活著，她們不敢，」艾德侯在督察能聽見他的地方嘟囔道，「但尊母有暗殺領袖、取而代之的傳統。默貝拉能堅持多久？」

攝影機為他做了工作。他知道他的喃喃自語會傳遍整艘航艦。

不久後，什阿娜來到他的工作室見他，表達了她的不同意見：「鄧肯，你這是在幹什麼？你讓人們很不安。」

「回去找妳的蟲子去！」

「鄧肯！」

「默貝拉在玩一場危險的遊戲！她是我們和災難之間的唯一屏障。」

他已經向默貝拉表達了擔憂。這對觀察者來說並不陌生，卻使每個聽到他的人更加煩躁不安——檔案部的攝影機監控者、艦上的警衛，人人莫不如此。

除了尊母之外。默貝拉不讓她們接觸貝隆達的檔案部。

「現在還不到接觸的時候。」她說。

什阿娜聽懂了她的暗示：「鄧肯，要麼就別再給我們增添煩惱，要麼告訴我們怎麼做。你是個晶算師，那就發揮你晶算師的作用。」

啊，偉大的晶算師將發揮作用給所有人看。

「妳們應該做的事顯而易見，但不取決於我。我不能離開默貝拉。」

但我可以被別人帶走。

現在就看什阿娜的了。她離開了鄧肯，去傳播她自己的改變理念。

「我們有大離散這個範例在前。」

到夜晚來臨之前，她已經使艦上的聖母對她的理念都不抱反對，然後對鄧肯做了個手勢，表示他們可以進行下一步了。

「她們會追隨我。」

雖然本意並非如此，但護使團恰好為什阿娜的崛起搭好了舞臺。多數女修都知道她潛在的力量。

很危險，但這力量就在那裡。

未經使用的力量就像帶著可見牽線的木偶，沒人掌控它們。它是很有吸引力的誘惑：我能讓它起舞。

為了繼續培養這個假象，他聯繫默貝拉。

「我什麼時候能見妳？」

「鄧肯，求求你。」即便是投影中的影像，也能看出她顯得很痛苦，「我很忙，你知道現在的壓力有多大。幾天後我就能出去了。」

投影顯示，背景中的尊母對她們領袖的這一幕奇怪行為陰沉著臉。任何聖母都能讀出她們的表情。

「大尊母變軟弱了？那只不過是個男人！」

切斷連線時，艾德侯強調了艦上每臺監視器都看見的事：「她處於危險之中！她不知道嗎？」

而現在，什阿娜，一切都取決於妳。

什阿娜有恢復戰艦飛行控制的鑰匙。地雷已經清除，沒人能在最後一刻發信號點燃隱藏的炸藥，摧毀這艘星艦。現在需要考慮的只剩人員了，尤其是特格。

特格會了解我的選擇。其他人——拉比那群人和司凱特利——將不得不和我們一起看運氣了。

安全監牢內的混合人並不讓他擔心。牠們是有趣的動物，但目前並不重要。也因此，他對司凱特利的思考一閃而過。那個小個子忒萊素人還在警衛的眼皮底下，不管這些警衛自己有什麼其他擔憂的事，都從沒放鬆過警戒。

他焦慮地上了床，對檔案部的任何監察員來說，這都有現成的解釋。

他的寶貝默貝拉現在處於危險之中。

她處於危險中，他卻無法保護她。

我的存在本身對她來說就是個危險。

到了黎明時分，他起身返回軍械庫，去拆除一座兵工廠。什阿娜在那裡找到他，要求他陪同一起去警衛區。

幾個督察向他們致意。她們選擇的主管沒有讓他驚訝，是嘉瑞米。他聽說過她在評議會上的表現——懷疑，憂慮，準備好自己放手一搏。她是個面容嚴肅的女人，有人說她很少笑。

「我們已經對這個房間裡的攝影機動了手腳，」嘉瑞米說，「現在畫面顯示的是我們在邊吃零食邊向你詢問武器的事。」

艾德侯覺得胃裡彷彿打了一個結。貝爾的人很快就會識破模擬畫面，尤其是他自己的投影模型更容易被看穿。

嘉瑞米看到了他皺起的眉頭便回應道：「我們在檔案部有盟友。」

什阿娜說：「我們來這是要問你，在我們乘坐這艘戰艦逃跑前，你想不想離開。」

他的驚訝很真實。

留下來嗎？

他沒考慮過這個選項。默貝拉已經不再屬於他，兩個人的紐帶在她那邊被剪斷了。她沒有接受這個現實，目前還沒有。但是等到她第一次為了貝尼·潔瑟睿德的目標，需要做出將他置於危險之中的決定時，她會接受這個現實的。現在，她只是超過必要程度地躲著他。

「妳們要參與大離散？」他問道，眼睛看著嘉瑞米。

「我們要盡自己的力量去挽救更多東西。以前的人稱這行為是用摔門而出代替投票。默貝拉正在顛覆貝尼・潔瑟睿德。」

他相信還有些沒有說出的觀點也影響了她們。她們不同意歐德雷迪孤注一擲的選擇。

艾德侯深吸一口氣：「我要和妳們一起走。」

「不要後悔！」嘉瑞米警告道。

「問得太愚蠢了！」他說著，讓自己壓抑的悲痛傾瀉而出。

如果這樣的反應來自一位女修，嘉瑞米不會驚訝。但艾德侯讓她很吃驚，她花了幾秒鐘恢復平靜，誠實的脾性讓她不由得開口：

「確實很愚蠢，對不起。你確定不想留下來？我們欠你一個自己做決定的機會。」

貝尼・潔瑟睿德對那些盡職盡忠的人太一絲不苟了！

「我要加入妳們。」

她們在他臉上看到的悲傷不是模擬出來的。返回他自己的控制臺時，他對此毫不掩飾。

我分配到的位置。

當他編寫戰艦的身分識別電路碼時，他沒有費力去掩飾自己的行動。

在檔案部有盟友。

電路在他的投影上閃爍——輸入飛行系統的彩色光帶，只是中間缺了一環。稍作研究後，他就看出怎麼繞過那個破損處了。晶算師觀察就是為了這樣的情況而準備的。

透過內核功能增強數倍！

艾德侯向後一靠，坐著等待。

升空是一段讓人心驚肉跳的空白時段，航艦會在離開地表夠遠的時候突然停止，然後開始接觸零域場並進入摺疊空間。

艾德侯看著他的投影。那對花園中的老夫妻，他們就在那裡！他看到他們身前的網閃閃發光，男人用手指著，圓臉上是滿足的笑容。他們在一張透明重疊層中移動，在他們身後可以看見艦體的電路。那張網變得愈來愈大——不再是線條，而是比投影電路更粗的光帶。

男人的嘴唇囁動，像是在說話，卻沒有聲音。「我們知道你會來。」

艾德侯伸手去碰他的控制臺，他的手指在控制場中張開，抓住了電路控制所需的元素。沒時間去細緻擺弄了。嚴重中斷。他一秒內就進入了核心，在核心區除掉整個區塊就易如反掌了。先關掉導航。他看見網開始變細，男人的臉上出現了驚訝的表情。接下來是零域場。艾德侯感覺到戰艦在摺疊空間踉蹌前行。網路傾斜，拉長，同時兩個觀察者開始縮短、變薄。艾德侯清除了星際儲存電路，連同自己的資料一併抹去。

網路和觀察者消失了。

我為什麼知道他們會在那裡？

除了重複出現在視野中的幻想引發的確信，他沒有答案。

他在警衛艙的臨時飛行控制板前找到什阿娜的時候，什阿娜沒有抬頭看他。她俯著身，驚慌失措地盯著面板。她上方的投影顯示他們已經離開摺疊空間，面前能看到的恆星圖案，艾德侯一個都不認識，但他已經料到了這一點。

什阿娜轉身看著站在身邊的嘉瑞米：「我們失去了所有儲存的資料！」

艾德侯用食指敲了敲他的太陽穴：「不，並沒有。」

「但是哪怕只是恢復那些最重要的資料也要花上好幾年！」什阿娜抗議說，「發生了什麼事？」

「我們的航艦無法被識別，我們也無法識別周圍的宇宙空間，」艾德侯說，「這不正是我們想要的結果嗎？」

47

平衡無他，只須感受波動即可。

——達爾維．歐德雷迪

• • •

默貝拉覺得，從她察覺鄧肯的決定後，似乎已經過去了一個時代。

消失在太空中！離開我！

香料之痛帶來的時間恆定感告訴她，從意識到他的意圖到現在僅僅過去了幾秒，可她覺得她從一開始就知道了。

必須阻止他！

她已經伸手去碰控制板，這時中樞開始搖晃。震動持續了很久，然後慢慢平息了。

貝隆達站了起來：「怎麼……」

「平臺的無現星艦剛剛升空了。」默貝拉說。

貝隆達伸手去碰控制板，但是默貝拉攔住了她。

「已經走了。」

不能讓她看見我的痛苦。

「但是，誰……」貝隆達陷入了沉默。她自己評估了結果，看出了默貝拉察覺的事。

默貝拉發出了一聲嘆息。她有整個歷史的咒罵詞彙可供使用，但她一個都不想說。

「我想要在我的私人餐廳和議會成員一起吃午餐，我希望妳在場，」默貝拉說，「告訴杜納，今天還是吃燉牡蠣。」

貝隆達剛要抗議，卻只說了一聲：「又吃這個？」

「妳記得我昨晚是自己在樓下吃的嗎？」默貝拉重新坐了下來。

統御大聖母肩負著責任！

有地圖要改變，有河流要追蹤，還有尊母需要馴化。

有些浪花會拋甩妳，默貝拉。但是妳要爬起來，順應它行動。失敗七次，站起來八次，妳就能夠在奇怪的表面上保持平衡。

我知道，達爾。妳在夢中很想參與。

貝隆達盯著她，直到默貝拉開口說：「昨晚我讓議會成員在晚餐時和我保持距離。有點奇怪——整間餐廳只有兩張桌子。」

我為什麼還要繼續這種空洞的閒聊？我這不尋常的行為還有什麼藉口？

「我們在想為什麼不能允許我們在自己的餐廳用餐。」貝隆達說。

「為了救妳們的命！但是妳們應該看看她們流露的興趣。我會讀唇語。安吉莉卡說：『她在吃某種燉菜，我聽到她和廚師討論這件事了。我們這不是得到了一個絕佳的世界嗎？我們必須嘗嘗她點的那種燉菜。』」

「嘗嘗，」貝隆達說，「我明白了。」然後又說，「妳知道，是不是？什阿娜拿了那幅梵谷的畫，就從……從妳的寢室。」

為什麼我感覺很受傷？

「我有注意到那幅畫沒了。」

「她說是借用一下，準備放在她在艦上的房間裡。」

默貝拉抿緊了嘴唇。

這些該死的傢伙！鄧肯和什阿娜！特格、司凱特利……他們全都走了，也沒辦法追蹤。但還有從我們的孩子們身上提取的艾德侯細胞和再生箱。雖然不一樣……不過也差不多。他覺得他能跑得了嗎？

「妳沒事吧，默貝拉？」貝爾的聲音裡透著關切。

達爾，妳警告過我可能會發生這些瘋狂的事，但我沒聽進去。

「吃過飯後，我會帶議會成員參觀一下中樞。告訴我的侍祭，睡前我想要喝點蘋果酒。」

貝隆達嘟囔著離開了。那更像她的性格。

現在妳要如何指引我，達爾？

妳想要指引？指引妳的生活？我是為了這事死的嗎？

可是他們連梵谷的畫都拿走了！

妳懷念的是那個嗎？

達爾，他們為什麼要帶走它？

一陣刻薄的笑聲回答了問題，默貝拉很慶幸沒有別人聽到。

妳看不出來她打算幹什麼嗎？

護使團計畫！

哦，遠遠不止。是下一階段：從摩阿迪巴到暴君，到尊母，到我們，再到什阿娜……然後是什麼？妳看不出來嗎？應該已經在妳的頭腦裡呼之欲出了。就當是吞下苦汁，也要接受它。

默貝拉一陣戰慄。

看出來了嗎？一種苦口良藥般的什阿娜式未來？我們曾經以為所有的藥都只能是苦的，否則就沒什麼效果。甜味中沒有治療的力量。

達爾，這一定要發生嗎？

有些人會被這種藥噎住。但倖存者可能會創造出有趣的模式。

48

成對的對立定義你的渴望，而那些渴望會把你禁錮。

——禪遜尼警句

• • •

「你故意放他們走，丹尼爾！」

那位老婦人用她花園圍裙那帶著汙漬的前襬擦著手。她周圍是一副夏日清晨的模樣，鮮花盛開，鳥兒在附近的樹叢間鳴叫。天空似乎有些薄霧，地平線上閃著黃色的光芒。

「不，馬蒂，不是故意的。」丹尼爾說。他摘下他的捲邊帽，抹了抹短短的濃密灰髮，然後又把帽子戴回去：「他讓我吃了一驚。我知道他看到了我們，但是我沒想到他還看見了網。」

「我為他們挑了這麼好的一顆星球，」馬蒂說，「最好的一顆。對他們的能力來說是個挑戰。」

「現在埋怨這些沒什麼用，」丹尼爾說，「現在他們已經在我們碰不到的地方了。不過，他那時候已經焦頭爛額，我還以為能輕易抓住他。」

「他們還有個忒萊素尊主，」馬蒂說，「他們在網下的時候我看見他了。我本來很想再研究一個尊主的。」

「我不明白有什麼必要。他們總對著我們吹口哨，總是讓人不得不把他們踩在腳下。我不喜歡那樣對待尊主，妳知道的！要不是因為他們……」

「他們不是神，丹尼爾。」

「我們也不是。」

「我還是認為你把他們放走了。你太急著要剪你那些玫瑰了！」

「不管怎樣，妳要對尊主說什麼？」丹尼爾問道。

「他要是問我們是誰，我就開玩笑。他們總是會問這個。我就說：『你以為呢，長著飄逸鬍鬚的上帝本人？』」

丹尼爾輕笑著：「那肯定會很有趣。他們很難接受幻臉人可以獨立於他們的事實。」

「我不明白為什麼。這結果再自然不過了。他們給我們吸收別人記憶和經歷的力量，收集足夠以後……」

「我們拿來的是人格，馬蒂。」

「不管是什麼吧。那些尊主本來就應該猜到，有一天我們收集到足夠的記憶和經歷以後，就能夠自行對我們自己的未來做出決定。」

「還有他們的未來？」

「哦，原本把他放到他該在的位置上後，我會向他道歉的。操控別人是有個限度的，對不對，丹尼爾？」

「馬蒂，妳臉上露出那種表情的時候，我就要去修剪我的玫瑰了。」他退回一排灌木叢中，灌木葉子青翠，開著和他的腦袋一樣大的黑色花朵。

馬蒂在他身後叫他：「丹尼爾，收集過的人夠多，就得到了一個大知識庫！那就是我要告訴他的。

還有艦上那些貝尼．潔瑟睿德！我會告訴她們我有她們中的多少人。有沒有注意到當我們窺視她們的時候，她們感覺有多疏遠？」

丹尼爾彎腰擺弄著他的黑玫瑰。

她在後面盯著他，手扠著腰。

「更別說晶算師了，」他說，「那艘艦上有兩個──都是甦亡人。妳想和晶算師玩玩？」

「尊主也老是想控制他們。」她說。

「那個尊主如果要對那個大個子的搞鬼，他會自食惡果的，」丹尼爾說著，邊從他的玫瑰根上剪掉了一個地面上的芽，「哎呀，這個真漂亮。」

「晶算師也一樣！」馬蒂叫道，「我本來要告訴他們，晶算師多得很，不值幾分錢。」

「幾分錢？我不認為他們會理解那個詞，馬蒂。聖母也許會，但那個大個子晶算師不會。他的記憶回溯不包含那麼久以前的事。」

「你知道你放走了什麼嗎，丹尼爾？」她質問道，在他身後跟了上來，「那個尊主胸前有枚零熵膠囊，裡面也都是甦亡人細胞！」

「我看見了。」

「所以你才讓他們走的！」

「沒讓他們走。」他的剪刀窸窸作響，「甦亡人。讓他們去處理他吧。」

這本書，依然獻給貝芙，我的朋友、妻子、可靠的幫手，也是為本書命名的人。本書出版之時，斯人已逝，下面的話是在她去世後的凌晨寫下的，這段話應該可以告訴你她給我帶來的靈感。

• • •

關於貝芙，我能說的最美好的事之一，就是在我們一起度過的歲月中，沒什麼是需要忘記的，連她優雅離世的時刻也值得我銘記。在那一刻，她最後一次為我獻上了愛的禮物：寧靜平和地離去。她曾經無悲無懼地談起死亡，以消弭我的恐懼。向你展示無須害怕死亡，還有什麼比這更偉大的禮物？

正式的訃告將是這樣的：貝芙麗．安．斯圖爾特．福布斯．赫伯特，一九二六年十月二十日生於華盛頓州西雅圖市，一九八四年二月七日下午五時五分卒於茂宜島的卡瓦拉。我知道她不喜歡太正式，這已經是她能忍受的極限。她要我保證不舉行那種「我的身體供人觀看，牧師在前面講道」的傳統葬禮。她說：「那時我已經不在身體裡了，但它應該擁有更多的尊嚴，而不是供人觀看。」

她堅持說我最多只能火化後把骨灰撒在她心愛的卡瓦拉：「在那裡，我感到了無盡的平和與愛。」唯一的儀式，就是親朋好友聽著〈惡水上的大橋〉，看著骨灰撒落。

她知道那時會有淚水，就如現在我寫下這段文字時一樣，但在她最後的那段日子裡，她常說流淚無益。她覺得眼淚來自我們的動物本性，狗失去主人也會哀嚎。

主導她的生活的，是人類意識的另一部分：精神。不是任何愚蠢的、宗教上的精神，也和多數靈媒口中的這個詞並無關聯。對貝芙來說，那是照耀她所遭逢的萬物的意識之光。正因為這樣，儘管心懷悲傷，甚至是沉浸在悲傷之中，我也可以說由於她給我的愛（而且她將繼續給予），喜悅充滿我的靈魂。她逝去所帶來的悲痛再怎麼深，與我們共同的愛相比都不算太高的代價。

她為撒落骨灰的時刻選的那首歌，是我們常常對彼此說的話——她是我的橋，我也是她的橋。這是我們婚姻的縮影。

一九四六年六月二十日，我們在西雅圖的一位牧師面前舉行了儀式，開始了這段彼此共享的旅途。在斯諾夸爾米國家森林遊樂區的凱利巴特自然區頂上有一座消防瞭望塔，我們的蜜月就是在那度過的。瞭望塔內只有一點多平方公尺，塔頂是半平方公尺的穹頂，大部分空間都被一個火災定位器占滿，只要看到有煙，我們就能用它來確定火災發生的地點。

在這狹窄的房間內，有臺發條式的維克多牌留聲機和兩臺攜帶式打字機，占去唯一一張桌子上很大的面積，我們一起把生活安排得相當愜意：用工作來支付音樂、寫作，還有其他生活帶來的樂事的開銷。

這不代表我們一直都興高采烈。完全不是這樣。我們也有無聊的時刻，有恐懼，有痛苦，但總還有歡樂。即便在最後時分，貝芙還是可以微笑著告訴我說，我幫她躺在枕頭上的位置非常好，說我的輕輕按摩幫她減輕了背痛，還有其他一些她自己已經無法做到的必要的事。

在她最後的日子裡，除了我，她不想讓任何人碰她。但我們的婚姻生活創造了愛和信任的紐帶，她經常說我為她做的事情就像她自己做的一樣。雖然我必須提供牽涉最私人領域的照顧，像照顧嬰兒一樣，但她沒有感到被冒犯，她的尊嚴也沒有受到打擊。當我抱著她讓她更舒服些，或是幫她洗澡的時候，貝芙的手臂總是環繞著我的肩膀，臉也像以前一樣依偎著我的脖頸。

要傳達出那時的愉悅之情是很困難的，但我向你保證，一切千真萬確。那是靈魂的愉悅，甚至是面對死亡時仍能感受的生命的愉悅。她離開的時候，我握著她的手，主治醫生的眼裡閃著淚光，說出了我和很多人談起她時都會說的話。

「她走得從容、優雅。」

許多目睹這種優雅的人都不理解。我還記得黎明前幾個小時，我們住進醫院，準備迎接第一個兒子的情景。我們一直笑著，醫護人員不以為然地看著我們。分娩是痛苦又危險的事，分娩時母親死亡的事也並不罕見，這些人笑什麼？

我們笑是因為想到新生命的誕生，那是我們兩人的一部分，讓我們充滿了幸福感。我們笑是因為這家醫院正是在貝芙出生那家醫院的原址上建起來的。這種延續多麼奇妙！

笑是會傳染的，很快，在去產房的路上，我們遇到的其他人也都面帶微笑。不以為然變成了欣然接受。笑是她在面對壓力時的優雅音符。

她也為那些持續不斷誕生的新事物獻上笑容。她總能在遇到的一切中找到可以激發她感官的新發現。貝芙有種純真無邪的態度，是種獨特的成熟。她想在每件事、每個人身上發現美好，結果她總會在他人身上引發類似的回應。

「報復是孩子才做的事，」她說，「只有根本上還沒成熟的人才想報復。」

大家都知道，她會打電話給冒犯她的人，懇請他們放下破壞性的感情：「讓我們做朋友吧。」正因為如此，我一點都不驚訝在她去世後，慰問如潮水般湧來。

這是她的典型做法：她想讓我給一九七四年為她治療的放射科醫生打電話，這段治療很可能是她去世最主要的原因。她想讓我感謝他「給了我這十年的美好時光。一定要讓他明白，我知道，在我因為癌症將死之時，他已經為我做出了最大努力。他把工作做到了極致，我想讓他知道我的感激之情」。

當我回顧我們一起走過的日子，心裡滿是語言無法形容的幸福感。所以應該也不難理解，我不想也不需要去忘記任何一刻。多數人只是在她生活的周邊徘徊，我卻以最親密的方式與她共同分享，她做的每件事都給我力量。如果不是她在之前的歲月裡毫無保留，全心付出，在她生命的最後十年，我就不可能完成那些必須去做的事，給她力量，回報她。我認為那是我最幸運的事，是最神奇的特權。

法蘭克·赫伯特

華盛頓州，湯森港

一九八四年四月六日

fiction 15

沙丘：聖殿

CHAPTERHOUSE: DUNE

作　　者　法蘭克・赫伯特（Frank Herbert）
譯　　者　老光、甄春雨
校　　對　魏秋綢
責任編輯　楊琇茹
編輯協力　賴淑玲、聞若婷、賴書亞
內頁排版　黃暐鵬
行銷企畫　陳詩韻
總 編 輯　賴淑玲

社　　長　郭重興
發行人暨出版總監　曾大福
出　　版　大家／遠足文化事業股份有限公司
發　　行　遠足文化事業股份有限公司
231新北市新店區民權路108-2號9樓
電　　話　(02) 2218-1417
傳　　真　(02) 8667-1065
劃撥帳號　19504465　戶名・遠足文化事業股份有限公司
法律顧問　華洋法律事務所　蘇文生律師
初版一刷　2021年9月
初版四刷　2021年10月

定　　價　600元
I S B N　9789865562205
I S B N　9789865562250（PDF）
I S B N　9789865562304（EPUB）

沙丘：聖殿 / 法蘭克.赫伯特(Frank Herbert)著；老光,甄春雨譯. -- 初版. -- 新北市：大家：遠足文化事業股份有限公司, 2021.09
面；　公分.－(fiction；15)
譯自：Chapterhouse: Dune.
ISBN 978-986-5562-20-5（平裝）

874.57　　110012363

Chapterhouse: Dune by Frank Herbert